W0243251

UN SEUL
AMOUR

ANITA SHREVE

UN SEUL AMOUR

Traduit de l'américain
par Michelle Herpe-Voslinsky

LE GRAND LIVRE DU MOIS

Titre original :
FORTUNE'S ROCKS
publié par Little, Brown and Company,
New York.

Les événements et les personnages de ce roman sont fictifs. Toute ressemblance avec des personnes réelles, vivantes ou mortes, serait pure coïncidence et involontaire.

© Anita Shreve 1999. Tous droits réservés.
© Belfond 2000 pour la traduction française.

À John Osborn,
lecteur incomparable et excellent cuisinier.

I

Fortune's Rocks

Dans le peu de temps qu'il lui faut pour aller de la cabine au pied de la digue de Fortune's Rocks, où elle a laissé ses bottines et retiré discrètement ses bas, jusqu'au bord de l'eau où la mer lèche sans répit le sable rose et argenté, elle apprend ce qu'est le désir. Le désir qui ralentit le souffle, qui provoque une pause soucieuse au milieu d'une phrase, qui rive le regard sur le progrès de pieds nus marchant vers l'eau. Cette première brève conscience du désir – d'être l'objet de désir, un état dont elle n'avait jamais eu la moindre idée – lui vient comme un lent accès de fièvre, comme si l'air se comprimait autour d'elle, et lui donne, semble-t-il, le premier frisson de sa vie adulte.

Elle touche le bord en linon de son chapeau, comme elle ne l'aurait jamais fait un été plus tôt, ni même la veille. Peut-être effleure-t-elle aussi sa longue voilette en tulle. Autour d'elle, derrière elle, il y a des hommes en costume de bain, ou en chemise blanche et gilet : des visages d'une pâleur hivernale, qui paraissent respirer l'air de l'océan comme des sels et se libérer de la torpeur étriquée de longs mois passés à l'intérieur. Ces hommes sont plus ou moins jeunes, certains sont très grands, quelques-uns ne sont encore que des garçons, et, bien qu'ils se parlent, ils l'observent.

Sa démarche se modifie sur la conque faiblement incurvée de la plage. Ses pieds, dans sa lente progression, laissent de légères traces scandaleuses sur le sable. Sa robe, qui est en soie pêche, devient, lorsqu'elle entre dans l'eau, d'un sépia translucide. L'air est chaud, mais l'eau est glacée sur sa peau ; et ce contraste la fait frissonner.

Elle enlève son chapeau et donne des coups de pied, soulevant de petites gerbes d'eau parmi les vagues. Elle prend de longues inspirations d'air marin qui lui éclaircissent l'esprit. Peut-être les hommes qui l'observent se posent-ils alors des questions, à voir le ravissement qui soudain s'empare d'elle et la remplit de la joie de l'attente. Et ils sont aussi surpris qu'elle par la façon dont elle accepte son sort. Car dans le laps de temps qu'il lui a fallu pour marcher de la digue à la mer, une distance d'une centaine de mètres, elle a cessé d'être une jeune fille, avec un besoin enfantin, réprimé, presque frénétique de balayer les chambres et les toiles d'araignée de son hiver, pour devenir une femme.

C'est le vingtième jour de juin, la dernière année du siècle, et elle a quinze ans.

Le père d'Olympia, en costume blanc, avec ses cheveux d'un roux éteint soulevés de son front par le vent, l'appelle des rochers à l'extrémité nord de la plage. Les rochers sur lesquels le sort a fait échouer de nombreux marins, prêtant ainsi à la plage et à la terre qui l'entoure le nom de Fortune. Il met ses mains en coupe autour de ses lèvres, mais le fracas des vagues la rend sourde. Forme blanche parmi les gris, son père est un homme doux et aimant, irréprochable dans sa conduite envers elle, bien qu'il se croie en possession de son corps et de son âme, comme s'ils étaient à lui et que ce ne soit pas à elle de les dilapider ou de les accorder.

Ce jour-là, Olympia, son père et sa mère ont voyagé en train de Boston vers le nord, pour gagner une villa dont les pièces, lorsqu'ils sont entrés, étaient habillées de draps blancs et curieusement dénuées de poussière. Olympia aurait aimé, quand elle a vu les housses, que sa mère ne demande pas à Josiah, le valet de son père, de les retirer des meubles, parce qu'elles dessinaient des formes abstraites fantastiques contre les six portes-fenêtres du long salon. Au-delà des vitres saupoudrées d'une mince couche de sel s'étendait l'Atlantique, avec sa couronne de brume étincelante. Au loin, de petites îles semblaient flotter au-dessus de la ligne d'horizon.

La villa est modeste selon certains critères, bien que le père d'Olympia soit un homme riche. Mais elle est unique par ses proportions, et elle la trouve charmante au-delà de toute expression. Blanche, avec des volets bleu foncé, la maison d'un étage est encerclée d'élégantes vérandas. Elle est construite dans le style des grands hôtels le long de la plage de Fortune's Rocks, et de Rye et Hampton plus au sud : son toit légèrement incurvé est incrusté de chiens-assis à intervalles réguliers. La maison n'a jamais été un hôtel, mais autrefois un couvent, le siège de l'ordre de Saint-Jean-Baptiste-de-Bienfaisance, vingt religieuses qui prononçaient des vœux de pauvreté et se mariaient à Jésus. En conséquence, la structure a ceci de curieux qu'elle est constituée de chambres de la taille de cellules, dont deux sont occupées par Olympia et son père, tandis que trois autres ont été réunies pour l'usage de sa mère. Reliée au rez-de-chaussée de la maison se trouve une petite chapelle ; et bien qu'elle ne soit plus consacrée, la famille d'Olympia ne peut encore se résoudre à installer ses possessions profanes entre ses murs de bois. À part une douzaine de bancs bien alignés et une large dalle de marbre qui a autrefois servi d'autel, cette chapelle reste vide.

À l'extérieur, sous les vérandas, s'étend un énorme fouillis de massifs d'hortensias. Devant la maison, une pelouse descend jusqu'à la digue, qui n'est guère plus qu'une barricade rocheuse contre l'océan, couverte à cette époque de l'année par une profusion de rosiers. Ainsi, la vue de la véranda est un tableau de feuilles émeraude piquetées de rose, sur un fond d'un bleu si brillant qu'il est moins une couleur que l'expérience de la lumière. À l'ouest de la pelouse commencent les pommeraies de Sheepnose et de Black Gilliflower [1], et au nord la plage s'étire sur trois kilomètres de côte. Fortune's Rocks est non seulement le nom du croissant de terre abritant cette plage, mais

1. Variétés de pommes. *(N.d.T.)*

aussi celui de la grappe de maisons de vacances construites sur les dunes et les rochers, dont celle des Biddeford fait partie.

Des rochers, son père lui fait encore signe. « Olympia, je t'ai appelée », lui dit-il quand, avec l'ourlet de sa robe mouillé, elle grimpe sur celui où il se tient. Elle s'attend à ce qu'il soit fâché contre elle. Dans son impatience de sentir la mer sur ses pieds, elle est allée par mégarde sur la plage à l'heure de la baignade des hommes, un geste qui serait acceptable de la part d'une fillette, mais pas de celle d'une jeune femme. Olympia explique du mieux qu'elle peut qu'elle regrette ; elle a tout simplement oublié les heures de baignade des hommes, et elle ne l'a pas entendu appeler à cause du vent. Mais, en s'approchant de son père et en levant les yeux sur son visage, elle remarque la façon dont il détourne vivement le regard – ce qui ne lui ressemble pas – et comprend qu'il a dû assister à sa promenade pieds nus de la digue au bord de l'eau. Ses yeux sont humides dans le vent, et il semble momentanément étonné, déconcerté même, par sa présence physique.

« Josiah a préparé un plateau de sandwiches, dit son père, se tournant vers elle et se reprenant. Il l'a porté dans la chambre de ta mère pour que vous ayez toutes les deux quelque chose à manger après ce long voyage. » Il cligne vivement des yeux et se penche sur sa montre. « Mon Dieu, Olympia, quel désastre », ajoute-t-il.

Il parle, bien entendu, de la maison.

« Josiah paraît assez bien affronter la crise, commente-t-elle.

— Tout aurait dû être prêt pour notre arrivée. On devrait déjà avoir la cuisinière. »

Son père porte encore sa redingote. Ses lourdes bottes noires sont couvertes de poussière, et elle pense qu'il doit avoir extrêmement chaud, être très mal à l'aise. Manifestement, il s'est habillé ce jour-là sans vraiment pouvoir trancher – traînant Boston derrière lui alors qu'il partait pour la mer.

Dans la vive lumière du soleil, Olympia voit le visage de son père plus clairement qu'elle n'en a eu l'occasion tout l'hiver. C'est un visage fort, plein de caractère, un visage qu'il a hérité de son père et que plus tard, par sa conduite, il a fini par mériter.

Son trait le plus remarquable est le bleu sombre de ses yeux, un bleu si intense que ces yeux seuls, même avec leurs taches de rouille sur l'iris, parlent de rectitude morale. Un éventail de rides, toutefois, et des paupières plissées adoucissent ce soupçon de rigidité. Ses cheveux grisonnent aux tempes et s'éclaircissent sur le front, mais son teint est coloré et n'a pas encore commencé à pâlir, comme il arrive si souvent aux hommes roux dans leur maturité. Olympia n'est pas sûre d'avoir jamais songé à la taille de son père, ni de pouvoir dire précisément combien il mesure – elle sait seulement qu'il est plus grand que sa mère et elle, ce qui semble conforme à l'ordre normal de l'univers. Son visage est allongé, comme le sera un jour celui d'Olympia, même si ni l'un ni l'autre n'est particulièrement maigre.

« Quand tu auras fini ton thé, j'aimerais te voir dans mon bureau », dit son père sur le ton familier qu'il emploie avec elle d'habitude, bien qu'elle sente un changement entre eux. Le soleil souligne les imperfections de sa peau, et dans cette lumière impitoyable elle voit de minuscules éclats d'argent et de roux le long de sa mâchoire. Il plisse les yeux dans la clarté.

« J'ai besoin de te parler de certaines choses. Qui ont à voir avec tes études d'été et tout ce qui s'ensuit », ajoute-t-il.

Son cœur se serre en entendant parler de ses études d'été, car elle aimerait trouver un répit à son éducation singulière, mais intense. Son père, qui a perdu confiance dans les écoles, se charge de son instruction. Ainsi, elle est son unique élève et lui son unique professeur. Il demeure convaincu que cette éducation progresse à un rythme que l'on n'imagine pas dans les écoles et les universités, et que sa portée ne saurait être surpassée en Nouvelle-Angleterre, autant dire les États-Unis. C'est peut-être vrai, songe Olympia, mais elle ne saurait l'affirmer : cela fait quatre ans qu'elle n'a pas assisté à des cours avec d'autres filles.

« Bien sûr », répond-elle.

Il lui lance un regard puis laisse ses yeux dériver vers la mer par-dessus son épaule. Il tourne les talons et commence à regagner la villa. En observant sa posture légèrement voûtée, une caractéristique qu'elle n'a jamais remarquée auparavant, elle éprouve soudain de la tristesse pour son père, pour ce qu'il est en train de perdre, la garde de son enfance.

Elle erre à travers la maison, admirant les sculptures formées par les draps blancs sur les meubles. Un porte-manteau devient le fantôme d'une jeune fille ; une longue table de salle à manger, une salle d'opération ; une série de chaises empilées et enveloppées de blanc, un trône. Elle monte le grand escalier pour gagner la chambre de sa mère.

Celle-ci, imperturbable, est assise sur une méridienne bleu paon que l'on a dénudée, et regarde droit vers la mer. Elle ne semble pas remarquer l'homme perché sur une échelle derrière sa fenêtre. D'une main, il tient une bouteille de vinaigre et de l'autre un tampon de papier journal. Josiah a enfilé une salopette pour cette tâche, bien que par-dessous il porte un gilet et un col raide. Plus tard, quand les fenêtres seront propres, il retirera la salopette, remettra sa veste, ajustera ses manchettes et entrera dans le bureau, où il demandera au père d'Olympia s'il veut son verre habituel de bière brune londonienne. Puis Josiah, un homme qui est avec son père depuis dix-sept ans – il est entré à son service avant son mariage et la naissance de sa fille – et qui, sans un mot pour se plaindre, a entrepris de laver les vitres dans les appartements de sa mère (bien que cette tâche soit parfaitement indigne de lui) parce qu'il ne veut pas que sa vue de l'océan soit obscurcie ce jour-là, le premier de leur séjour estival, descendra la longue allée de galets et sortira dans Hampton Street pour s'en prendre au nouveau domestique qui aurait dû préparer la maison avant l'arrivée de la famille.

Comme la mère d'Olympia a un penchant pour les nuances de bleu, même pendant les mois d'été, elle porte ce jour-là un corsage en crêpe couleur glycine avec des boutons de nacre, et de longues manchettes qui lui cachent les poignets et lui flattent les mains. Autour de la taille, elle a une large ceinture de soie persane. Cette préférence pour le bleu se manifeste aussi dans les tissus de sa chambre – la courtepointe en satin aigue-marine sur le lit, le brocart de soie de la méridienne, les rideaux de velours bleu pastel aux fenêtres. Les appartements de sa mère, pense Olympia, trahissent une féminité excessive : ils forment un boudoir, séparé, isolé du reste de la maison, dont la démesure n'a pas à être tolérée, ni vue par d'autres, et qui ne trouve aucun écho dans la décoration austère de la villa.

Sa mère porte une tasse à ses lèvres.

« Tu es toute rose », dit-elle légèrement à Oympia, mais non sans une trace de remontrance maternelle. On a souvent recommandé à Olympia de mettre un chapeau pour se protéger le visage du soleil. Mais elle a été incapable de renoncer, durant ces quelques instants de bonheur au bord de l'eau, à la sensation de chaleur sur sa tête. Elle sait que sa mère ne lui tient pas sérieusement rigueur de ce petit plaisir, malgré son souci immodéré de la beauté.

La beauté, Olympia a fini par le comprendre, a handicapé sa mère et gâché sa vie, en la rendant dépendante des personnes désireuses de la voir et de la servir : son propre père, son mari, son médecin et ses domestiques. Et, en effet, la préservation de la beauté semble être tout ce qui subsiste dans la vie de sa mère, comme si les autres branches de l'esprit – le zèle au travail, la curiosité et la philanthropie – s'étaient atrophiées chez elle, et que seule cette activité ait survécu. Les cheveux de sa mère, si souvent passés au henné qu'ils ont pris la couleur de la robe d'un cheval rouan, sont retenus sur les côtés par des peignes et roulés en une série complexe de coques dont Olympia n'a pas encore la maîtrise. Sa mère a des yeux pâles, gris perle. Son visage, à la fois beau et solide, dément son état d'esprit, fragile au plus haut point – si fragile qu'Olympia l'a déjà vu éclater en morceaux.

« Josiah a préparé un plateau », dit sa mère, en désignant l'assortiment de sandwiches.

Olympia s'assied au bord de la méridienne. Les genoux de sa mère sont de petites collines dans le paysage indigo de sa jupe. « Je n'ai pas faim, dit Olympia, ce qui est vrai.

— Tu dois manger quelque chose. Le dîner ne sera pas servi avant des heures. »

Pour faire plaisir à sa mère, Olympia prend un sandwich sur le plateau. Pour l'instant, elle évite son regard perçant et examine la chambre. Ils n'ont pas les meilleurs meubles à Fortune's Rocks, parce que l'air de la mer et l'humidité ont des effets désastreux sur les formes et les surfaces. Mais Olympia affectionne particulièrement la coiffeuse enjuponnée de sa mère avec ses nombreuses boîtes en argent et en verre, qui contiennent ses peignes et ses parfums, et la fine poudre de riz qu'elle utilise en soirée. Sur la coiffeuse sont aussi posés de nombreux médicaments et fortifiants. De là où elle est assise, Olympia voit du lait de pigeon, des pilules Pennyroyal et du tonique au gingembre.

D'aussi loin qu'elle se souvienne, on a toujours parlé de sa mère, en sa présence et en son absence, comme d'une invalide – un terme qui ne semble pas déranger celle-ci et qu'en vérité elle semble cultiver elle aussi. Ses troubles sont vagues et non spécifiés, et Olympia n'est pas certaine qu'un diagnostic sérieux ait jamais été posé. On dit qu'elle a eu une blessure à la hanche jeune fille, et Olympia a entendu l'expression « maladie de cœur » négligemment employée de temps en temps. À Boston, un médecin lui rend de fréquentes visites, et peut-être n'est-il pas le charlatan que le père d'Olympia voit en lui. Même petite, toutefois, Olympia était convaincue que le docteur Ulysses Branch venait voir sa mère plus pour sa compagnie que pour sa guérison. Sa mère ne paraît jamais véritablement souffrante, et Olympia pense parfois au terme « invalide » tel qu'il est appliqué à sa mère, *in validus*, non valide, comme si, outre la force physique, il lui manquait une certaine authenticité.

En conséquence de ces vagues infirmités, la mère d'Olympia n'est pas celle qui s'occupe de la famille, mais plutôt celle dont on s'occupe. Olympia a décidé que cela doit convenir assez bien à ses deux parents, ni l'un ni l'autre n'ayant jamais fait de grands efforts pour modifier la situation. Et, à mesure que le temps a passé, peut-être par l'effet d'une atrophie réelle, sa mère est devenue une sorte d'invalide valide. Elle sort rarement de la maison, sauf pour que son mari l'accompagne au crépuscule jusqu'à la digue, où elle s'assied et chante pour lui. Depuis des années, sa mère soutient que l'air de la mer a un effet salubre à la fois sur son moral et sur ses cordes vocales. Malgré l'humidité, elle a un piano à Fortune's Rocks, comme à Boston, et de temps en temps elle quitte ses appartements et joue avec quelque talent. La mère d'Olympia a une merveilleuse ossature, mais la jeune fille n'héritera pas de son visage ni de la forme de son corps, ni, Dieu merci, de sa fragilité.

La mère d'Olympia, qui a rencontré son père à Boston à un dîner organisé par son propre père quand elle avait vingt-trois ans, ne s'est pas mariée avant l'âge de vingt-huit ans. Bien qu'on la considérât comme une belle femme, on disait que son système nerveux, si vulnérable, la rendait trop délicate pour le mariage. Le père d'Olympia, un homme toujours prompt à relever un défi, et captivé par ces caractéristiques qui faisaient fuir les autres – les états changeants de sa mère qui, comme dans un motif de fugue, passait d'un calme profond à de folles envolées créatives –, l'avait poursuivie avec une ardeur qu'il reconnaît rarement. Olympia ne sait que penser de la vie conjugale de ses parents, car sa mère paraît, bien que sensible au plus haut point, la moins physique des femmes, et souvent, quand elle est surprise, on la voit tressaillir au contact de son mari. Olympia répugne, cependant, à franchir le voile du sanctuaire interdit où elle pourrait imaginer en détail le mariage de ses parents. Car c'est un mariage qui a paru s'effriter au fil de sa durée, au point qu'il semble à Olympia, en cet été de sa quinzième année, qu'il ne reste entre eux que leur fille unique et le plus vague et le plus formel des liens.

« Tu ne dis rien, Olympia », remarque sa mère en l'observant attentivement. Si fragile soit-elle, sa mère peut se montrer pénétrante, et il est toujours difficile de lui cacher ses véritables pensées. Olympia songeait, en effet, à sa promenade le long de la plage, voyant comme de l'extérieur la silhouette vague et floue d'une jeune femme en soie pêche, gagnant le bord de l'eau sous les regards scrutateurs de plusieurs douzaines d'hommes et de jeunes gens. Et dans la chambre de sa mère, elle rougit soudain, comme prise en faute.

Sa mère se déplace légèrement dans le fauteuil. « Je crains d'aborder trop… trop tard cette discussion, commence-t-elle d'un ton mal assuré, mais je ne peux m'empêcher de remarquer, en vérité, je suis tout à fait frappée, c'est-à-dire, je suis très consciente aujourd'hui de caractéristiques physiques de ta personne, et je crois que nous devrions bientôt avoir une conversation sur certaines choses qui pourraient se produire à l'avenir, sur des dilemmes que toute femme doit affronter… »

Bien que la phrase défie toute analyse, sa signification est claire ; et Olympia secoue vivement la tête, ou agite la main, comme pour lui dire qu'elle n'a pas besoin de poursuivre. Car elle s'en est remise à Lisette, la bonne de sa mère, pour l'informer sur les secrets du corps. Sa mère paraît surprise un instant, à la manière de quelqu'un qui a préparé un long discours et se trouve interrompu. Mais Olympia, assise près d'elle, constate que le soulagement adoucit ses traits.

« Tu en as parlé avec quelqu'un ?

— Lisette, répond Olympia, voulant mettre un terme à la conversation.

— Quand était-ce ?

— Il y a quelque temps.

— Oh ! Je me demandais. »

Et Olympia se demande, elle aussi, pourquoi Lisette a gardé le silence sur ce qu'elle a pu dire à la fille de sa maîtresse. Elle espère qu'elle ne sera pas réprimandée pour ses confidences.

« Tu es installée ? demande vivement sa mère, impatiente à présent de changer de sujet. Tu es heureuse ici ?

— Tout à fait », répond Olympia, ce qui est vrai, et ce que sa mère veut entendre. Il est essentiel que la sérénité de sa mère ne soit pas troublée.

À la fenêtre, Josiah déplace l'échelle et elles regardent dans sa direction.

« Je me demande…, dit sa mère, rêveuse. Tu trouves que Josiah est un bel homme ? »

Olympia lève les yeux vers la silhouette qui semble suspendue en l'air. Il a des cheveux châtain clair qui ondulent en arrière, un front haut et un visage étroit qui semblent s'accorder à sa carrure mince. Légèrement étonnée, comme elle l'est toujours lorsque la réserve longuement étudiée de sa mère se fêle, elle ne sait que répondre.

« Tu crois qu'il a une maîtresse à Ely Falls ? » demande sa mère, avec une feinte malice. Mais ensuite, après un bref silence, pas plus long qu'un battement de cœur, durant lequel Olympia croit entendre sa mère soupirer après une autre vie (pour aussitôt la repousser), celle-ci répond elle-même : « Non, je ne pense pas. »

Dans l'ensemble, c'est une journée où tout le monde paraît se comporter étrangement autour d'Olympia. Elle ignore si c'est une conséquence d'un changement réel dans l'attitude de ses parents, ou de sa nouvelle perception d'elle-même, qui, se dit-elle, doit émaner d'elle comme une odeur. Comment expliquer autrement l'embarras de son père, si inhabituel de sa part, ou les incursions de sa mère dans des domaines que normalement elle évite ?

« J'aimerais que tu emportes le plateau quand tu partiras. Pour aider Josiah, qui est submergé, je crois. »

Olympia n'est pas aussi surprise par ce coq-à-l'âne qu'elle pourrait l'être, car sa mère a le don d'abandonner les sujets qu'elle a soudain décidé de ne pas vouloir discuter plus avant. Olympia se lève de la méridienne et se penche pour soulever le plateau en argent, heureuse d'aider Josiah, qu'elle aime beaucoup. Elle est soulagée d'avoir été congédiée.

« Tu dois te protéger davantage », dit sa mère quand elle quitte la chambre.

Après avoir remporté le plateau à la cuisine, Olympia entre dans le bureau de son père, où il est assis dans un immense fauteuil de capitaine [1] en acajou, lisant, remarque-t-elle, *The Shores of Saco Bay*, de John Staples Locke, le premier des nombreux volumes qu'il dévorera au cours de l'été. Son père, à

1. Ces fauteuils, très en vogue au XIXe siècle, étaient à l'origine ceux des capitaines des bateaux descendant le Mississippi. (*N.d.T.*)

la fois par profession et par inclination, est un homme discipliné et savant, la discipline étant, à ses yeux, un rempart nécessaire contre la dissolution ; il n'aime donc pas changer ses habitudes le premier jour de ses vacances, malgré le manque de préparatifs pour leur arrivée et le désordre qui en a résulté.

Cet été, comme les précédents, son père aura de nombreux invités, qu'il a surtout rencontrés dans ses fonctions de président de l'Atlantic Literary Club ou de rédacteur en chef du *Bay Quarterly*, un périodique d'assez grande renommée littéraire. Il aura de longues discussions avec ces personnes, qui le plus souvent sont des poètes, des essayistes ou des artistes, une sorte de salon perpétuel. Pendant la journée, il veillera à ce que ses hôtes se divertissent en se baignant à la plage, en jouant à l'Ely Tennis Club ou en se promenant en barque dans les marais de la baie, teintés de rose au soleil couchant. Les repas du soir seront longs et se prolongeront tard dans la nuit, même si son épouse demande à être excusée de bonne heure. Les femmes qui assisteront à ces dîners porteront des robes de lin blanc et des châles de soie tissée. Olympia a toujours été fascinée par les vêtements et les parures de leurs invitées.

Son père jette un coup d'œil à l'ourlet de sa robe, qui est encore humide. Elle lui demande par quoi il lui recommande de commencer ses lectures cet été. Il retire ses lunettes et les pose sur la table de marbre vert à côté de son fauteuil, une réplique de celle de sa bibliothèque à Boston. Autour d'eux, les fenêtres sont grandes ouvertes, et la pièce est envahie par l'odeur singulière, musquée et salée, de la marée descendante.

« J'aimerais que tu lises les essais de John Warren Haskell, dit-il, tendant la main vers un livre et le lui donnant. Ensuite nous discuterons de son contenu, toi et moi, car l'auteur est à Fortune's Rocks, il vient passer le week-end avec nous. »

C'est la première fois qu'elle entend le nom de John Haskell.

« Haskell amène sa femme et ses enfants, ajoute son père, et j'espère que tu nous aideras à les recevoir.

— Bien sûr », dit-elle, passant la paume sur la couverture de soie brune du livre et les caractères dorés, en relief, du titre, « mais quant à ces essais, je ne connais pas l'auteur.

— Haskell est un homme de médecine et il donne parfois des conférences à l'université, où je l'ai rencontré pour la première fois. Mais sa vraie vocation, à mon avis, c'est l'écriture, et j'ai publié plusieurs de ses meilleurs textes. Il s'intéresse aux travailleurs, et il semble particulièrement désireux d'améliorer les conditions de vie et de travail des ouvrières d'usine. D'où son intérêt pour Ely Falls.

— Je vois », dit-elle en feuilletant les pages du modeste livre. Et, bien que ce sujet l'ennuie déjà légèrement, plus tard elle passera au crible le souvenir de cette conversation, à la recherche du moindre détail qui aurait pu lui échapper mais qu'elle pourrait savourer.

« Haskell tient un dispensaire à East Cambridge, dit son père. Il travaillera à Ely Falls pour la saison, puisqu'il remplace l'un des médecins en poste, qui prend un congé. » Son père s'éclaircit la gorge. « Pour Haskell, c'est une heureuse circonstance, qui non seulement lui permettra de rester à proximité pendant que l'on construit sa villa un peu plus loin sur la plage, mais de pouvoir étudier de près les conditions qui l'intéressent tant. Quant à moi, je considère également sa visite comme une chance, car j'apprécie vraiment l'esprit et la compagnie de cet homme. Je pense que tu seras charmée par Catherine, l'épouse de Haskell, et aussi par les enfants.

— Je dois servir de gouvernante, alors ? » demande Olympia, surtout par plaisanterie, mais son père prend la question au sérieux et paraît scandalisé.

« Certainement pas, ma chère, dit-il. Les Haskell ne seront nos invités que pour le week-end, après quoi Haskell poursuivra son séjour, comme il l'a fait jusqu'ici, au Highland Hotel, en attendant que leur villa soit terminée, sans doute vers la fin de juillet. Catherine et les enfants resteront à York avec sa famille d'ici là. Grand Dieu, Olympia, comment as-tu pu imaginer que je t'exploiterais ainsi ? »

Le bureau de son père est sombre, bien que les fenêtres soient ouvertes ; et ses livres, qui ont été en partie déballés par Josiah, commencent déjà à se déformer dans l'air humide. Tous les lundis, durant l'été, Josiah fera de hautes piles des livres et les chargera de lourds poids de fer afin de les aider à retrouver, pour quelques heures, leur forme et leur densité d'origine.

Olympia se déplace dans la pièce, touchant divers objets familiers que son père a amassés au fil des années et gardés à Fortune's Rocks : un presse-papiers en malachite venu d'Afrique orientale ; une croix incrustée de pierres précieuses qu'il a achetée à Prague quand il avait dix-neuf ans ; un coupe-papier en ivoire jauni de Madagascar ; la boîte en argent qui contient toutes les lettres reçues de sa future épouse quand il a passé un an à Londres avant leur mariage ; et une lampe de bureau en verre coloré bordée de cristaux d'ambre qui a autrefois appartenu à la grand-mère d'Olympia. Son père collectionne aussi des coquillages, comme un petit garçon pourrait le faire, et lorsqu'ils marchent ensemble sur la plage, il a toujours avec lui une boîte où les mettre. Sur ses étagères sont disposées des coquilles Saint-Jacques délicatement ourlées, la coque sombrement iridescente de modestes moules, et des coquilles d'huître incrustées de calcaire blanc. Quand il fume, il se sert des coquillages comme cendriers.

Il la regarde évoluer dans son bureau.

« Tu as aimé ta première visite à la plage ? » lui demande-t-il prudemment.

Elle soulève le presse-papiers en malachite. Elle n'est pas certaine qu'elle pourrait décrire sa promenade le long de la plage, même si elle le voulait.

« C'était merveilleux, après un si long hiver, de sentir la mer et l'air de la mer », répond-elle. Mais lorsqu'elle lève les yeux vers lui, elle voit qu'il a chaussé ses lunettes, un geste discret pour la congédier.

Du bureau de son père, elle sort sur la véranda. Elle a le livre que son père lui a donné, mais elle est trop distraite pour l'ouvrir. Au cours de l'hiver, elle a atteint sa taille définitive, et lorsqu'elle s'assied dans un fauteuil sur la véranda, désormais elle peut voir, par-dessus la balustrade, la pente de la pelouse, qui a besoin d'être fauchée. Une fleur qu'elle ne peut identifier dispense un parfum délicieux dans l'air, et cette odeur, mêlée à celle de la mer, crée un nuage enivrant et soporifique autour d'elle.

Elle défait les deux boutons du haut de sa robe et s'évente le cou avec le tissu. Elle retire son chapeau et le pose, mais il voltige aussitôt sur le sol de la véranda et va se loger sur le barreau inférieur de la balustrade. Elle glisse la main sous sa robe et libère ses bas de ses jarretières comme elle l'a fait tout à l'heure dans la cabine de plage avant de descendre vers la mer. Elle roule ses bas en boule, s'assied dessus, puis soulève l'ourlet de sa robe, raidi à présent par l'eau salée, jusqu'aux genoux. Elle étend les jambes, étonnée de la blancheur de sa peau, à laquelle elle a rarement accordé une pensée dans sa vie. La brise fraîche et humide lui chatouille les mollets et l'arrière des genoux. Elle imagine les visages choqués de Josiah, de son père ou de sa mère si l'un d'eux survenait et la surprenait dans cette tenue ; mais elle décide que le plaisir exquis de l'air sur ses membres vaut d'encourir ce risque. Son regard se détend en embrassant la ligne d'horizon, l'endroit où la mer rencontre le ciel, où il semble que tout mouvement soit suspendu. Et, en effet, on dirait qu'aujourd'hui elle aussi est en état de suspension – qu'elle attend une chose qu'elle peut à peine imaginer et pour laquelle elle commence seulement à se sentir prête.

Olympia aime à songer aux premières occupantes de la maison, les sœurs de Saint-Jean-Baptiste-de-Bienfaisance, vingt femmes et jeunes filles canadiennes de la province de Québec. Bien que les sœurs eussent fait vœu de pauvreté et fussent rattachées à la paroisse de Saint-André à Ely Falls, elles goûtaient, dans la maison de Fortune's Rocks, à toute la beauté que le cadre avait à leur offrir. Parfois Olympia imagine les religieuses assises sur la véranda, contemplatives, le regard tourné vers la mer ; ou couchées sur leurs étroites paillasses en crin dans des cellules seulement ornées d'une croix au-dessus d'une table rustique ; ou priant ensemble dans la petite chapelle en bois avec des mots latins et des pensées françaises ; puis elles traversaient la grande étendue de marais entre Fortune's Rocks et Saint-André pour assister aux offices avec les prêtres et les immigrés canadiens français. Olympia est souvent étonnée par le contraste entre le jardin luxuriant de la villa et les habitudes austères des femmes qui y demeuraient ; mais, comme elle n'est pas catholique, elle ne peut envisager trop longtemps les implications théologiques de ce paradoxe. En fait, au début de cet été de 1899, alors qu'elle se perd en conjectures sur ces femmes qui devaient glisser en pantoufles sur les parquets cirés de la maison, elle ne connaît personne de confession catholique, une lacune qui la trouble, car elle lui semble une manifestation supplémentaire de son existence trop protégée.

Elle n'est allée qu'une seule fois à Ely Falls, et c'était l'été précédent, quand son père l'a emmenée en ville pour lui montrer la chute naturelle qui se déverse dans l'Ely River et qui a rendu le site si favorable à la construction d'une usine de textile. Ils étaient allés en voiture de Fortune's Rocks au cœur de la ville, avec ses usines massives en briques noires et les étroits bâtiments de la cité ouvrière, et c'était, à mesure qu'ils progressaient, comme s'ils se déplaçaient à travers des catégories de noms : les Whittier et les Howell de Fortune's Rocks, une classe favorisée, essentiellement oisive, qui vient de Boston chaque année pour les mois d'été ; puis les Hull et les Butler d'Ely proprement dit, de vieilles familles yankees qui habitent de solides maisons en bois et possèdent les usines et les boutiques environnantes ; et enfin les Cadorette et les Beaudoin d'Ely Falls, des Canadiens français de la première et de la deuxième génération, qui ont émigré du Québec au nord du Maine et à la côte du New Hampshire pour trouver du travail. Les résidents de Fortune's Rocks, en grande partie inhabitable l'hiver à cause de la sévérité des tempêtes du nord-est, essaient constamment de se séparer de la municipalité d'Ely ; mais cette municipalité, qui comprend Fortune's Rocks et Ely Falls, répugne à laisser échapper les riches habitants de Fortune's Rocks, parce que les impôts fonciers des villas d'été sont considérables. Le père d'Olympia, un progressiste modéré, ne défend pas la sécession. Il répète souvent à sa fille qu'il croit de son devoir moral de contribuer au confort des habitants de la ville industrielle, même si la mairie de cette ville est corrompue au-delà de toute expression.

Bien que, ce jour-là avec son père, Olympia ait certainement été émerveillée par les vingt millions de litres d'eau qui tombaient chaque minute d'une hauteur de vingt mètres dans un halo constellé de diamants, actionnant les fileuses et les métiers des usines textiles d'Ely Falls, ce sont les immeubles utilitaires et délabrés où les jeunes ouvrières habitaient qui l'ont le plus intriguée. Tandis qu'ils parcouraient la ville dans leur attelage, son père, l'homme de lettres, que deux générations séparaient des fabricants de chaussures de Brockton, Massachusetts, qui avaient bâti la fortune de la famille, fournissait un commentaire lucide sur l'économie de la manufacture du textile, fondée sur l'exploitation des individus – un commentaire vu comme partie intégrante de son éducation au même titre que les œuvres d'Ovide et d'Homère qu'elle avait lues au printemps. Pendant tout ce temps, Olympia avait du mal à s'empêcher de crier à son père d'arrêter le cheval. Elle aurait tant voulu regarder à loisir les façades de ces bâtiments, où parfois un livre, un chapeau à plume ou une carafe de lait apparaissaient à une fenêtre, et pouvoir imaginer, avec pour seuls guides l'angle du chapeau ou la simplicité de la carafe, la vie des femmes derrière ces fenêtres énigmatiques. Dans ces pièces, croyait Olympia, habitaient des filles guère plus âgées qu'elle, vivant des vies dont elle voulait désespérément avoir un aperçu, sinon véritablement les expérimenter. Des vies tellement plus indépendantes et aventureuses que la sienne, quel que fût le prix qu'elle attachait à son confort. Et elle ne sait toujours pas si son impatience, qui a constamment paru faire partie de son caractère, résulte de son éducation ordonnée et protégée, ou si elle est simplement destinée, par le même héritage biologique qui pousse sa mère à être intolérante devant les plus modestes épisodes de la réalité, à avoir un tempérament moins complaisant et peut-être plus curieux que les filles de son âge. Mais, ce jour-là, elle n'a pas crié à son père d'arrêter ; si elle l'avait fait, il l'aurait considérée avec étonnement et consternation, et il aurait jugé nécessaire de remettre en question sa maturité et son jugement.

En 1892, l'évêque Pierre Bellefeuille, de l'église Saint-André, ayant décidé que la paroisse serait mieux servie si les sœurs allaient vivre en ville pour assurer la direction de l'hospice et de l'orphelinat, a vendu le couvent au père d'Olympia. L'évêque, venu prendre un verre au fumoir du Highland Hotel, avait parlé de ce projet de vente, et le père d'Olympia s'y trouvait par hasard ce soir-là. Il avait gracieusement proposé (et avec une certaine sagesse, comme l'avenir devait le prouver) d'acheter le couvent sans le voir et donné sur-le-champ un chèque du montant global. Les transformations avaient pris un mois – essentiellement, on avait converti vingt chambres minuscules en huit pièces modestes et un ensemble plus spacieux pour sa mère, et installé des canalisations intérieures, un luxe que les sœurs ne s'étaient pas permis.

Olympia est assise, songeant distraitement aux sœurs, à leur couvent et à la ville d'Ely Falls, sur un banc de la chapelle abandonnée reliée au côté nord de la maison. C'est un petit bâtiment au toit pointu et aux fenêtres de verre blanc à travers lesquelles on peut contempler les nombreux charmes de la nature, sinon de Dieu, bien qu'Olympia soit certaine que les religieuses auraient vu les choses autrement. En dehors de la forme de la chapelle et de ses bancs, le seul attribut religieux est l'autel – une lourde dalle de marbre blanc délicatement veiné qui paraît nue sans sa croix et ses candélabres, et les autres accessoires de la messe catholique.

C'est la fin de la matinée, le jour du solstice d'été, et, regardant par une fenêtre ouverte, Olympia essaie de fixer sur son carnet de croquis un bateau en bois, dépourvu de peinture, aux voiles anciennes d'un ivoire jauni. Mais elle n'est pas, elle le sait, une artiste très douée, et ses efforts pour rendre l'embarcation sont plus impressionnistes que précis, le but principal de l'exercice n'étant pas d'améliorer ses aptitudes mais de se donner l'occasion de penser à loisir. Car, à cette époque de sa vie, Olympia est très occupée par l'activité de la pensée : pas nécessairement une pensée constructive, et rien qui apporte de brillantes solutions à des problèmes, mais plutôt des pensées vagabondes, des rêveries en somme, se déplaçant au hasard d'un endroit à l'autre, choisissant quelque chose, le considérant, le reposant, comme on le fait dans les boutiques. Quand elle se promène quotidiennement le long de la digue (ou dans le jardin public à Boston), ou s'assied sur la véranda le regard perdu vers la mer, ou se joint aux invités de son père à la table du dîner, observant la façon dont la flatteuse lumière dorée des bougies joue parmi les visages des visiteurs, ses pensées errent et le tableau se transforme. Au dîner, toutefois, elle joue souvent à un jeu : elle tente de concilier ce qu'un individu peut dire à un moment donné avec les idées différentes, et plus authentiques, qu'elle lui prête, un jeu qui l'a poussée à être exceptionnellement attentive aux caractères.

Son dessin est donc une ruse destinée à alimenter un projet plus vaste. Mais même ainsi, et bien qu'elle soit assez contente qu'on la laisse simplement tranquille sur un banc dans la chapelle, elle est quelque peu troublée par son incapacité à rendre, même de manière approximative, la taille du bateau par rapport à celle des îles à l'arrière-plan. Aussi est-elle un peu distraite de sa tâche lorsqu'elle entend, faiblement d'abord, puis avec plus de clarté, les voix excitées et insistantes d'enfants. Quand elle se lève pour regarder la maison par la fenêtre, elle voit qu'il y a bien des enfants sur la véranda ; et quoiqu'il semble qu'une classe entière les ait envahis, elle ne compte que quatre minces silhouettes. Bien sûr, elle comprend aussitôt ce que cela signifie : John Warren Haskell et sa famille sont arrivés, et elle devrait rentrer pour les accueillir.

Elle voit tout de suite, en traversant la pelouse, que les enfants sont apparentés : il y a là trois filles brunes, de trois à douze ans, et un garçon, un peu plus âgé que la cadette, aux cheveux abondants et raides, et si blonds qu'ils frappent le regard. Lorsque Olympia atteint les marches de la véranda, son carnet de croquis sous le bras, et que les enfants, curieux, se penchent sur la balustrade pour mieux voir l'inconnue en robe de lin blanc s'approcher d'eux, elle constate qu'ils ont tous des sourcils sombres (même le garçon), et la même bouche large et énergique. Les deux aînées, qui ont perdu leurs rondeurs enfantines, sont élancées ; la plus âgée, remarque Olympia, sera un jour très grande, car elle a déjà de longues jambes et les épaules larges. La fillette se tient les pieds légèrement écartés et les mains sur les hanches. Sa robe bleu pâle, avec son col blanc et ses broderies délicates, contraste avec sa carrure athlétique, et tandis qu'Olympia l'observe sa posture est légèrement provocante.

L'autre fillette, timide, a une main sur la bouche. La plus petite et le garçonnet sont constamment en mouvement, incapables de s'arrêter à un endroit sur la véranda, de peur de manquer une vue qui pourrait se révéler incroyablement excitante. Découvrant tour à tour la pelouse, les rochers et la mer, puis la jeune femme qui approche, les enfants ont une expression qu'Olympia reconnaît, pour avoir eu la même la veille : une façon presque frénétique d'absorber les premiers souffles enivrants de l'été.

Une fois sur la véranda, elle s'arrête d'abord pour dire bonjour aux deux plus petits, qui baissent la tête, gênés, puis à la moyenne, qui prend timidement la main d'Olympia mais n'ouvre pas la bouche, et enfin à l'aînée, qui déclare à Olympia qu'elle s'appelle Martha.

« Et moi Olympia Biddeford », dit-elle. La jeune fille prend sa main mais regarde par-dessus son épaule droite.

« Et moi John Haskell », entend-elle une voix annoncer derrière elle.

Olympia se retourne à demi. Elle voit des cheveux châtains, des yeux noisette. L'homme hoche imperceptiblement la tête. Sa chemise, marquée par les bretelles aux épaules, est un peu froissée par l'humidité, et le bas de son pantalon est saupoudré d'une fine couche de sable mouillé. Il se tient les mains dans les poches. Les manchettes de sa chemise sont déboutonnées, bien qu'il ne soit pas allé jusqu'à les rouler. Elle devine, dans le bref moment qu'il faut à cet homme pour traverser la véranda et lui tendre la main, qu'il a environ l'âge de son père, peut-être un an ou deux de moins, ce qui lui donnerait quarante ans. Il n'est pas vraiment trapu, parce qu'il est grand, mais ses épaules sont larges. Il lui donne l'impression de se sentir confiné dans ses habits.

Lorsqu'il lui prend la main, il quitte l'ombre pour entrer dans un rectangle de soleil. Les doigts d'Olympia tremblent peut-être à peine dans sa paume, et il penche rapidement la tête pour ne pas avoir le soleil dans les yeux. Il regarde leurs mains jointes et de nouveau son visage. Il ne parle pas pendant quelques secondes, et elle non plus. Pas un mot, pas un salut, pas une plaisanterie. Et Olympia pense que sa mère, qui sort justement sur la véranda, doit remarquer ce silence entre eux.

« Je suis heureuse de faire votre connaissance, dit enfin Olympia.

— Et moi la vôtre, dit-il, lâchant sa main. Vous avez rencontré Martha. »

Elle hoche la tête.

« Et voici Clementine », ajoute-t-il en désignant la fillette timide. Il se retourne pour trouver les plus petits. « Et ces deux-là, qui ne tiennent pas en place, sont Randall et May. »

Olympia éprouve dans son corps un mélange de honte et de confusion.

« Vous nagez ? » demande Martha à côté d'elle, sa voix venant briser la chaleur des présentations de John Haskell comme un seau d'eau glacée sur la peau.

« Mais oui, dit Olympia.

— Y a-t-il des coquillages sur la plage ?

— Beaucoup », répond-elle.

Olympia voudrait soudain quitter la véranda et le regard attentif de sa mère, qui n'a pas franchi le seuil de la porte ni prononcé une parole.

« De quelle sorte ?

— Quelle sorte de quoi ? demande distraitement Olympia.

— Les coquillages, dit Martha avec une certaine impatience.

— Eh bien, il y a des huîtres et des moules, bien sûr. Et des palourdes.

— Avez-vous un panier ?

— Je crois qu'on peut en trouver un. »

John Haskell s'éloigne d'elles. Il s'appuie sur la balustrade pour observer le panorama.

« Où ? demande Martha.

— Il y en a plusieurs dans la cuisine, répond-elle.

— À quoi travaillez-vous ? »

Tout d'abord, Olympia ne comprend pas la question. Martha désigne le carnet de croquis sous son bras.

« Un tableau, dit-elle. Il n'est pas très bon.

— Montrez-le-moi. »

Bien qu'elle n'en ait pas envie, Olympia ne trouve pas de raison de ne pas accéder à sa requête.

« Non, en effet, dit Martha avec une franchise désarmante quand elle a regardé le dessin.

— Martha, dit John Haskell, d'un ton légèrement désapprobateur. Nous ne devrions pas retenir Mlle Biddeford plus longtemps. Viens te promener avec moi, s'il te plaît. »

Olympia regarde John Haskell et sa fille descendre les larges marches de la véranda et traverser la pelouse. Martha ne lui arrive pas aux épaules. Olympia se tourne vers sa mère, qui la considère pensivement. Se dirigeant vers elle, elle fait mine de passer, mais demande (une nouvelle fausse note dans la voix) si elle doit emmener les plus petits faire une promenade le long de la digue. Et aussitôt, avant que sa mère ait eu l'occasion de parler, elle répond elle-même : « Je vais changer de bottines et prendre un châle. » Elle entre dans la maison, et, si sa mère lui dit un mot, elle ne l'entend pas.

La chambre d'Olympia est apaisante à l'œil, et elle cherche souvent refuge entre ses quatre murs, prouvant par là qu'elle n'est pas si différente de sa mère. La pièce est tapissée d'un azur pâle qui rappelle le ciel, parsemé de minuscules bouquets de roses crème ; elle ne peut contenir que son lit étroit, une petite table de nuit, une commode, un secrétaire et une chaise. Olympia a placé le secrétaire contre la fenêtre pour pouvoir contempler la pelouse et l'océan, une vue dont elle ne se lasse jamais, même par les pires jours que réserve la côte du New Hampshire. Des rideaux blancs de mousseline encadrent la fenêtre, leurs panneaux relevés, et le tissu vaporeux dessine une ouverture en losange sur la mer. La lumière diffuse à travers le voile lui procure presque toujours une sensation de tranquillité quand elle ferme la porte et comprend qu'elle est enfin seule.

Mais ce jour-là, elle ne trouvera la paix ni dans cette pièce ni dans une autre. Elle marche vers la fenêtre puis s'en écarte. Elle s'allonge sur le lit, et aussitôt se lève et arpente la chambre. Elle s'approche du miroir au-dessus de la commode pour examiner son visage, le tournant à droite et à gauche pour mieux l'étudier, s'efforçant d'imaginer comment on le voit durant les premières secondes d'une rencontre, quels jugements peuvent être portés sur sa beauté ou, au contraire, son manque de charme. Se mettant de profil, elle étudie sa silhouette sur toute sa longueur, la façon dont la robe tombe de sa poitrine. Elle se penche presque contre le miroir pour examiner la peau au-dessus de son col festonné, et dans ce geste elle voit que ses pommettes sont marbrées. Soudain elle est certaine que sa mère a remarqué cette coloration. Elle attend sûrement de voir si Olympia va bientôt descendre avec ses bottines et son châle pour emmener les enfants se promener sur la plage, ainsi qu'elle l'a promis. Et à ce moment, comme pour lui répondre, un coup est frappé à la porte.

Se ressaisissant du mieux qu'elle peut, Olympia va ouvrir. Sa mère se tient sur le seuil, les bras croisés, la bouche ouverte sur une question jamais vraiment posée. Par un hasard inespéré, plus heureux qu'Olympia ne le mérite, elle paraît aussi malade qu'elle s'apprête à le prétendre. Elle lui ment, de façon éhontée, extravagante, lui expliquant qu'elle a mal au ventre, peut-être quelque chose qu'elle a mangé. Elle ne se sent pas fiévreuse, ajoute-t-elle, mais elle s'est reposée un peu. Puis, avant que sa mère puisse rien dire, Olympia lui demande si elle a déjà parlé de la promenade aux enfants, car elle doute qu'elle sera en état de les emmener à la plage comme elle en avait l'intention.

« Ah bon », dit sa mère, bien qu'Olympia lise le doute dans l'expression de sa bouche. Olympia a déjà menti auparavant, des mensonges pieux pour empêcher sa mère de découvrir une infime vérité qui aurait pu l'inquiéter sans nécessité, mais la jeune fille n'a pas le souvenir d'avoir jamais menti pour se protéger ou s'excuser. Et elle comprend que si sa mère choisit souvent de vivre dans un monde où peu de décisions ont besoin d'être prises, à ce moment elle en prend une. Et qu'à sa façon elle est presque aussi déconcertée par l'état d'agitation manifeste d'Olympia qu'elle l'est elle-même.

« Tu ne descendras pas déjeuner, alors », dit sa mère, et Olympia entend à sa voix que ce n'est pas une question, mais une affirmation.

Lorsqu'elle est partie, Olympia s'allonge sur son lit. Le

regard fixé nulle part, elle tente de se laisser calmer par le bruit des vagues se brisant sur le sable. Et, au bout d'un moment, cet effort commence à être récompensé par une respiration régulière. À tel point, en fait, qu'elle se redresse pour chercher une occupation dans la chambre. Son tricot est dans un sac en tapisserie près de la commode, son carnet de croquis abandonné sur le secrétaire. Sur sa table de nuit, elle voit le livre que son père lui a donné la veille. Elle le prend et passe le bout des doigts sur les lettres légèrement en relief du titre doré. Elle emporte le livre, va s'asseoir sur l'unique chaise de la chambre et commence à le lire.

Cet après-midi-là, Olympia lit d'un bout à l'autre le livre de John Haskell, non pour s'instruire ou comprendre son contenu, ce qui, la veille seulement, lui paraissait un pensum, mais pour y chercher des indices sur l'esprit d'un autre être dans la combinaison particulière des mots, comme si la structure des phrases et des termes qu'elles contiennent étaient des formules qui, une fois déchiffrées, pourraient révéler de petits secrets. Mais, à mesure qu'elle lit, en dépit de ses véritables intentions, elle est absorbée par le sujet du livre. Le propos en est trompeusement simple et original, du moins selon l'expérience limitée d'Olympia. Dans *Sur les rives des fleuves*, John Warren Haskell présente au lecteur sept histoires, ou plutôt, pense Olympia, les portraits – extraordinairement détaillés et tracés avec une apparente objectivité – de sept personnes associées aux fabriques de Lowell, Holyoke et Manchester : quatre ouvrières et trois hommes. Dans l'exécution de ces portraits, il y a peu de rhétorique et pas de tentative visible de la part de l'auteur de faire l'apologie de ces personnes ni de les dénigrer. En fait, le lecteur y trouve une description d'un mode de vie qui parle du sort presque intolérable de l'ouvrier d'usine, à travers les seules images de ses luttes quotidiennes, plus éloquemment, se dit Olympia, que la rhétorique ne pourrait jamais le faire. Ces portraits sont sans complaisance, et contiennent des passages à la fois instructifs et difficiles à lire – pas par leur langage mais par les images qu'ils éveillent ; car l'auteur possède une connaissance extrêmement précise de la vie domestique et des questions médicales. Elle se demande un instant ce qui a poussé son père à lui mettre cet ouvrage sous les yeux, bien que ce ne soit pas la première fois qu'il lui donne des sujets d'étude ardus ou discutables, que d'autres professeurs auraient pu interdire. Il a toujours encouragé Olympia, dans leurs conversations, à ne pas se détourner de la douleur ni de la laideur, du moins dans les livres.

Cet après-midi, dans sa chambre, sans bouger de sa chaise, elle s'attarde sur des mots : *fileurs*, *briseurs de grève*, *calomel*. Elle bute sur la description d'une intervention chirurgicale sur un cancer au stade initial. Elle est fascinée par le système de plomberie des logements ouvriers. Et elle se demande, non sans intérêt, comment John Haskell peut connaître le fonctionnement de la machine à tricoter aussi bien que les douleurs de l'accouchement. À mesure qu'elle lit et se pose des questions, elle est amenée à apprécier, page après page, la profondeur des connaissances de cet homme, que ce soit sur le corps humain ou sur la nature humaine, si bien qu'elle a l'impression de lui avoir parlé longuement, alors que, bien entendu, ce n'est pas vrai.

Quand elle lève les yeux, elle voit que la lumière a atteint ce moment parfait de la journée qui confère à tous les objets plus de clarté qu'auparavant. Et elle peut se convaincre que, d'une certaine façon, elle s'est adroitement arrangée pour échanger un jeu d'émotions inavouables contre des sentiments défendables, c'est-à-dire qu'elle a transmué sa confusion en respect, son agitation en admiration, et que cette alchimie lui permet d'envisager de descendre dîner dans un état presque normal.

Avec le temps, Olympia apprendra l'obsession de l'« autre », cette personne à qui l'on vole quelque chose – l'épouse, l'ancienne maîtresse, la fiancée. Elle apprendra l'appétit insatiable qui fait de l'autre femme un objet de curiosité presque intolérable. Le tourment d'une fascination inépuisable. Elle découvrira cet été qu'elle veut savoir les détails les plus intimes de la vie de Catherine Haskell : si elle dort seule dans son lit, ou enlacée à son mari ; quels mots de tendresse elle murmure et donc reçoit ; si elle entend, comme Olympia, la pause momentanée, puis le cri étouffé, secret et palpitant, que seule une amante devrait connaître. Partagent-elles, Catherine Haskell et elle, certains souvenirs, des événements rejoués à différents moments dans le continuum du temps, de sorte que ses souvenirs ne sont pas du tout à elle, mais simplement des répétitions de ceux de Catherine ? De sorte que, dans le continuum du temps, chaque femme est également trahie ?

Et dans les années à venir, Olympia se demandera si elle ne s'est pas, en fait, engagée dans une sorte d'histoire d'amour avec Catherine Haskell, si sa curiosité au sujet de la femme et des années qu'elle a vécues avec Haskell, et que n'a pas connues Olympia, des années au cours desquelles des promesses de mariage ont été échangées et consacrées, des enfants sont nés, ont été chéris, un lit conjugal a été mille fois partagé et quitté, ne constituait pas une forme d'amour détournée, un amour qui ne pourrait jamais, de par sa nature, être payé de retour ni satisfait.

Olympia décide de descendre dîner, et affronte son apparence négligée dans le miroir au-dessus de la commode. Bien qu'ils aient une blanchisseuse à Fortune's Rocks, Olympia n'a pas de femme de chambre (pas plus qu'à Boston), car son père tient l'autonomie en matière d'habillement et d'hygiène personnelle comme une part essentielle de l'éducation d'une jeune fille. Il n'approuve pas non plus la vanité chez une fille, c'est pourquoi il préfère qu'Olympia ait une garde-robe aussi simple que possible, sans verser dans l'excentricité. Il semblerait toutefois que ces préceptes de simplicité ne s'appliquent qu'à sa fille, et non à sa femme : il paraît charmé par les soies bleu lavande et les voiles marine, par les coiffures recherchées, élaborées, les boucles et les peignes qui ornent la chevelure de la mère d'Olympia. Celle-ci, il va sans dire, a une femme de chambre, Lisette.

Mais ces recommandations de son père en matière d'habillement et d'apparence extérieure n'ont jamais gêné Olympia, qui a pris l'habitude de prendre soin d'elle-même. D'ailleurs elle trouverait de mauvais goût de partager l'intimité de son corps juste pour son entretien. Quoi qu'il en soit, elle passe une demi-heure pénible dans sa chambre, rejetant une robe après l'autre, déconcertée d'avoir si peu de bijoux, ne sachant si elle doit porter ses cheveux sur les épaules ou les relever avec des épingles. Les deux choix, apparemment, sont lourds de résonances implicites : est-elle une fillette ou une femme ? Ce dîner est-il un événement ordinaire ou une occasion plus choisie ? Son père voudrait-il la voir les cheveux libres et sa mère relevés ? Olympia opte pour les cheveux sur les épaules retenus par un ruban et pour une robe en lin bleu marine, au corsage orné de lisérés blancs qui font penser à un col marin. Mais, juste au moment où elle s'apprête à quitter la chambre, elle s'aperçoit dans le miroir, et avec horreur elle voit qu'elle ressemble davantage à une écolière montée en graine qu'à une jeune femme sur le point d'assister à un souper le soir du solstice d'été. Déboutonnant frénétiquement son corsage et tirant la malheureuse robe par-dessus sa tête, elle choisit parmi les vêtements sur le lit un corsage de linon blanc et une longue jupe noire à taille haute en fin lainage. Elle arrache aussi le fâcheux ruban et commence à épingler ses cheveux pour les relever en chignon. À cette époque de l'année, avant d'être éclaircis par le soleil de l'été, ils sont châtain foncé, épais, et il leur faut un nombre incroyable d'épingles pour tenir en place. Malgré tout, elle devra laisser quelques mèches folles tomber sur ses épaules, sinon elle manquera complètement le dîner. Prudemment, elle évite de se regarder dans le miroir en quittant la chambre.

Elle entend des voix étouffées dans la direction de la véranda, aussi fait-elle un détour par la salle à manger, peu désireuse encore de se mêler à la conversation. Comme c'est le premier souper de la saison, la table a été mise avec plus de soin qu'à l'accoutumée, avec de la porcelaine cloisonnée, les verres à pied en cristal taillé de sa mère et des masses de roses miniatures, de couleur crème, éparpillées au petit bonheur croirait-on, mais en fait sous l'œil averti de sa mère, sur le damas blanc de la nappe. Des douzaines de bougies, dans des appliques et des candélabres, se reflètent dans les doubles miroirs au-dessus des deux buffets d'acajou placés face à face, si bien que partout les chaudes lumières tremblotantes semblent briller à l'infini. Comme on est encore au crépuscule, Olympia voit, à travers la moustiquaire des fenêtres, la haie de rosiers au bord de la pelouse, et plus loin les vergers. L'air est doux à travers le grillage, il parcourt le corps tel un esprit se mouvant dans la pièce. Olympia suit la trace de cet esprit qui fait vaciller la flamme des bougies. Derrière la porte de l'office, on élève la voix et du métal s'entrechoque. Puis elle entend autre chose, le bruissement de jupes dans l'embrasure de la porte.

« Vous devez être Olympia. »

Celle-ci remarque d'abord, comme sans doute tout le monde

doit le faire, les larges yeux verts, d'un vert aussi transparent que du verre poli par la mer. Catherine Haskell avance, et Olympia est surprise de découvrir que la femme est plus petite qu'elle et boite imperceptiblement.

« Quelle jolie pièce », dit Catherine en retirant son chapeau et en embrassant d'un regard la belle ordonnance de la table. Ses cheveux sont d'une couleur très inhabituelle : un blond foncé mêlé d'une bonne proportion de fils argentés, de sorte qu'ils paraissent arachnéens.

« Et vous êtes sans doute madame Haskell, répond Olympia, retrouvant sa langue.

— Je ne m'habitue jamais à la splendeur de Fortune's Rocks, aussi souvent que nous venions », dit Catherine, essayant de nouer une mèche de cheveux sur sa nuque. Olympia est frappée par son sourire, pas exactement un sourire d'autosatisfaction, mais plutôt d'authentique bonheur.

« Je me suis promenée », dit Mme Haskell, pour expliquer le chapeau, en le montrant. Elle porte une robe en taffetas vert avec de nombreux jupons – un choix curieux, pense Olympia, pour une promenade. Catherine Haskell était peut-être trop impatiente pour se changer, comme elle-même l'était la veille. Olympia remarque que ses bottines et l'ourlet de sa robe sont poussiéreux.

« J'avais peur de retarder le dîner », dit-elle.

Olympia secoue la tête.

« J'espère que les enfants ne vous ont pas ennuyée, dit Catherine. Les avez-vous rencontrés ? Je sais que Martha aura été charmée par vous et voudra vous questionner sur toutes sortes de choses, mais vous devez la renvoyer quand vous le désirez.

— Oh, pas du tout, dit Olympia, pensant que Martha n'a pas été le moins du monde charmée par elle. Je les ai à peine vus, sauf à leur arrivée. Je suis restée dans ma chambre tout l'après-midi.

— Vraiment ? Par une si belle journée. Et pourquoi donc ? »

Aussitôt, Olympia regrette d'avoir avoué être restée enfermée dans sa chambre. Elle voit aussi qu'elle ne peut pas dire à cette femme qu'elle a passé tout l'après-midi à lire les essais de son mari. Bien qu'elle ne puisse pas en formuler la raison pour le moment, l'idée semble indélicate, indiscrète, comme si elle avait étudié un album de photos personnelles.

« Je me suis reposée, dit-elle.

— Oh, j'espère que vous n'êtes pas souffrante.

— Non, je vais très bien, répond Olympia, confuse, en regardant ses pieds.

— Catherine, dit lentement la femme, prononçant son nom en trois syllabes. Je vous en prie, appelez-moi Catherine. Sinon je vais me sentir trop vieille. »

Olympia lève les yeux et s'efforce de sourire, mais elle voit que Mme Haskell l'examine, que son regard dérive vers sa taille, ses cheveux. Puis il revient à son visage, et la femme la fixe un instant avant de jeter un coup d'œil vers la véranda.

« Croyez-vous, demande Mme Haskell, que j'aurais le temps de me glisser dans ma chambre pour mettre une autre robe, qui n'ait pas traîné dans le sable et les algues ? »

Ce n'est pas vraiment une question, Olympia n'étant certes pas l'arbitre de l'heure du souper. Mme Haskell quitte la pièce dans le même bruissement de jupes qui a accompagné son entrée.

Olympia s'appuie un moment contre l'encadrement de la porte, et à ce moment elle voit par hasard, à travers la moustiquaire d'une fenêtre, un petit phoque se poser sur un rocher.

Ce soir-là, ils sont sept à table, avec Rufus Philbrick, de Rye, qui possède des hôtels et des pensions dans cette ville, ainsi que Zachariah Cote, un poète de Quincy qui passe quelques jours au Highland Hotel. (Un septième couvert a été ajouté en hâte pour Olympia, qui n'était pas attendue.) Les enfants, ayant dîné plus tôt, ont été provisoirement écartés de la maison par la gouvernante des Haskell, qui les a obligeamment emmenés faire une promenade vespérale le long de la plage. M. Philbrick, un homme grand et fort, avec une barbe et une moustache d'un blanc de neige, porte une veste rayée et un pantalon crème. Olympia le voit comme un dandy et un homme fortuné. Cote, dont elle a essayé de lire la poésie pour l'écarter aussitôt, ses images larmoyantes, à l'eau de rose, n'étant pas de son goût, est un homme d'une beauté remarquable, aux cheveux blond cendré et aux dents étonnamment blanches, un atout dont il doit tirer vanité, car il semble beaucoup sourire. (Et ses yeux sont-ils réellement bleu lavande ?) Sa mère, en mousseline jacinthe avec des peignes incrustés de perles dans les cheveux, paraît d'humeur animée, ce qui déclenche une légère alarme dans l'esprit d'Olympia et, croit-elle, dans celui de son père ; ils ont déjà connu tous les deux ces accès de gaieté et de pétulance, et ils ont des raisons de craindre l'effondrement dont ils sont parfois suivis. Mais la pièce est si belle, avec ses sept convives, la lumière des bougies reflétée à l'infini dans les doubles miroirs au-dessus des buffets, et l'air frais qui pénètre à travers la moustiquaire, un air qui annonce une telle profusion de nuits à venir qu'Olympia, riche de leur promesse, se sent transportée.

On accueille Olympia, on lui parle, on lui pose des questions dès le début du repas, un léger mouvement d'intérêt auquel elle a appris à s'attendre et auquel elle sait répondre. Quand les invités auront posé toutes les questions d'usage, et que les huîtres auront succédé à la soupe de poissons, elle n'aura plus qu'à écouter les autres, la partie du dîner qu'elle préfère.

Elle forme des jugements rapides sur les invités. Elle voit que Zachariah Cote, par sa conversation et ses gestes, est trop avide de plaire à son père, qui n'a pas encore décidé s'il publiera ou non les vers du poète. Et elle trouve cette démonstration d'empressement, surtout dans ces circonstances, plus pitoyable que charmante. Elle préfère l'attitude plutôt bourrue de Rufus Philbrick, dans son curieux costume rayé, avec ses réponses mordantes aux questions de son père. Elles suscitent de la jovialité chez celui-ci, qui sait que sa soirée sera pimentée par un minimum d'humour. La mère d'Olympia paraît boire beaucoup de champagne et ne pas toucher à son repas, et de temps en temps le père d'Olympia jette un coup d'œil à son épouse ou pose brièvement les doigts sur sa main. Olympia sait qu'il espère que sa femme s'excusera de bonne heure, avant de commencer à se désintégrer. Catherine Haskell, dans une robe de crêpe de Chine héliotrope qui met en valeur ses cheveux blond argenté de façon spectaculaire, répond poliment aux questions des hommes et gravite, protectrice, vers la mère d'Olympia. Elle la complimente avec sincérité sur la masse de roses miniatures qui décorent la table, elle lui demande si elle trouve prudent de laisser les filles aller faire du bateau dans les marais le lendemain matin.

John Haskell est assis à l'autre bout de la table, et de temps en temps Olympia entend sa voix. Il semble que les hommes, Haskell avec eux, racontent à Cote, qui est nouveau dans la région, une histoire ayant trait à la poétesse Celia Thaxter, que son père admire et qu'il a souvent publiée. Cette femme, Olympia le sait, a joué un rôle secondaire, mais critique, dans un meurtre qui a eu lieu dans les parages il y a environ vingt-cinq ans. Mais comme c'est un récit qu'elle a souvent entendu, et que par-dessus le marché il est plutôt sinistre, elle laisse ses pensées vagabonder jusqu'à ce que l'on serve les médaillons d'agneau et les croquettes de riz, et que les bonnes manières obligent de nouveau les convives à l'inclure dans la conversation. Cet été, elle est suffisamment informée de certains sujets pour participer aux échanges autour de la table si elle y est invitée, et son père le sait ; et il est possible qu'à n'importe quel moment il veuille faire étalage de l'éducation de sa fille en l'attirant dans un débat sur le libéralisme américain ou la réforme sociale chrétienne. Mais ce soir, elle remarque que son père, lui aussi, a l'air particulièrement animé, les joues presque empourprées, et se dit que c'est peut-être dû à la beauté de Mme Haskell et de sa mère, à leur reflet double, non, quadruple, dans les miroirs au-dessus des buffets. D'ailleurs, Olympia découvre que tous les hommes sont bien placés par rapport à ces miroirs, qu'ils bénéficient d'une multiplication infinie des charmes inhérents à une certaine inclinaison de tête, un long cou, au nuage vaporeux d'une chevelure d'argent et d'or, à un sourire rapidement accordé, un léger froncement de sourcils, à la façon dont des perles se drapent sur une gorge blanche, à la chute d'une mèche qui s'est libérée d'un peigne incrusté de diamant et de jais. Elle aussi est profondément attentive à ces charmes, comme un apprenti le serait aux leçons d'un menuisier ou d'un forgeron. Mais quand, au fil de ses pensées vagabondes, elle jette un coup d'œil à l'autre bout de la table, elle voit que John Haskell ne contemple pas les charmes de sa femme ni ceux de Rosamund Biddeford, en chair et en os ou dans les doubles miroirs, mais les siens.

Il n'y a pas à se tromper sur ce regard. Ce n'est pas celui de quelqu'un qui admet poliment sa présence ou l'encourage à parler. Ce n'est pas non plus un air de concentration distraite. C'est plutôt un regard totalement pénétrant, sans barrières et sans limites. Un examen qu'Olympia n'a jamais rencontré dans sa jeune vie. Il lui semble que toute la table doit être figée dans cet instant, comme elle, et ressentir son intensité presque intolérable.

Elle baisse la tête, mais ne voit rien, ni la fourchette dans sa main, la dentelle au poignet de son corsage, ni les médaillons d'agneau sur son assiette. Lorsqu'elle lève les yeux, elle voit que ce regard est toujours sur elle. Et ne peut pas, finalement, empêcher son étonnement d'apparaître sur son visage. Peut-être à cause de sa confusion, qui doit tout à coup être visible, il tourne vivement la tête vers son père, comme s'il allait lui parler. Et c'est à ce moment que son père, sans doute surpris de l'attention soudaine de Haskell (ou peut-être conscient sans le savoir du regard que cet homme a posé sur sa fille), annonce au groupe de convives : « J'ai donné à lire à Olympia le nouveau livre de John. »

Le silence qui suit est plus terrible que tout commentaire improvisé qu'elle aurait pu formuler, un silence pendant lequel son père et ses invités attendent qu'elle parle, et où elle risque de transformer le plaisir de son père en déception. De sorte qu'au bout d'un moment il est obligé de dire, avec dans la voix un faible écho du ton du maître d'école : « N'est-ce pas, Olympia ? Ou peut-être n'as-tu pas eu le temps de jeter un coup d'œil aux essais de Haskell ? »

Elle lève le menton avec une crânerie qu'elle est loin d'éprouver et, au lieu de répondre à son père, elle dit à John

Haskell : « J'ai lu presque tous les essais, monsieur Haskell, et je les aime beaucoup. »

Sa respiration est si faible que l'air ne parvient pas à ses poumons. Un autre silence s'ensuit, qui en se prolongeant commence à irriter son père.

« Tu peux sûrement être plus précise, Olympia. »

Elle prend une inspiration et pose sa fourchette.

« La forme de vos essais est trompeusement simple, monsieur Haskell. Vous semblez avoir écrit sept histoires sans jugement ni commentaires, et pourtant les portraits, par l'accumulation des détails, sont plus persuasifs, je crois, que pourrait l'être n'importe quelle démonstration rhétorique.

— Persuasifs de quoi ? demande Philbrick, qui n'a pas lu les essais.

— De la nécessité d'améliorer les conditions de vie des ouvriers d'usine », répond-elle.

John Haskell jette un bref coup d'œil à Philbrick, qui, après tout, possède un certain nombre de logements ouvriers à Rye, comme pour s'assurer que l'homme ne sera pas offensé par une discussion plus approfondie du sujet. Mais Haskell voit aussi sûrement, comme elle, le petit sourire sur le visage de son père, qui lui indique que son insistance à vouloir la faire parler du livre entre dans son plan d'ouvrir un débat animé. Haskell se tourne alors vers Olympia. Elle espère qu'il ne va pas dire qu'elle est trop indulgente, car elle sait qu'en ce cas il ne lui donnerait plus voix au chapitre.

« Vos portraits sont crus et certains passages, pour moi, sont à la fois très instructifs et difficiles à lire, poursuit-elle avant qu'il ne puisse parler, pas par leur langage mais par les images qu'ils évoquent, surtout quand il s'agit d'accidents et de questions médicales.

— C'est tout à fait vrai, Olympia, dit son père, qui commence à redevenir fier de sa fille.

— Je pense que rares seraient les lecteurs qui ne seraient pas émus par ces portraits, ajoute-t-elle.

— Vos idées semblent contredire votre âge », dit soudain

Rufus Philbrick, l'étudiant d'un regard perçant. Elle s'aperçoit qu'elle n'est pas gênée par la franchise de son regard.

« Mais non, dit son père. Ma fille est exceptionnellement instruite.

— Et dans quelle école ? » demande Zachariah Cote, en souriant et en s'adressant poliment à elle. Olympia n'aime pas le sourire soudain de cet homme, ni la longueur exagérée de ses favoris, ni, ce qui est plus grave, la façon dont la conversation s'est tournée vers elle plutôt que vers le travail de John Haskell.

« L'école de mon père, dit-elle.

— Vraiment ? demande Rufus Philbrick avec une certaine surprise. Vous ne suivez pas de cours ? »

Son père répond à sa place. « Ma fille est allée au Commonwealth Seminary à Boston pendant six ans. Il s'est alors avéré que le savoir d'Olympia était infiniment supérieur à celui de ses professeurs. Je l'ai retirée de cet établissement et depuis je m'occupe de son instruction à la maison ; mais dans un an, j'espère l'inscrire au Wellesley College.

— Cela ne vous a pas ennuyée ? demande posément Catherine Haskell en se tournant vers elle. D'être séparée des autres filles de votre âge ?

— Mon père est un professeur doué et patient, répond Olympia avec diplomatie.

— Ainsi, vous en savez long sur les usines ? demande Rufus Philbrick à John Haskell.

— Pas autant que je le souhaiterais, répond-il. L'un des désavantages de créer des portraits pour raconter une histoire est qu'ils permettent rarement à l'écrivain de présenter une pleine perspective historique, et je crains que ce ne soit un défaut majeur du livre. Pour moi, comprendre les antécédents d'une situation donnée est essentiel pour la comprendre dans le présent. Ne pensez-vous pas ?

— Oh, certainement, dit le père d'Olympia.

— Quand les usines sont apparues, poursuit Haskell, et que les ouvrières étaient surtout des filles venues de fermes yankees, les propriétaires avaient une attitude bienveillante envers leurs employées et se sentaient obligés de fournir des logements décents et des infirmeries bien tenues. Les filles étaient deux par chambre et prenaient leurs repas en commun trois fois par jour dans la salle à manger. De bien des façons, la pension était un chez-soi loin de chez soi, un peu comme une résidence universitaire. Il y avait des bibliothèques et des associations littéraires pour les jeunes filles, par exemple, des concerts et des pièces, et cetera. On pouvait dire d'une jeune femme que son « horizon était élargi », c'était l'expression, je crois, si elle entrait à l'usine.

— Malgré tout, dit Rufus Philbrick, j'ai entendu dire que ces filles travaillaient dix à douze heures par jour, six jours par semaine, et qu'il n'était pas rare qu'elles s'abîment la vue ou tombent malade.

— C'est la pure vérité, Philbrick. Mais ce que je veux dire, c'est que lorsque ces jeunes filles yankees ont commencé à rentrer chez elles et ont été remplacées par des Irlandaises et des Canadiennes françaises, les conditions se sont rapidement détériorées. Ces immigrés venaient en famille, des familles nombreuses qui ont dû s'entasser dans des chambres destinées d'abord à deux personnes. Les installations d'origine ne pouvaient abriter une aussi large population, et les conditions de salubrité se sont dégradées. Il a fallu attendre ces dernières années pour que des groupes progressistes commencent à promouvoir de meilleurs logements, des dispensaires et des soins aux enfants.

— J'ai entendu parler de ces groupes progressistes, dit Zachariah Cote, en regardant la petite assemblée autour de lui.

— En avril dernier, dit Haskell, avec plusieurs autres médecins de Cambridge, nous sommes allés à Ely Falls mener une étude sur autant d'hommes, de femmes et d'enfants que nous avons pu en convaincre d'y participer. La prime, sept dollars par famille, a été suffisamment attirante pour que nous puissions examiner cinq cent trente-cinq personnes. Parmi elles, soixante seulement ont pu être considérées en parfaite santé.

— C'est une proportion étonnamment faible, dit la mère d'Olympia.

— Oui, en effet. Dans les pensions, avons-nous découvert, la maladie proliférait – tuberculose, rougeole, byssinose [1], choléra, consomption, scarlatine, pleurésie –, et je pourrais allonger la liste.

— L'une des difficultés, John, d'après ce que je comprends, dit le père d'Olympia, c'est que certains immigrés ne sont pas très hostiles, culturellement parlant, au travail des enfants. Les Franco-Américains, par exemple, voient des familles entières comme de la main-d'œuvre, et ils essaient donc d'échapper aux lois contre l'exploitation des enfants en leur faisant accomplir des travaux à la pièce à la maison, parfois, selon le degré de misère de la famille, quatorze heures par jour dans un lieu sans aération ou presque.

— Quelle sorte de travaux à la pièce ? demande Catherine Haskell.

— Les enfants cousent ou faufilent ou défont des coutures, explique son mari. Des tâches simples, répétitives. » Il secoue la tête. « Vous n'en croiriez pas vos yeux si vous voyiez ces enfants, Philbrick. Beaucoup sont malades. Certains voient leur croissance compromise, ils s'abîment la vue. Et ces enfants n'ont pas douze ans. »

Le silence se fait un moment pendant que les convives considèrent ce qui vient d'être dit. Il leur faut absorber ces faits alarmants avant que la conversation puisse reprendre. Olympia pousse ses croquettes de riz de sa fourchette. Avec le courage éphémère qui lui vient d'avoir été invitée à parler, elle s'adresse de nouveau à John Haskell.

« Et autre chose, monsieur Haskell, dit-elle. Il y a de la chaleur dans vos portraits. Vous devez porter une certaine affection à ces ouvriers. »

John Haskell lui répond par un sourire discret mais caractérisé. « J'avais tout à fait espéré que cette affection serait apparente pour le lecteur, dit-il, mais elle semble avoir entièrement échappé à l'attention des journalistes.

— Le critique Benjamin Harrow est mieux connu pour sa

---

1. Maladie pulmonaire contractée par les ouvriers qui travaillent le coton. *(N.d.T.)*

gravité que pour son amabilité, je crois, dit le père d'Olympia en souriant.

— Je me demande si ces portraits ne sont pas, à strictement parler, autre chose que des essais, John, dit Zachariah Cote, tentant toujours de reprendre sa place dans une conversation qui s'est déroulée assez longtemps sans lui.

— Ce ne sont pas des essais au sens le plus strict, c'est certain, dit John Haskell. Ce ne sont que des profils. Mais j'aime à penser que les détails d'une vie forment une mosaïque qui à son tour ouvre des horizons plus larges au lecteur. J'ai également des dessins de ces ouvriers, que j'ai commandés et que j'aurais aimé inclure dans le livre, mais mon éditeur m'a persuadé que des illustrations distrairaient du sérieux de mon travail, et j'y ai donc renoncé – une décision que je regrette, d'ailleurs.

— Moi aussi, dit Olympia. Pour ma part, j'aimerais beaucoup voir des portraits des personnes dont vous parlez.

— Alors je me ferai un plaisir de vous les montrer, mademoiselle Biddeford », dit-il.

Et Olympia comprend, à la façon dont sa mère tourne vivement la tête, que sa requête a peut-être été trop audacieuse.

« Mais cela ne va-t-il pas à l'encontre de l'intention du portrait écrit ? demande Philbrick. Comment des mots pourraient-ils égaler la précision d'une image ?

— Il reste sûrement beaucoup de choses qui ne peuvent être rendues par un portrait, dit John Haskell. Les faits historiques, par exemple, ou la joie d'un mariage. La douleur résultant de la perte d'un enfant. Ou simplement le découragement.

— Mais pour ma part j'ai toujours pensé qu'on peut lire une vie sur un visage, dit Philbrick. C'est ainsi que je conduis mes affaires, par ce que je vois dans un visage. La loyauté. L'honnêteté. La ruse. La faiblesse.

— Eh bien alors, nous avons de la chance, dit gaiement Catherine Haskell. Mon mari a apporté son appareil. Nous pourrons peut-être le persuader de prendre des photos de chacun de nous demain. Après quoi nous pourrons décider si le caractère peut se lire sur le visage.

— Oh, sûrement pas ! s'exclame la mère d'Olympia, prenant la taquinerie de son invitée pour une injonction. Je ne me ferai jamais photographier. Jamais ! »

Cette note d'inquiétude, incongrue pour la soirée, et pourtant aussi lourde de sens pour l'été que si un pianiste avait par inadvertance effleuré des touches imprévues et produit un accord d'une beauté ineffable, vibre à travers la pièce et s'éteint lentement.

« Ma chère, dit son mari, tendant la main pour la poser sur celle, tremblante, de son épouse, dans un geste apaisant qu'Olympia verra toujours comme empreint d'une grâce infinie, je ne permettrais jamais à quiconque de photographier votre beauté, car je serais follement jaloux à la fois du photographe et de la personne qui oserait contempler le produit de son exercice. »

Et, que ce soit le faible rappel d'un danger ou la reconnaissance salutaire de la générosité de l'amour conjugal, chacun des convives est réduit au silence tandis que Lisette apporte le Sunderland pudding et commence à le servir.

Les notes d'un impromptu de Chopin, traversant les minuscules orifices des moustiquaires, flottent sur la véranda où les hommes sont assis avec des cigares et la délicate bulle de grands verres de brandy. La mère d'Olympia, comme il fallait s'y attendre, s'est excusée, et son père est revenu après l'avoir conduite à sa chambre. Catherine Haskell joue avec un art consommé, une note plaintive même, qu'Olympia trouve admirable. Des papillons de nuit volettent autour des lanternes, et elle est assise à l'écart de leur lumière et des messieurs. Comme il n'y a pas de femmes sur la véranda, elle ne peut se joindre aux hommes, mais elle ne pourrait pas non plus supporter de rester enfermée par une si belle soirée.

La lune projette de longs cônes sur la mer, qui s'est calmée avec la nuit et ressemble, à l'approche de la marée haute, à un lac somptueux. Le susurrement continu des vagues, qui accompagne la conversation et les notes du piano, est apaisant.

Olympia n'entend pas ce que disent les messieurs mais le son de leurs voix est immédiatement identifiable : les déclarations assurées et gracieuses, parfois un peu pédantes, de son père ; le staccato des éclats d'enthousiasme et des conseils de Rufus Philbrick ; le ton un peu voilé et bien trop déférent de Zachariah Cote ; et enfin, les phrases régulières et graves de John Haskell, dont la voix change rarement de registre. Elle s'efforce de distinguer des mots : *marchandise... Manchester... sellier... parodie... avantages...*, des mots masculins noyés dans la fumée, prononcés par des langues légèrement pâteuses. De temps en temps, les hommes baissent la voix comme des conspirateurs, leurs têtes rapprochées, et soudain, avec de rudes éclats de rire, ils s'écartent. À de pareils moments, Olympia pense qu'elle devrait peut-être quitter la véranda. Mais sa lassitude et son bien-être sont si profonds qu'elle ne peut se décider à bouger. Une idée la frappe : elle pourrait simplement s'endormir dans son fauteuil et y rester toute la nuit, cette courte nuit du solstice d'été. Elle pourrait regarder le soleil se lever sur la mer. Si bien qu'elle ne remarque pas que Catherine Haskell a cessé de jouer avant d'entendre sa voix derrière elle.

« Saviez-vous que presque toutes les civilisations ont considéré que la nuit du solstice d'été avait des pouvoirs magiques ? » demande-t-elle.

Olympia se redresse, mais Catherine pose une main sur son épaule. Elle prend un siège à côté d'Olympia et regarde pardessus la balustrade.

« Vous jouez très bien », dit la jeune fille.

Catherine Haskell sourit vaguement et agite la main comme pour rejeter un compliment immérité.

« Pas aussi bien que votre mère, d'après ce que j'ai entendu. » Le mauve de sa robe a pour effet, dans l'obscurité, de faire disparaître complètement le vêtement, si bien que, dans la faible lumière de la lanterne, elle semble réduite à deux bras minces, une gorge, un visage, et tous ces cheveux.

« Et que les premières pierres bleues de Stonehenge sont alignées sur le lever du soleil au solstice d'été ? Ce jour-là, il y avait des sacrifices. Des sacrifices humains, certains pensent.

— Cette nuit, je croirais tout possible, dit Olympia.

— Oui, en effet. »

Olympia entend le craquement du rotin quand Mme Haskell s'appuie en arrière et se met à se balancer. Ses fins souliers blancs luisent faiblement à la lumière de la lune.

« Votre mère n'est pas souffrante, j'espère, dit Catherine Haskell.

— Elle se fatigue facilement, explique Olympia.

— Oui, bien sûr. »

Olympia hésite. « Elle est de constitution délicate, ajoute-t-elle.

— Je vois », dit vivement Catherine Haskell, comme si c'était une chose qu'elle avait déjà devinée. Elle tourne la tête vers Olympia, mais celle-ci ne voit qu'un croissant de visage.

« Vous devez être comme votre père, dit Catherine.

— Comment cela ?

— Protectrice. Forte, je crois. »

Un peu plus loin, un court éclat de rire les pousse à jeter un coup d'œil dans la direction des messieurs. Les deux femmes examinent le tableau à la lumière des lanternes.

« Bien sûr, vous avez la beauté de votre mère », ajoute Catherine. Elle lisse une jupe invisible d'un bras d'albâtre. « J'ai toujours pensé qu'il y a un moment dans la vie d'une jeune fille... », commence-t-elle, puis elle se tait. Ils entendent la voix de John Haskell s'élever brièvement au-dessus des autres et un fragment de phrase : *... se sont détériorées avec l'arrivée de...* « Par "moment", poursuit Catherine, je veux dire une période, une semaine, ou des mois peut-être. Mais limité dans le temps. Un moment pour lequel les os se sont formés... » Elle s'arrête, comme si elle cherchait les mots appropriés pour continuer. « Et à ce moment, la jeune fille devient une femme. Un bourgeon de femme peut-être. Et elle n'est jamais aussi belle que dans ce laps de temps, si bref soit-il. »

Olympia est contente qu'il fasse noir et qu'on ne voie pas son visage, car le sang lui est monté aux joues.

« Ce que je veux dire, ma chère, ajoute Catherine, c'est que je crois que vous êtes justement à l'apogée de ce moment. »

Olympia regarde ses genoux.

« Votre beauté réside dans votre bouche », dit encore Catherine, et Olympia est ébranlée par cette franche déclaration.

« Évidemment, elle est dans votre visage, ajoute hâtivement son aînée, mais surtout dans votre bouche, avec sa forme originale, sa plénitude. Elle mériterait que l'on fasse son portrait. »

Olympia entend la reprise délibérée du mot *portrait*. Dans l'obscurité, la porte grillagée de la cuisine s'ouvre en grinçant, puis claque. La cuisinière doit rentrer chez elle. Olympia est trop troublée pour fournir une réponse qui ne soit pas sottement prétentieuse, et elle est aussi un peu inquiète du caractère intime des remarques de Catherine Haskell, une femme qu'elle connaît à peine. Mais plus tard, avec la perspective des années, Olympia pensera que le jugement de Catherine était prononcé davantage pour elle-même que pour son interlocutrice, comme si en définissant un danger on pouvait réussir à l'écarter.

« En tout cas, vous êtes tout à fait charmante, dit Catherine en adoptant un ton différent, la voix nonchalante d'une tante chérie ou d'une cousine, comme si elle avait senti les doutes d'Olympia. Et je suis sûre que cet été sera le vôtre.

— Vous me flattez trop, madame Haskell.

— Catherine.

— Catherine.

— Et je ne vous flatte sûrement pas assez. Comme vous le verrez. Puis-je vous demander une faveur ? »

Olympia hoche la tête.

« Je me demande si vous emmèneriez les grandes filles faire du bateau. Je sais que Martha adorerait ça.

— J'en serais très heureuse, répond Olympia.

— Seulement Martha et Clementine, je crois. Les autres sont trop petits.

— Nous avons des gilets de sauvetage.

— Tout de même, je préférerais que ce soit vous qui les emmeniez, si vous le voulez bien. Je ne fais pas très confiance au jugement de Millicent. Vous avez rencontré la gouvernante des enfants ? Dans d'autres domaines, oui. Mais pas le bateau. Elle a peu d'expérience de l'eau. »

Une voix masculine, insistante et cajoleuse, s'élève d'un ton au-dessus des autres. Instinctivement, Catherine Haskell et Olympia jettent un coup d'œil vers les messieurs près de la porte de la véranda, et le tourbillon de papillons de nuit au-dessus de leurs têtes.

« Cote me paraît un tel imbécile », chuchote Catherine. Et Olympia rit, au moins autant de soulagement qu'en reconnaissant ses propres pensées.

Mais tandis qu'elle rit, et peut-être n'est-ce qu'un tour joué par la lumière de la lune, la peau blanche de Catherine Haskell semble soudain fine et tirée.

« Ne vous couchez pas trop tard », dit-elle, en posant une main sur le poignet d'Olympia pour prendre appui en se levant, et la jeune fille se souvient qu'elle boite. Les doigts de Catherine sont étonnamment froids.

« Comme vous avez chaud », dit-elle en baissant les yeux.

Son visage n'est qu'à quelques centimètres de celui d'Olympia, si proche que celle-ci sent son souffle, parfumé par la menthe de l'agneau. Un instant, Olympia pense que Catherine va l'embrasser.

Olympia connaît d'autres détails à propos du solstice. Il réside dans la constellation des Gémeaux, et ce jour-là, à Assouan, à huit cents kilomètres d'Alexandrie, les rayons du soleil tombent exactement à la verticale à midi. Dans certains cultes, les fidèles se peignent le corps de symboles du solstice et saluent le soleil par des lamentations jusqu'à ce qu'ils sombrent dans l'inconscience ou qu'ils aient les visions attendues. Le solstice provoque les plus hautes marées de l'année, surtout s'il se produit en même temps que la pleine lune. La lune n'est pas complètement pleine ce soir-là, mais presque, et sera une source d'inquiétude, Olympia le sait, pour les quelques familles qui habitent des maisons trop proches de la plage à Fortune's Rocks.

Elle se glisse au bas de la véranda et marche le long de la pelouse dans l'ombre, pour ne pas attirer l'attention des hommes. Elle atteint la digue et trouve un rocher sec où s'asseoir. Elle se perche sur un rebord naturel au-dessus d'une luisante calligraphie d'algues, que les vagues imprègnent à nouveau chaque fois qu'elles pénètrent dans la crevasse la plus proche d'elle entre les rochers, projetant des embruns. La marée est forte en effet, elle taquine même les plus hautes pierres. Quand on s'approche de l'eau, la température est plus basse, et elle a un peu froid, assise les jambes repliées sous elle. La véranda, à une trentaine de mètres, est baignée de flaques de lumière jaune qui vacillent sous le vent léger. Bien qu'elle distingue le groupe d'hommes près de la porte, elle n'entend pas leurs voix, à cause des vagues.

Elle retire ses souliers et ses bas, et les pose près d'elle. Ses pieds s'enfoncent dans la mousse glissante du rocher. La sensation est un peu écœurante, elle éveille aussitôt l'idée de milliers de formes de vie juste en dessous de la surface trompeusement calme de l'eau. L'été précédent, le père d'Olympia a insisté pour qu'elle prenne des leçons de natation, puisqu'il ne permet à personne ne sachant pas nager d'utiliser seul le bateau. Ils sont allés au bord de la baie pour ces leçons, et elle a d'abord été si effrayée par la sensation de la vase entre ses orteils, et à l'idée d'être touchée par des créatures marines visqueuses, qu'elle a appris à nager en un temps record. Du moins assez bien pour avoir une chance de se sauver si elle tombait par-dessus bord à une distance raisonnable de la côte. Et tout cela malgré la dégaine incroyable, sinon franchement comique, de son père en costume de bain, et sa gêne extrême de se montrer ainsi sans carapace. (Et à présent elle se dit que si elle a appris si vite à nager, c'était autant à cause de sa peur de toucher une forme inquiétante que de la hâte qu'il avait d'enfiler une tenue plus convenable.)

Elle ignore combien de temps elle reste assise sur les rochers à regarder la marée s'élever à son point le plus haut. Elle songe à retourner à la maison quand une vague fantasque inonde le rocher sur lequel elle est assise et dérobe un soulier, comme une voleuse qui disparaît aussitôt dans la nuit. Elle se lève immédiatement, surprise par l'eau glacée qui a trempé le dos de sa robe.

Elle se penche pour récupérer la chaussure qu'elle voit monter et descendre juste hors de sa portée et, à ce moment, elle est assaillie par une autre vague glaciale qui non seulement emporte son autre soulier mais aussi ses bas. Elle recule et se relève. Il est clair qu'elle ne récupérera jamais les souliers ni les bas. Elle les regarde s'éloigner lentement des rochers, et un soulier disparaît complètement. Frissonnant un peu, son jupon mouillé, elle repart vers la maison. Elle traverse la pelouse luisante de rosée et assombrie par la nuit. Elle espère ardemment que personne n'entendra la porte grillagée s'ouvrir et se refermer quand elle entrera dans la maison.

Elle est au milieu de la pelouse quand elle distingue, dans les ombres de la véranda, une silhouette solitaire. Son cœur plonge dans sa poitrine. Son père, mécontent, l'aura attendue, et il sera furieux d'avoir dû veiller si tard. Mais après avoir fait encore quelques pas, elle voit, à la posture et à la taille de la personne, qu'il ne s'agit pas de son père. Son inquiétude est remplacée par du soulagement, qui cède vite la place à de l'appréhension.

Interrompant sa marche, elle s'arrête un instant. On l'a vue, et elle ne peut pas faire demi-tour sans paraître grossière ou effrayée, or elle ne veut ni l'un ni l'autre. Avec une désinvolture forcée, elle poursuit son chemin. John Haskell se lève et gagne les marches. Il lui donne sa main, qu'elle prend un instant.

« Vous avez oublié vos chaussures, dit-il.

— La mer me les a prises, répond-elle.

— Et la mer ne les rendra pas, je crois. »

Elle se laisse conduire sur la véranda.

« J'ai dit à votre père que je pensais que vous étiez allée vous coucher, dit-il, mais je vois que je me trompais. Il est très tard. Vous devriez monter.

— Oui, dit-elle.

— Vous êtes pâle. Je vais vous chercher du thé chaud.

— Non, dit-elle en l'écartant d'un geste. Je vais seulement m'asseoir une seconde pour reprendre mon souffle. »

Elle sent une main sur son coude la guider vers un fauteuil.

« Vous êtes trempée », dit-il.

Elle sait qu'il a vu le dos de sa jupe.

Il lui tend une tasse. « C'est la mienne, dit-il. Faites-moi plaisir, prenez-en une gorgée. »

Elle prend la tasse entre ses paumes et la porte à ses lèvres. Le thé lui réchauffe le corps, et l'agréable sensation se répand dans ses membres. Elle boit une autre gorgée et lui rend la tasse.

Depuis le dîner, Haskell a desserré son col. Sa veste est posée sur le dossier du fauteuil à bascule en rotin où il est assis. Elle est péniblement consciente de ses pieds et de ses chevilles nus, qu'elle tâche de cacher en se tenant plus droite et en faisant disparaître les scandaleux appendices sous sa robe.

Posant la tasse, John Haskell s'adosse dans le fauteuil, qui est si proche du sien que, si elle tendait la main, elle pourrait lui toucher le genou. Des frissons commencent à lui envahir pour de bon les bras et les épaules.

« Vous vous êtes attardée trop longtemps sur la digue.

— C'est la nuit du solstice d'été, répond-elle, comme si c'était une explication suffisante.

— En effet. Vous avez été trop bonne pour moi tout à l'heure dans vos commentaires sur mon livre. »

Et voilà, pense-t-elle. Le rejet. Mais elle se trompe.

« Vous semblez être ma parfaite lectrice, ajoute-t-il.

— Bien sûr que non, dit-elle vivement. Vos intentions seraient apparentes à n'importe quel lecteur.

— Si seulement je pouvais les atteindre, dit-il. Je crois avoir commis une erreur en écrivant un livre qui n'aura qu'une poignée de lecteurs. J'aurais dû publier un pamphlet, comme mon instinct m'avait d'abord poussé à le faire. Mais je crains que l'orgueil n'ait eu raison de moi.

— Vous éprouvez le besoin de toucher un large public ?

— Il le faut. Les conditions sont révoltantes. Les attitudes éclairées ont cédé la place à des couches successives de mépris et de négligence.

— Je vois », dit-elle. Elle sait qu'elle devrait se lever et aller mettre des vêtements secs, mais elle n'a pas envie de quitter la véranda tout de suite. « Et vous voudriez regagner un peu de ce terrain perdu ? » demande-t-elle.

Il secoue la tête. « Rien d'aussi ambitieux. C'est à la santé des ouvriers des usines que je dois d'abord me consacrer. Leur santé, les conditions sanitaires, les soins médicaux, qui sont en dessous de tout, je vous assure.

— Et vous allez donc travailler au dispensaire.

— Oui, j'ai déjà commencé. »

Un petit silence remplit l'espace qui les sépare.

« C'est plus qu'aimable à vous d'avoir demandé à voir les dessins, dit-il.

— Mais j'aimerais les voir, répète-t-elle.

— Eh bien, je les ferai venir.

— Je ne veux pas vous ennuyer.

— Non, pas du tout.

— Il faut que je parte », dit-elle en se levant brusquement. Et dans ce geste, sa coiffure, qui a été bousculée lorsqu'elle a traversé la pelouse (ou peut-être par le mouvement surpris de sa tête quand la mer a trempé sa jupe), penche légèrement d'un côté, un peigne s'en détache et tombe bruyamment sur le plancher de la véranda. John Haskell, qui s'est levé avec elle, se baisse pour le ramasser.

« Merci, dit-elle, le peigne à la main.

— Vous êtes si posée », dit-il soudain. Il penche la tête comme pour l'examiner sous un nouvel angle. « Vous avez une telle maîtrise de vous. Tout à fait extraordinaire chez une jeune fille de votre âge. Je crois que c'est le résultat de votre éducation singulière. »

Elle ouvre la bouche, mais ne sait que répondre.

« J'étais là hier, dit-il. Sur la plage. Je vous ai vue à la plage. »

Elle secoue la tête, muette, puis tourne les talons, contredisant en un instant la justesse du compliment qu'il vient de lui faire.

Après sa rencontre avec John Haskell sur la véranda, Olympia monte dans sa chambre, agitée. Elle ouvre la fenêtre, pose les mains sur l'appui et penche la tête. Une fine bruine lui couvre le visage, les cheveux et la gorge.

Elle enfile une chemise de nuit en linon qu'elle n'a pas portée depuis l'été dernier. La finesse du tissu est un plaisir, mais elle remarque qu'elle a tant grandi pendant les mois d'hiver que les manches sont trop courtes d'au moins trois centimètres. Une dentelle confectionnée par sa mère borde les poignets. La dentelle à la navette est une activité qui convient à la condition d'invalide de cette dernière, et elle a tenté de transmettre ce savoir-faire à sa fille, mais sans succès. Olympia s'assied sur son lit et, comme tous les soirs, natte ses cheveux, les pieds nus sur le plancher légèrement humide. Elle est depuis longtemps habituée à l'humidité permanente ; en fait, il n'est pas rare de se glisser dans des draps imprégnés d'air marin ou de retrouver dans l'armoire des robes qui ont perdu leur raideur.

Quand elle a fini d'attacher ses cheveux, elle se couche et tombe dans un sommeil tourmenté. Ses rêves sont différents de tous ceux qu'elle a connus jusque-là, par leur texture et leur substance. Ils sont un peu choquants, mais pas terrifiants. En effet, ils contiennent les sensations les plus intimes et les plus agréables qu'elle ait jamais éprouvées de sa jeune existence. Elle se réveille dans un état de grande confusion, les draps emmêlés autour d'elle, croyant avoir parlé à John Haskell quelques instants plus tôt, alors que bien entendu ce n'est pas vrai. Et elle se demande fugitivement si quelque chose ne va pas, si elle a eu des hallucinations, si elle est en danger de devenir la fille de sa mère, après tout. Puis elle rejette cette idée, car les rêves qu'elle a faits, et les sensations qui l'ont visitée, lui semblent, malgré leur nouveauté incroyable, accueillants, comme l'aurait été un bain chaud. Et si ces sensations ne paraissent pas entièrement *bonnes*, elles lui paraissent profondes et authentiques. En vérité, elle répugne à les voir s'échapper, se dissiper dans le soleil matinal.

Ce matin-là, avec Philbrick et Cote, et, bien sûr, les Haskell qui sont toujours chez les Biddeford, tout le monde s'adonne à la photographie. Olympia trouve aussi intéressant de participer que d'être spectatrice. Les séances de pose commencent peu après le petit déjeuner, et Haskell décide sagement de photographier d'abord les enfants pour qu'ils soient libérés de bonne heure pour d'autres activités. L'appareil est anglais, un très bel instrument avec son étui en acajou et ses garnitures en cuivre. À l'intérieur, explique Haskell, se trouve un cône métallique doublé de velours noir dans lequel on met le film. Une fois exposé, on le retire par l'autre côté. C'est un film de quarante poses, ajoute-t-il, de sorte que chacun pourra être photographié plusieurs fois. Olympia est soulagée de constater que l'appareil peut se tenir à la main et que l'entreprise ne sera pas la terrible épreuve dont elle a entendu parler – au cours de laquelle le malheureux sujet doit rester immobile sur une chaise, tandis que l'appareil, posé sur un trépied, enregistre longuement, minutieusement son expression rigide, tout sourire ou mouvement de sa part risquant d'être désastreux.

Afin de capter la meilleure lumière, abondante ce jour-là, Haskell choisit comme décor le perron. Pendant que l'un d'eux se fait photographier, les autres vont et viennent sur la véranda, lisent ou parlent, ou simplement contemplent la mer, une activité séduisante permettant d'occuper de nombreuses heures de la journée. Olympia prend un siège près du lieu des opérations et regarde Haskell travailler. Et, tout en l'observant, elle découvre qu'un rêve crée une intimité fallacieuse, que l'on a l'impression, toute la journée suivante, que certains mots ont été prononcés, certains gestes accomplis, alors que c'est faux. Si bien que l'objet du rêve paraît familier, alors qu'en fait il n'existe aucune familiarité.

Haskell, en costume de lin blanc et large cravate, avec un chapeau de paille qu'il retire lorsqu'il commence à travailler pour de bon, suggère de temps en temps une façon de pencher la tête, de placer un bras. Parfois il tend la main à travers l'espace photographique et déplace un peu une épaule. Comme on pouvait s'y attendre, les enfants sont impatients, c'est un effort pour eux de rester immobiles. Olympia est impressionnée, toutefois, par le calme avec lequel il fait poser les plus petits, Randall et May. Il attend le moment où ils ont tous les deux remarqué un bateau de pêche non loin du rivage et le contemplent avec une attention ravie mais soutenue, les yeux écarquillés et les lèvres légèrement écartées devant cette vision nouvelle. Plus tard, Olympia verra les photographies quand on les aura renvoyées à Haskell de Rochester, et elle sera frappée par leur clarté, une précision de ligne et d'expression que l'on n'observe pas souvent dans la réalité, où le visage est souvent dans l'ombre et le regard, par politesse, trop rapide.

Sur les marches de la véranda, Martha ressemble à une jeune fille qui brûle d'être prise au sérieux ; Clementine, à quelqu'un pour qui lever les yeux vers l'appareil représente un effort. Elles sont vêtues toutes deux de tabliers suisses à pois sur des robes bleu pâle, et chacune a un ruban dans les cheveux. Haskell fait poser sa femme assise de biais, une bottine d'opéra à boutons de perles pointant sous ses jupes, le corps et le visage de profil. Catherine, remarque Olympia, a un profil ravissant, avec un long cou et des pommettes saillantes – et non pas au menton pointu. Le maintien de Mme Haskell, bien qu'apparemment détendu, est sans défaut. Elle porte ce jour-là un chapeau de paille orné d'un large ruban et d'une grappe de fleurs. Il est posé au sommet de sa tête, ses cheveux abondants coiffés en rouleaux. Le plus frappant, toutefois, est son costume, un ensemble blanc de la plus fine batiste, très cintré à la taille, les basques de la veste joliment drapées sur les hanches, une tenue qui dénote à la fois une élégance sans apprêt et un dédain pour les fanfreluches. Haskell, en photographiant sa femme, communique avec elle dans un langage de gestes simples et de monosyllabes, un code qui trahit de l'aisance, sinon un fort degré d'intimité.

Philbrick, qui s'intéresse beaucoup à la marque et au fonctionnement de l'appareil, un Luzo, lui dit Haskell, porte sa veste rayée de la veille au soir. Il refuse de rester assis, il se lève continuellement pour regarder dans le viseur et demander pourquoi l'image est à l'envers et s'émerveiller de la précision avec laquelle Haskell peut distinguer les traits. Cote a mis une redingote bleu marine qui accentue les méplats de son visage, et une chemise blanche soyeuse. Le père d'Olympia, cela n'étonne personne, se fait photographier par Haskell debout, avec chapeau, gilet et montre de gousset, puisqu'il est d'avis qu'on ne doit pas arborer une tenue trop négligée à la plage. Même sa mère finit par céder et se laisse photographier, bien que voilée et les yeux baissés, tressaillant chaque fois qu'elle entend cliqueter l'obturateur, comme si on allait lui tirer dessus.

Vers la fin des opérations, Haskell jette un coup d'œil à Olympia.

« Vous avez été si attentive, lui dit-il, que je crois que vous pourriez le faire vous-même.

— C'est fascinant, sûrement, répond-elle, se retenant d'ajouter que l'on apprend au moins autant en regardant le sujet poser que la photo achevée.

— Eh bien, alors, voyons ce que nous pouvons faire de vous », dit-il, et elle remarque que, à l'instar de sa femme la veille au soir, il lui parle d'un ton affectueux, comme un parent. « Je vous en prie, asseyez-vous ici, sur les marches. » Il accompagne sa demande d'un geste de la main.

Elle obéit, lissant ses jupes sous elle et penchant les genoux de côté pour éviter qu'ils ne pointent. Elle est décidée à ne pas être un sujet difficile, mais quelque chose dans sa pose lui semble gauche. Haskell lui aussi doit la trouver maladroite, et elle sent le plus vif intérêt de sa part. Pendant quelques instants, elle sait que chaque défaut de son visage ou de sa silhouette doit lui apparaître. Il n'est pas si surprenant, pense-t-elle, que Haskell ait été attiré par la photographie et par la médecine. Les deux disciplines n'exigent-elles pas une attention rigoureuse au corps ?

Ce jour-là, elle a mis une robe en batiste blanche dont le corsage bouillonne au-dessus d'une large ceinture qu'elle a serrée à en perdre le souffle. Elle a un châle bleu marine autour des épaules, et sur la tête un chapeau à large bord qui aurait bénéficié, se dit-elle, d'un brin de rosier ou même d'une unique fleur d'hortensia, si elle y avait songé plus tôt. Avec une certaine agitation, Haskell s'approche d'elle puis s'écarte, se poste à sa gauche, à sa droite, lève les yeux de temps en temps du viseur pour étudier son visage.

« Haussez une épaule, Olympia..., dit-il. Là. Maintenant tournez la tête vers moi. Lentement. Oui. Arrêtez. Bien. Restez ainsi. »

Elle fait ce qu'il a dit.

Il presse l'obturateur, puis lève les yeux et enroule le film dans l'appareil.

« Non, dit-il d'un ton déçu, autant pour lui-même que pour les autres.

— Elle me paraît très bien, dit Philbrick qui, ayant déjà posé et examiné l'appareil dans le moindre détail, est à présent impatient d'arriver à la plage aux heures familiales de baignade, de midi à une heure, et peut-être encore plus d'attaquer le pique-nique que l'on y apportera.

— Charmante pose, commente Catherine, qui tricote.

— Je trouve qu'elle devrait se redresser, dit sa mère. Olympia a tendance à s'affaler.

— Détendez votre bras, dit Haskell, et penchez la tête ainsi. »

Il en fait la démonstration.

Légèrement irritée de toutes ces instructions, Olympia lève les bras et retire l'épingle qui retient son chapeau. Elle l'ôte vivement et le jette sur les marches. Elle croise les mains sur ses genoux. Elle croit entendre sa mère, assise près de la balustrade, souffler un « non » horrifié, car aucune personne du beau sexe n'a été photographiée ce matin sans chapeau, pas même les fillettes.

Haskell reste un moment sans bouger. Puis il s'avance. Elle croit qu'il va lui parler. Au lieu de cela, il lui soulève le menton du bout des doigts. Il le lève haut, encore plus haut, de sorte qu'elle est obligée de le regarder dans les yeux. Il la maintient dans cette pose, étudiant son visage, puis laisse sa main qui, elle en est tout à fait sûre, est cachée au regard des autres, s'attarder de son menton à sa gorge. Le contact est si bref et si doux qu'il pourrait s'agir d'un cheveu flottant contre sa peau.

Cette caresse fugace, le premier frôlement intime qu'elle ait reçu de la part d'un homme, fait brusquement revivre une image des rêves de la nuit précédente. Son regard se trouble, et la couleur envahit son visage. La rougeur fiévreuse de la confusion doit se voir sur ses joues, pense-t-elle. Et elle a peur, dans les quelques secondes où on lui demande de rester immobile, de trahir le contenu des scènes qui dansent devant ses yeux.

Elle attend pour savoir si les autres ont vu la caresse de Haskell. Mais elle se rend compte, d'après les tons impatients et las des spectateurs, que personne n'a remarqué cet instant. Et elle se demande alors : S'est-il vraiment produit ou l'a-t-elle imaginé ?

Plus tard, lorsqu'elle verra les photographies pour la première fois, elle sera surprise du calme de son visage – comme son regard est ferme, comme elle se tient droite. Sur la photo, ses yeux seront légèrement fermés, et il y aura une ombre sur son cou. Le châle sera drapé sur ses épaules, et ses mains reposeront sur ses genoux. Elle donnera l'image trompeuse d'une jeune femme pas le moins du monde troublée ni gênée, plutôt sérieuse au contraire. Et elle se demandera si, par son aptitude à mentir, la photographie n'est pas semblable à la mer, qui peut montrer une surface bienveillante à l'observateur tout en dissimulant des profondeurs et des courants.

« Très bien, dit Philbrick en se levant. Moi, en tout cas, je vais à la plage. »

Comme prévu, ils partent pour leur expédition à midi, tous ensemble, à part sa mère en fait, et Catherine, qui reste pour lui tenir compagnie. Josiah a préparé un pique-nique raffiné, dans un panier si grand qu'il faut deux garçons pour le porter. La journée continue à être claire et venteuse, et, bien que les vagues soient décidément énergiques, tout le monde, sauf Olympia et Haskell, s'aventure dans l'eau. Olympia a délibérément choisi de ne pas mettre de costume de bain, car dans cette compagnie elle se sentirait mal à l'aise dans une tenue aussi déshabillée. Haskell n'a pas eu le temps de se changer, puisqu'il a travaillé avec l'appareil photo jusqu'à la dernière minute. D'ailleurs, il l'a encore avec lui dans son étui d'acajou.

Le jour et l'heure semblent avoir fait sortir presque toute la population de Fortune's Rocks. Olympia remarque beaucoup d'enfants sous l'œil attentif de leur gouvernante. Une femme, qui a la charge de huit bébés, les a mis dans des paniers à linge. De l'endroit où Haskell et Olympia sont assis, ils ne voient que des têtes minuscules apparaître et disparaître, et regarder pardessus le bord des paniers, une vision parfaitement comique. Dans d'autres groupes, des femmes vêtues de taffetas noir, avec des chapeaux extravagants, des gants et des bottines, et des ombrelles à volants, semblent vouloir désespérément éviter qu'un seul grain de sable, un seul rayon de soleil ne leur touche le corps. Olympia se demande comment elles ne fondent pas, engoncées sous tant de vêtements. Ailleurs, des hommes se tiennent en costume de bain. La tenue les prive tout à fait de leur dignité : elle rappelle fâcheusement la pauvre apparence du gilet et du caleçon long, et le tissu pend tristement quand il est mouillé. Mais à la plage, se dit-elle, n'y a-t-il pas une certaine liberté vestimentaire, la latitude de ne pas respecter strictement les conventions ?

Après avoir installé leur pique-nique sur le tapis de plage, Philbrick et Cote, et, à contrecœur, son père, accompagnent

Martha et les autres enfants, en costume marin et bas noirs, vers le bord de l'eau à une vingtaine de mètres. Haskell et Olympia restent en arrière. Ce n'est pas un stratagème de leur part, Olympia le sait, mais elle est certaine qu'ils sont tous deux conscients, quand les autres les laissent, de la gêne créée par la situation. Haskell se débarrasse de sa veste et de ses souliers, enlève sa cravate et ses chaussettes, et roule le tissu blanc de son pantalon juste au-dessous de ses genoux. Il se renverse sur le tapis, appuyé sur un coude, et regarde le groupe de baigneurs progresser vers l'océan.

Pour s'occuper, Olympia prépare une assiette d'œufs durs, de charcuterie et de pain beurré, et la tend à Haskell, qui la prend. Elle remplit une assiette pour elle. Ils mangent côte à côte, Olympia sur un petit tabouret que l'on a apporté pour l'occasion. Pendant quelque temps, ils ne parlent pas. De temps en temps, un coup de vent les fait tendre la main l'un ou l'autre pour arrimer un coin du tapis ou arrêter un chapeau qui menace de s'envoler. Elle verse de la citronnade dans des verres et lui en donne un.

« Que faites-vous quand vous êtes au dispensaire ? demande-t-elle, d'une voix tendue, du moins lui semble-t-il.

— Un peu de tout. Je remets en place des os brisés, j'ampute des doigts broyés, je soigne la diphtérie, la pneumonie, la typhoïde, la dysenterie, la grippe et la syphilis… » Il marque un temps d'arrêt. « Ce n'est pas une conversation pour une jeune femme », dit-il en s'essuyant la bouche avec sa serviette. Ses yeux sont ombragés par le bord de son canotier.

« Pourquoi pas ?

— Êtes-vous déjà allée à Ely Falls ?

— Une seule fois, avoue-t-elle. Avec mon père l'été dernier. Mais je n'ai pas vu grand-chose. Mon père m'a fait rester dans la voiture pendant qu'il s'occupait de ses affaires.

— C'est justement ce que je voulais dire. C'est un endroit effroyable, Olympia. Surpeuplé, sale, et rongé par la maladie. »

Le vent soulève ses jupes, qu'elle lisse sur ses genoux. L'éclat du soleil sur l'eau est si fort que même avec son chapeau à large bord elle doit plisser les yeux.

« Croyez-vous, demande-t-elle, qu'un jour je pourrais vous accompagner au dispensaire ? Vous parlez de conditions effrayantes, et j'aimerais les voir par moi-même. Je pourrais peut-être me rendre utile…

— La pauvreté est choquante, Olympia. Et laide. Les gens sont convenables – je ne veux pas dire qu'ils ne le sont pas –, simplement, le dispensaire n'est pas un endroit pour une jeune femme.

— Dites-moi une chose alors, lui rétorque-t-elle, se sentant légèrement provoquée et ne voulant pas renoncer si vite au débat. Y a-t-il des ouvrières de quinze ans dans les usines ? »

Elle sait pertinemment que oui.

« Oui, répond-il à contrecœur. Mais ça ne signifie pas qu'elles devraient y être.

— Et sont-elles admises dans le dispensaire ? »

Il hésite. « Parfois, dit-il. Comme patientes, évidemment. Ou pour s'occuper de leurs mères.

— Eh bien, alors…

— Ce n'est pas une bonne idée, répète-t-il. En tout cas, il faudrait que je demande la permission à votre père, et franchement je doute qu'il me la donne.

— Peut-être, mais il est capable de vous étonner. Il a des vues singulières sur mon éducation. »

Haskell soulève une poignée de sable et le regarde filer entre ses doigts. Il retire son chapeau, se couche sur le tapis et ferme les yeux.

Sait-il qu'elle le regarde alors ? Il a l'air paisible, comme s'il somnolait ou dormait. Les lignes de son visage et de son corps sont étirées, et un creux dans sa gorge rappelle un creux à la base de sa chemise. Au-dessous des genoux, il a les jambes nues ; et elle est frappée de voir comme sa peau est lisse, soyeuse, avec des poils sombres.

Elle regarde rapidement vers l'eau, puis de nouveau Haskell. Elle sait que dans quelques instants les autres vont revenir, mouillés et frissonnants, enveloppés de serviettes, les pieds incrustés de fin sable humide, affamés et assoiffés, et se sentant à la fois valeureux et vigoureux après leurs ébats dans la mer.

Elle a suffisamment vu Haskell manier l'appareil le matin pour savoir comment on s'en sert. En silence, pour ne pas le déranger, elle le sort de son étui et regarde dans le viseur.

À l'arrière-plan il y a une cabane de pêcheurs, et une grande famille de baigneurs dont certains l'observent avec l'appareil. Ils doivent être d'Ely Falls, se dit-elle en voyant la frugalité de leur pique-nique. Ils s'entassent à onze ou douze sur le même tapis de bain, de sorte que ceux qui se trouvent à la périphérie sont à moitié assis sur le sable et doivent se pencher vers le centre du groupe. Ils ont tous nagé, semble-t-il, même les femmes, car leurs cheveux sont décoiffés et plaqués en arrière. Ils la fixent de manière curieusement impolie. Au moins un ou deux des enfants, qui ont les joues creuses, lui paraissent sous-alimentés.

Elle presse l'obturateur.

Surpris, Haskell ouvre les yeux. Elle remet l'appareil photo dans son étui.

« Olympia », dit-il en s'asseyant.

Elle ferme le couvercle et attache le fermoir.

Au même instant, ils voient le père d'Olympia sortir de la mer et se draper dans un peignoir qu'il avait laissé au bord de l'eau pour ne pas avoir à se montrer trop longtemps en public dans son costume de bain mouillé. Tandis qu'il marche vers l'endroit où ils sont assis, elle se demande s'il l'a vue photographier Haskell. Quand il arrive près d'eux, elle pense qu'il ne peut manquer de remarquer la tension entre Haskell et elle, qu'ils cherchent aussitôt à désamorcer par une attention excessive à ses besoins. Haskell se lève avec un drap de bain, Olympia lui prépare une assiette. Mais son père ne lui pose aucune question sur ce moment passé avec Haskell, ni alors ni plus tard.

Les autres suivent bientôt son père. Zachariah Cote constitue un spectacle assez comique dans son caleçon long, un malheureux vêtement qui révèle des hanches plutôt larges et suggère que l'homme est mieux fait pour porter la redingote. (Mais quel homme ne l'est pas ? se demande Olympia.) Philbrick, sans beaucoup de pudeur ni de gêne, gagne rapidement le tapis de plage, s'assied pour déjeuner et entame son repas avec enthousiasme. Incapable de rester calme en leur compagnie, Olympia se lève et marche jusqu'au bord de l'eau avec des draps pour les filles, qui s'entortillent dans le tissu sec comme pour former des cocons. Même Martha paraît heureuse de la voir, bien qu'elle ait laissé du sable entrer dans ses bas ; ils pendent sous le poids, formant de curieuses bosses.

Elles retournent vers le tapis comme si Olympia était la gouvernante et elles les enfants dont elle a la charge. En chemin, lorsque par hasard elle lève les yeux, elle voit que Haskell est parti.

Il ne reparaît pas pour dîner ce soir-là. Quand Olympia s'enquiert de lui, Catherine dit qu'il a été appelé au dispensaire. Pendant tout le repas, Olympia se force à manger. L'absence de Haskell l'affecte beaucoup plus qu'elle n'aurait pu s'y attendre. C'est la première de bien des soirées qu'elle passera où sa vie, qui paraissait complète la veille seulement, présente un vide crucial.

Désirant se retrouver seule, elle repousse sa chaise. Le tonnerre secoue la maison, et Olympia sent les vibrations à travers les lames du parquet. Un éclair zèbre le ciel derrière les fenêtres de la salle à manger.

« Un orage, dit Catherine.

— L'homme qui apporte les homards l'avait annoncé, répond sa mère.

— Je dois monter fermer ma fenêtre, dit Olympia, soulagée d'avoir un prétexte pour quitter la table.

— Saviez-vous, demande son père à la petite assemblée, qu'après un coup de tonnerre pareil beaucoup de homards vont perdre une pince dans les eaux de par ici ?

— Passionnant ! » dit Catherine.

La pluie commence alors, une lourde pluie qui tombe obliquement sous les avant-toits et frappe aux vitres de la salle à manger comme si elle voulait entrer.

Olympia monte dans sa chambre et s'allonge sur le lit dans

un état auquel rien ne l'a préparée et dont elle ne peut parler – pas même à Lisette, qui aurait peut-être des conseils pratiques à lui donner. Comment la jeune fille pourrait-elle avouer à qui que ce soit qu'elle nourrit des sentiments si incroyables, si inconvenants pour un homme qu'elle connaît à peine ? Un homme qui a près de trois fois son âge ? Qui semble heureusement marié à une femme qu'Olympia admire beaucoup ?

Au bout d'un moment, elle se redresse dans son lit et prend le volume resté sur sa table de nuit. Elle commence à relire le livre de Haskell. Elle poursuit sa lecture jusqu'à ce que sa vue se brouille et ses sens s'émoussent, et qu'elle puisse envisager avec sérénité de se préparer pour la nuit.

Plus tard elle apprendra que Haskell n'est pas allé au dispensaire ce soir-là, mais qu'il a marché sur la plage en ruminant de sombres pensées. Puis, surpris par l'orage, et aussitôt trempé de la tête aux pieds, il a dû regagner la maison en courant pour se mettre à l'abri.

Juste avant le point du jour, Olympia est réveillée par un cri rauque. Un instant, elle croit qu'il fait partie d'un autre rêve auquel elle a du mal à échapper, puis elle réalise qu'il vient de sous sa fenêtre. Tandis qu'elle sort du lit, le vacarme augmente, et elle comprend que plusieurs hommes hurlent en même temps.

L'air s'étant refroidi, elle prend le châle sur sa chaise. Lorsqu'elle regarde par la fenêtre, elle voit que tout le long de la plage de Fortune's Rocks on a allumé des feux qui à présent brûlent très fort. Elle ne comprend d'abord pas la signification de ces feux, puis elle remarque que des hommes équipés de gilets de sauvetage et de bouées en liège se tiennent à côté du brasier le plus proche. D'autres, parmi lesquels Rufus Philbrick, son père et John Haskell, sont à la périphérie de ce groupe, en robe de chambre. Comme tout le monde gesticule en direction de la mer, Olympia veut savoir ce qui les agite tant ; étonnée, elle voit une grande embarcation dématée en train de sombrer dans l'écume blanche des brisants à moins de cent mètres du rivage. La proue du vaisseau, qui s'est fracassée, est en piteux état. Sous ses yeux, le navire privé de son gouvernail se cabre en heurtant les rochers, où de nombreux naufrages ont déjà eu lieu.

Les portes du poste d'Ely, construit seulement l'année précédente, s'ouvrent à la volée. Une demi-douzaine d'hommes vêtus de cirés et chaussés de cuissardes commencent à manœuvrer jusqu'au bord des eaux en furie le long et mince bateau de sauvetage que l'on garde prêt pour de telles éventualités. À présent, les opérations ont attiré toute une foule, et Olympia ne peut que jeter son châle sur ses épaules et descendre elle aussi à la plage.

Elle est debout dans le froid et l'obscurité, à l'écart de la lumière des feux, le vent défaisant déjà ses nattes patiemment tressées la veille. Il souffle des étincelles et menace d'éteindre les signaux rouges des lanternes. Dans les courants bouillonnants, Olympia voit que le navire en perdition a piqué du nez, et que des hommes et des femmes abandonnent les ponts pour se réfugier dans les haubans.

Elle sent une main sur son bras et se retourne, surprise. « Olympia, dit Catherine Haskell, dépliant une cape et la posant sur les épaules de la jeune fille. Je vous ai vue de la véranda. Vous ne devriez pas être ici. »

Olympia accepte l'offrande de la cape en la serrant plus étroitement autour d'elle. « Que s'est-il passé ? demande-t-elle à Catherine.

— Oh, ma chère, c'est épouvantable. Quelle horreur ! J'espère que les sauveteurs pourront parvenir jusqu'à eux.

— Qui est-ce ?

— D'après Rufus, c'est un navire anglais de Liverpool. Il devait faire escale à Gloucester, mais la tempête l'a dévié de son cap. »

Le vent rend la conversation difficile. Les cheveux de Catherine volent autour de son visage, la chemise de nuit d'Olympia claque contre ses jambes. Elles regardent ensemble tandis qu'on sort un canon du poste et qu'on le pointe sur le navire.

« Que font-ils ? demande Olympia.

— C’est pour la bouée-culotte », répond Catherine.

Une fusée de détresse éclaire le vaisseau blessé. Une femme tombe sans bruit du gréement, et quelqu’un pousse un cri sur la plage. Catherine se tourne vers Olympia et l’attire contre elle comme pour lui protéger le visage. Mais Olympia est plus grande qu’elle, et leur étreinte est un peu maladroite ; aussi elles se séparent, et voient un homme englouti par une haute vague.

« Mon Dieu », dit Catherine.

La vie d’Olympia a été si protégée jusque-là qu’elle n’a jamais vu la mort ni rien qui lui ressemble. Elle tressaille au bruit soudain du canon. Elle voit un boulet auquel on a attaché un filin tourbillonner au-dessus des vagues et se poser derrière le navire. Une ligne est aussitôt tendue entre l’épave et le rivage. L’un des hommes en habit de sauvetage enfile la bouée-culotte, un système qui ressemble surtout, pense Olympia, à un large pantalon masculin accroché sur une corde à linge. Alors que les hommes sur le rivage tirent la ligne au moyen de poulies, le sauveteur progresse lentement vers le navire, les jambes pendant sans cérémonie à quelques centimètres des vagues.

Sur la plage, John Haskell et le père d’Olympia prennent le bateau de sauvetage par la poupe et le poussent à l’eau. Le visage de son père est grave, ses traits concentrés. La ceinture de sa robe de chambre s’est dénouée, et Olympia est étonnée de voir, comme cela lui arrive rarement, ses jambes blanches et maigres. Mais même si elle est gênée par son aspect physique, elle est fière de sa force. Haskell et lui s’associent à l’effort de ramener la ligne, apparemment inconscients des difficultés posées par le vent ou la mer. Plus tard, Olympia et Catherine apprendront que le navire, qui s’appelait le *Mary Dexter* et transportait des immigrants norvégiens, avait subi des avaries dans le port de Québec ; mais le capitaine, trop pressé de finir le voyage, avait imprudemment appareillé avant qu’on ait pu réparer.

Pour l’instant, elles regardent la bouée-culotte revenir le long de la ligne, non pas avec l’homme qui l’a acheminée il y a un moment, mais avec une femme, peureusement suspendue, qui porte un enfant.

« Elle va laisser tomber l'enfant », s'exclame Catherine.

Ceux qui sont sur le rivage doivent avoir la même crainte, car Haskell se débarrasse de sa robe de chambre et entre dans les vagues en chemise de nuit pour attraper les pieds de la naufragée. Quand il la tient bien, il amène la femme au sec et, avec l'aide de Rufus Philbrick, il la dégage de l'encombrant appareil. Un autre sauveteur enfile la bouée et part pour le navire accidenté.

« Il faut que je le rejoigne, dit Catherine. Ça ira si je vous laisse ?

— Oui, oui, bien sûr, dit Olympia. Ne vous faites aucun souci. »

Olympia regarde Catherine Haskell courir contre le vent vers son mari. Pendant que le père d'Olympia s'occupe de la passagère, l'enveloppant dans une couverture que Josiah a apportée sur les lieux, John Haskell étend aussitôt l'enfant sur un drap et commence à lui faire du bouche-à-bouche. Olympia voit Catherine poser la main sur le dos de son mari, et celui-ci lever les yeux vers elle. Il lui dit quelque chose, lui donne des instructions peut-être, car aussitôt elle prend en charge la femme dont le père d'Olympia s'est occupé. Haskell, qui apparemment a rétabli la respiration de l'enfant, une petite fille, la prend dans ses bras et commence à marcher rapidement vers la maison avec elle. Olympia retient son souffle. Elle voit que pour atteindre la maison il devra passer près de l'endroit où elle se tient, à la limite des opérations de sauvetage.

Ses cheveux lui balaient le visage, et elle doit les écarter pour le voir. Il porte l'enfant contre lui, mais à plat, parallèlement au sol, dans le berceau de ses bras. Il ne s'arrête pas, il ne peut pas maintenant, néanmoins il regarde directement Olympia en la croisant. Un instant seulement, car il marche vite. Elle dit peut-être son nom, non pas *John*, mais plutôt *Haskell*, puisque c'est ainsi qu'elle pense à lui à présent. Une seconde plus tard, il est parti.

Elle reste plantée là comme si on lui avait arraché les entrailles.

Elle entend son père l'appeler. Elle lui fait signe. Elle veut se rendre utile ; bien sûr qu'elle le veut. Elle s'efforce de courir, mais ses jambes se comportent bizarrement, son corps étant momentanément comme paralysé. Son père lui fait signe avec impatience, et elle comprend que le besoin est urgent. Le sable ralentit ses pas, et ses gestes sont engourdis, comme ils le sont parfois dans les rêves. Elle veut courir, mais elle marche sur sa chemise de nuit, ou ses jambes la trahissent, et elle tombe.

Quand elle lève les yeux, elle voit son père marcher vers elle en prononçant son nom. Elle secoue la tête ; elle ne veut pas qu'il la voie ainsi. Il se penche et pose une main sur son épaule. Comme ils ne s'embrassent jamais, ce contact lui paraît étrange, mais il l'aide à se ressaisir. Elle se frotte les yeux avec la manche de sa chemise de nuit.

« Olympia ? » demande-t-il prudemment.

Maladroitement, elle se relève. C'est presque l'aube à présent, et elle voit le navire naufragé, et le drame qui s'y déroule avec plus de clarté.

« Je vais bien, père. J'ai trébuché sur ma chemise de nuit. »

Elle glisse les bras dans les fentes de la cape que Catherine lui a apportée.

« Dites-moi ce que je dois faire, dit-elle. Je veux aider. »

Aux petites heures du matin, le 23 juin 1899, soixante-quatorze passagers et un officier du navire le *Mary Dexter* trouvent la mort par noyade, tandis que cinquante-huit passagers et sept officiers de marine sont amenés à terre dans la bouée-culotte. Un autre homme, un sauveteur d'Ely, a disparu dans les opérations de sauvetage. Le bateau de sauvetage lui-même, avec une douzaine de volontaires, s'écarte de l'infortunée embarcation juste avant qu'elle ne s'abîme dans la mer, éclatant en milliers de fragments contre les rochers.

Malgré la gravité de ce naufrage, les citoyens de Fortune's Rocks ne peuvent s'empêcher d'être fiers de la réussite de la bouée-culotte, que l'on n'avait jamais encore essayée au poste d'Ely.

Parce que la maison n'est pas comme les autres, puisque c'était autrefois un couvent, elle comporte encore de nombreuses cellules meublées de lits et de commodes au premier étage. Plusieurs sont occupées par des domestiques, mais beaucoup sont vacantes. Les Haskell restant à demeure, une sorte d'hôpital de campagne est établi, et la petite famille, leurs invités et les serviteurs en deviennent le personnel militaire. Le père d'Olympia est le général en retraite rappelé pour l'occasion ; John Haskell, le médecin-major avec toutes les responsabilités et les connaissances qu'un tel poste implique ; Catherine Haskell l'infirmière, en simple robe grise, avec le tablier blanc qu'elle a trouvé à la cuisine ; Josiah, le sergent ayant repris du service, parfait en cas de crise, doué de qualités d'organisation incomparables ; Philbrick, l'intendant, chargé d'approvisionner en nourriture la maisonnée pléthorique ; Zachariah Cote, une sorte de déserteur qui a feint de dormir pendant toutes les opérations de sauvetage et qui semble penser que sa seule contribution consiste à tenir compagnie à la mère d'Olympia, bouleversée par le naufrage, dans ses appartements ; et Olympia, la jeune recrue, admise dans les rangs des adultes à défaut d'autres femmes capables.

Olympia ne dort plus cette nuit-là, elle se consacre avec les autres à de nombreuses tâches. Puisque personne parmi les immigrants norvégiens ne parle anglais, même le plus rudimentaire, et qu'aucun des Américains ne parle norvégien, on fait appel à Olympia. Il faut qu'elle déchiffre les requêtes et les prières d'après les expressions faciales. Elle est souvent réduite à répondre par des gestes de la main. Bien des hommes ayant péri en mer, les femmes sont égarées par le chagrin. L'une de ces femmes, aux cheveux châtains et aux yeux gris clair, a cinq enfants de moins de onze ans. Ses traits, quand elle entre dans la maison, sont hagards, comme si elle craignait encore pour sa vie, et au début elle est incapable de s'occuper de ses enfants, qui sont lavés et habillés par Olympia et Catherine. C'est dur pour Olympia de ne pouvoir exprimer la compassion la plus simple à cette Norvégienne, même si elle espère que le ton de sa voix et ses gestes sont rassurants. Elle s'aperçoit que la femme, comme la plupart des réfugiés qui sont venus dans la maison, est dans un état physique déplorable, même si l'on tient compte de l'épreuve qu'elle vient de traverser ; ce qui pousse Olympia à s'interroger sur les conditions de vie à bord du navire d'immigrants avant qu'il ne sombre.

Tout le long des couloirs, c'est une cacophonie – des enfants pleurent, des femmes parlent d'un ton surexcité en langue étrangère. Josiah et les autres serviteurs vont et viennent d'une pièce à l'autre. On installe une baignoire de cuivre dans la cuisine, on dresse hâtivement un rideau. Le travail d'Olympia consiste à baigner les enfants, filles ou garçons ; et elle remarque ainsi que même les mœurs les plus rigoureuses, si bien respectées en temps normal, peuvent facilement être oubliées en période de crise.

Vers le milieu de la matinée, un certain ordre a été rétabli. Olympia fait prendre son bain à une petite fille aux boucles argentées qui doit s'appeler Anna. Bien que la communication verbale soit impossible avec l'enfant, elles parviennent à exprimer beaucoup de choses grâce à une sculpture inventive : un voilier en savon, qui flotte quelque temps puis disparaît dans l'eau trouble. Comme c'est souvent le cas avec les petits enfants, la fillette paraît remise de sa terrible aventure, et semble pour le moment simplement prendre plaisir au bain. Mais alors qu'Olympia, agenouillée devant la baignoire, lui lave les cheveux, ce qui plaît moins à la petite, elle entend un bruit derrière elle. Quand elle se retourne, elle voit que John Haskell est entré dans la pièce.

« Je ne veux pas vous déranger », dit-il en se prenant l'arête du nez entre le pouce et l'index. Il s'appuie contre la table en pin et croise les bras. Il semble fatigué, et elle sait qu'il doit l'être. Il a passé des habits secs quelques heures plus tôt, mais ses cheveux sont encore embroussaillés.

Protégeant de sa main le visage de l'enfant, Olympia verse un nouveau broc d'eau sur la tête argentée. La petite fille gigote, pousse des cris aigus, ce qui l'encourage à finir promptement. Par une fenêtre ouverte, elle remarque la membrure du malheureux navire, une vision qui évoque le squelette d'une baleine échouée, écorchée. Et comme il est étrange de voir le poste de sauvetage, siège d'une activité si frénétique quelques heures plus tôt à peine, redevenu paisible et même charmant dans la lumière du soleil. Le bâtiment est une belle construction percée de nombreuses fenêtres, flanquée d'une grande tour avec un belvédère. Des ciselures compliquées décorent les avancées du toit rouge pointu. Comme la scène paraît ordonnée, pense-t-elle. Et comme la nature, dans sa belle indifférence, paraît ne rien regretter.

« Ce fut un bel effort, dit Haskell.

— Oui.

— Soixante-cinq âmes sauvées, et seulement un sauveteur disparu. Cela fait... – il calcule un instant – ... un peu moins de cinquante pour cent des vies des passagers et de l'équipage épargnées, et seulement huit pour cent de pertes pour les sauveteurs. »

Elle réfléchit à ses conclusions.

« Si j'étais la femme de l'homme disparu, dit-elle, je pourrais trouver cela une maigre récompense pour le risque encouru, car pour moi et mes enfants la perte serait de cent pour cent. »

Il l'étudie un instant. « Je vois que vous comprenez beaucoup de choses pour votre âge », dit-il. Elle rougit de plaisir, même si plus tard elle se demandera si la remarque n'était pas plus optimiste que juste.

« Et les autres ? demande-t-elle vivement.

— Nous avons plusieurs fractures, un homme avec une grave blessure au cou qui pourrait le laisser paralysé. Philbrick, en ce moment, essaie d'organiser le transport des blessés et des malades vers un hôpital de Rye, mais Mason a déclaré la maison en quarantaine, il dit que personne ne peut partir. »

Haskell parle de l'inspecteur de la santé publique d'Ely Falls, qui est arrivé de bonne heure. Venant vers la baignoire, il sort la petite Norvégienne de l'eau savonneuse, et la mousse coule sur sa chemise. Olympia lui tend une serviette, et il emmitoufle l'enfant dans le tissu. Il la pose sur la table de la cuisine et l'examine d'une façon qu'Olympia estime sérieuse, attentionnée, malgré le peu de temps dont il dispose et la situation d'urgence où ils se trouvent. Elle s'écarte un peu, ne sachant si elle doit rester ou partir, et à la fin l'indécision l'emporte et elle ne bouge pas.

Elle regarde Haskell prendre un linge sec dans un panier que Josiah a apporté. De nouveau, il en enveloppe l'enfant. Il la tient – chose si minuscule au creux de ses bras sûrs – et lui parle constamment de choses et d'autres, des mots incompréhensibles pour elle, mais apaisants, à en juger par son air somnolent.

« M. Mason a-t-il dit combien de temps il pense que la quarantaine durera ? demande Olympia, pensant au léger désagrément de ne pas pouvoir quitter la maison.

— Non, comme tous les petits fonctionnaires, il use de son maigre pouvoir avec un certain arbitraire. Non, il ne veut rien dire, et c'est ennuyeux pour moi, parce que Catherine et les enfants devaient partir pour York tout à l'heure. »

Olympia s'affaire à ramasser les linges mouillés sur le sol de la cuisine.

« Où Mme Haskell et vos enfants vont-ils séjourner à York ?

— La mère de Catherine y possède une maison. Ma femme reviendra ici le week-end, bien sûr, et ils viendront pour de bon en août si la nouvelle villa est terminée, ce que j'espère. »

Olympia laisse tomber les linges dans un autre panier au coin de la pièce et s'approche de John Haskell.

« Permettez-moi », dit-elle, en lui prenant la petite fille des bras.

Et cela semble un geste élémentaire – prendre un enfant à un homme.

Le troisième jour après le naufrage de la *Mary Dexter*, les visiteurs sont libérés de la quarantaine. Olympia se demande ce qui va arriver aux réfugiés. Comme ils n'ont plus de possessions pour se faire un chemin en Amérique, beaucoup d'entre eux sont engagés dans les usines d'Ely Falls, et ce qui arrivera aux très jeunes, comme Anna, elle ne le saura jamais.

Catherine et les enfants partent pour York. Haskell s'installe de nouveau au Highland Hotel. Olympia ne le voit pas pendant quelque temps, puisqu'il travaille au dispensaire d'Ely Falls la plus grande partie de la journée, et ils n'ont pas l'occasion de se rencontrer.

En apparence, Olympia passe son temps comme d'habitude. Elle lit les livres d'une liste que son père a dressée pour elle. Plus tard elle se souviendra en particulier de *The Valley of Decision*, *Conte de deux villes* et *La Lettre écarlate*, romans ayant pour point commun d'être situés un siècle avant celui où ils ont été écrits : ce procédé fait l'objet d'un débat prolongé entre son père et elle (son père prétend que les mœurs sociales d'une époque antérieure peuvent mieux éclairer certains dilemmes moraux de la nôtre ; et Olympia soutient qu'Edith Wharton, Charles Dickens ou Nathaniel Hawthorne ont simplement pu être attirés par le pittoresque et le langage d'une période plus ancienne). Comme on ne trouve pas Olympia très douée pour le dessin, le peintre français Claude Legny, qui passe la saison dans les îles de Shoals, accepte de prendre le bac pour le continent le vendredi matin afin de lui donner des leçons. Même si Olympia possède quelques talents, l'illustration n'est pas son fort, et elle sait qu'elle le déçoit. Elle voit très bien les choses, elle peut même les décrire passablement avec des mots, mais elle ne sait pas transmettre la vision qui en découle aux doigts de sa main droite. C'est un peu comme si un adulte donnait des instructions à un enfant et que celui-ci obtienne des résultats qui, malheureusement, ne possèdent même pas un charme enfantin.

L'équitation et le tennis, toutefois, sont des domaines où elle excelle davantage. L'équitation, qu'elle pratique à la ferme Hull à Ely, est une technique qu'elle maîtrise déjà, et elle ne peut donc, cet été, tirer fierté de ses efforts. Mais le tennis est nouveau pour elle, et c'est l'une des rares activités organisées qui lui demandent toute sa concentration et lui fournissent de brefs répits à ses pensées et ses rêveries.

Car, avant tout, les jours qui passent la voient dans un état de suspension, un peu comme une pause prolongée dans un beau morceau de musique – un prélude interrompu. Parfois, elle a du mal à se concentrer sur une activité ou une tâche quelconque. Elle est souvent distraite, préoccupée, incapable de se libérer de pensées troublantes. En fait, il lui arrive de se demander si elle n'est pas possédée : chaque moment avec Haskell est passé au crible ; chaque mot échangé lui revient en mémoire ; chaque regard, chaque geste, chaque nuance est interprétée sans relâche. Quand elle est assise à la table du dîner, quand elle écrit des lettres sur la véranda, ou fait la lecture à sa mère dans sa chambre, Olympia invente des dialogues et des discussions avec Haskell et tisse pour lui d'amusantes anecdotes à partir des événements les plus banals, apparemment, de sa vie quotidienne. En réalité, ses habitudes de toujours semblent à présent n'exister que pour lui permettre de se révéler à un homme qu'elle connaît à peine. Mais bien qu'elle répète inlassablement dans son esprit les mêmes scènes, les mêmes conversations, elle ne peut les épuiser. C'est comme si elle buvait dans un verre qui se remplit perpétuellement, la dernière longue gorgée fraîche aussi indispensable que la première, sa soif inextinguible. Parfois, son examen incessant des brefs moments qu'elle a passés en présence de Haskell lui devient insupportable, puisqu'elle n'entrevoit aucune conclusion satisfaisante à ce qui a commencé, ni aucun moyen d'aller plus loin. Elle n'a que quinze ans, et Haskell a presque l'âge de son père. Il est marié et il a des enfants. Elle est toujours à la charge de son père. Elle n'est qu'une enfant elle-même, peut-être même une enfant déséquilibrée et obstinée, attachée à un fantasme qui n'a pour racines que de brefs épisodes qu'elle peut avoir mal interprétés, pour ce qu'elle en sait. Malgré tout, elle se torture avec des rêves sans fin, et il n'y a pas d'heure où Haskell ne domine pas ses pensées. Ce qui la pousse à se demander s'il n'y a pas, en même temps que son tourment, un élément de plaisir intense dans la détresse qu'elle se crée. En dépit du fait qu'elle a l'air à peine présente dans l'univers habité par son corps, ses journées lui paraissent plus vivantes et palpitantes que celles qu'elle a vécues jusque-là. Les couleurs sont plus éclatantes ; la musique, qui auparavant lui semblait aimable ou difficile, possède désormais le pouvoir de la fasciner ; la mer, qui l'a toujours attirée, revêt une grandeur épique et une séduction inépuisable – à tel point qu'elle s'impatiente souvent si quelque obligation la distrait de la simple contemplation de l'eau sur la surface de laquelle elle laisse flotter ses pensées.

La plage de Fortune's Rocks a toujours été un endroit démocratique, mais jamais plus que le 4 Juillet, où toute la population de la communauté estivale, ainsi que celle d'Ely et d'Ely Falls, se rassemble pour le repas traditionnel de palourdes. De la digue au bord de l'eau, le sable est bondé d'estivants, de commerçants et de leurs familles, et de nombreux Franco-Américains et Irlandais des usines. On construit un énorme feu que l'on recouvre d'algues mouillées, de sorte que la vapeur semble s'élever du sable lui-même. Et autour de ce feu se tiennent des hommes de toutes les classes sociales, riches et pauvres, certains habillés avec recherche, d'autres en tenue plus négligée, plus joyeuse, et presque tous boivent le rafraîchissement puissant contenu dans des cruchons qu'on a enfoncés dans le sable. De temps en temps, on apporte de grands paniers de palourdes et on les empile, avec des pommes de terre, sur les algues. Quand on considère qu'une fournée est bien cuite, on prend des plats en fer-blanc pour les remplir de nourriture. Les femmes sont assises sur des tabourets, certaines avec des ombrelles, pendant que les enfants s'assoient en tailleur sur les tapis de plage. Comme l'événement est assorti d'une certaine liberté, beaucoup d'hommes et de femmes sont en costume de bain et s'ébattent dans les vagues. Quelquefois un serviteur porte un baigneur dans l'eau pour adoucir le choc du froid. La température de l'eau s'élève rarement à plus de vingt degrés, ce qui est annoncé à midi par des coups de sirène du Highland Hotel (six longs, cinq courts). Près des baigneurs, Olympia voit que l'Ely Club a organisé des courses à pied sur le sable de la marée basse, si dur qu'on pourrait y jouer au tennis. Des voitures et des chevaux sont rangés le long de la digue, ainsi que deux ou trois automobiles, des nouveautés qui intriguent les enfants : ils se rassemblent autour des véhicules sans oser les toucher, de peur de les faire démarrer. (Curieux pressentiment d'une calamité, puisque l'année d'après un jeune garçon fera partir par mégarde une automobile, qui tombera de la digue et s'enfouira, heureusement sans l'enfant, dans le sable mou en haut de la plage, où elle restera jusqu'à l'été suivant, quand un attelage de chevaux viendra la dégager.)

Olympia a choisi ce jour-là un costume qu'elle affectionne particulièrement : une fine chemise gris pâle, ceinturée à la taille, par-dessus une simple jupe en lin bleu marine. Pour une raison qu'elle ignore, qui a peut-être à voir avec l'air général de licence qui affecte la journée, elle n'a pas mis de chapeau. Elle porte aussi un châle bleu foncé, en prévision de brises marines qui ne viennent pas ; en fait, la journée est si chaude qu'elle abandonne bientôt complètement le châle, déboutonne ses manches et les roule sur ses avant-bras. La raison pour laquelle elle aime tant ces vêtements, c'est qu'ils sont faciles à porter et n'attirent pas l'attention. Ce qu'elle désire le plus, en effet, c'est être libre d'observer les gens autour d'elle tout en restant sinon invisible, du moins discrète. Quant au vent de liberté qui souffle, elle a entendu dire que plus d'amours naissent, plus de demandes en mariage sont faites, plus de flammes conjugales sont ranimées ce jour-là que n'importe quel autre de l'année, une théorie confirmée tous les ans par le nombre anormalement élevé de naissances durant la première semaine d'avril.

Comme sa tolérance à l'égard des manifestations publiques est très limitée, Rosamund Biddeford reste assise peu de temps avec sa fille, mange exactement une palourde que, pour une raison quelconque, la cuisson commune semble avoir gâtée pour elle, se plaint que le soleil lui donne la migraine, et demande à Josiah de la raccompagner. Rien de tout cela n'étant inattendu, Olympia est tout à fait satisfaite de se retrouver seule sur son fauteuil en toile, rassasiée par un plat de palourdes à la vapeur accompagné de petits biscuits salés, et d'observer les allées et venues de tous les participants à la fête, dans leurs accoutrements variés. En même temps elle garde un œil vigilant sur son père, qui se tient près du feu avec d'autres hommes et paraît boire une quantité immodérée de whisky. De temps à autre des voisins parlent à Olympia, et certains l'invitent à se joindre à eux ; mais elle refuse, prétendant faussement qu'elle attend le retour de sa mère.

Au bout d'un moment, toutefois, elle se sent agitée, peu désireuse de rester assise immobile par une aussi belle journée. Aussi commence-t-elle à flâner sur la plage, se faufilant entre les familles et les groupes. Certains sont équipés de larges tentes, de glacières, d'argenterie et de beau linge de table. D'autres, plus humbles, se contentent des assiettes en fer-blanc et des verres de citronnade qui sont fournis pour l'occasion. Elle voit une famille dont les membres, même les enfants, sont habillés comme pour l'église et assis aussi cérémonieusement qu'il est possible à la plage. Et près d'eux une famille franco-américaine d'ouvriers des usines, également vêtus de leurs plus beaux atours, mais pas aussi rigides, car manifestement ils ont fait honneur aux bouteilles de vin qu'ils ont apportées. Leur réunion paraît joyeuse, sinon franchement tapageuse.

Tout le long de la plage, des réceptions sans façons se tiennent sur les vérandas des villas, comme il est de tradition le 4 Juillet. Olympia et sa famille ont été invitées à quelques-unes de ces petites fêtes. Comme c'est la première année qu'Olympia est autorisée à rendre visite à ses connaissances sans la protection de ses parents, elle avait d'abord pensé se montrer chez les Farragut ; Victoria est une jeune fille dont elle a souvent apprécié la compagnie. Mais, à présent, enfonçant la pointe de ses bottines dans le sable, elle s'aperçoit qu'elle ne tient pas à lier conversation, aussi passe-t-elle devant la villa, en remarquant la convivialité qui y règne, le visage détourné. Elle ne veut pas qu'on la voie ni qu'on l'appelle.

Au bout d'un moment, elle retire ses bottines et commence à marcher pieds nus, encouragée par l'exemple de beaucoup d'inconnus qu'elle a croisés. Comme elle a pleinement l'intention de les remettre quand elle reviendra au feu où cuisent les palourdes, elle ne craint pas d'être vue par son père, qui bien entendu désapprouverait. Un instant, se sentant audacieuse, elle joue avec la mer, soulevant ses jupes juste assez haut pour effleurer les ruisselets d'eau sur le sable et sauter vivement hors de portée quand une vague plus grosse menace.

Toutefois, à mesure qu'elle approche du Highland Hotel, sa marche se fait plus hésitante. L'hôtel est impressionnant, comme beaucoup de ceux éparpillés sur cette partie de la côte ; mais aucun, pense-t-elle, n'est aussi attrayant que le Highland, avec ses vérandas si profondes, ses balustrades d'un blanc neigeux, et ses fauteuils à bascule en rotin noir alignés comme des sentinelles montant la garde. Des hommes et des femmes y entrent, en sortent, la croisant au passage, l'air manifestement joyeux. Elle regarde un groupe d'employés poser pour une photographie sur les marches de l'entrée ; ils semblent incapables de contenir leur hilarité, à la grande consternation du malheureux photographe. Derrière eux, on passe des assiettes d'huîtres parmi les nombreux clients de l'hôtel, dont certains sont splendidement vêtus, les femmes avec des chapeaux si grands, si décorés, qu'on dirait d'énormes pivoines capables de faire plier les minces tiges qui les portent. D'autres, des raquettes à la main, se tiennent moins cérémonieusement à l'autre bout de la véranda, semblant attendre le début d'une partie de tennis.

Ses yeux parcourent la véranda et se posent sur une silhouette assise dans un fauteuil à bascule et qui, sans col ni chapeau, lit une brochure. Elle s'arrête brusquement sur le sable. Son immobilité soudaine doit ressortir dans la scène, car il jette un coup d'œil dans sa direction.

Elle tourne les talons et se met à marcher d'un pas vif sur la plage, ses bottines à la main. Elle n'entend rien d'autre qu'un concert de voix lui reprocher sa sottise : à quoi pensait-elle en étant assez hardie pour se montrer à l'hôtel ? Sachant qu'elle pouvait y rencontrer Haskell ? Sachant combien son apparition serait inconvenante ? Le corps penché en avant, elle est bien décidée à battre en retraite à l'autre bout de la plage aussi vite que possible. C'est pourquoi elle n'entend pas d'abord appeler son nom, et ce n'est qu'en sentant une main lui retenir le bras qu'elle s'arrête et se retourne.

« Olympia, dit Haskell, hors d'haleine d'avoir essayé de la rattraper. Je vous ai vue de la véranda. »

Elle laisse retomber sa jupe.

Il se penche pour reprendre son souffle. « J'ai regretté de ne pas avoir eu l'occasion de vous rendre visite, à vous et à votre père, dit-il. J'ai beaucoup apprécié mon séjour dans votre famille.

— Nous aussi, nous avons été ravis de vous avoir », dit-elle poliment.

Il se redresse et met les mains sur ses hanches. « Et comment vont votre père et votre mère ? demande-t-il. Bien, j'espère ?

— Oh, oui, très bien, répond-elle. Et Mme Haskell et les enfants ? Ils sont avec vous pour la fête ?

— Non. Je dois être au dispensaire dans une heure, et j'ai donné leur après-midi à presque tous les autres. C'était sans intérêt de faire venir Catherine si je ne pouvais pas être avec elle pour les festivités. En tout cas, je serai à York demain. »

Olympia plie un bras sur son front pour abriter ses yeux de la lumière. Elle doit les lever vers Haskell pour lui parler.

« Et comment va votre travail au dispensaire ?

— Difficile, répond-il sans hésitation. Je n'ai pas eu assez de temps pour réorganiser le personnel comme il le faudrait, et j'attends toujours des fournitures et des médicaments de Boston, qui ont un retard impardonnable.

— Vous m'en voyez navrée.

— Oh, je crois que nous nous débrouillerons. Mais je vais terriblement manquer de personnel cet après-midi », ajoute-t-il en mettant les mains dans ses poches de pantalon. Il semble avoir repris son souffle. « Puis-je vous raccompagner ? demande-t-il. Je serais heureux de pouvoir saluer votre père s'il est ici avec vous. »

Ses yeux étudient son visage.

Elle fait demi-tour et ils commencent à marcher vers le feu. Comme la plage est en pente raide, elle est presque aussi grande que lui. Elle a l'impression que sa démarche est embarrassée, ses mouvements raides et peu naturels : elle se sent nerveuse en sa présence. Haskell, toutefois, paraît beaucoup plus détendu, et de temps en temps il se penche pour ramasser un coquillage ou pour envoyer un galet plat ricocher sur les vagues. Au bout d'un moment, il lui demande s'il peut s'arrêter un instant parce que ses souliers se remplissent de sable. Il laisse les bottines où elles sont, hors de portée de la marée montante, en disant qu'il les reprendra plus tard, ce qui, pense-t-elle, reflète plus de confiance en la nature humaine qu'il n'est peut-être prudent. Ils reprennent leur marche, et, bien qu'elle ait un millier de questions à lui poser, elle s'aperçoit qu'elle est muette. Volubile en imagination, en sa présence elle perd ses moyens.

La mer ce jour-là est d'un vif bleu-vert, une couleur rarement observée au large de la côte du New Hampshire, où l'océan le plus souvent est d'un bleu profond ou d'un gris métallique. En fait, le tableau composé par l'eau, le ciel et la lumière est si beau et si nuancé qu'Olympia se dit que la nature, dans sa générosité, doit être d'humeur à célébrer elle aussi la journée, cent vingt-troisième anniversaire de l'indépendance du pays.

« Avez-vous mangé ? demande-t-elle.

— La cuisine du Highland, malheureusement, est très

médiocre, malgré la qualité du service. Je crois qu'il leur faudrait un autre cuisinier.

— Alors, vous avez de la chance aujourd'hui. Les palourdes qu'on sert à tout le monde sur la plage sont délicieuses. Avez-vous entendu parler de cette tradition ?

— Oui, ce matin au petit déjeuner et toute la matinée j'ai vu les employés s'éclipser, sur leur trente et un. Je suis ravi de me voir offrir un repas, et je suis sûr que la salle à manger est comme un navire abandonné. Vous devenez toute rose. Vous auriez dû mettre votre chapeau. »

Ils marchent côte à côte, d'un pas irrégulier et lent, dans le sable. De temps en temps l'un ou l'autre trébuche, et une manche effleure une manche ou une épaule une épaule. La chaleur crée un prisme d'air qui déforme la vue au-dessus de la plage. Ils sont surpris par des vagues, et une fois Haskell pousse un petit cri à cause du froid, toujours saisissant sur la peau sensible des chevilles, aussi souvent que l'on vienne sur cette partie de la côte de Nouvelle-Angleterre.

Au loin, Olympia voit que les réjouissances ont encore gagné de l'ardeur en son absence. Des hommes et des jeunes garçons jouent avec des balles, des filets et des raquettes. Près de l'eau, où le sable est plus dur, plusieurs couples ont planté des arceaux et jouent au croquet, bien que l'entreprise semble vaine, puisque toutes les boules roulent naturellement vers la mer. Au-delà de la digue et des cabanes de pêcheurs, des vendeurs, perchés sur des charrettes, vantent leurs marchandises : boissons fraîches, paniers confectionnés par les Indiens, cornets de glace et toutes sortes de sucreries.

Elle s'arrête brusquement, n'ayant pas envie de rejoindre si tôt la foule. Haskell fait encore quelques pas avant de s'apercevoir qu'elle est restée en arrière. Il revient vers elle.

« Qu'y a-t-il ? demande-t-il. Qu'est-ce qui ne va pas ? »

Des yeux elle effleure le haut de ses épaules, où ses bretelles marquent sa chemise. Elle transpire, elle aimerait pouvoir déboutonner son col. Elle voit une montgolfière à rayures orange et bleues s'élever au-dessus de l'épaule droite de Haskell.

Le ballon monte lentement dans l'air lourd – un objet massif, à la fois criard et majestueux. Il prend de la hauteur et flotte dans leur direction. Deux hommes sont debout sur les barres parallèles suspendues au ballon. Ils font des signes à la foule au-dessous d'eux. Olympia se demande quelle vue de Fortune's Rocks ces hommes doivent avoir et, un instant envieuse, elle voudrait voler avec eux.

« Vous vous sentez mal, Olympia ? » demande de nouveau Haskell.

Il est si près d'elle qu'elle voit les pores de sa peau, qu'elle sent son odeur mêlée à celle de l'amidon de sa chemise. Il y a des ronds de sueur sous ses bras. Elle a envie de s'allonger. Elle regarde le ballon monter plus rapidement et passer au-dessus de leurs têtes. Puis, étonnée, elle voit les aéronautes lâcher le ballon et descendre à terre avec des parachutes. Ils paraissent à peine dériver. Au loin, étouffé, elle entend le cri d'allégresse poussé par la foule.

Lentement, sans préambule, Olympia prend la main de Haskell et la lève jusqu'à sa gorge. Elle lui écarte les doigts et les presse contre sa peau.

Il y a un long moment de silence entre eux.

« Olympia, dit-il doucement, en retirant sa main. Je dois vous dire quelque chose. Dans un instant, nous serons près du feu avec votre père, et nous n'aurons plus l'occasion de parler. »

Son souffle s'arrête dans sa poitrine.

« Je me suis reproché mille fois d'avoir pris des libertés avec vous ce jour-là dans votre maison, dit-il. Quand je vous photographiais. Je n'ai pas pu m'en empêcher alors, bien que ce soit pure lâcheté à présent que d'invoquer ce prétexte. »

Elle secoue légèrement la tête.

« C'est inexcusable, inexcusable, dit-il avec véhémence. Je vous demande sincèrement votre pardon, et vous devez me l'accorder. Je ne peux pas travailler correctement à force de penser à ce moment et au mal que je vous ai fait. »

Tout autour d'eux, des enfants courent en poussant des cris aigus, inconscients du drame qui se déroule si près. Des mouettes, toujours en attente d'un morceau de choix, piquent dangereusement vers eux. Haskell ouvre la bouche et la referme. Il secoue la tête. Il se tourne une fois rapidement vers la mer, puis de nouveau vers elle.

Les aéronautes atterrissent sur le sable. Le ballon continue à voler.

« Je m'en vais maintenant, dit Haskell. Si votre père nous a déjà vus ensemble, dites-lui, je vous prie, que j'ai été appelé d'urgence. Et c'est vrai. Je vais au dispensaire. Je ne reviendrai plus vous voir. Vous le comprenez. Je ne rendrai pas visite à votre famille, même si c'est mal venu de ma part. »

Et parce qu'elle pense qu'il a véritablement l'intention de la quitter tout de suite, elle tend la main vers son bras ; et bien qu'elle n'attrape qu'un bout de la manchette de sa chemise, c'est suffisant.

« Je viens avec vous », dit-elle calmement. Elle ne se sent pas imprudente. Elle est sûre de ses paroles et comprend clairement ce qu'elles impliquent. « Vous avez dit vous-même que vous manqueriez terriblement de personnel cet après-midi.

— Le dispensaire n'est pas un endroit pour… », commence-t-il, puis il s'arrête. Ils ont déjà eu cette conversation.

« Je crois que je peux me rendre utile aussi bien qu'une autre. N'ai-je pas fait mes preuves la nuit du naufrage ?

— Olympia, vous allez le regretter », dit-il gravement.

Elle regarde vers la ligne d'horizon, où le ballon n'est plus qu'une tache. Elle se demande où il finira par se poser.

« Alors laissez-moi au moins le faire, avant de le regretter », dit-elle.

Il ouvre la bouche comme pour parler, puis hésite.

« Non, je ne peux pas le permettre », dit-il enfin, et il la quitte.

Elle le regarde s'éloigner jusqu'à ce qu'il ne soit plus qu'un point flou sur le sable. Quand il a presque disparu, elle commence à le suivre. Pendant un moment, elle marche d'un pas normal, puis elle se met à courir.

Elle attend, comme ils l'ont décidé, derrière le Highland pendant qu'il va chercher une voiture aux écuries. Sans chapeau, du sable dans ses bottines, elle prie de ne rencontrer personne qu'elle ou son père connaissent, car elle ne pourrait pas facilement expliquer sa présence sur la route, ni, si Haskell venait à apparaître, son intention de l'accompagner. Elle espère que son père aura assez bu pour faire sa sieste traditionnelle du 4 Juillet sur le sable près du feu d'algues, comme beaucoup d'hommes le font ce jour-là, une abolition démocratique des barrières s'il en fut.

Haskell apparaît au coin dans un petit boghei surmonté d'un toit de toile qui tangue follement sur le chemin de terre creusé d'ornières. La voiture est peinte en vert bouteille, avec des roues jaunes. Sur le côté est inscrit, en lettres sobres, le nom de l'hôtel. Haskell a pris dans sa chambre sa sacoche de médecin, sa veste et son chapeau, et c'est une vision si agréable pour elle que, malgré ses nerfs, et bien qu'elle ait commencé à trembler de l'audace de ses actes, elle ne peut réprimer sa joie à l'idée de rouler à côté de lui. Il saute de voiture pour l'aider à monter.

Le long de la route sinueuse entre la baie et l'océan, ils croisent beaucoup de villas, de murs de pierre et d'attelages qui brinquebalent comme le leur sur la surface de terre battue. Des hommes à bicyclette donnent un coup de sonnette et soulèvent leur chapeau, et une famille de bohémiens avec des sébiles tentent d'arrêter le boghei. Cette partie du monde est plate, délimitée seulement par des murets, des cabanes de planches, quelques arbres et des buissons de résineux. Ils dépassent un groupe de fêtards dans une charrette à foin et, quand ils tournent au bout de la route côtière, elle revoit le poste de sauvetage. Elle se demande si l'équipe de secours est autorisée à participer aux réjouissances, puis se dit que non, étant donné que la nature, avec ses caprices et ses excès, ne connaît pas de vacances. Les hommes, à tout le moins, devront guetter les baigneurs égarés qui pourraient être engloutis par les brisants.

Derrière le poste de sauvetage, le soleil brille sur l'océan avec une telle ardeur qu'elle ne voit pas la villa de son père sur les rochers au bout de la plage – ce qui lui convient parfaitement car elle ne tient guère à y songer pour le moment. Elle tourne la tête vers la baie, qui présente un tableau serein avec sa flottille de sloops et de yoles à l'ancre. Elle voit la tour marron et ocre de l'église congrégationnelle, la coopérative de pêche avec ses murs battus par les intempéries, et la longue jetée qui attire aussi bien les bateaux de plaisance que de commerce. Plus loin dans la baie il y a beaucoup d'embarcations légères, avec des messieurs aux rames et des dames assises le dos raide à la poupe, savourant leur charmante sortie en mer sous des ombrelles à volants.

Bientôt, ils quittent Fortune's Rocks et pénètrent dans les marais, un labyrinthe de longs roseaux, d'oiseaux rares et de lis blancs et roses. Ce qu'elle préfère, c'est traverser les marais dans une barque au crépuscule, ou plutôt dans la demi-heure qui le précède, quand la lumière rouillée du soleil couchant enflamme les herbes et teinte l'eau d'un rose métallique. Parfois, au cours de ces excursions solitaires, elle se perd délibérément dans les canaux peu profonds, trouvant une sorte de calme exaltation à contempler les roseaux pourpres. La difficulté est alors de retrouver son chemin dans le labyrinthe liquide, et elle ne se souvient que d'une seule fois où, dans une impasse, elle a dû demander l'aide d'un garçon qui pêchait sur le sol plus ferme du rivage.

En silence, ils traversent le village d'Ely avec ses robustes maisons en bois construites un siècle plus tôt par des hommes qui dédaignaient les ornements. Au centre du village se trouvent une boucherie, une charrette de viande arrêtée devant, une échoppe de forgeron, un apothicaire, la pompe municipale. À cause de la fête, il n'y a personne dans les rues. En fait le calme est presque inquiétant, comme si une épidémie avait décimé la population, bien qu'Olympia sache que c'est une fièvre de bonne humeur qui s'est emparée des habitants et les a poussés à fuir leur village.

Ils empruntent l'itinéraire du tramway pour entrer dans Ely Falls, où les bâtiments sont noircis par la suie des usines. Ils échangent à peine quelques politesses, qui lui paraissent étranges dans sa bouche. Elle essaie de s'intéresser au monde autour d'elle, mais son esprit reste préoccupé. La beauté des marais et l'animation de la ville semblent, tandis qu'ils roulent vers le dispensaire, un simple décor ou un écho du vrai drame qui se déroule : celui, silencieux, inexprimé, que jouent Haskell et elle.

La grand-rue de la ville est encombrée de boutiques, toutes décorées de mètres et de mètres de guirlandes : des droguistes, des confiseurs, des saloons, des modistes, des horlogers. Ils passent devant un restaurant de fruits de mer, une fabrique de chaussures, Coté et Reny. Les boutiques portent surtout des noms français, quelquefois irlandais : Lettre, Dudley, Croteau, Harrigan, LaBrecque. À un coin de rue, ils arrivent à la hauteur d'un défilé en l'honneur de la fête. Olympia remarque les hommes en costumes napoléoniens et les fanfares, la brigade des pompiers à bicyclette. Le défilé se termine, constatent-ils quand ils doivent faire un détour, au pied d'une grande estrade qui semble avoir attiré au moins la moitié de la ville.

Les bâtiments des usines proprement dits, massifs, dominent l'agglomération. La plupart sont des constructions en brique avec de larges fenêtres, qui s'étirent le long des berges de l'Ely River. Au-delà de ces fabriques se trouvent les logements ouvriers, une rangée après l'autre de pensions d'aspect sinistre, utilitaire. Ces bâtisses ont peut-être autrefois paru fraîches et attrayantes, mais il est clair qu'à présent, sans volets ni peinture, on les a laissées à l'abandon sans guère tenter d'y effectuer des réparations.

Ils s'arrêtent devant un édifice en brique d'apparence modeste, une maison parmi beaucoup d'autres. Haskell l'aide à descendre, et il jette son sac à terre. Elle le suit vers la porte d'entrée, où il pose la main sur le loquet. Il hésite et paraît sur le point de parler.

Elle secoue vivement la tête pour prévenir ses paroles. « Ne vous préoccupez pas de moi, dit-elle. C'est très bien ce que nous avons fait. »

Bien qu'ils sachent tous deux, et comment pourraient-ils l'ignorer, que ce n'est pas bien. Ce n'est pas bien du tout.

C'est le bruit qu'Olympia remarque d'abord. Dans une grande pièce, une salle d'attente, suppose-t-elle, elle entend un groupe de petits enfants glapir et crier en se pourchassant entre les bancs. Près d'eux, une femme recroquevillée sur elle-même pleure et jure tour à tour. Des hommes en tenue plus ou moins débraillée expectorent rudement, et une mère, d'une voix sévère, réprimande des gamins qui veulent monter tous ensemble sur une balance. Olympia entend aussi les marmonnements irrités de malades qu'on a fait attendre à cause de la fête, et les gémissements d'autres qui souffrent manifestement : une vieille femme pleure, et une autre, plus jeune, dans les douleurs de l'enfantement, pousse de terribles grognements. Les gens sont assis ou couchés sur une série de bancs qui rappellent des bancs d'église par la façon dont ils sont disposés ; et tout ce monde lui fait surtout penser à une assemblée de fidèles, bizarre et bruyante, qui attend impoliment son pasteur. Tandis que Haskell traverse la salle d'un pas décidé, une sorte d'ordre semble s'établir, comme si les patients se sentaient déjà soulagés. Haskell parle aussitôt à une infirmière qui porte un bonnet de mousseline blanche empesée et une robe de serge bleue dont les manches ont dû être blanches mais sont à présent maculées de sang et d'autres substances auxquelles Olympia préfère ne pas penser. L'infirmière tient une liasse de papiers d'une main et une montre enchaînée à sa ceinture de l'autre. Son attitude est fâcheuse, car elle semble reprocher son retard à Haskell.

« Avec la fête c'est pire qu'un samedi soir, on a des pochards et des blessés à ne savoir qu'en faire, dit l'infirmière à Haskell avec un accent aux voyelles traînantes qu'Olympia reconnaît comme régional. Sept patients souffrent d'une intoxication alimentaire provoquée par une boîte de conserve avariée, et trois garçons sont tombés en bas des chutes, et à quoi ils pensaient pour vouloir traverser la rivière, je l'ignore, mais ils sont, pour ainsi dire, en piteux état. Et comme on manque de personnel aujourd'hui, eh bien, pas étonnant qu'on soit dans cette situation. Oh, et le petit Verdennes est venu au dispensaire il y a moins d'une heure avec le croup, et j'ai le regret de vous dire qu'il est mort, monsieur. »

(Pendant la demi-heure où elle a retenu Haskell sur la plage, pense Olympia, avec le premier des nombreux petits chocs qu'elle éprouvera cet après-midi-là.)

Haskell paraît troublé, mais pas outre mesure. Peut-être sait-il que l'enfant serait mort même s'il avait été présent.

« Voici Mlle Olympia Biddeford, dit-il en se tournant vers elle. Olympia, voici l'infirmière Graham », ajoute-t-il pour faire les présentations.

L'infirmière Graham, qui semble avoir dans les vingt-cinq ans, pose sur Olympia un regard acéré, mais son examen est bref. Elle a d'autres sujets, bien plus pressants, de préoccupation.

« J'ai promis à ma famille, monsieur, que j'aurais fini à deux heures, dit-elle.

— Oui, bien sûr, répond Haskell. Y a-t-il quelqu'un au fond ?

— Yvonne Paquet est là, monsieur. Et Malcolm.

— Amusez-vous bien alors », dit-il en se retournant pour compter ses ouailles, qui à présent se sont presque toutes tues et l'observent avec grand intérêt. Haskell inspire une bouffée d'air et la retient, puis soupire longuement, lentement.

« Commençons », dit-il à Olympia.

Le dispensaire occupe le rez-de-chaussée de ce qui était encore récemment un entrepôt de textiles. Il comporte plusieurs pièces, et Olympia a largement l'occasion d'en examiner une, puisque c'est la salle où Haskell a installé son cabinet provisoire. Elle contient un bureau, un lit de camp et de nombreux placards remplis de produits que Haskell lui demande fréquemment, à mesure que l'après-midi avance, de prendre pour lui : quinine, aconit, alcool, mercure, strychnine, calomel et arsenic. Il y a une planche représentant l'œil, une balance avec de nombreux poids, un atomiseur, un verre gradué, et de longs plateaux métalliques chargés d'instruments – scalpels, aiguilles et ciseaux. Elle remarque une grande cloche de verre, un microscope et plusieurs sacs recouverts de flanelle, dont elle ne saura jamais la destination. Sur un fourneau, de l'eau bout continuellement dans des casseroles.

L'infirmière Paquet, une fille maussade au teint jaune pas beaucoup plus âgée qu'Olympia, interroge les patients pendant qu'Olympia lui sert d'aide-soignante. Elle va chercher les bandages, les médicaments et les fortifiants, nettoie les instruments et les replonge dans l'eau bouillante, et, une ou deux fois, elle tient le bras ou la main d'un enfant pendant que Haskell fait son travail. Le premier patient qu'il voit ce jour-là est un homme ayant perdu son bras dans une fileuse, qui l'a broyé jusqu'au coude il y a quelques semaines. Haskell commence à dérouler le pansement de l'homme avec les gestes les plus prudents. Il lui parle d'une voix apaisante, essayant de distraire le machiniste par des questions et des plaisanteries, et Olympia en déduit que s'assurer la confiance et la coopération d'un patient est une priorité dans un traitement. Haskell, elle le constate cet après-midi-là, est un médecin délicat et même compatissant.

« Olympia, allez me chercher des pansements propres, ordonne-t-il. Là, dans ce placard en métal. »

Elle trouve la gaze et la charpie là où il lui a dit et les lui tend.

« Contrairement à l'opinion médicale établie, le pus n'a pas de valeur intrinsèque, dit-il, déroulant les bandages souillés et montrant la sécrétion du moignon violet, d'où se dégage une odeur si pestilentielle qu'involontairement elle porte le dos de sa main à sa bouche et s'écarte. Il ne sert qu'à nous apprendre que le patient souffre et que la blessure est infectée, poursuit-il. J'ai ordonné que quiconque entre ici avec des pansements malodorants soit vu tout de suite, mais c'est parfois difficile de convaincre un personnel infirmier provincial quand il a appris autrement. »

Olympia jette un coup d'œil à l'infirmière Paquet, dont l'expression maussade ne change pas. Elle regarde Haskell prendre des instruments dans les récipients d'eau bouillante. Après avoir soigneusement nettoyé la blessure avec de l'acide carbolique, il commence à racler l'infection. Le blessé, malgré les paroles apaisantes de Haskell et son adroit curetage, ne peut s'empêcher de crier de douleur. Olympia remarque, cependant, que Haskell est rapide et précis dans ses gestes. Quand la douleur semble intolérable, il s'arrête et administre à son patient du laudanum à la petite cuillère pour soulager sa détresse. Miraculeusement, l'effet est positif. L'homme, qui a cessé de crier et de trembler, reste couché immobile tandis que Haskell finit son travail et panse de nouveau la blessure.

Cet après-midi-là, Haskell remet une jambe fracturée, fait de nombreuses injections, utilise un pneumothorax pour soigner un jeune homme au dernier stade de la byssinose, et traite un autre homme qui se plaint d'avoir la langue sèche, de la fièvre la nuit et des douleurs autour des mamelons. Il diagnostique un cas de scarlatine en se fondant sur une tache révélatrice, gris cendre, au palais, nettoie un abcès, tape sur le dos d'un enfant pour détecter une éventuelle pleurésie, et dispense des fortifiants. L'un des garçons qui sont tombés dans la rivière meurt dans l'après-midi, et la femme qui criait dans la salle d'attente accouche d'une fille en bonne santé (mais pas par les soins de Haskell).

Pendant toutes ces opérations, Olympia est vigilante, comme si elle apprenait une seconde langue et devait se montrer très attentive. Plusieurs fois elle sent son estomac lui monter à la gorge, mais elle est décidée à ne trahir aucune faiblesse. De temps en temps, Haskell lui dit de porter un masque en présence de maladies infectieuses, et il lui rappelle constamment de se laver les mains ; elles sont presque à vif à la fin de l'après-midi. Et quoiqu'elle cherche à garder son sang-froid, il lui est impossible de ne pas être émue par ces êtres que soigne Haskell, et plusieurs fois elle est proche des larmes. Vers la fin de sa visite au dispensaire, un jeune garçon et une femme arrivent avec une démangeaison entre les doigts, qui a commencé à saigner. Haskell diagnostique la gale. Mais la vraie maladie, Olympia le comprend vite, c'est une misère dont elle n'a jamais vu la pareille. La femme est ivre, et Olympia pense que le garçon l'est peut-être aussi, bien qu'il n'ait pas plus de dix ans. La femme porte un corsage de soie vert fané et une écharpe étroite de laine noire enroulée autour du cou. Ses cheveux pendent en touffes irrégulières sous un canotier sale. Les habits de l'enfant – une vieille chemise en coton, un pantalon et un gilet – sont si grands pour lui qu'ils doivent être roulés et retenus par des bretelles. Les bottines noires de la mère sont éculées, et le garçon est pieds nus.

Quand Olympia regarde ces pieds étroits, incrustés non de sable mais de crasse, elle sent une bouffée de honte l'envahir. S'être réjouie d'être pieds nus il y a quelques heures à peine lui paraît à présent inconsidérément égoïste. Comment peut-elle dédaigner ce que possèdent si peu de personnes ? Haskell la regarde alors, et elle pense avoir pâli.

Et il la regarde ce jour-là. Oui, de nombreuses fois. Une douzaine peut-être. Leurs yeux se croisent, et bien qu'ils n'échangent pas un mot – et qu'il ne change pas d'expression, n'interrompe pas sa conversation avec les patients –, chaque regard à Olympia semble lourd de sens. Étrangement, ces regards sont à la fois troublants et réconfortants pour elle. Plusieurs fois, sous cet examen attentif, elle a peur de s'effondrer ou de se désintégrer. Puis elle se reprend, car elle est entourée de malades et de blessés qui demandent, pour le moins, l'attention sans faille d'une autre personne.

Curieusement, aucun des patients ne s'étonne de sa présence.

Peut-être est-ce à cause de sa chemise grise et de sa jupe bleu marine, ou de la simplicité de sa mise. Ils la prennent pour une infirmière stagiaire ou une débutante ; et ils paraissent trouver acceptable qu'elle reste dans la pièce pendant leur traitement. Ce qu'ils ne peuvent savoir, et ce dont en fait elle a à peine conscience, c'est que, tout en observant le fonctionnement du dispensaire, elle étudie aussi le médecin. Elle est bien novice, mais pas, comme les patients l'imaginent, dans l'art de soigner.

Et lorsqu'elle quittera enfin le dispensaire en début de soirée, elle ne sera plus la même qu'à son arrivée. En l'espace de cinq heures, elle aura vu plus de souffrance, plus de soulagement de la douleur humaine que pendant toute sa vie. Oui, son père peut lui parler du monde, elle peut lire à son sujet dans des livres, ou en parler dans des conversations polies à la table du dîner, mais toujours à l'abri d'une certaine distance. Au cours de l'après-midi, Haskell lui montre un peu du réel, du viscéral. Il ouvre les sutures et lui fait voir. Et, étrangement, il la prépare, mais pas de la façon que l'un ou l'autre imagine : c'est en fait une initiation rapide et brutale aux choses du corps, un aperçu de ce qui est possible, un avant-goût de leur future intimité. Plus tard, elle comprendra que c'était autant dans la nature d'Haskell de l'initier de cette manière que c'était dans la sienne de l'inviter à le faire.

Vers le soir, le calme commence à revenir, tandis que, un par un, les patients sont renvoyés chez eux ou admis dans les salles de fortune. Après avoir vu un petit enfant avec la rougeole, Haskell dit à Malcolm, qui semble l'homme à tout faire mais qui manifestement connaît parfaitement les noms des instruments médicaux et des potions : « Je vais raccompagner Mlle Biddeford chez elle, puis je reviendrai après avoir dîné. Je délègue mes pouvoirs à Mlle Paquet jusqu'à mon retour.

— Oui, monsieur, répond Malcolm, mais avant que vous partiez, Mme Bonneau demande si vous pouvez vous occuper d'une jeune femme qui a les douleurs. Elle dit d'apporter le laudanum, parce que c'est un siège et la mère risque d'avoir de sacrées complications. »

Haskell regarde Olympia.

« Inutile de vous dépêcher de me raccompagner, dit-elle vivement. Mon père ne s'apercevra pas de mon absence, puisqu'il me croit chez les Farragut. Et ils ont sûrement renoncé à m'attendre, ils me croient sans doute chez moi. Donc, pour le moment, je suis dans des sortes de limbes, personne ne s'inquiète de savoir où je suis. »

Ce n'est pas tout à fait vrai, et elle le sait très bien ; son père, s'étant réveillé de sa sieste du 4 Juillet, pourrait parfaitement être en train de la chercher. Mais elle sait aussi que la journée offre une certaine latitude dont elle ne dispose pas normalement ; et que si elle est assez fine, si son père a assez bu, elle pourra expliquer son absence à la satisfaction de celui-ci.

Haskell finit de se laver les mains et les sèche sur un linge tenu par Malcolm. Olympia le regarde abaisser les manches de sa chemise et remettre ses boutons de manchette, qu'il a gardés dans sa poche de pantalon. Il enlève son tablier, le roule en boule et le jette dans un panier situé au coin de la pièce. Il a une trace de sang près de l'épaule, et son visage, dans son épuisement, a perdu un peu de sa couleur. Plus tard, elle comprendra qu'il cherche à gagner du temps, essayant d'entrevoir les conséquences, s'il l'emmène dans la chambre où attendent Mme Bonneau et la parturiente ; car il sait, ce qu'elle ignore, qu'elle est sur le point d'assister à une scène à laquelle aucune préparation ne conviendrait, et que, une fois qu'elle l'aura vue, rien ne pourra l'effacer de sa mémoire.

Il décroche son manteau de la patère derrière la porte. « Il y a un sac de linges bouillis dans le placard de l'autre pièce, Olympia, dit-il. Ce n'est pas lourd. Si vous le preniez, nous pourrions y aller maintenant. »

La lumière s'est un peu adoucie, il y a des ombres dans les rues. Un vent frais, humide, venu de l'est, se glisse par les ruelles et les assaille à intervalles réguliers. Le ciel est d'un bleu pur, vierge de nuages. Ce sera une très belle soirée, Olympia le sait, et même à présent, dans la plus laide des rues, la lumière joue merveilleusement sur les briques, sur une vitre qu'elle fait vibrer d'argent, peignant les feuilles des arbres d'un rose tremblant. Ils marchent côte à côte, sans beaucoup se parler, tâchant d'ignorer la saleté qu'ils rencontrent en chemin, non seulement les détritus de la vie quotidienne de la ville, mais aussi ceux laissés par les nombreux fêtards : des bouteilles brisées, des vomissures, des vêtements abandonnés, des flaques d'eau de vaisselle jetée des fenêtres du premier étage, des emballages contenant de la nourriture à moitié consommée, des chopes qui empestent la bière. Plus d'une fois, Olympia craint pour sa tête et regrette vivement d'être sans chapeau. Mais ils atteignent la maison indiquée sans incident et grimpent les marches vers l'étage où habite la malheureuse femme. Haskell ouvre la porte et entre sans frapper.

La pièce n'est pas plus grande que celle où Olympia dort à Fortune's Rocks, une chambre exiguë avec une seule fenêtre donnant sur un mur à moins de trois mètres. Bien qu'il fasse encore jour, elle est peu éclairée, et il faut un moment à Olympia pour s'habituer à la pénombre. Sur le lit, une femme est couchée, apparemment au comble de la douleur. Elle se tord et serre les dents, relâchant son souffle par à-coups, criant des mots dans un français si torturé et à l'accent si prononcé qu'Olympia ne la comprend pas. Ses jupes ont été relevées jusqu'au sommet des cuisses, et même du seuil Olympia voit le sang sur sa peau et sur l'oreiller crasseux au-dessous d'elle. Ses jambes nues, qui se démènent sur le lit, sont un choc pour les sens, et Olympia a l'impression d'avoir retourné une pierre et découvert une masse de vers transparents, sans couleur parce qu'ils n'ont jamais été exposés au soleil.

Olympia respire à peine. Elle combat une nausée et se retient de repasser la porte.

En un instant, Haskell s'est débarrassé de sa veste. Un examen rapide de la pièce révèle qu'il n'y a pas de pompe, et elle le voit abandonner l'idée de se laver les mains pour gagner du temps. Lorsqu'il s'assied sur le lit, ses mains disparaissent sous la mince bande de tissu qui cache, dans un simulacre de pudeur, les parties les plus intimes de la femme. Celle-ci, apprend Olympia, s'appelle Marie Rivard. Haskell s'affaire ainsi un moment et paraît confirmer ce qu'on lui a dit. Il parle en français à Mme Bonneau, une femme d'un certain âge au comportement nerveux. Elle a été appelée, lui dit-elle, par l'un des enfants de la femme qui craignait pour la vie de sa mère, et lorsqu'elle est arrivée les choses en étaient à peu près au même point. Elle ajoute, avec beaucoup d'expression et de nombreuses imprécations, que la jeune femme est une immigrée de fraîche date. Il y avait un mari, mais il a abandonné sa femme et ses enfants quelques mois plus tôt. Marie Rivard, qui doit approcher la trentaine, selon Olympia – bien qu'il soit impossible de donner un âge à la forme torturée sur le lit –, n'a pas pu trouver de travail parce qu'elle était enceinte.

Olympia remarque alors les autres occupants de la pièce : trois enfants, dont l'aîné n'a pas plus de neuf ans, assis sur le plancher contre un mur. Ils sont tous pieds nus et portent des habits sales, au tissu d'une minceur affligeante, sombres et sans couleur, devenus informes depuis longtemps. Il est évident que ces enfants n'ont pas pris de bain depuis un bon moment. La puanteur dans ce petit espace sans air est très forte.

Les murs nus sont gras et noircis par des années de cuisine. Il n'y a pas d'armoire ni de malle dans la chambre, seulement un maigre placard ; et quand sa porte est ouverte, Olympia découvre avec étonnement qu'il n'est pas rempli des possessions des occupants, qu'il est au contraire presque vide. Bien qu'une veste d'homme pende à un crochet, il n'y a pas d'autre signe de présence masculine. Un coin de la pièce, à l'intersection du mur et du plancher, est brûlé comme s'il y avait eu un feu. Au-dessus du fourneau crasseux sont suspendus des ustensiles de cuisine sommaires : une passoire, un couteau, une casserole. Quelques vêtements sont accrochés à des clous plantés dans les moulures. Elle remarque qu'on ne voit trace d'aucun jouet pour les enfants. Au fond de l'appui de la fenêtre, toutefois, une haute pile d'habits pliés est en partie emballée de papier. À côté de ce paquet, dans un cadre en filigrane d'argent, la photographie d'un couple le jour de ses noces. La mariée porte une longue robe de satin blanc, et une délicate mantille lui retombe sur le front. L'homme, en lourd costume de lainage, se tient comme au garde-à-vous. Les yeux d'Olympia vont de la femme sur la photographie à celle sur le lit. Est-il possible qu'elles soient la même personne ? Et si oui, comment se fait-il que cette étonnante photographie et son cadre n'aient pas été vendus pour de la nourriture, comme presque tout dans la pièce semble l'avoir été ?

Haskell ne perd pas de temps à introduire du laudanum à la cuillère dans la bouche de la femme en travail. Il utilise son propre flacon en prenant soin qu'aucune goutte ne soit perdue. La femme se tord moins sur le lit, et ses cris indescriptibles deviennent de sourds gémissements.

« Olympia, passez-moi le paquet. »

Elle lui donne le sac de linges stériles et regarde avec curiosité et admiration Haskell y prendre un drap, le tendre d'un côté du lit, puis, d'un geste adroit dont elle ne saisit pas entièrement le mécanisme, le glisser sous la femme et le fixer vivement de l'autre côté. Couvrant le bassin et les jambes de la femme d'un linge blanc, Mme Bonneau et lui parviennent à retirer les habits souillés de Marie Rivard.

« Olympia, voulez-vous voir si vous pouvez trouver la pompe ? demande-t-il calmement, d'un ton uni, comme s'il lui demandait simplement un crayon parce qu'il songe à corriger une phrase dans un paragraphe à moitié écrit. Prenez cette casserole, et rapportez-la pleine d'eau. J'ai besoin de laver cette femme. »

Olympia décroche la casserole au-dessus du fourneau et sort dans le couloir à la recherche d'une pompe. Elle sait qu'elle doit se trouver derrière le bâtiment, mais elle ne voit pas d'abord comment y parvenir sans avoir à faire le tour du pâté de maisons et prendre la ruelle. Toutefois, elle finit par découvrir dans la cave une petite porte qui mène par quelques marches à un jardin desséché. La pompe au centre du jardin est rouillée, et ses mouvements sont saccadés ; mais après plusieurs essais infructueux, Olympia réussit à faire couler l'eau. La puanteur des cabinets proches est presque intolérable, ils ne doivent pas avoir été vidés depuis longtemps. Retenant son souffle, elle remplit la casserole, rebrousse chemin et monte les deux étages jusqu'à la chambre qu'elle vient de quitter. Quand elle arrive, elle trouve la porte fermée et les trois enfants qui attendent dans le couloir. Assis par terre, leurs jambes pâles étendues devant eux, ils prennent les habits du paquet qu'Olympia a vu sur l'appui de la fenêtre et décousent les boutons en veillant à ne pas laisser le tissu toucher le sol. D'un geste exercé, ils manient leurs petits couteaux, font sauter les boutons en l'air, les rattrapent facilement et les jettent dans une boîte qu'ils ont posée devant eux. Si la scène n'était pas si pénible à cause de ce qu'elle laisse entendre, l'adresse avec laquelle les enfants accomplissent leur tâche, leurs mains volant plus vite, presque, que l'œil ne peut les suivre, serait étonnante et même amusante. Mais comme leur dextérité n'évoque que les centaines d'heures que les enfants doivent avoir passées à perfectionner ce savoir-faire, l'étonnement ou l'amusement qu'Olympia pourrait éprouver se changent rapidement en consternation.

Derrière la porte de la chambre, elle entend un profond cri guttural. Les enfants ne bougent pas. Seule la plus petite, qui n'a pas plus de trois ans, s'arrête un moment et suce son pouce, que sa grande sœur, d'une tape, lui écarte aussitôt de la bouche.

La casserole dans les bras, Olympia ne sait que faire pour ces enfants. Elle frappe un coup à la porte, et la vieille femme l'ouvre. Elle lui prend le récipient et le pose sur le fourneau. Quand Olympia regarde la femme en train d'accoucher sur le lit, elle est frappée par un spectacle incroyable. Haskell a fait mettre Marie Rivard sur les coudes et les genoux. Agenouillé lui-même les bras entre ses cuisses, il a plongé les mains profondément dans ses entrailles. Le ventre d'Olympia se contracte à l'idée de ce que la femme doit ressentir mais elle s'aperçoit qu'elle ne peut se détourner.

De la réalité de l'accouchement, Olympia n'a que de vagues notions, n'ayant au mieux qu'une connaissance imparfaite de l'anatomie. La naissance est plus qu'un mystère pour elle ; c'est un sujet qu'aucune personne polie n'a jamais abordé devant elle

– pas même Lisette, qui lui a appris certains faits de la vie, mais s'est limitée aux détails absolument nécessaires pour qu'Olympia aborde les premiers stades de la féminité. Aussi est-elle à la fois effrayée et exaltée à la vue des jambes écartées de la femme, de sa région la plus intime meurtrie et violacée, violentée non seulement par les mains de son médecin, mais aussi par la vie farouche qui pousse inexorablement pour sortir, et la fait gémir dans l'état d'hébétude où l'a mise la drogue. Si Olympia a des pensées conscientes en ces quelques instants stupéfiants, c'est pour se poser des questions sur un dieu assez cruel pour ne prodiguer à l'humanité son grand don de la progéniture qu'au prix de mille souffrances.

Tandis qu'elle regarde, fascinée, Haskell semble lutter avec l'enfant, comme s'il extrayait un navet récalcitrant du sol durci. La femme hurle, malgré le laudanum. De grandes quantités de sang inondent le drap blanc. Mais Haskell paraît satisfait de ce qui se passe. Il retire une main et pousse fort sur le ventre de la femme, pétrissant la masse vivante à l'intérieur. En un clin d'œil, semble-t-il, il change de position et allonge doucement la femme sur le dos. Il met ses mains en coupe, tel un prêtre attendant l'eau bénite, et la créature glissante, bleu violacé, sort entièrement dans son nouveau monde.

Haskell prend un linge dans le sac et essuie les fluides des yeux, du nez et de la bouche du bébé. Il tient le nouveau-né selon un angle bizarre. Olympia voit que c'est une fille. Aussitôt ils entendent le premier cri ; et, le temps de quelques souffles, la peau perd sa teinte bleuâtre et rosit. Olympia se met à pleurer – de soulagement ou d'exaltation, ou du choc de la naissance, elle ne saurait le dire.

Haskell examine les extrémités et les orifices de l'enfant et utilise l'eau chaude pour le laver. Il s'occupe de la mère et extrait encore quelque chose de son utérus. Épuisée par ses douleurs, elle tombe dans un profond sommeil imitant la mort. Haskell donne des instructions à Mme Bonneau, qui place le nouveau-né contre le sein de la mère inerte. Puis il écoute la respiration de Marie Rivard et donne de nouvelles instructions. C'est la première fois ce jour-là qu'Olympia perçoit de l'irritation dans sa voix. Elle doit résulter de l'épuisement où il se trouve, ou peut-être de sa consternation devant la misère révoltante dans laquelle se débat cette famille.

Haskell se lave les mains et les poignets dans le peu d'eau qui reste, utilisant un savon gris foncé et produisant une mousse sanglante qui oblige Olympia à se détourner. Il dit à la vieille femme de masser l'utérus, et qu'il enverra Malcolm porter du linge propre et de la gaze pour étancher le saignement. Il plonge la main dans sa poche et en sort deux billets de un dollar qu'il tend à Mme Bonneau. Il lui dit d'acheter des oranges, du lait et du pain pour les enfants, de ne pas donner l'argent à un parent du sexe masculin, et de ne pas le dépenser à boire. Manifestement reconnaissante au docteur Haskell d'avoir sauvé la vie du bébé et peut-être aussi celle de la mère, Mme Bonneau lui promet de faire exactement ce qu'il a demandé. Mais quand Olympia lève les yeux vers le visage du médecin, elle remarque son expression narquoise, pour ne pas dire sarcastique ; et elle se dit que peut-être il ne croit guère que ses instructions seront suivies à la lettre.

Après s'être nettoyé et habillé, Haskell fait un signe à Olympia et ils quittent la pièce. Les trois enfants de la femme qui vient de donner naissance, alignés sur le plancher, font toujours adroitement sauter des boutons. S'ils savent qu'ils ont une nouvelle petite sœur, ils ne le montrent pas. Haskell s'accroupit devant la plus jeune, prend sa tête entre ses mains et soulève la paupière de son œil droit. Il l'examine pensivement puis lui demande en français : « Pourquoi n'es-tu pas dehors à jouer puisque c'est fête aujourd'hui ? » L'enfant hausse les épaules. Haskell sort de la poche de sa chemise une poignée de caramels enveloppés dans du papier paraffiné et les distribue aux enfants. Puis il se remet debout et, sans frapper, il ouvre la porte de la chambre. Il donne encore à la vieille femme plusieurs instructions.

« *Oui, oui, oui*[1] », entend Olympia de l'extérieur.

---

1. En français dans le texte, de même que tous les autres mots ou phrases en italique suivis d'un astérisque.

Ils rejoignent le boghei et les chevaux. Haskell l'aide à monter, puis grimpe lui-même et prend les rênes. Le soleil s'est presque couché pendant leur absence, et le ciel ressemble à de la poudre d'indigo. Ils reprennent leur itinéraire le long de la ligne du tramway et se dirigent vers Ely et Fortune's Rocks, à une douzaine de kilomètres. De temps en temps, Olympia se prend à trembler au souvenir des événements incroyables de l'après-midi et de la soirée. Elle se demande comment Haskell ne s'écroule pas sous le poids de ses rencontres avec la maladie, avec les blessures mortelles. Puis elle se dit que pour un médecin habitué, sinon endurci, aux vicissitudes physiques de la naissance et de la mort, les incidents de l'après-midi sont monnaie courante ; mais elle a du mal à comprendre qu'on puisse s'habituer à voir sans sourciller le corps humain poussé à de telles extrémités, comme ils viennent de le faire. Les manches de la chemise de Haskell sont tachées de sang et d'autres matières, et il émane de lui une odeur distinctement masculine – pas désagréable, mais qui témoigne de ses efforts. Au bout d'un moment il parle.

« Il ne faut pas que vous ayez peur de l'accouchement, dit-il. Ce que vous venez de voir est naturel, banal. Difficile peut-être, mais pas désespérant. La nature fait parfois une entrée fracassante et une sortie gémissante, bien que je vous assure qu'il peut en être autrement. Je crains d'avoir gravement blessé votre sensibilité.

— Pas blessé, répond-elle. Ébranlé, peut-être. Et ma sensibilité n'est pas aussi fragile que vous le croyez. En fait, je vous suis reconnaissante de m'avoir permis d'assister à cette naissance, c'est un miracle étonnant. Et n'est-il pas toujours préférable de connaître la vérité d'une chose ?

— Mes sentiments sont partagés à cet égard, dit-il pensivement.

— Mais quel bien une femme se fait-elle si elle se cache les réalités physiques ? Pour être terrifiée par l'événement lui-même ? Je me demande comment j'aurais jamais rien appris à ce sujet. J'ai été trop protégée.

— Et c'était sage, dit Haskell. La protection de votre père vous a permis de grandir et de vous épanouir de façon tout à fait saine. Et si l'alternative c'est de couper des boutons dans des conditions insalubres, alors je suis en faveur de cette protection, même si elle peut sembler étouffante. » Il secoue les rênes et la voiture commence à rouler un peu plus vite. « On devrait mettre ces enfants à l'orphelinat, dit-il avec véhémence.

— Les prendre à leur mère ?

— Pourquoi pas ? Comment une femme si misérable peut-elle être une bonne mère ? Au moins, dans un orphelinat, sous la responsabilité des sœurs, les enfants auront des bains et des repas réguliers, des habits propres, de l'air pur et un certain degré d'instruction. En ce qui me concerne, ce que nous avons vu n'était pas une naissance, mais plutôt une sorte d'infanticide.

— Mais on ne peut sûrement pas reprocher sa pauvreté à la mère, répond Olympia. Il y a certainement un homme dans le tableau, qui semble absent pour le moment.

— Je serais plus enclin à être d'accord avec vous si je n'avais pas vu certaines de ces jeunes immigrées – irlandaises et franco-canadiennes – ivres bien trop souvent à mon goût. Et il y a d'autres pauvres femmes, à bout de ressources, qui ont au moins le bon sens de demander de l'aide, qui supplient qu'on prenne leurs enfants à l'orphelinat, si seulement il y a de la place.

— Je ne peux concevoir qu'on puisse donner un enfant », dit Olympia, perplexe. Elle a constaté par elle-même que les enfants Rivard sont déplorablement négligés, bien qu'elle trouve plus difficile que Haskell d'en rejeter la faute sur la mère. Bien sûr, on ne pourrait s'attendre à ce qu'une femme du milieu de sa mère abandonne son enfant même si elle se trouvait dans une situation difficile après avoir été abandonnée par son mari, même si à l'occasion elle buvait trop. La société, toutefois, devrait-elle refuser à une femme frappée par la pauvreté et pleurant la perte de son mari tous les plaisirs possibles, toute forme de soulagement ? Pourtant, Olympia comprend à quel point il est malhonnête de prendre de l'argent destiné à acheter de la nourriture pour des enfants et de le dépenser à boire. Et tout compte fait, le sujet a l'air bien trop complexe pour être résolu par une conversation à bâtons rompus.

Le soir s'assombrit brusquement, et Olympia est soudain consciente qu'elle risque d'être impardonnablement en retard. Elle aurait pu expliquer une absence à la lumière du jour, mais si tard, son père va s'inquiéter.

« À propos de ce que vous disiez tout à l'heure, dit Haskell, en vérité, je ne crois pas qu'il soit bon de protéger une jeune femme sur le point de se marier et d'avoir des enfants des réalités physiques qui l'attendent sûrement. Dans certaines situations, et l'accouchement est l'une d'elles, l'ignorance peut être fatale. J'ai rencontré dans ma pratique un certain nombre de jeunes femmes qui ont commencé à accoucher sans même avoir su qu'elles étaient enceintes. »

Olympia se demande comment c'est possible, car il lui semble qu'une telle naïveté demande une ignorance presque délibérée. Ils traversent Ely, remarquant des signes de vie dans le petit village : des lanternes allumées aux fenêtres et des silhouettes indistinctes dans les rues, déversées depuis peu par le tramway. Ils entendent des chants et des cris d'ivrognes, mais dans l'ensemble les fêtards sont fatigués, ils ont retrouvé leur calme. Elle pense tout à coup, comme on a des révélations évidentes, que toutes ces personnes, dans la rue à ce moment, sont entrées dans le monde de la même manière que celle à laquelle elle a assisté cet après-midi. Et elle songe encore que l'étonnant, c'est moins d'avoir été présente pour la naissance que d'avoir atteint l'âge de quinze ans sans avoir observé plus tôt et plus souvent ce phénomène.

« Avez-vous assisté à la naissance de vos propres enfants ? » demande-t-elle à Haskell.

Sa question paraît le surprendre. Comme ils pénètrent dans les marais, le demi-cercle de la lune se lève et, avec ses ondulations perlées à la surface, illumine tous les coins et recoins de ce labyrinthe d'eau saumâtre, si bien que le paysage devient d'une beauté presque magique, le repaire souterrain d'un dieu, peut-être, ou le passage vers le royaume d'une reine des ondes.

« J'étais absent pour la naissance de mes deux premiers enfants, dit Haskell, et présent pour les trois derniers.

— Je croyais que vous aviez quatre enfants, dit Olympia sans réfléchir.

— Le dernier était mort-né, dit-il. En mars dernier.

— Oh, je suis navrée…

— C'est également dans la nature, dit-il en l'interrompant. L'enfant aurait été gravement difforme. »

Olympia est alors assaillie par des images troublantes. Celle de Haskell agenouillé entre les jambes de sa femme, une image intime contrastant vivement avec le comportement si chaste du couple à la table du dîner ; et celle d'un nouveau-né, pas du tout comme celui qu'elle a vu cet après-midi, mais avec des membres malformés, poussant farouchement pour entrer dans le monde, mais seulement pour périr au moment de naître. Elle serre ses bras autour d'elle.

Puis, pensée vagabonde, elle se rappelle la photographie sur le rebord de la fenêtre chez les Rivard, la petite image dans son cadre en filigrane d'argent, la beauté et la jeunesse de deux êtres qui posaient le jour de leur mariage, le joli satin de la robe et la mantille avec son diadème de perles. Et elle s'interroge sur la disparité entre cette pose civilisée le jour des noces et la posture animale de la naissance, dans le cadre hideux de la pension. Et elle se dit encore que si le marié et la mariée de la photo avaient pu prévoir la situation dans laquelle le portrait encadré se trouverait un jour, les deux innocents auraient fui l'autel, terrifiés et incrédules.

Haskell arrête la voiture.

« C'était excessif, dit-il en se tournant vers elle.

— Non, dit-elle, je… »

Elle inspire l'air salé, comme si c'était son laudanum à elle. Elle renverse la tête en arrière. Elle sent, sans tout à fait les voir, les chauves-souris voler près d'eux puis s'éloigner.

« Olympia, je voudrais vous dire quelque chose, mais pas sans votre permission. »

Elle redresse la tête et le regarde. « Vous n'avez pas besoin de demander la permission et je n'ai pas à vous la donner, dit-elle avec délicatesse.

— Notre situation n'est pas normale, bien qu'elle me semble aussi naturelle que de respirer. » Il prononce cette phrase avec une assurance tranquille.

« Si vous parlez de l'étrangeté de notre situation, dit-elle calmement, c'est tout ce que nous avons. »

Des doigts, il fait tourner sa tête vers lui. Elle s'abandonne librement à leur pression.

« Olympia, je n'ai pensé à rien d'autre qu'à vous depuis le jour où j'ai quitté votre maison », dit-il.

Elle ferme les yeux un court instant.

« Je vous fais le plus grand mal qu'un homme dans ma position puisse faire à une jeune femme, parler de sentiments inexprimables. »

À la clarté de la lune, elle voit de petits points de lumière bouger dans ses pupilles.

« Cette semaine a été intolérablement longue », ajoute-t-il, si près d'elle qu'elle sent son souffle. Elle a envie de s'appuyer contre lui, de reposer sa tête sur sa poitrine.

« Monsieur Haskell, dit-elle, je...

— Ne suis-je pas, dans vos pensées du moins, devenu John ? demande-t-il doucement.

— Lorsque je pense à vous, et c'est constamment, vous êtes toujours Haskell », répond-elle sans hésitation.

Et il y a, dans l'aveu de cette vérité, l'un des plus grands instants de joie, de délivrance de l'esprit qu'elle ait jamais connus.

« Ce n'est pas possible. Je n'ai pas pu provoquer une chose pareille, dit-il.

— Vous ne l'avez pas fait.

— Nous ne pouvons rien dire de plus.

— Non.

— C'est tout, dit-il. C'est tout ce que nous aurons jamais. Vous le comprenez ?

— Oui, répond-elle.

— Je renonce à tout droit de vous parler de cette manière, et j'ai déjà abusé de votre bonté au-delà des limites permises. En fait, en arrêtant la voiture ici, je profite de votre douceur et de votre jeunesse, la pire sorte d'opportunisme dans lequel un homme de mon âge et de ma position puisse tomber. Je ne peux que vous nuire.

— Je ne vous crois pas une seconde coupable d'opportunisme », dit-elle avec sincérité.

L'odeur de sel est forte dans l'air, et il y a aussi l'arôme humide mais pas désagréable des marais et de la vase marine. La mer est basse, mais pas tout à fait.

« Alors, vous n'avez pas peur ? demande-t-il.

— Non », répond-elle.

Il pose la main sur les os de son poignet et fait glisser ses doigts lentement sous les manches flottantes. Il prononce son nom et presse ses paumes contre elle, comme s'il voulait faire passer toute sa force à travers sa peau. Il retire les mains de ses bras et passe un doigt dans le col de son corsage, défaisant un bouton du même geste. Il se penche très près pour poser sa bouche dans le creux à la base de sa gorge, là où plus tôt elle a dirigé sa main.

Olympia, pour la première fois, sent son corps se transformer, devenir liquide, s'ouvrir, et tout ce qu'elle veut, c'est davantage. Une immobilité absolue s'installe. C'est un long baiser, si on peut l'appeler un baiser, bien qu'Olympia le vive comme quelque chose de différent : le souvenir de la Canadienne française, les jambes ouvertes, de la masse vivante poussant de façon indisciplinée contre elle, la submerge, sans paraître à présent un événement à redouter, mais plutôt une sensation à savourer ; et c'est comme si elle comprenait un peu de ce qui lui adviendra en temps voulu. Elle touche la nuque de Haskell et sent les fins cheveux s'y incurver en virgule. Il écarte la bouche de sa gorge et appuie son front contre le sien, en soupirant comme si seule cette embrassade particulière était en mesure de l'apaiser.

Ils restent ainsi tandis que la lune monte plus haut dans sa course et que les grillons chantent leur air répétitif et strident. Au loin, ils entendent une autre voiture approcher.

« Il est tard, je dois partir, dit-elle. Emmenez-moi jusqu'à la digue, et de là je marcherai. »

L'autre attelage apparaît, et ils se séparent à regret. Le conducteur les salue en les croisant. Haskell prend les rênes, et ils poursuivent leur chemin. Quand ils parviennent à la digue, encombrée de fêtards nocturnes, il l'aide à descendre de voiture, lui prend la main et lui souhaite bonne nuit d'une façon si cérémonieuse qu'elle dément l'intimité qu'ils partageaient encore quelques minutes seulement auparavant.

À son arrivée, son père est assis sur la véranda. Il fume – sombre silhouette dans le fauteuil, dont seule la braise du cigare est clairement visible.

« C'est toi, Olympia ?

— Oui, père », dit-elle en montant les marches. Elle entre dans son champ de vision. Il allume une bougie et la tient pour l'éclairer. Il étudie son visage, ses vêtements.

« Nous nous sommes inquiétés pour toi, dit-il. Il est plus de dix heures.

— J'ai fait une longue promenade sur la plage et j'ai rencontré Julia Fields, avec qui j'ai dîné, dit-elle, sentant que le mensonge qu'elle avait prévu la trahirait.

— Je ne suis pas sûr de connaître Julia Fields, dit-il, un peu surpris. Quand tu n'es pas revenue à la tombée de la nuit, je suis allé te chercher chez Victoria Farragut, ajoute-t-il, justifiant aussitôt sa ruse.

— Je me suis arrêtée un instant sur sa véranda, dit-elle, mais j'ai vu que pour entrer je devrais entamer une discussion interminable avec Zachariah Cote, aussi j'ai fui, préférant rester seule un moment. »

C'est un mensonge adroit. Son père pourra aisément sympathiser avec elle et comprendre le désagrément d'être piégée dans une conversation avec un homme qui s'est montré fourbe et ennuyeux à table. Il commence à sourire ; mais, alors qu'Olympia lui prend la bougie, elle le voit regarder son col, qu'elle n'a pas songé à reboutonner. Son sourire naissant disparaît, et une expression de légère inquiétude se peint sur ses traits.

« Je suis épuisée, père, dit-elle vivement, en se dirigeant vers la porte. Puis-je vous souhaiter bonne nuit ? »

Mais elle ne se penche pas pour l'embrasser, comme elle en a l'habitude, car l'odeur distincte de John Haskell flotte autour d'elle, comme si les pores de sa peau avaient absorbé l'essence de cet homme, une essence étrangère à laquelle elle s'abandonne avec délices tout en redoutant ses conséquences.

Les jours se succèdent, et l'on dirait que toute la côte est ensevelie sous un nuage gris qui, durant près d'une semaine, n'éclate pas, ne prend pas assez de force pour devenir un véritable orage. Mais la pluie tombe, une pluie fine et régulière qui rend presque toutes les activités extérieures impraticables. Le sentiment d'isolement d'Olympia, celui d'être à l'écart de ceux qui l'entourent, ne fait que s'intensifier avec ce triste temps. Et c'est comme si elle habitait un cocon chaud et impénétrable dans un monde humide incompréhensible.

Bien qu'elle arpente la véranda, ou marche sur la plage dont elle revient trempée, ou dîne à la table familiale, ou converse, quoique distraitement, avec son père, ou essaie de lire John Greenleaf Whittier ou de jouer au backgammon avec sa mère, chaque instant est consacré à John Haskell – non, réquisitionné par lui –, de sorte qu'elle n'a pas de pensée consciente ou de rêve inconscient qui ne l'englobe pas.

Sa distraction ne manque pas d'être remarquée, même si son entourage en ignore la cause. À mesure que les jours passent, elle devient de moins en moins capable (ou de moins en moins désireuse) de jouer la comédie et de cacher ses sentiments ; et plusieurs fois elle est bien près de révéler la vraie raison de son agitation. Une ou deux fois elle mentionne dangereusement Haskell dans une conversation avec son père, se référant plus souvent qu'il n'est prudent au volume qu'il a écrit ou au travail qu'il accomplit à Ely Falls. Et à une soirée où Rufus Philbrick et Zachariah Cote sont tous les deux présents, elle s'arrange pour orienter la conversation vers les usines et les réformes progressistes ; le simple fait de prononcer les mots *usines* ou *progressistes* en leur compagnie est satisfaisant et même secrètement grisant. Mais ensuite, elle s'imagine que M. Cote la considère d'un regard curieux et pensif, puis avec un très léger sourire, ce qui l'amène à se demander si elle est à ce point transparente que ses véritables pensées peuvent se lire sur son visage.

Tout autour d'elle, elle voit les autres l'étudier, et leur étonnement se transformer en un sourire ou un froncement de sourcils selon ce qu'ils déduisent de son comportement. Son père est prudent avec elle : il peut difficilement l'accuser d'une chose dont il n'a pas la preuve. Et bien que ce soir-là sur la véranda, croit-elle, il ait vaguement soupçonné un écart de conduite, il a délibérément choisi de chasser cette idée de ses pensées. Il semble à Olympia que sa mère est peut-être plus vigilante que d'habitude, mais comme elle s'aventure rarement hors de sa chambre, elle n'a pas grand-chose à observer. S'il arrive à ses parents de penser consciemment à sa distraction, elle est certaine qu'ils l'attribuent à cette humeur fantasque qui s'empare de beaucoup de jeunes filles de son âge. Ou alors, ils imaginent une innocente amourette avec un garçon qu'elle a rencontré récemment. Ou qu'elle participe à un flirt inoffensif auquel, dans sa naïveté, elle attache sans doute trop d'importance.

Curieusement, pendant cette période, chaque fois qu'ils ont des visiteurs, ou qu'elle observe Josiah vaquant à ses tâches, ou son père en train de lire, elle se met à remarquer certaines caractéristiques masculines qui lui avaient échappé jusque-là – ou dont elle n'avait pas eu conscience : les quelques centimètres de peau qui parfois apparaissent entre le poignet d'un homme et sa manche de chemise, quand il tend la main vers une porte par exemple ; ou la gracieuse langueur des hommes négligemment debout les mains dans leurs poches de pantalon ; ou la façon dont leur force semble résider juste au-dessous du point médian entre les épaules. Et elle est certaine que, bien qu'elle ait déjà vu – c'est-à-dire physiquement absorbé des yeux – ces attributs masculins, ils n'ont jamais entraîné de pensées conscientes chez elle, comme ils le font en abondance pendant cette succession de journées pluvieuses.

L'après-midi du sixième jour, Olympia tricote dans sa chambre, une activité qui ne provoque chez elle que de l'engourdissement. Pour se réveiller, elle décide de se faire une tasse de thé. Alors qu'elle descend l'escalier recouvert d'un tapis, elle entend des voix masculines dans le bureau de son père. Elle s'arrête, le talon en équilibre sur la contremarche, et tend avidement l'oreille. Une voix, bien sûr, est celle de son père, et l'autre, il est impossible de ne pas la reconnaître. Ils parlent d'un livre de photographies.

Respirant délibérément, Olympia continue à descendre l'escalier et entre, d'un air faussement dégagé, dans le bureau de son père, comme si elle voulait simplement voir qui est là. Son père lui jette un coup d'œil. Il s'arrête au milieu d'une phrase. Haskell, qui était de dos, se retourne. Après un bref instant d'hésitation, il s'avance avec les parfaites manières d'un gentleman et lui prend la main.

« Mademoiselle Biddeford, dit-il, quel plaisir de vous revoir.

— Je crois que vous connaissez assez bien ma fille pour l'appeler Olympia, dit son père avec bonne humeur (et avec quelle ironie douloureuse pour Haskell et Olympia, il ne le sait pas).

— Olympia, alors », dit plaisamment Haskell.

Il a un chapeau melon à la main. Elle voit de minuscules gouttelettes de pluie sur son pardessus. Le bout de ses bottines est noirci en demi-cercle par l'humidité. Ses cheveux ont été quelque peu aplatis par le chapeau, et son visage est coloré, comme s'il avait couru. Il a un livre au creux du bras, peut-être le prétexte de sa visite.

Comme ils se montrent astucieux et doués pour la tromperie, pendant ces quelques minutes où ils échangent les phrases d'un rituel longuement pratiqué, laissent tomber leurs mains exactement au bon moment, et se tournent légèrement dans la direction du père d'Olympia comme pour l'inclure dans leurs politesses. Son père, qui semble particulièrement content de voir Haskell, dont il apprécie vraiment la compagnie et dont il admire sincèrement le travail, insiste aussitôt pour qu'il reste pour le thé.

« J'allais justement dans la cuisine m'en faire, dit Olympia.

— Excellent, dit son père. Vous tombez au bon moment, Haskell. Olympia, apporte-le dans le salon. C'est trop petit ici, et il fait trop froid pour moi, je le crains, sur la véranda. »

Olympia les quitte, traverse avec un aplomb étudié la salle à manger et l'office, et entre dans la cuisine. Mais une fois qu'elle a laissé la porte battante se refermer, elle s'appuie lourdement au bord de la grande table et penche la tête. Elle est choquée par sa duplicité, la facilité avec laquelle elle a joué la comédie.

Au bout d'un moment, elle se redresse, va prendre la bouilloire, la remplit et la repose sur le fourneau, encore chaud du déjeuner. Mme Lock, qui est arrivée récemment d'Halifax et qui ne reviendra pas avant l'heure de préparer le dîner, a laissé une assiette de scones aux myrtilles sur le buffet. Dans le garde-manger, Olympia trouve du beurre et de la confiture pour accompagner les scones et elle pose le tout sur un plateau en marqueterie pris dans l'office. Puis elle s'assied sur une chaise de la cuisine pour attendre que l'eau frémisse et que se calme le tremblement de ses mains.

La cuisine est une grande pièce que l'on a peinte en vert pâle avec une bordure blanche. Le long d'un mur, une série de fenêtres donne sur un treillage et sur le jardin derrière la maison. Dans le mur opposé s'élève une cheminée si haute que Martha pourrait s'y tenir debout. Le plancher est fait de larges planches de pin, et Olympia remarque que Mme Lock est une cuisinière si méticuleuse qu'il n'y a pas une particule de pâte, de farine, ni même de poussière dans les fentes entre les lames. Les provisions et la vaisselle sont dans des placards vitrés, et dans un coin trône une glacière en chêne ciré.

Elle baisse les yeux sur ses genoux, et s'aperçoit soudain qu'elle porte sa robe en calicot ocre, une tenue peu seyante, indigne d'être vue par d'autres que les membres de sa famille.

Elle l'a mise aujourd'hui parce qu'elle n'allait nulle part et n'attendait pas de visiteurs. Elle prend le tissu défraîchi dans ses poings et se demande désespérément comment passer autre chose. Mais elle sait aussitôt qu'elle ne peut pas changer de robe ; elle pourrait facilement se faufiler jusqu'à sa chambre par l'escalier de service, mais si l'on s'aperçoit qu'elle a changé de vêtements, ce sera pire que si elle reste comme elle est. Ses cheveux, réalise-t-elle, encore plus consternée, en tâtant le chignon hâtivement noué sur sa nuque, sont si mal coiffés ce jour-là que non seulement ce n'est pas joli, c'est négligé.

Elle entend le soupir de la porte battante et se retourne sur sa chaise.

« Olympia », dit Haskell, et elle se lève.

Son visage est d'abord impénétrable. Mais quand il avance dans la lumière, elle voit des cernes sombres sous ses yeux.

« Je n'ai pas pu m'empêcher de venir », dit-il.

Elle pose une main sur le dossier. Haskell franchit l'espace qui les sépare.

« Votre père cherche un livre dans son bureau, dit-il avec le pragmatisme prudent de l'amant secret. J'ai dit que je vous aiderais à porter le plateau. Nous n'avons qu'une minute, deux au mieux. »

Elle touche l'étoffe de son manteau sur sa poitrine. Elle est humide de pluie.

Haskell, passant un bras autour de ses épaules, l'attire contre lui avec force. Elle a une impression distincte de vigueur. Elle qui n'a pas l'habitude de se sentir petite, elle est presque perdue dans ses bras. Elle pose la main derrière sa tête et la rapproche d'elle, d'un geste aussi instinctif que l'on chasse une mouche de son visage. Il ouvre la bouche et elle est choquée, car elle n'a jamais connu pareil baiser. Elle sent sa langue, l'intérieur de ses lèvres. Sa tête est penchée sur le côté, et son long cou est exposé. Haskell fait lentement glisser sa bouche le long de sa peau, et elle frissonne contre lui.

Et puis c'est tout. C'est tout le temps dont ils disposent.

Il s'écarte, ses mains vides dessinant une forme, sa bouche ayant l'air de vouloir prononcer un mot. Sa cravate s'est dénouée et, incapable de parler elle aussi, elle désigne son propre col pour le lui dire. Elle sent le poids de sa chevelure se détacher. Debout près de lui, elle s'efforce de l'épingler. Le visage de Haskell est devenu d'un rouge singulier, et la bouche d'Olympia semble à vif.

Son père franchit la porte battante.

« Vous l'avez donc trouvée, dit-il aimablement, en les regardant mais sans les regarder. C'est le livre que je voulais vous montrer, Haskell. Les photos sont étonnantes. »

Il jette un coup d'œil à Haskell, puis à Olympia, et semble perplexe devant l'immobilité de sa fille.

« Puis-je vous aider ? » demande-t-il.

Après sa rencontre avec Haskell dans la cuisine, ils vont s'asseoir sur la véranda, sous le brocart gris de l'implacable couverture nuageuse. Haskell converse poliment avec son père, et Olympia se demande comment il y parvient. Cela semble incongru – et même plus qu'incongru – d'être en train de manger des scones aux myrtilles en parlant de photographie et du siècle qui s'annonce, alors que, quelques instants plus tôt seulement, Haskell et elle se sont ainsi retrouvés dans la cuisine. Et comme cela lui arrivera souvent cet été, elle est assaillie par un sentiment de pur étonnement à l'idée que de tels événements puissent se produire dans sa vie. À la seule idée du baiser, elle éprouve une sensation curieuse au creux du ventre, et ses joues se colorent. Elle revit la réalité, encore et encore, une série de chocs dans son corps et dans son âme. Comment Haskell et elle ont-ils pu faire cela ? se demande-t-elle. Eux qui n'ont pas le droit de transgresser ainsi les lois de la société ? Et pourtant, comme on peut avoir à l'esprit deux théories distinctes et contradictoires, l'instant d'après, elle pense qu'ils n'ont pas d'autre choix que de réagir comme ils le font. Ce qui l'attire vers Haskell et lui vers elle est aussi naturel que le fait de respirer.

À son réveil le lendemain, la mer est verte et huileuse, et sa surface plate ne reflète aucune lumière, comme celle d'un étang couvert de mousse. Elle a passé une nuit agitée, elle n'est pas certaine d'avoir fermé l'œil, et elle se demande si la façon dont elle perçoit la couleur de l'océan ne résulte pas au moins autant de son manque de sommeil que des inclinations de la nature.

Comme c'est dimanche et que son père ne juge pas convenable de troubler le service du Seigneur par des distractions estivales, Olympia sait qu'ils iront tous à l'église. Elle s'habille dans un état second, si préoccupée qu'il lui faut presque deux fois plus longtemps que d'habitude pour achever une toilette parfaitement ordinaire. Elle descend l'escalier fiévreuse et distraite, et prend sa cape et sa capote des mains de Josiah. Il lui dit que peut-être le soleil percera les nuages avant la fin de la journée. Lui-même est habillé pour l'église et il ajoute qu'il va les accompagner.

« Votre mère et votre père sont déjà dans la voiture, dit-il en lui jetant un regard. Vous n'êtes pas malade, j'espère ?

— Non, Josiah, je vais bien », dit-elle, enfouissant ses cheveux sous sa capote, heureuse que le large bord du chapeau cache sa confusion. Sur le pas de la porte, il lui tend le bras, et elle est soulagée d'avoir quelqu'un à ce moment sur qui s'appuyer.

C'est une modeste église revêtue de bardeaux de bois brun, bordée d'ocre jaune. Une simple croix, visible de partout dans Fortune's Rocks, surmonte la haute flèche en bois au-dessus de l'unique pignon. À quinze ans, Olympia n'a pas encore traversé de crise mystique, mais elle n'est pas dévote non plus. Les commandements de Dieu, tels qu'ils sont interprétés par les hommes, sont avant tout pour elle des obligations sociales et familiales. Lorsqu'elle est à l'église, elle apprécie parfois le calme qui de temps en temps descend sur les fidèles, et elle aime la musique. Mais, le plus souvent, elle se sent agitée dans le sombre sanctuaire, elle préférerait être dehors.

Les routes sont boueuses, le trajet n'en finit pas. Le froid s'insinue par les portières, et ils sont assis blottis tous les quatre, la tête penchée pour résister aux éléments, jamais aussi rigoureux à cette époque de l'année. Ils entrent dans l'église et se dirigent vers leur banc attitré. Autour d'eux règnent une odeur de laine humide, et le bruit des capes qu'on secoue pour en chasser l'humidité. Les fenêtres en ogive ont des vitraux aux teintes rouge sombre et brun doré. La pénombre qu'ils créent n'est dissipée que par les bougies dans des appliques sur les murs. On dirait qu'il fait déjà nuit dans l'église, et au début les visages et les silhouettes des paroissiens sont difficiles à distinguer. La chaire, en merisier sculpté, est suspendue par une chaîne au plafond en voûte. Plus d'une fois, petite fille, Olympia a imaginé que les chaînons cédaient et que la chaire et le pasteur s'écrasaient au sol, mais ces fantasmes peu charitables résultaient plus de l'agitation d'une enfant que de la mauvaise qualité du sermon.

Tranquillement assis, ils ne parlent pas, chacun perdu dans sa propre rêverie. Olympia ne pense pas que ses parents soient particulièrement dévots non plus, mais qui peut vraiment connaître l'étendue de la foi chez les autres, se dit-elle, la foi étant parmi les possessions les plus intimes et les mieux gardées ? Aussi n'est-ce pas avant que le chœur entonne l'hymne processionnel qu'Olympia regarde par hasard à sa droite, par-delà la silhouette au dos rigide de son père, et voit qui est assis sur le banc de l'autre côté de l'allée. Peut-être un petit cri lui échappe-t-il et entame-t-il le calme de son père, qui lui lance un coup d'œil acéré. Mais elle est sauvée d'une question par la nécessité de se lever pour l'hymne.

Ce n'était qu'un regard rapide : un chapeau dont le bord cache presque une masse de cheveux blond argenté ; un gant de chevreau avec un bouton de perle ; une bottine d'enfant qui se balance ; le tissu d'une robe de coton bleu étiré par une épaule tournée sur le côté ; le bas d'une jambe de pantalon dont le revers est humide ; et plus haut, un profil masculin parfait, sans barbe ni moustache. Il doit l'avoir vue, pense-t-elle aussitôt. Il doit savoir qu'elle est là. C'est donc sans doute Catherine qui tout à fait innocemment s'est laissé conduire par le placier vers le banc en face de celui du père d'Olympia, qu'elle a sans doute l'intention de saluer à la fin de l'office.

Olympia reste assise immobile comme une bûche, déterminée à ne rien laisser paraître. Cependant, la raideur excessive de son maintien doit la trahir dans une certaine mesure, et son père lui jette des coups d'œil répétés. Mais il ne parle pas, puisqu'il est à l'église.

Si jamais Olympia a eu conscience de la présence d'une autre personne dans une pièce, de sa présence physique – bien qu'il y ait au moins une centaine de fidèles –, c'est ce matin-là, pendant cette heure et demie où elle pourrait prier, pourrait demander à être guidée, pourrait se jurer de bannir Haskell de ses pensées. Mais bien qu'elle tente de parler à Dieu, elle ne peut pas, à cause du brouhaha dans sa tête, à cause de la réticence de son âme à renoncer à ce qu'elle a si récemment acquis. Et bien qu'elle brûle d'apercevoir cet homme, il lui suffit de voir simplement, du coin de l'œil, le tissu qui drape sa jambe, le mouvement de son pied.

Plus tard, Olympia pensera que c'est pendant cette heure et demie, dans cette église ocre et brun, avec leurs familles autour d'eux, et pour témoins une assemblée de fidèles, qu'elle a compris que Haskell et elle auraient un jour un avenir. Et qu'elle ne mettrait aucun obstacle à son accomplissement.

Catherine les invite à déjeuner au Highland, une invitation si chaleureuse que même la mère d'Olympia ne peut cacher son plaisir à la perspective d'une diversion à l'emprisonnement imposé par le temps. En fait, s'exclame Mme Haskell, qui aura préparé ses phrases pendant les prières du pasteur, ils n'ont pas du tout besoin de retourner chez eux ; ils peuvent simplement suivre les Haskell jusqu'à l'hôtel. Tout cela se décide dans l'allée centrale de l'église, tandis qu'Olympia, debout, regarde fixement une représentation curieusement criarde de la Cène. Il ne serait pas convenable que Haskell lui parle maintenant ; il ne le fait pas, et elle ne lui dit rien. Mais à un moment, alors qu'ils se dirigent vers la nef, leurs yeux se croisent, et son regard est si intime, si entendu, qu'elle rougit aussitôt, ce qu'il ne peut manquer de remarquer.

Le ciel s'est éclairci pendant qu'ils étaient à l'intérieur, et pour Olympia c'est un heureux présage. Le vent d'ouest, que l'on sent à présent dans l'air, a soufflé presque tous les nuages.

On peut les voir partir à la queue leu leu vers le large. La semaine de pluie continuelle a laissé le monde scintillant de gouttelettes, qui brillent sur chaque feuille, chaque brin d'herbe, chaque rose. Sur le chemin de l'hôtel, l'éclat de la lumière sur les rochers est si intense qu'Olympia peut à peine le supporter.

Au Highland, ils franchissent les portes vitrées et pénètrent dans un hall immense, avec un long comptoir de réception en acajou ; et de là, ils passent à la salle à manger, si vaste qu'elle pourrait accueillir un millier de convives. Apprêtée pour le déjeuner du dimanche, avec son linge amidonné, son argenterie et ses pichets de faïence blanche, la pièce paraît, lorsqu'on y entre, un océan de bienvenue, à cent lieues de l'intérieur lugubre de l'église qu'ils ont quittée quelques minutes plus tôt. Et elle se demande pourquoi les hommes qui conçoivent les lieux de culte ne considèrent pas plus souvent l'attrait de la lumière et de la beauté dans leur architecture.

Catherine, dans son rôle d'hôtesse, fait asseoir Olympia entre sa mère et Martha, comme si Olympia n'était ni une femme ni une jeune fille, mais plutôt habitait un monde intermédiaire. Leurs attitudes et leurs gestes sont polis, comme il convient au déjeuner du dimanche, mais le repas est empreint de chaleur et même de gaieté ; il se peut que le courant qui passe, Olympia le sait, entre elle et Haskell, assis à la tête de la table, soit en partie absorbé par les autres. Catherine invite Josiah à déjeuner avec eux, mais il s'excuse aussitôt sous le prétexte qu'il désire vivement faire une promenade sur la plage, profiter de l'occasion de prendre l'air après une si longue claustration. Sans la présence de Haskell, Olympia aurait brûlé de se joindre à lui.

Elle écoute les légers propos échangés quand ils se mettent à table.

Catherine, vous avez bonne mine.
Je me sens mieux à présent que le soleil est sorti.
Josiah est-il parti ?
Mère, je dois m'asseoir à côté de Randall ?

Et vous dites que vous n'avez pas encore reçu vos fournitures ?
Quelles jolies perles vous avez.
J'ai trouvé le sermon assez brillant.
Et qui était le soliste ?
Je crois qu'ils font un agneau merveilleux ici.
Ah oui ?

Haskell, qui lui lance des regards de son bout de table, semble davantage un inconnu attirant qu'une personne avec qui elle a été intime. Et cela lui paraît étonnant que nous soyons si prêts à donner notre cœur – et même notre âme – à quelqu'un que nous connaissons à peine.

Olympia remarque que plus d'une personne, en entrant dans la salle à manger, se retourne pour regarder le couple formé par Haskell et Catherine, le brun et la blonde. Elle ne cache plus sous son chapeau son charmant visage ni les fils de la Vierge de ses cheveux. Négligemment, sous le regard d'Olympia, Catherine tend la main vers son mari et lisse une mèche folle derrière son oreille, un geste d'épouse qui oblige Olympia à détourner les yeux. Et elle pense que Haskell est forcément conscient de l'ironie d'une telle caresse en sa présence.

Autour d'eux, on entend l'agréable tintement de l'argenterie contre la porcelaine, des glaçons dans les verres, le doux murmure des conversations, paisibles ou même animées. À travers les fenêtres, qui étincellent de propreté, leur parvient le bruit omniprésent des vagues – un grondement régulier ponctué des cris rauques des mouettes.

Son père monopolise l'attention de Haskell, ce qui, pense Olympia, est un soulagement pour elle et pour lui. Catherine, portée par sa bonne humeur, ou peut-être simplement par la joie de revoir le soleil après tant de jours moroses, fait constamment parler sa mère – ce qui n'est pas facile, bien que celle-ci semble gagnée par l'esprit de convivialité.

À côté d'Olympia est assise Martha, et c'est un effort de s'arracher aux discussions et aux plaisanteries des adultes pour écouter les commentaires étranges et décousus de la fillette, dont chacun est destiné, semble-t-il, à capter son entière attention. Mais de temps en temps, en effet, Martha perce les rêveries d'Olympia, ce qui lui rappelle avec quelle grossièreté elle l'ignore. Aussi, après le dessert, quand Martha lui demande si elle aimerait monter voir sa chambre, Olympia ne peut refuser sans attirer l'attention sur elle. Elles se lèvent et s'excusent, et Martha la tire par la manche, pressée de quitter la table.

« Le dessert était infect, dit Martha, tandis qu'elles traversent la salle à manger et sortent dans le hall. Je déteste les framboises, pas toi ? Elles collent aux dents et ça fait mal quand on mord.

— Oui, en effet, répond distraitement Olympia.

— Je suis sortie de bonne heure ce matin, avant que mère ne se réveille, et j'ai ramassé toutes sortes de coquillages nacrés, qui ont dû être rejetés sur la plage par le mauvais temps. Il faut que tu me dises leur nom.

— Si je le sais. »

Elles montent l'escalier jusqu'au troisième étage où les Haskell ont des chambres face à l'océan. En chemin, Olympia remarque les murs bleu pâle des corridors et leurs hauts plafonds blancs. Par des portes ouvertes elle voit d'autres chambres, et au-delà l'océan, qui semble suspendu derrière les vitres. Le bleu et le blanc sont ceux du ciel et des nuages de beau temps, et elle trouve la décoration bien inspirée. Martha la fait entrer dans une pièce qui ouvre sur d'autres de chaque côté – des chambres, imagine Olympia, et la pièce où elles sont est manifestement un salon. Les belles fenêtres, au lieu d'être chargées de lourdes draperies, sont tendues de mousseline. Une lumière délicate, qui doit avoir un effet apaisant sur l'esprit, baigne la pièce à travers le voile, mais les sens d'Olympia sont anormalement en alerte ; elle est à la fois curieuse et craintive de ce qu'elle pourrait trouver, à la manière d'un amant confronté au courrier personnel de sa bien-aimée. Pendant que Martha bavarde et pose ses précieux coquillages sur une table pour les livrer à son inspection, les yeux d'Olympia parcourent toutes les surfaces, les tables et les chaises, pour y déceler quelque signe de Haskell et de la façon dont il vit ici.

Sur un bureau, elle voit plusieurs volumes et ce qui semble être un registre, ouvert, rempli d'une écriture penchée à l'encre indigo. Une paire de lunettes est posée à côté du registre, et elles l'étonnent, car elle n'a jamais vu Haskell avec des lunettes. Sur le sofa mauve, un jeté blanc au crochet est roulé en boule, comme s'il avait récemment abrité les pieds de quelqu'un. Par terre, près du canapé, il y a un livre, *Gleanings from the Sea*, de Joseph W. Smith, ses pages marquées par un ruban de soie.

Martha lui pose des questions incessantes. Olympia fait de son mieux pour identifier les trésors de la fillette, mais il y a quelques curiosités qu'elle ne reconnaît pas – entre autres un coquillage opalescent, si fin qu'il semble susceptible de se briser au toucher.

« Le plus beau n'est pas là, gémit Martha. Randall doit l'avoir pris. Je sais que c'est lui. Attends ici. Je sais exactement où il l'aura caché. »

D'un pas décidé, Martha quitte le salon et entre dans une chambre. Olympia reste un moment à regarder l'eau. Beaucoup de gens se promènent sur la plage et jouent avec les vagues, sans doute à cause du beau temps après la triste semaine.

Tout en attendant Martha, Olympia s'aperçoit qu'elle évolue lentement vers la porte en face. Elle ne sait pas précisément ce qu'elle fait ni pourquoi ; c'est seulement qu'elle voudrait, d'une façon quelconque, être plus proche de Haskell, comprendre comment il vit. Silencieusement, elle franchit le seuil de la deuxième chambre.

C'est une pièce masculine – aucun doute là-dessus – et, bien que Catherine Haskell ait posé sa malle bien en vue, elle semble davantage y être une visiteuse qu'une occupante. Olympia remarque une brosse et un peigne en écaille sur la commode, surmontée d'un miroir tacheté. Le lit, bien que fait, est légèrement froissé, comme si un homme s'y était récemment assis pour enfiler ses chaussettes. Sur une table à dessus de marbre près des fenêtres elle voit une cuvette et un broc en porcelaine, et un nécessaire de rasage, un blaireau, un gobelet et un rasoir. À côté de la table, un valet de nuit, une redingote accrochée à ses épaules en bois.

Enhardie par l'absence prolongée de Martha, Olympia pénètre plus avant dans la pièce jusqu'à ce qu'elle la voie en entier, en particulier une large commode en chêne, couverte de photographies. De loin, elle ne voit que des images : un profil, une partie de chapeau, une balustrade, comme celle d'une véranda. Se glissant plus près, elle voit que ce sont les photos prises sur les marches de sa maison le jour où Haskell avait son appareil.

Les photos sont disposées en éventail. D'un côté, sur un cliché caché derrière les autres, apparaît une jambe de pantalon. Elle dégage la photographie et reconnaît celle qu'elle a prise de Haskell quand ils ont pique-niqué sur la plage : un visage au repos ; des vêtements flottants ; des bas de pantalon roulés qui révèlent des jambes couvertes de poils noirs et de sable ; à l'arrière-plan, une famille franco-américaine. Elle ferme les yeux. Lorsqu'elle les rouvre, elle voit la bordure blanche d'une autre photo, derrière celle de Haskell. Elle la libère du bout de l'index. C'est celle qu'il a prise d'elle. Mais ce n'est pas la photo qui est si saisissante : ce sont les empreintes qui ont usé l'émulsion, créant une impression de flou.

Martha entre dans la chambre, la main tendue avec son trésor. Elle a l'air étonnée. Olympia laisse tomber la photographie sur la commode et prend une attitude d'indifférence et de léger ennui. « Je cherchais un cabinet de toilette pour me laver les mains, dit-elle.

— Ce n'est pas ici, dit Martha, les sourcils froncés.

— Tu as trouvé ton coquillage, ajoute Olympia, en s'avançant vers elle.

— Ce n'est pas un coquillage », répond la fillette. Elle retire sa main et étudie attentivement Olympia. « C'est du verre marin.

— Je peux le voir ? demande Olympia en rendant à Martha un regard aussi ferme.

— Nous ne devrions pas être ici.

— Non, bien sûr. Je vais l'apporter près des fenêtres du salon pour mieux voir sa couleur. »

Comme elles quittent la chambre à coucher de John Haskell

et s'approchent des fenêtres, et que Martha, à contrecœur, tend à Olympia son petit trésor – un éclat de verre bleu pâle à la surface brumeuse d'avoir été roulée sur les rochers et le sable pendant des mois ou des années –, Olympia prend conscience, trop tard, que le désordre qu'elle a mis dans les photographies sera tout de suite remarqué par leur propriétaire.

À leur retour, les parents d'Olympia sont dans le hall avec les Haskell. Elle ne regarde pas Haskell, et ne rencontre pas non plus le regard de Catherine. Elle craint que Martha, pour quelque raison personnelle, ne révèle qu'Olympia est entrée dans la chambre de ses parents. Mais Martha se tient à l'écart, encore étonnée, pense Olympia, par une chose qu'elle sent mais ne comprend pas très bien.

Le père d'Olympia, qui a bu plus de vin qu'il n'est raisonnable pendant le repas, invite Catherine et John Haskell à dîner avec eux le mardi. Catherine le remercie chaleureusement, mais dit qu'elle retourne à York avec les enfants plus tard dans l'après-midi. Elle doit abandonner son mari, remarque-t-elle, après quoi elle lui prend la main. Olympia lève les yeux à ce moment ; et comme elle ne peut pas s'en empêcher, elle regarde le visage de Haskell. Et elle est peut-être la seule à pouvoir lire le mélange complexe d'inquiétude et de remords qui y réside : de l'inquiétude pour sa femme et pour eux, et du remords pour des actes pas encore commis mais pour lesquels elle comprend qu'ils auront un jour à répondre.

Olympia attend tout l'après-midi et toute la nuit, jusqu'à l'aube – le moment du jour où la lumière est déjà présente mais le soleil pas encore levé, quand le monde entier est tranquille un instant et semble se recueillir en silence. Elle se lave et s'habille sans bruit, et tend l'oreille pour savoir si son père et sa mère, ou Josiah et Lisette, se sont levés plus tôt que d'habitude. Espérant ne déranger personne, elle se glisse hors de sa chambre, traverse la maison et sort.

La mer est tout à fait basse, et le rivage un vaste marécage de sable et de vase. De longs filaments de mousse pendent des rochers dénudés comme des moustaches de morse. Il y a déjà des pêcheurs de palourdes sur la plage et, plus loin, un bateau solitaire aux voiles d'ivoire jauni navigue le long de la côte. Au début, Olympia se contente de marcher résolument, ses bottines à la main, sa jupe dans l'autre. Puis la prudence l'abandonne, et elle se met à courir. Toutes les décisions difficiles ont été prises la veille. Le débat – le peu de débat – qu'elle a tenu avec elle-même est déjà clos.

Du geste le plus effronté de sa jeune existence, elle s'assied sur les marches de l'hôtel, remet ses bas et ses bottines, et pénètre dans le hall, où elle est aussitôt confrontée à la simple réalité du veilleur de nuit. Il lit la page des courses en fumant la pipe. Levant les yeux, il est manifestement étonné de voir une jeune femme dans le hall à cette heure matinale.

« On m'envoie chercher le docteur Haskell, dit tout de suite Olympia, inventant une urgence à mesure qu'elle parle. On a besoin de lui au dispensaire. Mme Rivard a un accouchement difficile… »

L'employé se redresse. « Oh, oui, mademoiselle, dit-il vivement, peu désireux d'entendre ses explications. Je monte moi-même. Ne bougez pas. »

Olympia hoche la tête. Un peu nerveuse à présent, elle se promène dans le hall, inspectant les sofas capitonnés de crin, les portraits à l'huile sur les murs, les colonnes sculptées autour desquelles on a placé des banquettes de velours pour la clientèle. Elle a l'impression d'attendre longtemps que l'employé revienne avec Haskell. Et elle se met à douter de la sagesse de son geste. Et si Catherine et les enfants n'étaient pas partis hier après-midi comme elle l'avait dit ? Et si Haskell était en colère contre elle pour cette ruse ? Il sera en colère, non ? Olympia le connaît à peine. Il la trouvera sûrement ridicule, sinon complètement folle.

Tout à coup terrifiée, elle regarde autour d'elle. Elle n'a pas donné son nom au réceptionniste. Haskell devinera l'identité de sa visiteuse, mais elle n'a pas à rester plantée là, n'est-ce pas ?

Elle se dirige rapidement vers la porte. Mais en approchant du seuil, elle entend l'employé, essoufflé, annoncer : « La voilà, monsieur. Bon. »

Haskell, son manteau dans une main et sa sacoche dans l'autre, la voit à travers toute l'étendue du hall. Olympia ne peut ni avancer ni reculer. À pas lents, Haskell s'approche d'elle.

« C'est donc Mme Rivard », dit-il tranquillement.

Olympia est tout juste capable de hocher la tête.

« Très bien, allons en parler sur la véranda. »

Docilement, elle franchit la porte, traverse la véranda et, à sa suite, descend les marches. En silence, ils gagnent ensemble l'arrière de l'hôtel. Quand ils tournent le coin, elle trébuche sur un tuyau dénudé, et dans ce mouvement soudain il lui prend le bras.

« Olympia, regardez-moi, s'il vous plaît. »

Elle lève les yeux vers les siens.

« J'aurais voulu de tout mon cœur, dit-il, que ce soit moi qui aie pu venir à vous. Vous le comprenez ? »

Elle hoche la tête, car elle le croit.

Il montera le premier, dit-il, pour ouvrir la chambre. Au bout d'un intervalle raisonnable de temps, elle le rejoindra.

Le soleil s'est levé, et par les fenêtres des corridors son éclat aveugle Olympia, qui passe de l'ombre à la lumière et de la lumière à l'ombre. Il y a peu de signes de vie dans l'hôtel, bien qu'elle entende de l'eau couler et, une fois, des pas un instant derrière elle. Par les fenêtres donnant sur le côté du bâtiment, elle voit du linge sur une corde et des femmes de chambre assises sur les marches de derrière avec des tasses de thé.

Quand elle entre dans la chambre, Haskell est debout près des fenêtres, les bras croisés sur la poitrine, silhouette sombre contre le voile lumineux. Elle retire son chapeau et le pose sur une petite table.

Penchant la tête, il la considère un long moment, comme s'il allait faire son portrait, comme s'il voyait des lignes, des courbes et des plans plutôt qu'un visage.

Mais il y a aussi de l'attente sur ses traits. Décidément de l'attente.

« Olympia », dit-il.

Il ouvre les bras et s'avance vers elle. Il pose les mains sur sa nuque. Il lui penche la tête contre sa poitrine, où elle la pose avec reconnaissance, inondée par un immense soulagement.

« Si je vous aimais vraiment, dit-il, je ne vous laisserais pas agir ainsi.

— Vous m'aimez vraiment », répond-elle.

Il fait glisser ses doigts le long de son dos. Timidement, elle l'entoure de ses bras. Elle n'a jamais pris un homme dans ses bras, jamais senti un large dos d'homme, promené les mains sur ses muscles. Elle n'a plus peur, mais elle n'éprouve pas non plus le désir ardent qu'elle connaîtra plus tard. Elle a plutôt la sensation de se laisser glisser dans une autre personne, d'être liquide plutôt que corporelle. Levant les mains vers le devant de sa chemise, elle pose ses paumes contre lui.

Il paraît frissonner légèrement. Son corps est plus épais qu'elle ne l'imaginait, ou peut-être est-ce seulement que sa présence physique tangible, sous ses paumes, est plus substantielle qu'elle ne s'en souvenait. Et à ce moment elle a l'impression que tout, autour d'elle, est rehaussé, plus grand, plus fort que dans ses rêves.

« Olympia, nous ne pouvons pas faire ça. »

Elle est déconcertée, ne s'attendant pas à de l'opposition.

« C'est déjà fait, dit-elle.

— Non. Nous pouvons l'arrêter. Je peux l'arrêter.

— Vous ne voulez pas que ça s'arrête », dit-elle, et elle croit que c'est vrai. Elle espère que c'est vrai.

« Je suis un homme marié. Vous n'avez que quinze ans.

— Et ces détails comptent ?

— Ils doivent », dit-il.

Il recule d'un pas. Elle secoue la tête en détachant ses mains de lui. Elle éprouve une terreur soudaine : et si ses doutes le lui arrachaient ?

« Olympia, que vous ai-je fait ?

— Ce n'est pas ce que nous faisons. C'est ce que nous sommes. »

Il ferme un instant les yeux.

« Je croyais que vous le compreniez, dit-elle doucement.

— Nous ne serons pas pardonnés.

— Par qui ? demande-t-elle vivement. Par Dieu ?

— Par votre père. Par Catherine.

— Non, dit-elle. Nous ne serons pas pardonnés. »

Une expression de capitulation – ou est-ce de joie ? – semble se peindre sur les traits de Haskell. Elle voit la résistance quitter son corps.

« Ça va vous paraître étrange, dit-il, essayant de la prévenir.

— Eh bien, que ce soit étrange, dit-elle. Je veux que ce soit étrange. »

Il tente de déboutonner le col de son corsage, mais tâtonne avec les disques de nacre, qui sont difficiles à défaire. Elle s'écarte de lui un instant et ouvre le col elle-même, impatiente de retourner dans ce monde liquide qui n'est que lui-même, non pas un prélude, ni une conséquence ou une distraction, mais plutôt un univers fascinant, captivant.

Il se produit alors un changement de rythme, une accélération des souffles. Ils s'embrassent maladroitement. Elle se cogne le bas des reins contre le coin du sofa et se raidit. Ses vêtements lui paraissent encombrants et bien trop compliqués. Il se débarrasse de sa veste d'un mouvement souple. Le corsage d'Olympia est ouvert sur sa gorge.

« Je vais me coucher », dit-elle.

Si l'on ne vous apprend jamais rien, comment se fait-il que le corps sache comment se mouvoir, où se placer ? Cela doit être une sorte d'instinct – bien sûr que c'est un instinct –, un sens pratique du corps. On n'a jamais décrit à Olympia l'acte d'amour, elle n'en a jamais vu de dessins ni lu de description. Même les plus ignorants des enfants de paysans en sauraient plus long qu'elle.

Elle entre dans la chambre seule, dans cette pièce où Haskell et sa femme ont si récemment reposé ensemble. Le lit n'est pas fait, les draps sont froissés, son occupant l'ayant quitté en hâte.

Il n'y a plus de traces de Catherine à présent, ni des photographies qui étaient sur la commode. Olympia enlève sa robe et ses bas, son corset et son jupon. Ne portant plus que ses pantalons et son caraco, elle se couche et se recouvre.

Haskell entre dans la chambre et se tient au pied du lit. « Si vous saviez comme vous êtes belle », dit-il.

Il retire son col et déboutonne sa chemise. Pour la première fois de sa vie, Olympia voit un homme se déshabiller. Elle est frappée par la façon dont il lutte avec ses boutons de manchette, dont il ôte le col de sa chemise comme s'il se libérait d'un joug. Elle se sent drôle, elle a froid sous l'édredon de satin, et l'idée de la nudité d'un homme l'effraie mais, en fait, ce jour-là elle ne la voit pas. Avant de retirer ses sous-vêtements, Haskell se glisse dans le lit avec elle.

Elle roule au creux de son bras et y repose sa tête. Elle met la paume d'une main contre son gilet. Mal à l'aise, dans l'expectative, ils restent silencieux un moment. Il n'y a rien d'impétueux dans leurs gestes, rien du tout. L'impétuosité viendra assez vite mais, pour l'instant, c'est comme si chaque mouvement vers l'autre demandait réflexion, une compréhension de ce qu'ils font.

Il change de position et la libère de son bras, si bien qu'à présent elle est allongée au-dessous de lui. « Je vous ai vue à la plage ce jour-là. Vous ne vous souvenez pas de moi.

— Pas vraiment.

— Je crois que je vous ai aimée à cet instant. Oui, j'en suis certain.

— Comment est-ce possible ?

— Je ne sais pas, dit-il. Mais j'en suis sûr. Et quand je vous ai vue sur la véranda la nuit du solstice, j'ai senti... » Il cherche ses mots. « ... que je vous connaissais déjà. Que je vous connaîtrais.

— Oui, dit-elle, car elle l'a senti aussi.

— Vous ne pouvez savoir combien c'est précieux. Vous pensez que c'est toujours ainsi. Mais ce n'est pas vrai. »

Se dressant sur les avant-bras, il l'embrasse lentement dans le cou. C'est comme s'ils avaient tout le temps du monde, ce qui en fait n'est pas vrai.

« Je vous envie, dit-il. Je vous envie de ne pas avoir connu autre chose. »

Elle le sent se presser contre elle, elle sent son poids s'abaisser, tandis que ses mains relèvent son caraco et repoussent le reste de sa lingerie. Un instant, il tâtonne avec quelque chose qu'il devait avoir à la main quand il est entré dans le lit, une chose qu'elle ne peut identifier maintenant, même si plus tard il lui expliquera ses précautions.

Éprouve-t-elle de la douleur ? Pas exactement. Pas une grande douleur. Elle sent surtout une pesanteur, une poussée contre elle, bien qu'elle ne résiste pas. Elle veut l'accueillir.

« Je vous fais mal ? demande-t-il une fois.

— Non, répond-elle, cherchant son souffle. Non. »

Elle est transportée, frémissante de ce qui se passe. Le soleil se déplace et pose une chaude lumière oblongue sur l'édredon de satin jaune, si peu masculin, semblable à celui de sa mère. Le doux coton des draps lavés et relavés, presque soyeux, les entoure, et au-delà l'acajou sévère des meubles sculptés : l'armoire, le lit, les tables de nuit. Des vêtements d'homme sont jetés sur une chaise et sur la descente de lit. Elle regarde le motif du plafond vert amande.

Seulement vers la fin, juste à la fin, elle sent comme un éveil en elle, l'infime suggestion du plaisir, un avant-goût de ce qu'elle aura un jour. Curieusement, elle comprend cette prophétie, tout en entendant pour la première fois le gémissement étouffé, la rapide exhalation, et sait que c'est fini.

Son poids, qui était grand sur elle, augmente encore. Il ne se rend pas compte qu'il va l'écraser, se dit-elle. Elle bouge légèrement sous lui, et il s'écarte. Mais en même temps, il l'attire à lui et la niche dans la virgule décrite par son corps, comme on pourrait bercer un enfant, comme en fait il a pu bercer les siens. Elle se love au creux de son étreinte.

Pendant un moment, Olympia écoute la respiration de Haskell, qui s'endort et reprend conscience, une forme particulière de sommeil qu'avec le temps elle apprendra à chérir, à laquelle elle se sentira privilégiée d'assister.

Il se réveille en sursaut.

« Olympia.

— Je suis là.

— Mon Dieu. C'est incroyable.

— Oui, dit-elle.

— Je ne dirai pas que je regrette.

— Non, nous ne devons pas le dire. »

Elle s'écarte pour voir son visage.

« Je me sens différente maintenant, dit-elle.

— Vraiment ? Ce n'est pas seulement… ?

— Non. » Comme si elle ne pouvait plus jamais redevenir celle qu'elle a été. « Je n'en savais même pas assez long pour me poser des questions, dit-elle. Je n'avais aucune idée. Pas la moindre.

— Tu es troublée… ?

— Non. C'est merveilleux. De ne faire qu'un. De cette façon.

— C'est merveilleux avec toi, dit-il. Avec toi.

— Il faudrait que je parte. Avant l'arrivée des femmes de chambre. »

Et il semble triste qu'elle ait si vite appris l'art de la dissimulation. « Pas encore », dit-il.

Ils restent couchés jusqu'à ce qu'ils entendent des pas dans le corridor. À regret, Haskell se lève, laissant glisser sa main le long du bras d'Olympia, comme s'il ne pouvait pas supporter physiquement de se séparer d'elle. Il s'habille plus lentement qu'il ne le pourrait, sans cesser de la regarder sur le lit. Ce n'est que lorsqu'ils entendent des voix dans le couloir – l'accent du pays, les femmes de chambre – qu'il se reprend et finit de s'habiller plus vite. Il quitte la chambre un moment et revient avec un linge qu'il donne à Olympia. Elle perçoit la soudaine incongruité de Haskell vêtu de pied en cap pendant qu'elle est couchée nue.

« Tu auras besoin de ça », déclare-t-il en se penchant pour l'embrasser.

Discrètement, il passe dans le salon et referme la porte pour qu'elle puisse s'habiller. Quand elle sort du lit, elle voit, sur ses jambes et sur les draps, à quoi sert le linge. Elle est choquée par tout ce sang. Elle ne savait pas. Mais lui, oui. Bien sûr, il savait. Il sait tout ce qu'il y a à savoir dans ce domaine, non ?

Quand il rentre dans la chambre elle est en train de lacer ses bottines. Elle se redresse et se tourne vers lui, et à ce moment elle réalise qu'elle n'a pas caché la tache. Il ouvre la bouche pour parler, mais elle agite la main pour le faire taire. Il y a une étiquette pour ce moment, un geste à faire, mais elle ne sait pas très bien lequel. Elle n'est pas vraiment gênée, mais elle ne veut pas en parler. Non, elle ne veut sûrement pas en parler. Se penchant, et sans hâte, elle remonte le couvre-lit jaune jusqu'aux oreillers et couvre la marque. Et elle est certaine que tous deux, à cet instant, pensent à la naissance à laquelle ils ont assisté ensemble.

Ils se dirigent vers la porte. C'est triste, pense-t-elle, qu'il doive rester alors qu'elle s'en va. Il leur est difficile de parler. Elle est contente qu'il ne juge pas nécessaire de faire des projets pour la revoir. Elle comprend que cela se fera de soi-même, parce qu'à présent ils ne peuvent pas être séparés.

À la porte, il l'embrasse. Elle sort dans le couloir. Tout autour d'elle il y a des bruits de conversation, comme si le reste du monde s'était réveillé : la voix aiguë d'une femme, pressante, véhémente ; le petit rire narquois d'un homme. L'air a changé, il a apporté l'odeur des oranges. Derrière elle, elle entend Haskell refermer la porte.

Quand elle descend l'escalier, ses jambes la soutiennent à peine. Elle se demande ce que Haskell fera du linge ensanglanté et du drap. Elle s'aperçoit dans un miroir du corridor et s'étonne de constater que sa bouche paraît floue, indistincte. Ne voulant pas passer par la porte de derrière comme une voleuse, elle décide d'affronter le hall mais, quand elle le traverse, elle sait qu'une douzaine de paires d'yeux l'examinent. Elle devine que le réceptionniste se demande ce qu'elle fait là, alors qu'elle est censée avoir emmené le docteur Haskell auprès de Marie Rivard. Les clients de l'hôtel, qui sont descendus pour le petit déjeuner et attendent leurs compagnons près de la porte de la salle à manger, lui jettent un coup d'œil à son passage. Des femmes de chambre la toisent en traversant le hall dans tous les sens, du linge plié dans les bras. Elle sort sur la véranda, où elle reste un instant près d'un fauteuil en rotin, reprenant des forces, hésitant encore à entamer la volée de marches raides. Le soleil est levé, mais la lumière est voilée. Au loin, elle voit des pêcheurs vérifier leurs casiers à homards.

« Mademoiselle Biddeford ? »

Surprise, Olympia se retourne. Elle doit avoir une expression effrayée, car Zachariah Cote tend la main pour la rassurer.

« Je ne voulais pas vous faire peur », dit-il.

La vue du poète, en gilet de soie grise, le côté furtif de l'homme, souligné par la façon dont son sourire contredit la froideur de ses yeux, agissent comme l'apparition d'un univers qu'elle a laissé derrière elle et dans lequel elle ne veut pas rentrer.

« Je vous vois dans les endroits les plus curieux, dit-il, faussement aimable.

— Que voulez-vous dire ? » demande-t-elle en reculant d'un pas.

Il se rapproche. « Je suis sûr que c'était vous, le soir du 4 Juillet, dans une voiture à côté de la route. Dans les marais ? »

Prenant son coude dans la paume d'une main, il pose son menton sur les jointures de l'autre. Il l'étudie de façon tout à fait impertinente, et soudain elle se sent plus nue que dans la chambre à coucher tout à l'heure. En fait, son regard est si hardi, son sourire si calculateur qu'elle a envie de le gifler.

« Non, ce n'est pas possible, dit-elle.

— Alors je me trompe, dit-il, sans paraître contrit. Mais que diable faites-vous ici ? » Il regarde ostensiblement sa montre. « Il est encore terriblement tôt. Je vais prendre mon petit déjeuner. Je suis allé me promener. Voulez-vous vous joindre à moi ?

— Non, je ne peux pas », répond-elle.

Il hausse un sourcil. Elle le laisse planté là. Elle descend les marches et se dirige vers la mer, qui devient gris perle parce que le ciel se couvre de nuages.

Le père d'Olympia prend généralement son petit déjeuner seul ou, si d'autres personnes sont présentes, il se plonge dans un livre qu'il garde près de son assiette. Mais le lendemain de la visite d'Olympia à Haskell, il lève les yeux vers elle quand elle entre dans la pièce, et continue à l'observer tandis qu'elle prend place et déplie sa serviette sur ses genoux. Quelle qu'en soit son envie, Olympia ne peut pas lui demander de cesser de la fixer, ce serait non seulement reconnaître que tout n'est pas comme d'habitude, mais aussi lui parler de façon inacceptable. Elle lui dit donc bonjour et se verse une tasse de thé. Lorsqu'elle ose enfin lever les yeux vers lui, elle comprend qu'il ne la regarde pas avec colère, mais plutôt avec une certaine perplexité, comme s'il avait besoin de s'assurer que la jeune fille devant lui n'est pas, comme il le semblerait, un imposteur.

« Olympia, tu es pâlotte, dit-il, en cessant de porter une fourchette d'œufs cocotte à sa bouche. Tu vas bien ? Tu m'inquiètes parfois. Je me suis fait du souci quand tu n'es pas descendue hier soir.

— Je vais bien », dit-elle. Elle est affamée à présent, et le gâteau aux framboises est particulièrement appétissant. « Vous vous inquiétez trop. Vraiment, père, je vais bien. Si j'étais malade, je le dirais. »

Il boit une gorgée de thé.

« Ma foi, tu as toujours été une fille raisonnable, dit-il. C'est une jolie robe.

— Merci.

— À propos, je pense donner une réception en l'honneur de ton seizième anniversaire.

— Une réception ? Ici ?

— Nous sommes très fiers de toi, ta mère et moi, Olympia, et je nourris de grands espoirs pour ton avenir. »

Bien que le mot *avenir* la mette mal à l'aise, elle hoche la tête à l'intention de son père. « Merci, dit-elle.

— J'ai également reçu une lettre du révérend Edward Everett Hale. Il dit qu'il viendra peut-être nous voir à ce moment-là. Nous aurons un dîner et un bal. J'ai pensé au 10 août. Cent vingt personnes environ ? Surtout des estivants de Boston, bien sûr, et Philbrick et Legny. Oui, ce serait agréable. Ce qui signifie que je te demanderai de terminer les sermons de Hale avant ce jour-là. Tu as lu, bien entendu, "Un homme sans pays".

— Oui, père.

— Et j'inviterai les Haskell aussi, puisque je sais que John est très désireux de rencontrer Hale. Leur villa devrait être terminée à cette date, d'après ce que je comprends. John ne doit pas beaucoup apprécier la nourriture d'hôtel à chaque repas, si bien préparée soit-elle.

— Le 10 est dans moins de quatre semaines, dit Olympia.

— Oui, ça ne nous laisse pas beaucoup de temps. Les invitations devront partir après-demain au plus tard. Nous dresserons une liste des invités cet après-midi, toi et moi. Ta mère nous aidera à écrire les invitations, j'en suis sûr.

— Oui, certainement. »

En silence, elle envisage les projets de réception de son père avec un mélange d'appréhension et de joie. De l'appréhension parce qu'il sera pénible et gênant d'être en public avec Haskell sans pouvoir être avec lui. De la joie parce que toute occasion d'être ensemble, même en public, paraît désirable.

« S'il y a quelqu'un que tu veuilles inviter… » propose son

père. Une fois de plus, il étudie son visage, qui, espère-t-elle, ne révèle rien.

« Non, personne », dit-elle.

Il hoche la tête. « J'ai un mot à écrire. Oui, Josiah doit porter un mot à Haskell. J'ai besoin de savoir si la date leur convient, à lui et Catherine. Je crois que John ne me le pardonnerait pas si j'avais Hale ici un soir et qu'il ne puisse pas être là. John et le révérend ont tous les deux, je crois, un intérêt particulièrement vif pour les automobiles.

— Je peux le lui porter ? demande impulsivement Olympia. Je serais contente de cette occasion de marcher. »

Ils se retournent en même temps pour regarder quel temps il fait par les fenêtres. Il n'est pas particulièrement beau, mais elle sait que son père donnera son assentiment. Il croit aussi ardemment à son éducation physique qu'à sa formation intellectuelle.

« Oui, dit-il. Une promenade est tout à fait ce qu'il te faut après un solide petit déjeuner. Mais laisse le message à la réception. Je ne voudrais pas que Haskell croie que j'en suis réduit à compter sur ma fille pour faire mes commissions.

— Bien sûr », répond-elle, en mettant trop de beurre sur son deuxième morceau de gâteau aux framboises. Son appétit est insatiable.

« Un homme remarquable, tu ne trouves pas ? demande son père.

— Je l'aime beaucoup, répond-elle.

— Je parlais de Hale. »

Une mince couverture de nuages proscrit les ombres et donne au paysage un aspect plat qu'aucune couleur n'égaie. Aucune palette de la nature, peut-être, pense Olympia tout en marchant le long de la plage, n'est aussi variée que celle de la côte. Deux jours plus tôt seulement, l'eau était d'un bleu vif, les roses de plage de jolies taches saumonées. Mais aujourd'hui, le même paysage est privé de couleur, la mer grise et les roses éteintes.

Elle marche avec le mot de son père dans la poche, ses bottines à la main. Elle imagine le plaisir de Haskell si elle porte le message à sa chambre. Mais il lui vient une autre idée : ne pourrait-il pas s'offenser, ou être engagé ailleurs ? Elle ne connaît pas son emploi du temps ni, pour le moment, ses habitudes.

Il n'y a que trois personnes sur la véranda de l'hôtel, une femme qui tricote et sourit à Olympia quand elle monte les marches, et une gouvernante avec un petit enfant. Olympia pousse la porte du hall, sort le mot de sa poche et le tend à l'employé derrière le comptoir qui, heureusement, n'est pas le même que la veille.

« Ah, le docteur Haskell ? demande l'employé en lisant l'enveloppe. Il prend justement son petit déjeuner dans la salle à manger, mademoiselle… Je le lui fais porter tout de suite. » Il fait signe au portier et lui donne le message.

« Merci », dit-elle.

Elle sort sur la véranda et s'attarde près de la balustrade. Elle attache son regard sur l'océan, bien qu'elle ne voie rien. Elle entend les pas de Haskell derrière elle avant qu'il ne parle.

« C'est plus que je ne pouvais espérer », dit-il doucement. Il est vêtu d'une chemise bleue avec un gilet gris en lin. Ses cheveux mouillés portent encore les marques de la brosse.

Olympia se retourne. Haskell fait un pas involontaire vers elle et tend la main, comme s'il allait la toucher, mais il s'arrête à temps. Bien qu'il se trahisse, pense Olympia, en jetant aussitôt un coup d'œil à la femme au tricot.

« Olympia », dit-il.

Elle ne peut l'appeler par le nom qu'elle a entendu sa femme employer si tendrement.

« Vous alliez partir, dit-elle, en remarquant son manteau et sa sacoche.

— Il faut que j'aille au dispensaire. » Il se rapproche d'elle. « Je n'ai pensé qu'à toi, dit-il d'une voix basse qu'elle seule peut entendre. C'est un supplice d'être ainsi obsédé. Mais c'est un supplice que j'ai voulu. Je ne peux pas le nier. »

Elle a tant de choses à lui dire, mais ne sait comment former les mots.

Il se méprend sur son long silence.

« Tu as la mort dans l'âme. C'est pourquoi tu es venue.

— Non », dit-elle, sentant la rougeur de la confusion lui envahir le visage. Elle a du mal à rencontrer son regard, et soudain elle est très consciente de sa jeunesse, de sa naïveté. Mais elle sait aussi que si elle se permet de penser aux dommages commis, ils seront perdus, elle et lui, ce qu'ils ont si récemment commencé sera entaché. « Non, répète-t-elle. Je n'ai pas la mort dans l'âme. J'ai de la joie dans l'âme, il n'y a de place pour rien d'autre. »

De nouveau, il jette un coup d'œil dans la direction de la tricoteuse, qui à présent défait des mailles. Il prend le coude d'Olympia et la guide jusqu'au bas des marches. Elle le suit sans résistance. Ils font le tour de l'hôtel et s'arrêtent dans un petit enclos. Une bicyclette est appuyée contre un banc. Ils sont seuls, bien qu'encore visibles de l'hôtel. Ils s'assoient sur le banc.

Il glisse les doigts le long de sa jupe de son genou à sa hanche, et les laisse s'attarder en haut de sa cuisse. Elle met sa main sur la sienne. Une femme de chambre passe devant l'ouverture de l'enclos.

« C'est de la folie », dit-il, en retirant ses doigts à contre-cœur. Ils restent assis quelque temps en silence. Au bout d'un moment, il se souvient du message de son père.

« C'est quoi, cette réception ? demande-t-il en sortant le mot de sa poche. C'est ton anniversaire ?

— Pas ce jour-là », répond-elle.

Il relit le mot, puis le range. Elle pense qu'il ne tient pas, à cet instant, à se voir rappeler l'âge qu'elle a.

« Bien sûr, tu ne peux pas…, dit Olympia.

— Mais il faudra que je mette Catherine au courant. Elle en entendra parler de toute façon. Elle voudra venir. Il y aura beaucoup d'occasions peut-être…

— C'est trop loin, dit Olympia. Je ne veux pas y penser maintenant. Ta villa sera terminée, selon mon père. »

Il hoche la tête.

« J'aimerais voir les travaux un jour. »

Il la regarde étrangement. « Je ne peux pas parler de choses normales avec toi, Olympia, pas de façon normale. C'est comme si j'avais perdu l'habitude de ce qui est normal du jour au lendemain. Le seul sujet qui m'intéresse et dont j'ai envie de parler, c'est toi. Et pourquoi penserions-nous à une maison où je devrai vivre sans toi ?

— Parce que c'est vrai, répond-elle. Parce que ça va arriver. »

Et il paraît surpris que déjà elle ait pensé à la fin. « Si j'avais un tant soit peu d'honneur, je te renverrais. Si je me souciais de ton honneur. »

Cette déclaration l'irrite. « Que vient faire l'honneur face au reste ? » demande-t-elle.

Il secoue la tête. « Rien, rien, dit-il. Rien du tout. Tu me stupéfies, Olympia. »

Elle détourne les yeux. Un brouillard monte vers eux sur la pelouse de derrière.

« J'ai écrit une lettre, dit Haskell. Je l'ai fait pour moi hier après-midi. Ce n'était pas pour que tu la voies. Et elle n'est pas encore finie, ce ne sont que des gribouillages. Je n'ai jamais pensé te la donner, mais maintenant j'en ai envie, si imparfaite soit-elle. »

Il sort une enveloppe de sa sacoche. Il la tient une minute puis la lui tend. Il consulte sa montre. « Il faut que je te quitte maintenant. On m'attend au dispensaire. »

Un jeune garçon entre dans l'enclos et timidement y dépose sa bicyclette. Il doit être aide-serveur, pense Olympia, ou garçon d'écurie. C'est peut-être le jardin des employés.

Haskell se lève brusquement. « J'aimerais qu'il en soit autrement, Olympia, dit-il avec véhémence. J'aimerais que ce soit moi qui puisse venir à toi. »

Olympia se lève avec lui.

« Ce n'est pas la peine de souhaiter ce que nous ne pouvons avoir », dit-elle.

Olympia rentre le long de l'eau, d'un pas délibérément lent, à travers le brouillard qui s'épaissit. Elle monte dans sa chambre aussi discrètement qu'elle le peut. Mais, une fois la porte refermée, elle ouvre l'enveloppe. Dans les années à venir, elle se souviendra de ce moment comme d'une scène plutôt comique : elle, affalée sur le lit, son chapeau encore sur la tête, déchirant l'enveloppe sans plus attendre.

Elle lit :

14 juillet 1899

Ma très chère Olympia,

Si jamais un homme a senti son esprit se fondre dans celui d'un autre être, ce fut avec toi ce matin. Pourquoi en est-il ainsi, je ne saurais le dire. Ce que nous avons commencé est désastreux pour plus de raisons que je ne puis en énumérer. Tu es si jeune, et moi pas. Tu as la vie entière devant toi, et je sais que je l'ai irrémédiablement endommagée. Pardonne-moi, Olympia. Non, ne me pardonne pas. On ne peut demander pardon pour une chose que l'on ne regrette pas. Et je ne peux pas, en tant qu'homme et en tant qu'amant, regretter les précieux instants qu'il m'a été permis de passer en ta présence.

Je pensais ne pas être du genre à éprouver une grande passion, je croyais que des états pareils étaient des inventions de ceux qui veulent accorder plus d'importance à un phénomène physique naturel qu'il n'est nécessaire ou même recommandable. En fait, ma sérénité dans ce domaine était une qualité que je me félicitais souvent de posséder, et de trouver chez Catherine, qui ne s'est jamais montrée passionnément démonstrative. Je suis désolé si je t'offense en t'écrivant de façon si directe. Dieu sait que si je pouvais, je m'excuserais également auprès de Catherine, de la traiter de cette manière, bien que je sache qu'elle n'accepterait aucune excuse, aussi sûrement que je sais qu'elle serait désespérée de ma trahison.

Très chère Olympia, ma vie a été bouleversée depuis l'instant où je t'ai vue sur la plage. Tu ne te souviens pas de moi, mais je me souviens de toi : une jeune femme éclatante de vie, en robe de soie rose poussiéreuse. Tu marchais pieds nus sur le sable, et tous les hommes de cette plage te regardaient et te désiraient. Plus tard, sur la véranda, quand nous avons été présentés, j'ai ressenti un choc profond en te voyant, comme si nous nous étions déjà rencontrés tous les deux.

Jusqu'ici, j'étais content de moi, fier de mon travail, de mon dévouement à la communauté, et j'étais comblé par les satisfactions que me donnait ma famille ; mais tout cela compte moins à présent. Ce n'est pas assez. Non, ce ne sera plus jamais assez. Comment me l'expliquer, sans parler de te l'expliquer à toi ? Toi qui es si jeune et qui as à peine commencé ton voyage ?

Je me félicitais aussi d'avoir une compréhension instinctive des questions physiques, alors qu'en fait je n'en avais pas la moindre, pas la moindre. Je croyais bien me connaître – mes habitudes ont toujours été régulières – mais aujourd'hui je m'aperçois que je suis un inconnu pour moi-même, un étranger. Comme j'étais calme et sûr de moi...

Tout ce qui te concerne me paraît rare. Tu sais beaucoup déjà sur la façon de donner du plaisir à un autre, et à toi-même je crois, une qualité qui n'existe pas chez Catherine. Malgré son amour pour moi et son désir de faire plaisir aux autres, elle ne sait pas comment se faire plaisir. Ce n'est pas une situation qui la chagrine beaucoup, je crois. En se contentant de ce que l'on a, on ne sait pas ce que l'on perd... Mais je ne pense pas avoir réalisé jusqu'à aujourd'hui combien le plaisir d'une femme est important pour celui d'un homme (et combien l'inverse, bien sûr, doit aussi être vrai).

Tu ne dois pas regretter ce que tu as fait, Olympia. Tu ne dois pas avoir honte. Et je sens – en fait, c'est l'une des choses qui m'étonnent tant chez toi – que tu n'as pas honte, que tu n'auras pas honte. Pas de cela. Peut-être d'autres actes, mais pas de celui-là. Est-ce une illusion de ma part, est-ce que je prends mes désirs pour des réalités ? Je crois que non, sincèrement. Je crois que tu comprends ce que tu fais. Je crois que tu es plus mûre que les filles de ton âge, que tu possèdes une compréhension physique qui échappe à de nombreuses femmes toute leur vie.

(Je ne veux pas dire que tu pensais à ton propre plaisir aujourd'hui, ni même que notre union t'ait donné du plaisir, mais un jour tu connaîtras cette joie des sens, j'en suis sûr.)

Pardonne-moi, Olympia. Pardonne-moi de t'avoir pris ce à quoi je n'ai pas droit.

Comme tout ceci est imprudent. Comme c'est dangereux.

J'ai rencontré Catherine la deuxième année de ma pratique médicale. J'ai été très attiré par sa tranquillité intérieure, par sa tendresse. Son père est un pasteur méthodiste, un homme aux moyens modestes, quoique instruit et sympathique, quelqu'un dont l'approbation signifiait beaucoup pour moi. (Et, mon Dieu, comme il me mépriserait à présent, s'il savait ! Il y a entre les hommes, entre le père et le prétendant, une compréhension de certains aspects de la vie masculine qui ne peut être directement exprimée, et certainement pas en présence de la femme ; il doit donc y avoir, entre ces hommes, une confiance, la certitude qu'il ne sera fait aucun mal à la fille qui un jour deviendra l'épouse. Et bien que tacite, c'est une sorte d'engagement sacré. Je l'avais avec le père de Catherine et je pensais nécessaire de l'honorer. Et maintenant je souffre d'avoir trahi cette confiance.)

Je ne peux pas écrire à ce sujet.

Je voulais te décrire, toi à qui je voudrais tout dire, comment j'en suis venu à aimer Catherine, à souhaiter qu'elle devienne ma femme. J'avais souvent eu l'occasion de l'observer quand elle s'occupait de ses nièces, dont la mère, Gertrude, est morte jeune de tuberculose. J'admirais la façon dont elle se comportait avec les enfants, et je voyais qu'elle ferait une excellente mère. Tu trouveras cela opportuniste, et j'imagine que ça l'était ; mais elle aussi a dû trouver que j'étais un bon parti, car je ne crois pas qu'elle m'aimait avec passion quand nous nous sommes mariés – plutôt avec enjouement, de façon agréable, ce qui promet une bonne épouse et un bon mariage. Et j'espère ne pas l'avoir déçue.

(Mais maintenant je vais la décevoir. Je vais souhaiter qu'elle soit toi. À chaque minute. Et pour cette raison, et à cause du secret dans mon cœur, je redoute son retour vendredi soir. Je ne suis pas de nature à aimer le mensonge.)

Pourquoi, je me demande, la passion, quand elle se produit en dehors du mariage, est-elle si absolument condamnable ? C'est une question qui me tourmente. Comment une chose qui donne l'impression d'être si vraie, honnête et pure, et c'est ainsi que je décrirais mes sentiments pour toi, que j'appelle de l'amour, ce que je n'avais pas cru possible au bout de si peu de temps (là encore, comme je me trompais), peut-elle être assez laide pour provoquer tant de souffrance ? Et plus navrant encore, ne pas avoir de conclusion heureuse ? Aucune... Aucune...

Je ne peux nier que j'ai connu Catherine de toutes les façons possibles pour un homme et qu'elle a été généreuse. Alors pourquoi – pourquoi ? – cela n'a-t-il pas suffi ? Je cherche une réponse rationnelle quand la raison n'est pas de mise. Je cherche une réponse scientifique alors que la science n'est pas invitée.

Est-il possible que l'union que j'ai commencée avec toi trouve ses origines dans une science à part ? Avec ses propres lois et formules physiques ? Serons-nous un jour capables de décrire cette chose aveuglante appelée passion et de la quantifier, et de nous sauver ainsi de cette torture inévitable ?

Et pourtant, pourrais-je le souhaiter ? Pourrais-je, en toute sincérité, vouloir que cette allégresse, ce mystère, soient quantifiés et donc maîtrisés ?

Je dois m'arrêter maintenant, car tout cela n'est qu'illusions, des illusions dangereuses qui m'épuisent.

Je ne suis pas un écrivain, mais un homme de médecine,

contaminé par une maladie si destructrice que le patient ne souhaite pas sa propre guérison.

Olympia laisse tomber les pages de la lettre sur le sol. Elle se cache le visage dans les plis de sa jupe. Elle reste ainsi quelque temps.

Elle n'a jamais lu une lettre pareille. Jamais. Ni si bien compris sa signification, ni senti qu'elle aurait pu, mis à part ce qu'elle raconte d'unique, l'écrire elle-même.

Elle laisse retomber sa jupe. D'un geste impatient, elle dénoue les liens de sa capote.

Mon Dieu, pense-t-elle, *qu'avons-nous fait ?*

Il n'y a pas de doute à présent qu'elle a déclenché une série d'événements qui ne pourront être effacés, qu'elle a impardonnablement abusé d'un homme et de sa famille, de la confiance d'un père et de la bonté d'une femme. Le seul remède est de pousser Haskell à l'oublier, pour émousser le tranchant de cette folie. Une folie qu'elle éprouve elle-même et dont elle doit maintenant se tenir pour responsable.

Elle ne reverra plus jamais cet homme, se jure-t-elle, elle ne lui permettra plus de la voir. Et s'il vient chez elle, elle sera absente.

Comme elle a été inconsciente, égoïste, ne se préoccupant que de son propre bonheur alors que les plus graves conséquences étaient en jeu. Elle sait qu'elle perdrait son père pour toujours s'il découvrait ses actions clandestines, que plus jamais il ne lui ferait confiance.

Elle s'allonge sur son lit et appuie les mains sur ses yeux. Couchée, elle regarde un moment le plafond, et, peut-être parce qu'elle est épuisée, elle s'endort.

Elle se réveille en sursaut et s'assied. Elle se dirige vers une table où il y a une cuvette et un broc. Elle verse de l'eau sur sa tête et son visage, trempant ses cheveux. Elle sèche son visage et se scrute dans le miroir.

Et aussi vite que du petit bois prend feu, elle oublie sa résolution. Son désir de voir Haskell est si vif qu'elle doit consciemment combattre l'impulsion de se plier en deux, comme si elle avait reçu un coup au creux de l'estomac.

En tout cas, se dit-elle, Haskell et elle devraient parler des questions et des sentiments contenus dans cette lettre. Ne se doivent-ils pas au moins cela ? Et s'il est trop dangereux de se parler en personne, ne devrait-elle pas lui écrire ? Oui, oui, c'est ce qu'elle devrait faire. Maintenant.

Et plus tard elle pensera : Comme l'esprit se trompe habilement lui-même. Le besoin de répondre est sans fin, n'est-ce pas ? Lui à elle, elle à lui, et ainsi de suite.

Elle ne sait pas l'heure. Elle n'a pas de pendule dans sa chambre, et elle ne veut pas se montrer en bas en ce moment. Elle jette un coup d'œil vers la mer, pour discerner, à la couleur de l'eau et du ciel, quelle heure il peut être, mais elle voit la même lumière plate que tantôt. Est-ce l'après-midi ? A-t-elle manqué le déjeuner ? Et si c'est le cas, pourquoi ne l'a-t-on pas appelée ? Elle tâche de se sécher les cheveux du mieux qu'elle peut, les brosse et les épingle de nouveau. Elle trouve du papier et une plume dans le tiroir et s'assied pour écrire.

Mon cher monsieur,

Et déjà je suis muette, sans voix (quel est l'équivalent d'être sans voix quand il s'agit de la plume et du papier et non de la langue ?) car je ne peux t'appeler monsieur, ni John, qui est le nom que d'autres (et je pense ici à Catherine) te donnent, et dans mes pensées, comme je te l'ai dit, tu es toujours Haskell, aussi laisse-moi changer mon en-tête, et bien que le nom puisse sembler trop guindé, je t'assure qu il ne l'est pas du tout, pas quand je pense à toi, c'est-à-dire constamment.

Mon très cher Haskell,

Comme nous avons voyagé loin en quelques heures à peine, des heures même pas passées ensemble, mais seuls avec nos propres pensées, nos propres mots, si inadéquats fussent-ils. J'avais l'intention, en lisant ta lettre que j'ai d'autant plus appréciée pour sa spontanéité et ses phrases inachevées, d'insister pour que nous ne nous voyions plus, que nous ne communiquions plus, que nous nous interdisions de nous retrouver ensemble, quelle que soit la solennité de l'événement. Et j'avais l'intention d'y parvenir en ne répondant pas à ta lettre, et en tranchant tout ce qui est entre nous d'un seul coup. Mais je m'aperçois que je ne peux pas. Rien, chez moi, n'est en état de tenir cette résolution. En fait, je me rends compte qu'il n'y a rien que je désire plus que d'être avec toi.

J'ai d'abord été, je l'avoue, horrifiée par ta lettre, profondément frappée que nous soyons allés si loin, et je veux dire non seulement physiquement, comme hier, mais aussi dans le domaine encore plus dévorant du spirituel, qui semble s'être emparé de nous et ne nous lâchera pas. Je voudrais dire que je suis au moins aussi responsable que toi de ce qui s'est passé hier et que, quoi qu'il arrive entre nous, dans quelque terrible extrémité que nous nous trouvions – que peut-il advenir de bon, en effet ? Rien, je le crains, comme toi, rien –, je ne me sentirai jamais séduite. Je n'ai pas l'âge, mais j'ai de la volonté et un certain entendement, et bien que la chose ait été nouvelle pour moi, je l'ai comprise et acceptée, et j'aurais pu y mettre fin à n'importe quel moment. Même à présent je peux écrire sincèrement que je savoure avec délices le souvenir d'hier, et bien que ces souvenirs ne soient que de faibles échos du réel, ce sont des trésors dont je ne me séparerais pas de bon gré. Ton image est gravée en moi comme la lumière sur du papier photographique. Je sais déjà qu'aucune autre forme humaine ne me sera aussi chère.

(Et oui, c'est moi qui ai dérangé les photographies sur ta commode. Mais tu l'as su tout de suite, n'est-ce pas ?)

Ton tourment est plus grand que le mien, car tu es marié à une femme de qualité. Et bien que je le partage chaque fois qu'en pensée je vois son visage, je sais que tu portes le fardeau le plus lourd, puisque je ne peux savoir ce que tu sais, ce que tu as connu avec elle toutes ces années. (Et le péché, c'est de savoir que nous lui faisons du mal, non ? Pas simplement d'avoir partagé ces instants dans ta chambre, mais que, même en écrivant ces mots, nous lui faisons consciemment un mal incalculable ?)

J'admire tant ton travail. Je ne pourrais pas être médecin. Même si j'ai de l'intérêt pour le corps, je n'ai pas le courage d'affronter quotidiennement la menace de la laideur et de la mort. Et, curieusement, je n'ai pas beaucoup de respect non plus pour les médecins de l'âme. Il me semble que l'âme est un endroit si privé qu'elle doit résister à l'invasion. Je songe bien quelquefois que j'aimerais écrire des histoires ou des vers, bien que je manque de talent, et que je ne sache pas vraiment à quoi servirait une telle entreprise. Je ne suis pas encore convaincue que l'art ait plus de valeur que d'autres activités qui demandent du savoir-faire. N'y a-t-il pas plus de prix dans une chaise simplement construite ? Ou un manteau bien confectionné ? Ta pauvre madame Rivard le penserait sûrement. Je t'admire comme écrivain, mais je t'admire davantage en tant que médecin, dont j'ai largement pu apprécier la bonté et la compétence.

Oui, viens à la réception malencontreuse de mon père. Viens. Écris à mon père que tu viendras. (Et maintenant, est-ce que je ne scelle pas mon sort par mon plus grand péché, encourager la poursuite de ce que nous avons commencé, et, ce qui est pire, en présence de Catherine et de mon père que nous trahirions si facilement ?) Mais je ne peux pas, sincèrement, écrire que je voudrais ne pas te voir ce jour-là. Je ne te parlerai pas plus qu'il n'est convenable, je ne causerai pas d'inquiétude à ta femme. Je me contenterai de te regarder de loin, et de savoir que nous avons été ensemble de la manière la plus intime. Je prends déjà plaisir à imaginer les paroles silencieuses que nous échangerons.

Sache qu'en toutes choses je suis à toi

Elle lit et relit sa lettre et discipline ses pensées débridées par de la ponctuation et une écriture lisible. Elle ferme l'enveloppe, se demandant ensuite comment l'envoyer. Et elle conçoit vite l'idée de la faire porter par Josiah. Si par hasard il parlait de cette mission à son père, Olympia pourrait l'expliquer en laissant entendre qu'elle se sentait trop mal pour porter le premier message elle-même, et qu'elle avait finalement dû envoyer Josiah au Highland.

Cela décidé, elle quitte sa chambre pour chercher le serviteur. S'assurant que son apparence ne présente plus de signe de la tempête qui s'est emparée d'elle tout à l'heure, elle descend l'escalier principal et tend l'oreille pour essayer de savoir l'heure. Son père doit dormir ou être dans son bureau, se dit-elle, en empruntant le couloir qui mène à la cuisine, où elle espère que Josiah ne sera pas trop occupé et se laissera persuader de porter sa lettre. C'est pourquoi elle franchit silencieusement la porte battante et tombe sur un spectacle incroyable.

Pendant une seconde critique – celle où elle aurait pu reculer sans être vue –, elle est incapable de lire précisément ce qu'elle a découvert par mégarde. Elle voit une créature incompréhensible, mi-debout, mi-assise, des membres autour d'un corps dans une position invraisemblable, un fouillis de vêtements en désordre, la double image de globes de chair blancs, une tête renversée en arrière, le sourire, tel un rictus sur le visage. Puis, l'instant d'après, déjà à l'intérieur de la pièce, elle analyse l'image et voit que la silhouette debout, qui se présente de dos – mais à présent le visage se tourne vers elle, tandis que le corps est incapable de cesser ses violentes poussées –, est celle de Josiah, et que les membres qui l'entourent dans un bouillonnement de jupons sont les jambes de Lisette. Les doubles globes de chair jumeaux sont les fesses de l'homme et les seins de la femme ; le rictus, la tension du plaisir sur la figure de Lisette.

L'acte d'amour, comme Olympia l'a connu avec Haskell pas plus tard que la veille, était fluide, un mouvement sinueux de la chair. Mais à présent, vu par l'œil surpris de l'observateur sans méfiance, il semble au mieux comique, au pire brutal, de sorte qu'aucune idée d'amour ou de tendresse n'est nécessairement traduite, seulement l'accouplement bestial de deux créatures charnelles. Elle pense aussitôt à l'animalité de la naissance, qui elle aussi contredit son contexte sacré, sa beauté.

Olympia quitte la pièce, sachant qu'ils l'ont vue. Appuyée contre le mur de l'office, elle éprouve la honte qui revient au voyeur involontaire, le choc d'avoir interrompu un acte aussi intime. Bien que, curieusement, elle ne soit pas horrifiée. Et elle est heureuse que sa propre connaissance de cet acte lui soit venue des moments passés avec Haskell, et non pas de la vision de la créature disgracieuse dans la cuisine. Car elle aurait pu être – et qui sait pour combien de temps ? – complètement dégoûtée par l'idée d'amour physique.

Elle tient encore sa lettre et la glisse dans sa manche. Elle sort sur la véranda pour respirer. Elle pense alors que son père doit être sorti, car Josiah ne prendrait pas de tels risques s'il était dans la maison. Et soudain, c'est tout autour d'elle : les réalités du corps. Le regard sur la mer, elle comprend, par association d'idées, que sa mère et son père, eux aussi, ont partagé une vie physique, qu'ils la partagent encore. Que les appartements de sa mère sont si impudemment féminins, sensuels, *parce que son père les aime ainsi*. Elle voit la chemise de nuit en soie de sa mère étalée sur le lit chaque soir, les draps de satin couleur glycine, les bougies sur la table de nuit, les flacons d'encens et les vases de fleurs, les coiffures élaborées et les toilettes de soirée de sa mère, et les absences prolongées de son père quand il l'accompagne à sa chambre après le repas du soir. Si Haskell et Josiah sont des êtres sexués, alors, bien sûr, son père et sa mère le sont aussi.

Ne voulant pas s'attarder davantage dans des régions où une fille ne peut s'aventurer, Olympia écarte ces pensées. En même temps, elle aperçoit un groupe de gamins jouant au ballon sur la plage. Il lui vient alors une idée. Elle monte dans sa chambre, prend quelques pièces dans son sac et descend à la digue. Elle appelle le plus grand, qui court vers elle dans sa culotte courte, ses cheveux raidis en sculptures comiques par l'eau salée et les vents marins.

« Je voudrais que tu portes une lettre pour moi, dit-elle. Au docteur Haskell, qui est au Highland Hotel. Tu connais cet endroit ?

— Oui, mademoiselle.

— Et voici quelques pièces pour ton dérangement. Je veux qu'elle soit portée tout de suite.

— Oui, mademoiselle. Merci. »

Elle lui tend la lettre et les pièces, et le regarde filer sur le sable dur près de l'eau, dans une attitude très semblable à celle de Mercure en personne.

« Terrible incendie hier soir à Rye. Tu as entendu la nouvelle ?

— Un incendie ? » demande Olympia. Elle est accroupie sur le sol de la véranda, essayant de détacher le fermoir de l'étui en acajou contenant le télescope que son père a commandé à New York pour son seizième anniversaire. Il voudrait que l'on installe l'instrument pour qu'elle ait d'excellentes vues de la mer et des oiseaux ; mais, en son for intérieur, Olympia soupçonne que son père et ses visiteurs l'utiliseront plus souvent qu'elle et que, lorsqu'ils le feront, ils le dirigeront vers les demeures estivales qui s'étirent en demi-lune autour de la plage de Fortune's Rocks.

Mais elle a du mal avec le fermoir.

« Attends, laisse-moi faire, dit son père en se penchant, et les pans de sa redingote traînent sur le plancher peint.

— Vous avez dit un incendie ? » Son esprit n'est qu'à moitié à sa tâche et encore moins concentré sur les paroles de son père.

« Un grave incendie. Le Centennial Hotel. Un vieux bâtiment, qui a connu de meilleurs jours. Il paraît qu'on ne pouvait pas y ouvrir une fenêtre de peur que la vitre ne tombe. Les grooms devaient taper sur les tuyaux avec un marteau pour faire croire aux clients que la vapeur montait pour chauffer les chambres. Tiens, voilà. »

Elle sort de sa boîte un télescope en laiton et en bois, avec un trépied pliant et plusieurs accessoires. Son père, qui pourtant se soucie rarement de possessions matérielles, est comme un enfant devant un nouveau jouet à Noël. Il se redresse aussitôt et essaie d'assembler l'instrument. Mais, comme sa fille, il n'a pas de patience avec les instructions, et il ne les lit pas ; finalement il lui faut deux fois plus longtemps pour installer le nouvel appareil que s'il avait étudié la feuille qui l'accompagne.

« Il a brûlé en une heure, dit son père. Un feu de paille. Comme tous ces hôtels. Les clients fument et s'endorment, ou le feu commence dans les fours. C'est le quatrième à brûler cette année.

— Pas l'un de ceux de M. Philbrick, j'espère.

— Non, Rufus a eu de la chance. Olympia, aide-moi. Pourquoi restes-tu assise à regarder la mer ? »

Peut-être soupire-t-elle ou fait-elle entendre un petit bruit exaspéré.

« Vraiment, Olympia, dit son père. Je ne comprends pas ce que tu as. Tu es devenue si... si... Je ne sais pas. Si absente. Dis-moi que ce n'est pas pour toujours.

— Vous allez avoir besoin d'une clef de serrage », dit-elle.

Elle quitte son père un moment et traverse la maison pour gagner la cuisine, à la recherche d'outils, qui sont dans un coffre dans la réserve. C'est vrai qu'elle est distraite. Non seulement elle n'a pas eu de réponse à la lettre qu'elle a envoyée à Haskell la veille, mais elle n'a pas non plus de moyen de s'assurer qu'il l'a reçue. Il est possible, se dit-elle, que le gamin à qui elle l'a donnée l'ait jetée dans la mer et soit parti avec les pièces.

« Père, je trouve que nous devrions installer un téléphone, dit-elle quand elle revient avec la clef.

— Pour quoi faire ? demande-t-il. On part en vacances précisément pour se libérer de pareilles inventions.

— Nous pourrions avoir une urgence. Nous en avons eu une, en fait. Nous aurions pu téléphoner à des gens de venir nous aider.

— Autant que je m'en souvienne, nous avions beaucoup d'aide, et à part les pertes en vies humaines pour lesquelles ni toi ni moi n'aurions rien pu faire, nous nous sommes pas mal débrouillés, étant donné les circonstances. »

Olympia s'allonge dans le hamac et regarde son père, qui n'est pas particulièrement doué pour la mécanique, assembler le télescope. Elle juge préférable de ne pas intervenir : deux personnes peu douées pour la mécanique seraient inévitablement pires qu'une seule. Quand il a finalement monté l'appareil, il se penche avidement sur l'œilleton et tourne quelques boutons. Il s'exclame devant le spectacle.

« Olympia, viens, il faut que tu voies. »

Elle s'approche du télescope et met l'œil sur la lentille. D'abord, elle ne comprend pas ce qu'elle voit. Elle recule et s'aperçoit que le télescope est orienté vers le poteau de la véranda. Se penchant de nouveau, elle le déplace vers le haut et l'extérieur, puis elle tourne une molette, et une masse bleue mouvante devient la mer, une forme blanche et floue une mouette, une tache rouge un bateau de pêche qui se balance sur l'eau. Mais, à travers l'appareil, les images lui paraissent étranges : des cercles très détaillés, qu'elle ne situe pas bien, des fragments de réalité, et parfois il est difficile de garder l'ensemble à l'esprit. Il doit y avoir un ajustement à faire, se dit-elle, car l'image ne cesse de vaciller, tantôt précise, tantôt floue, et lui donne le vertige. Lorsqu'elle tourne le télescope en direction de la plage, toutefois, elle est récompensée par la vue de la villa des Farragut avec ses bardeaux battus par les intempéries, ses fauteuils à bascule déformés et ses moustiquaires aériennes. Elle voit la mère de Victoria assise dans un coin de la véranda, une fenêtre ouverte par laquelle deux pans de rideaux battent au vent du rivage, et une corde à linge à côté de la maison, où des draps et des taies d'oreiller bleu pâle se gonflent et s'aplatissent. Laissant la villa des Farragut, Olympia manœuvre le télescope lentement le long de l'eau, balayant chaque maison, notant certains détails qu'elle n'a pu remarquer du niveau du sol – la forme des toits ou le nombre de pignons –, jusqu'à ce que l'instrument finisse par se poser sur la façade du Highland. Un moment, elle étudie la véranda de l'hôtel, sa longue pelouse et même certaines fenêtres auxquelles elle s'intéresse. Il y a beaucoup de monde, mais comme elle ne voit pas la silhouette qu'elle cherche, elle en déduit que Haskell doit être au dispensaire ou encore dans ses appartements. Aussi est-elle doublement surprise quand elle entend son père dire, juste derrière elle, et avec un certain étonnement mêlé de plaisir : « Ah, mais bonjour, John. »

Haskell, en costume jaune paille, se tient sur le seuil, son canotier à la main. Un terrible instant, Olympia pense qu'il est venu pour parler à son père de leur aventure et qu'il a apporté la lettre comme preuve. Mais dès qu'elle voit les yeux de Haskell, l'angoisse et l'espoir qui s'y mêlent, sa peur cède la place à la raison. Il s'avance vers elle et lui prend la main pour la saluer.

« Olympia, quel plaisir de vous revoir.

— Le plaisir est partagé », dit-elle.

Il libère sa main à regret.

« Votre père vous fait travailler.

— Je disais justement à Olympia qu'elle semblait anormalement distraite cet été. »

Haskell scrute son visage. « Sur un si joli perchoir, je serais plus que distrait moi-même. »

Ainsi que les bonnes manières l'exigent, Haskell tourne son attention vers le télescope. « Mais qu'avez-vous donc là, Biddeford ?

— Il est arrivé aujourd'hui, dit son père avec une certaine fierté.

— Bel instrument, dit Haskell. Je peux regarder ? »

Il se penche pour examiner la vue, réglant la mise au point.

« La résolution est excellente, Biddeford », dit-il. Il dirige le télescope vers une partie plus éloignée de la plage et tourne une molette. « Puis-je vous montrer quelque chose ? Venez voir, Olympia. »

Elle s'approche et se penche sur l'œilleton. Elle est consciente de sa présence derrière elle, elle sent sa jambe frôler la sienne. Il lui faut quelques instants pour opérer la mise au point, mais quand elle y parvient, elle distingue la charpente d'une villa. Elle est perchée sur une petite hauteur de dunes, entourée de sable et de gazon. Ce sera, constate-t-elle, une grande maison avec de profondes vérandas. On a déjà construit un large pignon, avec au centre une fenêtre ronde dotée de nombreuses petites vitres. Elle se demande à quelle chambre cette fenêtre correspondra un jour. Celle de Martha ? de Haskell et de sa femme ?

Olympia se redresse et s'écarte. Son père prend sa place et étudie la maison. « Belle conception, Haskell, s'exclame-t-il. Vraiment. Et les ouvriers avancent. Ils comptent toujours la finir d'ici le 1er août ?

— Il paraît qu'ils auront une semaine de retard », dit Haskell. Il fait tournoyer le canotier. « Pourquoi ne viendriez-vous pas avec moi maintenant voir la maison, Biddeford ? Certains points me chiffonnent, vous pourriez peut-être me conseiller, si vous avez le temps ? »

Manifestement flatté, le père d'Olympia, l'instant d'après, semble déconfit. « Zut ! dit-il, visiblement déçu. J'aurais beaucoup aimé visiter le chantier avec vous, John, mais j'ai rendez-vous avec mon dentiste. Zut. Si seulement je pouvais le joindre…

— Si nous avions le téléphone, père… » dit Olympia, incapable de retenir un sourire.

Son père s'éclaircit la gorge. « Ma fille pense que nous devrions installer un téléphone à Fortune's Rocks, mais j'ai essayé de lui expliquer qu'on part en vacances justement pour ignorer ces instruments. » Il secoue la tête. « Non, je ne peux pas vous accompagner.

— Une autre fois alors, dit poliment Haskell.

— Mais Olympia adorerait y aller, dit soudain son père, comme si elle n'était même pas présente sur la véranda. En fait, ce serait une excellente diversion pour elle, ajoute-t-il. Elle n'est pas elle-même depuis quelque temps. Une sortie lui ferait le plus grand bien. »

Haskell croise le regard d'Olympia. « Je serais très honoré de lui montrer le chantier, dit-il. Si vous croyez que ça ne va pas trop l'ennuyer ?

— Non, je ne pense pas, répond posément Olympia.

— Alors c'est décidé, dit son père, une pointe de regret dans la voix. Et j'espère que vous êtes aussi venu me dire, John, que Catherine et vous assisterez à notre réception. Vous ai-je écrit dans ma lettre que c'est en l'honneur du seizième anniversaire d'Olympia ? »

Ce rappel de l'âge d'Olympia, en présence de Haskell et de son père, crée un instant un léger flottement, et Olympia pense que même son père doit le remarquer, car son regard se pose sur Haskell, puis sur elle.

« Une date importante, vraiment, dit Haskell. Bien sûr, je dois d'abord consulter Catherine avant de nous engager.

— Hale sera là, annonce fièrement son père.

— Hale, dit Haskell en regardant Olympia comme s'il ne pouvait se rappeler pourquoi il connaît ce nom. Hale, répète-t-il. Oui, bien sûr. » Un petit silence. « Nous y allons, Olympia ? »

Il l'aide à monter dans la voiture vert bouteille.

« Je n'ai pas pu m'empêcher de venir », dit-il. Il grimpe à côté d'elle. « J'ai dévoré ta lettre. Si je pouvais, je te demanderais de m'écrire tous les jours.

— Je t'écrirai tous les jours alors, déclare Olympia. Mais tu dois promettre de détruire les lettres.

— Je ne suis pas sûr d'en être capable.

— Alors je ne les écrirai pas, parce que je ne veux pas courir le risque qu'elles soient découvertes par Catherine.

— Eh bien, je te dirai que je les ai détruites, mais en fait je ne le ferai pas », dit-il.

Elle ne peut réprimer un sourire.

Haskell ne prend pas la route de la côte, comme il a laissé entendre qu'il le ferait au père d'Olympia, mais bifurque tout de suite sur la route d'Ely. La mer est basse, et les marais s'étendent à perte de vue. La boue forme des falaises et des gorges miniatures à l'intérieur du labyrinthe. Quand on ne peut plus les voir de la maison, Haskell arrête brusquement la voiture sur le bas-côté de la route.

« J'ai quelque chose pour toi », dit-il.

Il sort une minuscule boîte en velours de sa poche et l'ouvre. Elle contient un ravissant médaillon, un ovale d'or avec les initiales d'Olympia délicatement gravées dessus. C'est une surprise pour elle.

« Je ne peux pas, dit-elle.

— Si, tu peux, Olympia. Je le veux. »

L'or brille chaudement au soleil.

« Je peux te donner si peu, dit-il. S'il te plaît, accepte-le. Que j'aie le plaisir de savoir que tu le portes. »

Il la fait pivoter pour pouvoir attacher le fermoir derrière son cou.

« Je ne l'enlèverai jamais, dit-elle.

— Je sais que tu ne peux pas permettre à d'autres de le voir. Mais tu peux le porter ainsi. » Il fait glisser le pendentif sous le col de sa robe. Elle sent l'or tomber entre ses seins. Il passe le dos de son doigt contre le tissu, à l'endroit où le médaillon s'est niché. Et c'est peut-être ce geste d'intimité, ce geste entre mille, qui la fait pleurer.

« Je voulais te faire plaisir, dit-il en l'attirant contre lui. Oh, Olympia, c'est mauvais pour toi, tout ça. »

Elle s'écarte de lui et sèche ses yeux. Elle renifle une fois. « La question de savoir si ce que nous faisons est mauvais pour moi est hors de propos, dit-elle, refusant de renoncer à ce qu'ils ont si récemment gagné. Bien sûr que c'est mauvais pour moi. Encore plus pour toi. C'est tout à fait mauvais. Mais je croyais que nous avions décidé de ne pas gaspiller notre bonheur à nous faire des reproches. »

Son chapeau bascule en arrière et tombe dans l'herbe. Il mêle ses doigts à son chignon et lui renverse la tête, de sorte que sa gorge est exposée. Elle est tordue sur le siège en bois, et sa jupe remonte déjà jusqu'à ses genoux. Leur étreinte est maladroite, la position n'est pas favorable. Il saute à terre, lui prend la main et l'entraîne dans les marais.

Ensemble, ils tombent à genoux, pliant les hautes herbes sous eux, et il l'attire plus bas. Ils sont couchés sur le côté, face à face. Il se débarrasse de sa veste et de ses bretelles. Il déboutonne le devant de sa robe pendant qu'elle tire sa chemise de son pantalon. Le tissu se gonfle comme un parachute. Elle glisse la main le long de son torse, la caresse la plus audacieuse de sa vie.

Tout près, elle entend le bruit sourd et feutré d'une aile d'oiseau battant contre l'eau. Quelque chose de pointu s'enfonce dans ses côtes. Le soleil est si aveuglant qu'elle doit abriter son visage sous le sien pour se protéger les yeux. Elle a envie de prononcer à voix haute le mot *bien-aimé*. Elle hésite, puis le fait – une fois, puis deux, puis trois – en haletant, comme si on la frappait. « Olympia », murmure Haskell dans ses cheveux.

Il prend le lobe de son oreille dans sa bouche et appuie la paume de sa main contre elle à travers le tissu de sa robe. Dans son corps, son sang s'accélère. Avec un instinct qu'elle ne savait pas posséder, elle soulève les hanches. *Comment se fait-il que le corps sache ?* Elle écarte les jambes et se presse avidement contre lui. Les nouvelles sensations qui l'habitent sont vives et précises. Ses épaules touchent l'herbe, et elle arque le dos. Haskell la tient serrée, le visage enfoui dans son cou.

Ils reposent, étendus ensemble dans les marais. L'humidité filtre à travers les herbes.

« Je n'aurais jamais pu imaginer ça », dit-elle.

Elle veut encore parler de cette chose qui a secoué son corps comme si elle était une poupée de chiffon, cette chose qui a laissé un étrange désir persistant. Elle veut que Haskell soit en elle, comme il l'a été dans sa chambre. Elle ne sait comment le lui dire sauf en relevant ses jupes.

Comme elle devient étonnamment hardie, pense-t-elle.

« C'est ainsi ? lui demande-t-elle. C'est ça, le secret que tous les hommes et les femmes partagent ?

— Certains, dit-il. Pas tous. La plupart des hommes, oui. Il y a des femmes qui n'ont jamais ça, qui ne peuvent se laisser aller à l'avoir. »

Et Catherine, se demande aussitôt Olympia. *Comment est-ce avec Catherine ?*

« Nous ne pouvons pas rester ici », dit-il.

Ils s'aident mutuellement à se relever, et il l'embrasse. « Je vais t'emmener à la villa maintenant, dit-il. Nous nous assiérons au soleil, et nos vêtements vont sécher. »

Ses jambes flageolent, et elle doit s'aider de ses mains pour se hisser dans la voiture. Un côté de sa robe est humide.

Haskell prend les rênes, fait tourner les chevaux et dirige la voiture vers la nouvelle villa. Il tend la main vers la sienne et la tient dans les plis de sa jupe.

« Tu courtises le danger, dit-elle.

— Ce n'est pas normalement dans ma nature. » Il appuie la main sur sa jambe. « Parfois je me dis que nous ne devons plus jamais nous revoir, et je suis très résolu… »

À cette déclaration, le cœur d'Olympia s'arrête.

« … et en quelques secondes, je comprends que je n'en aurai jamais la force. »

Ils roulent sur la route côtière, et Olympia prie qu'ils ne rencontrent personne qu'elle connaisse. Au bout d'un moment, il arrête le boghei devant le squelette de la nouvelle villa. Olympia constate qu'elle aura une vue à couper le souffle, avec seul l'Atlantique pour jardin. Il l'aide à descendre et lui prend le bras. Elle se demande si son père, à ce moment, essaie de les voir dans le télescope, si elle existe à présent dans cet univers circulaire. La charpente est presque terminée, et en plusieurs endroits on voit l'océan au travers. Olympia se prend à imaginer comment ce serait si on entourait entièrement la maison de fenêtres – d'avoir toujours de la lumière, de se sentir entouré du sable et de la mer.

« Je ne suis pas sûre d'avoir jamais vu une maison en construction », dit-elle.

Ils entrent ensemble et se déplacent à travers des pièces qui pour le moment n'existent qu'en pensée, des chambres rectangulaires, oblongues, encadrées de pin et de chêne, formant une maison qui un jour abritera une famille. Elle se demande comment on peut construire une structure pareille, comment on sait précisément où mettre un poteau ou une poutre, comment on fait une fenêtre. De temps en temps, Haskell murmure à côté d'elle : « Ici ce sera la cuisine », ou « Ici la verrière », mais elle n'est pas très attentive. Elle préfère, pour l'instant, penser à la maison comme éphémère et sans substance.

« Voici la salle à manger », dit-il quand ils s'arrêtent dans une pièce déjà en partie cloisonnée.

Et elle ne peut s'empêcher de penser aux douzaines de dîners que Catherine et lui prendront un jour dans cette pièce. Peut-être même Olympia sera-t-elle invitée, et elle sera assise là où elle se tient à présent. Elle secoue vivement la tête et se détourne.

« Qu'y a-t-il ? demande-t-il.

— Cette… Ce n'est pas important.

— Je n'aurais pas dû t'amener ici.

— Quel âge a Catherine ? demande Olympia.

— Trente-quatre ans, dit prudemment Haskell.

— Et toi ?

— Quarante et un.

— Tu as de la famille ? Je veux dire, tu as des frères et sœurs ? Tes parents sont encore en vie ?

— Ma mère, oui. Pas mon père. Ma mère vit avec ma sœur à Cambridge. J'ai un frère qui est pasteur à Milton. »

Une sensation l'envahit, comme si on lui serrait la poitrine. Pourquoi, se demande-t-elle, la première de nombreuses fois où elle se posera cette question, l'amour doit-il être si cruel ? Pourquoi, si tôt à la suite de ses moments de plus grande joie, doit-elle être poursuivie par des images qui ne produisent que de la souffrance : des images de Haskell avec une autre, prononçant des paroles qui auraient pu être gardées pour elle, partageant des gestes intimes auxquels elle peut à peine supporter de penser ? Pourquoi, se demande-t-elle, debout dans cette pièce qui n'en est pas encore une, doit-elle imaginer, dans le plus grand détail, un repas que Haskell partagera non avec elle mais avec sa femme ? Dans la lettre qu'il lui a écrite, il dit qu'il a connu Catherine « de toutes les façons possibles pour un homme ». La phrase, avec ce qu'elle implique, est lancinante. Quand il lui prend la main, elle est visitée par une image de Haskell tenant la main de Catherine ; et bien que son contact persistant la ramène lentement à la raison et submerge momentanément toute idée du passé, elle ressent une douleur qui, si elle le lui permet, tempérera sa joie, émoussera son plaisir.

Cette fois ils se dépêchent, comme si d'un instant à l'autre son père pouvait venir la chercher, ou un artisan pouvait entrer. Ils sont obligés de rester debout, de s'appuyer contre un mur. Elle ne pensait pas que le corps puisse désirer de nouveau si vite. Elle éprouve un sentiment double de culpabilité, celle de leur trahison, et celle de leur étreinte dans une maison qui un jour appartiendra à Haskell et à sa femme. Mais en même temps, elle éprouve une étrange griserie, une confiance dans l'instant, sans penser au suivant, ni à celui qui viendra après. Et aussi un net sentiment de possession. La maison n'est pas à elle, mais l'instant l'est, on ne peut le lui enlever.

Juste avant leur départ, elle glisse un doigt sous la chaîne en or et sort le médaillon de sa robe. « Merci, dit-elle en l'embrassant.

— Ce n'est qu'un médaillon, répond-il.

— Non, ce n'est pas vrai. »

Pendant quelque temps, elle pourra se rappeler chacun des moments que Haskell et elle ont vécus ensemble : ce qu'il portait le premier jour, ce qu'elle portait le deuxième, le jour où ils ont déjeuné ensemble à l'hôtel et ce qu'on leur a servi, la façon cérémonieuse dont ils se parlaient en public, et toutes les paroles échangées entre-temps. Elle aura un souvenir distinct de la fin d'après-midi où ils sont allés faire de la barque dans les marais, se perdant dans le labyrinthe liquide. Et la nuit où elle a quitté sa chambre en toute hâte, se moquant d'être découverte, courant pieds nus sur la plage, savourant l'obscurité, puis voyant les fenêtres éclairées de l'hôtel comme un refuge, un sanctuaire, et les larmes de joie qu'elle a alors versées. Elle se souviendra de tous les termes d'affection, de toutes les phrases d'amour, aussi bien que des paroles d'une dispute éplorée entre Haskell et elle, où il se reprochait sévèrement de l'avoir séduite, et où elle ne pouvait, avec toute son habileté, le convaincre qu'elle était au moins, *au moins*, aussi responsable que lui de ce qui était arrivé entre eux.

Mais dans les années à venir, elle n'aura plus que des images, des images floues, le sentiment de ce que c'était, mais pas de contenu précis : un visage, mal rasé, légèrement tourné sur le côté ; l'odeur de peau humide qui parfois la suivait quand elle le quittait ; un corsage de crêpe ivoire qu'elle portait souvent et qu'il aimait ; elle-même, agenouillée sur le sable, riant de le voir en costume de bain ; sa main, glissant de la plante de son pied à son mollet et remontant vers sa cuisse ; une assiette d'huîtres qu'il a fait monter à sa chambre et qu'ils ont dévorées sous les draps ; sa tête penchée de façon mélancolique, alors qu'au seuil de sa chambre il lui disait au revoir de la main…

Parfois Olympia a l'impression qu'ils sont toujours en train de se dire au revoir. Quand il travaille au dispensaire, elle trouve des raisons d'être partie de la maison pendant les quelques heures de loisirs qu'il peut trouver, et souvent il lui faut toute sa présence d'esprit pour fabriquer des excuses valables pour ses absences. Dans ce but, elle a inventé toute une panoplie d'amies, de connaissances et d'occupations, et, aux yeux de son père, elle s'est mise au golf avec une certaine ardeur. Olympia a choisi ce sport parce que son père n'y joue pas, et qu'il y a donc peu de chances qu'un jour il veuille se mesurer à elle – heureusement, puisqu'elle-même n'a pas la moindre idée de la façon de frapper la balle et de la faire aller dans les petits trous sous les drapeaux. Olympia a aussi forgé des « amitiés » avec un certain nombre de jeunes filles, parmi lesquelles Julia Fields, pour apaiser la curiosité qu'a fait naître chez ses parents sa vie sociale soudain trépidante. Une ou deux fois, elle se laisse presque prendre au piège de ces fictions, et souvent elle a vraiment honte de l'adresse à mentir qu'elle a appris à déployer.

Son père, elle le sait, est étonné par son nouveau comportement et semble réviser son jugement sur elle à la moindre occasion. Il ne la considère plus comme la fille qu'il chérissait tant en juin, mais plutôt comme une créature étrangère, perpétuellement distraite. Elle est soudain devenue une mauvaise étudiante, elle a du mal à écouter ses conférences improvisées. Mettant sa patience à rude épreuve, elle le rend plus souvent perplexe et triste qu'heureux. Quant à sa mère, Olympia en est sûre, elle pense que sa fille a un amoureux. Plusieurs fois elle lui a posé des questions pour l'amener à se confier, elle a cherché à lui soutirer le nom d'un garçon. Lorsque sa mère la regarde, Olympia la sent parfois passer en revue les noms des familles qui ont des fils et qui sont l'été dans la région.

Malgré ces moments difficiles, Olympia sait qu'elle a de la chance parce que ses parents, par nature, sont en général préoccupés par d'autres sujets : son père par sa vie intellectuelle, sa mère par les efforts qu'elle doit faire pour s'abstraire du monde. Bien sûr, il y a des changements agréables à cette routine, lorsque par exemple l'emploi du temps de Haskell est modifié et leur permet subitement d'être ensemble, et qu'il peut la prévenir ; Olympia déguise ces hiatus du mieux qu'elle peut. Dans l'ensemble, leur aventure est une entreprise téméraire, bien qu'ils aient décidé de ne jamais se voir quand Catherine et les enfants viennent le week-end. Et Haskell n'est plus jamais revenu chez Olympia.

Ils sont allés plusieurs fois maintenant sur le chantier de la nouvelle villa, dont la construction les abrite davantage de jour en jour. Ils y vont tôt le matin ou le soir, quand les ouvriers ne sont pas encore arrivés ou sont déjà partis. À mesure que la charpente est habillée, il devient plus facile d'être ensemble sous les épaisses poutres, derrière les planches de cèdre. Ils font l'amour dans la pièce qui sera une verrière, sous un avant-toit qui coiffera peut-être un jour une chambre de domestique, sur le dur plancher de la pièce du fond, qui deviendra une cuisine. À cette occasion, Haskell apporte des tranches de bacon qu'il a chipées aux cuisines de l'hôtel et qu'ils font griller dans la cheminée avec des tranches de pain, et plus tard Olympia ne pourra se souvenir d'avoir rien mangé d'aussi délicieux que ces sandwiches au bacon. Bizarrement, elle a une faim de loup quand elle est avec son amant, aussi y a-t-il souvent de la nourriture, beaucoup parfois, et même à l'occasion du champagne. Par contrecoup, elle prend un peu de poids. Son corps – la poitrine, les cuisses et le ventre – devient celui d'une femme – comme si sa forme extérieure cherchait à rattraper les expériences de sa vie intérieure.

Olympia a suivi avec intérêt les progrès de la villa : les fenêtres ont pris forme, on les a vitrées, l'entrée de la maison a été équipée de doubles portes en bois massif, on a poncé et ciré les parquets, on a orné les chambres de moulures et on a posé le toit contre les étoiles. À mesure que les jours passent, c'est comme si Haskell et elle étaient de plus en plus séparés de l'univers – mis à l'écart – et pouvaient plus librement s'explorer.

C'est une belle villa, pense-t-elle, avec de nombreux pignons, de larges vérandas, et une frise délicatement sculptée sous le toit. Les vitres supérieures des fenêtres ont des losanges de verre bleu lavande, et un beau lambris de merisier a été installé dans le salon et la salle à manger. Comme la maison est située au bord de la plage, elle a une vue imprenable sur le sable et la mer. C'est une maison où des souvenirs seront tissés, qui sera transmise de père en fils, une maison où Haskell vivra avec sa femme.

Ils sont couchés sur le plancher, entortillés dans des tapis et des étoffes. Du jus de pêche a coulé de leur menton sur leurs serviettes improvisées. Olympia porte le médaillon et rien d'autre. Une assiette avec du fromage, du chutney de mangue et des croûtes de pain noir est posée sur sa cuisse en équilibre précaire, et une trace du chutney ambré a sali le drap de fortune.

« Ollie est un nom de garçon, proteste-t-elle. Oliver.

— Non, ça pourrait venir d'Olivia, dit-il.

— Mais aussi d'Olaf, encore un nom de garçon.

— Olive, réplique-t-il, relevant le défi.

— Olney, dit-elle, ne voulant pas être en reste.

— Olinda. »

Elle réfléchit une minute. « Olin.

— Non, je ne peux pas l'accepter.

— Alors… » Elle se concentre. « Ole.

— Bon, d'accord. » Mais il ne sera pas battu à ce jeu. « Olwen, claironne-t-il.

— Mais c'est un nom d'homme, proteste Olympia.

— Non, ce n'est pas vrai. »

Elle plisse les yeux. « Oleksandr ! » s'écrie-t-elle.

Il réfléchit un moment et penche la tête. Puis il l'embrasse. « Je crois que tu as gagné, dit-il gracieusement.

— Merci, docteur Haskell », dit-elle, en se lovant contre lui.

Puis, sans transition, elle demande : « Tu crois que notre amour est le même ?

— Que veux-tu dire ?

— Eh bien, tes images et tes souvenirs sont sûrement de moi plutôt que de toi, alors que je ne vois que toi, je ne sens que toi, je ne parle qu'à toi. Et n'as-tu pas, parce que tu es un homme, avec une sensibilité d'homme, un corps d'homme, des sensations différentes des miennes, et donc des souvenirs différents ?

— Tous les amants cherchent l'illusion de l'unité, répond-il. Mais tu as raison. L'amour est surtout dans la tête.

— Vraiment ?

— Bien entendu, il y a les moments où nous sommes ensemble. Où nous exprimons notre amour. Mais ces épisodes ne servent-ils pas seulement à nourrir les véritables amants insatiables que sont les esprits, des créatures à part entière ? Si bien que l'amour n'est pas que la somme de douces retrouvailles et de séparations déchirantes, de baisers et d'étreintes, il est surtout fait du *souvenir* de ce qui s'est passé et du *rêve* de ce qui est à venir.

— Mais si c'était vrai, dit-elle, alors il ne serait pas nécessaire d'être ensemble, physiquement ensemble. Nous pourrions simplement l'imaginer, et ce serait suffisant. Et ne pas nous inquiéter d'être surpris ni de faire du mal aux autres.

— Oui. Eh bien, l'imagination a besoin d'être alimentée. Elle a besoin de fonder ses souvenirs sur quelque chose. Au début, quand nous nous rencontrions, je m'étonnais de voir que nous ne reprenions jamais là où nous en étions, mais que nous semblions avoir progressé à un autre niveau, puis un autre. L'esprit est terriblement impatient. Il peut imaginer une histoire d'amour tout entière en un instant. »

Il y a soudain un silence tendu entre eux.

« Tu l'as fait ? demande-t-elle doucement. Imaginé toute notre histoire ?

— Oui, répond-il, et toi aussi. »

Elle se lève et va vers une fenêtre, ayant depuis longtemps perdu sa pudeur en sa présence. « La maison sera prête d'ici la fin de la semaine ? demande-t-elle.

— Oui.

— Alors, Catherine et les enfants vont revenir pour de bon, ajoute-t-elle, exprimant une vérité évidente qui la ronge depuis des jours.

— Oui », répond-il simplement.

Il se lève aussi et vient à ses côtés.

« Qu'y a-t-il ? » demande-t-il, bien qu'il le sache déjà.

L'avenir est comme un nuage qui s'épaissit de jour en jour. Ils redoutent tous deux le retour de Catherine. Non seulement il signifiera que la maison, leur maison, celle qu'ils ont inaugurée, dans laquelle ils se sont aimés, sera occupée ; mais aussi que Haskell devra quitter le Highland Hotel. Ils n'auront donc plus d'endroit où se rencontrer. Pour Olympia, le 10 août approche dangereusement, non comme une date de célébration, mais comme le jour où une sentence particulièrement pénible devra commencer à s'appliquer.

« Nous n'avons presque plus de temps, dit-elle.

— Si nous nous complaisons dans la douleur, nous aurons déjà épuisé tout notre plaisir. C'est toi qui me l'as appris.

— La réception de mon père sera une comédie grotesque. Je ferai semblant d'être malade. »

Mais ils savent tous les deux qu'elle ne peut pas.

Derrière les fenêtres incrustées de sel, ils voient les baigneurs de midi sur la plage. Ils regardent un homme coiffé d'un chapeau melon construire une tente autour d'une femme à l'aide de toile et de piquets. Assise rigide sur un pliant, elle a le regard fixé sur l'eau. Bien que la journée soit chaude, avec une sorte de brume jaune le long du rivage, elle est lourdement vêtue d'un costume de taffetas noir. Et bien qu'elle porte un chapeau, et que son mari s'escrime à monter la tente, elle tient une ombrelle noire à volants exactement à la verticale. L'attitude froide et hautaine de la femme contraste péniblement avec celle, trop avide de plaire, du mari, et semble suggérer un déséquilibre dans le mariage, si c'en est un, ou un désir de la part de l'homme de racheter quelque faute inconnue. Tout à coup Olympia, en regardant l'eau, aimerait pouvoir se baigner tout de suite, avec Haskell à ses côtés.

Elle pose la tête sur son épaule. Elle connaît beaucoup de choses de lui à présent : les touffes de poil entre ses jointures, les tendons à l'arrière de ses cuisses, le silence étouffé, comme si le monde retenait son souffle, puis la brève expiration de plaisir. Mais parfois des doutes s'insinuent dans son esprit, et elle ne peut s'empêcher de se demander : Catherine connaît-elle d'autres choses qu'Olympia n'a pas eu le temps d'apprendre ?

« Cette femme est ridicule », dit Haskell, en observant la triste comédie du mari soumis et de l'épouse trop lourdement vêtue.

Il passe derrière elle et l'entoure de ses bras juste sous les seins. Il regarde par-dessus son épaule. « Mais ceux-là, par contre, ont l'air de bien mieux s'amuser », dit-il, en montrant par la fenêtre un couple avec un petit enfant, assis sur un drap près de l'eau.

La femme porte une robe blanche flottante, ses jupes relevées jusqu'aux genoux. Elle paraît détendue, mais elle ne quitte pas des yeux l'enfant qui joue dans l'eau devant elle. Son mari s'est baigné, et son costume pend, humide. Il s'assied près de sa femme et passe les doigts sur le fin tissu du dos de la robe. Olympia éprouve une vive, pour ne pas dire violente, pointe de jalousie et de regret. Haskell et elle n'auront jamais le bonheur qu'ont ces deux-là, et que, peut-être parce que c'est si facile pour eux, ils ne peuvent apprécier à sa juste valeur : un enfant, un mariage, la possibilité de s'asseoir dehors en public et de se toucher.

Elle se tourne vivement vers Haskell. De nouveau, un éclair la traverse, cet éclair indéfiniment répété. Le besoin d'assouvissement, de libération que seul son amant peut lui offrir. Elle enfouit son visage contre son épaule.

« Nous n'avons plus qu'un jour », déclare-t-elle.

Comme pour imiter l'homme et la femme à l'extérieur, Haskell lui caresse le dos.

« Dans notre imagination, dit-il, nous avons toute une vie. »

Elle rentre plus tard qu'elle ne l'avait dit et en marchant elle compose des excuses : *La mère de Victoria m'a demandé de rester pour le thé. Ils organisaient une partie de croquet à l'hôtel. Julia et moi avons joué des duos au piano, et j'ai perdu la notion de l'heure*. Le sable est dur, et sa robe est froissée. Elle lève les yeux vers la maison, redoutant le moment d'y entrer, et, quand elle pénètre dans le jardin, elle est étonnée de trouver sa mère, Catherine Haskell et Zachariah Cote assis sur la véranda.

Mais Catherine devrait être à York, pense-t-elle.

Instinctivement, Olympia se retourne et se penche, comme si elle avait laissé tomber un mouchoir ou un sac.

Mon Dieu, pense-t-elle. *Nous aurions pu être surpris*.

Lentement, elle se relève et tente de défroisser ses jupes. Elle touche les boutons de son col pour savoir s'ils sont attachés. Elle vérifie si le médaillon est à l'intérieur de sa robe. Quand elle se retourne, sa mère agite déjà la main, lui faisant signe de les rejoindre. Olympia gagne la maison et monte les marches de la véranda.

« Olympia, dit Catherine quand elle arrive près d'eux. Je suis si contente de vous voir. Comment prenez-vous ce temps abominable ?

— Olympia semble avoir une vie secrète ces temps-ci, répond sa mère à sa place.

— En effet, dit Cote, en lui adressant un sourire.

— Parlez-m'en, supplie Catherine. Il y a un jeune homme ?

— Non, répond Olympia avec gêne.

— Assieds-toi, Olympia, dit sa mère.

— C'est simplement que je me suis fait beaucoup d'amis ici cet été, et j'ai été très prise », dit Olympia d'une voix tendue, une tension que ni Catherine ni Cote ne peuvent manquer de remarquer, pense-t-elle.

« Olympia a appris à jouer au tennis », dit sa mère. À côté d'elle, Olympia sent le regard scrutateur de Cote.

« Quelle bonne idée ! dit Catherine.

— Catherine est rentrée un jour plus tôt, explique sa mère à Olympia. Elle veut faire la surprise à John.

— Mais j'ai été prise d'une envie soudaine d'aller voir votre mère, dit Catherine en se penchant vers Olympia et en posant une main sur son genou. Pour parler de cette réception en votre honneur samedi soir. Votre mère m'a tout dit de votre robe.

— Et je suis venu plus tôt aussi, dit Cote. Je ne voulais pas voyager dans cet horrible train du vendredi, aussi je me suis éclipsé de la ville en avance. En fait, je pense rester quelque temps à Fortune's Rocks maintenant. » Il fait une pause théâtrale. « Je suis sûr que la muse me trouvera ici », ajoute-t-il, adressant un nouveau sourire à Olympia. Il accepte un autre verre de citronnade que lui offre la mère de celle-ci et se carre dans son fauteuil.

« Moi aussi j'ai joué au tennis autrefois », dit la mère d'Olympia, en sautant du coq à l'âne.

Olympia ose à peine regarder sa mère ou Catherine.

« Je jouais assez bien, ajoute timidement sa mère. En fait, j'ai eu un soupirant qui était joueur de tennis. Avant Phillip, c'est-à-dire. »

Olympia s'efforce d'écouter ce que dit sa mère. Elle se demande si elle devrait prévenir Haskell d'une façon quelconque, lui annoncer l'arrivée de Catherine. Elle essaie de se souvenir s'ils ont laissé quelque chose à la villa.

« C'était le fils d'un carrossier de Rowley, dit sa mère en s'animant.

— Oh, Rosamund, racontez-nous..., dit Cote.

— Il y a si peu à raconter.

— Rosamund, il faut », insiste Catherine.

Sa mère détourne les yeux puis les pose de nouveau sur ses mains qui sont croisées sur ses genoux.

« Je l'ai rencontré un jour où l'on m'a demandé d'accompagner papa, qui devait aller voir son carrossier, dit-elle. J'étais jeune, dix-sept ans peut-être, et nous n'étions venus passer l'été dans le Nord qu'une demi-douzaine de fois. Papa est entré dans la boutique, mais il m'a fait attendre dans le boghei. Je me souviens que j'en étais très fâchée, parce qu'il faisait chaud et que j'avais soif, et il semblait mettre un temps fou. Mais pendant que j'étais assise là, un jeune homme est venu à la voiture. » Elle lève une main pour lisser ses cheveux et semble seulement prendre conscience qu'elle s'est lancée dans son récit.

« Comment était-il ? demande Catherine.

— Il avait des sourcils très blonds et des cils épais, répond la mère d'Olympia.

— Comment s'appelait-il ? demande Cote.

— Gerald. Il disait qu'il était écossais, mais mon père soutenait qu'il était irlandais. Je l'aimais beaucoup. Nous avons parlé un bon moment ce jour-là. Aussi, le temps que papa revienne, nous avions déjà décidé de nous retrouver au club de tennis le lendemain matin, Gerald et moi. » Elle hésite. « Les semaines suivantes, nous avons trouvé moyen de nous rencontrer souvent. Je quittais la maison et je marchais un peu, et nous nous retrouvions à un endroit convenu. Je ne sais pas pourquoi mais, le dernier matin où nous devions être ensemble, j'avais décidé de lui dire que je l'aimais beaucoup, car je sentais que lui aussi m'aimait beaucoup. »

Elle reste pensive un moment, comme s'il suffisait qu'elle attende assez longtemps pour qu'une grâce lui soit accordée et qu'elle puisse donner une autre fin à son histoire. « Nous avions l'intention ce jour-là d'aller pique-niquer sur la plage de Hampton. Et tandis que nous marchions sur le sable, il s'est penché vers moi et m'a dit une chose que toutes ces années j'ai essayé de reconstituer, d'entendre. Mais avant qu'il puisse me répéter sa phrase, un homme que mon père avait payé pour nous suivre est arrivé derrière lui et l'a emmené.

— Rosamund, non ! dit Catherine.

— J'ai passé le reste de l'été plus ou moins enfermée dans ma chambre.

— C'est terrible, dit Cote.

— Je n'ai plus jamais eu de nouvelles de Gerald, poursuit la mère d'Olympia. Voyez-vous, je n'avais aucun moyen de le joindre, et je ne connaissais personne qui le connaisse. Je n'avais même pas d'adresse où lui écrire. Mais plus tard cet été-là, on m'a autorisée à sortir pour assister à un match de tennis à Exeter. Comme j'y allais avec mon père et ma mère, ils avaient sans doute pensé qu'il ne pouvait pas m'arriver grand mal.

« Entre les deux sets, toutefois, quand je suis allée me chercher un verre d'eau, je suis tombée sur une vitrine exposant des trophées dans le hall. Elle contenait des médailles et des plaques, et des photographies d'équipes gagnantes. Gerald figurait sur l'une de ces photos. J'ai ouvert la vitre et je l'ai prise. Je l'ai cachée dans ma robe. Lorsque je suis rentrée à la maison, j'ai pris une paire de ciseaux dans ma boîte à ouvrage et j'ai découpé sa photo. Je l'ai encore.

— Il faudra nous la montrer, dit Cote.

— Peut-être », dit-elle en portant le verre à ses lèvres. Et à ce moment, elle paraît soudain différente à Olympia, physiquement différente, comme si l'on avait retouché un portrait. Et Olympia se dit qu'on devrait peut-être faire ce genre de modification pour tous ceux qu'elle connaît. Quand on rencontre une personne, un dessin se forme, et tant que la relation dure, qu'elle soit intime ou non, un portrait est peint, à l'huile, au pastel, à l'encre noire ou à l'aquarelle. On ne peut considérer le portrait achevé qu'à la mort de cette personne. Peut-être même pas à sa mort.

« C'est une charmante histoire », admet Catherine, mais Olympia a du mal à comprendre ce qu'il y a de charmant à voir sa destinée arbitrairement contrariée.

« Je n'ai jamais su ce qu'il a dit, ajoute sa mère. Combien de fois j'aurais voulu pouvoir y retourner et l'entendre. »

Catherine se penche et prend brièvement la main de la mère d'Olympia.

« Votre beau mari vous a sans doute manqué, dit Cote à Catherine, changeant de sujet bien trop vite, pense Olympia.

— Il me manque terriblement, répond Catherine. Oui, bien sûr il me manque. J'ai hâte que la villa soit terminée. J'y vais justement maintenant. »

Olympia sent un filet de transpiration couler dans son dos.

« Et où est le bon docteur cet après-midi ? demande Cote.

— Je crois qu'il travaille au dispensaire, répond Catherine.

En fait, il ne sait même pas que je suis ici. J'ai l'intention de lui faire la surprise.

— Et il sera très surpris, j'en suis sûr », dit Cote. Il se tourne pour regarder par-dessus la balustrade. « Mon Dieu, quelle belle vue. Et je crois sentir un petit vent. Quel soulagement d'être sur cette charmante véranda et non pas à Ely Falls.

— Vous venez d'Ely Falls ? demande la mère d'Olympia.

— J'avais besoin d'un tailleur. Quelques retouches de dernière minute. Pour la réception.

— Oui, bien sûr.

— Je ne peux pas supporter ces Franco-Américains, je dois dire, ajoute Cote.

— Vraiment ? demande la mère d'Olympia, en jetant un coup d'œil rapide à sa fille.

— Mon tailleur, ce petit homme impertinent, avec sa moustache huileuse, qui joue les grands seigneurs. Comme tous ces Francos, d'ailleurs.

— Olympia, ma chérie, sais-tu l'heure ? demande sa mère.

— Tout le monde sait que ce sont tous des libertins, profondément corrompus. Sans compter que ce sont des ivrognes et des empotés.

— Zachariah, dit finalement la mère d'Olympia d'un ton de léger reproche, pour lui rappeler la présence de sa fille.

— Pardonnez-moi, Rosamund. On se laisse emporter. Mais je dirai qu'ils sont une plaie pour nos villes de Nouvelle-Angleterre. Je crains qu'ils n'envahissent Ely et Fortune's Rocks. Vraiment, certains jours ils grouillent littéralement sur la plage. »

Curieux commentaire, pense Olympia, pour quelqu'un qui n'est même pas un estivant de Fortune's Rocks. Puis, en étudiant son visage – le nez aquilin, les beaux méplats, les yeux bleu lavande (peut-être un peu trop rapprochés ?) –, elle revoit soudain une enseigne sur la route d'Ely Falls : Coté et Reny. Et une pensée en amenant une autre, elle est prise d'une tentation à laquelle elle ne résiste pas.

« Je suis étonnée de votre dégoût pour les Franco-Américains, monsieur Cote, dit Olympia. En fait, je me demandais :

Coté n'est-il pas un nom français ? » Elle a prononcé le nom à la française.

À cette supposition astucieuse, bien qu'inexcusablement impolie, il prend un air vexé et se redresse dans son siège. Il serre les lèvres et sourit faiblement. « Non, en réalité c'est un vieux nom anglais », dit-il, et Olympia est alors persuadée qu'il ment.

Un silence gêné s'installe, pendant lequel Olympia sent le regard froid de sa mère.

« Dommage que John ne soit pas là, dit Cote. Je sais qu'il porte à Olympia, et à Rosamund aussi bien sûr, une affection particulière, n'est-ce pas ? »

Ce commentaire alarme Olympia.

Catherine, selon toute apparence, ne remarque pas cette référence à son mari et à Olympia dans la même phrase, même si la façon suggestive dont Cote a placé le nom d'Olympia avant celui de sa mère est troublante, pour ne pas dire grossière.

« Il... bien entendu. Je crois qu'il considère Rosamund... et Olympia... Oui, certainement, conclut Catherine, avec une nervosité peu habituelle chez elle.

— Hale est-il déjà arrivé ? demande Cote à la mère d'Olympia, trahissant, se dit la jeune fille, la raison de sa visite.

— Non, d'après Phillip, il n'arrivera pas avant samedi. »

Un éclair de déception passe sur le visage du poète. « Il viendra d'Exeter ou de Boston ? demande-t-il.

— De Boston. Vous connaissez la famille ?

— Eh bien, oui, plutôt, dit Cote. La branche de New York. Le frère de Hale a épousé une Plaisted, n'est-ce pas ?

— Lavinia, oui.

— C'est une cousine issue de germains de ma tante, explique Cote, voulant peut-être souligner sa parenté avec des natifs de Nouvelle-Angleterre. Bien sûr, mes cousins considèrent un peu Hale comme une brebis galeuse. Cela ne se fait pas d'avoir un écrivain dans la famille, n'est-ce pas ? » dit-il avec un humour qui se veut dirigé contre lui-même, mais qui échoue à provoquer la réaction attendue dans son public. Il boit une longue gorgée de citronnade et se tourne vers Olympia. « Nous avons beaucoup regretté de vous manquer le 4. Je crois que les Farragut vous attendaient à leur soirée. »

Il n'a pas parlé de Haskell et de la fête à quelques secondes d'intervalle sans intention, pense Olympia. Elle respire à peine pour ne pas trahir son inquiétude. Car Cote, elle s'en rend compte, a des instincts de bête sauvage, et il flairera tout soupçon de peur.

« J'étais occupée ailleurs, dit Olympia.

— Je pense bien, dit Cote. Mais j'ai eu la grande joie de rencontrer Olympia cet été dans toutes sortes d'endroits, ajoute-t-il pour les deux autres femmes.

— Oh ? demande sa mère en la regardant. Et où, je vous prie ? J'aimerais sincèrement le savoir. Olympia m'intrigue depuis des semaines.

— Vraiment ? » dit-il. Il fait un geste vers les sandwiches. « Puis-je ?

— Bien sûr, dit sa mère. Un sandwich, Olympia ?

— Je n'ai pas faim, répond-elle vivement. Et en fait il faut que je parte. J'ai dit à Julia que je monterais avec elle.

— Par cette chaleur ? demande Cote. Sûrement pas. Ce serait un crime pour les chevaux. »

Le toupet de cet homme, pense Olympia.

« Bien sûr, nous avons maintenant l'agréable perspective de la réception en l'honneur d'Olympia, dit Cote, ignorant la gêne de celle-ci, et essuyant méticuleusement un soupçon de mayonnaise au coin de sa bouche. Vous aurez quel âge ?

— Seize ans, dit-elle.

— Un âge adorable, vous ne trouvez pas, Catherine ?

— En effet, répond celle-ci. Un âge adorable. Je le disais justement à Rosamund avant votre arrivée. »

Cote regarde Olympia avec une franche impertinence. « Pourquoi être si triste, mon enfant ? demande-t-il en prenant une autre bouchée de son sandwich. Souriez. La vie ne peut pas être si terrible. »

Olympia n'a jamais aimé qu'on lui dise de sourire, encore moins si le demandeur est Zachariah Cote. Soudain lasse des allusions, des plaisanteries fourbes de cet homme, elle se lève de son fauteuil, au comble du malaise à présent, et s'excuse. Elle traverse la maison, sort par la porte de derrière et descend à la digue, où elle retire ses bottines et ses bas, les abandonne sur place, et court plus vite que jamais sur la surface dure de la grève.

Le matin du 10, Olympia, assise dans sa chambre, regarde par la fenêtre, incapable de bouger ou de parler, de lire ou de penser, dans un état catatonique, comme si elle était sourde et muette. Elle a beau s'efforcer de bannir de telles pensées, elle ne songe à rien d'autre qu'au fait que Catherine et les enfants s'installent dans la nouvelle villa en ce moment même ; et elle ne peut s'empêcher de trouver cruellement ironique l'idée que Mme Haskell se déplace à travers la maison, inconsciente de ses occupants précédents, pensant qu'elle est à elle, toute à elle, ce qui bien sûr est vrai à présent. Olympia essaie d'imaginer, avec quelle acuité, car elle connaît intimement Haskell et la villa, comment il affrontera une situation aussi délicate et pénible. Il ne sera sûrement pas capable de partager la joie de sa femme. Mais pourra-t-il feindre de l'intérêt ? Ou bien est-il, comme elle, plongé dans un état catatonique ? Et dans ce cas, Catherine s'en aperçoit-elle, fait-elle des remarques ?

Haskell et Olympia ne se sont séparés que la veille, sans parler de leur détresse, par un accord tacite. En y ajoutant des mots, ils lui auraient donné plus de vie. Et lui donner vie signifiait ne plus trouver de mots, de réponses satisfaisantes. Elle ne pouvait le libérer de son mariage, ni lui dire vraiment adieu, aussi sont-ils restés, muets, à l'entrée de sa suite, à se regarder. Le fardeau d'Olympia était encore plus lourd, car c'était à elle qu'il incombait de s'éloigner.

Ses pas ont résonné dans la cage d'escalier. Elle était étonnée que ses jambes fonctionnent. Au pied des marches, elle a dû s'appuyer contre le pilastre avant de franchir les portes en verre gravé. C'était pour elle un arrachement, non seulement de quitter Haskell, sa personne, mais aussi l'idylle de cet été idyllique. Elle savait que même si Haskell et elle devaient trouver un moyen d'être ensemble, ce ne serait plus jamais pareil.

De temps à autre, les dernières semaines, dans l'intimité de ses pensées, elle a imaginé une vie commune pour Haskell et elle, dans un appartement d'Ely Falls ou de Cambridge. Olympia l'aiderait peut-être au dispensaire, ou elle pourrait devenir institutrice. Ils auraient des enfants ensemble et fonderaient un foyer. Mais au bout d'un moment, ces pensées ne la satisfont plus beaucoup, car, en même temps qu'elle rêve ainsi, elle se rend compte qu'une vie semblable ne pourrait être obtenue qu'aux dépens d'une femme abandonnée, d'enfants bien réels ; et Olympia sait qu'aucun homme ne pourrait être heureux à un tel prix. Même en supposant que Haskell puisse supporter la douleur de Catherine, il ne saurait renoncer à Martha, Clementine, Randall et May sans dommage irréparable. Pis que tout le reste, il y a l'image de Haskell et elle, assis un jour à une table, incapables de se regarder en face. Il est sûrement préférable de se languir loin de l'être aimé que de le mépriser, se dit-elle.

Au-dessous d'elle, au rez-de-chaussée, elle entend un grand déploiement d'activité. Des livreurs et des serviteurs s'appellent à travers les pièces, on déplace des meubles et on apporte des fleurs. Son père a fait venir de Boston la plus belle vaisselle, la meilleure argenterie et les cristaux de la famille, et la véranda est encombrée de caisses et jonchée de paille. Ses parents, qui ont invité cent quarante personnes à un dîner et un bal, ont installé une longue tente blanche sur la pelouse. À minuit, les visiteurs y prendront un repas de homards, d'huîtres, de myrtilles et de champagne. La balustrade de la véranda disparaît sous des masses d'hortensias bleu lavande. La pelouse a été si soigneusement tondue qu'on croirait le green d'un terrain de golf. Normalement, ces préparatifs auraient plu à Olympia, elle aurait particulièrement aimé cette heure avant l'arrivée des invités quand toute la maison est fin prête, mais calme et silencieuse, où elle aurait pu flâner d'une pièce à l'autre et sortir sur la pelouse pour savourer un court moment de perfection.

Elle se lève de son lit et se dirige vers la penderie, à la porte de laquelle est suspendue sa robe pour la soirée. Elle est blanche, comme d'ailleurs toutes les robes le seront ce soir. Elle touche le fourreau de satin avec ses rangées de petites perles au corsage, puis la mousseline à porter par-dessus, qui tient plus du nuage que du vêtement, tellement le tissu est léger et fin. C'est une robe exquise, une création que sa mère a fait venir de Paris, une robe qu'on pourrait arborer à un bal de débutantes ou même à son propre dîner de fiançailles. Comme sa mère a suggéré des perles, Olympia est occupée à chercher dans sa boîte à bijoux des boucles d'oreilles susceptibles de convenir quand elle entend frapper à la porte.

Lorsqu'elle l'ouvre, elle voit que c'est Josiah, avec un plateau. Bien qu'elle n'ait pas faim, elle est aussitôt touchée de sa gentillesse.

Ils se sont rencontrés bien des fois dans la maison depuis le jour où Olympia l'a trouvé dans la cuisine avec Lisette. Si avant ce jour elle ignorait que Josiah et Lisette avaient des sentiments l'un pour l'autre, elle a vu depuis beaucoup de petits gestes et de regards échangés par le couple. Eût-elle été plus observatrice, ils l'auraient aidée à deviner plus tôt. Au début, après l'incident de la cuisine, Josiah avait paru inquiet chaque fois qu'il la croisait, mais lorsqu'il fut devenu évident qu'elle ne révélerait pas ce qu'elle avait vu, il a paru reconnaissant de son silence. Elle avait envie de lui dire que ce n'était pas grave et même qu'elle était contente pour lui, d'une façon qu'elle ne pouvait pas très bien expliquer ; mais bien sûr, en parler les aurait beaucoup gênés l'un et l'autre. Olympia n'avait pu s'empêcher, toutefois, de considérer Josiah différemment depuis, et elle sent qu'il doit en être conscient, au moins en partie. Parfois elle voudrait lui dire qu'elle aussi est amoureuse.

Qu'elle comprend la difficulté d'avoir à voler des moments pour être ensemble.

Mais c'est évidemment impensable.

« Merci, Josiah », dit-elle en lui prenant le plateau.

Il hésite et ne quitte pas le seuil. Elle pose le plateau sur la commode. La fenêtre est relevée aussi haut que possible. Avec la porte ouverte, un courant d'air balaie tous les papiers de son bureau et les rideaux s'envolent vers le plafond.

« Quelle effervescence dans la maison, dit-elle en se penchant avec Josiah pour ramasser les papiers sur le sol. Vous devez avoir un travail fou.

— On est levés depuis quatre heures, Mademoiselle. Et on sera sans doute debout au moins jusqu'à quatre heures du matin. Mais c'est un grand événement, et votre père est tout heureux des préparatifs. »

Sans un mot elle regarde Josiah, et elle croit que c'est la première fois – la toute première ? – que leurs yeux se rencontrent vraiment.

« Vous n'êtes pas bien, dit-il.

— Non, répond-elle sincèrement.

— Vous m'en voyez désolé. »

Il lui tend les papiers qu'il a ramassés et se tient les mains serrées derrière le dos, les pieds écartés, fermement planté sur le sol.

« Merci », dit-elle.

Il a des taches sombres sur son gilet, peut-être parce qu'il a nettoyé l'argenterie. « Lisette et moi…, dit-il, nous allons nous marier. Nous avons l'intention d'en parler à votre père demain quand la soirée sera terminée.

— Et il sera content, dit-elle vivement.

— Je ne voulais pas que vous pensiez…

— Je ne pensais pas, répond-elle.

— Dois-je appeler votre mère ? ou Lisette ?

— Non, dit Olympia. Non, je vais bien. Et j'irai bien ce soir. Ce n'est que la grippe. »

C'est un mensonge manifeste, mais elle sent qu'il ne sait que dire d'autre.

« Laissez simplement le plateau devant la porte, Mademoiselle, si vous ne voulez pas être dérangée.

— Oui. Merci.

— Et j'espère que vous vous amuserez un peu ce soir.

— J'essaierai, Josiah. »

Ses membres sont lourds, léthargiques, elle a du mal à lever les bras pour se coiffer. Elle se demande comment elle tiendra toute la soirée si elle ne retrouve pas son énergie. Lisette a proposé de venir lui faire un chignon quand elle aura fini avec sa mère, mais Olympia ne croit pas qu'elle puisse supporter de bavarder poliment de la soirée avec une jeune femme qu'attendent tous les bonheurs, alors qu'elle-même est si triste.

Au prix d'un certain effort, Olympia finit de s'habiller. Elle se plante devant le miroir pour juger du résultat. Elle voit une jeune femme qui paraît beaucoup plus âgée, dont le visage et les bras sont un peu plus ronds, la poitrine plus prononcée qu'au mois de juin. Ses cheveux ont pris des reflets dorés, à cause de ses expositions répétées au soleil, et son décolleté est parsemé de taches de rousseur qu'elle n'a pas pu entièrement cacher avec de la poudre. Elle a coiffé ses cheveux en un double chignon qu'elle a fixé par des peignes ornés de perles. La soie de la robe, qui suit de près sa silhouette, est plus révélatrice que tout ce qu'elle a porté jusque-là.

Dans l'ensemble, Olympia trouve son reflet dans le miroir acceptable, mais pas vraiment beau : il manque un sourire, une certaine lumière autour des yeux. Elle sait qu'une femme paraît différente quand elle est heureuse, quand sa beauté émane de son bien-être, ou de se savoir profondément aimée. Même une femme quelconque attirera les regards si elle est heureuse, alors que la femme la plus couverte de bijoux, la mieux coiffée dans une pièce, si elle n'a pas l'air satisfaite, paraîtra simplement décorative.

Elle s'assied sur le lit, essayant de refouler ses larmes, mais sans y parvenir. Si seulement elle pouvait parler à Haskell, pense-t-elle. Si seulement elle pouvait s'appuyer contre lui un instant, tout irait bien. Il saurait que lui dire. Il prendrait soin d'elle. Mais l'instant d'après, Olympia sait que ce n'est pas vrai. Il ne peut pas prendre soin d'elle. Il doit s'occuper d'une autre. Elle arrache les peignes de ses cheveux et les laisse retomber en désordre, détruisant d'un coup ses patients efforts de tout à l'heure. Elle s'en moque. Elle ne descendra pas à la réception. Elle restera dans sa chambre, et personne ne pourra l'en faire sortir. Elle a au moins ce pouvoir sur sa vie, n'est-ce pas ? Personne ne peut l'obliger à assister à la soirée, à tenir une conversation polie avec John Haskell et son épouse.

Puis, alors qu'elle est assise là, les cheveux sur les épaules, ses sanglots commencent à se calmer et elle relève la tête. Elle devra descendre à la réception, se dit-elle. Bien sûr qu'elle devra. Si elle restait dans sa chambre, le tort causé à son père serait irréparable. Et comme c'était égoïste de sa part d'envisager une telle idée. Est-elle si faible, si désespérément enfantine qu'elle ne puisse être à la même soirée que John Haskell et sa femme ? Elle pense aux souffrances que d'autres endurent quotidiennement – Marie Rivard et ses enfants, par exemple – et se sent honteuse de ses tourments imaginaires. On lui demande si peu. Elle ne peut pas au moins donner ça ? Selon Haskell, il y aura peut-être beaucoup de ces soirées. Sera-t-elle aussi absente des autres ?

Il lui faut si longtemps pour réparer les dommages causés à son apparence que, le temps qu'elle ait fini, les invités ont déjà commencé à arriver. Dès qu'elle ouvre la porte de sa chambre, elle entend le bruissement des premières salutations échangées en début de soirée. Elles laissent présager un océan de voix, et la vague s'amplifiera à mesure que la nuit avancera. Du haut de l'escalier, elle voit qu'il y a environ vingt ou trente personnes, qui ont reçu des invitations sur vélin bordé de bleu, déjà rassemblées dans le vestibule, les femmes drapées dans de la soie blanche, du tussor, de la mousseline, de la moire, du satin et de la gaze, les hommes uniformément élégants en habit et cravate blanche. Ses parents se tiennent au pied de l'escalier pour les accueillir. Ils forment un beau couple. Sa mère, souveraine, les cheveux coiffés en coques retenues par de fins rangs de perles, prodigue un sourire de bienvenue et de plaisir sans mélange. Seuls Olympia et son père savent qu'il est feint. Néanmoins, c'est une merveilleuse actrice, et Olympia, un instant, est incapable de quitter son perchoir sur le palier, parce qu'elle observe ses parents.

On dit que sa mère, au cours d'une soirée, peut se rappeler le nom de tous les invités et les saluer personnellement. Qu'elle connaîtra le nom des enfants de ses visiteurs et de leurs plus proches amis. Et comment elle y parvient alors qu'elle est si rarement en société, Olympia l'ignore. Elle imagine souvent sa mère dans sa chambre, étudiant de longues listes comme une écolière qui révise avant un examen. Son père, qui a aussi beaucoup de panache, associe aplomb et affabilité, une combinaison rare mais indispensable chez un hôte. Contrairement à sa mère, il connaît vraiment tous les invités, puisqu'il a dressé les listes lui-même. Et contrairement à sa mère, il a une véritable affection pour la plupart des gens qu'il a conviés. Il a passé un temps considérable à penser aux présentations qu'il va faire, à la façon de placer certain invité à table, de l'insérer dans un groupe, pour ajouter à l'animation de la soirée. Ce soir, beaucoup de visiteurs viendront des sphères qu'il fréquente : littérature, journalisme, peinture, musique et architecture. Mais il accueillera aussi un judicieux mélange d'hommes d'affaires, comme Rufus Philbrick, afin de s'assurer que sa soirée ne sera pas ennuyeuse. Olympia étudie ses parents un moment, remarquant avec intérêt que sa mère est parvenue à mêler à sa tenue des touches de l'aigue-marine le plus pâle, et que ses pendants d'oreilles sont des opales à reflet bleu ; ainsi, elle reste fidèle à ses habitudes presque obsessionnelles. Quels que soient les désirs ou les déceptions qui peuvent les agiter, il émane de ses parents un air d'aisance, de richesse et de respectabilité qui donne à leurs invités un sentiment de sécurité et de confort. Et tout cela contribue à nourrir l'idée nécessaire et désirable (si une soirée doit être réussie) que cette maison entre toutes, ce soir entre tous, est le seul endroit au monde où il faille se trouver.

Olympia prend une profonde inspiration et la relâche

lentement. Elle commence à descendre. Son père lève les yeux, puis sa mère, et après eux, un par un, les invités présents dans le vestibule les imitent, de sorte qu'elle descend avec un public dont elle se serait bien passée. Mais elle ne peut pas tout à fait s'en offenser, puisque c'est la réception de son père, qui est fier d'elle ; et elle est assez fine pour avoir la générosité de lui accorder ce moment de fierté. Elle voit le visage de Philbrick – à son large sourire, on pourrait penser qu'Olympia est sa fille –, et ceux de plusieurs jeunes gens qu'elle n'a jamais rencontrés, des garçons de Newburyport, d'Exeter et de Boston, dont la famille vient dans le Nord à Fortune's Rocks depuis des années, sinon des générations. Des hommes qui pourraient, dans un an ou deux, être considérés comme de bons prétendants pour Olympia. Elle est alors saisie, en approchant du bas des marches, d'une terreur soudaine qui manque l'arrêter : *Comment vais-je pouvoir ?*

Elle a une vision détaillée d'une succession de jeunes gens lui rendant visite et la poursuivant, et peut-être demandant sa main, et pendant tout ce temps elle les écarte à cause du secret qu'elle porte en elle. Et c'est alors qu'elle comprend qu'elle ne se mariera jamais et n'aura jamais d'enfants ; elle a renoncé à son avenir. Elle tend la main pour se stabiliser. Elle voit que son père est momentanément déconcerté. Puis elle se dit, l'instant d'après : *Je ne peux pas penser à ces choses maintenant. Je ne peux pas. Je ne peux pas.* Elle retrouve son équilibre et continue à descendre.

Quand elle arrive au pied de l'escalier, son père s'avance et lui prend la main. Ses parents l'accueillent tous deux en l'embrassant sur la joue. Son père dit, de façon que de nombreux invités l'entendent : « Olympia, tu es magnifique. » Et sa mère, moins démonstrative, mais apparemment non moins enchantée de l'effet produit par la robe d'Olympia et sa coiffure, lui sourit et lisse une mèche de cheveux derrière son oreille.

« Je suis fier de toi ce soir, Olympia, ma chérie », lui dit son père plus discrètement. Et elle voit des larmes lui monter aux yeux. Mais, en un éclair, il se reprend pour dire bonsoir à Zachariah Cote.

Cote salue son père puis, hâtivement – trop hâtivement, impoliment même, pense Olympia –, il se tourne vers elle.

« Mademoiselle Biddeford », dit le poète, en s'inclinant sur sa main gantée. Il relève la tête, mais retient fermement ses doigts. Elle se sent prise au piège, de ces pièges destinés à un petit animal. Elle croit vraiment sentir l'odeur des cheveux de Cote – une odeur écœurante qui lui donne la nausée.

« Vous êtes ravissante, dit-il, en formant un sourire auquel ses yeux ne participent pas. Comme une jeune femme le soir de ses fiançailles, je trouve. Ou même le jour de son mariage. »

Horrifiée que les pensées impertinentes de cet homme puissent rappeler de si près celles qu'elle a eues une heure plus tôt, elle dégage sa main de ses doigts, de même qu'un pêcheur se débarrasse rudement d'une créature visqueuse remontée dans ses filets.

« Oh, sûrement pas, dit sa mère à côté d'elle, en prenant la main de Cote. Qu'est-ce qui vous fait dire une chose pareille, Zachariah ? Je crois que la gaieté de la soirée vous monte à la tête. Olympia n'a que seize ans, comme vous le savez. Il ne saurait encore être question qu'elle se marie. »

Sa mère a dit cela du ton léger qui convient à la soirée, mais, avant de quitter Olympia, Cote lui jette un regard, et il n'y a pas à se tromper sur sa froideur, son air entendu. Comme s'il lui disait : « Si vous persistez à jouer cette comédie… »

Bien qu'Olympia soit ébranlée par cette rencontre, elle se doit de rester avec ses parents et d'accueillir les autres invités, qui commencent à se présenter en grand nombre. Elle s'acquitte de cette obligation jusqu'à ce qu'elle n'y tienne plus. Elle s'excuse et sort sur la véranda.

Une brume diffuse est arrivée avec la marée, filtrant la lumière du couchant de sorte que tous les objets prennent une teinte saumonée, en particulier les robes blanches des femmes et les longs festons de la tente. Par un jeu de lumière qu'elle ne s'explique pas, la brume rosée a aussi fait apparaître une mer bleu turquoise, avec une large bande d'écume blanche le long du rivage. Cette vue remplit l'âme de la douceur presque intolérable de ce que la nature nous offre de mieux, une douceur d'autant plus vive et poignante que l'on se rend compte qu'une pareille beauté est éphémère, qu'elle sera bientôt partie, et pourrait, à cause de la physique unique de la lumière, ne jamais revenir. Son père doit être ravi, se dit-elle, que la nature se soit parée, pour cette soirée mémorable, avec autant de soin que sa famille et ses invités.

La beauté du soir efface peu à peu le souvenir de l'épisode désagréable avec Cote. Olympia se dirige vers la tente et la traverse lentement, regardant les tables chargées de Limoges et de la lourde argenterie qui porte les initiales de sa mère gravées à l'or sur le manche. Des flûtes d'opaline sont prêtes pour le champagne, et des bougies blanches jettent leur lumière vacillante sur les nappes. Déjà quelques invités jettent un coup d'œil à l'intérieur. Des serveurs se préparent à leur servir les huîtres et les vins.

« Olympia », appelle une voix.

Elle se retourne juste au moment où Victoria Farragut tend une main gantée de blanc et lui prend le bras. « Tout est si grandiose, dit-elle. Tu es si jolie. Je n'ai pas pu lisser mes cheveux, quoi que je fasse. C'est cette affreuse humidité. »

Olympia regarde les cheveux de Victoria, qui ont frisé tout autour de son visage d'une façon qu'elle trouve plutôt seyante, et elle le lui dit.

« Oh, non ! s'exclame Victoria. Je suis horrible. Mais toi tu es ravissante. Je sais que ta robe vient de Paris parce que ma mère me l'a dit. »

On leur offre à toutes deux, à la grande surprise d'Olympia, des flûtes de champagne. Olympia a goûté du champagne à d'autres soirées mais, avant de rencontrer Haskell, elle n'en avait jamais bu un verre entier. À présent, toutefois, les bulles acidulées lui semblent douloureusement familières, et, un instant, elle est envahie par la sorte de souvenirs physiques déclenchés non par des pensées mais par des sensations.

« Ça chatouille la gorge, dit Victoria en toussant légèrement.

Je ne connais pas la moitié des gens ici. Sont-ils tous de Fortune's Rocks ? Non, ce n'est pas possible.

— Il y a des invités de Boston et de Newburyport. Mais je les connais à peine moi-même, pour la plupart.

— La robe de ma mère, quelle histoire ! avoue Victoria. Elle a l'intention de trouver un mari. Non, je ne devrais pas te dire ça. »

Olympia sourit. « J'espère qu'elle en trouvera un, dit-elle. Il semble y avoir assez de bons partis ici, ajoute-t-elle en promenant son regard sur la foule, dans laquelle les hommes de tous âges paraissent plus nombreux que les femmes.

— Mais personne ne veut d'une femme avec des enfants presque grands, dit Victoria avec un petit soupir. Surtout une femme qui a peu d'argent à elle.

— Je ne crois pas qu'un homme, pour choisir une femme, se fie uniquement à sa fortune, déclare Olympia. Ou qu'il refusera de s'intéresser à elle à cause d'une fille déjà grande. N'y a-t-il pas la question de l'amour ?

— Oh, je doute que ma mère ait beaucoup d'espoir de rencontrer l'amour, dit Victoria. C'est un mari qu'elle veut. Avec des revenus. Est-ce que tu danseras si quelqu'un t'invite ?

— Je suppose qu'il le faudra.

— Olympia, tu parles comme une vieille femme déjà lassée de la vie.

— Je suis désolée, répond-elle. Je suis peut-être simplement fatiguée. » Elle boit une autre gorgée de champagne et voit Rufus Philbrick, sa barbe aussi blanche que sa cravate, les boutons de sa chemise prêts à sauter, s'approcher d'elles.

« Voilà quelqu'un qui vient t'inviter, dit Victoria d'un ton complice.

— Pour l'amour du ciel, Victoria, cet homme est plus vieux que mon père ! » répond Olympia, qui songe aussitôt à l'ironie de cette déclaration, puis rejette cette idée.

Rufus Philbrick prend la main d'Olympia. Elle le présente à Victoria. Philbrick s'incline légèrement. « Je connaissais votre père, dit-il. Nous faisions des affaires ensemble. Je l'aimais beaucoup. J'espère que vous et votre mère vous passez un bon été ?

— Oh, certainement, dit Victoria. Merci. Et cela me rappelle que je dois la rejoindre. Si vous voulez m'excuser… »

Ensemble, Philbrick et Olympia la regardent se frayer un chemin à travers les invités qui sont sortis sur la pelouse.

« Vous êtes-vous fait d'autres amis cet été ? » lui demande Philbrick. Olympia revoit alors le soir où Philbrick et Haskell ont dîné chez elle.

« En fait, j'ai été très occupée à d'autres choses, dit-elle.

— Rien de grave, j'espère ?

— Non. Rien de très grave. »

Olympia éprouve soudain une forte envie de raconter à cet homme bourru mais bien intentionné son histoire avec Haskell. De la raconter à quelqu'un, si malvenu que ce soit. De prononcer les mots à voix haute, de leur donner vie. C'est une impulsion imprudente, assez semblable au désir irrésistible de sauter qui peut vous prendre au bord d'un précipice.

« À votre très bonne santé, ma chère, dit Philbrick, en faisant signe à un serveur de remplir son verre de champagne. Je pense que le garçon qui vous enlèvera un jour aura vraiment de la chance. »

Elle lève les yeux vers l'homme qui possède des hôtels et pense que le ton de ses paroles est fort différent de celui de Cote. Elles n'ont rien du caractère suggestif de celles du poète.

« Oh, j'espère que je ne serai pas enlevée trop loin de mon père et de ma mère, dit-elle légèrement, pour éviter d'en dire plus.

— Vous me paraissez aventureuse, Olympia Biddeford. » Il réfléchit un instant. « Oui, je vois ça d'ici. Vous rencontrerez un éleveur de bétail et vous partirez dans l'Ouest où vous posséderez des hôtels, et vous aurez huit enfants. »

Elle rit. « J'espère que vous n'êtes pas aussi doué pour la prophétie que pour les affaires. »

Il sourit et la regarde par-dessus le bord de son verre. Autour d'elle, la conversation générale semble changer de registre, elle augmente en volume, et tous deux se retournent vers la véranda, presque pleine d'invités à présent.

« J'ai regardé dans votre télescope, dit Philbrick. Il paraît que c'est le cadeau d'anniversaire de votre père. »

Elle hoche la tête.

« Merveilleux instrument. Très précis. Je voyais jusqu'à Appledore il y a quelques jours.

— On ne pourrait pas ce soir.

— Non, mais la brume est toujours fascinante, vous ne trouvez pas ? »

Olympia se demande soudain pourquoi elle ne voit jamais Philbrick avec une femme ou des enfants. Est-ce qu'il vit seul ? Dans l'un de ses hôtels ? Elle observe la véranda, où les invités semblent converger en foule. Elle songe de nouveau, là, devant Philbrick, que chacune des personnes si soignées, si bien habillées présentes à la soirée est venue au monde de la même manière que l'enfant Rivard ; et, de plus, que tous ici ont à un moment ou un autre, sinon souvent, ouvert la bouche et les jambes, été nus en présence de l'aimé, cherché le plaisir et crié, et peut-être même produit des bruits indécents ; et, en outre, qu'il y a des couples chez elle qui se sont connus de cette façon intime ce jour-là. Et tout cela la pousse à se poser des questions sur le contraste entre les robes de soie et les positions naturelles du corps, et à penser : Jusqu'où, *jusqu'où*, sommes-nous prêts à aller pour prétendre que nous ne sommes pas des corps ?

« Ah, dit Philbrick. Hale est arrivé. Notre invité d'honneur.

— Pas plus honoré que vous », répond Olympia.

Il la regarde et sourit largement. « Je savais que vous étiez une démocrate », dit-il.

Ensemble ils assistent à la sortie du personnage, une femme à son bras, sur la véranda. Olympia aperçoit une figure pâle, un front dégarni. Parce que l'homme est entouré d'invités qui veulent faire sa connaissance ou qui veulent regarder ceux qui ont cette chance, il est difficile de ne pas le perdre de vue ; mais Olympia sait qu'elle sera présentée à Hale bien assez tôt. C'est un événement qu'elle n'est pas pressée de voir se produire, car elle n'a pas lu ses sermons comme son père le lui avait demandé. Elle doute fort que Hale s'en souciera, mais elle sait que c'est important pour son père. Elle espère qu'il sera suffisamment occupé par la soirée pour ne pas penser à lui poser de questions à ce sujet devant Hale lui-même.

Mais, en fait, elle ne sera jamais présentée à Hale, ni ce soir-là ni plus tard.

« Voici John Haskell et sa femme », dit Philbrick à côté d'elle.

Son cœur cogne dans sa poitrine. Elle parcourt rapidement la foule du regard et voit le couple apparaître sur la véranda. Elle remarque immédiatement que quelque chose ne va pas, à la façon dont Catherine reste avec sollicitude près de son mari, ou peut-être à la tension sur le visage de celui-ci. Ils ne se dirigent pas vers Hale, mais s'en éloignent, comme si par un accord tacite ils avaient décidé de se tenir sur la touche. Lentement, ils se fraient un chemin vers la balustrade, près de l'endroit où sont Philbrick et Olympia.

Philbrick avance de quelques pas pour les saluer, mais Olympia ne peut pas bouger.

Haskell est légèrement décoiffé, comme s'il s'était peigné puis, sans réfléchir, avait passé les doigts dans ses cheveux. Sa cravate est mal nouée. Catherine, en longs gants de soie blanche, touche brièvement le bras de son mari. Il ne paraît pas voir Olympia, qui se tient directement dans son champ de vision. Il paraît plutôt regarder à mi-distance, comme un homme perdu dans ses pensées. Philbrick monte sur la véranda et salue Catherine, lui baisant la main. Haskell se tourne vers lui, mais ne semble pas capable de dire grand-chose en dehors du strict nécessaire.

Il n'est pas lui-même, pense Olympia. Il est malade.

Elle ne sait pas si elle doit partir ou les rejoindre sur la véranda. Philbrick, que le silence de Haskell met sans doute mal à l'aise, engage la conversation avec un homme de Rye qu'Olympia reconnaît vaguement. Haskell pose les mains sur la balustrade, se penche en avant et regarde ses pieds, dans l'attitude d'un homme sur le point de vomir. De temps en temps, Catherine tourne à demi la tête pour surveiller le comportement de son mari. Elle a l'air plus perplexe qu'autre chose – inquiète sûrement, mais déconcertée aussi par l'impolitesse de Haskell, qui ne lui ressemble pas.

Mais ce n'est pas l'impolitesse qui explique sa conduite si peu naturelle. Pas l'impolitesse du tout. Et c'est Catherine, en se tournant de nouveau, qui voit Olympia la première.

« Olympia, s'écrie-t-elle, et son visage s'éclaire. Oh, Olympia, ma parole ! John, tu la vois ? Tu ne la trouves pas merveilleuse ? »

Haskell dirige son regard vers Olympia. Bien qu'il y ait une certaine distance entre eux, elle le voit clairement. Son visage ne trahit rien. Elle attend un signe, une indication sur la façon dont elle doit se comporter. Mais il se contente de hocher brièvement la tête, sans rien dire.

Catherine prend la parole avec animation, à la façon de quelqu'un qui veut masquer un moment de gêne.

« Oh, montez ici, Olympia ! crie-t-elle. Il faut que nous vous regardions. On m'avait dit que votre robe était magnifique, mais je ne me rendais pas compte. Bien sûr, c'est la jeune femme qui la porte qui lui donne tout son éclat, n'est-ce pas, John ? Et comment se fait-il que vous soyez seule, Olympia, et que tous les jeunes gens dans la maison de votre père ne se bousculent pas pour vous parler ? »

Haskell serre les lèvres.

Catherine sait-elle ? se demande Olympia avec inquiétude. Haskell lui a-t-il tout raconté ? Et Catherine est-elle, incroyablement, décidée à surmonter la crise ? À tout consigner dans le passé ? Est-ce de cela qu'il s'agit ? Que s'est-il passé entre le mari et la femme cet après-midi dans leur nouvelle villa ? Olympia interroge le visage de Haskell, étudiant ses yeux et sa bouche, mais ne trouve rien qui réponde à ses questions.

Puis il se redresse et paraît se ressaisir.

« Bonsoir, Olympia, dit-il. Pardonnez-moi. »

Quoi ? voudrait-elle crier. *Qu'y a-t-il à te pardonner ?*

Le fait que Haskell ait enfin parlé amène un certain soulagement sur les traits de Catherine. Elle parvient à sourire.

« Montez ici, Olympia, ou je descendrai vous chercher moi-même », dit-elle.

Olympia obéit. Elle soulève un peu ses jupes et gravit les marches latérales, les mêmes marches au sommet desquelles Haskell s'est tenu une fois et l'a regardée revenir du bord de l'eau. Mais c'est Catherine qui est là pour l'accueillir cette fois, tendant sa main gantée. Olympia s'abandonne à une étreinte parfumée, un mélange de gardénia et de fleurs d'oranger.

La robe de Catherine est serrée sous sa poitrine dans le style Empire, et se drape de façon séduisante sur sa taille et ses hanches. Elle porte des pierres de lune. Elle a laissé ses cheveux flotter autour de son visage, et Olympia a l'impression distincte qu'ils ne pèsent rien, qu'ils pourraient soudain se dissoudre comme du sucre filé. Catherine lui tient le bras un peu comme une tante célibataire qui a pris sa nièce sous son aile. Haskell se tourne, se penche, et baise la main gantée d'Olympia. Plus près de lui à présent, elle voit la tension des muscles de son visage.

« La nouvelle villa vous plaît ? » doit-elle, par politesse, demander à Catherine.

Haskell détourne la tête et regarde vers la mer.

« Oh », dit Catherine avec une joie évidente. Elle rapproche les mains comme si elle allait applaudir. « Elle est si merveilleuse. Je n'ai jamais vu une maison pareille. On voit la mer de toutes les fenêtres, et l'air marin… Vraiment, Olympia, il faut que vous veniez nous rendre visite dès que possible. Je veux vous montrer toutes les pièces, à vous et à votre mère. L'attention portée aux détails… Et les filles… Chacune a son propre salon, et elles sont, comme vous pouvez l'imaginer, absolument enchantées. »

Catherine se tait. Olympia est censée répondre, mais elle ne trouve pas de mots. Le silence dure plusieurs secondes. Tout autour d'elle les voix animées soulignent son mutisme. Sa poitrine se serre.

Le regard de Catherine va de son mari à elle, et revient à son mari.

« John n'est pas lui-même ce soir, explique Catherine,

pour excuser les mauvaises manières de celui-ci. Il travaille trop, je crois.

— J'en suis désolée », dit Olympia.

Même Catherine, avec toute sa civilité, ne parvient pas à faire progresser la conversation. Le silence obstiné de Haskell est suffocant, et Olympia a envie de fuir. Elle ne peut plus rester avec ce couple. La tension est si grande qu'elle craint que Haskell ou elle-même ne laisse échapper la véritable raison de ce silence.

« Si vous voulez bien m'excuser, il faut que je trouve mon père, dit précipitamment Olympia. Il sera fâché contre moi si je ne fais pas un effort pour me présenter à M. Hale au début de la soirée. »

Avant que Catherine ou Haskell aient pu répondre, Olympia les quitte pour traverser la véranda et entrer dans la maison. La foule s'écarte-t-elle pour elle ou bouscule-t-elle les invités ? Non, non, rien d'aussi radical. Elle se déplace simplement, hochant poliment la tête, se glissant dans les brèches, évitant de s'engager. Elle traverse le salon, où se presse une joyeuse assemblée. Elle continue sans but, voulant seulement mettre une certaine distance entre elle et Catherine Haskell, à qui, en toute conscience, elle ne peut plus parler.

Tout en marchant, elle s'admoneste en silence : elle ne doit plus, sous aucun prétexte, rendre visite à cette femme. Elle doit décourager Catherine de venir chez elle. Elle doit éviter à tout prix les rencontres fortuites, les soirées mondaines où elles pourraient se voir. Il faut qu'elle quitte Fortune's Rocks et retourne à Boston. Elle devra inventer une excuse, mais elle peut le faire. Elle peut convaincre son père de la renvoyer en ville. Elle partira immédiatement. Le matin même. Elle longe un couloir, loin des invités. Elle entend un orchestre accorder ses instruments. La musique va bientôt commencer. *Oh mon Dieu,* pense-t-elle, *comment vais-je pouvoir ?*

Elle atteint le corridor vide qui relie la maison à la chapelle et ralentit pour reprendre son souffle. Elle s'appuie contre un mur, renverse la tête en arrière et ferme les yeux. Elle reste dans cette position quelques minutes, s'efforçant de se calmer. Elle entend un violon, le début d'une valse. Haskell dansera-t-il avec Catherine ? Olympia porte la main à ses yeux. Elle arrache les peignes ornés de perles de ses cheveux et les étudie dans sa main. Elle les serre, et leurs dents s'enfoncent dans sa paume.

Elle entend des pas sur le parquet ciré et tourne la tête. Elle savait qu'il la suivrait, elle s'en rend compte à présent. Elle le regarde marcher vers elle et ne bouge pas. Il a une expression qu'elle connaît bien : à la fois d'angoisse et d'attente. Il vient tout près d'elle, elle perçoit son souffle sur ses yeux. Elle entend un soupir tremblant, une exhalation. Il se penche et presse sa bouche très fort sur son épaule, et, un instant, Olympia est effrayée. Elle sent ses dents. Il n'a jamais fait cela. Il y a de l'humidité sur sa peau, et soudain elle sait qu'il pleure. Il pleure à la façon d'un homme, à la fois en silence et bruyamment, avec des hoquets. C'est une perte de maîtrise si totale que les larmes déclenchent le désir, ou peut-être est-ce l'inverse. Elle a envie de tenir son visage, de l'amener vers le sien, de le calmer, mais sa bouche est sur son sein, et il serre si fort ses mains sur son dos qu'elle peut à peine respirer. Ils se déplacent, ou vacillent, le long du corridor, à la recherche d'obscurité, d'un abri, de n'importe quoi pour se cacher. Elle se cogne contre le mur, et un tableau tombe. C'est un miracle s'ils n'alertent pas un serviteur ou un invité. Elle lui tient la tête et ils pivotent, de sorte qu'il a le dos contre le mur. Elle marche sur l'ourlet de sa robe et l'entend se déchirer légèrement à la taille. Ils entrent dans la chapelle et regardent l'autel qui n'est plus consacré, les bancs de bois. Derrière elle, elle entend la porte se refermer. Haskell pousse la targette. Olympia se dirige lentement vers la dalle de marbre et s'y assied. Haskell est debout près d'elle. Elle ne voit pas son visage.

« Que s'est-il passé ? demande-t-elle.

— Je ne lui ai rien dit. »

Elle lui entoure les jambes de ses bras et y appuie sa tête.

« Je ne peux pas vivre dans cette maison, dit-il. Je ne peux pas, je ne peux pas.

— Non », dit-elle, en faisant rouler son front. Comme Haskell, elle pleure.

« Je vais partir d'ici. Je trouverai une raison. Je ne peux pas rester dans cette ville.

— Il vaut mieux que ce soit moi qui parte, dit-elle en levant les yeux vers lui. On a besoin de toi ; pas de moi. J'ai déjà décidé de parler à mon père demain. »

Il s'accroupit pour mettre son visage au niveau du sien. Il enfonce profondément les mains dans ses cheveux. « Non, je ne peux pas rester, dit-il. Tout ce que je vois me fait penser à toi, me donne envie de toi. »

Il met sa bouche sur la sienne. C'est un baiser, mais plus qu'un baiser. Quelque chose qui ressemble à la noyade peut-être.

Mais le corps ne peut se contenter de baisers, si généreux soient-ils. Le corps poursuivra sa recherche urgente. Aussi se couche-t-elle, la tête contre le marbre froid. Le marbre est dur et inconfortable, et elle se sent gauche, les jambes écartées, ses fins souliers touchant le sol. Haskell s'agenouille. Sa joue est humide contre sa cuisse. Il détache l'un de ses bas et pose la main sur sa jambe. Elle essaie de se soulever pour regarder son visage. Elle prononce son nom. Mais il est perdu dans le désir le plus puissant qui existe : celui qui naît du désespoir. Elle a peur – au moins autant pour lui que pour elle. Et pourtant elle sait qu'elle ne peut arrêter ce qui se passe, que les choses vont suivre leur cours, avoir leur commencement et leur fin.

Et c'est alors qu'elle tourne la tête et regarde par la fenêtre ouverte de la chapelle. Elle voit Zachariah Cote s'écarter gracieusement sur la véranda pour permettre à Catherine Haskell de le remplacer au télescope. Celle-ci baisse la tête vers l'œilleton, ajuste la molette, et finalement la scène vers laquelle Cote a précisément dirigé l'instrument devient d'une clarté incompréhensible.

Elle imagine que les choses ont dû se passer ainsi : Catherine se serait redressée, les lèvres légèrement écartées, une main gantée de soie pressée à plat contre la poitrine. Cote, feignant la curiosité, se serait penché sur le télescope, puis se serait relevé, apparemment choqué du spectacle. *Ma chère*, a-t-il pu dire, *je suis désolé. Comme c'est terrible pour vous*. Ce qui aurait pénétré la conscience de Catherine malgré sa stupeur et l'aurait poussée à lever les yeux vers le visage de Cote, à voir le froncement de sourcils inquiet qui n'aurait pas entièrement dissimulé le sourire sournois. Et peut-être, en tressaillant, se serait-elle écartée et aurait-elle trouvé la force de gifler cet homme. Olympia espère qu'elle l'a fait.

Le temps qu'Olympia atteigne le grand hall, en tenant sa robe à la taille à l'endroit de la déchirure, elle a l'impression d'entendre des cris stridents, le bruit de toutes les pendules du monde qui sonnent à contretemps. Haskell et elle ont-ils provoqué ce chaos, ce pandémonium ? Autour d'elle, les personnes et les objets tourbillonnent et se déplacent très vite. Haskell est parti le premier, et elle le cherche, elle cherche Catherine. Le visage de sa mère est pâle et figé, elle est incapable de parler. Son père vient à sa rencontre, une question dans les yeux. Est-ce vrai, Olympia ? Elle lui répond, mais c'est comme si elle parlait une langue étrangère ; il ne semble pas comprendre ses paroles. Et elle voit sur son visage le moment où enfin la vérité le frappe de plein fouet : la ruine, la perte de tout ce à quoi il tient – sa fille et la réputation de sa fille, la possibilité de ne jamais revenir à Fortune's Rocks, la maison qu'il aime tant, la vie qu'il aime tant. Et elle pense que c'est le moment le plus triste de toute la soirée quand, avec courage, son père se reprend, cherchant à garder son sang-froid, alors même que l'horrible évidence le pénètre. Il essaie de parler à ses invités, de les rassurer, de demeurer le capitaine compétent et affable, alors que la coque cède et que la mer s'engouffre par les brèches.

Son père veut lui prendre la main, mais elle se dégage. Elle court d'une pièce à l'autre. Les invités s'en vont, ils font venir leurs attelages. Il faut qu'elle voie Haskell. Il faut qu'elle trouve Catherine. Elle a quelque chose à lui dire.

Olympia finit par les rejoindre dans le couloir qui conduit à la cuisine. Catherine a pleuré et ne veut pas que son mari la touche, bien qu'il cherche à le faire. Il regarde Olympia sans parler. Son visage est ravagé.

Nous ne pouvons pas avoir fait cela, a-t-elle envie de lui crier. *Nous ne pouvons pas.*

Ils sortent ensemble par la porte de derrière. Le mari et la femme. Il doit partir avec sa femme. Il doit l'emmener dans leur nouvelle maison, n'est-ce pas ? Mais quelles horreurs les y attendent ? se demande Olympia. Quels cris résonneront dans la nuit tandis que Catherine dormira, se réveillera, se rendormira, se réveillera de nouveau, selon un rythme cruel et inexorable ?

Olympia regarde Haskell quitter sa maison, la laissant debout dans le couloir. L'orchestre a cessé de jouer depuis longtemps. Elle tombe à genoux. Elle voit le dos du manteau de Haskell franchir une porte ouverte. Et c'est alors qu'elle comprend vraiment ce qu'elle aurait dû savoir depuis le début. Il n'est pas à elle. Il ne l'a jamais été.

II

En exil

Olympia et ses parents quittent Fortune's Rocks le matin du 11 août par le train, laissant Josiah et Lisette, à qui, par le fait, on n'a pas donné le temps d'annoncer leur mariage à son père. Ils superviseront une armée de serviteurs temporaires dont la mission est de débarrasser la maison de toute trace de la réception désastreuse. Pendant le voyage, sa mère n'ouvre pas la bouche, et de temps en temps elle a besoin d'être ranimée avec des sels par l'infirmière qui l'accompagne. Son père ne parle pas à Olympia avant qu'ils ne soient arrivés dans l'intimité du salon de leur maison de Boston, pas encore trop envahie de domestiques. Avec une fureur à peine contrôlée, il déclare qu'Olympia a détruit la famille et toute chance de bonheur pour ses membres. Qui plus est, son stupide mépris des conséquences a totalement saccagé son propre avenir. Bien qu'il considère qu'elle a été séduite par un gredin, on la tiendra pour responsable de ses actes le reste de son existence. Et comprend-elle, ajoute-t-il, en crachant sa question à travers la pièce avec toute la rage d'un père dont le pire cauchemar s'est réalisé avant même qu'il ait eu le temps de l'imaginer, qu'elle sera non seulement responsable de la destruction de Catherine Haskell, une femme entièrement irréprochable, à qui le pire des torts a été fait, mais aussi des vies de ses enfants innocents ? Quant à John Haskell, son père ne peut en parler, étant incapable même de prononcer son nom. Ces premiers jours, il voudrait infliger des coups à cet homme, en qui il avait confiance et qu'il considérait comme un ami.

Assise, silencieuse, elle écoute les détails de sa condamnation : il ne lui sera pas permis de quitter la maison dans l'immédiat et, pendant au moins un mois, tandis que son père et sa mère réfléchiront à ce qu'ils vont faire d'elle et aux moyens de sauver le peu qui subsiste de son avenir, elle ne pourra pas quitter sa chambre. Elle y sera consignée seule, sans courrier, sans accès au monde extérieur, et sans livres pour la distraire. Ses repas lui seront apportés sur un plateau, et elle n'aura même pas le droit d'aller se promener dans le parc. Le but de cette punition, lui explique consciencieusement son père, est de lui donner le temps de méditer sur la gravité de sa situation. Puis, à la grande consternation d'Olympia, son père se met soudain à sangloter, là dans le salon, ce qui est bien pire que ses reproches virulents. Il se laisse tomber sur une chaise comme si ses forces l'avaient abandonné. Elle quitte la sienne, s'accroupit à côté de lui et le supplie d'arrêter, ne pouvant supporter sa tristesse. Il se redresse et insiste pour qu'elle se relève. Il lui demande d'être assez bonne dans les semaines et les mois à venir pour s'abstenir de toute comédie. Leurs propos, lui laisse-t-il entendre, se limiteront au strict nécessaire quand on vit sous le même toit. Et d'un ton de congé glacé, il lui ordonne de quitter la pièce et de se retirer dans sa chambre.

Son père n'aurait pas pu, avec toute la prévoyance du monde, trouver pire punition. Il est déjà assez terrible de rester assise, heure après heure, avec sa mort pour seule perspective : elle n'aura pas de mari ni de famille ; elle ne pourra pas poursuivre ses études, que ce soit avec son père ou dans une institution ; elle sera reléguée à la pire des conditions pour une femme, celle du célibat et de l'inutilité complète ; pour le restant de ses jours, le scandale, qui excitera la curiosité des autres ou les alarmera, la suivra partout ; on la montrera en exemple aux jeunes filles des ravages entraînés par le péché ; et surtout, elle deviendra un objet de pitié, ce sentiment implacable et méprisable. Mais savoir que l'on est responsable d'avoir gâché la vie d'innocents est intolérable. De temps à autre, son père frappe à sa porte, entre dans sa chambre et lui apporte des renseignements qu'il considère comme instructifs ou susceptibles d'aiguiser le tranchant de son châtiment. Catherine Haskell et ses enfants sont retournés à York le 11 août, lui annonce son père un jour, sans lui permettre de questions. Plus tard elle apprend que *cet homme* a été destitué de ses fonctions à l'université et aux dispensaires de Cambridge et d'Ely Falls. On ne lui dit pas où il se trouve ni comment il pourra gagner sa vie à présent. On ne lui dit pas non plus comment Catherine et ses enfants vont subsister, seulement que la nouvelle villa, dans laquelle le malheureux couple n'a passé que cette nuit terrible, a été mise en vente.

Olympia est abandonnée à ses pensées et à ses spéculations, qui se renouvellent chaque matin à son réveil et ne commencent à lui devenir familières que très lentement. Mais, au bout d'un mois, elle apprend une chose curieuse sur elle-même : sa capacité de remords est limitée. L'esprit ne se soumet pas aisément à l'anéantissement, comprend-elle, il trouvera toujours un moyen, par un chemin semé d'embûches, de se libérer et de panser ses blessures. Et elle y parvient, dans les confins de sa chambre, grâce à la mémoire. Elle a des souvenirs, viscéraux, éphémères, que personne ne peut lui enlever ; et bien que les événements ayant occasionné ces souvenirs n'aient conduit qu'à la catastrophe, ils contiennent des pépites de douceur que les conséquences ne peuvent entièrement altérer. Ainsi, le passé devient son compagnon.

Vers la fin du mois d'octobre, Olympia commence à se sentir souffrante. Pendant des jours, elle a un goût métallique à l'arrière de la gorge, et de fréquentes nausées. Le 29 octobre, elle trouve enfin le courage de parler à Lisette de sa maladie ; elle voudrait qu'elle aille chercher le docteur Branch. Lisette considère Olympia en silence quelques minutes, puis soupire tristement. Olympia sait alors, avec une sorte de clarté qui jusque-là lui avait fait défaut, la nature exacte de son état. Un instant elle est étourdie, puis, posant une main sur son front, et passant par des sentiments d'incrédulité et de honte, elle ne peut tout à fait s'empêcher de sourire, du moins intérieurement. En effet, bien qu'elle comprenne parfaitement la gravité de sa situation, elle est aussi heureuse de savoir qu'il est resté une preuve de ses jours et de ses semaines avec John Haskell. C'est quelque chose. C'est déjà *quelque chose...*

Lisette propose d'annoncer la nouvelle à son père, mais Olympia lui dit qu'elle a assez de courage pour le faire elle-même. Le lendemain matin, avant le petit déjeuner, Olympia s'habille soigneusement d'une sage robe bleue qui ne cache pas entièrement sa condition mais ne l'exhibe pas non plus. Son père lit *La Lettre écarlate* de Hawthorne quand elle entre dans la salle à manger, une coïncidence qu'elle trouve si déconcertante qu'elle manque de tourner les talons. Une pluie acérée tinte contre les carreaux, et l'odeur du café lui fait monter la bile à l'arrière de la gorge. Elle rassemble toute sa volonté pour ne pas être malade, pour ne pas trahir de faiblesse devant son père.

Au début, il fait mine de ne pas la voir, bien qu'elle le sente troublé par sa présence. Elle ne prend pas le petit déjeuner avec lui d'habitude, son arrivée lui paraît donc un peu suspecte. Aussi calmement qu'elle le peut, elle prend des œufs et des petits pains sur le buffet et se verse une tasse de lait chaud. Mais dès qu'elle pose son assiette et sa tasse devant elle, elle se rend compte qu'elle ne sera pas capable de supporter longtemps la vue de la nourriture sans se donner en spectacle. Elle se lance donc aussitôt dans son discours longuement répété.

« Père, j'ai une chose importante à vous dire. Il n'y a pas moyen de la cacher, et je ne veux pas que vous l'appreniez par... »

Il tourne la tête et la regarde.

« Je regrette tant...

— De quoi s'agit-il, Olympia ?

— Je suis..., commence-t-elle. Il y a... »

Elle touche sa robe à la taille.

« Non. »

Il prononce ce seul mot à voix basse, trop basse, et elle perçoit sa stupéfaction, son incrédulité. Il se tient avec raideur, soudain blême. Sans la regarder, il fixe un point droit devant lui, les doigts encore sur le livre. Elle n'a jamais vu un homme lutter aussi fort pour conserver son calme. Il humecte ses lèvres de la langue. Il prend un verre d'eau.

« Dis-moi que ce n'est pas vrai », dit-il.

Elle ne répond rien.

Il boit une autre gorgée. Elle voit que ses doigts tremblent. Il y a un long silence.

« Il faudra prendre des dispositions », annonce-t-il d'une voix légèrement enrouée.

Elle hoche la tête, puis la baisse. Des dispositions pour son accouchement.

« Grand Dieu ! explose son père. Cet homme ne pensait donc à rien ?

— Nous ne voulions pas vous faire du mal.

— Je n'aurai plus jamais de raison de croire ce que tu dis », affirme calmement son père.

Elle ferme les yeux.

« Ta mère en mourra », dit-il.

Peut-être est-ce l'exagération de cette déclaration qui provoque sa colère.

« Il ne s'agit pas de mère ! s'écrie Olympia, abandonnant sa résolution de rester de marbre. C'est moi qui attends un enfant. C'est moi qui ai perdu mon amant. C'est moi qui ai souffert.

— Assez », dit-il sévèrement. Il essuie ses lèvres avec sa serviette et la pose sur la table. « Ne te méprends pas, Olympia, dit-il, la bouche rigide, la tête agitée d'un tremblement. Je me fais du souci pour toi à chaque instant. Mais il s'agit bien de ta mère. Il s'agit de ta mère et de moi, et de notre vie ensemble. Il s'agit de l'enfant innocent que tu me dis porter. Il s'agit de Catherine Haskell et de ses enfants. Il s'agit de Josiah et de Lisette, qui doivent traverser avec nous toutes ces horreurs. Et bien que je puisse à peine prononcer son nom, il s'agit aussi de John Haskell, un homme dont la vie est gâchée, en dépit de tous ses torts. Il ne s'agit pas seulement, je répète, *pas seulement* d'Olympia Biddeford. »

Et sur ces mots, son père se lève. Il repousse sa chaise avec soin et prend *La Lettre écarlate*. Ne comprenant qu'alors, semble-t-il, la coïncidence entre la situation et sa lecture, il laisse tomber le livre sur la table. Il quitte la pièce sans rien ajouter.

Après ce jour, son père communique avec elle au moyen de notes laissées à la table du dîner ou que lui apporte Lisette, qui s'acquitte de sa tâche en secouant la tête. Un mot lui apprend : « Ta mère et moi serons partis une quinzaine. » Un autre : « L'électricien fera des réparations vendredi, je te prie de préparer ta chambre. » Olympia a le droit de lire à présent, toutefois, et parce que tout est déjà perdu, on lui permet une grande variété de lectures : Walt Whitman et Jack London, et des vers de Christina Rossetti. Il y a aussi un livre médical, *La Bibliothèque familiale de la santé*, dont le but est de l'informer, suppose-t-elle, sur la future naissance. Elle dévore le volume, et des années plus tard elle sera capable d'en réciter mot pour mot certains passages clefs. *« La patiente devra être vêtue de la chemise de nuit habituelle, roulée autour de la taille, pour lui éviter d'être salie. » « Les cris sont généralement de longs grognements, et peuvent être reconnus de loin par quelqu'un qui connaît leurs particularités. » «* Puerperal mania *est une forme de démence susceptible de survenir une semaine ou dix jours après l'accouchement, qui se manifeste souvent par une aversion singulière pour l'enfant, et parfois pour le mari. Une tendance suicidaire est aussi notable, et les patientes présentant ces symptômes doivent être surveillées avec la plus grande vigilance. »* Mais malgré ces révélations alarmantes, elle n'est pas aussi effrayée par la naissance qu'elle pourrait l'être ; il est difficile pour une non-initiée d'imaginer la douleur.

Pendant toutes ces épreuves, ses pensées sont constamment avec John Haskell. Il est inutile que l'on vous dise de ne pas aimer, elle s'en aperçoit, car l'esprit se révoltera. Bien qu'elle croie improbable de jamais le revoir, elle ne peut s'empêcher de se souvenir de lui, de se demander ce qui lui est arrivé, de se demander s'il pense à elle comme elle pense à lui. Elle apprend seulement (par son père venu lui annoncer la nouvelle dans sa chambre) que la maison des Haskell à Cambridge a été vendue. On lui donne à comprendre que Catherine et ses enfants resteront à York avec la grand-mère dans l'immédiat, même si un jour elle relève leur nom dans le journal : ils seront passagers à bord du *SS Lundgren* à destination du Havre. Olympia tente d'imaginer, de l'intérieur de sa chambre, ce qui s'est passé exactement dans les premières heures du 11 août à la villa des Haskell. Qu'a dit Haskell à Catherine ? Que lui a-t-elle dit ? A-t-il quitté sa femme et ses enfants ce soir-là ? Ou, au contraire, Catherine a-t-elle réveillé et habillé les enfants dans le noir, et demandé à un chauffeur de les conduire à York ?

Le 31 décembre 1899, Olympia est assise dans le bow-window de la maison de son père, qui domine le jardin public. À travers le verre bleuté, elle regarde fêtards et fidèles passer dans la rue. Une légère neige commence à tomber, épaississant le crépuscule. Il y a déjà des gens partout, se hâtant dans la neige vers leur destination. Des fiacres et des chevaux encombrent la rue, et tandis qu'elle observe, un embouteillage se forme autour du parc. Elle n'a pas encore allumé les lampes électriques du salon, pour mieux voir par les fenêtres, et l'obscurité devient presque impénétrable dans la pièce. Son père et sa mère, et Josiah et Lisette, sont quelque part dans la maison, mais Olympia n'entend aucun bruit d'activité humaine. Josiah et Lisette, qui se sont mariés discrètement à Thanksgiving, habitent maintenant au dernier étage. Ils sortiront plus tard en cette veille du nouveau siècle. Sa mère et son père resteront chez eux.

Olympia et ses parents ont récemment passé un triste Noël, le poids de l'avenir et de ses incertitudes étouffant les efforts de gaieté de son père. Il y a eu peu de cadeaux. Olympia a crocheté un châle en dentelle pour sa mère et tricoté un cache-nez pour son père, puisqu'elle ne pouvait quitter la maison pour aller dans les boutiques leur acheter autre chose. Les cadeaux qu'ils lui ont fait étaient ridiculement mal choisis – une paire de patins à glace et une cape de velours bleu – comme s'ils voulaient nier totalement la réalité de sa situation présente. Seul le cadeau de Lisette, qu'elle a apporté à Olympia dans sa chambre la veille de Noël (après le départ des autres pour l'église), tenait compte de son état : une boîte jaune matelassée, remplie de vêtements de bébé, tous brodés à la main de minuscules fleurs jaunes. La gentillesse de cette femme a provoqué de nouvelles larmes.

Le feu dans la cheminée combat un peu le froid, mais le salon est humide. Olympia drape son châle autour d'elle, laissant les franges retomber sur ses genoux. Comme elle aimerait être dehors le dernier soir du siècle, ne serait-ce que pour faire physiquement partie du passage au nouveau centenaire. Bien qu'elle pense que la date est arbitraire – qui peut dire quel jour on a commencé à compter le millénaire ? – et n'ait pas la fibre mystique, elle est très intriguée par l'hystérie et la série de prophéties qui ont gagné le pays dans les dernières heures du siècle. Elle sent déjà que les citadins vont réveillonner avec une licence inégalée lors des précédentes célébrations du nouvel an. Certaines personnes, a-t-elle lu dans les journaux de Boston, ont été jusqu'à construire des abris souterrains afin de pouvoir survivre à la réalisation des prophéties de l'Apocalypse, qu'elles attachent au premier jour de l'année 1900. D'autres assisteront à des offices religieux très avant dans la nuit. D'autres encore ont organisé des fêtes somptueuses qui dureront jusqu'au matin. Dans des circonstances normales, ses parents seraient maintenant en train de se préparer pour assister à l'une de ces célébrations. Ou peut-être avaient-ils décidé, avant le 10 août, d'offrir une réception de nouvel an ; dans certains cas, les invitations à ces soirées sont parties depuis des mois. Mais bien sûr, tout a changé à présent. Ses parents ne se sont pas montrés en société depuis qu'ils ont quitté Fortune's Rocks.

Olympia, qui écoute le tic-tac de l'horloge en noyer au coin du salon, ne peut s'empêcher de penser que sa vie passe, comme les heures, dans cette pièce oppressante encombrée de lourds damas, d'acajou sculpté et de tapis persans aux motifs contradictoires. Comme elle aimerait une pièce avec de grandes fenêtres, baignée seulement de la clarté diffuse du soleil. Elle sent en elle le mouvement, à présent familier, qu'elle a comparé à des bulles de champagne (une image qui plaît particulièrement à Lisette). Ensemble, elles ont élargi toutes ses robes, mais il est évident que cette stratégie ne va plus suffire à fournir une garde-robe à Olympia. Celle-ci, qui fait peu d'exercice, grossit de semaine en semaine, et elle a depuis longtemps perdu tout désir de dissimuler son état. Elle lisse la flanelle sur son ventre et pense, ainsi qu'elle le fait souvent, à la naissance prochaine, qui étrangement ne lui inspire guère de frayeur, et au père de l'enfant, dont elle ignore toujours où il peut se trouver. Quand il fera tout à fait nuit, Olympia sera autorisée à faire une promenade autour du parc. Ce sera sa seule sortie de la journée, comme il en a d'ailleurs été tout l'automne et tout l'hiver. Josiah et Lisette l'accompagneront.

Une lumière est allumée dans la pièce, créant aussitôt un reflet sur la fenêtre qui masque les fêtards à l'extérieur.

« Lisette, demande Olympia, croyez-vous que nous pourrions faire notre promenade maintenant ? Mes jambes vont éclater par manque d'exercice.

— Ce n'est pas Lisette », dit doucement son père.

Olympia se retourne.

« Ne te lève pas », prévient-il. Il s'approche de l'endroit où elle est assise et tire une chaise près d'elle. Elle se sent nouée, car il n'a pas volontairement engagé la conversation avec elle depuis le jour où elle lui a parlé de sa grossesse. Son père a beaucoup maigri, et ces derniers mois il paraît être passé de l'âge mûr à la vieillesse, ou presque. Encore une chose qu'Olympia se reproche. Il porte une redingote ordinaire, et il a rasé sa moustache. Comme il a également perdu des cheveux, il paraît plus petit, dans l'ensemble, que l'été précédent.

« Nous devons parler de certaines choses », dit son père, et bien que cette déclaration soit solennelle, son ton ne l'est pas. Il est empreint d'une douceur qu'elle n'a pas perçue depuis longtemps. Peut-être, se dit-elle, son père lui-même a-t-il du mal à maintenir l'intensité de sa colère.

« Tu as supporté ta punition avec grâce, Olympia, lui dit-il, et à ces mots son cœur commence à s'alléger. J'ai été trop dur.

— Père… » commence-t-elle.

Il lève la main. « Il n'y a plus rien à en dire. »

Bien qu'il se redresse et cherche à conserver l'attitude presque militaire qu'il a eue ces derniers temps, elle remarque que sa résolution n'est plus la même, et qu'il se voûte un peu, même assis.

« J'ai pris des dispositions, dit-il, incapable de s'empêcher de jeter des coups d'œil à son ventre.

— Et quelles sont-elles ? »

Il tourne les yeux vers la fenêtre.

« Il est préférable de ne pas entrer dans les détails », dit-il. Elle veut parler, mais il secoue la tête.

« Il ne saurait être question que tu gardes l'enfant, déclare-t-il vivement. On s'occupera bien de lui, je te l'assure. »

Bien qu'Olympia ait su que les choses pouvaient prendre cette tournure, elle s'est gardée d'imaginer une séparation absolue. « Mais père, dit-elle en se penchant en avant, je veux garder l'enfant.

— Il ne saurait être question de le garder, répète-t-il. Ta mère ne le permettra pas, et moi non plus, et tu dois te rendre compte que tu ne peux pas subsister sans notre soutien.

— Mais, père…, proteste-t-elle.

— Écoute-moi, Olympia. Tu dois me faire confiance. Avec le temps, ce terrible épisode appartiendra au passé. D'ici à l'automne prochain, je le prédis, tu seras entièrement remise de ce désastre. Et bien que des dommages irréparables aient été commis, j'ai pensé que tu pourrais avoir une vie à toi. C'est l'époque moderne, après tout. Des jeunes femmes quittent leur foyer et se construisent une vie. Ce n'est pas entièrement impensable. Mais tu auras besoin d'étudier, d'apprendre un métier.

— Cet enfant est à moi ! s'écrie Olympia. Il est à moi et à John Haskell ! C'est nous qui devrions décider de ce qui lui arrivera. »

Des taches rouges apparaissent sur les joues de son père, et il lui faut un moment pour se ressaisir.

« Comment oses-tu mentionner le nom de cet homme en ma présence ? » demande-t-il.

Elle ouvre la bouche pour parler encore, mais il lève une main. « À l'automne, je t'enverrai à l'ouest de l'État, à l'École normale de jeunes filles Hastings », et il est clair d'après le ton de sa voix qu'il ne souffrira pas d'opposition à son projet. « La meilleure solution pour toi – la seule – est de devenir institutrice. On a grand besoin de bons instituteurs, surtout dans les régions rurales de Nouvelle-Angleterre, et ainsi ta vie aura une certaine valeur pour les autres.

— Père, ne me faites pas ça. »

Il la regarde longuement et durement. Olympia imagine ce qu'il voit : une fille de seize ans beaucoup trop grosse, dont le jugement ne mérite plus d'être pris en considération.

« Il n'y a rien à ajouter à ce sujet », dit-il.

Elle se mord la lèvre pour s'empêcher de protester encore. Elle serre si fort les bras de son fauteuil que plus tard elle aura des crampes dans les doigts.

Elle refusera de lui obéir, pense-t-elle. Elle relèvera son défi et partira toute seule. Mais aussitôt elle se demande : Comment pourra-t-elle ? Sans le soutien de son père, elle ne peut espérer survivre. Et si elle ne survit pas, alors un enfant ne peut pas vivre.

Son père fait mine d'observer les fêtards à l'extérieur, mais Olympia sait que tout ce qu'il voit, encadrés par les montants du bow-window, c'est lui et elle. Il ne semble pas aimer ce spectacle et se retourne vers elle.

« Quand tu auras fini tes études, j'aimerais que tu trouves un poste assez loin de Boston, où ton histoire ne sera pas trop vite connue », dit-il, et il est clair qu'il a réfléchi à cette question pendant des jours. « Mais tout de même, il faudra que tu sois préparée au fait que les gens finiront par connaître ta situation. Je doute que tu puisses trouver un endroit où il n'y ait aucun risque que ton passé te rattrape. À moins de changer de nom… »

Il considère un instant cette idée.

« Non, dit-il. Non, tu ne feras pas ça. On n'a pas besoin d'être lâche dans la famille. Bien sûr, nous subviendrons à tes besoins. Je ne pense pas que tu puisses très bien vivre avec un salaire d'institutrice. Je ne serai pas inconsidérément généreux, juste raisonnable. Olympia, malgré tout… – elle lève vivement les yeux vers lui, car elle discerne un très léger fléchissement dans son attitude – … nous t'aimons, ta mère et moi. »

À cette déclaration, elle sent ses yeux la picoter. Elle ne croit pas que son père lui ait jamais parlé d'amour.

Il soupire, comme si cet aveu lui avait plus coûté qu'il ne s'y attendait. Il lève le menton et prend une brève inspiration.

« Eh bien maintenant, dit-il, s'étant aventuré trop loin dans le domaine des sentiments pour se sentir à l'aise, va chercher ta cape et ton chapeau. Ce soir, c'est moi qui t'emmènerai te promener dans le parc. Puis nous reviendrons et nous nous ferons du cacao, et ainsi nous célébrerons modestement le nouveau siècle, qui j'espère t'apportera une vie agréable, sinon heureuse. »

Olympia essaie de se lever, mais ses jambes la trahissent. Son père lui prend le bras, et elle le voit déconcerté de constater à quel point elle a grossi. Il y a quelque temps qu'il ne s'est pas tenu si près d'elle.

Elle dégage son bras du sien. « Vous avez tort sur un point, dit-elle aussi calmement que possible. Tout à fait tort.

— Et lequel ? » demande-t-il presque distraitement, s'étant acquitté de son devoir comme il le fallait, et plus détendu à présent qu'à son entrée dans la pièce.

Elle regarde son visage et attend que ses yeux rencontrent les siens.

« Vous prédisez que d'ici à l'automne prochain je serai entièrement remise de cet "épisode", comme vous l'appelez. Mais vous vous trompez. Je ne me remettrai jamais, père. Jamais. Si vous me prenez l'enfant, je ne m'en consolerai jamais. »

Il l'étudie quelques secondes.

« Tu es si jeune, Olympia. »

Peu après minuit, dans les premières heures du 14 avril, Olympia se réveille avec une sensation d'humidité. Après vérification, elle s'aperçoit que sa chemise et son lit sont trempés d'un liquide chaud. Lourdement, elle se lève et change de chemise de nuit. Elle sait, grâce au traité médical, ce que cela signifie. Elle gagne le pied de l'escalier qui mène au second étage et frappe sur le mur aussi fort qu'elle l'ose. Elle ne veut pas réveiller ses parents.

Josiah, dont la tignasse emmêlée a pris une forme comique, vient sur le palier en robe de chambre.

« Allez chercher Lisette », dit Olympia.

Lisette entre dans sa chambre en chemise de nuit, les cheveux nattés. Elle embrasse Olympia, apparemment aussi enthousiaste que si c'était elle qui allait donner naissance. Comme son sang-froid et sa bonne humeur sont contagieux, Olympia est moins inquiète qu'elle ne pourrait l'être. Elle s'assied sur une chaise et regarde Lisette changer les draps. Quand elle a fini, Olympia se recouche, tire la courtepointe et attend. C'est une nuit chaude. Elle demande à Lisette si elle a déjà assisté à une naissance. Lisette répond que oui, plusieurs fois. Elle est l'aînée de sept enfants, et sa mère les « pondait comme des brioches ».

« J'ai vu une naissance aussi, dit Olympia.

— C'est vrai ? Quand ?

— Quand j'étais avec John Haskell », dit Olympia, qui s'étonne de s'entendre prononcer ce nom. Elle n'a jamais parlé à personne du temps qu'elle a passé avec Haskell, pas même à Lisette. « Il est allé aider une femme à accoucher, et je l'ai accompagné. C'était dans une pension d'Ely Falls.

— Vous êtes entrée dans la chambre ?

— J'ai tout vu. C'était un siège et la femme, une pauvre Franco-Américaine qui avait déjà trois enfants, était presque folle de douleur. Le docteur Haskell lui a donné du laudanum, je crois, et elle s'est un peu calmée. Mais je me souviens qu'il a dû lutter pour retourner le bébé. Il avait les mains… »

Olympia ne peut poursuivre, car à ce moment elle a sa première contraction. Raidie de surprise, elle retient son souffle jusqu'à ce qu'elle passe. Puis elle pousse un long soupir.

Lisette est à côté d'elle. « Il ne faut pas retenir votre souffle, dit-elle. Il faut respirer chaque fois que vous avez la douleur. »

Olympia hoche la tête, ébranlée par la violence de la contraction. « Ce sera comme ça ? demande-t-elle.

— Écoutez-moi », dit Lisette en tirant une chaise près du lit. Elle prend la main d'Olympia dans la sienne. « Vous avez l'habitude de vous conduire d'une certaine manière. Vous êtes toujours digne. Vous ne vous fâchez presque jamais, et quand ça vous arrive, vous le gardez pour vous. Mais ce n'est plus le moment d'être digne. C'est mauvais pour le bébé et pour vous. N'ayez pas peur de crier de douleur. N'ayez pas peur de toutes les choses gênantes que votre corps va faire, parce qu'il va en faire beaucoup. Vous voulez que j'aille chercher votre mère ?

— Non, répond Olympia. Ce n'est pas la peine. »

Les douleurs viennent alors en force et elles sont terribles. Olympia est horrifiée, même la première heure, qui est à coup sûr la dernière, pense-t-elle, ne voyant pas comment elle pourrait supporter qu'elles augmentent.

À l'aube, la mère d'Olympia, appelée par Lisette, entre dans la chambre. Elle porte un peignoir de soie bleue attaché à la taille. Ses cheveux sont maintenus en arrière par un fichu. « Allez chercher le docteur Branch », dit-elle aussitôt à Lisette. La mère d'Olympia mouille un linge dans une cuvette, s'approche du lit et pose la serviette pliée sur le front de sa fille. Son visage chargé de crème brille à la lumière électrique. « Et il faudrait donner des bonbons à sucer à Olympia. Il y en a dans ma chambre. Une boîte en argent sur la commode. »

Olympia est légèrement étonnée de voir avec quelle facilité sa mère prend les commandes. Elle maintient le linge contre le front d'Olympia, qui serre les dents et tord les draps à pleines mains. Lisette revient dire que le docteur est parti faire ses visites et qu'il viendra dès qu'on aura pu le trouver. Quand Olympia ressent les douleurs, sa mère se penche sur le lit et lui cloue les bras en arrière, et curieusement cela aide. Entre les contractions, sa mère défait le fichu de ses cheveux, boit une tasse de thé que Lisette a apportée, et une fois, même, elle se lève pour examiner le contenu de la boîte jaune avec ses minuscules trésors. Sa mère abandonne donc ses airs élégants, hésitants, et participe autant aux réalités de l'accouchement que Lisette. Elle prouve qu'elle a du courage, de la douceur et du bon sens, des qualités qu'Olympia n'avait pas particulièrement remarquées chez elle auparavant. Une fois, Olympia se réveille d'un court sommeil et entend sa mère bavarder agréablement, et même rire, avec Lisette. Malgré la douleur, Olympia trouve leur complicité rassurante. Si elles ne sont pas terrifiées, elle ne devrait pas l'être.

Le docteur arrive peu de temps après midi, et Olympia sent à son haleine qu'il a bu de l'alcool. Elle se demande où il a été, s'il a pris un verre avec son père dans son bureau avant de venir la voir, mais cela paraît peu vraisemblable de si bonne heure. Olympia peut à peine parler, elle garde ses forces pour résister aux douleurs atroces qui reviennent constamment. Ce qui l'épuise, c'est de savoir que la douleur l'assaillera sans relâche, de savoir qu'elle ne peut l'arrêter. Elle supplie qu'on lui donne du laudanum, et le docteur Branch lui fait avaler trois cuillerées d'un liquide brun qui la plonge dans un sommeil intermittent. Chaque fois qu'elle est réveillée par une nouvelle douleur, elle voit sa mère et Lisette à son chevet.

À deux heures de l'après-midi, le 14 avril, Olympia commence à hurler. Le travail a déjà duré treize heures. Le docteur Branch entre dans la chambre et soudain il est plus actif. Il demande à la mère d'Olympia et à Lisette de la redresser. Puis il lui attache les pieds aux montants du lit. Sa mère lui parle sans arrêt d'une voix apaisante.

« Je ne peux pas, crie Olympia. Je ne peux pas ! »

Et sur ces mots, son enfant, un garçon, vient au monde.

Et combien de fois Olympia regrettera-t-elle d'avoir supplié le docteur Branch de lui donner cette potion ? Si elle avait eu tous ses esprits après la naissance, elle les aurait peut-être empêchés de lui prendre l'enfant. Dans les années à venir, elle ne se souviendra que de brefs instants passés avec son fils : elle se réveille étonnée de trouver ce paquet de langes dans le lit auprès d'elle, elle tourne la tête pour étudier le visage fripé, elle écarte les habits juste assez pour libérer une main délicate. Mais, droguée et épuisée, elle ne peut résister au sommeil. Son corps, sinon son cœur, l'accueille avec soulagement.

Plus tard, elle passera au crible ces quelques instants mille fois – non, dix mille – pour en extraire la moindre bribe de souvenir qu'elle aurait pu négliger. Elle se souviendra de cheveux noirs humides et raides, d'yeux bleus parfaitement candides, d'une bouche minuscule, incurvée, exquise. Elle ne porte jamais l'enfant à son sein. Elle ne voit jamais ses petits pieds. Elle ne l'entend jamais pleurer. Et quand enfin elle reprend conscience, la drogue éliminée de son organisme, il n'est plus là.

Le 27 septembre 1900, Olympia arrive à l'École normale de jeunes filles Hastings, à l'ouest du Massachusetts. Le village où se trouve l'établissement entoure une usine, laquelle domine le paysage, déborde dans les rues, gagne les églises et les boutiques et l'école elle-même, de sorte qu'il est impossible de dire où elle commence et où elle finit. Les bâtiments sont tous en briques noires, même les maisons des propriétaires. L'usine fabrique des souliers et des bottes, et il y a de nombreuses tanneries en ville, si bien que même les arbres sentent la viande morte. Olympia comprend tout de suite que son père n'a jamais visité l'école, car, s'il l'avait fait, sa quasi-perfection comme lieu de châtiment aurait tout de même mis à l'épreuve son sens de la justice. Sa fille ne peut avoir commis de crimes qui justifient un tel exil.

Olympia conservera des images de cette année, des mois où elle vit dans un brouillard morose, mais pas le sens précis de son passage. Du bœuf froid sur une assiette bleue à motif de saule pleureur [1]. Une tapisserie suspendue au-dessus d'un lit. Des filles trop délicates qui prétendaient avoir peur de l'amour. Des bâtiments noircis sous la pluie. Des rêves allant et venant sur un mur ocre. Une fenêtre coincée, gonflée par l'humidité. Une fille en robe de coton qui récure des couteaux. Une centaine d'œufs

1. Un style de porcelaine à la mode à l'époque. *(N.d.T.)*

pour faire des flans. Des philodendrons dans les lavabos et un secrétaire de merisier au couvercle vert. Une boîte d'allumettes et un frottoir. Une véranda en bois surmontée par des ormes. Une fille en train de pleurer au water-closet. Des draps blancs et raides dans la cour où l'on met le linge à sécher. Des tapis brun doré avec des chaises bleu paon. Une heure de récitation suivie d'une heure de prière. De pâles pasteurs méthodistes qui surveillaient des filles faisant tourner des cerceaux à la gymnastique suédoise. *Worcester's Elements* et *Goldsmith's England.* Des jeunes femmes envoyées dans des pays étrangers. *Il faut finir les malles avant dimanche soir.*

L'école avait été créée par un philanthrope méthodiste en 1873 pour éduquer les filles de l'usine pendant leur temps libre, et elle avait donc le mérite d'être la première école du soir du pays. Quand il devint évident pour les fondateurs, toutefois, que les ouvrières avaient très peu de temps libre (et qu'elles ne tenaient pas à le passer encore enfermées), l'école commença à recruter parmi la classe moyenne : des filles de pasteurs, de commis voyageurs et d'instituteurs. En théorie, et aussi en pratique, l'école forme des jeunes filles pour les envoyer enseigner un peu partout : à Smyrne ou en Turquie, en Indiana ou à Worcester, ou parmi les Zoulous en Afrique du Sud. En plus de leurs devoirs d'enseignantes, on attend aussi des nouvelles institutrices qu'elles servent de modèles d'un christianisme éclairé à des filles du monde entier. Qu'elle considère cette perspective avec sérénité montre combien, à cette époque, Olympia est dissociée de la vie : un exil plus lointain ne lui inspire ni crainte ni enthousiasme, puisque tous les endroits autres que le Fortune's Rocks de ses souvenirs lui sont également indifférents.

À l'école, Olympia étudie le latin et la géographie, les mathématiques et la biologie, et elle suit des cours supplémentaires de composition, de gymnastique, de chant, de couture et de travaux ménagers. L'accent est mis sur le sens pratique ; les bas-bleus sont rares. Comme ni le programme ni ceux qui le conçoivent ne sont particulièrement intimidants, l'établissement, à la surprise de tous, est extraordinairement florissant.

Les candidatures excèdent le nombre de places. Olympia trouve étonnant que tant de jeunes femmes soient prêtes à quitter leurs foyers, c'est-à-dire leurs villages de Nouvelle-Angleterre, pour être envoyées dans des territoires étrangers où l'on peut périr de solitude ou contracter une maladie infectieuse. Et elle se demande si cette passivité collective ne résulte pas de désastres personnels qui leur interdisent le mariage, ou d'un manque général de confiance en l'avenir.

À partir du bâtiment central, l'école s'est beaucoup agrandie, s'installant dans les maisons vides adjacentes à la propriété, rivalisant avec l'usine pour gagner du terrain. À l'époque où Olympia est inscrite, de 1900 à 1903, elle possède dix-sept bâtiments, dont un gymnase et un observatoire, don d'une ancienne étudiante ayant épousé un Mellon. La plupart des jeunes filles épouseront des hommes infiniment moins riches, ou sans fortune du tout, et nombreuses sont celles qui ne se marieront pas. Une étudiante avec qui Olympia suit des cours partira dans l'Ouest où elle possédera des hôtels, et Olympia se souviendra de Rufus Philbrick et de ses prédictions.

Pendant le temps passé à l'école, Olympia n'a pas à partager sa chambre, une situation qu'elle apprécie. (Son père a-t-il payé un supplément pour éviter qu'elle n'échange des confidences avec une camarade ?) Sa chambre, qui comporte un lit et deux couvertures de laine rêche, une cheminée, un bureau, une chaise, donne par une large fenêtre sur la pelouse ovale au centre du parc. Malgré son aménagement spartiate, c'est pour elle une sorte de refuge. Comme elle n'éprouve pas le désir de quitter ni de fuir cette pièce, elle y voit davantage, avec le temps, une retraite qu'un lieu d'emprisonnement. Quand elle est ailleurs, aux cours ou aux repas, ou pendant les exercices obligatoires, elle ne pense qu'à retrouver son réconfort sans fioritures, s'asseoir sur le lit étroit et regarder le mur ocre, imaginer des visages, des scènes, ou se rappeler certains incidents du passé. Elle a quitté la maison des religieuses pour prendre l'habit, les habitudes, des sœurs catholiques. Contemplation. Méditation. Réflexion. Rumination.

Mais pas de prière. Prier, c'est espérer, et espérer, c'est faire entrer dans son esprit la douleur du désespoir. Et cela, Olympia s'y refuse.

Elle se crée une réputation de réserve, ce qui n'est pas étonnant. Car évoquer ne serait-ce qu'une petite partie de son histoire pourrait l'amener à révéler par mégarde ce qu'elle veut garder secret. Elle parle donc peu d'elle-même, un trait que les autres considèrent avec méfiance. Elle n'est pas populaire, mais elle ne pense pas non plus être détestée. On voit plutôt en elle une voisine qu'on ne connaît jamais bien, quelles que soient les manifestations bien intentionnées.

Cependant, il y a un professeur qu'Olympia admire particulièrement, un biologiste, M. Benton, de Syracuse, qui a un bureau à Belcher Hall, une pièce remplie d'objets et de livres, où trône la photographie d'une femme (une épouse ?) qu'il a perdue, laisse-t-il entendre une fois à Olympia. Ils prennent le thé ensemble assez souvent durant sa deuxième année, quand elle a décidé d'orienter ses études vers la biologie ; et peut-être est-ce parce que M. Benton, un homme au teint clair qui sans doute, quand elle le connaît, approche la quarantaine, lui rappelle son père tel qu'il était avant la catastrophe qu'elle a de l'affection pour lui. M. Benton et Olympia parlent calmement, d'un ton mesuré, d'anatomie, de plaquettes et des circuits du cerveau, et s'il sent en elle une réserve qui cache une blessure, elle aussi soupçonne une histoire derrière cette façade pâle : peut-être la femme de la photographie n'est-elle pas son épouse, après tout. Ils parlent de la vie à travers les métaphores des cellules et des espèces, un langage qui ne permet pas de digressions du côté des questions du cœur, bien que le cœur physique soit souvent disséqué. Et ainsi, pense-t-elle, ils sont en harmonie. Dans les années à venir, elle songera souvent à écrire à cet homme ; mais elle devrait alors lui parler de sa vie, employer un vocabulaire qui serait aussi étranger à ces après-midi en clair-obscur que le chinois ou l'ourdou, aussi s'en abstient-elle.

Quant à son vrai père, Olympia ne le voit qu'à Noël et pendant les vacances d'été, le voyage étant trop long pour les courtes vacances de Pâques. Il a en partie repris sa vie passée, mais elle a perdu son éclat, comme une bague qui a perdu son diamant : bien que le sertissage demeure solide, elle est incomplète avec son trou béant. Mais il lui écrit de temps en temps. *Je n'approuve pas entièrement ton choix d'orienter tes études vers la biologie. Elle va limiter tes perspectives, contrairement à l'histoire... Je t'envoie vingt dollars avec cette lettre afin que tu puisses t'acheter des vêtements chauds pour les mois d'hiver. Il paraît que Mme Monckton, dans Hadley Street, est une bonne couturière... Ta mère veut absolument que nous allions à Paris. J'espère qu'elle sera assez solide.*

Son père ne parle jamais du passé, ne lui demande pas comment elle se porte, ne fait allusion à rien qui puisse susciter une réponse trop personnelle. Il ne demande pas à Olympia si elle s'amuse, si elle a trouvé des amies, si elle a pu oublier.

S'il le faisait, Olympia lui dirait ceci : *Je ne peux pas oublier. Pas un jour. Pas une heure.*

Son père avait prédit qu'elle irait mieux à l'automne. Il se trompait.

Il ne se passe pas de jour sans qu'Olympia s'interroge sur ce qui est arrivé à son fils. Elle ressent son absence comme un vide au centre de son corps, qu'elle ne peut remplir par la lecture, l'étude ou l'imagination, pas même en se pliant en deux pour combler l'espace. Un jour qu'elle traverse Holyoke Street pour se rendre à Belcher Hall, elle voit une mère avec un petit garçon de trois ans environ. Une mèche rebelle sur le front lui donne beaucoup de charme, et ses chaussettes en coton tombent sur ses chevilles de manière attendrissante. La mère et le fils sont nimbés d'une lumière dorée, celle du soleil filtrée par les feuilles jaunes des érables au-dessus de leurs têtes. Olympia regarde l'enfant traverser la rue boueuse avec sa mère, convaincu que, s'il tient assez fort la main de celle-ci, il ne pourra jamais lui arriver aucun mal. Et tandis qu'ils marchent, une feuille cramoisie tombe. L'enfant tend sa petite main et l'attrape, puis lève son trésor pour le montrer à sa mère.

Olympia tourne brusquement les talons et retourne à sa chambre, et, à peine la porte refermée, elle s'effondre sur son lit, en proie à la plus grande confusion. Elle sanglote éperdument, ce qui attire l'attention de Mme Cowper, la surveillante, qui vient à la porte d'Olympia et insiste pour entrer. Olympia doit lui dire qu'elle vient d'apprendre que sa mère est mourante (elle sait encore très bien mentir dans l'urgence), pour que Mme Cowper la laisse tranquille.

Et si Olympia pense tous les jours à son fils inconnu, elle pense encore plus à Haskell. Ayant plus de souvenirs de lui, elle peut davantage imaginer. C'est comme si lui aussi devenait une habitude tenace : elle rêve constamment de lui, même si ses rêveries sont vagues et informes. Parfois elle ne voit plus son visage. Elle oublie le timbre de sa voix. La plupart de ses pensées sont d'ordre spéculatif : elle se représente une rencontre fortuite et ce qu'ils diront. Il lui tournera le dos dans une gare. Elle reconnaîtra – quoi ? – l'angle de son épaule, la façon dont il se tient les mains sur les hanches. Elle le verra consulter sa montre. Il portera un costume sombre, une sacoche en cuir à ses pieds. Il retirera un feutre à bord étroit et écartera ses cheveux de son front d'un coup de brosse. En silence, elle viendra à ses côtés, et sentant sa présence il se retournera. *Olympia*, dira-t-il, comme si elle était revenue d'entre les morts.

Osera-t-il la toucher alors ? Là, dans la gare, devant tout le monde ? Elle imagine la retenue cédant la place à des révélations éperdues, des absolutions hâtives. Elle imagine des remords et aussi une joie intense. Et elle imagine la stupéfaction de Haskell. Car il ne saura pas qu'il a un fils. Puis elle s'en remettra à lui, et il prendra soin d'elle. Ces rêveries sont incontestablement les moments les plus heureux de son séjour à Hastings.

Une particularité de l'école, Olympia l'apprend bientôt, est son programme de travail d'été, un concept unique et novateur, paraît-il, dans l'éducation américaine. Comme la majorité des étudiantes sont des filles de familles modestes, dont beaucoup ont du mal à payer les frais de scolarité, l'école a pris l'habitude de les envoyer, pendant les vacances, occuper des postes de gouvernantes, ou seconder des dames charitables, afin de gagner de l'argent pour aider à payer les factures. On peut, par exemple, être l'assistante d'un administrateur de foyer, ou préceptrice d'enfants qui n'ont pas eu la chance d'être scolarisés.

Vers la fin de sa troisième année d'études, Olympia commence à songer à l'endroit où elle pourrait être assignée. Si l'on est entreprenante, elle s'en est aperçue, on peut demander un certain poste, et d'ailleurs la plupart des élèves de dernière année retournent souvent où elles ont travaillé l'été précédent. Les places les plus demandées sont à Boston. Mais Olympia n'a pas envie de retourner à Boston, même si cela signifie qu'elle pourrait y résider dans sa famille (ou plus précisément pour cette raison même), car elle a déjà passé les trois derniers étés dans les pièces étouffantes de Beacon Hill. Ils ont été presque intolérables pour elle : elle ne pouvait penser qu'à une chose, l'endroit où elle n'était pas, c'est-à-dire Fortune's Rocks. Chaque jour, qu'elle associait à un événement marquant, était un supplice : à cette date, il y a un an, nous nous sommes rencontrés sur la véranda, Haskell et moi. À cette date, il y a deux ans, nous avons regardé un ballon monter dans le ciel. À cette date, il y a trois ans, nous étions amants dans une villa à moitié construite.

Pour éviter le retour d'anniversaires aussi douloureux, ainsi que l'ennui intense et la chaleur qui règnent dans la ville les mois d'été, Olympia saisit l'occasion de prendre un poste de l'autre côté de l'État : « Passez l'été dans une ferme des Berkshire, dit l'annonce à l'extérieur du bureau de la directrice. On demande une gouvernante pour trois enfants. Travail facile et bien payé. »

Elle pose sa candidature par écrit et elle est acceptée. La réponse vient d'une femme qui se présente comme la sœur d'un père veuf, lequel cherche une gouvernante pour ses trois fils. Cette sœur (qui donne l'impression d'habiter avec son frère, ce qui en fait n'est pas le cas) affirme à Olympia qu'elle sera sans doute très heureuse dans la ferme de son frère, qu'elle y trouvera un refuge agréable loin de l'école. Bien qu'Olympia ne croie pas avoir de grandes perspectives de bonheur, elle pense en effet que la ferme sera peut-être un refuge, par rapport à la fois à Hastings et à Boston.

Elle écrit à son père pour lui annoncer son affectation, en négligeant de préciser qu'elle a activement posé sa candidature à ce poste. On décide toutefois qu'Olympia rentrera chez elle tout de suite après ses examens pour de courtes vacances, et qu'au bout de deux semaines elle prendra le train pour l'ouest de l'État.

À Boston, Olympia passe son temps à lire Emily Brontë à sa mère qui, assise sur sa méridienne réchauffée de tapisseries bleu paon et de chenille azurée, couve une tasse de thé, tandis que sa fille lui parle de landes et de grandes passions. Son père, quand il n'est pas enfermé dans son bureau, arpente les pièces du haut de la maison, les mains dans les poches.

Si brève que soit sa visite, Olympia est profondément impatiente, au bout de deux semaines, de quitter cette maison où une faible odeur de honte et d'échec la poursuit encore, et semble s'attarder dans les murs et les tapis des nombreuses pièces, comme une fumée après un feu. Elle a dix-neuf ans, un âge auquel la plupart des jeunes femmes de son milieu quittent la ville l'été pour les stations balnéaires le long de la côte de Nouvelle-Angleterre. Elles vont à des bals et à des soirées, elles jouent au tennis, elles se fiancent à de beaux ou de stupides jeunes gens. Comme de pareilles fiançailles ne se présenteront jamais pour Olympia, il est entendu qu'il est préférable qu'elle soit occupée ailleurs.

Le voyage vers l'ouest est long et pénible, bien qu'Olympia soit charmée par le doux vallonnement bleuté du paysage passé les villes industrielles. Après avoir voyagé quelque temps dans les montagnes du Berkshire, elle descend du train à un carrefour où ne s'élèvent qu'un bazar et un petit bâtiment de pierre. Quand elle demande au mécanicien si c'est bien sa destination, il lui certifie qu'elle est au bon endroit. Elle attend au croisement jusqu'à ce que son employeur, Averill Hardy, vienne la chercher.

M. Hardy est un homme robuste d'environ trente-cinq ans. Sa chevelure abondante est devenue argentée de bonne heure, et une barbe lui arrive presque au milieu de la poitrine. Il a deux dents en bois à l'avant de la bouche, et sa peau est presque constamment brûlée par le soleil. De son épouse, Mary Catherine, il a eu quatre fils, dont trois vivent encore à la ferme. Le quatrième est parti pour Springfield. Comme il n'y a pas de femme à la maison, Averill Hardy explique à Olympia avant même leur arrivée à la ferme qu'il espère la voir se charger de la préparation des repas, de la lessive et du raccommodage, quand elle ne sera pas en train d'enseigner la lecture et l'écriture à ses fils. À cette idée, Olympia s'insurge. Elle questionne M. Hardy âprement. On ne lui a pas présenté les choses ainsi, lui dit-elle. Mais plus tard, quand il devient évident que le pauvre homme et sa maison sont dans un état lamentable, elle décide de se rendre utile ; sinon, elle aussi devra vivre dans des conditions presque misérables. Et comme sa seule autre solution serait de renoncer à cet emploi et de retourner à Boston, ce qu'elle ne veut à aucun prix, elle répond aux attentes de M. Hardy.

Et, en fait, ce travail ne lui pèse pas. Elle a acquis du savoir-faire à Hastings, et elle trouve que la répétition des tâches ménagères a une influence apaisante sur son esprit. La ferme est semblable à d'autres dans la région, une maison d'un étage en bois peint en blanc, aux volets noirs, avec une aile à l'arrière. Elle n'est pas vilaine, bien qu'elle soit près de la grange, qui abrite les vaches et qui sent très mauvais les jours chauds. Olympia a une chambre à l'arrière de la maison, une petite chambre qui donne sur une rangée de chênes et d'érables.

Les fils, de douze à dix-sept ans, sont des gaillards musclés et timides. Olympia trouve plutôt étonnant qu'ils ne sachent pas lire. Quand elle se réveille le matin, leur père et eux sont déjà levés et s'occupent des bêtes et de la terre, cent acres de maïs pour le bétail. La cuisine est spacieuse, il est facile d'y travailler, et Olympia a suffisamment appris les arts culinaires à l'école pour pouvoir composer des repas. Avant le soir, elle en aura préparé quatre, y compris un petit déjeuner de porridge, de saucisses et d'œufs, qu'elle tiendra prêt dans la demi-heure après son réveil. Elle ne mange jamais avec les hommes, et prend ses repas seule à la table quand ils ont fini les leurs et sont ressortis. Après le déjeuner, si M. Hardy n'a pas besoin de ses fils ce jour-là, ils viennent au salon où elle leur inculque les rudiments. Les garçons sont polis, et même heureux de l'attention qu'elle leur accorde, bien que l'aîné, Seth, apprenne très lentement et soit défavorisé par rapport à ses frères. Quand Olympia voit à quel point les enfants ont besoin de ses leçons, elle ne regrette pas d'avoir accepté ce travail.

Parfois, M. Hardy revient dans la maison avant le déjeuner ou le dîner et lui décoche une plaisanterie ; mais le véritable objet de ces visites, Olympia s'en aperçoit vite, c'est d'aller dans le salon et, lorsqu'il est certain qu'elle ne regarde pas, d'ouvrir un buffet et de se servir un verre d'alcool. Elle ne sait pas à quel moment il lave ce verre, car elle ne le voit jamais dans la cuisine. Avec le temps, elle comprend que le teint coloré de M. Hardy n'est pas entièrement dû à l'ardeur du soleil.

Un jour, alors qu'Olympia est à la ferme depuis trois semaines, et qu'elle a appris à tenir une maison aussi bien que le B.A.-Ba de l'enseignement, M. Hardy s'attarde après le déjeuner. Cela inquiète un peu Olympia, qui a faim et ne se met pas à table d'habitude avant qu'il ait quitté la cuisine. En général, quand elle a servi le repas de midi, elle se retire au premier étage, où elle fait un peu de raccommodage dans la chambre de M. Hardy, qu'il partageait autrefois avec sa femme et où se trouve encore sa boîte à ouvrage. C'est une pièce agréable, la plus agréable de la maison, pense Olympia, et en fait la seule qui bénéficie d'un tant soit peu de lumière. Mme Hardy, qui était manifestement une bonne femme d'intérieur, a décoré sa chambre à coucher de ses travaux d'aiguille. Olympia est impressionnée par ses tapis multicolores aux motifs complexes, et ses couvertures en patchwork pliées sur un coffre dans l'attente des mois d'hiver.

En entendant des pas dans l'escalier, Olympia est surprise et pose son travail. Elle se dit que M. Hardy est peut-être malade et qu'il revient dans sa chambre pour s'allonger sur le lit. Elle se lève du fauteuil, le tissu et l'aiguille à la main.

Il vient se planter dans l'embrasure de la porte. Elle voit que ses yeux brillent, et une nouvelle idée lui vient : il pleure sa femme disparue. Il fait chaud dans la chambre où un rectangle de soleil se pose sur les lames vernies du parquet.

« Vous êtes une brave fille », dit M. Hardy du seuil. Elle a l'impression qu'il veut lui sourire, mais elle n'en est pas sûre. Il n'a jamais souri auparavant, et sa bouche se tord curieusement à cause de ses dents en bois, qui ne sont pas belles à regarder. M. Hardy lui paraît aussi plus nerveux qu'elle ne l'a jamais vu.

Olympia est gênée d'être là, qu'il lui parle de cette façon alors qu'elle n'a aucun espoir de former une réponse acceptable, et de plus elle ne comprend pas très bien pourquoi il est monté dans sa chambre. Elle fait un pas vers lui, pensant qu'il va s'écarter pour la laisser passer. Mais il se méprend sur ce mouvement. Il s'ensuit un moment confus où elle ne sait où poser le pied.

M. Hardy, sans doute sous l'emprise d'un excès de boisson, l'entoure maladroitement de ses bras et l'attire vers lui, de sorte qu'il l'écrase contre sa poitrine. Elle essaie de résister, mais elle ne peut pas. D'ailleurs elle n'est pas sûre qu'il comprenne qu'elle résiste. M. Hardy, qui mesure trente centimètres de plus qu'elle, baisse la tête, trouve son visage et l'embrasse. C'est un baiser humide, désagréable. Elle sent les bords émoussés de ses dents en bois. Sa barbe est rugueuse et piquante sur son visage et sa gorge. Elle respire son haleine, qui est, elle le sait mieux que personne, un mélange d'alcool, de saucisse et de vieux fromage. Puis, avant qu'elle ait eu le temps de se ressaisir, il pose une large paume sur le haut de son tablier et appuie comme s'il avait l'intention de lui aplatir la poitrine. À ce moment, elle se débat et parvient à s'écarter.

« Non ! » crie-t-elle.

Il la libère, et elle recule en trébuchant.

« Vous n'aimez pas ça ? » demande M. Hardy d'une voix rauque. Et Olympia, étonnée, voit qu'il est vraiment consterné et peut-être même surpris de sa réaction.

Elle reste sans voix, incapable de surmonter le choc de son odeur et de son contact. Sans pouvoir bouger ni lui répondre, elle tient toujours l'aiguille et le tissu, priant que cet incident se termine. Et soudain, c'est fini, elle se rend compte qu'il a quitté la pièce.

Ses mains se mettent à trembler. Elle laisse tomber l'aiguille et le tissu sur le plancher.

« Mon Dieu ! » dit-elle. Elle s'assied lourdement dans le fauteuil de Mme Hardy. « Ce n'est pas moi. »

Elle regarde ses mains puis les courtepointes pliées sur le coffre. Comment en est-elle arrivée là ?

Parce qu'on l'a laissée croire qu'elle est indigne et inférieure ? Et pourquoi donc ? Parce qu'elle a été aimée ? Parce que cet amour a produit un enfant ? Parce que son père et le monde où il a placé sa confiance en ont décidé ainsi ?

Olympia secoue la tête, comme pour rejeter sa passivité.

Elle tourne son visage vers la brume bleue des collines derrière le grillage soigneusement réparé de la moustiquaire. Elle marche vers la fenêtre, l'ouvre largement et penche la tête. Elle inspire le grand air, ses pensées s'aiguisant à chaque souffle comme si elle avait été droguée depuis des années et ne sortait qu'à présent, avec un sursaut, de sa torpeur. L'air contient une promesse, alors qu'avant il n'y en avait aucune. C'est un air capable de nourrir une vie jusque-là exsangue.

Elle va quitter cette ferme et ne jamais revenir, se dit-elle. Elle va mettre fin à son exil. Elle va retourner au seul endroit où elle ait été heureuse.

III

Fortune's Rocks revisité

Tout au long de son voyage de l'ouest du Massachusetts au New Hampshire – des Berkshire à Springfield en voiture, de Springfield à Rye en train, de Rye à Ely en tramway, et de là à Fortune's Rocks de nouveau en voiture de louage –, Olympia a réfléchi au problème d'entrer dans une maison fermée depuis des années. Sera-t-elle barricadée par des planches, impénétrable, comme elle le croit ? Ou des vagabonds auront-ils troublé le sommeil paisible de cette maison de la honte ? Est-il concevable que Josiah et Lisette, dans leur hâte de nettoyer après la réception désastreuse, aient oublié de fermer la porte à clef, permettant ainsi aux curieux de pénétrer sur la scène du scandale le plus récent, et peut-être le plus grave, de Fortune's Rocks ?

Le paysage est familier et pourtant sans l'être, enivrant après tant d'années d'exil à l'intérieur des terres, mais les changements sont effrayants. Là où autrefois il y avait de longues étendues de mer et de rochers se dressent à présent des villas de dimensions et de styles différents, si nombreuses à Rye que sans la promenade, facile à reconnaître, elle ne saurait peut-être pas où elle est. La voiture passe devant un bowling dont elle ne se souvient pas, et une nouvelle galerie marchande qui semble, parmi les vénérables hôtels qu'elle connaît, comme une catin installée entre deux douairières. Déjà, en cette deuxième semaine de juillet, les pensions sont bondées de vacanciers, la plage encombrée de baigneurs aux costumes plus audacieux que dans son souvenir. Mais quand l'attelage quitte Rye et se rapproche de Fortune's Rocks, une sorte de calme commence à descendre sur la mer et sur son esprit agité. Les changements sont moins nombreux ici ; çà et là seulement, des bardeaux neufs de cèdre signalent de nouvelles constructions.

Elle déboutonne sa cape (le lainage, qui convenait si bien à la fraîcheur des Berkshire, est trop chaud pour la côte de Nouvelle-Angleterre en juillet), et il lui vient à l'idée que peu de vêtements, parmi ceux qu'elle a emportés dans sa fuite, seront appropriés à la plage. À côté d'elle, le cocher, un homme du pays, maigre et anguleux, avec une belle barbe au menton, fouette les chevaux, et le cœur d'Olympia bat dans sa poitrine. Ils s'engagent dans le chemin étroit et sinueux qui les amènera à Fortune's Rocks, et elle pense : Et si la maison n'était plus là du tout ? Et si, dans les années écoulées, la villa avait entièrement brûlé, et que son père ne le lui ait tout simplement pas dit ? Ou a-t-il, à son insu, vendu la maison, et trouvera-t-elle, sur ses vérandas, de petits enfants inconnus ?

Mais avant qu'elle puisse se poser davantage de questions, le cocher prend un tournant, et elle voit, avec un brusque serrement de cœur, le croissant familier des villas de vacances, les rochers qui pointent à marée basse, comme des phoques, leurs nez noirs au-dessus de l'eau, et la plage de Fortune's Rocks. Elle se penche en avant. Encore un virage, et elle voit la maison elle-même : la résidence de son père, autrefois un couvent, à présent abandonnée.

Un petit cri lui échappe, et le cocher la regarde.

Tous les volets sont fermés, si bien que la maison fait penser à un visage dont les yeux et la bouche sont clos, ne trahissant pas de secrets.

« Vous ne voulez pas dire ici, mademoiselle ? » s'exclame le cocher avec son accent traînant, de l'inquiétude dans la voix.

Elle ne peut, pour le moment, répondre à cet homme. Veut-elle dire ici ? Est-ce là qu'autrefois des femmes en robes de lin blanc dînaient sur un fond de mélodies de Chopin, dans la lumière reflétée par les miroirs ? Est-ce bien la maison où John

Haskell, sa femme et ses enfants sont venus rendre une visite fatidique, alors qu'aucun d'eux ne pouvait imaginer la calamité qui les attendait ? La peinture s'écaille des murs et l'herbe a un mètre de haut, mais dans la villa de ses souvenirs, la lumière inondait les pièces et des pieds chaussés de souliers fins glissaient silencieusement sur des parquets cirés.

« Oui, c'est ici », dit-elle au cocher.

Aucune maison n'a poussé près de celle de son père, et elle se demande pourquoi. Est-il propriétaire de tout le terrain adjacent ? A-t-il été donné au couvent toutes ces années auparavant ? Le plus proche voisin, elle le voit, est toujours le poste de sauvetage, dont la peinture blanche bordée de rouge brille au soleil, donnant à la maison de son père un aspect particulièrement misérable. Au bord de l'eau, elle voit de nombreuses silhouettes plus ou moins déshabillées. Elle revoit – le souvenir ravivé par la vue du paysage et donc plus distinct qu'il ne l'a été depuis des années – sa lente progression de la cabine de bain à la mer il y a quatre ans, tandis que Haskell, un homme qu'elle ne connaissait pas alors, observait ses pas timides.

Olympia paie le cocher réticent et attend pendant qu'il descend sa malle de la voiture, pliant sous son poids. Bien qu'il propose de la porter dans la maison, elle lui demande de laisser le bagage à la porte de derrière. Elle ne veut pas qu'il sache qu'elle n'a pas de clef, et ne peut donc ouvrir cette porte ni aucune autre. Debout sur le seuil, elle le regarde partir. Elle lui fait signe une fois, espérant avoir simplement l'air d'attendre qu'un gardien invisible, quoique peu pressé, lui ouvre la porte et l'invite à entrer.

Mais aucun gardien ne se montre. Quand Olympia est certaine que le cocher a repris sa route, elle fait le tour de la maison, cherchant un moyen d'entrer. Dans sa hâte de quitter les Berkshire pour se rendre à Fortune's Rocks, elle a sauté plusieurs repas, et elle a à peine dormi. Elle essaie les volets (pâlis et écaillés à présent) et ne s'étonne pas de découvrir qu'ils sont fermés de l'intérieur. Une porte menant à la cave est fermée de la même manière, comme les quatre autres portes de la villa. Elle briserait volontiers une fenêtre si elle pouvait y accéder, mais d'abord elle ne voit pas de faille dans l'armure redoutable de la maison. Elle ne veut pas demander de l'aide, ce serait annoncer sa présence ; et tout en sachant qu'elle ne pourra garder longtemps son séjour secret, elle voudrait au moins être à l'intérieur avant que la maison ne soit assaillie par les curieux.

Arrivée près de la chapelle, elle s'écarte un peu de la maison et l'examine de la pelouse. Des herbes folles lui chatouillent les jambes sous ses jupes. Des bardeaux sont tombés du toit, constate-t-elle, et le bois des murs a grand besoin de peinture. La balustrade de la véranda a été abattue par une tempête, peut-être la même qui a privé les lucarnes de leur encadrement. Il y a, en fait, beaucoup de réparations à faire, des réparations qu'elle ne peut entreprendre elle-même, et elle se rend soudain compte, étonnée, qu'elle regarde ces atteintes portées à la maison – une fente dans un pilastre, un chambranle de porte voilé sous l'effet de l'humidité, des briques détachées de la cheminée – d'une façon nouvelle pour elle, c'est-à-dire en propriétaire. Et c'est alors, pendant cette inspection, qu'elle voit un gond brisé.

Elle cherche sur quoi monter, puisque la fenêtre n'est pas à sa portée, et elle trouve, à côté de la maison, une table qui a dû servir pour le jardinage. Au prix d'un effort considérable (mais, oh, comme ses bras et ses jambes ont été endurcis par son travail à Hastings, un travail auquel elle ne peut même pas supporter de penser à présent), elle traîne la table sous la fenêtre. Elle grimpe sur sa surface rugueuse et, en tirant plusieurs fois de toutes ses forces sur le volet tordu, elle le desserre, le libère enfin du gond restant et le fait tomber sur le sol. Elle brosse la rouille de ses doigts et frappe sur l'encadrement de la fenêtre du plat de la main pour débloquer sa fermeture gonflée par l'humidité, et quand la fenêtre cède, elle ne peut retenir un cri de triomphe. Elle se hisse sur le rebord, reste un moment en équilibre sur l'appui, et se laisse tomber plus bas sur le sol de pierre.

Elle se relève et regarde l'intérieur de la chapelle, et aussitôt elle est inondée de chagrin, comme un torrent d'eau remplit un bras de mer. Elle voit l'autel et ses derniers moments désespérés avec Haskell ; elle voit une jeune fille dessiner près d'une fenêtre sans une pensée troublante en tête ; elle voit un garçon, un petit enfant qu'elle n'a jamais connu, qui aurait pu venir jouer ici. Seule enfin, sans témoins, elle s'assied sur le bloc de marbre et s'abandonne à ce chagrin, avec des sanglots intermittents aggravés par sa fatigue. Les larmes tracent des sillons sur sa joue salie par la poussière de la route, et elle s'essuie le nez avec l'ourlet de sa jupe. Au bout d'un moment, elle se redresse, certaine que le pire est passé, et défait les deux premiers boutons de son corsage. Mais ce geste, ce tâtonnement innocent, déclenche un souvenir si vif et si doux que de nouveau son corps est secoué par des sanglots de regret.

Un peu plus tard, elle retire ses mains de son visage et jette un coup d'œil autour d'elle. Des vandales sont venus dans cette chapelle, ils ont écrit au charbon de bois ou à l'encre noire sur le marbre et les murs. Des papiers gras, qui ont dû envelopper du poisson frit, sont froissés dans un coin. Un linge est accroché à un banc, et, quand elle se lève pour aller voir, elle s'aperçoit que c'est une chemise de femme, de la mousseline bon marché tachée de bleu. Elle laisse tomber le vêtement sur le sol. Elle se sent curieusement profanée. Pourtant n'est-ce pas Haskell et elle qui ont les premiers profané cet endroit ? Ou n'était-ce pas une profanation, mais au contraire le plus sacré des rites humains ? Elle l'ignore, bien qu'elle ait pesé cette question depuis des années. Quoi qu'il en soit, elle trouve cette nouvelle profanation encore pire. Les papiers gras, les gribouillages et la chemise sont pour elle une profanation de la mémoire, à présent la plus chère de toutes ses possessions.

Quittant la chapelle, elle prend le petit couloir qui la relie au reste de la maison, ouvrant les fenêtres, les volets et les portes au passage, de sorte que, si l'obscurité règne encore devant elle, la lumière entre à flots derrière. Les talons de ses bottines claquant agréablement sur le sol d'ardoise, elle traverse la cuisine avec ses placards vides et ses tables nues. Des souris ont trottiné partout, et de la rouille s'est formée dans l'évier. Elle franchit la porte battante qui un jour l'a amenée à surprendre l'intimité de Josiah et de Lisette. Elle suit le couloir lambrissé où elle a vu pour la dernière fois le visage de Haskell, traverse la salle à manger où ils ont dîné ensemble, et finalement entre dans le salon, avec ses formes blanches fantomatiques, où règne un ordre parfait. C'est une chambre spectrale, pense-t-elle, dont les souvenirs attendent d'être dévoilés avec les meubles. Un poudroiement de sel sur les fenêtres fait penser à du givre, et, bien qu'elle entende la mer monter et descendre inlassablement, elle ne la voit pas clairement. Elle se tient au milieu de la pièce, où règne une forte odeur de moisissure, détache son chapeau et le laisse voleter au sol. Elle se débarrasse de sa cape, puis se penche et délace les bottines craquelées qu'elle porte depuis des semaines. Elle déboutonne les manches de son corsage et les roule jusqu'aux coudes.

D'un geste théâtral, elle retire un drap qui recouvre un fauteuil de soie rouge et crème. Des souris ont attaqué la tapisserie, ou était-elle déjà effilochée ainsi ? Elle tire un autre drap et découvre une table ronde en acajou avec des pieds griffus. Comme elle paraît lourde, sombre et masculine dans cette pièce blanche. Elle marche vers une porte dont elle ouvre le crochet. La soudaine bouffée d'air frais lui éclaircit aussitôt les idées, et il lui semble voir plus nettement que jamais. Elle se dirige vers la balustrade, abritant d'une main ses yeux de l'immense étendue de lumière argentée. Lentement elle passe en revue les rochers, les vieux vergers, la digue, la plage. Elle vivra dans cette maison, se dit-elle, et elle sera libre.

« Mademoiselle ? » Elle sursaute en entendant la voix, celle du cocher qui l'a quittée peu de temps auparavant. Il se tient au pied des marches de la véranda, sa casquette à la main, son corps long un peu voûté.

« Je suis revenu voir si ça allait, dit-il calmement avec son accent traînant. J'aimais pas beaucoup vous laisser sur ce seuil, avec cette maison barricadée qu'elle fait peur.

— Merci.

— J'vois que vous êtes entrée.

— Oui.

— Vous avez l'eau courante ?

— Je ne sais pas.

— Alors probable que non. Votre pompe va avoir besoin d'être bien amorcée.

— Oui. »

Elle remarque que son manteau, en rude lainage bleu marine, est déchiré à l'épaule. Ses bras sont exceptionnellement longs et pendent comme d'étranges appendices à ses côtés. Ses yeux, d'un bleu de glace, brillent à travers les poils et la crasse de son visage.

« Alors, vous avez pas l'électricité et le gaz non plus, dit-il. Vous savez où aller pour la nuit ?

— Je resterai ici », répond-elle.

Il se gratte la barbe et paraît sceptique. « J'ai l'impression, mademoiselle, que c'est pas un endroit pour une jeune femme comme vous », dit-il sans ambages. Elle essaie de deviner son âge. Trente-cinq ans ? quarante ? Sa figure, durcie par les expositions constantes aux intempéries, ne trahit rien. « Et vu qu'il se fait tard, je vous conseille de chercher un endroit où dormir avant qu'il fasse nuit. C'est plein presque partout à cette époque de l'année, mais ma sœur, Alice, elle prend des pensionnaires qui sont désespérés. »

Olympia ne s'était pas vue comme désespérée. Mais, à contrecœur, elle considère la proposition de cet homme. Il a raison : si elle n'a pas d'eau, elle ne peut pas rester ici, quelle que soit l'envie qu'elle en ait.

« Oui, dit-elle enfin. Merci.

— Vous êtes prête à partir tout de suite ? »

Elle hésite. Elle ne peut supporter de quitter la maison si vite. « Je…

— Soyez prête dans une heure alors, dit-il.

— Merci. Vous êtes très bon. Quel est votre nom ?

— Ezra Stebbins. Je venais livrer des homards quand votre père et votre mère habitaient ici.

— Je vois. Vous êtes pêcheur.

— Eh oui.

— Vous habitez par ici ?

— À Ely, mademoiselle. »

Elle se détourne un instant et regarde par-dessus la balustrade. Elle se demande s'il sait également pourquoi la maison est vide depuis toutes ces années. Elle se redresse. Ce n'est qu'une rencontre parmi bien d'autres qu'elle devra affronter les prochaines semaines si elle doit s'installer à Fortune's Rocks. Elle veut parler au pêcheur, mais, quand elle regarde au pied des marches, elle voit qu'il est parti.

Il n'y a pas de chaises sur la véranda, seulement un vieux tabouret coincé entre les barreaux de la balustrade. Elle le déloge, le pose au centre de la véranda et s'assied dessus, sa jupe bouffant autour de ses genoux. Il y a quatre ans, Haskell et elle se sont rencontrés devant cette balustrade. Elle ne se souvient que trop bien de la façon dont ils se sont salués, en présence de Martha, Clementine, Randall et May. Déjà, ce jour-là, elle a paru comprendre que sa rencontre avec John Warren Haskell n'était pas précisément comme elle aurait dû être, pas de façon notable, mais elle sentait distinctement dans son corps, en plus d'une impression de honte et de confusion, qu'un jour on passerait au crible leurs gestes simples, apparemment innocents, et qu'on leur donnerait une foule d'interprétations. Et elle se demande à présent si dans chaque vie il n'y a pas des moments, peut-être quatre ou cinq, ou même sept, où tout se transforme entièrement, ou s'engage dans une direction inédite, une direction qui a semblé jusque-là trop fantastique ou douloureuse pour être envisagée. Ces moments peuvent se produire inopinément, quand on les attend le moins, et souvent dans des circonstances gênantes ou désastreuses, ou même banales ; et ils peuvent survenir si doucement, si légèrement qu'on croirait de petits oiseaux se posant sur la branche extérieure d'un arbre. Sauf que ces oiseaux particuliers ne s'envolent plus. On peut les trouver dans un regard évasif sur le visage de l'aimé, ou la première apparition d'un mot dans un télégramme (et là, on le voit presque, la vie commence à dévier de son cours initial). Et, c'est là le plus incroyable, dans la continuité limitée de temps le long de laquelle chaque individu voyage, ces moments fatidiques sont fixés d'avance, immuables, on ne peut les effacer, quelle que soit la ferveur avec laquelle on souhaite plus tard qu'ils n'aient jamais existé.

Le moment où elle a rencontré Haskell sur la véranda était de ceux-là, Olympia le sait ; et un autre, sûrement, a été l'instant précis où Catherine s'est penchée sur le télescope, un instant qu'Olympia ne peut revoir sans un terrible frisson (et si seulement on pouvait effacer un pareil moment, pense-t-elle à présent). Mais n'y a-t-il pas eu aussi, se demande-t-elle, un instant précis où une vie a été conçue ? Et quand exactement ? Ce premier matin dans la chambre de Haskell ? Quand ils étaient couchés ensemble dans la villa à moitié construite ? Dans le sable, au cœur de la nuit, alors qu'elle s'était glissée hors de la maison sans qu'on le sache ? Haskell lui avait expliqué une fois de quelle façon il essayait d'empêcher la conception, et parfois elle sentait et voyait les petits ballons humides ; mais il lui avait dit aussi que cette méthode n'était pas toujours efficace. C'est pourquoi, allongé sur le sol de la villa inachevée, il l'a interrogée sur ses règles, et elle est émue à présent de penser qu'ils ont eu cette conversation, qu'elle a parlé à un homme de considérations aussi intimes ; et pourtant comme c'était facile alors. Une nouvelle tristesse s'empare d'elle, une tristesse qu'elle doit secouer de ses membres, tandis qu'elle se lève et abandonne la véranda pour la plage.

Pendant dix jours, Olympia habite la pension d'Alice Stebbins, la sœur d'Ezra, le pêcheur qui l'a prise sous son aile. Olympia a une petite chambre en haut de la maison, et on lui sert trois repas par jour. Comme la pension se trouve à Ely, elle ne peut pas facilement aller voir la maison de son père pendant ce temps, mais elle parvient à embaucher un nouveau gardien. On tire de l'eau du puits et on l'achemine dans les pompes. Les fils électriques, en très mauvais état, ont grand besoin de réparations, mais Olympia décide néanmoins d'aller vivre à Fortune's Rocks : il y a beaucoup de lampes à pétrole dans la villa. Quand enfin elle s'y installe, elle se sent reconnaissante à l'égard de l'école Hastings, où au fil des ans on lui a enseigné suffisamment de rudiments du ménage et de la cuisine pour pouvoir rendre la maison habitable, une source de grande satisfaction pour elle. Elle balaie les parquets et secoue les tapis. Avec l'eau de la pompe de la cuisine, elle lave le linge et les draps, et nettoie les vitres. Elle débarrasse les placards de générations de mites ; elle décroche les toiles d'araignée, taille les buissons, époussette les meubles et repasse des corsages. Elle aère des vêtements abandonnés dans les armoires et, quand elle trouve des accrocs, elle raccommode. Elle tapisse tous les tiroirs de papier et traîne les matelas au soleil où elle les bat avec une baguette. Elle récure les casseroles, lave les planchers, cire les bois et astique les chenets en laiton. Petit à petit, la villa commence à perdre son air d'abandon, à devenir étincelante. La literie sent le soleil et la mer, et c'est une joie de se glisser, épuisée, entre de doux draps propres le soir.

Avec le peu d'argent qui lui reste sur ce que lui a donné son père pour ses frais de voyage avant le début de l'été, elle peut acheter de la nourriture et des provisions au village. La boutique est loin à pied, mais elle y va tôt le matin, où elle est moins susceptible de rencontrer quelqu'un qui pourrait l'identifier. En effet, si de nombreuses personnes ont appris l'histoire de la catastrophe, il en est moins qui pourraient reconnaître son visage. Il a changé, de toute façon, depuis quatre ans qu'elle est partie. Son front est plus affermi, son menton plus prononcé peut-être. Quand le soleil brille, elle porte des lunettes teintées qu'elle a achetées à Hastings. Elle sait, toutefois, qu'elle ne pourra pas rester longtemps inaperçue, ni cacher le fait qu'elle habite là à ses plus proches voisins. Il y a déjà eu des manifestations de curiosité – des passants regardent la lessive sur la corde dans la cour de derrière, des petits garçons l'épient quand elle ratisse les feuilles mortes sous les arbres –, et si ses voisins sont au courant de sa présence, ce n'est qu'une question de temps avant que son père le soit également. Aussi, un après-midi, peu de temps après son installation, elle s'assied à son ancien secrétaire et compose une lettre.

Elle écrit à son père qu'elle est à Fortune's Rocks et qu'elle a décidé d'y rester quelque temps. On ne la dissuadera pas de son intention, et elle ne retournera pas à l'école Hastings à l'automne. Elle ajoute que s'il insiste pour la chasser de la villa, elle rompra les liens avec sa famille pour toujours. Elle ne veut pas lui faire de mal, précise-t-elle ; elle veut seulement qu'on la laisse tranquille. Finalement, elle lui dit qu'elle a besoin d'argent, car la maison nécessite beaucoup de réparations, dont elle dresse une liste. D'ailleurs, il lui reste très peu d'argent à elle.

Pendant des jours, après avoir écrit cette lettre, Olympia attend une réponse. Comme celle-ci ne vient pas, elle envisage, puis redoute, l'arrivée de son père en personne. Chaque fois qu'elle entend une voiture sur la route, elle sursaute. Le douzième jour, cependant, le facteur apporte une enveloppe avec l'écriture familière.

3 août 1903

Ma chère Olympia,

J'ai été surpris d'apprendre que tu étais à Fortune's Rocks. Je ne pense pas que ce soit un bon endroit pour toi. Et je suis vraiment désolé d'apprendre que tu souhaites abandonner tes études à Hastings. J'avoue que je nourrissais l'espoir que tu trouverais quelque satisfaction à enseigner et qu'être indépendante serait pour toi d'un grand réconfort. Mais je n'ai pas le cœur de te faire encore des reproches. Peut-être la satisfaction et le réconfort ne sont-ils pas ce que tu recherches. Je dois reconnaître qu'à ton âge je me serais peu soucié de ces avantages, bien qu'à présent je les apprécie grandement.

Tu aurais dû m'écrire immédiatement, Olympia. J'ai reçu une lettre de ta directrice, Mme Bardwell, quelques jours après que tu as abandonné ton emploi. Elle était bien sûr très inquiète que tu aies disparu, et elle a réussi à me communiquer son alarme. Elle m'a fait comprendre que tu étais partie volontairement, mais, tout de même, je me suis fait beaucoup de souci pour toi. Pendant quelque temps, j'ai pensé que cet homme *avait pris contact avec toi, et que tu t'étais enfuie avec lui. Je suppose que tu me dis la vérité, et que tu n'es pas avec lui maintenant.*

Je m'inquiète pour toi, Olympia. Je ne sais pas comment tu vas te débrouiller dans cette maison pleine de courants d'air. Mais si tu es décidée à t'y installer, je ne m'y opposerai pas. Je n'ai aucun désir de jamais y retourner, ni sur la côte du New Hampshire. Bien entendu, je serai obligé de vendre la villa un jour, mais je n'ai pas l'intention de le faire pour le moment, car je doute que j'en tirerais un bon prix dans le climat financier actuel.

Nous regrettons, ta mère et moi, de ne pas être avec toi pour ton vingtième anniversaire. Sache que nous pensons à toi tous les jours. Et je t'en prie, écris-moi de temps en temps. J'ai besoin de savoir que tu vas bien.

Affectueusement,
Ton père

P.-S. Tu trouveras ci-joint un chèque de cent cinquante dollars. Les factures pour les grosses réparations devront m'être adressées directement.

Quand Olympia a fini de lire la lettre, elle incline le front vers la table de la cuisine. Il lui est insupportable d'imaginer son père triste. Pendant quelques instants, tout ce qu'elle veut, c'est faire sa valise, gagner la gare et retourner à Boston pour être embrassée par ses parents. Elle songe à tous les jours que son père a passés à lui faire apprendre ses leçons, combien il a investi de lui-même dans son avenir.

Au bout d'un moment, elle pose la lettre sur la table. Sous l'évier, elle trouve une brosse à poils raides. Elle remplit un seau d'eau et de savon, et, s'accroupissant devant la cheminée, elle se met à frotter les taches de charbon de bois des feux d'une saison passée. La pierre est devenue presque noire, et elle doit aussitôt remplir son seau d'eau claire. Elle frotte dur, car il semble de plus en plus que seul un travail physique pourra apaiser la douleur de l'indécision.

Mais quel plaisir elle prend à ces simples tâches ! Souvent, quand Olympia a fini sa journée, elle parcourt les pièces de la maison, admirant son travail. Elle aime la façon dont la rampe reluit, dont les vitres irrégulières lavées au vinaigre déforment la ligne d'horizon, dont la peinture brille sur les appuis de fenêtre. Parfois, quand elle a soigneusement nettoyé une pièce, elle déplace son mobilier. Au début, elle se contente de changer de position une table ou une chaise, mais plus tard, s'apercevant que l'encombrement des lieux lui pèse, elle se met à emporter des meubles, ceux qu'elle peut soulever, pour les entreposer dans la chapelle. En conséquence, le salon est de plus en plus vide, et ce vide la rassure étrangement. Elle ne peut pas déplacer le piano, bien sûr, ni le sofa ni le secrétaire anglais, mais elle emporte une lampe frangée de cristal, un repose-pied recouvert de chenille, la fourrure d'un animal qui a servi de tapis, une pendule marbrée, un chandelier tarabiscoté, des petites tables enjuponnées, une banquette en bambou, des tapisseries qui ont pendu au mur pendant des années, de lourds rideaux dorés qui étouffaient les fenêtres, un support de plante en acajou, un paravent peint, un miroir doré lourdement orné, et des plantes en pot qui ont péri depuis longtemps. Elle a un fauteuil Windsor avec une écritoire cachée sous le siège, qu'elle met au centre de la pièce, si bien que lorsqu'elle s'y assied elle voit directement l'océan par les fenêtres. Et elle le fait souvent, se levant de temps en temps pour préparer du thé, ou parfois elle tricote, et rarement seulement elle lit. Elle est prudente avec les livres, ne voulant pas déclencher par mégarde une émotion inopportune. Depuis des semaines à présent, elle a créé des fondations, élevé des échafaudages, et elle ne veut pas que les murs robustes qu'elle a construits s'écroulent par la faute de mots sur une page.

La plupart du temps, elle porte des robes simples, puisqu'en général elle est occupée à des tâches ménagères. Mais, de temps à autre, elle met un piqué ou un taffetas qu'on a laissé dans une armoire. S'habiller et s'asseoir dans son fauteuil Windsor pour contempler la mer est souvent une occupation suffisante, et à présent elle comprend ce que l'on entend par cure de repos. Elle est persuadée que si ses instincts ne l'avaient pas menée à ce point de sa vie, elle ne se serait jamais remise et elle aurait pu, avec le temps, développer certaines affections nerveuses dont beaucoup de femmes semblent souffrir à l'âge adulte, en particulier sa mère.

À la fin de chaque journée, Olympia est en général délicieusement fatiguée, et on dirait qu'elle a toujours faim. Elle mange du maïs doux et des myrtilles, des petits pains briochés et du fromage blanc. Elle a du lait par le laitier et du pain de la charrette du boulanger, et elle se met d'accord avec Ezra pour qu'une fois par semaine il lui apporte du homard ou du poisson frais. En fait, c'est à la suite d'une livraison d'Ezra, alors qu'elle met du cabillaud dans la glacière, qu'une automobile noire et luisante s'arrête au portail de derrière. Par la fenêtre, Olympia voit avec étonnement Rufus Philbrick en descendre.

Elle regarde sa robe – un triste calicot – et touche ses cheveux qu'elle n'a pas lavés depuis plus d'une semaine. Elle n'a pas le temps de s'habiller convenablement. Pour la première fois depuis qu'elle est arrivée à Fortune's Rocks, elle regrette l'absence d'un serviteur pour ouvrir la porte.

« J'espère que le moment n'est pas mal choisi pour vous rendre visite, dit Philbrick, en retirant son chapeau et en prenant sa main quand elle lui a ouvert.

— Non, bien sûr que non », dit-elle, quelque peu abasourdie par cet événement inattendu.

Elle est étonnée aussi de voir que Philbrick est beaucoup plus corpulent qu'autrefois, et cela lui rappelle qu'en plus d'être un dandy c'est un épicurien. D'ailleurs il a besoin d'une canne pour marcher, et il porte deux chaussures différentes, dont l'une est plus grande que l'autre. Il a peut-être la goutte. Il a rasé sa barbe, ce qui révèle des joues roses et de lourdes bajoues. Le bord de ses yeux est légèrement rouge. L'invitant à entrer, elle regarde de nouveau le calicot fané qu'elle porte, et elle pense : *Il doit me voir différemment lui aussi.*

Il la suit dans la cuisine qui, quoique spartiate, n'est pas inhospitalière. Un vase de roses est posé au centre de la table et un pot d'hortensias sur le rebord de la fenêtre. Encore un peu émue, elle ne sait d'abord que faire de Philbrick. À part Ezra et les livreurs, elle n'a pas eu un seul visiteur à la villa (et on peut difficilement les appeler des visiteurs). Puis elle se ressaisit et dit à Philbrick qu'elle a de la citronnade et des scones, s'il veut se joindre à elle pour un goûter impromptu. Et, bien qu'il la prie de ne pas se donner de mal, elle voit qu'il considère avec plaisir la perspective de pâtisseries fraîchement sorties du four.

« Vous avez bonne mine », dit-il, quand ils sont assis dans le salon. Philbrick a pris le Windsor, Olympia un léger fauteuil à bascule qu'elle a descendu de la chambre de sa mère. Les fenêtres sont ouvertes sur la belle journée, et l'on entend le bruit régulier des vagues, interrompu de temps en temps par les lointains cris aigus de petits enfants sur la plage.

« Merci, dit-elle en lui offrant un verre de citronnade.

— Depuis combien de temps êtes-vous ici ? » demande-t-il en jetant un coup d'œil autour de la pièce. Elle voit qu'il est légèrement étonné de la rareté du mobilier.

« J'étais à l'École normale de jeunes filles Hastings l'année dernière, mais j'ai décidé de ne pas y retourner. Je suis ici depuis la mi-juillet.

— Votre mère et votre père vont bien ?

— Oui, merci. Voulez-vous des sandwiches au beurre d'anchois ?

— Oui, volontiers. »

Elle pose l'assiette devant lui. « Monsieur Philbrick, comment avez-vous su que j'étais ici ?

— Oh, ma chère, dit-il non sans bonté, je crois que je l'ai appris de plusieurs personnes. Vouliez-vous que cela reste secret ? Dans ce cas, je crains que vous n'ayez bien mal jugé la nature d'une petite localité. »

Pour la première fois elle remarque la tenue extravagante qu'il porte – un gilet de soie jaune et noir sur une chemise jaune pâle, et un splendide costume du plus beau lin. Où trouve-t-il de tels habits dans le New Hampshire ? se demande-t-elle distraitement.

« Non, je ne voulais pas garder ma présence ici secrète, dit-elle, mais je n'ai jamais eu l'intention non plus d'annoncer mon séjour. Mais je suis très contente de votre visite, monsieur Philbrick. Personne n'est venu me voir encore.

— Ma parole, Olympia, vous êtes devenue une recluse. Je voulais simplement savoir si vous aviez besoin de quelque chose. Je considérais votre père comme mon meilleur ami autrefois.

— Merci, dit-elle avec chaleur, mais je n'ai besoin de rien pour le moment. » Elle regarde autour d'elle. « Sauf d'un système de chauffage central. »

Il paraît interloqué. « Vous avez l'intention de rester ici pour l'hiver ?

— C'est possible », dit-elle en lui offrant un autre sandwich. Philbrick, elle le sait, est un homme d'appétit.

« Mais pour quoi faire ? demande-t-il. Les hivers sont affreux ici.

— Je fais préparer la maison pour les mois d'hiver. Je fermerai quelques pièces, bien sûr.

— Tout de même. »

Olympia hoche la tête. « J'éprouve le besoin de vivre seule quelque temps », dit-elle doucement.

Il l'étudie.

« Et j'ai été très heureuse ici », ajoute-t-elle sincèrement.

Philbrick pose son verre. Il croise les mains sur son ventre imposant. Il y a un long silence entre eux.

« Olympia, j'ai une grande sympathie pour votre détresse, dit enfin Philbrick. En général, je n'ai pas tendance à juger. Je crois posséder une certaine compréhension des amours difficiles et de leurs conséquences. » Il se tait un instant, et Olympia se demande ce qu'il peut comprendre exactement des amours difficiles. « Je comprends aussi ce que vous avez souffert pour avoir connu l'amour. Car je ne doute pas que vos relations avec John Haskell soient nées de l'amour. Rétrospectivement, je crois l'avoir vu entre vous. »

Tout d'abord, Olympia ne peut répondre.

« Un certain courant dans l'air quand lui et vous étiez dans la même pièce », ajoute-t-il, en faisant un geste éloquent.

Olympia brûle de parler de Haskell avec une autre personne. Mais elle sait qu'en le faisant avec Rufus Philbrick elle enfreindrait les limites de la familiarité, elle risquerait de détériorer l'opinion qu'il a d'elle, peut-être déjà compromise.

« En fait, dit Philbrick, en tendant la main vers un autre scone à présent qu'il a traversé avec succès le paysage un peu périlleux de l'amour, je pensais que vous étiez venue ici pour l'enfant. » Il ôte une miette de son gilet de soie.

Et il semble à Olympia que le monde entier retient son souffle, que le sol cède et s'effondre. Plus tard elle se demandera comment elle a pu – à part peut-être un coup d'œil trop vif à Philbrick – faire comme si elle savait de quoi il parlait.

« Une institution remarquable », ajoute-t-il.

Olympia passe sa langue sur son palais, soudain parcheminé. Pourtant elle n'ose pas lever le verre de citronnade pour boire, certaine que Philbrick verra le tremblement de sa main.

« Certains de ces orphelinats sont épouvantables, dit-il, mais mère Marguerite connaît son métier, il faut le reconnaître. Les bons pères de Saint-André me harcèlent toujours pour obtenir des donations, et ils ont finalement jugé nécessaire de me faire membre du conseil d'administration. » Il hausse les épaules. « Cela ne m'ennuie pas, bien sûr. C'est une organisation saine, qui a constamment besoin d'aide. »

Olympia hoche poliment la tête. Elle se rend compte qu'elle retenait son souffle. Elle le relâche lentement pour ne pas se trahir.

Elle ouvre la bouche, mais ne peut pas parler.

Philbrick se penche. « Ma chère, vous avez pâli. Je n'aurais pas dû. Je devrais être assez malin pour ne pas soulever des sujets douloureux. Ma foi, je n'ai jamais eu beaucoup de tact… » Il la considère avec attention. « Pardonnez à un vieil homme, je vous prie, de manquer de manières. »

Olympia secoue la tête. Quand elle parle, c'est d'une voix étranglée. « J'ai toujours admiré votre hardiesse », dit-elle avec sincérité.

Philbrick s'essuie la bouche avec sa serviette. « Je ne vais pas vous retenir plus longtemps, ma chère Olympia. Il vaut mieux que je parte avant de commettre un nouvel impair. Faites appel à moi, s'il vous plaît, si vous en avez besoin. Cela me ferait le plus grand plaisir de pouvoir vous aider. »

Il se lève et Olympia se lève avec lui.

« Je crains de vous avoir bouleversée.

— Votre visite m'a délicieusement changée de mes tâches journalières, dit-elle vivement pour écarter ses soupçons. J'espère que vous reviendrez. »

Philbrick sort une carte d'un étui en cuir et la lui tend. « Vous pouvez écrire à cette adresse quand vous voulez. Transmettez mes amitiés, je vous prie, à votre père et votre mère. »

Elle se tourne et se dirige vers la porte, sachant que, sur ses talons, il l'examine.

« Merci pour la citronnade, dit-il en lui tendant la main. Mes compliments à la cuisinière.

— Il n'y a pas de cuisinière, répond-elle.

— Mon Dieu, Olympia, vous êtes vraiment seule.

— Oui, et je préfère qu'il en soit ainsi. »

Il descend sur la pelouse et de nouveau il l'examine.

« J'ai toujours pensé que vous auriez un avenir extraordinaire », dit-il.

Elle referme la porte derrière Philbrick et attend jusqu'à ce qu'elle entende le moteur de l'automobile démarrer. Elle voit trouble, et une vive douleur est née dans sa tempe gauche. Elle porte les doigts à sa tête, mais la douleur se concentre en un petit noyau sur lequel elle n'a pas de prise. *Je crois l'avoir vu entre vous*, a dit Philbrick. Elle se sent nauséeuse et presse le front contre la vitre fraîche de la porte. Il faut qu'elle s'éclaircisse les idées, qu'elle regagne sa chambre. *Un courant dans l'air...* Elle fait demi-tour pour rentrer dans la maison et doit poser la main sur le mur pour se stabiliser. Au coin, elle se plie soudain, craignant d'être malade. *Que vous étiez venue ici pour l'enfant...* Elle s'essuie le visage avec sa jupe et tâche de se concentrer.

Il faut qu'elle retrouve son lit. La douleur devient brûlure, elle lui martèle le crâne. *Certains de ces orphelinats sont épouvantables…*

Tout tourne dans le couloir autour d'elle, et son fils est à Ely Falls.

Olympia reste des jours allongée sur son lit, dans sa maison exceptionnellement propre. Il pleut tant que le lait, le pain et les homards s'empilent devant la porte de la cuisine, puis pourrissent. De temps à autre elle entend frapper, et elle sait que ce doit être Ezra. Elle ne veut pas que cet homme s'inquiète à son sujet, en plus de toutes ses autres préoccupations, mais elle ne peut se résoudre à se lever pour l'accueillir.

Le troisième ou le quatrième jour, elle sort du lit, affaiblie par le manque de nourriture. L'air est confiné dans sa chambre. Elle se lave, met des vêtements propres et se brosse les cheveux. Elle ouvre la porte de la cuisine, trouve les provisions et les jette, à l'exception d'une miche de pain rassis dont elle grille des tranches qu'elle mange avec du thé. Elle s'étonne que son père ait pu donner son bébé à l'orphelinat d'Ely Falls sans rien lui en dire. Il doit avoir pâli en voyant le cachet de la poste de Fortune's Rocks sur une enveloppe qui portait son écriture. Elle se demande si à présent il s'inquiète qu'elle puisse découvrir par hasard où se trouve le petit garçon. Elle le voit faire les cent pas dans le corridor du premier étage.

Depuis le moment où Philbrick a quitté sa maison, elle a su qu'elle irait à la recherche de l'enfant. Les jours où elle est restée couchée, elle ne les a pas passés dans l'indécision, mais plutôt à rassembler ses forces pour la tâche qui l'attend. Elle a dû se demander plusieurs fois si elle est prête pour une pareille entreprise : à supposer qu'elle trouve l'enfant, qu'arrivera-t-il alors ? Peut-elle simplement exiger qu'on le lui rende ? Et le lui donnera-t-on ? Et si elle le récupère, pourra-t-elle s'occuper de lui correctement ? Il a un peu plus de trois ans maintenant. Elle se demande s'il a été bien soigné, elle prie que ce soit le cas. Elle ignore son nom.

Comment, dans ce cas, pourra-t-elle le trouver ? Quel prénom lui a-t-on donné à la naissance ? Et son nom de famille, quel est-il ? Son père a-t-il permis qu'il s'appelle Biddeford, ou a-t-il pu lui faire donner un autre patronyme ? Comment pratique-t-on ce genre de choses ? Olympia n'en a aucune idée et ne peut certainement pas interroger son père à ce sujet, ce serait risquer de lui révéler qu'elle a découvert où se trouve l'enfant. Et elle risquerait donc qu'il envoie l'enfant ailleurs, ou qu'il vienne à Fortune's Rocks pour la rencontrer, ce à quoi elle ne tient absolument pas.

Le matin du septième jour, elle met un costume de moire bleu lavande laissé dans l'armoire en acajou de sa mère, et se coiffe d'un chapeau en soie plissée à large bord. S'exerçant devant un miroir, elle s'aperçoit que, si elle penche le chapeau d'une certaine manière, la plus grande partie de son visage est cachée. Ce n'est pas tant qu'elle craigne d'être découverte, mais pour le moment elle ne veut pas admettre des personnes qui pourraient l'avoir connue dans le fragile univers qu'elle s'est créé.

On peut prendre le tramway pour Ely Falls à Ely, qui est à six kilomètres de la plage de Fortune's Rocks. Elle a songé à marcher, mais s'est dit qu'elle pourrait salir sa jupe et ses bottines, et qu'une apparence négligée ne la servirait pas dans sa mission. Aussi, Ezra, à qui elle a parlé la veille, vient la chercher pour la conduire au tramway.

Le pêcheur de homards, qui, elle le sait maintenant, approche la quarantaine, est d'une compagnie agréable pendant le court trajet.

« Votre père était-il pêcheur aussi ? demande-t-elle.

— Oui. Et son père avant lui, répond simplement Ezra.

— Et vous aimez cette vie ?

— J'ai deux cents casiers à l'eau, et ça m'occupe, dit-il. Je les vérifie à l'aube avant que le soleil soit au-dessus de l'horizon. J'ai trois fils, et je crois que l'un d'eux, au moins, suivra mes traces, mais j'ai essayé de le décourager. Voilà votre réponse. C'est une vie dure. » Il dit cela sans s'apitoyer sur son sort, son accent traînant rassurant pour les oreilles d'Olympia. Et en effet, en baissant les yeux, elle voit le récit de nombreux incidents douloureux inscrit au dos de ses mains. Sans réfléchir, elle tend la sienne et touche l'une des cicatrices, et ce contact les surprend tous les deux.

Elle lui demande pardon de son audace, mais il écarte ses excuses. Ce sont des pinces de homard, lui explique-t-il, qui ont causé ces profondes coupures, dans les quelques secondes avant qu'il ait réussi à les immobiliser. Elle a envie de le questionner sur sa femme, sur la vie qu'elle mène ; bien plus, elle aimerait savoir, mais ne demandera pas – non, elle ne demanderait jamais cela – s'il aime sa femme, s'il pense que sa femme l'aime ; si, à leur manière, ils sont heureux ensemble. En effet, bien que son expérience soit limitée, elle sait que l'amour est souvent indéchiffrable pour les autres, et pourtant c'est cette intimité qu'elle voudrait à tout prix comprendre. Quand ils arrivent au tramway, il lui souhaite bon voyage et dit qu'il reviendra la chercher à quatre heures.

Le tramway est bondé de gens du cru et d'estivants, dont beaucoup sont venus de Rye, sans doute dans la perspective d'une journée d'emplettes à Ely Falls. Il n'y a pas de siège libre quand elle monte dans le véhicule poussiéreux, et toute la chaleur du jour semble s'être concentrée entre ses murs de bois. Les passagers sont secoués et bousculés, à cause de l'irrégularité du terrain entre les rails, et l'odeur de tous ces corps qui ont trop chaud est désagréable. S'il n'était pas nécessaire de s'accrocher des deux mains à la poignée pour ne pas tomber, elle se couvrirait le nez d'un mouchoir parfumé.

De temps en temps, à travers la foule, elle aperçoit un peu du paysage. De nouvelles maisons ont été construites, et il semble que les faubourgs de la ville d'Ely Falls commencent plus tôt que quatre étés auparavant. Ils dépassent des enseignes déclarant : MÉDICAMENTS BREVETÉS et LIBRAIRIE FRANÇAISE et

H.P. POISSON, PHOTOGRAPHE. Puis ARTICLES DE FANTAISIE, TABACS PARADAY, et PHARMACIE BOYNOINS, près d'une enseigne qui dit seulement LEWIS POLAKEWICH. Il y a des stores bariolés et des grands magasins qu'elle n'a pas remarqués lors de ses visites précédentes à la ville, ou qui n'étaient pas encore là. Les rues et les trottoirs sont noirs de monde et de voitures, et un air affairé paraît s'être emparé des passagers du tramway. Elle descend en même temps que la plupart des autres, bien qu'elle n'ait aucune idée de l'endroit où elle se trouve.

Elle arrête un agent de police dans la rue, et il lui indique comment se rendre à l'orphelinat. Pendant qu'elle marche, le ciel devient d'un bleu sombre. Au loin, elle entend le tonnerre. Elle se met à courir mais, surprise par l'averse soudaine, elle doit s'abriter à l'entrée d'une banque. Au bout de quelques minutes, pressée de mener à bien sa mission, elle repart, pour être de nouveau trempée à une centaine de mètres de sa destination. Courant vite à présent, elle prend d'abord la haute structure de granit avec ses fenêtres régulièrement espacées au coin de Merton Street et de Washington Street pour un grand magasin. Mais, en passant, elle voit au-dessus de la porte ces mots : ORPHELINAT SAINT-ANDRÉ.

Le sol du hall central est en pierre. Tandis qu'elle marche vers une porte avec l'inscription BUREAU, les bottines d'Olympia laissent de petites flaques dans son sillage. Après un instant d'hésitation, elle frappe.

Une femme minuscule en habit et cornette lui ouvre. Elle a de petits yeux noirs avec de nombreux plis sur les paupières, et tient serrée une bouche profondément ridée. Elle paraît d'abord surprise de voir Olympia, puis se met à la considérer de plus près. La sœur voit son chapeau de soie plissée, ses bottines mouillées et les jupes lavande qui collent à ses jambes. Son examen est attentif, et Olympia pense que la sœur va lui fermer la porte au nez.

« Pardonnez-moi de vous interrompre, dit Olympia, mais j'aimerais parler à une personne responsable de l'orphelinat.

— À quel sujet ? » demande la sœur. La question est rapide,

comme celle d'un instituteur qui exige une réponse aussi prompte. La sœur parle avec un accent canadien français.

Olympia a répété son discours tant de fois qu'elle a cru que rien ne pourrait le lui faire prononcer de travers. Mais l'attitude de la sœur est si sévère qu'elle se met à bégayer, tout en se rendant compte que ce bégaiement va miner sa position.

« Je... je voudrais trouver un enfant, explique Olympia. C'est-à-dire... Je veux m'assurer du bien-être d'un certain enfant. Qui aurait été amené ici il y a trois ans. Au printemps.

— Mais pourquoi ? demande la sœur, négligeant toujours d'inviter Olympia à entrer dans la pièce.

— Parce que... » Olympia respire. « Parce qu'il est à moi », dit-elle vivement.

La sœur soupire profondément puis s'écarte. « Entrez », dit-elle.

Elle se dirige vers une chaise derrière le bureau et s'y assied. « Vous êtes toutes pareilles, vous autres jeunes filles, dit-elle. Vous croyez que vous pouvez abandonner votre bébé, le laisser sur notre seuil, puis revenir deux ou trois ans après et partir avec lui. Ça ne se passe pas ainsi.

— Non », dit Olympia en s'avançant vers le bureau.

D'un bref geste de la main, la sœur l'invite à s'asseoir.

Le dos de la jupe d'Olympia est trempé, et elle est certaine qu'elle laissera une marque humide sur la chaise. Son chapeau est si lourd de pluie qu'elle est obligée de le retirer. Ses cheveux, qu'elle avait remontés, pendent bas sur sa nuque. Elle repousse des mèches derrière ses oreilles.

« Comment vous appelez-vous ? demande la sœur.

— Olympia Biddeford. »

Si la religieuse connaît ce nom, elle ne le montre pas. Elle croise les mains et les serre sous son nez. « Et quel est le nom de l'enfant ?

— Je ne sais pas », répond Olympia.

Les doigts de la sœur sont rouges et luisants. Elle porte une alliance à la main gauche.

« Vous voulez seulement vous informer de la santé de l'enfant ?

— Je… » Olympia baisse les yeux vers ses genoux. Elle a apporté sa bourse, avec une somme considérable. Elle n'aime pas l'idée d'avoir à racheter son enfant, mais si les choses en arrivent là, elle est prête.

« Je ne suis pas sûre, dit Olympia, pas tout à fait sincèrement.

— Vous avez un mari ? »

Olympia secoue la tête.

La sœur avance le menton d'un geste vif de réprobation. « Et comment vous proposez-vous d'entretenir l'enfant ?

— J'ai des moyens, dit-elle. J'ai une maison.

— Où est cette maison ?

— À Fortune's Rocks. »

La sœur étudie Olympia avec le léger dédain des justes devant les privilégiés.

« Vous avez une famille ? Une gouvernante ?

— Non, pas pour le moment. Ma famille, c'est-à-dire mon père et ma mère, vit à Boston.

— Je vois. Aviez-vous de l'argent au moment où l'enfant a été abandonné ?

— Abandonné n'est pas le mot, dit Olympia. L'enfant m'a été pris. J'étais très jeune.

— Je vois ça. » La sœur la considère attentivement. « Quel âge avez-vous maintenant ?

— Vingt ans.

— Il y a des procédures, explique la sœur. Nous ne donnons pas les enfants. Vous le comprenez.

— Oui.

— Sous quel nom l'enfant a-t-il été laissé ?

— Je ne sais pas.

— Ce sera difficile alors, estime la sœur. Qui a apporté l'enfant ?

— Je n'en suis pas sûre. Il m'a été pris à la naissance par mon père. Il n'aurait pas apporté l'enfant lui-même, mais j'ignore s'il aurait utilisé son nom pour la… » Elle cherche le mot juste. « … transaction.

— Exactement », dit la sœur.

La religieuse ouvre son secrétaire et en sort un registre bourré de papiers. Elle les examine un moment. Les pages claquent quand elle les tourne.

« Je ne vois pas de Biddeford ici, dit-elle. Pas pour l'époque dont vous parlez. Pourrait-il y avoir un autre nom ? »

Olympia hésite. Elle baisse les yeux vers le bureau. « Haskell », répond-elle doucement.

La sœur, dont Olympia ne sait toujours pas le nom, la regarde.

« Je vois, dit-elle, sans plus consulter son registre à présent. Prénom ?

— John.

— Et pourquoi ce nom pourrait-il avoir été utilisé ?

— Il était… il est… le père, dit-elle.

— Oui, je vois. » La sœur semble l'examiner de nouveau. « Et aurait-il pu apporter l'enfant ici lui-même ?

— Non, non, dit Olympia. Je ne pense pas. Mon père ne voulait pas parler au docteur Haskell, ni permettre qu'on prononce son nom dans notre maison. Je doute sincèrement qu'il aurait eu affaire à lui.

— Et où John Haskell pourrait-il se trouver maintenant ?

— Je l'ignore », avoue Olympia.

La sœur claque la langue et secoue la tête. « Vous comprenez que ça prendra du temps ? »

Le cœur d'Olympia fait un bond dans sa poitrine. Cela signifie-t-il qu'il serait possible d'obtenir l'enfant ? « Oui, dit-elle, et peut-être sourit-elle.

— Et que l'enfant n'est peut-être pas du tout ici. »

La sœur regarde durement Olympia, et celle-ci recompose ses traits. « J'ai prié qu'il y soit, dit-elle, se rendant compte aussitôt que la sœur n'accordera pas beaucoup de crédit à ses prières protestantes.

— Vous aurez très certainement besoin de conseils juridiques, dit la sœur.

— J'aimerais savoir si l'enfant va bien. Et j'aimerais savoir… son nom. »

La religieuse hoche lentement la tête. À quoi peut ressembler la vie d'une femme pareille ? se demande soudain Olympia.

Une vie de célibat et de prières, de services rendus aux autres. Le besoin naturel d'amour est-il si grand que l'on en éprouve toujours la perte, ou s'évapore-t-il avec la piété ?

« Beaucoup d'enfants sont placés avant que la mère puisse venir les reprendre, dit la sœur. Parfois ils sont adoptés par des moyens légaux. Pourquoi avez-vous attendu tout ce temps ?

— Ce n'est que récemment que j'ai pu envisager une action de cet ordre.

— Le don d'un enfant est très précieux, dit la sœur. Pensez-vous qu'une fille qui a péché devrait être récompensée de sa sottise par un don pareil ? »

Olympia ouvre la bouche pour parler, mais ne peut lui répondre.

La sœur se lève de sa chaise. « Je voudrais que vous restiez ici », dit-elle, et elle quitte la pièce.

Olympia reste assise dans ses jupes mouillées et attend le retour de la religieuse. La pièce se rafraîchit, et Olympia frissonne, de froid ou d'avoir eu si peur, elle ne saurait le dire. Elle n'a rien de sec pour s'envelopper. La pluie bat contre les hautes fenêtres, dont les rebords lui arrivent au niveau du menton. Les murs sont peints en brun, et la peinture brille, avec toutes ses éraflures, à la lumière électrique. Derrière le bureau de la religieuse, il y a une grande croix lourdement ornée, avec un Jésus de douleur.

Le registre, avec ses papiers – des papiers de différentes couleurs et formats –, est sur le bureau de la sœur. Si Olympia le consulte, y trouvera-t-elle le nom qu'elle cherche ?

Elle se lève de sa chaise pour marcher autour de la pièce afin de se réchauffer les membres. Ses jupes collent toujours à ses cuisses, elle doit les écarter. Elle a de grands frissons à présent, et elle se demande ce qui retient la sœur si longtemps. Où est-elle allée exactement ?

La sœur connaissait le nom de John Haskell. Olympia en est certaine.

Elle s'approche de la fenêtre et regarde au-dehors la pluie

régulière qui a succédé à l'orage. Puis elle se retourne et examine le bureau, les hauts classeurs en chêne qui couvrent en partie un mur, les nombreux livres sur des rayonnages du sol au plafond. La seule chaise pour les visiteurs, celle où elle s'est assise, est sévère et spartiate. La religieuse, se dit Olympia, ne doit d'ailleurs pas encourager les visites.

Ses dents se mettent à claquer, et elle les serre. Elle cherche une source de chaleur, voit un radiateur derrière le bureau de la sœur mais, quand elle s'en approche et le touche, elle s'aperçoit qu'il est tiède. Pourtant, pense-t-elle, c'est mieux que rien. et elle s'appuie contre lui. Elle a si froid qu'elle se moque désormais d'être surprise par la sœur derrière son bureau.

Elle tend l'oreille pour savoir s'il y a des enfants, mais elle n'entend rien. Une fois, cependant, elle entend claquer des talons sur la pierre et elle retourne à son siège, mais c'est une fausse alerte, et un instant plus tard Olympia se blottit de nouveau contre le radiateur. Où sont les enfants ? se demande-t-elle. Sont-ils logés dans ce bâtiment froid de granit ? Sûrement pas. Cet endroit peut-il être un foyer d'enfants ? Elle ne veut pas y penser. Il lui vient l'image désagréable de petits lits enfantins alignés le long d'un mur, comme ceux de soldats dans un hôpital de campagne.

La sœur est partie depuis si longtemps qu'Olympia commence à se dire qu'elle l'a complètement abandonnée. Elle se demande si elle devrait partir à sa recherche. Elle fixe son bureau, fascinée par le registre au dos brisé, plein de papiers de différents formats. De là où elle est, appuyée contre le radiateur, elle distingue quelques mots à la plume : *le bébé qui est laissé*, lit-elle. Et *c'est affreux de séparer*. Olympia fait un pas. Elle tend la main et, du bout de l'index, elle ouvre le registre.

Une lettre repose entre deux pages.

24 mai 1897

Aux Sœurs de l'Orphelinat,

Je ne sais quoi écrire si ce n'est que je suis la mère de l'adorable petite fille qui a été laissée sur votre seuil avec les trois dollars dans le panier avant-hier soir. Je ne peux pas parler de la douleur terrible de me séparer de ma chère enfant, mais ne pouvant pas la garder parce que personne ne m'emploiera avec un nouveau-né (et je n'ai ni mari ni père pour m'aider), je dois vous la donner. Je vous en prie, consolez-la et soyez bonnes pour elle et dites-lui que sa mère s'appelle Francine. Je ne peux pas vous dire mon autre nom maintenant, mais je le ferai un jour quand je viendrai la chercher, ce que je prie de pouvoir bientôt faire, si je suis sérieuse, si je travaille dur et si je peux économiser de l'argent. Elle n'a que quatre semaines, et je n'ai pas pu payer pour son baptême, alors je vous prie, ayez la bonté de le lui donner. Elle s'appelle Marie Christine, et j'espère que vous garderez ce nom pour que je puisse un jour la retrouver. Et si Dieu ne le permet pas, j'espère que nous serons réunies au Ciel.

Une mère.

Olympia ferme les yeux. 1897. Quel âge aurait Marie Christine à présent ? Sept ans, huit ans ? La mère est-elle revenue la chercher comme elle l'espérait ?

Olympia tourne les pages et prend une autre lettre.

15 décembre 1899

Sœur Marie Marguerite, Mère Supérieure,

Cet enfant est le fruit d'un assaut sur la personne d'une jeune femme dont j'ai eu l'occasion de m'occuper. C'est une fille convenable mais elle est trop pauvre pour élever cet enfant, en ayant déjà un autre de père inconnu. J'étais présent à la naissance de ce petit garçon, que j'ai prononcé en bonne santé, bien que la fille me dise aujourd'hui qu'il respire faiblement depuis plusieurs jours.

L'enfant n'est pas encore baptisé. Il serait sage que vous le placiez si vous en avez la possibilité, car je doute sincèrement que la jeune femme en question revienne jamais le chercher. L'épisode ayant entraîné la naissance, cet enfant est une source de grande souffrance morale pour la mère, qui a dû quitter sa mère et son beau-père. J'espère que vous comprendrez ce que je veux dire.

Respectueusement vôtre,
Docteur R. Martin

Le visage d'Olympia s'enflamme, de la sueur naît à la racine de ses cheveux. Elle tourne une autre page et tombe sur une feuille vierge, à part l'en-tête. Elle remarque le nom de Mère Marguerite, et décide que ce doit être la minuscule femme aux yeux noirs qu'elle attend toujours. Puis Olympia relève, avec une douzaine de noms imprimés dans la marge de gauche sous le titre « Conseil d'administration », celui de Rufus Philbrick. Évidemment. Olympia tourne une autre page, et prend un mot qui semble avoir été écrit sur un morceau de papier d'emballage.

4 février 1901

Chères Sœurs,

Vous êtes si bonnes que je sais que vous aimerez mon petit Charles. Dans votre bonté, je vous prie, pardonnez à une mère sans mari dont le cœur est brisé. Et je vous en prie aussi, si je peux le demander, placez-le dans une famille catholique, car je n'aime pas l'idée que le Ciel lui soit refusé parce qu'il n'aura pas connu l'Église. Vous me pardonnerez si je ne laisse pas mon nom.

Olympia retourne à sa chaise et fixe le registre. Tous les autres papiers sont-ils des lettres aussi déchirantes ? Elle met sa tête dans ses mains. Elle a laissé son enfant sans même un mot ni un dollar, et quelle excuse avait-elle ? Aucune. Elle n'était pas pauvre. Elle n'avait pas été victime de brutalités. Et l'enfant, indépendamment du reste, avait été conçu dans l'amour. Cette vérité demeurait. Comment a-t-elle pu si facilement renoncer à son enfant ?

Elle sursaute en entendant la porte s'ouvrir derrière elle. La sœur entre et s'assied à son bureau, et ne semble rien remarquer d'anormal. Elle n'explique pas à Olympia pourquoi elle s'est absentée si longtemps, mais elle n'a pas l'air aussi sévère qu'auparavant. En fait, elle s'est considérablement radoucie.

« Vous avez froid », dit-elle.

Olympia garde le silence.

« Voulez-vous que j'aille vous chercher un châle ? Ou du thé ? »

Olympia secoue la tête.

« J'ai obtenu la permission de vous dire le nom de l'enfant. »

Olympia joint les mains comme si elle priait, et pose son menton sur le bout de ses doigts.

« C'est Pierre. »

Et Olympia pense, en retenant son souffle : *Il s'appelle Pierre !*

« Mais j'ai aussi des nouvelles décevantes à vous apprendre », dit la sœur. Elle semble soucieuse, et Olympia se fige.

« L'enfant a été placé.

— Qu'est-ce que cela veut dire ? demande Olympia.

— Dans une famille d'accueil, explique la sœur.

— Non, ce n'est pas possible.

— Je crains que si, mon enfant.

— Non », répète Olympia avec plus de force. Elle pose les mains sur le bureau. « Il y a sûrement un moyen de le reprendre ? dit-elle. Je peux sûrement le reprendre ? Il est à moi, après tout. Il est ma chair et mon sang. Aucune loi ne peut m'empêcher de l'avoir ? » Elle est incapable de dissimuler une note de désespoir.

« Tout cela s'est passé il y a quelque temps, hélas », dit la sœur avec douceur, mais en laissant entendre sans ambiguïté que la situation est irrévocable.

Le sang se retire de la tête d'Olympia. La sœur doit s'en apercevoir, car elle lui demande vivement : « Vous n'allez pas vous évanouir ?

— Où est-il ? » demande Olympia, la bouche devenue sèche.

La sœur plisse les lèvres et secoue la tête. « Je ne peux pas vous le dire. Notre règlement...

— Vous devez me le dire, l'interrompt Olympia. Je vous en prie, il faut que je sache où il est.

— Je ne peux pas. Je peux vous dire, toutefois, qu'il est avec une mère et un père affectueux. Je connais les personnes en question, et je sais qu'elles s'occupent très bien de lui.

— Habitent-elles ici, à Ely Falls ?

— Je ne peux pas vous répondre. Je suis désolée, mais le cas n'est pas si rare. Et si vous voyez les choses du point de vue de l'enfant, n'est-il pas préférable pour lui d'avoir été tout ce temps sous la garde de personnes aimantes, dans un bon foyer, avec de la bonne nourriture et un bon lit, que d'avoir vécu avec une mère sans mari, qui est honteuse et peut-être trop jeune pour s'occuper d'un petit enfant ?

— Je n'ai pas honte », proteste Olympia.

La religieuse se redresse sur sa chaise. « Comme vous êtes impertinente, dit-elle froidement. Vous venez ici me demander mon aide et je vous la donne, et vous osez me dire, à moi, une mère supérieure de l'Église catholique, que vous n'avez pas péché ? N'avez-vous pas de conscience, ma fille ?

— J'ai une conscience, dit calmement Olympia. Je regrette le mal que j'ai fait à une autre femme et à ses enfants. Mais je ne regrette pas d'avoir aimé ni d'avoir été aimée. Et je ne pense pas être trop jeune pour m'occuper d'un enfant. Je me serais bien occupée de lui même à sa naissance.

— Ah oui, mais vous ne l'avez pas fait, n'est-ce pas ? » La religieuse sourit durement. « Vous vous apercevrez que la loi, aussi bien que l'Église, ne vous jugera jamais apte à vous occuper d'un jeune enfant. Une mère non mariée, immorale aux yeux de la société et pécheresse aux yeux de Dieu, est vue comme le moins apte des parents.

— Mais ce n'est pas vrai, s'emporte Olympia. Estimeriez-vous qu'un père qui a violé sa fille sera un parent plus apte qu'une jeune femme solide qui s'est trouvée concevoir un enfant en dehors des liens du mariage ?

— Personne ne se *trouve* concevoir un enfant, dit la religieuse. Il y faut de la volonté, une intention. Comme il est évident que vous n'avez pas été abusée, que vous n'avez pas subi de brutalités, il semblerait que vous ayez péché volontairement contre la nature et contre Dieu, et contre une autre femme et sa famille, Dieu ait pitié de votre âme. »

Olympia se redresse. « Aimer n'est pas un péché contre la nature, je ne le croirai jamais. »

La religieuse se lève. « Vous ne pouvez espérer retrouver une place dans la société et dans la communauté des justes si vous ne confessez pas vos péchés et n'implorez pas le pardon. »

Olympia se lève aussi. « J'implorerai, dit-elle. Vous pouvez être sûre que j'implorerai. » Elle prend son sac, le sac qui contient l'argent avec lequel elle était prête à racheter son enfant. Elle aurait peut-être dû le faire immédiatement, pense-t-elle, offrir l'argent d'abord. Mais il est trop tard à présent.

« Vous pouvez être certaine que j'implorerai et supplierai et me battrai, et que j'utiliserai toutes les ressources possibles, dit clairement Olympia, mais un jour je saurai le nom complet de mon enfant, et un jour je l'aurai avec moi. »

Pour lui signifier son congé, la mère supérieure se signe, un geste qu'Olympia trouve à la fois déplaisant et légèrement effrayant.

16 août 1903

Cher Monsieur Philbrick,

Vous m'avez dit récemment que je pouvais vous écrire si j'avais besoin de votre aide. Je ne vous ennuierais pas si la situation n'était pas de la plus haute importance, et j'espère que vous aurez la bonté de me permettre de venir vous voir, et d'entendre ce que j'ai à dire.

J'aimerais vous rendre visite mardi prochain à onze heures du matin, si cela vous convient. Je vous en prie, ne dites rien à mon père de cette lettre, ni de votre visite. J'ai maintenant vingt ans et je puis vous parler, si vous me le permettez, comme une adulte.

J'attendrai votre réponse.

Très respectueusement,
Olympia Biddeford

17 août 1903

Chère Mademoiselle Biddeford,

Bien sûr, je vous aiderai de toutes les manières en mon pouvoir. J'ai hâte de vous voir mardi 21 à onze heures. Je pense que vous avez toujours ma carte avec mon adresse.

J'espère que vous allez bien.

Bien à vous,
R. Philbrick

Mardi est une belle journée, et Olympia y voit un bon signe. Elle se sent nerveuse à l'idée de présenter son problème à Rufus Philbrick mais, chaque fois que sa résolution faiblit, elle pense à la récompense incomparable qui sera la sienne si sa quête est fructueuse. Elle se voit sur la véranda, un garçon nommé Peter assis sur ses genoux, tandis qu'elle lui parle de l'océan et des marées, et du soleil qui se lève toujours à l'est. Du solstice d'été, d'un jeu appelé tennis, d'étranges créatures à la forte carapace appelées homards. Elle le présentera à Ezra et l'emmènera chez l'épicier. Ensemble, ils marcheront sur la plage et chercheront des coquillages qu'il mettra dans un seau.

Ce jour-là, Olympia s'habille d'une jupe et d'un corsage couleur pêche, qu'elle a repassés et amidonnés avec le plus grand soin pour mieux démontrer ses qualités ménagères. Dans son agitation, elle a mal calculé le temps que lui prendrait sa toilette, et elle est prête presque une heure avant qu'on vienne la chercher. Elle répète le discours qu'elle a préparé, cherchant un équilibre délicat entre la raison et la passion. L'aide de Rufus Philbrick est essentielle à sa cause.

Ezra arrive à l'heure prévue, et elle est si préoccupée par sa requête qu'elle trouve extrêmement difficile de converser avec le pêcheur. Et comme Ezra est taciturne de nature, ils voyagent tous deux en silence. Quand ils entrent dans la commune de Rye, Olympia sort la carte de Philbrick de son sac et donne l'adresse à Ezra. D'abord il paraît surpris, bien qu'il semble savoir où c'est. Après avoir pris des routes de plus en plus étroites, ils atteignent enfin un chemin à peine assez large pour la voiture. Ezra s'arrête devant une petite maison.

« C'est ici ? demande Olympia d'un ton incrédule.

— Oui, mademoiselle.

— Ça me paraît impossible », dit-elle.

Elle examine la maisonnette, nichée dans le chèvrefeuille, avec la mer à courte distance. La maison a des bardeaux patinés, deux fenêtres aux multiples vitres sur le devant, et une grande verrière sur le côté. Au premier étage, si c'est un premier étage et non un grenier, de longues fenêtres étroites parcourent la maison sur toute sa longueur. C'est un endroit charmant, qui lui rappelle plus une cabane de jardinier que la résidence d'un financier. Il y a sûrement une erreur.

Mais à ce moment elle voit Rufus Philbrick, en costume de lin bleu clair, sortir de la verrière pour l'accueillir ; et il ne lui reste qu'à descendre de voiture et à s'avancer pour lui serrer la main.

« Monsieur Philbrick.

— Mademoiselle Biddeford. »

Il a été convenu à l'avance qu'Ezra l'attendra. Elle fait signe au pêcheur puis laisse Philbrick lui prendre le bras et la faire entrer dans la maison.

« Vous êtes très polie et vous ne direz rien, mais vous êtes choquée que ce soit ma maison, dit Philbrick de façon désarmante.

— Eh bien, oui, un peu, répond-elle en souriant légèrement. J'avais imaginé…

— Certes. Je suis un homme qui a peu de besoins, à part mes

fantaisies, et je me suis aperçu que je préfère de beaucoup habiter une petite maison, au lieu de me sentir perdu dans une demeure manifestement trop grande pour un homme seul. Et je n'aime pas beaucoup l'invasion constante de votre intimité qu'entraîne nécessairement la présence de domestiques. J'ai donc décidé, il y a quelques années, de troquer la grandeur contre la liberté, et je dois dire que je n'ai jamais regretté cet échange. Mes compétences ménagères sont minimes, pour ne pas dire inexistantes, aussi j'ai une femme de ménage qui vient deux fois par semaine et me fait la cuisine. Mais je parle, je parle, alors que vous avez besoin d'être restaurée.

— Non, non, proteste-t-elle en lui donnant son ombrelle. Je vous en prie, ne vous donnez pas de mal.

— Sottises ! J'ai rarement des visiteurs, et Mme Marsh a préparé une tarte aux brimbelles. Nous irons dans le salon et nous prendrons une petite collation de sandwiches et autres, puis la tarte. Ou préférez-vous rester ici ? »

Olympia regarde la verrière autour d'elle, les planches de bois blanc, la rangée de larges fenêtres. Certaines ont été relevées au plafond, et l'air circule à travers les moustiquaires. Autour de la verrière, quelqu'un a planté des roses et des phlox, et d'un côté elle voit l'océan. Par la porte ouverte de la maison, elle aperçoit une partie de la cuisine. Sans ornement. En bois jaune.

« Ici, ce serait parfait », dit-elle.

Il la prie de s'asseoir dans l'un des fauteuils à bascule en rotin qu'il a rapprochés d'une petite table ronde. Sans boiter de façon perceptible, il disparaît dans la pièce. Son pied doit aller mieux, décide-t-elle. Elle se lève et le suit dans la cuisine. Elle demande s'il y a un endroit où elle peut se laver les mains.

« Bien sûr, ma chère. Tout droit par ici, et au bout du couloir vous trouverez le cabinet de toilette. »

Olympia suit ses indications, admirant au passage le petit salon qui fait davantage penser à un bureau masculin. Sur un secrétaire ouvragé en noyer avec de nombreux compartiments sont posés une demi-douzaine de cadres en argent de tailles variées, contenant des photographies de personnes, sans doute des membres de la famille, parmi lesquelles plusieurs beaux jeunes gens, qui pourraient être les frères cadets de Philbrick. Dans un autre coin il y a un piano à queue, trop grand pour cette pièce modeste, sur lequel est posé un bouquet de phlox parfumés dans un vase en verre rose. À côté du piano, un petit canapé de soie ainsi qu'un beau fauteuil de capitaine, assez semblable à celui de son père. Un tapis persan couvre le sol et remonte même un peu sur les murs. C'est une pièce remplie de meubles qui manifestement appartenaient à une plus grande maison – des meubles trop aimés pour être abandonnés.

Le long du couloir, couvert d'un élégant papier à rayures noires et vertes, sont accrochées plusieurs huiles de qualité. Elle reconnaît un Childe Hassam, un Claude Legny. Au bout du couloir s'ouvrent deux pièces, et elle devine que le cabinet de toilette sera à droite. Elle se rend aussitôt compte de son erreur, toutefois ; elle semble être entrée dans la chambre de Philbrick. Son équipement est manifestement masculin : le grand lit, mal fait ; une commode en merisier, nue à part des brosses à cheveux et une cave à cigares ; un chiffonnier de pin blanchi sur lequel sont posés une cuvette et un broc. Elle se retourne pour partir, mais quelque chose d'étrange dans la chambre la fait s'attarder une seconde de plus qu'elle ne devrait, et c'est alors qu'elle remarque le second jeu de brosses en poil de sanglier, les deux peignoirs identiques en soie à motifs cachemire sur des crochets à côté du chiffonnier, les deux pyjamas rayés pliés sous chacun des oreillers du lit à deux places. Deux lampes assorties, à l'abat-jour en verre coloré, sont posées sur les tables de nuit, et à côté de chacune il y a de grands cendriers en verre doré avec des restes de cigare. Elle s'approche de l'une des tables, prend une photographie dans un cadre en marqueterie. Le jeune homme a un beau visage, vu de profil, un nuage de cheveux pâles éclairés par-derrière. Le visage est lisse, sans rides, les joues hautes et parfaites.

Olympia est déroutée mais pas stupéfaite, pas autant qu'elle aurait pu l'être autrefois. Mais bien qu'elle ne puisse savoir de façon sûre, ni comprendre vraiment ce qu'elle sait, elle ne peut s'empêcher de considérer Philbrick comme un homme un peu différent de ce qu'il était quelques instants plus tôt. Et en pensant aux photos des autres jeunes gens dans des cadres en argent sur le secrétaire en noyer (peut-être pas des frères après tout), elle se souvient de la déclaration de Philbrick sur l'amour, des mots qu'elle a trouvés un peu étranges sur le moment, mais qui à présent prennent tout leur sens. *Je crois posséder une certaine compréhension des amours difficiles et de leurs conséquences*, lui a-t-il dit.

Des portraits, pense-t-elle en reposant le cadre en marqueterie. Nous sommes tous des portraits inachevés.

Lorsqu'elle retourne dans la verrière, Philbrick entre avec des assiettes de sandwiches et un pichet de thé glacé embué de condensation. La vue de cet homme en lin bleu dans cet humble cadre – et davantage encore son image dans son peignoir à motifs cachemire, conversant avec un jeune homme debout devant une coiffeuse et nouant sa cravate – l'émeut, et un instant elle oublie ses bonnes manières et ne peut s'empêcher de le fixer. Puis elle redevient elle-même, l'odeur de la nourriture la réveille, et le spectacle du bourru Philbrick portant des assiettes de sandwiches est si étonnant qu'elle a envie de sourire malgré la gravité de sa mission.

Elle ouvre la bouche pour parler, mais il lève une main.

« Je sais que vous êtes venue pour une affaire importante, dit-il, mais je crois qu'on ne devrait jamais parler de choses sérieuses l'estomac vide. Dans cet état, on a la tête qui tourne et le cœur faible. »

C'est une logique qu'Olympia ne peut réfuter ; et en outre, à son grand étonnement, elle a une faim de loup. Plus tard elle se souviendra de ce déjeuner comme de l'un des meilleurs repas de sa vie, la simplicité de la nourriture et ses circonstances stimulant un appétit resté enfoui depuis des semaines.

Pendant quelque temps, ils parlent de cuisine, de porcelaine à motif de saule, de la lamentable audace des costumes de bain et de la vulgarité de la nouvelle galerie marchande. « Vous êtes une femme d'appétit, dit avec admiration Philbrick quand, à eux deux, ils ont dévoré presque tous les sandwiches.

Maintenant, vous devez goûter à l'incomparable tarte aux brimbelles de Mme March. »

Il apporte de la cuisine deux assiettes blanches tachées de jus sombre. « C'est une baie de la région, explique-t-il, en lui tendant une fourchette. Un croisement entre la framboise, la myrtille et l'airelle. »

Olympia goûte la tarte, et une gouttelette violacée tombe de sa fourchette sur son corsage. Philbrick tend la main pour tamponner la tache avec sa serviette. Durant quelques minutes, ils mangent dans un silence amical, avec pour seul bruit le bourdonnement industrieux des abeilles derrière la vitre de la verrière. « C'est délicieux, dit Olympia au bout d'un moment. À la fois sucré et acide. Je ne savais pas qu'il existait une chose pareille.

— Un secret bien gardé », dit Philbrick.

Olympia pose son verre. « Monsieur Philbrick, commence-t-elle. Je sais que vous êtes un homme occupé, et je ne vais pas vous prendre trop de temps. Laissez-moi vous dire pourquoi je suis venue.

— Je vous en prie. Quelle est cette grave affaire ?

— En avril 1900, comme vous le savez, j'ai donné naissance à un petit garçon », dit-elle hardiment, le sang lui battant aux oreilles de son audace. Elle n'a jamais dit cette phrase à voix haute à personne. Philbrick, qui s'était penché pour poser son verre sur la table, se rassied lentement en arrière.

« L'enfant m'a aussitôt été enlevé, poursuit-elle. Mon père avait pris des dispositions. Je ne sais pas à qui il l'a donné. Je sais que ce jour-là ou le lendemain il n'a pas quitté la maison.

— Je vois.

— Lorsque vous êtes venu chez moi, je ne savais pas que l'enfant avait été emmené à Ely Falls. »

Elle a décidé avant de venir d'être franche et directe avec Philbrick, le sachant homme à détecter la fausseté chez les autres. Et s'il la trouve en elle, sa campagne échouera. « Ce fut un choc pour moi d'apprendre que l'enfant avait été placé à l'orphelinat Saint-André. Peu après votre visite, je m'y suis rendue pour me renseigner sur l'enfant.

— Vraiment ? demande Philbrick, en l'étudiant attentivement.

— J'ai parlé à une religieuse là-bas.

— Mère Marguerite Pelletier, je suppose, dit-il. Petite mais redoutable ?

— Très.

— Et vous avez survécu.

— À peine.

— Continuez. »

Olympia prend une profonde inspiration. « La sœur m'a seulement dit que le nom de mon fils est Pierre. Et qu'il a été placé à l'extérieur.

— Vous ne saviez pas le nom de l'enfant jusque-là ?

— Non, on ne me l'a jamais dit. Ce n'était pas un sujet dont mon père parlait avec moi.

— Non, en effet, peut-être pas. » Rufus Philbrick se tapote les coins de la bouche avec sa serviette. « Vous voulez savoir où se trouve votre fils ? demande-t-il.

— Oui, oui. Je veux savoir son nom complet. Je veux savoir où il est, avec qui il vit. Je veux savoir s'il va bien.

— Et ? »

Elle croise les mains sur ses genoux. « Je pourrais vous mentir, et vous dire que je souhaite seulement m'assurer qu'il va bien, mais je ne veux pas tricher avec vous si je vous demande votre aide. J'espère qu'un jour je pourrai l'avoir et qu'il pourra vivre avec moi. »

Philbrick paraît l'étudier avec une attention accrue, comme s'il jaugeait son poids moral. Il croise ses doigts sous son menton. « C'est une grave entreprise.

— Oui, je sais, dit-elle. Mais je ne peux pas vous dire, en toute honnêteté, que je ne chercherai pas à le reprendre. Il m'a été enlevé, il m'a été *volé*, pourrait-on dire, et je suis désespérée de cette perte. Je porte cette blessure depuis quelque temps maintenant. Je crois que j'ai payé très cher. »

Philbrick reste silencieux. Il ajuste sa cravate et considère son gros ventre, comme s'il évaluait son confort. Puis il se penche en avant pour souligner le sérieux de ce qu'il va dire.

« Je vous ai toujours considérée, Olympia Biddeford, comme une jeune femme responsable et talentueuse. J'avoue que j'ai été surpris et attristé des événements qui se sont produits il y a quatre ans. Cela paraissait si peu vous ressembler, je ne savais que penser. J'étais affligé pour votre père, qui était mon ami, et très inquiet pour Mme Haskell et les enfants. Je regrette d'aborder de nouveau ce sujet, mais il faut que ces choses soient dites.

— Oui.

— En fait, je n'ai pas été aussi étonné d'apprendre qu'il y avait un enfant que j'aurais pu l'être. Cela arrive assez souvent, malheureusement. D'où l'existence de l'orphelinat.

— Oui.

— Mais laissez-moi vous demander une chose, Olympia. Êtes-vous prête à retirer un petit enfant, à peine plus âgé qu'un bébé, de chez lui ? À le priver de la seule mère qu'il ait connue ? »

Elle a réfléchi à cette question et répété sa réponse. « Elle n'est pas sa mère », réplique-t-elle vivement.

Philbrick secoue la tête. « Vous avez déjà causé du tort à une famille. Je suis désolé de vous le dire si durement, mais c'est vrai. Êtes-vous tout à fait sûre de vouloir recommencer ? Vous n'espérez tout de même pas qu'une mère adoptive va renoncer si facilement à son enfant ?

— Il n'est pas son enfant, répète Olympia.

— Je doute fortement que la femme en question verra les choses de cette manière.

— Mais si la femme ne s'occupait pas bien de mon garçon ? demande-t-elle. Et si elle a beaucoup d'autres enfants et donc pas plus d'amour qu'il n'en faut ? Et si c'est une Franco-Américaine ? En fait, à en juger d'après le nom du garçon, c'est sûrement le cas. Est-ce que je veux que mon enfant soit élevé dans une culture qui n'est pas la sienne ?

— Et si la mère est une femme affectueuse, humaine ? réplique Philbrick. La condition, les revenus ou la culture comptent-ils dans un cas pareil ? Vous ne pensez donc pas à ce qui est préférable pour l'enfant ?

— Mais si, s'écrie Olympia. Mais si. Et je pense qu'il sera mieux avec moi. J'ai des moyens. Je n'ai pas d'autres responsabilités. Je sais que je peux bien m'occuper de lui. Que je serai une bonne mère. Je le crois sincèrement. »

Olympia perçoit la note d'hystérie dans sa voix et essaie de se reprendre. « Monsieur Philbrick, je ne peux pas défendre ma cause, elle est écrite dans le sang de mon corps. C'est une question de cœur plus que de raison. »

Philbrick se lève alors et se dirige vers une fenêtre.

« Dois-je être éternellement punie en ne sachant même pas où se trouve mon propre enfant ? demande Olympia. Ne me direz-vous pas au moins si l'on veille bien sur lui, quelle est sa situation ? Va-t-on me refuser ces simples informations le reste de ma vie ? »

Philbrick se retourne. « Laissez-moi réfléchir à tout ça, Olympia. Ce n'est pas facile.

— Je sais.

— Je crois pouvoir répondre à une question au moins. Je ne peux pas dire à coup sûr quel nom l'enfant porte maintenant, mais je sais qu'il a eu le nom de Haskell.

— Mon père a donné le nom de Haskell au garçon ?

— C'est John qui a apporté l'enfant », dit-il doucement.

Olympia détourne la tête et regarde à travers la moustiquaire un vieux lilas, à présent dépouillé de ses fleurs. Philbrick se penche vers elle, mais elle l'écarte d'un geste.

« Non, je ne savais pas, dit-elle. Je pensais seulement que mon père, ayant entendu parler de l'orphelinat et se disant qu'il était loin de Boston, avait pris des dispositions.

— En effet, dit Philbrick. Mais il les a prises avec Haskell. »

Elle secoue la tête. C'est inconcevable pour elle que son père ait communiqué avec Haskell pendant cette terrible période avant la naissance. Inconcevable que Haskell ait abandonné son propre enfant. Mais soudain, en prenant un mouchoir dans son sac à côté d'elle, elle se souvient d'une discussion qu'ils ont eue dans la voiture qui les ramenait après l'accouchement de Marie

Rivard. Il avait soutenu qu'il était préférable pour un enfant d'être mis dans un orphelinat plutôt que de vivre avec une mère sans mari, mal préparée à son sort.

« Vous n'avez jamais eu de nouvelles de John, alors ? demande Philbrick.

— Non. »

Il s'éclaircit la gorge. « Je pense que l'enfant va très bien. Même si je ne m'en suis pas préoccupé depuis quelque temps. Depuis des années en fait, j'ai honte de le dire. Je ne savais pas que l'enfant avait été placé.

— Comment mon père et Haskell ont-ils osé conspirer pour me prendre l'enfant ! » s'exclame Olympia. En un instant, la colère a remplacé la surprise.

« Oh, ma chère, dit Philbrick. Vous savez bien sûr qu'ils l'ont fait pour vous. Je suis certain qu'ils ont pensé que c'était préférable pour vous.

— Ils ne pouvaient pas savoir ce qui était préférable pour moi », dit-elle avec véhémence. Elle se lève. « Je dois vous quitter maintenant, ajoute-t-elle, se rappelant alors ses manières et le délicieux repas. Monsieur Philbrick, merci pour ce déjeuner absolument merveilleux. Je vous le dis sincèrement. Je vous envie votre maison.

— Vraiment ? »

Elle cherche un signe de la façon dont il vit dans cette modeste demeure, un indice de sa vie secrète ; mais il reste, dans son costume en lin bleu, un financier bienveillant, bien qu'un peu abrupt. « Vous n'écrirez pas à mon père ? demande-t-elle.

— Non, répond-il en l'accompagnant à la porte. Je peux vous le promettre. Cette affaire restera entre vous et moi. »

Ils sortent sur la pelouse. Ezra attend sur le chemin.

« J'essaierai de savoir où se trouve l'enfant, dit Philbrick, et de décider par moi-même s'il est bien soigné avant de reprendre cette conversation avec vous. Je n'aime pas être l'arbitre de votre avenir, mais vous m'avez mis dans cette position.

— Je ne vois rien d'autre à faire.

— Je vous écrirai », dit-il. Et sur ces mots, il se penche et embrasse Olympia au coin des lèvres, ce qui l'étonne presque autant que la nouvelle qu'elle a dû récemment assimiler.

Comme elle l'a fait chacun des onze après-midi qui ont suivi sa visite à la maison de Rufus Philbrick, Olympia est assise et regarde la mer, une occupation qui consume presque tout son temps. Parfois elle apporte un livre sur la véranda, ou de temps en temps son raccommodage, mais ce ne sont que de simples accessoires, elle s'en est rendu compte, pour la véritable tâche qui lui incombe, pas une tâche en réalité, mais la nécessité d'être patiente, de contempler l'eau et d'attendre une lettre.

Elle regarde un pêcheur sur son bateau à moins de quinze mètres des rochers au bout de la pelouse. Image familière, la barque se balance dans le léger clapot tandis que l'homme remonte des casiers du fond de l'océan. L'embarcation est un sloop, non, un schooner peut-être, chargé de barils d'appât et de homards – une vue pittoresque, mais qui témoigne d'une vie plus rude que celle qu'Olympia a pu connaître pendant les pires périodes qu'elle ait eu à endurer, y compris ces misérables semaines à la ferme des Hardy. Avant de rencontrer Ezra, Olympia n'avait presque jamais accordé une pensée à ces hommes et à leurs familles. Bien qu'elle soit passée des douzaines de fois devant les cabanes d'où partent les homardiers, elle voyait ces cahutes, les bateaux et même les hommes à leur bord comme une simple toile de fond au vrai théâtre de Fortune's Rocks, la vie de la colonie privilégiée des estivants ; alors que, bien sûr, c'était le contraire, ces fermiers de la mer étant les héritiers immémoriaux de la plage et de ses environs. Et de nouveau elle est frappée, comme souvent récemment, de constater combien il est facile de ne pas voir ce qu'on a sous les yeux.

D'un geste impatient, Olympia pose le livre qu'elle faisait semblant de lire, un traité ennuyeux sur la peinture paysagiste italienne. Ses pensées tournent en rond, et rien n'avance. C'est cette malheureuse oisiveté, cet affreux état de suspension auquel elle s'est condamnée. Sept, huit, parfois dix fois par jour, elle va à la porte de derrière où l'on glisse les lettres et fixe le sol nu, souhaitant de toutes ses forces qu'une enveloppe apparaisse sur la surface peinte. Même si le courrier est irrégulier, elle connaît bien à présent les habitudes du facteur, et souvent, au bout de l'allée, elle engage la conversation avec l'homme un peu déconcerté, espérant toujours une enveloppe à son nom.

Elle se lève et se met à arpenter la véranda. Pourquoi Rufus Philbrick met-il si longtemps à répondre ? Est-il possible qu'il ait décidé de ne pas poursuivre les recherches après tout ? Mais dans ce cas, ne lui écrirait-il pas pour lui faire part de sa décision ? Il a toujours semblé être un homme de parole, et s'il a dit qu'il essaierait de l'aider, il doit sûrement le faire.

Patience, se dit-elle. Mais elle est fatiguée d'être patiente, de demeurer passive.

Elle reprend son livre et le repose aussitôt. Il doit sûrement y avoir quelque chose de plus attrayant à lire que la prose presque impénétrable d'un médiocre critique d'art italien. Traversant la maison, elle gagne le bureau de son père où sont restés quelques volumes, bien qu'ils soient humides, gonflés, en piteux état. Depuis son retour à Fortune's Rocks, elle ne s'est guère aventurée dans cette pièce où la présence de son père a imprégné les murs, si bien qu'il semble toujours être là, assis dans son fauteuil de capitaine, à la regarder d'un œil critique.

Aussi, d'un mouvement oblique (évitant pour le moment la vue du fauteuil), elle entre dans le bureau et cherche sur les rayonnages dénudés un livre en état d'être lu et susceptible de l'intéresser. Quand elle parcourt les titres, cependant – *La*

Biologie marine de Clapp, *Une brève histoire de la nation zouloue*, et *Nepos De Vita Excellentium Imperatorum* –, ses espoirs se réduisent. Déçue, elle s'apprête à quitter le bureau, voulant retourner sur la véranda, quand ses yeux se posent sur un volume foncé avec des caractères dorés, attaché par une cordelette et gisant face contre terre à côté du fauteuil de son père, presque comme s'il l'avait laissé tomber. Et quand Olympia voit son titre, elle s'étonne que le livre ait subsisté, qu'il n'ait pas été jeté à travers la pièce ou brûlé dans la cheminée : c'est celui qui lui a révélé autrefois toute la portée de la pensée de John Haskell.

Elle le ramasse et s'assied sur l'unique siège de la pièce, oubliant pour le moment le spectre qui l'occupe. Elle dénoue la cordelette qui le retient, et aussitôt des lettres glissent des pages sur ses genoux. Elle reconnaît bien la plume, une écriture masculine, pas celle de son père, et, en la voyant, elle s'adosse dans le fauteuil. Il lui faut quelque temps avant de pouvoir ouvrir les lettres. Bien sûr, pense-t-elle en dépliant la première ; bien sûr, Haskell a correspondu avec son père cet été-là.

17 juin 1899

Mon cher Biddeford,

Merci de votre aimable invitation à venir vous voir, vous et votre famille, le 20 juin à Fortune's Rocks. Vous avez raison, Catherine et les enfants n'apprécieront pas beaucoup la vie d'hôtel lors de leurs visites en fin de semaine. Mais nous ne voulons pas non plus…

26 juin 1899

Cher Biddeford,

Comment puis-je vous dire combien notre visite dans votre famille nous a été agréable ? Ce fut un excellent séjour, à part la tragédie du naufrage, et quel déchirement d'avoir à vous quitter tous ! Catherine est enchantée, car elle sent qu'elle a trouvé en Rosamund une véritable amie et une future confidente. Bien entendu, comme toujours, j'ai infiniment apprécié mes discussions avec vous et Philbrick. Et les enfants sont fascinés par votre étonnante fille, Olympia...

2 juillet 1899

Mon très estimé Biddeford,

Non, j'avoue que je ne vois pas très bien où vous voulez en venir en défendant les mérites de Zachariah Cote comme poète, et je resterais insensible à la publication de ses petites pièces dans votre Quarterly. *Je trouve qu'il manque de muscle pour tremper ses vers, qui sont truffés de descriptions baroques et de jérémiades. Mais bien sûr, c'est pour cette raison que vous êtes le rédacteur de cette excellente revue et moi seulement un homme de science...*

11 juillet 1899

Cher Biddeford,

Merci de votre aimable invitation à dîner avec vous au club de Rye le 14, mais ce jour-là j'attends la visite de l'éminent médecin Dwight Williston, de Baltimore, et je ne serai donc pas libre...

18 juillet 1899

Chers Rosamund et Phillip,

Nous acceptons avec plaisir, John et moi, votre aimable invitation à votre réception du 10 août en l'honneur du seizième anniversaire de votre fille, Olympia.

Avec toutes nos amitiés,
Catherine Haskell

Olympia froisse les lettres dans son poing puis, regrettant cette impulsion, elle les aplatit sur ses genoux. C'est incroyable que tout cet été il y ait eu ce lien entre son père et John Haskell, un homme qu'il admirait beaucoup, une admiration réciproque. Et comme son père a dû se sentir doublement trahi (non, triplement) – par sa fille, par son ami, et par cette correspondance mensongère, avec les ironies qui s'y associent. Son père avait-il relu ces lettres à la lumière de ses découvertes le soir de la réception ? Non, pense-t-elle, il n'a pas pu, car sûrement il les aurait détruites, au comble de la fureur.

Le livre s'ouvre à la page de garde, et elle lit la dédicace. *Pour Phillip Biddeford et son esprit attachant, cette humble offrande. Bien à vous, John Haskell.*

Elle remet les lettres dans le livre et le referme. Haskell travaille-t-il de nouveau dans une ville industrielle ? Ou a-t-il abandonné la profession de médecin ? Et l'écriture ? Ou bien, un jour, quand elle entrera dans une bibliothèque, ouvrira-t-elle une revue politique ou littéraire pour y tomber sur un essai signé de son nom ? Elle regarde par la porte ouverte qui donne sur la salle à manger, cette pièce élégante avec ses doubles miroirs et ses buffets jumeaux, ses proportions gracieuses et sa vue sur l'océan. Elle jette un coup d'œil au lustre, une composition de cristal qui ressemble à un collier suspendu à la gorge d'une femme. Elle touche à son cou le médaillon que Haskell lui a donné un jour, dont elle ne s'est jamais séparée, ni pendant son séjour à l'école normale, ni pendant son exil à Boston, pas même dans les moments difficiles de la naissance de son fils – le leur.

Elle ferme les yeux et laisse les souvenirs l'envahir, comme les souvenirs le font, une marée montante à laquelle elle a appris à se livrer, pour la voir ensuite refluer. Et, quand c'est fini, elle pose le livre sur la table de marbre à côté du fauteuil de son père et se lève. Elle va devenir folle si elle reste dans cette maison une minute de plus.

Le sable forme une croûte qui cède sous les pieds. Des hommes et des femmes, dans de lourds costumes de bain en coton, se tiennent au bord de l'eau, le regard tristement tourné vers la mer. Presque chaque été, aussi loin qu'Olympia se souvienne, il y a eu une semaine en août où l'eau semblait stagner, ponctuée de paquets d'algues et gluante de méduses.

Personne ne se baigne cette semaine-là, de peur d'être piqué par les créatures gélatineuses. La plupart connaissent l'histoire du malheureux Thomas Yeaton, autrefois le seul agent de police de Fortune's Rocks, qui alla se baigner pour le plaisir un samedi après-midi du mois d'août, et eut la malchance d'être attaqué par un banc de méduses. Il périt le lendemain matin à la suite d'une fièvre provoquée par les piqûres, et Olympia se rappelle que son père racontait de temps en temps cette histoire quand ils marchaient sur la plage, sans doute à titre d'avertissement.

Mais bientôt, elle le sait, la plage sera déserte. Il ne reste qu'une semaine avant la fin de la saison, et la plupart des estivants vont quitter Fortune's Rocks. Elle s'aperçoit qu'elle est très impatiente de voir arriver l'automne, quand la plage sera silencieuse, à part le cri des mouettes et le bruit de la mer, et que les volets des villas seront fermés. Les jours deviendront plus froids, et à l'intérieur des terres les feuilles des arbres changeront de couleur. Elle fera rentrer de bonnes provisions de fruits et de légumes en conserve et de morue séchée, et aussi du charbon pour les poêles. Elle devra peut-être s'installer en bas pour l'hiver, se dit-elle ; oui, sûrement. Elle s'imagine seule dans le grand salon, regardant à travers les hautes fenêtres par un jour froid de novembre, contemplant l'étendue de la plage, et songeant aux autres villas aux volets fermés, qui attendront que leur propriétaire revienne pour les ramener à la vie ; et cette image suscite en elle une telle bouffée de chagrin qu'elle s'arrête dans sa marche. C'est pour son père, curieusement, qu'elle est triste, elle le comprend tout de suite ; elle perçoit, plus clairement que jamais (et peut-être n'a-t-elle pas pu, jusque-là, se le permettre), à quel point son père a dû être accablé de voir sa fille, son unique enfant, tomber dans une pareille disgrâce, tous ses espoirs anéantis à jamais. Olympia n'était-elle pas sa fierté, son champ d'expériences ? Elle se rappelle le soir du dîner où Haskell et Philbrick assistaient, et la façon dont son père parlait de l'excellente éducation de sa fille. Et c'était vrai alors, pense-t-elle ; elle avait une éducation singulière. Mais dans quel but ?

Olympia s'accroupit sur le sable en entourant ses jambes de

ses bras, et pose son front sur ses genoux. Son chapeau glisse en arrière. Elle pense à toutes les heures que son père a passées à parfaire son instruction, à ces nombreuses journées de leçons et de discussions. Que fera-t-il de ces heures à présent ?

« Vous allez bien, mademoiselle ? » demande une voix à côté d'elle.

Elle lève vivement les yeux et voit le visage d'un jeune garçon. Il fronce les sourcils et paraît légèrement étonné de sa curieuse posture. Elle s'assied sur le sable, en appui sur ses mains.

« Oui, dit-elle pour le rassurer. Je vais bien maintenant. »

Il se tient poliment, dans son costume de bain sec, bleu marine, les mains croisées derrière le dos, une position qui fait bizarrement penser à un soldat. L'enfant a des boucles blondes et une nuée de taches de rousseur sous les yeux, qui sont d'un bleu si pâle qu'on dirait de l'eau dans un verre.

« Vous êtes triste, dit-il.

— Un peu.

— À cause des méduses ? »

Elle sourit. « Non, pas exactement.

— Comment vous appelez-vous ?

— Olympia.

— Oh.

— Et toi ?

— Edward. J'ai neuf ans. »

Elle lui tend la main et il la prend, comme un garçon qui veut se faire passer pour un homme.

« Vous êtes en vacances ? demande-t-il.

— Non, j'habite ici.

— Oh, vous avez de la chance. »

Olympia se redresse et entoure ses genoux de ses bras. « Mais je n'ai pas encore passé d'hiver ici. On dit que les hivers sont durs.

— J'habite à Boston, dit le gamin, en s'asseyant à côté d'elle. Puis-je ?

— Oui, bien sûr, répond-elle, souriant de l'attention qu'il porte aux bonnes manières. Tu es ici avec tes frères et sœurs ?

— Une sœur, mais ce n'est qu'un bébé », dit-il, laissant entendre qu'un bébé ne sert pas à grand-chose.

Olympia jette un coup d'œil autour d'eux et ne voit aucun adulte concerné par les faits et gestes de l'enfant. « Tes parents ne vont pas se demander où tu es ?

— Je ne pense pas, mademoiselle. Ils sont en France pour le moment. Je suis ici avec ma gouvernante.

— Et elle ne va pas se demander où tu es passé ?

— Quand je l'ai quittée, elle dormait sur la véranda. » Il fait un geste dans la direction d'une grande villa aux bardeaux battus par les vents, soulignée d'une bordure blanche, au-delà de la digue.

Olympia hoche la tête. « Mais tu sais, bien sûr, que tu ne dois pas aller dans l'eau sans un adulte avec toi ?

— Oh oui. Mais je ne dois pas y aller aujourd'hui de toute façon.

— Non. »

Elle regarde le garçon déplier ses jambes, qui sont longues, grêles et sèches. Il enfonce ses talons dans le sable.

« Elles sont terribles ? demande-t-il brusquement. Les piqûres ?

— Je n'ai jamais été piquée, mais j'ai entendu dire que oui.

— Et on meurt ?

— On peut en mourir. Mais pas toujours. Parfois on a seulement la fièvre. Un agent de police a été piqué un jour. Il s'appelait Tommy Yeaton. Il a rencontré un banc de méduses et il a été piqué des dizaines de fois. Il est mort le lendemain. »

Le garçon semble peser cette information.

« Vous aimeriez faire la course ? lui demande-t-il soudain.

— La course ? fait-elle en riant.

— Oui, dit-il. On pourrait partir d'ici et... » Il parcourt des yeux la longueur de la plage. « Vous voyez là-bas ? Ce parasol rayé ?

— Oui.

— On dit que le premier au parasol a gagné ?

— Eh bien... », dit-elle, hésitante. Elle ne se souvient pas de la dernière fois où elle a participé à une course. Sûrement pas depuis qu'elle était elle-même une enfant. Mais la requête du garçon est si sérieuse, elle trouve difficile d'y résister.

« Pourquoi pas ? » dit-elle, en commençant à délacer ses bottines.

L'enfant se lève d'un bond. Il trace une longue ligne dans le sable. « Ce sera le départ, annonce-t-il, tout excité.

— Bon. » Elle retire discrètement ses bas et les fourre dans ses bottines.

Il se place sur la ligne, se penche en avant et met un pied derrière lui, dans la position traditionnelle du coureur. Olympia laisse ses bottines et ses bas avec son chapeau, se met sur la ligne avec lui, et soulève sa jupe de vichy jaune juste assez pour ne pas trébucher.

« Êtes-vous prête, mademoiselle ?

— Oui, je crois.

— À trois alors ? »

Le gamin part comme une flèche, les cheveux au vent, comme si on lui avait appris à courir ainsi à l'école. Olympia, se sentant un peu maladroite au début, se lance et essaie de ne pas se laisser distancer. Presque aussitôt, ses cheveux se défont de leurs épingles et battent lourdement contre son cou. Le garçon, à la fois maigre et robuste, regarde par-dessus son épaule et, la voyant si près, court plus vite. Les pieds d'Olympia s'enfoncent dans le sable. Elle a une sensation agréable de force dans les muscles après tant de semaines de travaux domestiques. Elle lève sa jupe plus haut pour pouvoir allonger le pas. D'abord elle se sent un peu gênée de s'amuser ainsi, mais sa gêne se transforme en un net sentiment d'exubérance, elle en est presque étourdie. Elle lève son visage vers le soleil. *Mon Dieu*, pense-t-elle, *ça fait si longtemps que je ne me suis pas sentie ainsi.*

Comme ils approchent du parasol rayé, Olympia jette un coup d'œil au gamin et voit qu'elle pourrait gagner, si elle n'y prend garde. Il court avec grâce et détermination, mais ses jeunes jambes se fatiguent. Olympia fait alors mine d'être essoufflée et ralentit légèrement. À la perspective de la victoire, le garçon, trouvant une nouvelle énergie, pique un sprint et atteint le parasol. Il surprend ses propriétaires, assis dessous sur des sièges en toile. Emporté par son élan, il s'effondre dans le sable. Quand Olympia arrive, il est affalé les jambes en l'air, essayant de reprendre son souffle. Elle se plie en deux et respire. Le garçon a du sable sur le front et la lèvre supérieure.

« Tu as gagné ! » dit-elle, haletante, les mains sur les genoux.

Il est si essoufflé qu'il ne peut même pas sourire. Un instant plus tard, toutefois, un air inquiet se peint sur ses traits. « Vous ne m'avez pas laissé gagner, si ? » demande-t-il.

Elle se redresse. « Bien sûr que non, dit-elle. Je ne ferais jamais ça. »

Il brosse le sable de son visage et de ses jambes.

« On peut recommencer demain, si vous voulez », propose-t-il.

— Ce serait bien.

— Et peut-être que demain vous gagnerez », ajoute-t-il timidement.

Elle s'efforce de ne pas sourire. « Alors je serai là, dit-elle, et demain je vais gagner.

— Bon. » Il se lève, mais semble peu désireux de partir. « Vous avez un fils ? demande-t-il soudain.

— Oui, répond-elle simplement.

— Comment s'appelle-t-il ?

— Peter.

— Il aimerait courir avec nous, vous croyez ?

— Il aimerait peut-être, mais en fait nous le battrions à plate couture. Il n'a que trois ans.

— Oh, fait le garçon avec une déception évidente.

— Mais je sais qu'il aimerait te rencontrer un jour, ajoute vivement Olympia. Il aime beaucoup les garçons de neuf ans comme toi.

— C'est vrai ?

— Oh, oui. »

Cette déclaration provoque un sourire inattendu. Il jette un coup d'œil dans la direction de la villa coiffée de bardeaux.

« Tu ferais mieux de rentrer maintenant, dit Olympia. Je serai là demain. »

Il hoche la tête. Il commence à s'éloigner, puis se retourne et lui fait un signe rapide. Elle le lui rend. Il se met alors à courir, et Olympia le regarde sprinter vers l'endroit où ils se sont rencontrés sur la plage, comme s'il s'entraînait déjà pour la course du lendemain.

Elle le suit des yeux jusqu'à ce qu'il se réduise à un point.

Oui, pense-t-elle. *J'ai un garçon qui a trois ans.*

Elle regarde ses pieds, couverts de sable. Elle touche ses cheveux qui pendent emmêlés le long de son dos. Ses efforts l'ont fait transpirer. Elle tente vaguement d'attacher ses cheveux sans épingles, mais leur poids les fait aussitôt retomber.

Elle n'a pas encore envie de retourner à la maison, car ce serait pour attendre une lettre, et elle ne veut pas retrouver cet état d'engourdissement. Elle repart donc vers l'autre bout de la plage. Elle prendra ses souliers, ses bas et son chapeau plus tard.

Elle marche d'un pas vif, encore revigorée par l'exercice, et ce n'est qu'en voyant le Highland Hotel qu'elle ralentit. Elle ne s'est pas aventurée si loin sur la plage depuis son retour à Fortune's Rocks. Elle voit la véranda, les clients assis dans les fauteuils à bascule, les fenêtres des étages supérieurs, une certaine fenêtre par laquelle un tissu gaiement coloré s'agite en cadence, comme si une femme à l'intérieur secouait un couvre-lit. L'hôtel paraît remarquablement inchangé, bien qu'il y ait plus de pensionnaires que dans son souvenir. Elle revoit une mer de linge blanc, un registre ouvert et une écriture penchée. Elle voit des rideaux de mousseline aux fenêtres, la façon dont une chemise était jetée sur une carpette ocre. Elle entend une voix : *Si vous saviez...* Elle sent presque le contact soyeux des draps si souvent lavés, distingue le plafond vert amande avec son motif en relief. Elle entend l'écho de ses propres pas dans l'escalier.

Elle remarque alors un groupe rassemblé au bout de la véranda. Une fête de fin de saison, se dit-elle, et elle pense : *Comme les femmes sont élégantes avec leurs manches pagode.* Puis, tandis qu'elle recense négligemment les invités, ses yeux tombent sur une silhouette familière. Elle se raidit en reconnaissant une certaine façon embarrassée de pencher la tête, un profil particulier, l'éclair de dents blanches. Il porte un gilet à carreaux jaunes et noirs, et arbore un nouveau monocle. Il a laissé pousser ses favoris en côtelettes, une mode qu'Olympia n'a jamais trouvée attrayante. Pendant qu'elle regarde, Zachariah Cote rejette la tête en arrière et rit, et Olympia, même de si loin, voit que le geste est exagéré pour son public. Elle a entendu dire que Cote a du succès à présent, que ses vers sont très demandés. Il publie dans des magazines féminins, il est admiré par les femmes mariées en particulier. Olympia a vu ses poèmes imprimés plusieurs fois, et son opinion n'a pas changé : elle les trouve abominables, dégoulinants de sentiments et bien trop morbides. Et une soudaine amertume la saisit à l'idée que ce soit Cote, parmi eux tous, qui ait si bien réussi. Que ce soit Cote – et non pas son père ou sa mère, ni John Haskell ou Catherine, ni même elle (non, surtout pas elle) – qui soit le bienvenu sur cette véranda un jour de la fin de l'été 1903.

Pourtant, Cote n'a-t-il pas été le seul à agir avec une véritable malveillance ? N'a-t-il pas invité Catherine Haskell à se pencher sur le télescope, sachant ce qu'elle y découvrirait ? Que pourrait-on reprocher aux parents d'Olympia et à Catherine, sauf d'avoir été innocemment, mais directement, mêlés au scandale ? Même si Olympia ne peut totalement s'absoudre de la culpabilité associée à la catastrophe, plantée là dans le sable, elle sent sa colère monter. *Quel imbécile*, a dit Catherine un jour de cet homme. Olympia avait trouvé la remarque juste alors, et elle n'a pas changé d'avis. Elle se demande si Catherine Haskell a déjà eu l'occasion de tomber sur des vers du poète, et si oui, comment elle a vécu cette expérience.

Et à ce moment, Cote, qui parade toujours pour son public, se tourne légèrement et la repère sur la plage – dans son vichy jaune, pieds nus, les cheveux emmêlés dans le dos. Elle résiste à l'impulsion de s'éloigner et, au lieu de cela, elle lui rend son regard avec la même fermeté. Elle voit son étonnement, sa perplexité momentanée, les questions qu'il se pose tandis que le sourire quitte sa bouche.

La femme à côté du poète lui parle, et il lui répond brièvement, mais sans quitter Olympia des yeux. La femme jette un coup d'œil dans sa direction, se demandant sans doute qui a si bien capté l'attention de Zachariah Cote. Mais, si cette femme la reconnaît, elle ne le montre pas.

Olympia ne bouge pas, et Cote se détache de son cercle d'admiratrices, descend les marches de la véranda et se dirige vers elle.

Quel toupet extraordinaire, pense-t-elle en le regardant approcher.

Il s'arrête à un mètre d'elle. Un instant, ni l'un ni l'autre ne parle.

« Mademoiselle Biddeford », dit-il enfin. Il la fixe longuement, comme s'il essayait de prévoir le déroulement de cette rencontre. Un petit sourire se pose au coin de sa bouche, le sourire d'un joueur qui entrevoit peut-être un échec et mat. « Quelle délicieuse surprise, déclare-t-il.

— Je n'y trouve rien de délicieux, répond posément Olympia.

— Bien sûr, je savais que vous étiez ici, dit Cote, ignorant sa rebuffade. Ce n'est certes pas un secret. »

Elle ne répond rien.

« Mais vous vivez vraiment seule ? demande-t-il. Ce serait étonnant. » Sa posture, un bras croisé sur la poitrine, le menton posé sur les doigts de l'autre main, est curieusement familière à Olympia.

« Comment je vis, je crois, ne vous regarde en rien, monsieur Cote. »

Il met la main sur son cœur. « Oh, je suis blessé », dit-il, se moquant d'elle.

Elle poursuit : « Mais je suis heureuse de cette occasion de vous dire que je vous tiens pour le plus méprisable des hommes. »

Elle le voit considérer ses pieds nus, ses cheveux ébouriffés, le vichy sans élégance.

« C'est un peu fort, venant de vous, vous ne trouvez pas ?

Mais c'est vrai qu'il faut comprendre votre impertinence, car vous êtes certainement la plus malheureuse des femmes.

— Non, répond-elle. Je crois que la plus malheureuse des femmes est celle qui sera un jour votre épouse. Ou vous a-t-on déjà repoussé ?

— Mon Dieu, mon Dieu, mais vous avez changé, Olympia Biddeford. Vous étiez si charmante. Et si accomplie. Je ne savais pas que vous aviez la langue si acérée.

— Aujourd'hui, j'aimerais que ma langue soit acérée comme un rasoir.

— Petite sorcière. » Le sang s'est brusquement retiré des lèvres de Cote. « Comment osez-vous me parler de cette manière ? Vous, qui avez commis le plus vil des péchés ? Qui avez montré à tous votre nature dévergondée ? Croyez-vous que j'étais aveugle, que je ne savais pas ce qui se passait entre vous et John Haskell ? J'ai su depuis l'instant où je vous ai vue dans ses bras au bord de la route ce que vous maniganciez tous les deux. Et j'ai tenu ma langue. J'ai tenu ma langue pendant des semaines, mademoiselle Biddeford. Mais vous, qui m'étiez si supérieure, vous pouviez à peine vous résoudre à me parler. Pensiez-vous que je ne remarquerais pas votre condescendance ? Et pensiez-vous que j'allais rester les bras croisés indéfiniment et vous regarder, vous et Haskell, vous conduire comme vous le faisiez sans songer aux conséquences ? Pensiez-vous que je pouvais vous laisser gâcher non seulement la vie de Catherine Haskell, mais aussi celle de votre père et de votre mère – que je ne peux plus admirer, je dois dire ? Mon Dieu, Olympia Biddeford, vous veniez dans cet hôtel pour forniquer avec cet homme ! »

Il crache ces derniers mots et montre vraiment l'hôtel du doigt, si bien que plusieurs femmes sur la véranda se retournent pour voir ce que signifie ce tapage. Olympia regarde ses mains, qui tremblent. Elle remarque pour la première fois comme elles sont rouges, comme les jointures sont à vif.

Elle lève les yeux vers Cote. Elle sait, comme d'ailleurs elle l'a toujours su, qu'il va bientôt retourner sur la véranda et raconter cette rencontre à la ronde ; et elle imagine exactement comment il fera le récit du scandale et de la disgrâce de sa famille. Elle sent presque le plaisir exquis qu'il prendra à ressasser cette histoire.

« Ce que j'ai fait, dit-elle à Cote, je l'ai fait par amour. Ce que vous avez fait, c'était avec le cœur d'un serpent. »

Faisant alors demi-tour, elle s'éloigne lentement, d'un pas ferme, s'efforçant de rassembler autant de dignité que peut le faire une femme pieds nus en robe de vichy. Le sang bat à ses tempes, elle peut à peine respirer ; elle s'oblige à marcher sans regarder en arrière. Quand elle est certaine qu'il ne la voit plus, elle se met à trembler pour de bon, à tel point qu'elle doit entrer dans la mer, avec ses algues et la menace des méduses, pour que le choc de l'eau glacée sur ses pieds, ses jambes et ses genoux puisse la calmer. Mais quand elle est dans l'eau, elle s'aperçoit qu'elle ne peut plus bouger, dans un sens ou dans l'autre ; et elle reste ainsi, seule baigneuse de la plage, point de mire de regards curieux, jusqu'à ce que ses pieds soient tellement engourdis qu'elle ne les sente plus sous ses jupes.

Lorsqu'elle retourne à l'endroit où elle a laissé ses souliers, ses bas et son chapeau, le jeune garçon, Edward, l'attend. Il se lève d'un bond en la voyant approcher.

« J'étais inquiet pour vous, mademoiselle. Vous avez mis si longtemps à revenir. »

Elle tend la main pour toucher ses cheveux aux boucles épaisses et soyeuses.

1er septembre 1903

Chère Mademoiselle Biddeford,

Pardonnez ma réponse tardive à votre demande, mais il m'a fallu quelque temps pour découvrir les réponses à vos questions, et plus encore pour décider s'il était sage de vous les transmettre. Mère Marguerite, comme vous le savez par expérience, est une gardienne redoutable, et, même en tant que membre du conseil d'administration, il m'a fallu tous mes pouvoirs de persuasion pour la convaincre de me laisser, pour ainsi dire, franchir la porte.

Maintenant, Olympia, soyez attentive à ce que je vais vous dire. J'ai écrit ce que vous avez demandé sur une feuille séparée que j'ai glissée dans l'enveloppe fermée ci-jointe. Mais je vais vous prier instamment d'avoir le courage de la détruire avant de l'ouvrir. Ce qui y est écrit est susceptible de causer de grands tourments, à vous et à beaucoup d'autres personnes.

Si vous avez encore besoin de moi, à ce sujet ou à un autre, n'hésitez pas à faire appel à moi à n'importe quel moment.

Je demeure votre fidèle,
R. Philbrick

Elle pose la seconde enveloppe sur la table et l'étudie un long moment, à la fois par égard pour Rufus Philbrick et son avertissement, et par peur de ce qu'elle pourrait y trouver. Mais, au bout de quelques minutes, elle sait qu'elle n'a ni le courage ni le jugement nécessaires dans ce domaine, et que son désir de savoir le nom de famille de son fils et dans quelles conditions il est élevé l'emporte sur toutes les autres considérations. Les yeux avides, elle déchire l'enveloppe.

L'enfant s'appelle Pierre Francis Haskell. Il a été baptisé le 20 mai 1900 à l'église Saint-André. Il a été confié à Albertine et Telesphore Bolduc, tous deux employés à l'usine d'Ely Falls, qui résident 137 Alfred Street à Ely Falls. Il est en bonne santé et l'a toujours été depuis sa naissance.

Olympia ferme les yeux et serre le papier froissé contre son sein. Elle a un fils, pense-t-elle calmement, et il est en bonne santé. Elle a un fils, et il s'appelle Haskell.

Étourdie par la cohue qui se pressait dans le tramway, Olympia en descend à l'angle d'Albert Street et de Washington Street. Le ciel, trop brillant, jette une dure lumière blanche sur les rues, changeant les ormes en nickel et les visages de femmes en porcelaine. C'est une des pires journées que la côte du New Hampshire puisse offrir : pas un souffle de vent d'est ne vient alléger l'air chaud. Peut-être y aura-t-il un orage.

La lettre de Philbrick à la main, elle suit le trottoir, vérifiant les numéros en fer forgé à côté des portes. Alfred Street, constate-t-elle, est une rue de commerces et d'habitations, où le rez-de-chaussée des bâtiments est envahi par les boutiques et les étages supérieurs consacrés aux logements. Ce jour-là, presque toutes les fenêtres sont ouvertes, dans l'espoir d'une brise passagère. Olympia trouve les numéros 135 et 139, et elle en déduit que le bâtiment étroit sans numéro entre les deux, un édifice de brique ocre près d'un cabinet dentaire, doit être le 137. Elle consulte sa feuille de papier, n'osant tout à fait croire qu'elle ait trouvé la bonne adresse. Souhaitant rester aussi anonyme que possible, toutefois, elle remet le papier dans son sac et cherche un endroit propice où elle pourra s'attarder.

Deux solutions s'offrent à elle : un banc sous un orme à une vingtaine de mètres de la maison, et une boulangerie derrière elle qui expose dans sa vitrine des petits gâteaux et des biscuits roulés. Se disant que la boulangerie doit être étouffante par cette chaleur, Olympia se dirige vers le banc.

Une foule de gens se pressent dans Alfred Street. Ils se tiennent autant que possible à l'ombre des stores des boutiques, les hommes en chemise sans col, leurs bretelles pendant à la taille, et les femmes en corsage décolleté, les manches roulées. Un marchand ambulant vend des glaces et des boissons fraîches. Il a attiré une suite considérable de gamins, certains à peine vêtus, qui tournent autour de lui, sans doute dans l'espoir de pouvoir sucer un morceau de glace tombé des bacs. Olympia, assoiffée par son voyage, est tentée un instant de s'acheter à boire, mais la perspective de s'adresser publiquement au marchand, et ainsi d'attirer l'attention sur elle, semble malavisée.

Elle regrette d'avoir mis son chapeau et de ne pas avoir mis sa batiste blanche, la robe la plus fraîche qu'elle possède. L'arrière de ses cuisses est déjà baigné de transpiration. Elle étudie les inscriptions dans la vitrine de l'autre côté de la rue. DENTS ARTIFICIELLES, 8 $, lit-elle, OBTURATIONS EN ARGENT, 50 CENTS. Près du cabinet du dentiste, une pharmacie proclame, dans un gribouillage hâtif sur un panneau de carton : SALSEPAREILLE FROIDE. Toutes les portes des boutiques sont grandes ouvertes, et Olympia voit beaucoup de commerçants, reconnaissables à leurs tabliers blancs, debout sur les seuils, certains fumant, d'autres s'essuyant le cou de leurs mouchoirs.

Malgré la chaleur extraordinaire et les distractions de la rue, Olympia garde les yeux fixés sur la petite porte bleue au-dessus de trois marches de pierre, entre les maisons du pharmacien et du dentiste. Mais bientôt elle prend conscience qu'un homme en costume à carreaux chamois et bruns a pris place à côté d'elle. Dans l'air stagnant, l'odeur d'un corps mal lavé mêlée à celle, écœurante, d'une eau de Cologne bon marché, et à celle de la fumée de cigare, lui donne un haut-le-cœur. Elle s'écarte un peu. À sa grande consternation, l'homme se penche encore plus près et lui demande quand passe le prochain tramway. Sans se tourner vers lui, elle dit qu'elle est désolée, elle l'ignore.

« Moi, pour ma part, je vais à la plage, annonce-t-il. Je ne peux pas supporter la chaleur de cette ville infecte une minute de plus. »

Olympia garde le silence, peu désireuse d'engager la conversation avec cet homme.

« Présentons-nous dans les règles, dit-il. Lyman Fogg, voyageur de commerce de la Boston Drug, "administrée dans le café pour le traitement de l'abus d'alcool chez les maris". Notre slogan, à propos. »

Il tend la main, et Olympia, qui vient de retirer ses gants à cause de la chaleur, est obligée de lui donner la sienne. L'homme est ridiculement trop couvert, en costume de lainage et haut-de-forme, qu'il porte penché de façon désinvolte, et d'où une boucle noire huileuse tombe sur son front. De sa main libre, il plante son cigare dans sa bouche et en tire une courte bouffée, dont la fumée reste suspendue dans l'air devant eux. Son teint est remarquablement coloré, et Olympia s'aperçoit que, en plus de son odeur presque intolérable, l'homme dégage de la chaleur.

« Sacrément chaud, pas vrai ? » demande-t-il. Il retire son chapeau, révélant un ruban noir de sueur. Olympia se détourne de lui pour surveiller le seuil.

« Vous attendez le tram vous-même ?

— Non, répond-elle poliment. Je me repose seulement.

— Eh ben, j'ai pas de la veine ? dit l'homme jovialement. Parce que je me disais justement : "Lyman, voilà un beau banc avec une belle femme assise dessus, alors pourquoi t'irais pas te présenter ?" »

Même avec la tête légèrement tournée, Olympia sent que l'haleine de l'homme est chargée d'alcool. Il s'installe plus confortablement sur le banc, et par la même occasion il s'arrange pour se rapprocher d'elle.

Elle sort un mouchoir parfumé de son sac et le porte à son nez, espérant qu'il saisira l'allusion. Mais l'homme paraît indifférent à son désarroi.

« Je dirais, commence-t-il d'un ton pensif, et elle sent son regard observateur, que vous êtes pas de par ici, ce qui me pousse à me demander, et j'ai même l'audace de vous poser la question, ce qu'une belle jeune femme comme vous fait assise sur un banc dans Alfred Street qui, bien que n'étant pas sans charmes, n'est pas un endroit pour une dame. »

Du coin de l'œil, Olympia voit la porte bleue entre le cabinet dentaire et la pharmacie s'ouvrir. Une femme en robe de coton mauve s'appuie contre la porte, apparemment afin de la tenir ouverte pour quelqu'un d'autre. Elle tend la main vers l'intérieur.

« Non, poursuit l'homme à côté d'elle. Je peux supposer à coup sûr que vous êtes de Fortune's Rocks, où y a toutes ces belles villas. Je me trompe ? »

Olympia regarde la femme sur le seuil se pencher un peu pour parler à quelqu'un dans la maison.

« Mademoiselle ?

— Quoi ? demande distraitement Olympia. Oh. Oui. En effet.

— Eh ben vous voyez, reprend l'homme, content d'avoir si bien deviné. Et je peux vous demander votre nom ? » demande-t-il, peut-être enhardi par son succès.

La femme sur le seuil touche ses cheveux bruns qui sont coiffés en hauteur avec une frange sur le front. Elle passe la main sur son corsage, qui forme trois plis de l'empiècement à la taille. Elle doit avoir trente ans, pense Olympia. Elle a un tablier noir sur sa jupe. Elle recule dans la maison, laissant presque la porte se refermer. Puis elle sort avec un petit garçon.

« Ou je suis peut-être trop effronté », dit l'homme à côté d'Olympia.

La mère et l'enfant, main dans la main, se tiennent au sommet des marches de ciment, comme s'ils évaluaient la scène devant eux. Olympia voit clairement les traits de l'enfant.

Cheveux châtains. Yeux noisette. La ressemblance est frappante.

Olympia porte ses mains à sa bouche.

L'homme la regarde vivement. « Vous êtes malade, mademoiselle ? »

L'attirance est instinctive et irrésistible. Plus tard, elle comprendra que cette étrange sensation est double : elle est attirée par le petit garçon et par le père avant lui.

Elle regarde la femme et l'enfant descendre les marches. L'enfant porte une culotte courte d'un bleu fané et une veste assortie. Il se tourne et commence à s'éloigner d'Olympia avec sa mère. Elle le voit seulement de dos à présent, les cheveux bien coupés, les souliers de cuir brun usés, les courtes jambes dodues. Olympia se lève.

« Oh, écoutez, mademoiselle, dit l'homme en se levant aussi. C'est pas la peine. J'espère que je vous ai pas offensée. Je suis peut-être trop sans-gêne ? Si vous trouvez que oui, pardonnez s'il vous plaît à un représentant fatigué par cette chaleur. »

Olympia perd de vue l'enfant et la femme dans la foule du trottoir. Affolée, elle fait un pas en avant.

« Puis-je repartir de zéro en suggérant qu'on entre dans cette pharmacie là-bas, où je dois vous dire que je suis plutôt connu, et qu'on se prenne deux salsepareilles froides comme ils font la réclame, et qu'on nous donnera gratuitement, je vous jure. »

Olympia secoue avec distraction la tête. « Laissez-moi », dit-elle impatiemment, bien que ce soit elle qui s'éloigne.

Elle traverse la rue et marche vite, cherchant une robe mauve dans la foule. Elle est bousculée impoliment, et peut-être bouscule-t-elle impoliment à son tour. Elle presse le pas, courant presque à présent, jusqu'à ce qu'elle voie, au prochain coin de rue, une femme et un enfant pénétrer dans une boutique. L'enseigne au-dessus de la porte dit CONFISERIE.

Olympia s'approche de la boutique et reste aussi près de la porte qu'elle l'ose. Elle fait semblant d'examiner le contenu de son sac, comme si elle cherchait une chose qu'elle a égarée. Elle prend un air concentré.

C'est de la folie, se dit-elle, bien qu'elle ne change pas d'attitude. *Je ne sais même pas si cette femme et cet enfant sont ceux que je cherche.*

Et l'instant d'après, elle pense : *Bien sûr que je le sais.*

Autour d'elle, il y a des hommes et des jeunes gens, la

chemise sans col, les bretelles pendantes. Elle les entend s'appeler, mais ne distingue pas leurs paroles. Lorsque la femme et l'enfant sortent de la boutique, le petit garçon tient à la main un cornet de glace. La crème coule sur son poing minuscule. Peut-être alarmé par cette nourriture mouvante, il paraît sur le point de pleurer. La femme se penche et lui prend le cornet dont elle lèche le bord pour rattraper les gouttes. Elle le rend à l'enfant, qui semble très soulagé.

Olympia est si près d'eux qu'elle pourrait tendre la main et toucher le petit. La ressemblance est étonnante. C'est comme si elle regardait le visage de John Haskell enfant.

La femme en coton mauve, peut-être consciente de l'étrange regard d'Olympia, prend la main de l'enfant et l'entraîne plus loin sur le trottoir. Olympia demeure figée, son sac encore ouvert, à peine capable de respirer. Un instant plus tard, la femme se penche, soulève le bambin et l'embrasse sur la joue. Olympia aperçoit les petits souliers bruns, usés et craquelés.

Un éclair de jalousie lui traverse le corps, et son sac lui échappe des mains. Des pièces et des peignes tombent bruyamment sur le trottoir.

Terrassée par une paralysie momentanée, elle ne peut se pencher pour ramasser ses affaires. Elle sent de la fumée de cigare, vaguement consciente que l'homme en costume à carreaux s'est accroupi pour le faire à sa place.

« Maintenant je suis sûr que vous êtes pas bien », dit l'homme à côté d'elle. Elle sent une main sur son coude.

« Je vous ai suivie, est-il en train de dire, j'espère que vous m'en voudrez pas, parce que je voyais que quelque chose clochait. »

Il la fait entrer dans la boutique sombre. Il lui dit de s'asseoir sur une chaise en métal. Elle obéit, se laissant lourdement tomber sur la surface dure. Entre eux, il y a une table ronde en verre.

« Et j'ai pas pu m'empêcher de vous voir fouiller dans votre sac. Vous avez dû avoir très peur, parce que votre figure est devenue toute blanche. » Il prend une chope sur une table vide. « Aussi blanche que ça. »

Quand elle le regarde, elle voit des sourcils broussailleux, des yeux verts rusés, une bouche rose charnue, un brin de tabac sur la lèvre inférieure ; mais elle a beau faire, elle ne parvient pas à former un visage cohérent. Un champ de points blancs et brillants masque sa vision.

L'homme se penche vers elle, et de nouveau elle sent son souffle chargé d'alcool. « Vous avez égaré quelque chose de très précieux pour vous ? » lui demande-t-il.

Les points blancs se multiplient, effaçant presque la silhouette devant elle. Olympia se met à rire, et elle voit que son rire étonne l'homme.

Et elle pense, en se sentant tomber – lentement, lentement, comme une plume qui flotte paresseusement dans l'air lourd – *Oui, oui, en effet. J'ai égaré quelque chose de très précieux.*

Le ciel est pesant, sali d'une étrange lumière jaune. L'air est immobile, trop immobile, pire que la veille, sulfureux. Quand elle atteint la baie, elle retire ses bottines et patauge dans la vase noire qui deux fois par jour est découverte à marée basse. Ses pieds sont longs, blancs et lisses, la partie la plus fragile de son corps en fait, et quand elle marche par mégarde sur un coquillage ou un gros galet, c'est douloureux. Il est étrange, pense-t-elle, qu'on puisse être si fort et musclé par ailleurs, et que les racines du corps soient si vulnérables.

Des algues de couleurs et de textures variées jonchent l'estran, avec des crabes fer à cheval et des méduses qui ont échoué sur la plage, transparentes sur la vase. Elle doit faire attention où elle marche pour éviter leur désagréable masse gélatineuse ainsi que leur piqûre. Les algues desséchées ressemblent à des déchirures de journaux. Elle a entendu parler de gens qui font des soupes ou des ragoûts de cette végétation marine, mais elle est tout à fait sûre qu'elle-même n'aimerait pas en manger.

Avec le râteau à palourdes qu'Ezra lui a prêté, elle ramasse les petits mollusques qui se cachent dans la vase. Elle s'occupe ainsi près d'une heure, remplissant son seau presque à ras bord.

Ses jupes de vichy jaune ont été aspirées plus d'une fois par la boue, et son ourlet et ses pieds semblent enrobés de mélasse. Elle se dirige vers un gros rocher qui avance dans la mer et s'y assied pour rincer ses pieds et le bas de sa robe. Quand ses pieds sont secs, elle enfile ses bas et ses bottines.

La veille, quand elle s'est effondrée dans la confiserie d'Ely Falls, Lyman Fogg l'a rattrapée juste avant qu'elle ne tombe de la chaise. Elle a repris conscience presque aussitôt avec un atroce mal de tête. L'homme lui a donné de petites gorgées d'eau tandis qu'elle s'efforçait de rassembler ses forces, malgré sa tête endolorie. Elle lui a permis de l'accompagner au tramway, et même à Ely, mais quand ils sont arrivés à la station elle l'a remercié, lui a fermement dit au revoir et, malgré ses protestations, elle a pris une voiture seule pour rentrer chez elle. Une fois dans la maison, elle est montée et s'est jetée sur son lit. Elle est tombée dans un profond sommeil et ne s'est pas réveillée avant près de midi le lendemain.

Elle ne retournera pas à Ely Falls, se dit-elle. Elle a vu le petit garçon, et c'est suffisant. Elle écrira à Rufus Philbrick et le remerciera de l'avoir aidée, et il sera content d'apprendre qu'elle a abandonné l'idée de poursuivre sa quête.

C'est un effort de se déplacer dans l'air lourd, mais Olympia prend son seau de palourdes et se dirige vers la villa. On dirait que la mer et le rivage, et les maisons plus loin, sont couverts d'une pellicule d'un jaune terne et ne peuvent pas respirer. Elle cuira les coquillages à la vapeur pour son déjeuner, décide-t-elle. Elle a des biscuits salés pour les accompagner, et du lait, et elle fera réduire le bouillon.

Elle lave les palourdes à plusieurs reprises, comme Ezra le lui a appris. Elle trouve une grande casserole et met de l'eau à bouillir sur le fourneau. La cuisine devient sur-le-champ si étouffante qu'elle peut à peine respirer. Elle ouvre les fenêtres en grand et, quand elle s'aperçoit que cela ne sert pas à grand-chose, elle va dans le salon où elle ouvre aussi les fenêtres.

Elle regarde la plage, presque déserte aujourd'hui, en partie à cause de l'air lourd et parce que beaucoup de familles sont déjà retournées à la ville. Un violent coup de tonnerre la fait sursauter, et un instant elle croit qu'un objet lourd et tranchant est tombé sur le plancher au premier. Et puis le ciel descend, comme si la nuit tombait trop tôt. Le vent se lève et bat contre la maison. Les châssis des fenêtres tremblent sous ses assauts irréguliers.

La température chute brusquement. Olympia, frissonnante, trouve un châle sur une chaise et se drape dans la laine crochetée. Mais le ciel, malgré son aspect menaçant, est étrangement beau ; et elle se dit qu'un désastre, horrible dans ses effets, peut créer une scène d'une grande beauté. Un hôtel en flammes, par exemple, provoquera de la peur, et parfois de la bravoure, chez les témoins de la catastrophe, mais ne peut-il aussi émouvoir par sa majesté ?

Elle se souvient du naufrage pour sa beauté paradoxale au milieu de la tragédie. Elle revoit le moment où John Haskell l'a croisée avec l'enfant. À quoi a-t-elle songé alors ? Que bien qu'elle ait voulu passer inaperçue, être vue de lui ne pouvait la gêner ? Qu'elle n'aurait pu, de son plein gré, quitter le sable blanc et frais où ses pieds nus avaient creusé, sauf si son père l'avait menacée de ses foudres ? Que tout en voulant seulement participer à l'opération de sauvetage, elle ne pouvait quitter des yeux la forme de John Haskell, qu'elle ne distinguait que trop bien, comme tous ceux présents, la mer ayant trempé son peignoir et sa chemise de nuit ?

Et que s'était-il passé exactement entre Haskell et elle sur la plage, pendant ces quelques secondes à l'approche de l'aube ? Ce ne pouvait être l'amour – non, bien sûr que non –, ni même un engouement, il aurait fallu qu'ils soient un peu plus habitués l'un à l'autre qu'ils ne l'étaient alors, si tôt dans l'été. Non, c'était plutôt, en quelque sorte, qu'ils s'étaient reconnus, comme si chacun connaissait l'autre non seulement de la veille, mais aussi d'une date future.

La pluie assaille la maison presque à l'horizontale, se glissant sous les avant-toits de la véranda. Une rafale de vent renverse un fauteuil en osier, et elle se souvient trop tard qu'il y a des draps sur la corde à linge.

Mais si, c'était l'amour, se dit-elle. Bien sûr, c'était l'amour.

Même alors. Même cette nuit-là. Haskell et elle n'étaient-ils pas déjà entrés dans ce dangereux état de fascination que l'on peut appeler amour, obsession ou inclination, ou simplement illusion, selon que l'on est plus ou moins proche de l'événement et selon la capacité que l'on possède de croire que deux âmes évoluant dans l'univers peuvent être destinées à se rencontrer, être faites l'une pour l'autre ?

La mer griffe déjà le sable, rongeant la plage et créant de profondes ravines. L'érosion va mettre en danger les villas, elle le sait. Appuyée contre une vitre, elle sent le vent faire vibrer le verre. N'a-t-elle pas entrevu les conséquences en se permettant de tomber amoureuse de John Haskell ? A-t-elle jamais pu être insouciante à ce point ? Ou se croyait-elle protégée par un charme, intouchable, effleurant simplement la surface d'éléments désastreux, redoutables, comme une mouette vole au-dessus de l'océan, ne se posant ni ici ni là, mais jouant toujours avec les vagues ?

Elle lève les yeux, serre le châle autour d'elle. *Où est le petit garçon maintenant ?* se demande-t-elle. Et où la femme et lui vont-ils se promener ? Pourquoi la femme portait-elle un tablier noir ? Olympia revoit les souliers usés en cuir brun de l'enfant, leur état presque navrant. De vieux souliers qu'on lui a donnés, sûrement, car il ne peut les avoir usés ainsi lui-même.

Le grand amour ne vient qu'une seule et unique fois, Olympia le comprend à présent. Par définition, il ne peut se produire deux fois : le grand amour reste dans la mémoire, dans le cœur et dans les yeux de celui qui fut aimé, et ne peut jamais être oublié.

Elle met la tête dans ses mains.

Pourquoi l'amour doit-il être si cruel ?

Un vent énorme s'empare de la maison, et elle sent le bois trembler dans son étreinte. Impressionnée, elle regarde ce vent battre la plage, souffler les crêtes des vagues, élever des brindilles, des bouts de bois flotté et des algues très haut dans les airs. Une mouette reste immobile au-dessus de l'eau, incapable de progresser, puis elle est repoussée en arrière par une rafale. Plus loin sur le rivage, une grande plaque de tôle est soulevée du toit d'une cabane de pêcheur. Les fauteuils en osier glissent le long du plancher de la véranda et frappent la balustrade avec une série de détonations sourdes. À l'étage, Olympia entend du verre se briser.

L'ouragan martèle la côte jusqu'à Bar Harbor. Toute la nuit, Olympia demeure blottie dans la cuisine, écoutant le bois craquer, la mer se soulever, le vent hurler. Près de la maison, un pin s'abat, manquant de peu la toiture, et une ou deux fois, quand le vent se déchaîne particulièrement, Olympia se réfugie sous la table. Elle pense à Ezra, espérant qu'il a pu regagner la côte avant la tempête. Personne ne pourrait survivre en mer cette nuit.

De temps à autre, Olympia va vers la fenêtre qui donne sur le poste de sauvetage. Son phare est allumé, et elle entend, par intermittence, comme du morse émis par un grand instrument, la sirène de brume de Granite Point. Le vent secoue les poutres, et Olympia sursaute parfois quand le bois fait entendre des craquements, comme si la maison était un navire en train de sombrer.

À l'aube, des parties de la plage ont été rongées presque jusqu'à la digue. Des maisons ont été soulevées de leurs fondations et des vérandas rasées de leur socle. La pelouse d'Olympia est jonchée de débris – des feuilles, des branches et un ciré d'homme, ce qui ne présage rien de bon. Tout le long du croissant de Fortune's Rocks, des villas ont perdu leurs fenêtres et leurs toits. Là où la plage n'a pas été ravinée, elle est couverte de coffrets métalliques, de bardeaux, de verre et de fragments de bois. Seule la mer, comme victorieuse dans une bataille sans nom, reste indomptée, roulant majestueusement ses énormes vagues le long du rivage redessiné.

Craintivement, les gens commencent à sortir sur la plage pour estimer les dégâts. Olympia jette un châle sur ses épaules et sort sur la véranda. L'air est propre et vif, comme fraîchement lessivé. Elle marche vers la digue et, se retournant pour regarder sa maison, elle constate qu'une cheminée est tombée.

Mais, bien qu'elle examine l'édifice, ses pensées sont ailleurs, et elle se demande, comme elle se le demandera un millier de fois (et c'est comme si elle comprenait déjà que, parce qu'elle ne sera jamais libérée de ce souci particulier, elle doit le revendiquer, ou devenir folle à cause de l'éloignement, du sentiment d'impuissance qu'il entraîne), ce qui est arrivé à la femme et à l'enfant. Sans doute la tempête aura-t-elle eu moins d'impact à l'intérieur des terres, mais ces habitations peuvent-elles résister aux vents déchaînés d'un ouragan ? Et les lignes électriques ? Y aura-t-il de l'eau potable ? Et son fils, dont Olympia ne peut encore prononcer le vrai nom, est-il sain et sauf ?

Le dixième jour après la tempête, Olympia monte dans le premier tramway quittant Ely pour un trajet pénible d'une heure et demie jusqu'à Ely Falls, trois fois le temps d'un voyage normal à la ville. Tout le long de la route, Olympia et les autres passagers sont ahuris à la vue des dommages causés par la tempête : lignes de téléphone et d'électricité encore abattues, voitures renversées, toitures enfoncées par la chute de pins, dont les racines peu profondes n'ont pas résisté sous la force du vent.

Dans le sillage de la tempête, le temps s'est rafraîchi. Pour la première fois depuis son retour à Fortune's Rocks, Olympia a sorti les lainages des malles, elle les a aérés sur la véranda et les a suspendus dans les placards de plusieurs chambres. Pour aller à Ely Falls, elle a choisi ce matin son meilleur ensemble, une jupe et une veste de laine gris perle qu'elle aime porter avec un corsage blanc à col montant et une cravate de velours. Son chapeau, une toque couleur prune, est posé en biais sur son chignon. Elle se rend compte, en regardant les autres passagers du tramway, que la mode a changé pendant les quatre ans de son absence. Les jupes sont plus longues, les manches plus larges, les vêtements moins affectés dans leur ensemble.

Avec plusieurs autres voyageurs, Olympia descend au coin d'Alfred Street et de Washington Street, où des hommes sur un échafaudage réparent un toit et remettent des vitres aux fenêtres. Elle a lu dans l'*Ely Falls Sentinel* que dix-sept ouvriers ont péri sous une fileuse pendant l'ouragan, le propriétaire de l'usine ayant refusé de suspendre l'équipe de nuit bien que les employés aient demandé à plusieurs reprises un arrêt de travail. Olympia a lu la liste des morts comme une épouse étudiant celle des pertes de guerre, ses yeux parcourant rapidement les noms, n'en cherchant qu'un. L'atmosphère de la ville a changé. Lors de la précédente visite d'Olympia, malgré la chaleur oppressante, il régnait une certaine gaieté, mais aujourd'hui les habitants ont un air solennel, sombre même. En marchant dans Alfred Street, elle remarque que certaines vitrines sont encore barricadées par des planches.

À mi-chemin, Olympia est surprise par un coup de sifflet, assez semblable à celui d'un train qui entre en gare. En quelques minutes, la rue grouille d'hommes et de femmes qui se dirigent vivement vers les portes des maisons. Olympia lève les yeux vers l'horloge au coin des deux rues : midi cinq. C'est sûrement la pause du déjeuner.

Elle trouve le 137 et de nouveau s'assied sur le banc de l'autre côté de la rue. Plusieurs femmes franchissent la porte bleue, mais pas celle qu'Olympia cherche. Elle se demande s'il serait sage d'aborder quelqu'un sur les marches du bâtiment pour demander des nouvelles de la famille Bolduc, mais, comme cela ne paraît pas très raisonnable, elle abandonne cette idée. Elle voit presque aussitôt qu'elle ne pourra pas rester longtemps sur le banc ; comme le temps s'est refroidi, peu de passants s'attardent dans les rues, et elle se ferait donc plus facilement remarquer que la dernière fois.

À une heure moins dix exactement, des dizaines de personnes émergent de la maison, les femmes enfilant des gants, vérifiant le contenu de leur sac, tenant leur chapeau, et se hâtent sur le trottoir pour retourner travailler. À une heure, la rue est vide et silencieuse.

Frissonnant sous le fin lainage de son ensemble, Olympia se dirige vers la boulangerie où elle entre. Une serveuse en robe noire et tablier bleu lève les yeux vers elle avec surprise, comme si la boulangerie était fermée.

« Puis-je avoir une tasse de thé ? demande Olympia.

— Les clients sont partis maintenant, déclare la serveuse, mais je peux toujours vous faire une tasse de thé.

— Merci », dit Olympia. Elle prend un siège près d'une fenêtre et s'arrange pour avoir une vue imprenable du numéro 137. Elle retire ses gants et les met dans sa poche. Enhardie à l'idée qu'elle pourrait quitter Ely Falls sans le moindre renseignement sur le petit garçon, elle demande à la serveuse, quand celle-ci revient avec le thé, si elle connaît une famille du nom de Bolduc.

« Ça oui, dit la fille avec un accent irlandais. Y a des dizaines de Bolduc par ici. Lesquels vous voulez ?

— Albertine ? demande Olympia, son souffle s'arrêtant dans sa gorge. Telesphore ?

— Vous avez de la veine alors, dit la serveuse en s'essuyant les mains sur son tablier. Ils habitent juste en face. »

Olympia sourit de sa chance apparente.

« Mais lequel vous cherchez ? demande la fille. Vous trouverez pas Albertine chez elle aujourd'hui avant quatre heures, quand la première équipe termine. Mais si c'est Telesphore que vous voulez, il sera chez lui jusqu'à quatre heures. Là, ajoute-t-elle en désignant la porte bleue. C'est là qu'ils habitent. Vous avez pas l'air d'une parente, alors vous devez être une amie.

— Oui, une amie, dit Olympia.

— Vous devez connaître le gamin ?

— Oui, fait Olympia.

— Il est mignon ce petit, pas vrai ? »

Olympia hoche la tête.

« Je sais pas quand ils se voient, le mari et la femme, dit la fille. Avec les deux équipes et tout. L'un rentre, l'autre sort. Des navires qui se croisent dans la nuit. Je dois pouvoir vous apporter un bol de soupe aux huîtres si vous avez faim. »

Olympia, ne voulant rien refuser de ce que la jeune femme aura à lui proposer, répond que la soupe serait la bienvenue.

Elle est aqueuse, mais Olympia se force à la manger. Elle l'avale lentement, cherchant à gagner du temps, ne voulant pas quitter son poste d'observation. La serveuse lui apporte des biscuits salés, des scones et des pâtisseries, puis elle s'excuse, disant qu'elle sera dans l'arrière-boutique pour déjeuner à son tour.

Olympia reste quelque temps à la table, maintenant chauffée par le soleil de l'après-midi. Elle a tellement mangé qu'elle s'endort presque. Mais à trois heures cinquante à l'horloge, elle redevient attentive quand elle voit Albertine, vêtue aujourd'hui d'une robe plutôt sévère de coton noir avec un tablier également noir, monter les marches en courant et franchir la porte bleue. Cinq minutes plus tard, un homme en chemise de travail bleue et casquette de tissu noir (il a la tête penchée et Olympia ne distingue pas tout à fait son visage) sort de la maison, descend les marches et s'éloigne sur le trottoir. Ne sachant que faire à présent, puisqu'elle n'a pas réellement l'intention de frapper à la porte bleue, Olympia reste assise encore un moment. Et peu après, elle est récompensée de sa patience. À quatre heures vingt, Albertine Bolduc rouvre la porte. Olympia essaie de s'armer pour le choc qui va suivre, elle le sait, mais quand l'enfant sort, debout sur la première marche et clignant des yeux au soleil, elle comprend qu'aucune préparation ne suffira jamais à la protéger. Le coup la frappe avec une telle force qu'elle doit presser ses jointures contre sa bouche.

Les épais cheveux châtains de l'enfant ont récemment été coupés au bol, semble-t-il. Ils tombent avec charme juste au-dessus de ses sourcils, rehaussant la lumière de ses yeux noisette. Ces yeux dominent le visage, le nez minuscule, la bouche arquée et le menton dodu. Il tend instinctivement la main vers celle de sa mère, et ensemble ils descendent les marches de pierre. Il porte un pantalon plus long aujourd'hui, et un chandail gris tricoté à la main avec un bonnet assorti. Seuls les souliers lacés, en cuir brun craquelé, sont les mêmes que la dernière fois.

Olympia pose des pièces sur la table et quitte la boutique sans se faire remarquer. Elle suit la femme et l'enfant à une distance respectueuse. Elle est consciente de la forme particulière de folie qui s'est emparée d'elle et la fait se comporter d'une façon qu'elle n'aurait pas crue possible. Elle se sent comme une espionne, et c'est bien ce qu'elle est. Mais, tout en comprenant l'absurdité de ses gestes, elle ne peut détourner les yeux, ni laisser la femme et l'enfant disparaître de sa vue. Restant à cent mètres au moins, Olympia les suit jusqu'au coin d'Albert et de Washington, puis le long de cette rue vers Pembroke Street, qui est bordée de logements ouvriers, des bâtiments identiques en brique avec de petites fenêtres et des barrières de bois brut le long de pelouses mal entretenues. Albertine et l'enfant entrent dans l'une de ces maisons ; il monte les marches en courant et pousse la porte comme s'il l'avait fait une centaine de fois.

Olympia, qui ne peut suivre la femme et l'enfant dans Pembroke Street de peur d'être découverte, reste au coin de la rue et observe ce petit tableau. Elle a envie de s'asseoir et d'attendre que le petit garçon ressorte, car partir c'est le laisser échapper, et il lui faut quelques minutes avant de tourner les talons et de se diriger vers l'arrêt du tramway. Il est presque cinq heures, et elle doit, elle le sait, prendre la dernière voiture pour Ely ou rester bloquée à Ely Falls.

Pendant un moment, elle marche aveuglément, incapable de cesser de penser à l'enfant. Est-ce tout ce qu'elle aura de lui ? Pour toujours ? Ces coups d'œil à la dérobée ? Il n'y aura jamais de rapport direct avec Albertine, Olympia le comprend à présent. Jamais. Et elle ne peut pas non plus continuer à se conduire comme une spectatrice clandestine sans risquer d'être découverte. Ce qu'elle ne veut à aucun prix.

Elle ne peut pas persister ainsi. Elle ne peut pas. Elle doit rejeter cette obsession, comme elle se l'est juré une fois. Elle doit oublier le petit garçon et reprendre le fil de sa vie. Il faut qu'elle trouve un emploi, peut-être comme gouvernante ou comme institutrice. Elle pourrait demander à Rufus Philbrick. Il mettra sans doute beaucoup plus d'enthousiasme à l'aider à trouver du travail qu'à chercher son fils.

Tenaillée par ces pensées, Olympia marche sans savoir où elle va et, au bout d'un certain temps, quand elle lève les yeux, elle s'aperçoit que, bien qu'elle soit toujours dans le quartier commerçant d'Ely Falls, elle ignore où elle se trouve. Lorsqu'elle regarde autour d'elle, elle voit la Banque du New Hampshire et les bureaux de l'*Ely Falls Sentinel*. Une boutique de pompes funèbres et une compagnie d'assurances paraissent occuper la totalité d'un immeuble massif en pierre. Il y a d'autres bureaux avec des enseignes à l'extérieur ou aux fenêtres, ou, plus discrètement, des plaques en cuivre à côté des sonnettes. De l'autre côté de la rue, elle aperçoit, au rez-de-chaussée, une enseigne noire au-dessus d'une porte. Une enseigne noire avec des noms gravés en lettres d'or. TUCKER & TUCKER, AVOCATS. Elle se détourne et regarde par la vitrine de la banque. Celle-ci est fermée, et elle se demande quelle heure il est.

Les bureaux seront fermés aussi, se dit-elle. Même si elle frappait à la porte, il n'y aurait pas de réponse. Et s'il n'y a personne, ce sera un signe, un message, non ? Elle pourra alors se détacher de ce problème. Elle retournera à Fortune's Rocks où elle restera, et ne reviendra pas à Ely Falls. Oui, ce sera un signe. Un signe qu'elle ne pourra pas ignorer.

Et, ainsi armée de ces fragiles illusions, Olympia traverse Dover Street le 14 septembre 1903, et pénètre dans les bureaux de Tucker & Tucker, père et fils, avocats, pour annoncer qu'elle a l'intention de réclamer son fils, Pierre Francis Haskell, et leur demander de l'aider à le faire.

IV

L'assignation

« Et vous dites que vous l'avez rencontré chez votre père », dit Payson Tucker.

Le jeune avocat a posé sur ses genoux un cahier marbré pas très différent de ceux qu'Olympia utilisait pour apprendre l'écriture cursive quand elle était plus jeune. Il prend des notes de temps en temps, trempant sa plume dans un encrier en verre cannelé sur son bureau derrière lui. La pièce est petite – bois ciré, cuir brun et clous dorés – et rappelle à Olympia la bibliothèque de son père à Boston. Et c'est peut-être cette association, ou les manières sérieuses et attentives de Tucker, qui prêtent de l'autorité à ses questions.

« Nous nous sommes rencontrés le 21 juin 1899 dans la villa de mon père à Fortune's Rocks, dit Olympia. Je m'en souviens particulièrement parce que c'était le jour du solstice d'été.

— Vous aviez quel âge ?

— Quinze ans. » Elle surveille la réaction de Tucker, mais il reste impassible.

« Quel âge avait M. Haskell ?

— Il avait quarante et un ans à l'époque.

— Et quel âge avez-vous maintenant ?

— Vingt ans. »

Tucker ajuste ses lunettes à monture d'or et l'étudie un instant. « John Haskell était chez vous pour rendre visite à votre père ?

— Oui. Il était là avec sa femme et ses enfants.

— Je vois », dit Tucker d'un ton neutre, et Olympia se demande ce qu'il voit exactement. Elle essaie de deviner son âge – vingt-cinq ans, vingt-six ? –, mais il a l'air de vouloir paraître plus vieux, aidé dans cet effort par un front un peu dégarni. C'est un homme mince avec une moustache, un teint pâle et des cheveux noirs soyeux qui parfois, quand il penche la tête, tombent sur sa joue.

« Pouvez-vous me donner leurs noms ?

— Catherine, répond-elle. C'est – c'était – sa femme. En fait, j'ignore s'ils ont officiellement divorcé. J'ai seulement entendu dire qu'elle vit sans lui, et je ne crois pas qu'ils aient été ensemble depuis août 1899. Les enfants s'appellent Martha, Clementine, Randall et May. »

Quelques minutes plus tôt, quand Olympia est entrée dans le cabinet, Payson Tucker prenait sa serviette et son chapeau pour partir comme chaque fin de journée. Elle s'est présentée en bégayant un peu, et elle a dit qu'elle avait besoin d'un avocat. Un peu surpris, Tucker lui a fait signe de s'asseoir. Depuis, elle répond à ses questions du mieux qu'elle peut.

« Quel âge avaient-ils à ce moment-là ? demande-t-il.

— Martha avait douze ans. Les autres étaient plus jeunes.

— Et où John Haskell se trouve-t-il à présent ?

— Je l'ignore. »

Tucker pose sa plume. « Il serait peut-être préférable que vous me racontiez toute l'histoire depuis le début », dit-il.

Olympia regarde un instant une haute bibliothèque en chêne. Il y a des centaines de volumes sur ses étagères, des livres reliés en cuir avec des titres obscurs. Elle hésite, gênée de partager les détails les plus personnels de sa vie. Les mots, elle le sait, même le mieux combinés, ne rendent jamais justice à la réalité. Et tous les mots qu'elle possède ne sauraient décrire la joie et le bonheur que Haskell et elle ont connus ensemble. Elle craint plutôt de réduire ces expériences uniques à des mouvements mécaniques, à des images. Des images qui peuvent rebuter quelqu'un d'autre. Qui pourraient choquer un observateur sans méfiance, qui a soudain, par mégarde, tiré le rideau sur un couple d'amants dans leurs moments les plus intimes. Et cette intrusion, cette autre paire d'yeux ne va-t-elle pas en fin de compte changer la scène, en retirer quelque chose de précieux ?

« Je peux vous raconter ce qui est arrivé, dit Olympia à l'avocat, mais d'abord je dois vous faire comprendre une chose importante.

— Oui, bien sûr.

— Bien que j'aie été très jeune et que j'aie mal saisi la portée de ce que je faisais, je n'ai pas été séduite. Absolument pas. J'avais de la volonté et du jugement. J'aurais pu y mettre fin à n'importe quel moment. Le comprenez-vous ?

— Il me semble.

— Et me croyez-vous ? »

Il la regarde pensivement, tenant sa plume entre son pouce et son index, et l'agitant inconsciemment. Elle se demande si Tucker & Tucker signifie père et fils ou s'il s'agit de frères. « Oui. Oui, je vous crois. Je ne pense pas que vous le diriez si ce n'était pas vrai. »

Il fait chaud dans le bureau, et elle retire ses gants. « Nous nous sommes rencontrés plusieurs fois au cours de ce premier week-end, John Haskell et moi, commence-t-elle. Puis nous nous sommes revus le 4 Juillet. Nous sommes devenus... intimes... environ deux semaines plus tard. Je ne l'ai connu que six semaines pendant cet été.

— Et John Haskell et sa famille habitaient où ?

— Haskell était au Highland Hotel. À Fortune's Rocks. Catherine et les enfants séjournaient à York, dans le Maine, chez ses parents, en attendant que leur villa soit terminée.

— Oui, je connais le Highland. Et vous... » Tucker hésite, retirant une poussière imaginaire de la manche de sa redingote à rayures blanches. « Vous alliez à cet hôtel avec lui ? Il venait vous voir chez vous ? Ou vous vous rencontriez ailleurs ?

— Habituellement, je le retrouvais à l'hôtel, dit-elle avec difficulté, en pensant : *Ce n'était pas une habitude.* Il est venu chez moi trois autres fois. Dont la dernière où je l'ai vu.

— Et c'était quand ?

— Le 10 août.

— Que s'est-il passé ce jour-là ? »

Olympia baisse les yeux. Elle serre les mains si fort que ses jointures blanchissent. Elle pense à la dernière fois qu'elle a vu Haskell, à tous les jours qui ont amené cette dernière fois. À tous les jours où elle aurait pu empêcher Haskell et Catherine de venir chez son père pour la réception. Mais elle ne l'a pas fait. Elle était, elle le sait, déjà entrée dans cette phase d'une histoire d'amour où toutes les rencontres avec l'être aimé sont désirables, aussi difficiles et officielles que soient les circonstances, car elles offrent non seulement l'occasion de le contempler, mais aussi de connaître ce frisson singulièrement délicieux que procure une communication silencieuse au milieu d'un public ignorant. Olympia pourrait dire à Payson Tucker qu'elle regrette que son père ait invité les Haskell, ou qu'elle avait peur de causer à Catherine, qu'elle admirait vraiment, le moindre souci, mais ce serait peu sincère, pour ne pas dire mensonger.

« Mon père a donné une réception, et les Haskell sont venus. Catherine Haskell nous a découverts ensemble ce soir-là. »

L'avocat trempe la plume dans l'encrier et prend une note. « Elle vous a découverts, ou quelqu'un d'autre l'a fait et l'a mise au courant ? »

Olympia détourne les yeux.

« Si c'est trop pénible…, dit-il.

— Mme Haskell a été aidée. Par un homme du nom de Zachariah Cote. »

Payson Tucker lève les yeux de son cahier. Olympia voit ses lunettes lancer un éclair. « Le poète ?

— Oui, répond-elle, légèrement surprise que Tucker ait entendu parler de Cote. Je n'ai pas revu John Haskell depuis.

— Où est-il allé ?

— Il a passé la nuit dans leur nouvelle villa le 10 août. Je ne sais pas où il est allé ensuite. Je crois qu'il a quitté Fortune's Rocks et Ely Falls.

— Il habitait aussi à Ely Falls ? demande l'avocat.

— Non, il était médecin au dispensaire de l'usine d'Ely Falls.

— Oh, je vois. Et quand vous êtes-vous aperçue que vous attendiez un enfant ? »

Tucker pose la question comme s'il s'agissait d'un fait entre mille, une simple phrase dans un paragraphe. Olympia ouvre la bouche pour parler, mais elle ne peut pas. Elle sent la chaleur envahir son visage. Tucker, qui la regarde attentivement, se penche vers elle. Une mèche de cheveux tombe en avant, et il la ramène derrière son oreille.

« Mademoiselle Biddeford, je sais que ce sont des questions douloureuses. Et je trouve que vous avez montré beaucoup de courage dans vos réponses. Mais j'ai besoin de cette information si je dois me charger de votre affaire. J'ai aussi besoin de savoir si vous avez la résistance nécessaire pour affronter certaines réalités de votre passé. Croyez-moi quand je vous dis que ce n'est qu'un très faible avant-goût des questions qui vous seront posées si vous décidez d'aller plus loin. »

Olympia prend une inspiration et hoche la tête. « Ma famille et moi avons quitté Fortune's Rocks le matin du 11 août, dit-elle. Mes parents habitent Beacon Hill à Boston. J'ai découvert que j'attendais un enfant le 29 octobre.

— Vous avez été examinée par un médecin ?

— Pas immédiatement. »

Tucker se radosse dans son fauteuil. Derrière lui, sur le bureau, dans un cadre en argent, est posée la photographie d'une belle femme d'une trentaine d'années – sa mère sûrement, se dit Olympia. Quand elle était jeune.

« Mademoiselle Biddeford, la question suivante est extrêmement difficile, mais je dois la poser. Y a-t-il une possibilité qu'un autre homme, quelqu'un d'autre que John Haskell, soit le père de l'enfant dont vous parlez ? »

Malgré l'avertissement de Tucker, Olympia est choquée, moins par la question elle-même que par l'idée qu'elle aurait pu avoir une relation de cette nature avec un autre que Haskell. « Non, répond-elle avec véhémence. Pas la moindre possibilité.

— Bien, dit-il, et il paraît sincèrement soulagé. C'est très bien. Avez-vous alors pris contact avec John Haskell pour lui apprendre la nouvelle ?

— Non.

— Dites-moi ce qui s'est passé le jour où vous avez eu l'enfant ?

— Je ne sais pas bien ce qui s'est passé. On m'avait administré du laudanum vers la fin de mon accouchement, et ça m'a donné sommeil. Lorsque je me suis réveillée, l'enfant m'avait déjà été enlevé.

— Mais vous l'avez vu.

— Oui.

— Et vous saviez que c'était un garçon.

— On m'a dit que c'était un garçon.

— Vous aviez un médecin avec vous ? Ou une sage-femme ?

— Un médecin. Le docteur Ulysses Branch, de Newbury Street à Boston.

— Est-ce lui qui vous a pris l'enfant ?

— Je ne sais pas. Je suppose que la personne qui l'a fait, quelle qu'elle soit, a agi à la requête de mon père, puisqu'il a fait allusion une ou deux fois à des "dispositions" qui avaient été prises. Bien qu'il ne m'ait jamais parlé directement, à ce moment ou plus tard, de ce qu'on avait fait de l'enfant.

— Le lui avez-vous demandé franchement ?

— Non », répond-elle. Et maintenant elle trouve étrange de ne pas l'avoir fait. Comment a-t-elle pu accepter son sort si docilement ?

« Votre père a quitté la maison ce soir-là ?

— Non, il n'est pas sorti.

— Alors il doit avoir donné l'enfant à quelqu'un d'autre ?

— Oui. Je ne sais pas précisément à qui. Mais j'ai des raisons de penser que le bébé a bientôt été confié à John Haskell lui-même.

— Si je m'attarde sur les détails de la naissance, c'est que la question de savoir comment et quand l'enfant vous a été enlevé peut être importante, explique-t-il.

— Oui, je comprends.

— Comment avez-vous appris où l'enfant se trouvait ?

— Par hasard. Peu après mon arrivée à Fortune's Rocks

– c’est-à-dire, mon retour à Fortune’s Rocks en juillet –, j’ai reçu la visite d’un vieil ami de mon père, Rufus Philbrick…

— Oui, je le connais, dit Tucker en l’interrompant.

— Au cours de cette visite, il a laissé entendre que l’enfant était à l’orphelinat Saint-André.

— Et comment l’a-t-il su ?

— Il fait partie du conseil d’administration, dit-elle. Une semaine après, j’y suis allée et j’ai parlé à une religieuse qui s’appelle, je crois, mère Marguerite Pelletier. Elle m’a dit que l’enfant avait été à l’orphelinat mais qu’il avait été placé. Elle m’a appris le prénom de mon fils. Elle n’a pas voulu me dire son nom de famille.

— Mais vous dites qu’il s’appelle… » Tucker consulte ses notes. « … Pierre Francis Haskell.

— Oui, dit Olympia. J’ai rendu visite à Rufus Philbrick et je lui ai demandé de trouver où l’enfant vivait. Il m’a dit que son nom avait été – était peut-être encore – Haskell. Plus tard il a pu me le confirmer.

— Que vous a-t-il appris d’autre ?

— Il n’a pas pu me dire grand-chose d’autre ce jour-là, mais par la suite il m’a écrit que les tuteurs du garçon sont des Franco-Américains, Albertine et Telesphore Bolduc. Ils habitent 137 Alfred Street ici à Ely Falls et travaillent à l’usine de la ville. L’enfant a trois ans. La lettre de Rufus Philbrick disait qu’il était en bonne santé. J’ai vu le petit garçon, et ça semble vrai. C’est tout ce que je sais. Oh, et il a été baptisé catholique.

— Vous lui avez parlé ?

— Non, je l’ai vu de loin. »

Tucker retire ses lunettes et les nettoie avec un mouchoir. « Est-ce que quelque chose, dans l’aspect de l’enfant, suggère qu’il est votre fils et celui de John Haskell ? »

Olympia sait qu’elle n’oubliera pas le choc qu’elle a ressenti en voyant le visage de son fils. « Oui. Tout à fait. Il ressemble beaucoup à son père. Je crois que tout le monde en ferait la remarque. »

Tucker remet ses lunettes. « Avez-vous parlé à Albertine ou à Telesphore Bolduc ?

— Non.

— Avez-vous parlé à quiconque de votre désir de reprendre cet enfant ?

— Seulement à Rufus Philbrick.

— Et vous avez revu l'enfant aujourd'hui, vous dites ?

— Oui. »

Tucker se rassied plus profondément dans son fauteuil et croise les mains devant son menton. « Je ne peux pas vous dire aujourd'hui s'il est possible ou non de poursuivre cette affaire.

— Je comprends.

— J'aurai besoin de vérifier certains points. »

Elle hoche la tête.

« Pour cela, il faudra que j'engage un détective privé. C'est courant dans ces cas-là...

— Oui, dit Olympia.

— Je suis désolé d'avoir à aborder la question des honoraires, mais je crains...

— J'ai de l'argent, le coupe vivement Olympia. L'argent ne pose pas de problème.

— Très bien alors », dit-il en se levant, ce qu'elle prend pour le signal de se lever aussi.

« Puis-je appeler votre voiture ? demande-t-il. Ou avez-vous une automobile ?

— Je vis seule, maître, dit Olympia. Je n'ai ni voiture ni automobile, et je crois que j'ai manqué le dernier tramway pour Ely. Si vous pouviez m'appeler un fiacre... »

Tucker prend une montre en or dans la poche de son gilet et la consulte. « Oui, oui, bien sûr », dit-il. Il se retourne et semble chercher quelque chose sur son bureau. « Peut-on vous joindre par téléphone ?

— Non.

— J'aurai besoin de votre adresse alors.

— Oui, bien sûr.

— Je devrai peut-être aller vous voir à Fortune's Rocks de temps en temps pour parler de cette affaire », dit Tucker négligemment. Il se tourne vers elle, un carnet d'adresses à la main.

Et elle est étonnée de voir, sur son visage, que Payson Tucker la trouve intéressante, ou curieuse, peut-être même attirante. Et que, à cause de cela, il prendra son affaire. Un instant, elle pèse la question délicate de savoir si elle doit utiliser cette attirance pour obtenir ce qu'elle veut.

Puis elle songe au petit garçon, son fils, avec ses souliers en cuir craquelé.

« J'espère avoir bientôt votre visite », déclare-t-elle.

À son retour à Fortune's Rocks, Olympia écrit à Rufus Philbrick qu'elle a engagé un avocat pour se pencher sur le problème de l'enfant. Elle écrit aussi à son père pour lui demander de l'argent, omettant de lui expliquer pourquoi. Pendant qu'elle attend une réponse de l'un et de l'autre, elle réfléchit à plusieurs manières de gagner des fonds supplémentaires qui lui permettraient de payer un procès pour la garde de son fils ; mais elle ne voit pas de façon immédiate de s'assurer un revenu, sauf en prenant de nouveau une place de gouvernante, et elle n'y tient vraiment pas. Pour passer le temps, elle lit des livres et des journaux, mais le monde extérieur lui semble de plus en plus lointain, surtout maintenant que les estivants ont déserté Fortune's Rocks. Les journées deviennent encore plus froides, et elle se demande si, en fin de compte, elle pourra rester dans la villa.

Le 28 septembre, Olympia reçoit une lettre – mais pas de Rufus Philbrick ni de son père.

27 septembre 1903

Chère Mademoiselle Biddeford,

Je descendrai au Highland Hotel le 2 octobre et je serais heureux si vous acceptiez d'y dîner avec moi. Je comprends que cela puisse vous gêner, et si vous préférez, c'est avec plaisir que je proposerai un autre endroit. Quoi qu'il en soit, puis-je passer vous prendre à six heures le soir du 2 ? J'ai des informations concernant votre procès que vous voudrez entendre, je pense.

Respectueusement vôtre,
Payson Tucker

Olympia s'assied à la table de la cuisine la lettre à la main et la relit. Le Highland Hotel. Elle voit ses hauts plafonds, son hall immense, ses longs comptoirs d'acajou. Elle ne croyait pas être jamais capable de retourner au Highland, mais cela paraît lâche à présent d'avoir à dire à Payson Tucker qu'elle ne peut s'y résoudre, surtout si elle souhaite l'impressionner par son courage et sa détermination. Elle prend sa plume et de l'encre dans le tiroir de la table et commence à écrire.

29 septembre 1903

Cher Maître,
Je serais heureuse de dîner avec vous au Highland Hotel le soir du 2 octobre. Je vous attendrai à six heures. Je suis sincèrement impatiente d'apprendre ce que vous avez à me dire.
Dans cette attente, je demeure,
Votre dévouée,
Olympia Biddeford

Elle sèche l'encre, met la lettre dans une enveloppe et la scelle à la cire. Elle regarde la cuisine autour d'elle.

Eh bien, ça commence, pense-t-elle.

Pour cette soirée du 2 octobre, Olympia revêt un ensemble en velours émeraude passepoilé de noir avec des brandebourgs. Le costume, bien que passablement démodé, lui fait les épaules carrées et la taille fine. Elle porte également un corsage en soie ivoire à col montant ayant appartenu à sa mère, resté dans ses placards. Comme bijoux, elle choisit des perles : des pendants d'oreilles, un rang autour du cou et un bracelet. Elle s'affaire près d'une heure à sa coiffure, de larges bandeaux sur les côtés et un double chignon sur la nuque. Quand elle est habillée, Olympia s'examine dans le miroir, et elle est assez surprise de constater que son visage paraît beaucoup plus âgé qu'elle ne s'en souvenait, ses lignes plus accusées. Sa silhouette est plus mince aussi, plus allongée, ou peut-être est-ce une illusion créée par le costume. Non, elle est décidément plus mince. Elle se sent étrangère à elle-même et pourtant curieusement familière, familière d'une époque où il n'était pas rare de s'habiller de velours et de perles ni de passer une heure à se coiffer.

Payson Tucker vient chercher Olympia à six heures précises, comme promis, dans une élégante automobile jaune et noir. Sa chemise blanche brille dans les phares quand il passe devant la voiture après l'avoir aidée à y monter. Il paraît plus grand, moins gauche qu'elle ne se le rappelait. Comme c'est la seconde fois seulement qu'Olympia se trouve dans une auto (mais elle ne le dit pas à Tucker), elle est un peu tremblante quand ils se mettent à rouler plus vite qu'il ne semble prudent dans l'étroite ruelle sinueuse qui longe la digue et les villas d'été de Fortune's Rocks.

« Vous devez être l'une des rares personnes à être restées au bord de la mer, dit-il.

— Oui, sans doute.

— Cela ne vous ennuie pas d'être si isolée ?

— Non. En fait, je crois plutôt que j'aime ça. »

À l'hôtel, un valet prend l'automobile, et Tucker tient doucement le coude d'Olympia en la guidant le long des marches. Bien qu'elle se soit préparée, elle hésite un peu quand ils entrent dans le hall, une faiblesse qu'elle essaie de cacher en reprenant la conversation.

« Qu'est-ce qui vous amène au Highland si tard dans la saison ? demande-t-elle à Tucker.

— J'avais à faire à Fortune's Rocks aujourd'hui et demain, répond-il en lui faisant traverser le hall, et ça paraissait absurde de retourner à Exeter, où j'habite. De plus, c'est une excellente occasion de vous revoir. »

Il la précède dans la salle à manger, qui ne semble pas avoir changé du tout. Il n'y a, remarque-t-elle, que peu de dîneurs ce mardi d'octobre. On conduit Olympia et Tucker à une table avec des bougies blanches et des roses de la fin de l'été, et en s'asseyant elle voit les verres à pied étincelants, les seaux à champagne en argent, les lourds couverts, l'énorme lustre en cristal au centre de la salle à manger, puis le menu (haricot de mouton, dinde à la sauce aux huîtres, soupe de tortue, tarte aux pommes), se disant qu'elle n'a pas été en société depuis quatre ans. Et elle songe encore à quel point elle trouvait alors naturels le luxe, le mobilier, la nourriture, tout l'apparat, comme s'ils étaient son droit, son dû, sans accorder une pensée – même fugitive – à ceux qui ne connaîtraient jamais un tel faste. L'indifférence est peut-être nécessaire, se dit-elle, pour apprécier, ou même supporter, cet excès.

« L'hôtel ne sera ouvert qu'une semaine encore, dit Tucker.

— Il n'y a presque personne. Vous allez vous sentir perdu.

— Si je puis me permettre – et j'espère que vous ne serez pas offensée –, vous êtes ravissante ce soir », dit-il. Il ôte ses lunettes et les pose à côté de son assiette. Elle est étonnée de voir, sans l'écran des verres à monture d'or, comme ses yeux sont noirs, ses cils longs et soyeux.

« Si je suis offensée par cette déclaration, dit Olympia, je ne sais pas comment nous allons pouvoir continuer. Je crois me souvenir que nous avons abordé des sujets bien plus délicats lors de notre première rencontre dans votre cabinet. »

Les cheveux de Tucker, coiffés en arrière ce soir, sont brillants de pommade. Ce doit être une nouvelle mode également, pense Olympia, certaine que son ensemble émeraude, quelles que soient les retouches qu'on lui apporte, sera considéré comme anachronique.

« Vous vivez avec votre famille à Exeter ? demande-t-elle.

— Avec mon père, ma mère et ma sœur. Je travaille avec mon père, qui a été assez bon pour me prendre. Si vous étiez venue une demi-heure plus tôt, ce serait lui votre avocat.

— Eh bien, pour une fois, je me réjouis d'avoir été en retard.

— Et moi aussi, je m'en réjouis », dit Tucker, avec peut-être un peu plus de chaleur qu'Olympia ne le souhaiterait.

Un serveur arrive avec du champagne, qui est si sec, quand elle boit sa première gorgée, que les bulles lui piquent le nez.

« Vous aimez les huîtres ? demande-t-il.

— Oui, beaucoup.

— Je suis obligé de vous dire, ne voulant pas vous leurrer, ni compromettre votre procès en aucune manière, que je suis sorti de la faculté de droit de Yale depuis un an seulement, dit Tucker de façon désarmante, quand le serveur est parti. J'ai parlé de votre affaire avec mon père, et si vous préférez qu'il vous représente, je ne me sentirai pas le moins du monde insulté. En fait, je vous conseillerais de considérer cette possibilité. Mon père a beaucoup plus d'expérience des tribunaux que moi, bien que votre affaire soit inhabituelle et qu'il n'ait, je regrette de le dire, jamais plaidé un procès pareil au vôtre. En fait, je ne trouve aucune affaire semblable dans les archives du comté.

— Est-ce si inhabituel ? Mon affaire ? demande-t-elle.

— Il semblerait, oui. À ma connaissance, on n'a plaidé ce genre de procès que deux fois en Nouvelle-Angleterre. »

Il paraît sur le point d'ajouter quelque chose, mais se tait et brosse sa moustache du dos des doigts.

« Et le résultat de ces deux procès ? demande-t-elle au bout d'un moment.

— La demanderesse a été déboutée dans les deux cas, répond-il avec douceur.

— Je vois…

— J'ai été passionné par l'histoire de votre maison, dit-il, dans une tentative manifeste de changer de sujet.

— Vous avez eu l'occasion de lire des choses sur ma maison ? demande-t-elle en levant les yeux.

— J'ai cru reconnaître l'adresse quand vous étiez dans mon cabinet. Il y a six mois, alors que je travaillais sur une affaire pour le diocèse catholique d'Ely Falls, je suis tombé sur de vieux documents concernant le couvent. Saviez-vous que l'Église avait été obligée de fermer ses portes ? Il semble qu'il y ait eu une sorte de scandale.

— Non. J'ai toujours cru que l'Église avait décidé de

transférer les sœurs à Ely Falls pour qu'elles puissent s'occuper de l'hospice et de l'orphelinat. Je suis sûre que c'est ce qu'on a dit à mon père.

— Oh, je n'en doute pas. Le scandale paraît avoir été étouffé. L'Église catholique avait – a encore – une énorme influence à Ely Falls. » Il se tait un moment pendant qu'on leur sert les huîtres sur un grand plateau d'argent, avec de la glace pilée, du citron et de la sauce au raifort. « La maison a été établie à la fin des années 1870 pour accueillir des jeunes filles que leurs familles considéraient comme difficiles, ou sorties du droit chemin. Un couvent dans un couvent, en quelque sorte, explique Tucker.

— Des écolières ?

— Certaines avaient à peine douze ans. D'autres vingt. Quelques-unes avaient été victimes de brutalités, ou c'étaient des servantes dont le maître avait abusé. »

Olympia pose sa fourchette à huîtres. « Vous m'étonnez, maître Tucker, avec cette histoire.

— Mademoiselle Biddeford, dit-il à la façon d'un homme conscient d'avoir commis une terrible gaffe, je suis absolument navré. Pardonnez-moi.

— Ce n'est pas l'histoire en soi, dit-elle. Mais son parallèle évident avec ma propre situation. Je suppose que nous parlons de mères célibataires.

— Bien sûr, je n'avais pas l'intention… Je ne sais pourquoi j'ai… Je crois que tout simplement je ne vous vois pas comme l'une de ces malheureuses. Je suis très sincèrement désolé si je vous ai offensée.

— Non, non, dit-elle en agitant la main. Ne vous faites aucun souci. Je ne peux pas prétendre que je ne suis pas étonnée par cette nouvelle, et manifestement je suis sensibilisée par ma propre situation, mais je dois aussi vous dire, monsieur Tucker, quel soulagement cela a été pour moi d'avoir quelqu'un à qui parler de ces choses. Je les ai gardées dans mon cœur toutes ces années, je ne me suis confiée à personne. Et quand on ne peut parler de choses qu'on a vécues, on les voit grandir et se déformer, et prendre plus d'importance qu'on ne devrait le permettre. Le résultat, c'est qu'on est paralysé par les actions de son passé. En fait, j'ai vécu ces quatre années sans autre réalité. »

Tucker garde le silence un moment. « Je suis désolé que le passé vous ait tant pesé, mademoiselle Biddeford, dit-il avec une sollicitude évidente, et pourtant j'avoue que je me sens honoré d'avoir été le confident de ces vérités. »

Olympia touche ses lèvres avec sa serviette. « Je ne suis pas si prude en général, dit-elle vivement. Continuez votre histoire, je vous en prie. Vous avez piqué ma curiosité.

— Ma foi, c'est une bien triste histoire. Les bébés étaient pris à leurs mères à la naissance et donnés à l'orphelinat. À cette époque, ces enfants constituaient le gros de la population de l'orphelinat, ils étaient largement la raison de son existence. Mais les filles n'étaient pas toutes dans une situation aussi désespérée. Certaines étaient simplement considérées, à cause d'un caractère particulièrement rebelle, comme une gêne pour leur famille.

— Et les familles les faisaient enfermer pour cette raison ?

— Oui, en pensant qu'on pouvait les "briser" – comme on dresse un cheval. La discipline était dure. Les filles étaient obligées de faire vœu de silence, comme les membres de l'ordre l'avaient fait. » Il se tait un moment. « Cela dépasse l'imagination.

— Je suis consternée, monsieur Tucker, d'apprendre que la maison de mon père a été utilisée de cette façon. J'avais imaginé quelque chose de fort différent, de beaucoup plus paisible et contemplatif.

— En effet. »

Le serveur apporte le plat suivant, la dinde. « Le scandale a éclaté au grand jour quand une jeune femme, que son tuteur avait fait enfermer pour "comportement dévergondé, lascif", a accusé un prêtre d'agression sexuelle et l'a traduit en justice, poursuit Tucker. Avant que l'affaire soit jugée, on a découvert que le prêtre – dont le nom a été rayé des archives, je dois dire – examinait physiquement les jeunes femmes pour s'assurer si elles étaient... » Tucker s'interrompt. Olympia le voit rougir.

« C'est impossible à exprimer délicatement, dit-il. Selon les résultats de cet examen, on séparait alors les filles sous prétexte que celles qui s'étaient révélées moins… intactes… pouvaient corrompre les innocentes.

— Je vois.

— L'affaire a été réglée en dehors des tribunaux. Et en vertu de l'accord, l'Église acceptait de fermer la maison. Les religieuses, dont la plupart, bien entendu, étaient sans reproche, ont été transférées à Ely Falls. Les deux sœurs qui avaient collaboré avec le prêtre ont été renvoyées au Canada. Comme vous le savez sûrement, les sœurs de l'ordre de Saint-Jean-Baptiste-de-Bienfaisance ont à présent la réputation sans faille d'avoir œuvré pour le bien de la ville, souvent au prix de grands sacrifices. Et elles ne font plus vœu de silence, comme par le passé.

— Pas très pratique.

— Non. En effet. On a d'ailleurs considéré rétrospectivement que ce silence avait permis aux brutalités de continuer.

— Et qu'est-il arrivé à ces filles ?

— On n'en parle pas dans les comptes rendus. »

Olympia essaie d'imaginer le sort de ces malheureuses. « Leurs familles les auraient-elles reprises ?

— Je l'ignore.

— Je vois. Les huîtres étaient délicieuses », ajoute-t-elle.

Il sourit. « Vous avez de l'appétit, Olympia Biddeford. »

Un peu décontenancée, elle lisse la serviette sur ses genoux. « C'est la seconde fois qu'on me fait cette remarque cet automne, dit-elle.

— C'est une qualité admirable, votre bon appétit, dit Tucker. Je ne supporte pas les femmes qui se sentent obligées de paraître de constitution délicate, alors qu'en fait ce n'est pas vrai. La plupart des femmes doivent manger aussi régulièrement et d'aussi bon cœur que les hommes. Et pourquoi une femme n'aimerait-elle pas la nourriture ? Après tout, c'est l'un des plus grands plaisirs de la vie, vous ne croyez pas ? »

Il attend que le serveur les ait laissés. « Mademoiselle Biddeford, il y a des choses dont nous devons parler. Si je le pouvais, je repousserais indéfiniment le moment d'aborder ces questions, mais c'est manifestement impossible si nous devons donner suite à votre requête. Mais je voudrais dire avant de commencer que j'apprécie beaucoup votre compagnie, et j'espère qu'un jour nous partagerons un repas où il ne sera pas nécessaire de parler affaires.

— Oui, dit-elle. Merci.

— Puis-je parler en toute franchise maintenant ?

— Je vous en prie.

— Je ne voudrais pas vous décourager, dit-il, mais je dois vous avertir que votre cas est difficile. Dans la plupart des États qui ont statué en la matière, la mère biologique a moins de droits que la mère de substitution. Vous êtes bien sûr la mère biologique, et Albertine Bolduc sera considérée comme la mère de substitution. »

Olympia est déconcertée d'entendre parler d'une autre femme comme de la mère de son fils, bien qu'elle sache que c'est vrai.

« En outre, une mère célibataire est la dernière personne susceptible de se voir confier la garde d'un enfant. Une mère sans mari qu'on a vue abandonner son enfant n'a en gros aucun droit sur celui-ci.

— Je vois.

— Je sais que c'est difficile, dit Tucker. Je vous en prie, dites-moi si c'est déjà trop éprouvant. »

Olympia lutte pour se ressaisir. Elle doit, elle le sait, s'endurcir pour faire face à toutes sortes de révélations. Elle ne peut se permettre d'être si vite découragée. Et elle pense à présent que si Tucker lui a parlé des origines de la maison de son père, c'était sans doute une tentative délibérée pour la préparer, modestement, à aborder un sujet encore plus délicat, le sien.

« Non, je vais bien, dit-elle. C'est-à-dire, je ne vais pas bien. Bien sûr que non. Mais je comprends que je dois entendre ce que vous avez à dire. En fait, je veux savoir tout ce que vous savez, sinon je ne peux prendre aucune décision sensée. »

Il hoche la tête. Sa main est près de la sienne sur la nappe, et elle sent que dans des circonstances différentes il la toucherait peut-être, mais qu'il ne le fera pas maintenant.

« C'est pourquoi il est si important que nous établissions que vous n'avez pas abandonné votre enfant, mais plutôt qu'on vous l'a volé, poursuit-il. Il y a d'autres faits que j'aimerais vous révéler si vous pensez pouvoir les supporter.

— Sont-ils si terribles ?

— Ils sont… pénibles.

— Je suis prête.

— Peu après sa naissance, l'enfant a été donné à Josiah Hay par votre père, commence Tucker.

— Josiah ! » s'exclame Olympia avant de pouvoir s'en empêcher.

Tucker lève une main. « Seulement pour le transporter. Lui et sa femme, Lisette, ont pris le train pour Ely Falls avec l'enfant l'après-midi qui a suivi la naissance. »

Olympia a la tête qui tourne. Lisette ! Comment est-ce possible ? Olympia revoit le jour de la naissance. Lisette était-elle à ses côtés après l'accouchement ? Elle ne s'en souvient pas. Non, peut-être pas. N'est-ce pas sa mère, en fait, qui est restée à son chevet toute cette longue journée, tandis qu'elle s'endormait et se réveillait sans arrêt ?

« Ils ont apporté l'enfant à John Haskell, qui était dans un hôtel d'Ely Falls. J'ai cru comprendre que John Haskell a examiné l'enfant et congédié Josiah et Lisette, qui ont pris le train suivant pour Boston. Le docteur Haskell a ensuite emmené l'enfant à l'orphelinat Saint-André. Il avait déjà pris des dispositions.

— Je trouve cela si difficile à comprendre. Je ne sais pas comment il a pu abandonner l'enfant, dit Olympia, momentanément interdite.

— Avez-vous besoin de temps ? »

Olympia secoue la tête.

Tucker remet ses lunettes. « En bref, poursuit-il, l'enfant a été recueilli par Albertine et Telesphore Bolduc. Ils ne l'ont pas officiellement adopté parce que John Haskell est introuvable et qu'il n'a pas signé les papiers de renonciation nécessaires avant de partir. Cette adoption, même si les Bolduc avaient l'argent pour les frais de justice, et ils ne l'ont pas, n'a donc pas été possible. Elle le deviendra, toutefois, simplement par le fait que vous intentez ce procès.

— Je peux intenter un procès, alors ? demande Olympia.

— Légalement, oui. En l'absence de John Haskell et étant donné qu'il a abandonné l'enfant.

— Mais vous me dites que si je perds, les Bolduc pourront légalement adopter le garçon.

— Ils y seront obligés par la législation de cet État.

— Je vois, dit Olympia. Et savez-vous où est John Haskell ?

— Non. Si je le savais, je vous assure que je vous le dirais. Nous nous sommes mis en rapport avec Mme Haskell, qui a divorcé de son mari il y a deux ans, mais elle ne nous a pas répondu, et apparemment elle ne le fera pas. Cependant nous avons eu une conversation avec son avocat, et il nous a laissé entendre que le docteur Haskell envoie régulièrement de l'argent à Mme Haskell par l'intermédiaire de la Banque du New Hampshire. »

Olympia ferme les yeux, consternée d'apprendre que Catherine a été mêlée à cette affaire. Consternée qu'on lui ait demandé des renseignements. Et Olympia se rend compte alors, pour la première fois, qu'elle a déclenché un processus qui la dépasse et qu'elle ne pourra pas arrêter.

« Albertine et Telesphore vivent avec l'enfant dans une seule pièce, poursuit Tucker. Albertine travaille comme cardeuse à l'usine d'Ely Falls de cinq heures trente du matin à quatre heures de l'après-midi, six jours par semaine, à peigner du coton brut pour qu'il puisse être filé. Un travail dangereux, j'ajouterai, à cause du haut risque de byssinose. Vous avez entendu parler de la byssinose ?

— Oui.

— Pour ce travail, elle gagne trois cent trente-six dollars quatre-vingt-seize par an. »

Olympia soutient le regard de Payson Tucker.

« Le couple semble avoir pris de bonnes dispositions pour élever l'enfant, poursuit-il, quelles que soient les difficultés qu'elles présentent. Je dois vous dire que leur ardeur au travail et leur attention aux besoins de l'enfant, aussi bien que les sacrifices que cela entraîne, seront vues sous un jour favorable par n'importe quel juge. »

Olympia hoche la tête.

« J'ai autre chose à vous dire, dit Tucker, et je dois vous prévenir que c'est pire. »

Olympia lève les yeux. « Comment ça pourrait être pire ? »

Tucker croise les bras sur la table et se penche vers elle. « Je vais vous dire maintenant que vous devriez abandonner votre requête. Laissez-moi vous expliquer ce qui va arriver si vous persistez. Le procès sera terriblement éprouvant. On vous rangera au plus bas de l'échelle sociale, parmi les filles mères. Vos péchés seront rendus publics comme vous ne l'avez jamais imaginé. Très vraisemblablement, l'histoire de ce procès intéressera les journaux de Boston. Dans les deux affaires dont je vous ai parlé, les demanderesses ont subi des dommages irréparables. L'une des jeunes femmes s'est suicidée peu après la procédure. »

Les mains d'Olympia deviennent froides. À l'insu de Tucker, elle les cache dans les plis de sa jupe.

« Désolé d'être si brutal, dit Tucker. Mais je veux que vous compreniez que si vous poursuivez votre action, votre réputation sera détruite quand ce sera fini, quel que soit le résultat. Je ne crois pas que l'avocat des Bolduc épargnera votre sensibilité. Le paradoxe, c'est que même moi je ne peux pas l'épargner. J'aurai besoin d'être aussi impitoyable que la partie adverse.

— Et quels sont mes choix ?

— Le choix est simple, mademoiselle Biddeford. Renoncez à votre requête. »

Olympia regarde Payson Tucker, ses lunettes cerclées d'or, ses cheveux luisants, sa moustache bien taillée. « Alors je ne verrai jamais mon fils, dit-elle.

— C'est juste.

— Je ne le prendrai jamais dans mes bras. »

Tucker se tait.

« Je ne lui apprendrai jamais rien, dit-elle, d'une voix qui devient plus stridente. Je ne l'habillerai jamais. Je ne lui parlerai jamais, il ne me parlera jamais.

— Non.

— Alors, je n'ai pas le choix, maître. Je dois continuer. »

Tucker soupire et se rassied en arrière. Il inspecte la salle à manger, son décor trop chargé, et ses rares clients. « Alors je vais vous aider », dit-il simplement.

Des nuages ont caché la lune, et elle ne voit que les portions de la route illuminées par les phares : l'éclair d'un mur de pierre, le coin d'une villa, la silhouette désolée d'un poteau téléphonique.

« Je n'ai roulé qu'une seule fois dans une automobile, avoue-t-elle. À l'école. Un bienfaiteur est venu nous voir. J'étais l'une des étudiantes qu'il a invitées à l'accompagner pour visiter un observatoire en haut d'une montagne.

— Où étiez-vous à l'école ?

— Pas dans un endroit dont vous avez entendu parler, je vous assure. L'École normale de jeunes filles Hastings. Dans la ville de Fairbanks, à l'ouest du Massachusetts.

— Vous avez aimé ?

— La promenade ou l'école ? »

Il sourit. « Eh bien, les deux, en fait.

— J'étais terrifiée pendant le trajet. J'étais sûre et certaine que nous allions tomber dans le ravin. J'ai passé tout le temps à l'observatoire à me demander comment faire pour redescendre sans retourner dans l'auto. Quant à l'école, je l'ai profondément détestée. »

Olympia regarde avec intérêt Tucker changer les vitesses. Et elle se dit qu'elle aimerait apprendre à conduire une automobile. Elle imagine le luxe de pouvoir se rendre toute seule à Ely Falls.

Lorsque Tucker ouvre la portière de l'auto, son visage et ses mains sont enveloppés d'une fine brume, comme des toiles d'araignée. « Il pleut ? demande-t-elle.

— À peine, répond-il, en lui prenant de nouveau le coude.

— Il fait très sombre ce soir, dit-elle, en hésitant sur le sentier pavé d'ardoises.

— Voulez-vous que j'attende que vous allumiez une lampe ? propose-t-il, quand ils ont atteint le seuil.

— Non, je connais mon chemin, merci. »

Dans le noir, elle ne voit pas son visage. Elle lui tend la main, et il la prend fermement dans la sienne, qui est chaude contre sa paume.

« Je regrette infiniment d'être le porteur de si mauvaises nouvelles, dit Tucker. Je vous ai admirée depuis le moment où vous êtes entrée dans mon cabinet. »

Olympia retire sa main. Elle sent dans l'air une faible bouffée de fleurs d'oranger. Il y a longtemps qu'elle ne s'est pas tenue si près d'un homme.

« Vous l'aimez encore ? » demande soudain Tucker.

Et Olympia n'est pas aussi surprise qu'elle pourrait l'être de la question du jeune avocat ; elle comprend qu'il a peut-être attendu toute la soirée pour la poser.

« Je ne peux imaginer ne pas l'aimer » répond-elle avec sincérité.

Elle entend l'automobile s'éloigner, laissant pour seul bruit le grondement des vagues. Sans quitter son chapeau ni ses gants, elle parcourt les pièces de la maison, la voyant d'un œil neuf, l'imaginant pleine de jeunes filles condamnées au silence, séparées de leurs familles impitoyables. C'est incroyable que cette maison, où elle a connu le luxe et l'amour, où John Haskell l'a une fois embrassée et tenue dans ses bras, où Josiah a batifolé avec Lisette, où des orchestres jouaient et des femmes dansaient, des hommes parlaient et fumaient, ait eu tout ce temps une histoire si odieuse, sans pourtant rien révéler de toute cette souffrance.

Elle arrive au premier, entre dans une chambre rarement utilisée et s'assied sur le lit. C'est une jolie chambre, aux murs couverts de papier à motif de myosotis, avec de délicats rideaux en tapisserie aux fenêtres. À la lumière d'une lampe aux perles d'ambre, bannie depuis longtemps de la coiffeuse de sa mère, elle voit les marques de verres et de tasses humides laissées sur une table de nuit en acajou. Elle essaie de garder à l'esprit les deux images de la maison, passée et actuelle, le couvent et la villa de vacances, et c'est alors qu'elle comprend, ou entrevoit, ce qu'elle fera un jour de la résidence d'été de son père.

Les talons des bottines d'Olympia résonnent sur le sol de pierre du tribunal. De chaque côté de l'immense hall, des bustes de bronze se dressent sur de hauts piédestaux. Entre eux, on a disposé de petits bancs en cuir, et, assise sur l'un d'eux pendant qu'elle attend Payson Tucker, Olympia se sent insignifiante, ce qui, suppose-t-elle, était l'intention de l'architecte. La loi est plus grande que les hommes qui la font, semblent déclarer les bustes de bronze. La loi est plus grande que ceux qui demandent son intervention.

Elle regarde la neige de ses bottines fondre et former des flaques sur la pierre. Les vitres des hautes fenêtres en face d'elle sont obscurcies par la poussière et par l'âge, et elle ne voit plus la tempête de neige qui commence à paralyser la ville au-dehors. Il lui faudra passer une autre nuit à l'hôtel d'Ely Falls, elle le sait, puisqu'il lui sera presque impossible de rentrer chez elle par ce temps.

L'hiver a été rude à Fortune's Rocks. En janvier et février, la neige est tombée autour de la villa, sur la plage et même sur les rochers près de la mer. Tandis qu'Olympia attendait que le procès commence, des rafales secouaient la maison et des congères montaient jusqu'aux fenêtres. Certaines semaines elle ne pouvait pas sortir, et, quand elle parvenait à se rendre chez Goldthwaite pour faire des provisions ou à Ely Falls pour rencontrer Payson Tucker, on ne parlait que de la tempête. *C'est si rare sur la côte d'avoir tant de neige. Quand cela va-t-il s'arrêter ?* Elle a compris, à ces remarques, qu'elle n'aurait pas pu choisir pire hiver pour s'installer à Fortune's Rocks.

Au loin, elle voit Tucker venir vers elle de l'autre bout du long corridor, silhouette sombre et grêle émergeant de la semi-obscurité. Elle perçoit l'éclair de ses lunettes avant de voir son visage. Et à présent, d'autres personnes entrent derrière lui dans le corridor, comme si un tramway avait déversé ses voyageurs. Le col de fourrure du manteau de Tucker est saupoudré de neige et ses lunettes s'embrument dans la chaleur, si bien que, lorsqu'il arrive près d'elle, on dirait un visage sans yeux. Il pose ses dossiers devant elle.

« Mademoiselle Biddeford, dit-il en retirant ses lunettes et en les essuyant avec un mouchoir.

— Maître Tucker. »

Il défait son cache-nez, et un radiateur siffle près d'eux.

« Vous êtes prête ?

— J'espère, répond-elle.

— Je vous appellerai la première, comme nous l'avons déjà dit. Mais ce ne sera peut-être pas tout de suite. Cela dépendra des motions avancées par maître Sears.

— Oui, bien sûr.

— Terrible tempête. J'espère que cette audience ne va pas encore être remise. » Tucker détourne les yeux un instant. « Il y a une chose dont nous devons parler avant d'entrer, dit-il, parce que je ne veux pas que vous soyez étonnée ni prise au dépourvu.

— Oui ? »

Il s'assied à côté d'elle sur le banc. Il sent la laine mouillée, et de nouveau la fleur d'oranger. « J'ai convoqué votre père. »

Son visage doit trahir son intense surprise, parce qu'il met aussitôt sa main sur la sienne.

« J'avais essayé de le joindre depuis des semaines, dit Tucker, mais il était à l'étranger avec votre mère.

— En Italie, dit Olympia. Mais pourquoi avoir fait ça ?

— Je ne peux pas plaider votre affaire sans son témoignage et celui de Josiah Hay.

— Vous avez convoqué Josiah aussi ? » demande Olympia,

qui a soudain chaud sous son manteau. Elle retire sa main et défait les boutons du haut. « Comment avez-vous pu faire une chose pareille sans me consulter ?

— Mademoiselle Biddeford, vous m'avez engagé pour présenter votre affaire au tribunal, explique-t-il, en se débarrassant de son propre manteau.

— Oui, mais…

— Et je dois le faire de la meilleure façon que je connaisse. Et cela peut exiger des actions ou des manœuvres dont nous ne parlerons pas nécessairement.

— Mon père vient ici ? Aujourd'hui ?

— Oui. J'y compte bien. S'il y parvient dans cette tempête. J'espère qu'il est arrivé hier soir avant qu'elle ne commence. »

Elle détourne la tête. Elle n'a même pas dit à son père qu'elle sait où se trouve son fils, encore moins qu'elle en a demandé la garde.

« Si vraiment vous pensiez pouvoir présenter votre requête sans l'aide de personne, dit Tucker, alors j'ai peur de vous avoir induite en erreur.

— Mon père ne sait rien de cette procédure.

— Eh bien, si. Il sait maintenant.

— A-t-il été surpris par la nouvelle ? »

Tucker réfléchit à sa question. « Il a paru un peu interloqué, mais pas tant que je l'aurais cru. Toutefois, vous serez peut-être étonnée d'apprendre qu'il s'est montré très désireux de vous aider de toutes les manières. En fait, j'ai eu l'impression qu'il était soulagé.

— Vous lui avez parlé ?

— Je lui ai d'abord écrit – plusieurs fois, je dois dire. Et je lui ai parlé hier matin par téléphone.

— Mon père a le téléphone ? »

La pièce est une salle lambrissée de bois, destinée aux audiences préliminaires et non aux débats. Ses petites dimensions rendent Olympia nerveuse, car quelques minutes plus tard Albertine et Telesphore Bolduc entrent dans la salle et s'assoient, comme le leur ordonne l'huissier, de l'autre côté de l'allée centrale. Ils sont si près d'Olympia qu'ils pourraient l'être à l'église. Bien qu'Olympia ait vu Albertine deux fois, celle-ci ne l'a jamais vue, et les deux femmes se dévisagent un long moment. Cet échange de regards est déconcertant, mais Olympia se force à ne pas détourner les yeux. Si elle doit poursuivre son action en justice, se dit-elle, elle devra être capable de regarder cette femme en face.

Les traits de celle-ci, sans être beaux, sont dessinés avec netteté. Ses yeux sont profondément enfoncés. C'est un visage qu'on lit à livre ouvert, et Olympia voit aussitôt qu'Albertine est en colère. Mais, mêlée à la colère, il y a de la curiosité. Cherche-t-elle une ressemblance sur le visage d'Olympia ? Ou la raison de ce procès ? Ou un signe de la résolution d'Olympia ? Les épais cheveux sombres d'Albertine sont plantés bas sur son front, et elle a un soupçon de moustache. Ses lèvres et ses joues sont rouges – naturellement, Olympia en est certaine, et non par artifice. Elle porte un ensemble de lainage noir, mal coupé ou emprunté à une autre femme. Malgré ses habits peu seyants, Albertine se tient dignement, les volants de son col lui touchant à peine le menton. Son mari, assis une place plus loin, se penche soudain pour voir ce que sa femme fixe si intensément. Il semble alors se rappeler sa casquette et la retire. Sa moustache est humide, ses joues durcies par le froid. Il dit un mot à sa femme, et quand celle-ci lui répond elle remue à peine les lèvres, peut-être figée par l'émotion.

Un homme avec des favoris et un monocle, corpulent et un peu chauve, prend place près d'Albertine, la cachant à la vue d'Olympia. Il pose une serviette en cuir sur la table devant lui. Puis, avant qu'Olympia ait pu mieux se pénétrer de la présence de ses adversaires, l'huissier annonce le juge.

« Tout le monde se lève pour le président Abraham Littlefield. »

Le juge pénètre dans la salle dans un vigoureux envol de robe. Il est petit et mince, les cheveux cendrés, sans barbe ni moustache ni lunettes, et il paraît beaucoup plus jeune qu'Olympia ne s'y attendait. Seule sa robe lui confère de l'autorité, comme celle d'un pasteur.

« Il semble si jeune, dit Olympia à Tucker lorsqu'ils s'assoient.

— Il n'est pas aussi jeune qu'il en a l'air. Et que son apparence ne vous trompe pas. Il est coriace et malin.

— Maître Payson Tucker, dit le juge Littlefield, en parcourant les documents posés devant lui, en tant qu'avocat de la requérante, vous avez une affaire à présenter à la cour. »

Tucker se lève et s'approche d'un pupitre placé entre les tables des avocats. Il est si grand qu'il doit se voûter pour lire ce qu'il a écrit. Il s'est coupé les cheveux, constate Olympia, et les a lissés en arrière. De là où elle est assise, derrière lui et à gauche, elle ne voit qu'un profil. La main de Tucker tremble légèrement. Est-il possible que ce soit sa première affaire ? se demande-t-elle. Elle ne lui a jamais posé la question.

« J'ai ici une assignation d'habeas corpus pour la restitution d'un enfant mineur de sexe masculin, Pierre Francis Haskell, âgé de trois ans, dix mois et treize jours, vivant actuellement à Ely Falls dans le New Hampshire.

— Oui, maître, poursuivez.

— Aux termes de laquelle Albertine et Telesphore Bolduc, demeurant 137 Alfred Street à Ely Falls, New Hampshire, ont depuis trois ans et dix mois environ privé ledit enfant de sa liberté. Alléguant que cette privation de liberté résulte de l'enlèvement illégal du mineur le 14 avril 1900 à sa mère, Olympia Biddeford, la requérante. Que cet enlèvement illégal fut exécuté sous la direction du père de la requérante, Phillip Arthur Biddeford, de Boston, Massachusetts, privant ainsi l'enfant de sa liberté et privant ladite mère de ses droits maternels. Que le 14 avril 1900, l'enfant fut illégalement remis aux soins de son père, le docteur John Warren Haskell, adresse inconnue. Que le 15 avril 1900, ledit père a illégalement confié l'enfant à l'orphelinat Saint-André d'Ely Falls, le chargeant illégalement de placer l'enfant.

— Maître, l'enfant est-il présent ? demande Littlefield, interrompant l'avocat.

— Votre Honneur, dit Tucker, les défendeurs ont demandé l'autorisation que l'enfant soit confié aux parents d'Albertine Bolduc, qui habitent à une rue du tribunal, pendant cette audience. Il restera avec eux jusqu'au jour où le jugement sera prononcé, et à ce moment il sera amené au tribunal.

— Et cela vous paraît acceptable ?

— Oui, Votre Honneur. Nous n'aimerions pas voir un petit enfant consigné dans un cadre inconnu.

— Non, en effet. Phillip Biddeford et l'orphelinat Saint-André sont-ils représentés ici aujourd'hui ?

— Phillip Biddeford a décliné toute représentation et accepte de témoigner en faveur de la requérante. Je crois que l'orphelinat Saint-André a également refusé d'être représenté et qu'il a accepté de témoigner en faveur des défendeurs, qui sont représentés par mon confrère, maître Addison Sears.

— Est-ce exact, maître Sears ?

— Oui, Votre Honneur. »

Levant les yeux de ses notes, Tucker s'adresse au juge sur un ton moins cérémonieux. « Votre Honneur, comme cette succession d'actes illégaux a inévitablement mené l'enfant à se trouver sous la garde d'Albertine et Telesphore Bolduc, et comme il ne s'agit pas d'une affaire criminelle mais d'une demande de garde, la requérante ne peut poursuivre les Bolduc que comme parents de substitution. Il reste à savoir si des charges criminelles seront retenues à une date ultérieure.

— Dois-je comprendre que le père de l'enfant est introuvable ?

— C'est juste.

— Très bien, dit le juge Littlefield. Continuons. »

Addison Sears, qui n'est même pas de la taille d'Olympia, se lève, s'approche du pupitre et ajuste son monocle. Olympia remarque qu'il arbore non pas un mais plusieurs diamants aux doigts de la main gauche. Sa redingote est bien coupée, contrairement aux habits de ses clients. Il boit une longue gorgée d'un verre d'eau qu'il a apporté au pupitre.

« Bonjour, Votre Honneur, dit Sears d'un ton qui laisse entendre qu'il connaît le juge personnellement.

— Bonjour, maître Sears, répond aimablement le juge.

— Votre Honneur, cette affaire est simple, commence Sears, feuilletant toujours ses notes comme s'il n'était pas prêt. Il n'y a pas de texte de loi dans ce pays qui puisse inciter une cour à confier la garde de Pierre Francis Haskell à la jeune personne à ma gauche. »

Il se tait pour laisser les mots *jeune personne* produire tout leur effet.

« Considérons les faits, poursuit-il. Une fille de quinze ans, une dévergondée, une enfant elle-même, avec les facultés et le manque de jugement d'une enfant, fornique avec un homme de près de trois fois son âge, entraînant cet homme à commettre l'adultère et à quitter sa femme et ses quatre enfants. » Sears ménage un silence pour permettre au tribunal d'apprécier la gravité de cette transgression morale. « Elle donne ensuite naissance à un enfant du sexe masculin, qu'elle abandonne. Au fil des années, elle ne manifeste *pas le moindre intérêt* pour son bien-être. Elle ne contribue pas à l'éducation de l'enfant, ni moralement ni financièrement. Elle ne s'enquiert pas de sa santé ni de son confort. Elle ne va jamais le voir. *Puis elle demande la garde de cet enfant ?* »

Sears secoue la tête, comme stupéfait.

« En vérité, Votre Honneur, si la procédure n'était pas si sérieuse, la situation serait risible. »

Le juge Littlefield ne rit pas. Sears glisse ses doigts dans les poches de son gilet à motifs cachemire.

« Sans recourir au langage obscur de notre estimée profession, j'aimerais être autorisé à présenter la position des défendeurs d'une manière que la jeune personne à ma gauche puisse comprendre, dit Sears, en regardant ostensiblement Tucker, qui n'a pas songé, bien entendu, à rejeter lui-même les obscurités du langage juridique.

— Très bien, maître, poursuivez.

— La tâche des défendeurs aujourd'hui est double, dit Sears. Nous prouverons qu'Olympia Biddeford n'est pas un parent convenable pour cet enfant ni pour un autre. Et nous prouverons également qu'il est dans l'intérêt de l'enfant de rester à la charge d'Albertine et Telesphore Bolduc, qui ont été la famille d'accueil du garçon presque depuis sa naissance. »

Sears boit encore un peu d'eau puis s'éclaircit la gorge.

« Nous montrerons, Votre Honneur, que la requérante, Olympia Biddeford, quand elle avait l'âge de quinze ans, un âge, dirais-je, où le caractère se forme, a eu des relations sexuelles illicites avec un homme marié qui avait quatre enfants à lui. Qu'Olympia Biddeford s'est non seulement rendue coupable de conduite dévergondée et lascive, mais s'est aussi montrée dépravée, vulgaire et vile. »

Sears se retourne lentement et regarde Olympia. Malgré son désir de rester calme, ses joues sont brûlantes, comme pour prouver le bien-fondé des accusations de Sears. Il lui tourne alors abruptement le dos, laissant entendre qu'il ne peut même pas supporter de la regarder.

« Votre Honneur, les tribunaux de ce pays ont toujours arrêté que si un enfant est laissé à une mère immorale, alors cet enfant est en danger de devenir immoral lui-même. Les filles mères se sont vu refuser, dans presque tous les cas présentés devant les tribunaux, non seulement le droit de garde, mais aussi le droit de visite.

« Olympia Biddeford n'a montré aucun intérêt pour le bien-être de l'enfant, poursuit Sears. Elle a abandonné le petit garçon le jour de sa naissance, ne s'est jamais enquise de l'endroit où il se trouvait, n'a jamais versé un sou pour son entretien, n'a jamais su où il était avant l'automne dernier. En outre, elle n'a jamais rencontré cet enfant, elle ne lui a jamais parlé. Selon les lois de ce pays, une mère qui abandonne son enfant, qui laisse son enfant trop longtemps avec une famille de substitution, perd son droit de garde et la capacité de saisir un tribunal. Comme il n'existe pas d'autres affaires similaires ayant fait l'objet de décisions écrites dans l'État du New Hampshire, et donc pas de jurisprudence concernant celle-ci, j'aimerais me rapporter à d'autres cas cités dans le dossier des défendeurs, et rappeler la décision de la Cour suprême du Connecticut dans l'affaire

Hoxie *vs* Potter : *“Le tribunal ne se sent pas enclin à trancher des liens qui ont pu grandir, et croit que le bonheur de l’enfant et les droits et les sentiments des parents de substitution seront mieux servis en laissant la garde où elle se trouve.”* »

Olympia jette un coup d’œil à Tucker, qui fixe ses notes devant lui.

« Olympia Biddeford a peut-être donné naissance à cet enfant, mais elle ne l’a pas élevé, déclare Sears. Et même si c’était une femme honnête, *ce qu’elle n’est manifestement pas*, elle ne saurait être considérée comme une tutrice acceptable en raison de son âge à l’époque de la conception de l’enfant, quinze ans, de sa situation de famille actuelle, célibataire, et de son incapacité à donner une éducation religieuse au garçon. Elle-même n’est membre d’aucune Église, et n’assiste pas aux offices de façon régulière. »

Sears se retourne vivement et désigne Olympia d’un geste si brusque qu’elle tressaille.

« Peut-être Olympia Biddeford cherche-t-elle à se réhabiliter en se faisant rendre l’enfant, dit l’avocat, comme si cette idée était nouvelle pour lui. Les tribunaux, par le passé, ont parfois entretenu cette notion malavisée. Et je cite maintenant un passage de la décision de 1873 de la Cour suprême du Tennessee : *“Si une femme est une mère non mariée, renoncer à son enfant la prive de la grande influence susceptible d’améliorer son caractère par la grâce de l’amour maternel. Son amour pour l’enfant et la peur de la séparation peuvent représenter son salut.”* »

Sears lève les yeux vers le juge et tend les mains, paumes en l’air. « Mais, Votre Honneur, l’État du New Hampshire ne se préoccupe pas de la réhabilitation de la mère. Il doit se soucier d’abord et avant tout du bien-être de l’enfant. »

Olympia serre fort les mains sur ses genoux. *Mais moi aussi je me soucie du bien-être de l’enfant*, a-t-elle envie de crier.

« Alors, pour le moment, laissons de côté le caractère d’Olympia Biddeford, poursuit Sears. Et ne considérons que l’intérêt de l’enfant. »

Puis il se retourne et regarde Albertine et Telesphore Bolduc, qui tous les deux baissent aussitôt les yeux, comme si c'était leur tour d'être fustigés. La procédure semble mettre le couple au moins aussi mal à l'aise qu'Olympia.

« Citons un instant l'affaire Chapsky *vs* Wood, jugée à New York en 1881, dit Sears. *"Lorsque l'enfant n'a pas été réclamé depuis plusieurs années, lorsque de nouveaux liens se sont tissés et qu'une certaine direction a été donnée à la vie et à la pensée de l'enfant, on devrait considérer qu'il est improbable de le voir bénéficier du changement. C'est un fait avéré que les liens du sang faiblissent et que les liens d'affection sont renforcés par le passage du temps ; et la prospérité et le bien-être de l'enfant dépendent de l'estimation qui sera faite de la profondeur de ces liens."* »

Sears, faisant mine de consulter ses notes un instant, ménage un nouveau silence.

« M. et Mme Bolduc ont servi de parents à Pierre Francis Haskell depuis le dixième jour après sa naissance – toute sa vie en fait. L'enfant ne connaît pas d'autres parents. Les Bolduc lui ont prodigué tout l'amour et l'affection qu'ils auraient donnés à leur propre sang si Albertine n'avait pas été stérile. M. et Mme Bolduc sont d'un âge suffisant pour s'occuper du garçon : ils ont tous les deux trente-deux ans. Leur mariage est stable, ils sont heureux ensemble depuis onze ans. Ils sont membres depuis longtemps de la paroisse de Saint-André, l'église catholique romaine d'Ely Falls, et ils assistent régulièrement aux offices. Ils ont tous les deux exprimé le désir passionné de donner à l'enfant une bonne éducation religieuse. De plus, ils sont parfaitement intégrés à la communauté franco-américaine d'Ely Falls, et appartiennent à une nombreuse famille, avec des cousins, des tantes, des oncles et des grands-parents qui raffolent du petit garçon. Comme Votre Honneur le sait sûrement, les Franco-Américains sont connus pour leurs puissants liens familiaux et culturels, *la Foi**, comme ils disent. De plus, ces parents sont de bons travailleurs. Bien que tous deux soient employés à l'usine d'Ely Falls, ils se sont parfaitement organisés pour que l'enfant ne soit jamais seul, au prix de grands sacrifices. Vous entendrez le témoignage d'Albertine Bolduc concernant son amour et son dévouement pour l'enfant. »

Sears retire son monocle et le laisse tomber sur sa poitrine.

« Votre Honneur, ce serait un crime – *un crime* – de prendre l'enfant aux seuls parents qu'il ait jamais connus. Et comme ce n'est généralement pas l'affaire de l'État du New Hampshire de commettre des crimes contre ses citoyens, les défendeurs demandent que l'assignation d'habeas corpus qui nous est présentée aujourd'hui par l'avocat de la requérante soit rejetée sur-le-champ. »

L'avocat reprend sa place à côté des Bolduc, puis se pince le nez entre le pouce et l'index, comme s'il connaissait déjà les dispositions du juge.

« La motion visant au rejet de l'assignation d'habeas corpus est refusée », dit le juge Littlefield d'un ton neutre, et Olympia comprend que le discours de Sears n'a jamais été destiné à persuader le juge de suspendre le procès, mais plutôt à présenter les arguments des défendeurs. Et l'avocat s'est acquitté de cette tâche, elle doit le concéder malgré son trouble, avec un certain brio.

À côté d'elle, Tucker se lève.

« Votre Honneur, dit-il, je voudrais appeler Olympia Biddeford à la barre. »

Tucker et elle ont décidé qu'elle devait s'habiller de façon classique, sans chercher à cacher sa fortune et sa classe sociale, et sans non plus en faire étalage. À cet effet, elle a acheté un ensemble de gabardine gris anthracite, qu'elle porte sur un corsage blanc à col montant. Elle a également mis un chapeau assorti, une régate de velours noir et de petites perles aux oreilles.

Tucker, sans notes, se lève lentement et s'approche d'elle dans le box des témoins.

« Mademoiselle Biddeford, dit-il avec bonté et avec un sourire qui, bien que longuement répété, la met à son aise, comme il est destiné à le faire. Quel âge avez-vous ?

— Vingt ans.
— Et vous habitez où ?
— À Fortune's Rocks.
— Et avant d'être à Fortune's Rocks ?
— J'étais étudiante à l'École normale de jeunes filles Hastings, à Fairbanks, dans le Massachusetts, répond-elle en prenant soin, comme Tucker le lui a conseillé, de bien détacher les mots *École normale*.
— Combien de temps êtes-vous restée dans cet établissement ?
— Trois ans.
— Et l'objectif de cette académie féminine ?
— Former des jeunes femmes pour qu'on puisse les envoyer dans des pays étrangers faire la classe à des enfants et donner une image exemplaire de la femme chrétienne.
— Et vous adhériez aux visées de cette école ?
— Je ne les désapprouvais pas, répond-elle prudemment.
— Vous aviez pleinement l'intention de devenir cette sorte de missionnaire ? demande Tucker, en insistant sur le mot *missionnaire*.
— Je pensais que c'était mon avenir. Oui.
— Et comment avez-vous travaillé dans cette école ?
— Bien, je crois.
— N'est-il pas vrai que vous étiez invariablement première ou seconde dans une classe de deux cent soixante-dix jeunes femmes ?
— Si.
— N'est-il pas vrai que vous pourriez, si vous le décidiez, accepter un poste de professeur tout de suite, sans poursuivre d'autres études ?
— Oui, dit-elle, je crois que oui.
— Alors, dites à la cour pourquoi vous n'avez pas choisi de le faire.
— Je désire avoir mon fils avec moi. »
Un cri étouffé échappe à Albertine Bolduc, qui porte une main gantée à sa bouche. Son mari lui passe un bras autour des épaules.

« Je crois que nous pouvons dire sans risque de nous tromper, poursuit Tucker, sans tenir compte de ce petit incident, mais en regardant ostensiblement Sears, que le personnel enseignant de cette école religieuse ne vous trouvait pas dévergondée, lascive, ni dépravée, vulgaire et vile.

— Votre Honneur. » Addison Sears s'est levé. « Voulez-vous avoir la bonté de demander à l'avocat de la requérante de s'abstenir de poser ce genre de questions, étant donné que la réponse exigerait des conjectures de la part du témoin ?

— Maître Tucker », dit le juge.

Tucker ne paraît pas perturbé par cette légère réprimande. « Mademoiselle Biddeford, comment vivez-vous ?

— J'ai de l'argent de mon père.

— Serait-il juste de dire que, dans l'immédiat, l'argent n'est pas une question dont vous avez à vous inquiéter ?

— Il faut toujours être prudent quand il s'agit d'argent, répond-elle avec circonspection, mais, oui, on pourrait dire que c'est vrai.

— De sorte que si vous deviez avoir la garde de votre fils, vous n'auriez pas à quitter la maison pour aller travailler ?

— Non, en effet.

— Et vous pourriez donc vous occuper du petit garçon à plein temps ?

— Oui. »

Tucker se retourne et jette un coup d'œil à Albertine Bolduc, comme pour souligner la différence entre celle-ci et sa cliente. Il retourne à la table, où il consulte brièvement ses notes.

« Mademoiselle Biddeford, je sais que ce sont des questions pénibles. Mais revenons à présent au jour de la naissance. »

Olympia prend lentement une profonde inspiration. Elle a eu beau répéter ces questions avec Tucker un nombre incalculable de fois, elles l'ont toujours angoissée.

« Où avez-vous donné naissance à l'enfant ?

— Dans ma chambre chez mon père à Boston.

— Et quel jour et à quelle heure ?

— Deux heures de l'après-midi le 14 avril 1900.

— La naissance a-t-elle été normale ?

— Oui.

— Et qu'est-il arrivé tout de suite après ?

— Le petit garçon m'a été enlevé.

— Par qui ?

— Je l'ignore. Mais je sais que c'était sur ordre de mon père. Je ne crois pas, toutefois, qu'il ait lui-même touché à l'enfant.

— Et comment se fait-il que vous ne sachiez pas qui a retiré l'enfant de vos bras ?

— Le médecin de ma mère m'avait donné du laudanum.

— Le docteur Ulysses Branch, de Newbury Street, à Boston ?

— Oui.

— Quelle quantité de laudanum avez-vous reçue ?

— Trois cuillerées, je crois.

— Donc vous étiez endormie.

— Oui.

— Vous souvenez-vous un tant soit peu de l'enfant ? »

Pas une seule fois pendant leurs répétitions Olympia n'a pu répondre à cette question sans que les larmes lui montent aux yeux. « Oui, dit-elle aussi calmement que possible. Je me souviens de certaines choses. Je m'endormais et je me réveillais.

— Dites au tribunal ce dont vous vous souvenez.

— On m'a dit que l'enfant était un garçon. Il était emmailloté et couché à côté de moi. Je me souviens de cheveux noirs et raides, de beaux yeux… » Elle se mord la lèvre.

« Très bien, dit vivement Tucker, ayant achevé sa démonstration. Était-ce votre désir qu'on vous enlève l'enfant à la naissance ?

— Non.

— Aviez-vous clairement exprimé vos sentiments à ce sujet ?

— Oui, j'en avais parlé à mon père.

— Et qu'a-t-il dit ?

— Qu'il avait pris ce qu'il appelait des “dispositions”. Et que si je gardais l'enfant, il me déshériterait.

— Mais, mademoiselle Biddeford, l'enfant ne comptait-il pas plus pour vous que le fait d'être déshéritée ?

— Oui, il comptait beaucoup plus, dit Olympia avec ferveur. Mais je me suis dit que si j'allais à l'encontre des vœux de mon père, je n'aurais pas de ressources et je ne pourrais pas subsister. Et que, dans ce cas, l'enfant ne pourrait pas subsister non plus.

— Mademoiselle Biddeford, dites à la cour pourquoi vous avez présenté votre requête maintenant et non pas, par exemple, il y a un ou deux ans. »

Olympia regarde Tucker, puis toute la salle – le juge Littlefield, le greffier, l'huissier, les Bolduc, maître Sears. Ce qu'elle va dire à présent, Tucker l'a prévenue, peut tout changer.

« Mon enfant m'a été volé, dit Olympia. J'ai beaucoup souffert de cette perte. J'ai pensé à mon fils chaque jour depuis sa naissance, j'ai souhaité l'avoir avec moi. Mais, jusqu'à une date récente, j'étais trop jeune et je n'étais pas dans des conditions favorables pour demander que l'enfant me soit rendu. Je ne savais même pas où il était, puisqu'on me l'a caché toutes ces années. »

Tucker hoche la tête de façon encourageante. Et Olympia pense alors que quelque chose manque profondément dans cette procédure. L'enfant lui-même. Son fils. Elle ne voudrait pas qu'il soit là, ni qu'il ait à entendre ce témoignage, mais l'événement paraît manifestement dépourvu de sens sans lui.

« Mais je ne cherche pas à me faire rendre l'enfant simplement parce que je veux qu'on me restitue ma “propriété”, dit Olympia. Non, je crois que je serai une bonne mère, une mère aimante pour lui, que je pourrai lui offrir certains avantages de confort et d'éducation qui ne sont pas donnés à tous les enfants. »

L'intensité du regard d'Albertine Bolduc, de la colère qu'il exprime, est presque insupportable pour Olympia. Elle essaie de se concentrer uniquement sur le visage de son avocat, sur ses lunettes.

« Maître, mon cœur souffre de la perte de mon fils, dit-elle avec une passion sincère. Notre séparation a été anormale et douloureuse. Je prie que la cour redresse le tort qui nous a été causé, à l'enfant et à moi, et que nous soyons un jour réunis, comme Dieu et la nature l'ont voulu. »

Albertine Bolduc ferme les yeux. Telesphore entoure toujours sa femme de son bras. On ne peut se méprendre sur le regard qu'il lance à Olympia : il est chargé de haine. Tucker ne bouge pas, pour permettre aux paroles d'Olympia de bien pénétrer les esprits.

« Plus de questions, Votre Honneur », dit Tucker en se rasseyant.

Et Addison Sears est debout. « J'ai quelques questions, Votre Honneur, que j'aimerais poser à la requérante.

— Oui, maître Sears, allez-y. »

Le corpulent avocat prend son temps pour brasser ses notes tout en s'approchant d'Olympia. Il fait si froid dans la salle qu'un instant elle voit son souffle.

« Bonjour, mademoiselle Biddeford, dit Sears, mais, au lieu de la regarder, il continue à consulter ses notes.

— Bonjour », répond-elle à voix basse.

Sears lève vivement les yeux vers elle. « Je crois que vous devrez parler plus fort, mademoiselle Biddeford, sinon la cour ne vous entendra pas. »

Et elle comprend aussitôt qu'il instaure un ton de réprimande, d'admonestation, comme si elle était une enfant. Elle lève le menton. « Bonjour, répète-t-elle d'une voix plus forte et plus claire.

— Mademoiselle Biddeford, êtes-vous mariée, ou l'avez-vous jamais été ?

— Non.

— Et si vous deviez obtenir la garde de l'enfant, obligatoirement, vous devriez vous occuper de lui en mère célibataire. N'est-il pas vrai ?

— Oui, répond-elle simplement.

— Mademoiselle Biddeford, vous avez dit à la cour qu'avant d'arriver à Fortune's Rocks vous étiez à l'école. Mais n'est-il pas vrai que, juste avant de venir à Fortune's Rocks, vous étiez en fait au service d'Averill Hardy, à Tetbury,

Massachusetts, et non, comme vous l'avez dit, à l'école de filles Hastings ? »

L'erreur délibérée dans le nom de l'école n'échappe pas à Olympia, ni, pense-t-elle, au juge. « Oui, dit-elle, c'est vrai. Mais comme c'était un programme de travail d'été établi par l'École normale de jeunes filles, cela faisait partie de mon éducation. Cet emploi était placé sous les auspices des professeurs.

— Oui, en effet, dit Sears. Vous occupiez la fonction de gouvernante des trois fils de M. Hardy, est-ce exact ?

— Oui.

— Et n'est-il pas vrai que le 12 juillet de l'année dernière vous avez abandonné ce poste ? Que vous avez laissé ces trois garçons sans préceptrice sans même leur dire que vous partiez ?

— Les circonstances étaient telles que...

— N'avez-vous pas en fait quitté le service de M. Hardy dans des circonstances *douteuses* ?

— Votre Honneur, dit Tucker en se levant. Maître Sears ne permet pas au témoin de finir sa réponse.

— Maître Sears. »

Addison Sears, avec ostentation, s'incline légèrement devant le juge. Quand il se retourne vers Olympia, il sourit. « Je vous prie d'excuser ma petite interruption, mademoiselle Biddeford. Je suis sans doute trop impatient de connaître la vérité. Je vous en prie, finissez de répondre. »

Mais Olympia ne peut pas. Pendant l'altercation de Tucker et de Sears, l'huissier a répondu à un coup frappé à la porte du tribunal, qu'il a ouverte. Phillip Biddeford, son pardessus saupoudré de neige, son chapeau melon à la main, se tient sur le seuil.

Il paraît agité, déconcerté par le cadre qui l'entoure, comme s'il ne pouvait le déchiffrer immédiatement. Puis il aperçoit sa fille dans le box des témoins, sous le regard du juge, et cette vue doit lui paraître si peu naturelle, si anormale, qu'il pâlit et porte une main à sa poitrine. Olympia se penche en avant comme pour aller vers lui et, à ce moment seulement, elle se rend compte à quel point ses mouvements sont limités par le box des témoins, petite prison temporaire. Elle ne peut pas aller vers son père, ni même lui parler. Et, pis encore, il lui faudra continuer à répondre aux affreuses questions de Sears en sa présence.

L'huissier conduit M. Biddeford à un banc. Tucker, qui s'est penché en arrière dans un effort infructueux pour faire signe à Biddeford, se retourne vers Olympia.

Mais la parole est à Sears.

« S'il vous plaît, mademoiselle Biddeford. Je crois que la question était : n'avez-vous pas abandonné ces trois garçons sans explication, sans même leur dire adieu ? »

Instinctivement, Olympia tend la main vers son médaillon sous son corsage et le touche à travers le tissu. « M. Hardy m'a fait des avances indécentes et j'ai jugé prudent, pour ma propre sécurité, de partir sur-le-champ. Ce n'était guère une situation que je pouvais expliquer à ses trois fils.

— Je vois. Donc, une fois de plus, vous vous êtes trouvée impliquée dans une relation amoureuse coupable. »

Tucker se lève d'un bond, furieux cette fois. « Objection !

— La moralité de Mlle Biddeford est une question pertinente, dit Sears, comme s'il avait prévu la réaction de Tucker.

— Votre Honneur, en décrivant les rapports de Mlle Biddeford avec M. Hardy comme une relation, amoureuse qui plus est, l'avocat dénature la déposition de la requérante, dit Tucker avec véhémence. Mlle Biddeford a été importunée par M. Hardy, et non le contraire.

— Ne convenons-nous pas que c'est un point que Mlle Biddeford pourrait éclaircir elle-même ? demande Sears.

— Oui, le tribunal en convient, admet le juge Littlefield. À l'avenir, maître Sears, veillez à limiter convenablement vos questions.

— Oui, Votre Honneur, je le ferai. »

Sears, un doigt plié sous le nez, paraît un moment perdu dans ses pensées. Puis il se tourne brusquement vers Olympia.

« Mademoiselle Biddeford, quand vos relations sexuelles avec le docteur Haskell ont-elles commencé ? »

La brutalité de la question stupéfie non seulement Olympia mais aussi Tucker, qui lève vivement les yeux de ses notes. Ni l'un ni l'autre ne se sont préparés à une pareille attaque de front. En dépit de ses meilleures intentions, et des conseils de Tucker, Olympia baisse le regard. *Mon Dieu*, pense-t-elle, *mon père ne peut pas écouter ça. Je ne peux pas répondre à ces questions devant lui.* Elle lève les yeux et implore en silence Tucker de faire quelque chose.

Tucker, voyant le désespoir sur le visage d'Olympia, ou parce qu'il a les mêmes pensées, se lève. « Votre Honneur, l'avocat de la requérante demande instamment que M. Phillip Biddeford, le père de celle-ci, qui vient d'arriver, soit écarté du tribunal pendant cet interrogatoire délicat. »

Littlefield hoche la tête. « Huissier, emmenez M. Biddeford dans une autre salle, où il attendra d'être appelé ou... – le juge consulte sa montre de gousset – ... une suspension d'audience. »

Olympia regarde pendant qu'on emmène son père, et il lui semble qu'il doit s'appuyer sur le bras de l'huissier. Sears reporte son attention sur elle.

« La question, une fois de plus, est : Quand vos relations sexuelles avec M. Haskell ont-elles commencé ?

— Le 14 juillet 1899.

— Et quelle était la nature de ces relations sexuelles ?

— Objection, Votre Honneur, dit Tucker de son siège. Le témoin doit-il répondre à cette question odieuse ?

— Objection retenue, dit Littlefield. Maître Sears, la cour n'admettra pas cette façon de questionner le témoin.

— Mademoiselle Biddeford, où avez-vous rencontré M. Haskell pour cette entrevue sexuelle ?

— À son hôtel.

— Il s'agirait du Highland Hotel de Fortune's Rocks ?

— Oui.

— Vous êtes allée dans sa chambre ?

— Oui.

— C'était une chambre qu'il partageait parfois avec son épouse quand elle venait le week-end ?

— Je crois, dit Olympia, se demandant comment Sears peut connaître pareils détails.

— Serait-il exact de dire que vous avez pris l'initiative de ces relations ? »

Olympia réfléchit un moment. C'est une question à laquelle elle a déjà longuement pensé. « Oui, dit-elle enfin.

— Et vous étiez consciente que le docteur Haskell avait une femme et des enfants ?

— Oui.

— Vous aviez, en fait, rencontré sa femme et ses enfants, et vous étiez en relation avec eux ?

— Oui.

— Ils étaient même invités chez vous de temps en temps ?

— Oui.

— Combien de fois avez-vous eu des relations sexuelles avec le docteur Haskell ?

— Je l'ignore.

— Plus d'une douzaine ?

— Peut-être.

— Alliez-vous toujours à son hôtel ?

— Non.

— Où alliez-vous encore ?

— Sur un chantier de construction.

— Un chantier de construction ? » demande Sears de façon incrédule. Il se détourne d'Olympia et jette un coup d'œil à Albertine et à Telesphore.

« Le docteur Haskell construisait une villa, ajoute Olympia.

— À Fortune's Rocks ?

— Oui.

— Et vous aviez des relations sexuelles avec lui dans cette villa à moitié construite ?

— J'ai déjà dit que oui. »

Sous le feu des questions de Sears, la nuque d'Olympia est devenue le siège d'une tension insoutenable. Combien de temps ce terrible interrogatoire va-t-il durer ?

« Mademoiselle Biddeford, à l'époque où vous vous livriez à ces actes répréhensibles, considériez-vous que c'était mal ?

— Je trouvais que c'était mal de faire du tort à Catherine Haskell, dit-elle. Pas que c'était mal d'aimer John Haskell.

— Catherine Haskell étant l'épouse du docteur Haskell ?

— Oui.

— Considérez-vous à présent que votre conduite à cette époque était immorale ?

— Non.

— Vraiment, mademoiselle Biddeford ? Assistez-vous à des offices religieux ?

— Je l'ai fait.

— Quand pour la dernière fois ?

— En juin dernier, dit-elle.

— Je vois. Il y aurait huit mois ? Si l'on vous donne la garde de l'enfant, trouverez-vous votre conduite immorale ?

— Votre Honneur, dit Tucker, de nouveau debout. Le témoin ne peut pas savoir ce qu'elle éprouvera à une date future.

— Maître Sears.

— Laissez-moi poser la question autrement, Votre Honneur. Mademoiselle Biddeford, comment expliquerez-vous les circonstances de sa naissance à votre fils quand il aura l'âge de comprendre ces choses – si tant est que des actes aussi monstrueux puissent jamais être compris ?

— Je les expliquerai de la manière dont j'espère qu'Albertine Bolduc le ferait. C'est-à-dire que je dirai la vérité à mon fils. »

Secouant la tête, Albertine chuchote quelque chose à son mari.

« Mademoiselle Biddeford, êtes-vous jamais entrée en contact avec l'enfant ?

— Non.

— Avez-vous montré un intérêt quelconque pour son bien-être ?

— J'ai présenté cette requête.

— D'une autre façon ?

— Je me suis intéressée à mon fils depuis qu'il est né.

— Avez-vous indiqué cet intérêt à une autre personne avant de venir vous installer à Fortune's Rocks en juillet dernier ?

— Non.

— Avez-vous jamais rencontré l'enfant ?

— Non.

— Mademoiselle Biddeford, aimez-vous encore John Haskell ? »

La question est rapide et nette, comme une lame qui tranche jusqu'à l'os. Mais Olympia n'hésite pas dans sa réponse. « Oui », dit-elle aussitôt, et c'est la première fois au cours de l'audience qu'Addison Sears paraît un tant soit peu surpris. Il boit une gorgée d'eau. « Envisagez-vous qu'un jour vous pourriez renier, dans l'intérêt de votre enfant, votre amour pour John Haskell ? » demande-t-il.

Tucker est debout, mais Olympia répond à la question. « Non, dit-elle d'une voix claire. Ce ne sera jamais dans l'intérêt de l'enfant que je renie mon amour pour John Haskell.

— Je n'ai plus de questions, Votre Honneur. »

Olympia rencontre son père pendant la suspension d'audience de midi, dans une petite bibliothèque à côté de la salle du tribunal. Il hésite et doit poser les mains sur le bord d'une table pour se lever. Cela ne fait que huit mois qu'Olympia n'a pas vu son père, mais elle a du mal à le reconnaître. Son teint est livide, et il paraît frêle ; elle ne sait pas si c'est dû à l'âge ou au choc d'avoir vu sa fille dans le box des témoins. Son père est peut-être malade. Elle l'embrasse sur la joue, bien que ce ne soit pas dans leurs habitudes.

« Ma chérie », dit son père.

Ils se prennent les mains. Le baiser a libéré un torrent de sentiments chez Olympia. Ils s'assoient à une table dans des fauteuils en cuir. Tucker reste discrètement près de la porte.

« Tu dois vraiment endurer tout ça, Olympia ?

— Je veux que mon fils me soit rendu, père, dit-elle. Mais ça me désole de vous causer de l'inquiétude.

— Je ne suis pas inquiet si tu ne l'es pas. Et je ne me soucie plus du scandale. Tu dois savoir que ta mère n'était pas d'accord pour que je… dispose… de l'enfant comme je l'ai fait.

Elle était très fâchée contre moi. Et maintenant… Ma foi, je ne peux guère parler de maintenant.

— Vous lui avez dit ?

— Oui, bien sûr. J'ai senti que je devais. Elle en entendra forcément parler. Olympia, laisse-moi t'aider, je t'en prie. Je veux me racheter. Je resterai ici aussi longtemps qu'on aura besoin de moi. Mais je dois te dire que je suis obligé de témoigner, puisque j'ai été cité à comparaître.

— Faites-le, père. Dites la vérité. Elle ne peut que m'aider.

— Tu dois avoir besoin d'argent. »

Olympia se redresse et jette un coup d'œil à Tucker. « Maître Tucker a été assez bon pour différer la présentation de ses honoraires jusqu'à ce que je puisse les payer.

— Eh bien, c'est une question que nous réglerons ensemble, maître Tucker et moi, dit son père. N'essaie pas d'être si indépendante, Olympia. Ce n'est pas bon pour le cœur. »

Et elle songe, en regardant le visage de son père et son manteau, tout froissé et humide du voyage, que bien sûr il doit savoir.

« Père », dit-elle, mais elle ne peut finir sa phrase, car la porte s'ouvre et le juge Littlefield entre.

« Oh, excusez-moi, dit-il. Je ne savais pas qu'il y avait quelqu'un. »

Littlefield, qui paraît beaucoup plus petit sans sa robe, semble voir pour la première fois l'autre personne dans la pièce.

« Phillip », dit-il en s'avançant.

Le père d'Olympia se lève. « Abraham, dit-il en tendant la main.

— Je suis désolé que vous ayez dû comparaître dans cette affaire. Vous êtes arrivé hier soir ?

— Ce matin.

— En évitant le plus fort de la tempête, j'espère ?

— De justesse.

— Eh bien, je vous laisse à votre conversation. »

Avec un petit salut en direction d'Olympia, et seulement une légère hésitation, Littlefield quitte la pièce.

« Vous vous connaissez, le juge Littlefield et vous ? demande Tucker à Phillip Biddeford.

— Une histoire de cochons qui s'étaient égarés dans les vergers en semant la confusion générale, je crois bien, dit le père d'Olympia. Le juge Littlefield a réglé cette affaire avec beaucoup de grâce et d'esprit. »

Olympia se souvient de l'invasion des cochons de la ferme des Trainer. Il y a six ans ? Sept ans ?

Tucker sourit. « J'imagine que c'était une des affaires les plus amusantes jamais présentées devant la cour.

— Oui, en effet.

— Père, dit Olympia, emmenons maître Tucker déjeuner, et assurons-nous que vous avez une chambre à l'hôtel. Il n'est pas question que vous retourniez à Boston avant que le temps s'améliore.

— Olympia, dit son père en se tournant vers elle, ayant repris un peu de couleur, tu m'as tellement manqué. »

L'avocat de la requérante appelle Phillip Arthur Biddeford à la barre :

« Monsieur Biddeford, avez-vous, l'après-midi du 14 avril 1900, conspiré pour enlever illégalement l'enfant du sexe masculin Pierre Francis Haskell à sa mère, Olympia Biddeford, votre fille ?

— Oui, maître, je l'ai fait.

— Avez-vous pris l'enfant vous-même ?

— Non. J'ai demandé à la femme de chambre de mon épouse de prendre l'enfant et de me l'apporter en bas, puis j'ai aussitôt donné l'ordre à mon serviteur, Josiah Hay, d'amener l'enfant à son père, le docteur John Haskell.

— Et vous aviez au préalable pris des dispositions avec le docteur Haskell ?

— Oui.

— Comment ?

— Par la poste.

— De votre initiative ou de la sienne ?

— De la mienne. Je lui avais écrit par l'intermédiaire de son avocat.

— Et quel était votre accord ?

— Qu'il se chargerait de mettre l'enfant dans un orphelinat. Il était bien placé pour le faire, puisqu'il avait souvent travaillé avec des institutions charitables à Ely Falls et ailleurs.

— Monsieur Biddeford, dites à la cour pourquoi vous aviez pris ces dispositions et pourquoi vous vous étiez arrangé pour voler clandestinement l'enfant de votre fille.

— J'étais inquiet pour sa réputation.

— Regrettez-vous de l'avoir fait ?

— Oui. Beaucoup. Je prie que ma fille me pardonne un jour. »

L'avocat des défendeurs souhaite poser des questions à Phillip Biddeford :

« Monsieur Biddeford, lorsque vous avez découvert que votre fille attendait un enfant, quelles ont été vos pensées ?

— J'ai été horrifié.

— Considériez-vous que votre fille était trop jeune pour porter un enfant ?

— Oui, maître, en effet.

— La considériez-vous comme trop jeune pour élever un enfant ?

— Oui.

— Votre fille avait seize ans alors ?

— Oui.

— La considériez-vous comme une enfant elle-même ?

— Oui, maître.

— Avez-vous, à l'époque, songé au bien-être de l'enfant ?

— Un peu, oui.

— Et comment ?

— J'ai pensé, alors, qu'il serait mieux soigné dans une institution, mais à présent je regrette…

— Nous nous contenterons de répondre aux questions posées, monsieur Biddeford.

— Oui.

— Et si vous avez un peu songé, à l'époque, au bien-être du bébé, quelles autres préoccupations aviez-vous ?

— Je craignais que la vie de ma fille ne soit gâchée. »

L'avocat de la requérante appelle Josiah Hay :

« Monsieur Hay, nous venons d'entendre que le 14 avril 1899, vous vous êtes vu confier provisoirement l'enfant du sexe masculin issu d'Olympia Biddeford, par son père, Phillip Biddeford, pour que vous l'ameniez au docteur John Haskell. Est-ce la vérité ?

— Oui, maître, c'est vrai.

— Qu'avez-vous alors fait de l'enfant ?

— Ma femme, Lisette, a préparé une valise avec les affaires du bébé et on est allés en voiture à North Station où on a pris un train pour Rye dans le New Hampshire.

— Votre femme vous a accompagné ?

— Oui, maître, et elle a pleuré tout le long du voyage, je vous assure.

— Vous rendiez-vous compte que tout cela se faisait à l'insu d'Olympia Biddeford, qui était à peine consciente à cause de la drogue qu'on lui avait donnée pendant son accouchement ?

— Oui, maître, et c'est pour ça que ma femme pleurait.

— Et que s'est-il passé quand vous êtes arrivés à Rye ?

— Nous avons pris une voiture directement pour Ely Falls. Monsieur Biddeford nous avait donné une belle somme pour le voyage.

— Et là vous avez rencontré le docteur John Haskell ?

— Oui.

— Et où ?

— À l'hôtel d'Ely Falls.

— Dites à la cour ce qui s'est passé durant cette rencontre.

— On est montés dans la chambre de cet homme. Je l'avais déjà vu, il venait chez M. Biddeford avant. Et on lui a donné l'enfant.

— Et qu'est-il arrivé alors ?

— Et alors, le docteur Haskell, il a poussé un grand cri. Oh, c'est trop terrible à raconter.

— J'ai bien peur que vous ne le deviez. Dites-nous précisément ce qui s'est passé, monsieur Hay.

— Eh bien, il pousse ce grand cri, et puis il pose l'enfant sur le lit et le déshabille et l'examine, tendrement, et il a l'air de se reprendre et il nous dit que l'enfant est en bonne santé, ce qui avait beaucoup tracassé ma femme, alors elle était bien soulagée, maître.

— Et ensuite ?

— Ensuite M. Haskell est venu à la porte, où on était, ma femme et moi, et il nous a remerciés, il m'a serré la main, et ma femme lui dit : "Faites attention que l'enfant soit bien placé", et le docteur Haskell le promet.

— Et alors ?

— Et alors il a demandé des nouvelles de Mlle Biddeford, il voulait savoir comment elle allait et comment la naissance s'était passée, et ma femme a pu le renseigner, vu qu'elle avait été présente pendant toute l'épreuve. Et à ce moment le bébé s'est mis à pleurer et j'ai donné la valise, et le docteur Haskell a pris l'enfant dans ses bras, et ma femme et moi on a quitté la chambre. On a passé la nuit à l'hôtel, puisqu'il était trop tard pour repartir pour Boston. »

L'avocat de la requérante souhaite appeler mère Marguerite Pelletier :

« Vous êtes mère supérieure de l'ordre des Sœurs de Saint-Jean-Baptiste-de-Bienfaisance, n'est-ce pas ?

— Oui, en effet.

— Et à ce titre, vous êtes directrice de l'orphelinat Saint-André ?

— C'est juste.

— Avant le 15 avril 1900, le docteur Haskell était-ıl déjà entré en contact avec vous ?

— Eh bien, oui, le docteur avait été en rapport avec l'orphelinat à plusieurs reprises avant le 15 avril de cette année-là, puisqu'il avait souvent besoin de placer les enfants de mères qui avaient péri en donnant naissance ou de jeunes filles qui ne pouvaient pas s'occuper des nouveau-nés.

— Je vois. Et vous avait-il parlé du cas d'Olympia Biddeford ?

— Oui, maître. Bien qu'il ne nous ait pas dit le nom de la mère. Seulement qu'en avril il nous apporterait un bébé qui serait sans mère ni père, et pouvions-nous nous assurer qu'il y aurait une place pour lui. Et, bien sûr, il y en aurait toujours une. Le docteur Haskell a soigné tant de nos enfants sans jamais rien demander pour ses services.

— Et le docteur Haskell vous a apporté ce bébé le matin du 15 avril 1900 ?

— En fait, maître, c'était l'après-midi du 15 avril. Il est venu dans mon bureau avec le nouveau-né.

— Et que s'est-il passé ?

— Il paraissait bouleversé par la situation de l'enfant et très soucieux que l'on s'occupe bien de lui. Bien qu'il ne m'ait pas raconté les circonstances de la naissance, et que je ne me sois pas sentie en mesure de demander, j'ai pensé que peut-être le docteur Haskell était personnellement concerné, en le voyant si retourné, et aussi parce qu'il avait donné son nom à l'enfant. Ce n'était pas exceptionnel, mais tout de même curieux. Et il a versé une somme considérable à l'orphelinat pour l'entretien de l'enfant. Il tenait absolument à ce que nous le placions dès que possible, et il nous a chargées de trouver une famille d'accueil.

— Et ensuite, qu'est-il arrivé ?

— Il a embrassé l'enfant sur le front et me l'a donné.

— Et l'avez-vous placé comme il vous l'avait demandé ?

— Oui, maître. Nous l'avons placé chez M. et Mme Bolduc. »

L'avocat des défendeurs souhaite poser des questions à mère Marguerite Pelletier :

« Mère Marguerite, avez-vous eu l'occasion en août dernier de rencontrer la requérante au sujet de cette affaire ?

— Oui, en effet, maître.

— Pouvez-vous décrire cette rencontre à la cour ?

— Elle est venue à ma porte pour se renseigner sur un certain enfant. Je crois que j'ai rapidement établi que l'enfant en question était le sien. Elle m'a donné certaines précisions sur sa situation.

— Et quelle précision vous a menée à découvrir que l'enfant était celui que le docteur Haskell vous avait confié le 15 avril 1900 ?

— Elle m'a dit le nom du père.

— Je vois. Et ensuite, que s'est-il passé ?

— Je l'ai laissée dans mon bureau et je suis allée parler de cette question à l'évêque Louis Giguere, qui est aussi l'un des directeurs de l'orphelinat.

— Et qu'avez-vous décidé, lui et vous ?

— Nous avons décidé que nous dirions à la jeune femme que son fils nous avait été confié, mais qu'il avait été placé chez un couple affectueux. Nous avons aussi décidé de lui dire le prénom de son fils, mais pas son nom de famille.

— Et pourquoi donc ?

— Nous voulions protéger l'intimité de l'enfant et de sa famille d'accueil.

— Et comment Olympia Biddeford a-t-elle réagi ?

— Elle était très bouleversée.

— Y a-t-il eu quelque chose d'étrange dans votre discussion avec Olympia Biddeford ce jour-là ?

— Oui, en effet.

— Voulez-vous dire à la cour ce que c'était ?

— Eh bien, maître, malheureusement je vois beaucoup de jeunes filles dans la même situation. Elles pensent pouvoir abandonner leur bébé et poursuivre leur vie, puis, par remords, par sentiment de culpabilité, ou poussées par d'autres sentiments, elles viennent se présenter à notre seuil en réclamant leur enfant. Et j'ai d'abord cru qu'Olympia Biddeford était comme elles. Mais elle était différente.

— Et en quoi ?

— Elle n'était pas repentante. Je lui ai demandé si elle était prête à demander le pardon de ses péchés, et elle m'a fait comprendre sans ambiguïté qu'elle ne considérait pas du tout ses actes comme immoraux, et qu'elle ne demanderait pas de pardon pour une chose qu'elle ne trouvait pas mauvaise.

— Vous souvenez-vous des termes de cet échange ?

— Je lui ai dit que personne ne conçoit un enfant par hasard, qu'il y faut une intention, de la volonté, et qu'elle avait manifestement péché contre la nature et contre Dieu. Et elle a répondu : "Aimer n'est pas un péché contre la nature, je ne le croirai jamais." Elle était très insolente, j'ai trouvé, et elle a eu le front de me dire, à moi, une mère supérieure de l'Église catholique, qu'elle ne regrettait pas d'avoir aimé ni d'avoir été aimée dans une relation coupable.

— Et ensuite ?

— J'ai prié pour son âme. »

L'avocat des défendeurs souhaite appeler à témoigner Mme Bardwell, directrice de l'École normale de jeunes filles Hastings :

« Madame Bardwell, merci d'avoir fait le voyage de l'ouest du Massachusetts à Ely Falls, une distance considérable, comme nous le savons tous.

— Oui, en effet, maître. Mais quand j'ai reçu votre offre de fonds pour le voyage, j'ai pensé qu'un peu de repos au bord de la mer ne me ferait pas de mal.

— Oui. Bien. Madame Bardwell, vous souvenez-vous de la requérante, Olympia Biddeford, lorsqu'elle était dans votre école ?

— Oui, maître, je m'en souviens très bien.

— Que pouvez-vous nous dire de son séjour là-bas ?

— Elle s'est distinguée comme une brillante élève. Elle était très en avance dans ses études. Tous ses professeurs lui ont donné d'excellentes recommandations.

— Et que diriez-vous de son adaptation personnelle à l'école ?

— C'était une solitaire, à mon avis. Elle ne fréquentait

personne. Si elle avait des amies, je ne m'en suis pas aperçue. C'est très inhabituel, je dois dire. On s'attend à ce qu'en trois ans une jeune femme se crée quelques amitiés.

— Diriez-vous qu'Olympia Biddeford était asociale ?

— Oui, maître, je le dirais.

— Diriez-vous qu'Olympia Biddeford est intellectuellement prête à partir dans le monde et à accepter un poste d'enseignante ?

— Oui, certainement.

— La recommanderiez-vous pour un tel poste ?

— Non, je ne le ferais pas. Je ne peux pas recommander quelqu'un qui a déjà abandonné un employeur sans raison.

— Comment avez-vous été informée que la requérante avait abandonné son poste de gouvernante auprès des fils d'Averill Hardy en juillet de l'année dernière ?

— J'ai reçu une lettre de M. Hardy. Je ne savais rien. Mlle Biddeford n'a pas jugé bon de nous en informer elle-même. M. Hardy disait qu'il était content que cette fille soit partie, parce que l'un de ses fils avait révélé qu'elle lui avait fait des avances.

— Permettriez-vous à Olympia Biddeford de se réinscrire à Hastings ?

— Sur la foi de cette lettre, non, je ne pourrais pas. »

L'avocat des défendeurs souhaite appeler Zachariah Cote :

« Monsieur Cote, vous êtes un poète qui jouit d'une certaine réputation dans les cercles littéraires, n'est-il pas vrai ?

— Oui, maître, j'ai eu de la chance dans ma carrière.

— Pouvez-vous dire à la cour par quel concours de circonstances vous avez connu Olympia Biddeford ?

— J'ai été invité à plusieurs reprises chez son père à Fortune's Rocks.

— Et qu'avez-vous pensé d'Olympia Biddeford quand vous l'avez rencontrée ?

— Elle était manifestement très instruite. Elle était plutôt charmante, quoique peut-être un peu trop sûre d'elle.

— Cette opinion a-t-elle changé à un moment quelconque de l'été ?

— Oui, maître, très certainement.

— Pouvez-vous nous en parler ?

— Le 4 juillet 1899, je revenais d'une célébration à Rye. L'incendie des charrettes ? En avez-vous entendu parler ? Les fermiers amènent leurs charrettes de foin au centre de la ville et ils y mettent le feu… ?

— Oui, monsieur Cote. Je suis sûr que nous avons tous entendu parler de cette coutume locale. Poursuivez, je vous prie.

— Eh bien, mon cocher avait décidé de retourner à Fortune's Rocks par la route des marais, qui est la plus rapide. Je séjournais au Highland Hotel à ce moment-là.

— Oui, continuez.

— Eh bien, au détour du chemin, j'ai vu un couple s'embrasser au bord de la route.

— Et pouvez-vous nous dire qui était ce couple ?

— Oui, maître. C'était Olympia Biddeford et le docteur John Haskell.

— Vous en êtes certain ?

— Oui, tout à fait. La lanterne de ma voiture a éclairé leurs visages.

— Quelle a été votre réaction ?

— J'ai été profondément choqué, maître. Le docteur Haskell était un homme marié. Et Olympia Biddeford n'avait que quinze ans.

— Et avez-vous parlé à quiconque de ce que vous aviez vu ?

— Non, je ne l'ai pas fait. Mais j'ai pensé que plus tard je serais obligé d'en parler à Phillip Biddeford.

— Et avez-vous encore vu Olympia Biddeford cet été-là dans des circonstances curieuses ou compromettantes ?

— Eh bien, oui, maître. Une fois, alors que j'étais au Highland, je suis revenu à l'hôtel après une promenade matinale, et j'ai rencontré Olympia Biddeford sur la véranda.

— Quelle heure était-il ?

— Huit heures, à peine.

— Comment vous a-t-elle semblé ?

— Je dois dire que j'ai été choqué par son apparence. Elle était... comment dirais-je... échevelée ?

— Lui avez-vous parlé ?

— Oui. J'ai tenté de lier conversation avec elle.

— Et comment a-t-elle réagi à cette tentative ?

— Je l'ai trouvée insolente. Elle a refusé mon invitation à partager mon petit déjeuner, et elle s'est sauvée.

— Monsieur Cote, connaissiez-vous Catherine Haskell ?

— Oui, je la connaissais bien, en fait. Une femme charmante. Une excellente épouse, une très bonne mère.

— Avez-vous eu l'occasion, Catherine Haskell et vous, de surprendre Olympia Biddeford dans une situation compromettante avec le docteur John Haskell ?

— Oui, hélas.

— Pouvez-vous nous en parler ?

— Eh bien, maître, c'est un sujet délicat. C'était à l'occasion d'une grande soirée chez Phillip Biddeford le 10 août 1899. Alors que j'étais avec Catherine Haskell sur la véranda, il s'est trouvé qu'elle a regardé dans un télescope qu'on avait installé là, et par hasard elle l'a pointé sur une fenêtre de la chapelle attenante à la maison. Et là, elle a vu une chose très troublante, pour ne pas dire choquante.

— L'avez-vous vue aussi ?

— Oui, maître. En voyant la surprise considérable de Mme Haskell, je me suis penché pour regarder aussi.

— Et qu'avez-vous vu ?

— J'ai vu Olympia Biddeford et John Haskell en... comment dirai-je... en flagrant délit.

— Dans la *chapelle*, monsieur Cote ?

— Oui, maître, dans la chapelle. Et si je peux préciser un détail, sur l'*autel*, maître.

— L'autel, monsieur Cote ?

— Oui.

— Et quelle a été la réaction de Mme Haskell ?

— Elle est devenue toute pâle. »

L'avocat de la requérante souhaite poser quelques questions à Zachariah Cote :

« Monsieur Cote, vous êtes poète, n'est-ce pas ?

— Oui, maître, je l'ai déjà dit.

— De quelque réputation ?

— D'une certaine réputation, je dois dire.

— Et jouissiez-vous de cette "certaine" réputation pendant l'été 1899 ?

— Je crois que oui.

— Monsieur Cote, en juin 1899, avez-vous soumis une demi-douzaine de poèmes à M. Phillip Biddeford, rédacteur en chef du *Bay Quarterly*, dans l'espoir qu'il les publierait ?

— C'est possible. Est-ce pertinent ?

— Le juge Littlefield décidera de ce qui est pertinent, monsieur Cote. Votre réponse, s'il vous plaît ?

— Je ne sais trop.

— Réfléchissez, monsieur Cote.

— Comme je l'ai dit, c'est possible.

— Serait-il exact de dire que M. Biddeford a refusé de publier ces poèmes ?

— Si vous devez l'exprimer ainsi.

— Je ne suis pas poète, monsieur Cote. Je préfère dire la vérité.

— Je ne m'en souviens pas précisément.

— Ceci va peut-être vous rafraîchir la mémoire, monsieur Cote. N'est-ce pas la copie d'une lettre que M. Phillip Biddeford vous a envoyée ?

— Je n'en suis pas sûr.

— Prenez votre temps.

— On dirait que oui.

— Et quelle est la date ?

— Le 4 août 1899.

— Ce qui signifie que vous l'auriez reçue peu de temps avant le 10 août, la date de la réception dans la maison de Phillip Biddeford ?

— C'est possible.

— Monsieur Cote, voulez-vous avoir l'amabilité de lire la lettre à voix haute ?

— Vraiment, Votre Honneur ! Je dois ?

— Maître Tucker, est-ce nécessaire ?

— Votre Honneur, j'aimerais démontrer que M. Cote n'est peut-être pas un témoin impartial dans cette affaire.

— Très bien, alors. Allez-y.

— Monsieur Cote ?

— Oui ?

— La lettre ?

— Oui, très bien, maître. Je lirai la lettre si je dois. Mais j'aimerais protester vivement contre cette invasion de mon intimité.

— Monsieur Cote, un procès en demande de garde n'est rien d'autre que l'invasion de l'intimité de tout le monde.

« Cher Monsieur Cote. Je vous retourne vos poèmes, car je m'aperçois que je ne peux pas les publier dans le Bay Quarterly *comme je l'espérais. Bien que certainement uniques par leur style et leur contenu, ils ne conviennent pas à cette publication. À l'avenir, vous pourriez songer à employer moins d'adjectifs dans vos vers. Je crois qu'il en résulterait moins de sensiblerie. Bien à vous, Phillip Biddeford. »*

— Monsieur Cote, cette lettre vous a-t-elle mis en colère ?

— Elle était décevante, certainement. Et aveugle dans son jugement, je dirais.

— Néanmoins vous vous êtes rendu à la réception de Biddeford le 10 août.

— Oui, en effet. J'avais écrit que j'irais, et je suis un homme de parole.

— J'en suis sûr. Monsieur Cote, à votre connaissance, Olympia Biddeford s'est-elle jamais montrée dévergondée en public ?

— Que voulez-vous dire ?

— Elle et le docteur Haskell ont-ils jamais été démonstratifs en public ?

— Non, à moins que vous ne comptiez cette fois dans la chapelle.

— La chapelle était-elle visible depuis les pièces de la réception ?

— Non.

— Quelqu'un d'autre, en dehors de vous et de Mme Haskell, a-t-il vu Olympia Biddeford et le docteur Haskell ensemble ce soir-là ?

— Je l'ignore.

— Monsieur Cote, n'est-il pas vrai que Catherine Haskell n'a pas simplement regardé par hasard dans le télescope le soir de la réception, mais plutôt que vous l'y avez invitée ?

— Certainement pas, maître.

— Vous qui aviez observé le couple toute la soirée et saviez qu'il était allé dans la chapelle ?

— Non, maître.

— Et que vous aviez, en fait, réglé le télescope pour qu'il soit pointé directement sur une fenêtre de la chapelle ?

— Non, maître, absolument pas ! Et je supporte mal cette insinuation calomnieuse !

— Votre Honneur, je n'ai plus de questions pour ce témoin.

— Très bien, monsieur Cote, vous pouvez vous retirer.

— Mais, Votre Honneur, j'aimerais répondre à l'insinuation totalement sans fondement de maître Tucker.

— J'en suis persuadé. Vous pouvez vous retirer maintenant.

— Très bien, mais je n'aime pas ce qui s'est dit ici.

— Non, j'en suis sûr. Comme il est tard, nous allons suspendre l'audience pour la journée et, si ce temps affreux le permet, rentrer chez nous. Maître Sears, vous avez d'autres témoins ?

— Oui, Votre Honneur, demain j'appellerai Mme Bolduc à la barre.

— Très bien. À présent, rentrons dîner. »

La jupe de son ensemble trempée de neige sale, elle progresse péniblement vers le tribunal, à trois cents mètres de l'hôtel à peine. Le soleil est levé, haut et fort, et elle sent le printemps dans l'air – le printemps, qui n'est que dans vingt-deux jours. Elle survivra peut-être à l'hiver après tout. Elle éprouve soudain un désir intense de retourner dans sa maison de Fortune's Rocks : à partir d'aujourd'hui, la neige fondra sur la grande pelouse, et il y aura peut-être du vert dessous, une nouvelle végétation.

Olympia et son père ont dîné à l'hôtel d'Ely Falls la veille, et pris le petit déjeuner ce matin dans la salle à manger misérable, riches toutefois de leur affection l'un pour l'autre ; et ce fut une joie pour tous deux de recommencer à parler du monde à l'extérieur de Fortune's Rocks. Il était très curieux de savoir ce qu'elle pensait de Roosevelt et de la controverse des Philippines, et elle l'a taquiné sur le fait qu'il avait enfin fait installer le téléphone. Il a avoué qu'il avait aussi acheté un phonographe, et il n'était pas loin de penser que c'était un enregistrement français du jeune violoncelliste Pablo Casals qui avait rendu la santé à sa mère.

« Père, vous devriez rentrer, a dit Olympia, alors qu'ils étaient assis dans le salon de l'hôtel avec leurs cafés après le petit déjeuner. Je suis très heureuse que vous soyez venu, mais mère a encore plus besoin de vous.

— Mais toi, tu n'as pas besoin d'appui au procès ?

— Payson Tucker me suffira. Il est d'un grand secours. Et merci de vous être occupé de ses honoraires. Je promets de venir vous voir dès que tout sera fini. »

Et j'amènerai mon fils, a-t-elle pensé.

« Très bien, a répondu son père, mais seulement à la condition que tu me permettes d'envoyer Charles Knowlton à la villa pour qu'il voie les réparations à faire. Si tu dois continuer à y vivre, Olympia, il faudra modifier certains aspects de la maison. Je ne sais pas comment tu as pu y passer l'hiver.

— En fait, je me suis installée dans la cuisine », a dit Olympia, et son père a ri à cette idée. Et elle a pensé que son père avait rajeuni au cours des vingt-quatre heures passées à Ely Falls, si c'était possible. D'ailleurs il paraissait presque de bonne humeur quand il l'a quittée pour prendre le train.

Mais cette atmosphère de bonne humeur commence à se dissiper à mesure qu'Olympia approche du tribunal. Elle redoute de plus en plus de rentrer dans la salle d'audience. C'est une pièce sombre, oppressante, trop petite pour de telles passions, une telle exigence, un antagonisme si profond. Et elle a un goût amer dans la bouche d'avoir dû révéler des pensées et des sentiments dont on ne devrait jamais avoir à parler en public. Quel que soit son désir de gagner le procès, elle n'est pas sans éprouver une certaine compassion pour Albertine Bolduc, qui sera à la barre aujourd'hui et devra répondre à bien des questions qu'on lui a posées à elle-même la veille.

Mais sa crainte cède vite la place à l'étonnement quand elle tourne le coin du tribunal pour gagner l'entrée. Le long des marches de pierre, elle voit un attroupement. Certaines personnes brandissent des pancartes hâtivement composées à la main. LA SURVIVANCE ! lit-elle sur un panneau. JE ME SOUVIENS ! sur un autre. Un homme penché à la balustrade de pierre l'aperçoit figée au coin. *« Voilà la jeune fille ! »* hurle-t-il à la foule. Terrifiée, Olympia la voit s'avancer rapidement vers elle, portant les pancartes. Avant de savoir que faire, elle est entourée d'hommes qui lui crient des remarques et des questions grossières : *« Où est le docteur ? »*, « Mademoiselle

Biddeford, pourquoi intentez-vous un procès en garde ? », *« Où est la justice* ? »*. On lui met brusquement un panneau sous le nez, et elle lève les mains pour s'en protéger. Elle sent alors qu'on la tire par le bras, et elle résiste désespérément jusqu'à ce qu'elle entende la voix familière de Payson Tucker et, levant les yeux, voie sa haute silhouette grêle dominer les autres.

« Laissez-la tranquille ! ordonne-t-il d'une voix étonnamment sonore. Laissez-nous passer. »

Il prend le bras d'Olympia pour la guider à travers la foule, et celle-ci s'écarte. Il lui fait monter les marches en courant et franchir les portes du tribunal, qu'on n'ouvre que pour eux. Il la fait entrer rapidement dans une antichambre.

« Êtes-vous blessée ? lui demande-t-il aussitôt.

— Non, répond-elle, bien qu'elle soit fortement ébranlée. Je ne crois pas. Mais je ne comprends pas.

— C'est un désastre, dit Tucker, en cherchant un interrupteur et, comme il n'en trouve pas, il tire les rideaux poussiéreux. Un désastre. » Il ouvre sa serviette. « Avez-vous vu les journaux ?

— Non, dit-elle, mais déjà elle a un mauvais pressentiment.

— Regardez ceux-ci. »

Il y a deux journaux, l'*Ely Falls Sentinel*, qu'elle connaît bien, et *L'Avenir*, un quotidien de langue française qu'elle a déjà vu dans les kiosques mais n'a jamais acheté. « LA FILLE D'UN ÉDITEUR DE BOSTON DEMANDE LA GARDE D'UN ENFANT FRANCO », dit le titre du journal anglais. « SCANDALE À FORTUNE'S ROCKS », crie l'autre journal, avec un sous-titre qu'Olympia traduit : « UNE FAMILLE FRANCO BRISÉE. » Les rédacteurs en chef des deux journaux ont commandé des croquis d'Olympia. Le portrait de l'*Ely Falls Sentinel* est dans un ovale, comme un camée, et montre le visage jeune mais sérieux d'une jolie femme qui ressemble surtout à une gravure de mode. Celui qui accompagne l'article de *L'Avenir*, toutefois, montre une femme dont le décolleté dévoile beaucoup de chair. Ses lèvres sont écartées, et des mèches folles volent autour de son visage.

« Oh, fait Olympia, en s'asseyant.

— C'est précisément ce que je voulais éviter, dit Tucker en prenant l'un des journaux et en le claquant du dos de la main. La ville est divisée. Les Francos, qui se passionnent toujours pour leur communauté, vont se rallier autour des Bolduc. Et les Yankees, menacés par *la Survivance**, feront preuve des pires préjugés, comme seuls ils en sont capables. Ça couve depuis des années, c'est toujours présent, et de temps en temps un événement, comme ce procès, ranime le conflit. C'est l'œuvre de Sears, je le sais. Il n'a rien à y perdre, et tout à y gagner. En fait, je soupçonne que c'est pour cette raison qu'il a pris l'affaire. Pour la publicité. Sûrement pas pour les honoraires. »

Mais Olympia a une autre idée, qu'elle exprime : « Pour moi, ce geste est signé Zachariah Cote. C'est ainsi qu'il vous remercie de l'avoir mis en pièces à la barre hier. »

Tucker la regarde, et semble la voir pour la première fois.

« Mademoiselle Biddeford, dit-il en posant le journal. Me voilà à tempêter sur la lutte des classes alors que, évidemment, c'est à vous qu'ils font du mal.

— Vous avez essayé de m'avertir.

— Oui, mais un avertissement n'est rien comparé au choc de la réalité. Je le sais. »

Tucker reprend les journaux et les met dans sa serviette. « Êtes-vous sûre de vouloir continuer ? demande-t-il. Il n'est pas trop tard pour retirer votre pétition.

— Je suis contente que mon père n'ait pas été là pour voir ça, dit Olympia en se levant et en marchant vers la fenêtre. C'est quoi, *la Survivance** ? demande-t-elle en regardant la foule en bas. Je sais que ça signifie survie, mais dans ce contexte ?

— C'est le cri de ralliement de la communauté franco-américaine. Pour conserver la pureté de sa culture et de sa langue, éviter qu'elles ne soient corrompues par l'influence des Yankees. Un effort, je dois dire, que l'histoire a montré voué à l'échec, ce qui, je pense, renforce la détermination de ces gens. Bien sûr, nous savons vous et moi que ce procès n'est pas une affaire de classe et de culture, mais ils voient les choses différemment.

— En êtes-vous sûr ? demande-t-elle. Êtes-vous sûr que ce ne soit pas une affaire de classe et de culture ?

— Je ne le croyais pas. Mais il va le devenir. »

Dans la petite salle d'audience, par l'unique fenêtre masquée d'un rideau, on entend les bruits de la foule qui grossit à l'extérieur. Albertine, l'air terrifié, serre la main de son mari. Le juge Littlefield entre dans le prétoire, et même lui, remarque Olympia, semble quelque peu ébranlé.

« J'avais espéré traiter cette affaire en privé derrière des portes closes, où elle devrait rester, dit Littlefield, aussitôt qu'il est assis. Mais parfois, sans que la cour y soit pour rien, une affaire est rendue publique, et le public décide qu'il a besoin d'être témoin des faits. Ce conflit privé se retrouve dans les journaux, et j'espère ne jamais découvrir qu'une des personnes présentes dans cette salle est responsable de cette indiscrétion. » Littlefield fixe ostensiblement Sears, qui à son tour paraît surpris et montre ses paumes comme pour dire : Ce n'est pas moi.

« Quand une affaire a éclaté au grand jour, poursuit le juge, et que le public décide qu'on lui en refuse l'accès, il est possible que l'une ou l'autre partie, ou les deux, soient malmenées. C'est donc à contrecœur et après mûre réflexion que j'ai pris la décision de siéger publiquement. Nous allons maintenant passer dans une plus grande salle, et comme je ne veux exposer aucun de nous à la violence de la foule rassemblée dehors, je demanderai à l'huissier de vous escorter par l'entrée située derrière moi. Le public sera admis par une autre entrée. Huissier ? »

Tucker attend que Sears ait fait franchir la porte à Albertine et Telesphore Bolduc à la suite du juge avant de diriger Olympia vers cette sortie. Il lui prend le bras, et ensemble ils pénètrent dans un labyrinthe de salles minuscules. Elle songe à des agneaux menés à l'abattoir. Le passage est sombre et lugubre, et Olympia, instinctivement, se rapproche de Tucker. Sur une partie du chemin il n'y a pas de lumière du tout, et il lui passe le bras autour des épaules pour la guider. C'est étrange de sentir de nouveau la main protectrice d'un homme. Quand ils approchent de l'entrée de la nouvelle salle d'audience, Olympia entend les cris d'encouragement adressés à Albertine et à Telesphore. Tucker lui prend la main.

« Je suis inquiète, maître, dit-elle en regardant leurs mains jointes.

— Mademoiselle Biddeford, il y a une chose que j'aimerais vous dire. »

Dans la pénombre des salles, son visage et ses yeux ne sont que suggérés.

« Je sais que l'heure est mal choisie…

— Monsieur Tucker…

— Je voudrais seulement vous dire combien j'ai admiré votre courage. J'ai l'espoir qu'un jour nous aurons l'occasion d'être amis, pas seulement avocat et cliente. »

Olympia retire sa main. « Le moment est étrange pour exprimer votre admiration, dit-elle.

— Oui, certes. Mais y a-t-il des moments opportuns pour ce genre de déclaration ?

— Non, peut-être pas. »

Olympia regarde Tucker. « Je ne voudrais décourager les espoirs de personne, ayant grand besoin d'espérer moi-même, dit-elle prudemment. Et je ne voudrais particulièrement pas vous décevoir, puisque je vous suis déjà infiniment reconnaissante. Mais je ne peux offrir ce que je ne peux donner.

— Je comprends.

— Appelez-moi Olympia, je vous prie. C'est absurde de rester si cérémonieux ; nous sommes déjà entourés de trop de protocole.

— Merci, Olympia.

— Mon Dieu, Tucker, dit le juge Littlefield, qui sortant de l'obscurité les surprend tous les deux. Si je découvre que c'est Sears qui a provoqué ce charivari, je le ferai radier. Dites-moi que ce n'était pas vous.

— Non, monsieur, répond Tucker, très embarrassé que le juge ait entendu sa déclaration. Je n'ai pas intérêt à ce que la salle soit bondée de membres de la communauté franco-américaine.

— Non, en effet.

— Et si je peux me permettre, monsieur, ajoute Tucker, on ne peut pas être certain que ce soit Sears non plus.

— Non, peut-être pas. Mais qui alors ?

— Un témoin mécontent, peut-être ? suggère Tucker, tout en regardant Olympia.

— Laissez-moi y réfléchir, dit Littlefield. Et dites à votre père qu'il me doit toujours un baril de pommes.

— Pardon ?

— Un vieux pari, maître Tucker. Un vieux pari. »

Le juge avance vers la porte et la tient ouverte pour eux.

« Ce sera un vrai cirque, dit doucement Tucker à Olympia en la dirigeant vers l'entrée. Et sûrement pénible. Il y a plus de Franco-Américains que de Yankees là-dedans, on dirait. Ne pensez qu'à votre cause et souvenez-vous, ce n'est pas le public qui prend la décision.

— J'espère bien que non », dit le juge.

Dans la grande salle d'audience, c'est comme Tucker l'a prévu : Olympia et lui entrent sous les cris de *« La Survivance* ! »*. Olympia voit des dizaines d'hommes en chemises de travail grises et casquettes en tissu, qui rugissent en levant le poing. *Pourquoi ces hommes ne sont-ils pas à l'usine ?* se demande-t-elle. Le juge Littlefield, à dessein, entre aussitôt après eux et prend vivement le marteau. Il tape avec impatience sur la table devant lui.

« Ne vous méprenez pas sur ces débats, dit-il en s'adressant à la foule. De tels éclats ne seront pas tolérés dans ce tribunal, et quiconque prononcera ne serait-ce qu'un mot sera jeté dehors sur-le-champ. Maître Sears, commençons sans plus tarder. » Et que ce soit dû à la tension du procès ou à son refus de croire qu'un autre que Sears puisse être responsable du désordre, Littlefield a employé un ton plus dur que nécessaire.

« L'avocat des défendeurs appelle Albertine Bolduc à la barre. »

Dans un bourdonnement de murmures étouffés, Albertine

Bolduc s'avance vers le box des témoins où elle entre. Un regard sévère du juge fait taire momentanément la foule. Il est tout de suite évident pour Olympia que la femme est terrifiée, car ses mains tremblent visiblement. Elle porte la même tenue que la veille, et elle a coiffé ses cheveux, de nouveau, en haut chignon avec une frange sur le front.

« Votre Honneur, dit Sears, lui-même vêtu d'une redingote bleu marine à rayures, ses diamants étincelant sous les lumières électriques, j'aimerais présenter plusieurs pièces à conviction.

— Oui, maître Sears, allez-y. »

La salle est vaste, avec de nombreuses rangées de bancs et même un balcon, qui semble bondé. Aux murs sont accrochés des portraits d'hommes graves aux expressions sévères.

« J'ai ici un document issu de l'orphelinat Saint-André et un autre de l'État du New Hampshire, dit Sears. J'ai aussi plusieurs photographies.

— Que ces documents et ces photographies soient consignés comme pièces à conviction par le greffier », demande le juge.

Sears laisse enregistrer les documents puis les reprend. Les tenant près de son cœur, comme s'ils lui étaient chers, il s'approche d'Albertine Bolduc dans le box des témoins.

« Bonjour, madame Bolduc.

— Bonjour.

— J'ai ici quelques documents que je vais vous demander d'examiner et d'identifier pour moi. »

Sears lui montre le premier, qu'il met dans sa main tremblante. « Pouvez-vous dire à la cour ce que c'est ?

— Oui, dit-elle d'une voix à peine audible. C'est certificat de l'orphelinat que je suis gardienne.

— Et celui-ci ?

— C'est certificat de l'État que je suis tutrice », dit-elle de façon hésitante.

Sears lui reprend les deux papiers et les tend au juge Littlefield.

« Et, madame Bolduc, pouvez-vous identifier ces deux photographies ?

— Oui, dit-elle. Celle-ci ? C'est mon petit Pierre et moi quand il a cinq mois. Et celle-là, c'est Pierre dans charrette avec poulet. Il a un an.

— Qui a pris ces photographies ?

— Contremaître dans l'usine ami de moi et de Telesphore.

— Merci », dit vivement Sears, en remettant les photographies au juge, qui les étudie un moment. Curieusement, Sears paraît brusque avec Albertine, peut-être gêné par son manque évident d'instruction, que son mauvais anglais ne fait que souligner.

« Votre Honneur, dit Tucker, pouvons-nous voir ces photographies ?

— Oui. Greffier, donnez ces documents et ces photographies à l'avocat de la requérante. »

Et Olympia pensera plus tard : *Il y a des moments dans la vie pour lesquels il ne peut y avoir de préparation.*

La première photographie montre une femme assise qui soulève bien haut un bébé en longue robe blanche. Les bras de la femme sont cachés par la robe. Son visage est plissé d'un large sourire, un joli sourire, sur des dents blanches et régulières. Elle porte un corsage blanc à large col et manchettes, et une jupe de teinte plus foncée. Le bébé a un collier autour du cou et de minuscules souliers en chevreau. Il regarde vers l'appareil, comme la mère, et sourit aussi d'un large sourire édenté. On entend presque rire le bébé. La mère regarde le photographe avec un malin plaisir, comme pour dire : *Que pensez-vous de mon merveilleux trésor ?*

Sur la seconde photo, un petit garçon tend la main pour toucher un grand coq que l'on a attelé à une minuscule charrette en bois, dans laquelle l'enfant est assis. Ils sont entourés de hautes herbes et de feuilles, comme s'ils étaient à la campagne.

Olympia pense : *C'était un si beau bébé, et j'ai déjà perdu toutes ces années. Quoi qu'il arrive ici, je ne les retrouverai jamais.*

Tucker, voyant la réaction d'Olympia devant les photographies, ordonne vite au greffier de les emporter.

« Madame Bolduc, dit Sears. Dites-nous en vos propres

termes comment vous avez été amenée à vous occuper de l'enfant.

— Mes termes ? » demande-t-elle, troublée. Elle lève les yeux vers le juge pour solliciter son aide.

« En anglais, s'il vous plaît », dit Littlefield, ce qui provoque des grognements mécontents dans la salle.

Albertine Bolduc, aveuglée par un rayon de soleil qui s'est posé sur le box des témoins, écarte la tête pour l'éviter. « Je suis mariée huit ans et j'ai pas de bébés, commence-t-elle. Et je demande aux sœurs de l'orphelinat. Et elles me disent que j'aurai un bébé. Parce que le docteur me dit que je peux pas avoir d'enfants à moi, ce qui est grand chagrin pour moi et Telesphore.

— Oui, dit Sears. Continuez.

— Et en avril 1900, j'ai une visite de mère Marguerite, qui dit il y a un bébé.

— Vous parlez de mère Marguerite Pelletier ?

— Oui, elle vient dimanche après-midi à moi. Et elle me dit qu'il y a un bébé pour moi si Telesphore et moi on veut. Et je dis oui, peu importe ce qu'on doit faire, on le veut. Et alors Telesphore et moi, on va pas à l'usine le matin et on cherche le bébé.

— Et c'était à quelle date ?

— 23 avril 1900.

— Et vous avez signé les documents que je vous ai montrés tout à l'heure.

— Oui.

— Et dites-moi ce que vous avez éprouvé ce jour-là.

— Quand je vois le garçon, il est si minuscule, tout de suite j'ai de l'amour dans mon cœur. Et Telesphore aussi, je le vois. Et on emmène le bébé à la maison et on fait un lit pour lui, et on l'aime toutes les heures de la journée. »

Tucker jette un coup d'œil à Olympia.

« L'enfant était-il en bonne santé ?

— Oui, il est en bonne santé. Il grandit.

— Mais, madame Bolduc, comment avez-vous pu retourner au travail quand vous avez dû vous occuper du bébé ?

— Telesphore et moi, on va voir contremaître et on demande

à travailler dans équipes différentes pour nous occuper du bébé. Et on est bons travailleurs, alors il dit oui à nous.

— Où est le petit garçon maintenant ?

— Il est avec ma mère.

— Votre Honneur, dit Sears, j'ai ici une attestation de sœur Thérèse Bracq, une infirmière de l'orphelinat Saint-André, qui ne peut pas être au tribunal à cause d'une longue maladie chronique. Elle certifie que des visites répétées chez les Bolduc ont montré que l'enfant est très bien soigné, et qu'il est presque toujours avec l'un de ses parents. Elle ajoute que divers membres de la nombreuse famille d'Albertine Bolduc ont également aidé à élever l'enfant. »

Sears tend le document au juge, qui le parcourt rapidement.

« Et maintenant, madame Bolduc, continue-t-il, dites-moi ce que vous avez ressenti quand vous avez appris en automne dernier qu'Olympia Biddeford, la mère naturelle de l'enfant, en demandait la garde. »

On entend crier *« Non* ! »* au fond de la salle. Littlefield tape aussitôt sur la table avec son marteau. « Huissier, dit-il, expulsez immédiatement cet homme. » On attend pendant que le spectateur, un homme avec une écharpe bleue et une pancarte, est chassé du tribunal.

Albertine jette un coup d'œil à Olympia, et c'est la première fois depuis qu'elles sont entrées dans le tribunal la veille qu'elles se regardent dans les yeux.

« Je crois pas ça, dit-elle, comme si elle parlait directement à Olympia. Je crois pas ça. Le garçon est à nous. On peut pas nous l'enlever, je dis à Telesphore. Et lui il crie, il est très en colère. Et je lui dis pas faire de bruit pour le garçon. Et je prends le garçon et je lui dis je le quitterai jamais. Et puis quelqu'un nous parle de vous, que des fois vous prenez les affaires des pauvres.

— Oui, merci. L'enfant vous appelle comment ? » demande vivement Sears, qui apparemment veut changer de sujet. Et pas par modestie, pense Olympia, mais parce qu'il ne veut pas que la cour s'attarde sur le mot *pauvre*, un attribut qu'aucun avocat, dans un procès en demande de garde, ne tient à souligner chez son client.

« Il m'appelle *Maman**, bien sûr.

— Et votre mari ?

— *Papa**.

— L'enfant ne connaît pas d'autres parents, c'est exact ?

— Oui.

— Dites-moi, madame Bolduc, pourquoi n'avez-vous pas adopté l'enfant légalement ?

— On trouve pas le père. Mais on voudrait. Et les sœurs nous disent qu'au bout de cinq ans on pourra.

— Et quand inscrirez-vous l'enfant à l'école ?

— À six ans.

— Merci, madame Bolduc, ce sera tout. »

Olympia regarde Sears retourner à sa table, lever les pans de sa redingote et s'asseoir. Dans le box des témoins, Albertine sort un mouchoir de son sac et s'essuie la lèvre supérieure.

« Votre Honneur, dit Tucker en se levant. J'ai des questions à poser à Albertine Bolduc. »

Le juge prend des notes et ne répond pas tout de suite. D'un geste impulsif, Olympia touche la main de Tucker pour l'encourager. Il baisse les yeux sur leurs deux mains puis regarde son visage.

« Oui, allez-y », dit Littlefield.

Tucker retire sa main à contrecœur, se lève lentement et s'approche d'Albertine Bolduc. Il l'étudie un moment avant de parler. Albertine, que le silence met mal à l'aise, commence à s'agiter.

« Madame Bolduc, dit enfin Tucker. Je voudrais vous poser des questions sur vos origines.

— Oui ?

— Vous êtes une citoyenne américaine ?

— Oui.

— Vous êtes née ici ? Dans ce pays ?

— Oh oui.

— À Ely Falls ?

— Oui, ma mère travaille à l'usine quarante-sept ans maintenant.

— Quarante-sept ans ? dit Tucker avec une surprise apparente. Cela fait beaucoup d'années, madame Bolduc.

— Oui. Et elle a eu sept enfants.

— Vraiment ? C'est extraordinaire.

— Oh non, dit Albertine. C'est pas. Beaucoup familles francos travaillent beaucoup d'années à l'usine et ont beaucoup d'enfants. C'est courant.

— Pouvez-vous me donner un autre exemple ?

— Ma sœur elle travaille depuis vingt-quatre ans et elle a quatre enfants, mais un est mort. » Albertine se signe.

« Et elle a quel âge maintenant ? Votre sœur ?

— Trente-deux ans.

— Cela signifie qu'elle est entrée à l'usine quand elle avait... huit ans ?

— Oui, c'est vrai. »

Sears se lève précipitamment. « Votre Honneur, je ne comprends pas la pertinence de ces questions.

— Maître Tucker ?

— Votre Honneur, je désire établir le contexte culturel dans lequel cet enfant sera élevé. Je crois que ces questions sont tout à fait pertinentes.

— Très bien, poursuivez.

— Et vous, madame Bolduc ? Quand êtes-vous entrée à l'usine ?

— À huit ans, comme ma sœur.

— Je vois. Et vous êtes allée à l'école ? »

Sears, qui venait de s'asseoir, se lève de nouveau. « Vraiment, Votre Honneur, je ne pense pas que l'instruction ou le manque d'instruction de Mme Bolduc ait quelque chose à voir avec sa capacité à bien élever un enfant.

— Votre Honneur, dit Tucker en se rapprochant légèrement du juge. Une fois de plus, je voudrais établir le contexte dans lequel l'enfant sera élevé. Je pense que c'est tout à fait pertinent, car aucun homme, aucune femme, ne peut être parent dans le vide. Un enfant n'est pas seulement élevé par les parents, il appartiendra à une communauté. La cour ne peut pas se prononcer correctement sur la garde de l'enfant sans comprendre pleinement de quoi cette communauté est constituée. »

Le juge réfléchit à cet argument en étudiant le jeune avocat. Un long silence s'ensuit et même les spectateurs retiennent leur souffle, attendant la décision de Littlefield. « Très bien, maître Tucker, dit-il enfin. Maître Sears, laissez, pour le moment, maître Tucker poursuivre ses questions dans ce sens sans plus l'interrompre. »

Tucker retourne vers Albertine et se rapproche tant qu'il pourrait poser le bras sur le box. « Madame Bolduc, demande-t-il, reprenant sa question, êtes-vous allée à l'école ? »

Albertine regarde ses genoux. « Non, répond-elle. Ma mère elle a pas l'argent pour l'école.

— Et c'est parce qu'elle aurait dû vous envoyer dans une école catholique et que les écoles catholiques sont payantes ?

— Oui, l'école Saint-André.

— C'est là que vous enverrez votre fils adoptif ?

— Oh oui.

— Et à cette école, votre fils parlera français et aura des leçons en français. Est-ce exact ? »

Les cris de *« La langue* »* et *« Je me souviens* ! »* retentissent au fond de la salle. Le juge brandit son marteau, visiblement furieux que l'on continue à braver ses ordres. « Huissier, expulsez les personnes qui viennent de crier. Et si j'entends encore un seul bruit dans l'assistance, j'expulserai non seulement le coupable mais le public tout entier. Est-ce bien clair ? Madame Bolduc, vous pouvez répondre à la question. »

Albertine serre son sac, cligne des yeux. « Oui, c'est important pour nous, dit-elle. Nous croyons tous à *la langue**.

— Dites-moi pour quelle raison.

— Si nous abandonnons le *français* et parlons seulement l'anglais, nous perdons notre vie… notre… – elle cherche le mot – *"la culture*"*.

— Je vois. Alors vous allez à l'église Saint-André ?

— Oh oui.

— Souvent ?

— Tous les dimanches. »

Olympia se demande pourquoi Tucker pose à Albertine ces questions, qui semblent destinées à souligner ses qualités parentales. La pratique de la religion, n'est-ce pas un point que l'avocat d'Olympia ne devrait pas vouloir soulever de nouveau ?

« Madame Bolduc, que faites-vous à l'usine ? demande-t-il.

— Je carde. Je peigne le coton.

— Et vous travaillez combien d'heures par jour ?

— Je travaille dix heures et demie.

— Et vous gagnez ?

— Je gagne plus de trois cents dollars par an. »

Tucker sourit à Albertine. « Est-il exact de dire que vous tirez quelque fierté de votre travail, madame Bolduc ?

— Oh, oui, j'ai la fierté. Je suis bonne travailleuse et je supervise beaucoup de femmes.

— En général, pensez-vous que l'on doive inculquer à un enfant l'éthique du travail ? »

Elle paraît perplexe. « Je ne vous comprends pas.

— Doit-on apprendre à un enfant que le travail est une bonne chose ?

— Mais oui, dit-elle, étonnée. Tout le monde doit travailler.

— Exactement. Et quelles autres valeurs voudriez-vous enseigner à Pierre ?

— L'honnêteté, oui ? Et la bonté envers les autres. L'obéissance, oui ?

— Bien sûr. Alors soyons clairs, dit Tucker. Vous voudriez que votre enfant soit élevé dans la langue française. N'est-ce pas ?

— Oui.

— Vous voudriez que votre enfant soit élevé dans la religion catholique ?

— *Mais oui**, répond-elle vivement.

— Vous lui inculqueriez les valeurs morales de l'honnêteté, de l'obéissance et de la bonté envers les autres.

— Bien sûr.

— Et l'éthique du travail, qui est si chère à la communauté franco-américaine.

— Oui, je dois.

— Mais vous ne laisseriez pas Pierre aller à l'usine à l'âge de huit ans, comme vous avez dû le faire.

— Non, dit-elle, secouant la tête.

— Vous attendriez qu'il ait dix ans. »

Elle paraît réfléchir. « Dix ans, oui », dit-elle.

Tucker s'interrompt un instant.

« Dix ans, vous êtes sûre ? poursuit-il.

— Dix ans, oui, je crois. Certainement. »

Il y a un moment de silence. Puis Sears, galvanisé, se lève et commence à parler, mais même Olympia voit qu'il est trop tard. Elle voit l'étonnement puis la compréhension passer sur les traits d'Albertine Bolduc. À la table des défendeurs, Telesphore met sa tête dans ses mains.

« Asseyez-vous, maître Sears, dit le juge Littlefield.

— Mais, Votre Honneur…

— Asseyez-vous. »

La salle du tribunal est anormalement calme, comme si quelque chose de grand et de lourd s'y était posé.

« Je n'ai pas d'autres questions, Votre Honneur, déclare Tucker dans le plus profond silence.

— Vous n'avez pas d'autres témoins ?

— Non. Mais j'aimerais avoir la permission de plaider maintenant.

— Votre Honneur, dit Sears, une rougeur inquiétante sur le visage. C'est très inhabituel. Maître Tucker ne peut pas s'adresser à la cour maintenant.

— Tous les éléments du dossier de ma cliente ont été examinés. »

Littlefield réfléchit un instant. « C'est peut-être un peu inhabituel, maître Sears, mais pas sans précédent. Maître Tucker peut compromettre le cas de la requérante en prenant la parole avant d'avoir entendu les autres preuves des défendeurs. Mais s'il choisit de le faire, il le peut.

— Je choisis de le faire, dit Tucker.

— C'est tout à fait irrégulier, Votre Honneur.

— Oui, maître Sears, je le comprends. Mais, je le répète, pas sans précédent. Maître Tucker, vous pouvez commencer. »

Sears, en secouant la tête, s'assied à contrecœur. Albertine, manifestement consternée de la brusquerie avec laquelle son interrogatoire a pris fin, et du tort qu'elle a pu se faire, reste immobile dans le box des témoins. Le juge Littlefield, jetant un coup d'œil dans sa direction, lui demande poliment de se retirer. Mais Albertine est fortement ébranlée et, dans un geste empreint d'une ironie amère, elle doit prendre la main de Tucker pour qu'il l'aide à regagner son siège. Sears, furieux, se lève aussitôt pour les séparer.

Tucker retourne à sa table et sort une autre série de notes de sa serviette. Il regarde Olympia comme s'il allait parler mais ne le fait pas. Elle le voit se diriger lentement vers le pupitre. Son avenir, tout son avenir, est entre les mains de ce jeune homme, frais émoulu de l'école de droit, un homme qui n'a peut-être jamais encore plaidé une affaire.

« Votre Honneur, commence-t-il, quoique je n'aie pas l'intention de me montrer incendiaire, les membres de la communauté franco-américaine peuvent en juger ainsi, et comme ce tribunal n'est pas un forum politique, et que je n'aimerais pas être interrompu dans ma récapitulation par des cris et des sifflets de la salle, je demande que le prétoire soit évacué pour cette partie de l'audience. »

Immédiatement, le balcon est plein de bruit et de confusion – de cris en français et en anglais. Albertine, alarmée, pivote sur son siège pour examiner la foule. Littlefield donne des coups de marteau sur la table jusqu'à ce que le silence revienne. « Maître Tucker, je cherchais depuis une heure une raison valable d'évacuer le tribunal. Merci beaucoup. Huissier, voulez-vous aider le public à vider la salle sur-le-champ. Quiconque résistera sera arrêté. »

Au pupitre, Tucker demeure immobile.

« Maître, lui dit Littlefield quand tout le public est sorti. Je crois que nous sommes enfin à l'abri de perturbations éventuelles. Vous pouvez commencer. »

L'aura de calme entourant Tucker commence à se répandre dans la salle, comme en cercles concentriques.

« Votre Honneur, commence-t-il. Nous ne pouvons pas garantir l'éducation de l'enfant si nous cédons sa garde. La Cour suprême du Texas l'a reconnu en 1894 quand elle a comparé l'autorité parentale à une tutelle soumise à la supervision publique :

« *"L'État, en tant que protecteur et promoteur de la paix et de la prospérité dans la société organisée, tient à ce que l'enfant reçoive une bonne éducation, à ce qu'il soit bien soigné, afin qu'il devienne un citoyen utile et non néfaste ; et bien qu'en général il reconnaisse le fait que l'intérêt de l'enfant est mieux protégé en confiant son éducation et son soutien pendant sa minorité à l'affection maternelle et paternelle, non entravés par la surveillance du gouvernement, il a cependant le droit dans certains cas de priver le parent de la garde lorsque les intérêts de l'enfant et de la société l'exigent."*

« Votre Honneur, nous avons vu ici qu'Albertine et Telesphore Bolduc sont profondément enracinés dans la communauté franco-américaine d'Ely Falls. Ils l'ont dit, et leur défenseur l'a dit. Mais cette communauté, dans cette ville, s'est constamment montrée en conflit avec les vues progressistes sur l'éducation. Cette année, trois cent douze enfants seulement sur huit cent soixante et onze d'âge scolaire sont allés à l'école. Ce n'est qu'un tiers, Votre Honneur. Soixante-dix pour cent de tous les enfants franco-américains de cette ville, entre l'âge de huit et quatorze ans, travaillent à l'usine d'Ely Falls. Laissez-moi rappeler à la cour les lois sur le travail des enfants dans cet État : aucun enfant ne peut être employé dans une fabrique ou une usine avant l'âge de douze ans. Ni aucun enfant avant l'âge de quinze ans pendant les vacances des écoles publiques à moins qu'il ne soit allé à l'école seize semaines chaque année précédant son seizième anniversaire.

« Comment se fait-il alors que tant d'enfants travaillent dans l'usine d'Ely Falls ? demande Tucker. La réponse est simple. Les parents de la communauté franco-américaine échappent aux lois sur le travail des enfants en mentant sur l'âge des leurs.

Ce n'est pas une opinion, c'est un fait. Ils ne le font pas parce que ce sont de mauvaises gens. Ils le font parce qu'ils ne pensent pas que c'est mal, dans le contexte de leur culture, et parce qu'ils sont extrêmement pauvres. Je cite un éditorial récent du journal de la communauté franco-américaine, *L'Avenir* : "Les statuts du travail des enfants dans cet État sont mal appliqués et inefficaces parce que de nombreux parents falsifient l'âge de leur progéniture. Même les sœurs de l'ordre de Saint-Jean-Baptiste-de-Bienfaisance ont exprimé leur surprise et leur consternation de voir tant de jeunes enfants franco-américains travailler dans les usines." »

Tucker ménage un silence pour que l'opinion des religieuses produise son effet sur la salle.

« J'ai ici un certain nombre de photographies que je soumettrai volontiers à la cour, poursuit-il. Ces tristes clichés ont été pris à l'usine d'Ely Falls cette année. L'un montre six enfants, dont aucun ne peut avoir plus de dix ans, l'air sale et épuisé, debout entre des métiers à tisser beaucoup plus grands qu'eux. Un autre montre un enfant pauvrement vêtu, pieds nus je dois dire, qui se tient sur une caisse pour atteindre les commandes de sa machine. »

Tucker se dirige vers l'estrade et tend les photos au juge Littlefield, qui les étudie. Sears ne demande pas à les voir.

« Votre Honneur, dit Tucker, nous connaissons depuis longtemps cette situation à Ely Falls, mais nous avons plus ou moins choisi de fermer les yeux. Je crois que pour les élus de la ville, yankees et franco-américains, c'est au "Petit Canada" de faire la loi parmi les siens. Ce n'est pas précisément la question posée à cette cour, sauf qu'elle concerne l'avenir d'un petit garçon, Pierre Francis Haskell.

« Cet enfant, si on le laisse à la garde d'Albertine et de Telesphore Bolduc, entrera à l'usine avant son douzième anniversaire. Laissez-moi vous dire ce que cela signifiera pour lui. Non seulement il sera privé de scolarité, mais il travaillera onze heures par jour, six jours par semaine, sans air ni soleil, et vraisemblablement dans une pièce pleine de poussière de coton. Il sera exposé à une large variété d'affections, y compris les oreillons, la diphtérie et la terrible byssinose. Sa croissance sera sans doute compromise, ainsi que sa vue. Il n'aura pas d'exercice, à part les gestes répétitifs de son travail. Il vivra dans des logements ouvriers, qui sont couramment infestés de cafards, de rats et de souris, et où la crasse et la pauvreté favorisent des maladies comme la variole et le choléra. L'évêque Louis Giguere en personne a écrit cette année dans *L'Avenir* : "Les logements ouvriers sont indescriptibles. Il y a des cabinets nauséabonds, des caves puantes pleines d'ordures et des escaliers périlleux. Les tuyaux d'égout sont percés de larges trous qui émettent des gaz toxiques. Les bâtiments manquent d'aération et d'eau courante."

« Je ne veux pas dire, Votre Honneur, que la chambre où vivent Albertine et Telesphore Bolduc soit aussi infecte, mais, en tant que membre de la communauté franco-américaine, Pierre Francis Haskell grandira dans cet environnement. De plus, il arrivera à l'âge adulte, s'il y parvient, sans autre endroit où aller que les usines. Il n'aura pas d'instruction, pas d'autres compétences que celles qu'il aura apprises sur les métiers. L'État est-il prêt à le condamner à ce genre de vie ? Car ne vous y trompez pas : accorder la garde à Albertine et Telesphore Bolduc, c'est astreindre l'enfant à une vie de pauvreté et d'occasions manquées. »

Olympia jette un coup d'œil vers la table des défendeurs. Sears a posé la main sur le bras d'Albertine, comme pour la retenir. Telesphore marmonne avec colère : « *Non, non, non**. »

« Votre Honneur, poursuit Tucker, les deux femmes ici présentes aujourd'hui, selon la décision que vous prendrez, connaîtront une grande souffrance ou une immense joie. Mais comme mon confrère, maître Addison Sears, l'a dit lui-même devant la cour, nous ne pouvons pas nous préoccuper de la joie ou de la souffrance de la mère. Nous devons nous soucier d'abord et avant tout du bien-être de l'enfant. Et il n'y a aucun doute que l'intérêt de l'enfant sera mieux servi s'il est remis à la garde d'Olympia Biddeford, qui garantit, par son exemple, que l'enfant sera instruit, qu'il jouira d'une sécurité financière, et que très vraisemblablement il pourra poursuivre ses études.

Nous parlons aujourd'hui de faire un futur ouvrier d'usine ou bien un médecin, un professeur ou même un juge. Priver le garçon de ces chances équivaudrait à un crime. »

Tucker se tait un instant.

« Olympia Biddeford, Votre Honneur, était elle-même une enfant quand elle a découvert qu'elle était enceinte. Depuis ce jour, elle s'est conduite d'une manière à laquelle toute chrétienne pourrait aspirer : elle a fait des études supérieures, elle mène une vie décente et rangée, et elle utilise sagement les avantages que lui ont conférés sa naissance, c'est-à-dire une bonne filiation et une fortune respectable. Aucun de nous aujourd'hui, je crois, ne doute un instant qu'elle sera une bonne mère pour l'enfant. »

Au pupitre, Tucker rassemble ses notes.

« C'est à la cour qu'il convient de trancher une grande question morale aussi bien que juridique : à qui revient la garde de l'enfant ? »

Tucker regarde ostensiblement le juge Littlefield puis se retourne avec lenteur vers Olympia. Il soutient son regard une longue minute.

« Rendons un enfant à sa mère légitime », dit-il.

Jugement rendu demain à trois heures. Viendrai vous chercher à onze heures pour déjeuner. Courage. Tucker.

Elle glisse le télégramme jaune dans la poche de sa robe. Refermant la porte de derrière, elle regarde le télégraphiste gagner la route d'un pas leste avec son pourboire. Elle entre directement dans l'office et se verse à boire pour se calmer les nerfs, ce qui ne lui ressemble pas. À quelle occasion a-t-elle acheté cette bouteille de whisky ? se demande-t-elle. La carafe est ancienne, en cristal taillé, elle appartenait à sa grand-mère maternelle. Le verre à la main, elle gagne le salon et se tient à la fenêtre. Le soleil mourant donne à l'eau une teinte bleu-vert, une couleur aussitôt dissoute. Elle pose son verre sur l'appui de la fenêtre et défait ses cheveux, qu'elle tient à pleines poignées devant elle.

Un jugement a été rendu. Son sort est joué, et elle ignore ce qu'il est. Elle s'étonne que l'attente ait été si courte. Tucker avait dit qu'il faudrait au moins une semaine à Littlefield pour parvenir à une décision, mais cela ne fait que quatre jours. Elle n'est pas prête.

Elle s'assied dans son fauteuil Windsor et reprend la chemise de nuit à laquelle elle travaille. Elle fait glisser du tissu les épingles à tête de perle et les pique sur la vieille pelote en crin qu'elle avait brodée enfant. Avec ses ciseaux, elle coupe les fils encore pris dans les coutures. Autour d'elle, le plancher est jonché de bouts de lin et de coton. La chemise de nuit aurait pu être finie plus tôt, mais tout l'après-midi elle a été troublée par les images des heures qu'elle a passées au tribunal la semaine dernière, des images saisissantes qui la font s'arrêter de coudre et poser l'aiguille et le fil sur ses genoux.

Elle songe à Tucker et à la façon dont il est revenu à leur table après sa plaidoirie, pâle, les mains légèrement tremblantes. Elle a compris, même à ce moment-là, combien il lui avait été difficile d'utiliser cet argument particulier, sachant qu'en le faisant il s'attaquait à une culture tout entière. Alors qu'un autre homme aurait pu être rayonnant, Tucker lui avait semblé abattu. « Une tactique risquée », a-t-il seulement dit quand plus tard elle a voulu le remercier.

Elle songe à Sears quand il a prononcé sa plaidoirie à la fin. Cet homme chauve et corpulent fendait l'air du doigt, proférant des accusations contre Olympia, le feu de ses paroles attisé par sa colère contre Tucker. Sa récapitulation, comme son introduction – bien que plus féroce et peut-être plus convaincante –, avait été au moins aussi forte que celle de Tucker. À plusieurs reprises Sears avait souligné que l'on ne peut juger du comportement d'un individu par celui de sa culture. Et quand il eut fini, Olympia ne savait vraiment pas quel argument avait davantage ébranlé le juge.

Elle revoit le temps qu'elle-même a passé dans le box des témoins, les malheureuses questions auxquelles elle a dû répondre sur la manière dont Haskell et elle se sont aimés. Elle songe à son père à la barre lui aussi, pâle et amaigri, se demandant manifestement par quel malheureux concours de circonstances il avait pu en arriver là. Elle songe au récit étonnant fait par Josiah de son voyage à Ely Falls avec le bébé, un voyage qui avait dû être un calvaire pour Lisette. Elle se rappelle mère Marguerite dans son habit et sa cornette amidonnée, chaque parole sortie de sa bouche chargée du poids de la vérité. Elle pense à Mme Bardwell, en costume de tweed, à ses révélations surprenantes sur Averill Hardy et ses accusations sournoises. Et elle pense à Cote, au supplice à la fin de son témoignage.

Comme elle avait aimé le voir sur la sellette, et comme le juge Littlefield lui-même avait paru convaincu que cet homme mentait.

Puis, en esprit, elle voit Albertine Bolduc à la barre – Albertine avec son mauvais anglais, son amour évident pour le petit garçon et ses photographies douloureusement parlantes. Olympia secoue la tête. Elle ne peut pas penser à Albertine maintenant.

Elle soulève la chemise de nuit, l'écarte et l'examine un instant. Le mois dernier, dans un moment de fantaisie, elle a acheté à Ely Falls cinq boutons de corne en forme d'animaux qu'elle a cousus sur la chemise : un éléphant, un singe, un ours, une girafe, et le dernier, peut-être un bison. Elle entre avec la chemise dans la cuisine, où elle a installé la planche à repasser et mis le fer à chauffer sur le fourneau. En aplatissant les coutures, elle pense à la malle au premier étage, presque remplie à présent de chemises, de culottes, de chaussettes et de sous-vêtements, de chandails et de vestes qu'elle a cousus ou tricotés pour l'enfant. Ce fut un vrai travail d'amour, et, de surcroît, la seule chose qui lui ait permis de garder la tête froide pendant les longs mois d'hiver où elle attendait le début de l'audience.

On sonne de nouveau, ce qui la surprend. Le fer à la main, elle écoute. Deux fois en vingt minutes ? C'est peut-être un autre télégramme. Littlefield, dans son impatience, a-t-il rendu son jugement aujourd'hui ? Non, sûrement pas. Elle pose le fer sur une brique et prend le couloir vers la porte de derrière.

Il est debout sur le seuil. Elle voit son visage à travers les vitres. Elle tend une main vers le mur pour se stabiliser. Il porte un veston, un feutre gris. Un gilet boutonné haut sur la poitrine. En dehors de cela, elle ne distingue pas grand-chose parce que le soleil est derrière lui, bas dans le ciel, d'un éclat douloureux à travers les arbres nus.

Un instant de joie. Puis d'incrédulité.

Comme en transe, elle fait les six ou sept pas jusqu'à la porte et l'ouvre.

« Olympia », dit-il.

Elle recule, et il franchit le seuil.

Il la regarde fixement, comme si lui non plus ne pouvait croire à l'apparition devant lui. Elle fait demi-tour pour regagner la cuisine, sachant qu'il la suit. Son cœur bat si fort dans sa poitrine qu'elle doit presser une main sur son corsage pour le calmer.

« Olympia », répète-t-il.

Elle se retourne, et il retire son chapeau.

Il a vieilli, mais son teint est toujours coloré. Ses cheveux, coupés court, se dégarnissent un peu sur le front. Il paraît plus maigre, plus noueux qu'elle ne se le rappelait. Mais ce sont surtout ses yeux qui l'interpellent. Ils sont usés, plus que son corps, creux et ridés, comme si le poids des quatre dernières années, non, presque cinq à présent, s'était posé sur ces prunelles, y avait causé ses dommages.

Séparés par la table, ils se regardent.

« Je suis venu dès que j'ai su », dit-il enfin, rompant le silence.

Elle ne peut pas parler.

« J'étais parti. Au fin fond du pays. Je viens d'arriver en train de Minneapolis. »

Elle secoue la tête et pose la main sur le dossier d'une chaise pour ne pas chanceler.

« Dans le Minnesota », ajoute-t-il.

Elle lève le menton.

« Quand je suis revenu à la pension où j'habitais, j'ai trouvé une lettre de maître Tucker. Et je viens de lire ce que les journaux ont écrit sur le procès. En fait, ils ne parlent de presque rien d'autre. »

Le dos tourné, elle regarde par la fenêtre au-dessus de l'évier.

« Personne ne sait que je suis venu, poursuit Haskell. Je ne le dirai à personne. Pas même à Tucker. Je crains que ma présence, puisque je suis toujours le tuteur légal, ne complique et peut-être ne compromette ton procès. »

Elle serre les dents.

« Je suis à la Dover Inn, dit-il. Je n'y rencontrerai personne que je connaisse, je crois. »

Elle pivote et s'appuie contre le rebord de l'évier.

« Olympia, dit-il, en posant son chapeau sur la table.

— Tu voudrais du thé ? demande-t-elle d'une voix tremblante, et elle voit qu'il ne sait trop que répondre. Je vais mettre la bouilloire, ajoute-t-elle. Si tu me laisses un instant, je l'apporterai au salon. »

Il hésite, puis semble comprendre. « Très bien », dit-il, et à contrecœur il franchit la porte battante.

Quand il est parti, elle prend sa tête dans ses bras et se laisse tomber au sol, ses jupes se gonflant dans sa chute. Elle penche la tête. Elle pleure à voix haute, sachant qu'il ne peut pas l'entendre maintenant. Dans ses rêves les plus fous, elle n'avait pas imaginé cela. Elle est lacérée, comme l'argile dans les marais. Et c'est lui le responsable.

Elle se remet sur pied. Elle trouve un mouchoir dans la poche de sa robe et se mouche. Sachant à peine ce qu'elle fait, elle remplit la bouilloire d'eau, réalisant seulement qu'elle ne peut pas le laisser attendre au salon.

Il regarde l'océan, le coude posé sur le mince appui de la fenêtre, son autre main dans la poche de son pantalon, et elle voit que ses gestes n'ont pas perdu leur élégance malgré tout le temps passé dans de rudes contrées.

Il entend le bruissement de ses jupes et se retourne.

« Je n'ai jamais été ici en dehors de l'été, dit-il. La plage est majestueuse sans la foule.

— La nature est souvent plus belle dans la solitude.

— Tu sais, la culpabilité m'a presque quitté maintenant. Il ne reste que le châtiment.

— Tes enfants, dit-elle.

— La culpabilité s'est émoussée. C'est la perte que je ressens le plus profondément. Les années perdues qu'on ne retrouve jamais.

— Pourquoi es-tu parti si loin ?

— Catherine l'a exigé. Je ne pouvais pas le lui refuser. »

Olympia ne dit rien, pensant à cette requête et aux circonstances dans lesquelles elle a dû être faite.

« Quand on pense que je ne t'ai pas vue depuis cette nuit-là, dit-il en l'étudiant attentivement.

— C'était une terrible nuit.

— La plus épouvantable que j'aie jamais connue. La souffrance de Catherine, son intensité, m'a stupéfié. Elle ne s'épuisait pas. Elle s'est jetée de la voiture en allant à la villa.

— Je ne le savais pas.

— Elle s'est fracturé le poignet.

— On ne me l'a pas dit.

— J'ignorais qu'elle m'aimait tant. Elle sentait à peine la douleur. C'est l'autre blessure qui l'absorbait.

— Je me souviens de sa beauté, dit Olympia.

— Oui. »

Ses yeux sont toujours sur le visage d'Olympia. Et c'est elle qui se détourne.

« Que fais-tu dans le Minnesota ? demande-t-elle.

— Je travaille parmi les immigrés norvégiens et les Arapahos. J'ai un cabinet, mais j'y suis rarement. La plupart de mes patients habitent loin de la ville. Parfois je suis parti pendant des jours.

— C'est un dur travail ?

— Seulement de voir leurs souffrances. Par rapport à eux, nous connaissons à peine le sens du mot. »

Et elle voit que son teint coloré est dû au soleil. Ses mains aussi sont brunies. Il y a peut-être, pense-t-elle, une force brute dans les épaules qu'il n'avait pas avant. Et dans les mains, qui paraissent plus grandes.

« Tu as vu le petit garçon ?

— Oui. » Elle hésite. « Il te ressemble beaucoup. »

Elle le regarde essayer de maîtriser son expression.

« Ton travail a-t-il été uniquement un... châtiment ? demande-t-elle, songeant aux Indiens.

— À sa façon. Un exil. »

Elle lisse sa jupe. Elle a toujours son tablier. Dessous, une robe grise. « Moi aussi on m'a envoyée en exil, dit-elle. Après la naissance.

— L'école.

— Oui. C'était une sorte de prison.

— Tu sais que j'ai eu l'enfant, dit-il. Une journée.

— Oui.

— Je ne savais pas que je pouvais éprouver autant d'amour. J'ai passé la nuit allongé sur le lit avec lui. J'avais engagé une nourrice qui venait de temps en temps. J'avais eu l'intention d'emmener l'enfant à l'orphelinat à la première heure le lendemain, mais je ne pouvais pas supporter de me séparer de lui. Finalement, la nourrice a dû me rappeler qu'il avait besoin de meilleurs soins que je ne pouvais lui en donner. »

L'image de l'homme et du bébé sur le lit lui paraît insupportable à présent.

« J'ai cru que j'allais mourir après l'avoir laissé là-bas, dit Haskell. Je voulais littéralement mourir. J'ai songé à me noyer dans les chutes.

— Tu n'as pas éprouvé le même amour pour tes enfants ? demande-t-elle.

— Si, sûrement, mais Catherine était si possessive quand ils étaient bébés. » Il se tait un instant. « Martha ira à Wellesley. »

Elle avait oublié que Martha était d'âge à entrer à l'université. « On aurait pu y être ensemble, dit-elle.

— Je savais que je n'avais qu'une nuit, explique Haskell. C'est le temps qui détermine l'intensité de l'amour.

— Vraiment ? » demande-t-elle.

Agité, il arpente la pièce. « Je m'étais mis à boire. J'ai erré d'un endroit à l'autre. Il y avait une poste où je passais de temps en temps. C'est là que j'ai reçu la lettre de ton père. Elle était brutale. Mais pas plus que je ne le méritais.

— Je ne savais rien de tout ça.

— Et, après cette nuit avec l'enfant, j'ai compris à quel point l'alcool, le laisser-aller, c'était banal, ordinaire. Alors je suis parti pour l'Ouest. »

Elle tâche de l'imaginer parmi les Indiens.

« Tu es encore plus belle », dit-il.

Elle détourne les yeux.

« Tu ne portais jamais tes cheveux sur les épaules.

— Je ne les porte pas sur les épaules d'habitude. Je venais de les défaire.

— Avant, je pleurais pour ce naufrage, dit-il. Pour les vies qui à présent ne seront plus jamais les mêmes. »

Comme il lui est familier, et pourtant étranger. Il a des années de plus, pas dans son corps, mais dans les yeux, qui peut-être ont vu trop de choses.

« Le plus impardonnable, reprend-il en mettant les mains dans les poches de sa veste et en secouant la tête, le plus impardonnable, c'est que je le referais. Si je croyais à ces choses, je me mettrais à genoux et je prierais que ces moments avec toi me soient rendus. »

Elle est surprise par cette déclaration. Cela paraît blasphématoire, de défier ainsi Dieu. Et pourtant, n'en a-t-elle pas fait autant ? Dans un orphelinat catholique ? Au tribunal ?

« Sans le prix à payer, dit-elle.

— Même avec le prix à payer.

— Tu ne parles pas sérieusement. Tu ne peux pas connaître le prix. Le prix total.

— Non, dit-il, je ne peux pas. »

Il s'assied dans le fauteuil Windsor, les bouts de tissu autour de ses pieds.

« Tu vas gagner ton procès ? demande-t-il.

— Je ne sais pas. Le jugement sera rendu demain.

— Je repartirai, bien sûr. Mais je voudrais connaître le jugement. J'aime t'imaginer avec l'enfant.

— Je veux passionnément l'avoir avec moi.

— J'aimerais le voir.

— Tu pourrais le voir comme j'ai dû le faire, dit-elle durement. Debout de l'autre côté de la rue dans l'espoir de l'apercevoir.

— Je regrette que tu aies dû faire ça.

— J'ai dû répondre à des questions sur toi, dit-elle. J'ai dû leur parler de nous. Quand nous étions ensemble à l'hôtel et à la villa.

— Mon Dieu !

— C'était épouvantable, dit-elle. Pas de reconnaître les

faits. Ça, je l'ai surmonté depuis longtemps. Mais le dire à voix haute, le dire à des gens que je ne connaissais pas et que je ne voulais plus jamais voir. Dans le box des témoins, j'ai eu l'impression d'être déshabillée. Pire.

— Olympia, je suis si désolé. »

Elle hausse les épaules, comme pour dire : *Cela n'a plus d'importance maintenant.* Elle lui demande : « Tu aimes pratiquer la médecine dans le Minnesota ?

— Les besoins sont énormes. » Il jette un coup d'œil autour de lui. « Tu habites seule ici ?

— Oui.

— C'est incroyable.

— Vraiment ?

— Je trouve.

— Je suis venue te dire que je n'ai pas fait le thé.

— Je ne suis pas sûr de pouvoir tenir une tasse.

— Aimerais-tu un verre d'alcool ? J'en prenais un quand tu es arrivé.

— C'est vrai ? Ça ne te ressemble pas. Mais comment pourrais-je savoir ce qui te ressemble maintenant ? Oui, merci. »

Elle pénètre dans l'office et lui verse un verre de whisky. Quand elle revient, il regarde de nouveau par la fenêtre. Il lui prend le verre. Il y a en lui, pense-t-elle, une grande force à laquelle elle n'a pas accès elle-même.

« Je suis si désolé, Olympia. Penser que tu as donné naissance si jeune et perdu l'enfant au même moment. Personne ne devrait avoir à supporter une chose pareille.

— Je ne veux pas que tu sois désolé, dit-elle.

— Je suis heureux simplement d'être dans cette pièce. J'ai imaginé cette scène un millier de fois. »

Mais même ce bonheur, constate-t-elle en regardant ses yeux, ne peut pas être aussi grand qu'autrefois. Il a sacrifié ses enfants. Il les a obligés à le sacrifier. Quel bonheur peut-il y avoir après une telle perte ?

« Je n'ai jamais cessé de t'aimer, dit-il. Pas une minute. » Il boit une gorgée de whisky. « Il fallait que ce soit dit. C'est une joie, même maintenant, de le dire. Je n'aurais pas cru qu'un tel amour pouvait durer aussi longtemps. Mais c'est ainsi. Ça ne sert à rien de dire autre chose que la vérité.

— J'ai été soulagée de dire la vérité à maître Tucker. » Elle serre ses bras autour d'elle. Le soleil couché, la pièce est plus froide. « Il y a une chose que je veux que tu voies, dit-elle. En haut. Mais attends ici une minute. »

Elle va dans la cuisine chercher la chemise de nuit. Quand elle revient, elle demande : « Tu viens avec moi ? »

Il la suit dans le vestibule et ils montent le large escalier. Ils suivent un couloir sombre. Elle s'arrête devant une chambre, qui n'est pas la sienne, et ouvre la porte. Elle se dirige vers une table et allume une lampe, révélant un lit d'enfant couvert d'un dessus bleu et blanc au crochet. Sur le sol, il y a un tapis bleu marine avec une étoile rouge au centre. Une table et des chaises de nursery, un coffre à jouets en bois peint en rouge. Des rideaux bleus à motif d'étoiles sont accrochés à la fenêtre. Du plafond pendent des étoiles en fer-blanc.

« J'ai trouvé les meubles au grenier, dit-elle. C'étaient les miens. J'ai fait le tapis et les rideaux et les étoiles, ajoute-t-elle, non sans une pointe de fierté. Ma chambre est à côté. J'ai pensé qu'il voudrait être près de moi. Je suis sûre qu'il aura peur. J'ai peur. »

Elle se dirige vers une malle en fer, s'agenouille et l'ouvre. À l'intérieur se trouve la garde-robe qu'elle a confectionnée pour le petit garçon. Elle plie soigneusement la chemise et la pose sur les autres habits. Elle referme la malle.

« Je sais que tu seras une bonne mère pour lui. »

Elle lève les yeux sur lui, dans l'embrasure de la porte.

« Je vais partir maintenant », dit-il.

Elle n'est pas préparée à cela si vite, et s'abrite derrière les bonnes manières. « Tu as une voiture ? demande-t-elle.

— J'irai à pied à Ely et de là je prendrai un tramway. La marche me fera du bien. Mais je faiblirai dans les marais. »

Elle se lève.

« Tu n'as rien dit de ce que ces années ont été pour toi, dit-il.

— Non, je ne peux pas.

— Ton visage est exquis. Plus dessiné. Comme si ton caractère avait fini de se former.

— Mais nous sommes tous des portraits inachevés, dit-elle.

— Ne me donneras-tu pas au moins la main ? Nous ne nous sommes jamais dit au revoir comme il faut.

— Non. Nous ne pouvions pas. »

Se dirigeant vers lui, elle lui tend la main, et il la prend. Sa peau est calleuse.

« Nous avons fait un enfant ensemble, dit-il. C'est difficile à croire.

— Je me suis souvent demandé à quel moment », dit-elle. Elle regarde la chambre qui sera celle de son fils. « Il sera peut-être là demain. Quand on y pense.

— Aime-le, dit soudain Haskell. Pour moi aussi. »

Elle lui serre la main de toutes ses forces, enfonçant ses ongles dans sa peau. Le besoin est vif, le chagrin trop intense.

« Tu aurais pu revenir n'importe quand ! s'écrie-t-elle.

— Je me suis forcé à rester là-bas. Tu ne vois pas comme j'ai dû aller loin ?

— Tu aurais pu garder l'enfant !

— Non, Olympia. Je ne pouvais pas. »

Il l'attire vers lui, enfouissant son visage dans son étreinte. Il pleure comme un enfant, avec des hoquets, sans honte, sans songer à lui cacher ses larmes. Le soulagement que son corps lui apporte la laisse sans voix.

Il prend sa tête entre ses mains. « Me diras-tu maintenant que tu m'aimes ? » demande-t-il. Il l'embrasse, et elle se souvient de la force de sa bouche, de son goût.

« Je ne croirai jamais que c'est mal », dit-il.

Elle le regarde, ayant déjà décidé. Elle referme la porte et le conduit par le couloir dans la chambre avec les myosotis sur les murs et la lampe à perles d'ambre sur la table en acajou taché. Pour le moment, elle ne veut pas l'emmener dans la sienne.

« Je me souviens d'avoir vu cette chambre la nuit du naufrage », dit-il en regardant autour de lui.

Elle marche vers le lit étroit, ayant oublié par quoi on commence. « Nous aurons la nuit entière, dit-elle. Nous dormirons l'un à côté de l'autre toute la nuit, et personne ne nous dérangera.

— Personne », dit-il. Il tend l'oreille, comme étonné. « Quel calme parfait. » Et elle pense : Là où il était, c'était peut-être bruyant et rudimentaire.

« Tu as aimé un autre homme ? » demande-t-il très vite.

Elle secoue la tête. « Et toi ?

— J'ai essayé d'être avec d'autres femmes. De réduire ce que nous avions. Si je pouvais le rendre plus ordinaire, pensais-je, alors ce serait peut-être supportable. »

Un éclair de jalousie. D'autres corps de femmes.

« Mais je ne pouvais pas, dit-il. Je voyais toujours ton visage. »

Il trace du doigt le contour de sa bouche. « C'était ce qui me tourmentait le plus », dit-il.

Il l'embrasse, un chaste baiser, contrairement au premier.

« Tu as toujours le médaillon ? » demande-t-il.

Elle hoche la tête.

« Alors montre-le-moi. »

Elle défait les boutons de sa robe. Il se penche pour allumer la lampe. Elle dénude sa poitrine, expose le médaillon, juste au-dessus de son corset. Il le prend entre ses doigts.

« C'est la preuve que tu m'as vraiment aimé. »

Il laisse tomber le médaillon et trace la courbe de ses seins comme celle de sa bouche tout à l'heure.

« J'étais aussi tourmenté par ce souvenir », dit-il.

Elle ne dort pas, de peur de se réveiller pour s'apercevoir qu'il est parti. Au milieu de la nuit, Haskell s'habille et descend à la cuisine chercher de la nourriture. Il revient avec du pain, du beurre et de la confiture, et d'autres courtepointes pour les couvrir. Il ôte ses vêtements et remonte dans le lit étroit. Ils voient leur souffle au-dessus des couvertures. À côté d'eux sur la table en acajou, une épaisse bougie couleur de vin se consume, formant une belle cascade de cire.

Elle pense, tandis qu'il dort près d'elle : Une histoire

d'amour est la somme de nombreux éléments – la relation physique, le sentiment d'être à part, la jalousie, la perte. Ce n'est pas une trajectoire, pas une ligne droite, mais plutôt un jeu de cartes qu'on a battu, une chose s'emboîtant dans une autre qui s'emboîte dans une autre.

« Tu ne peux pas partir maintenant, dit-elle en le réveillant. Je ne pourrais pas supporter de te perdre encore une fois si vite. »

« Vous êtes distraite, lui dit Tucker, assis en face d'elle. Mais c'est bien normal. »

Les murs du restaurant sont tendus de soie rouge. De petits bouquets des premières jonquilles sont posés sur les tables. Les nappes blanches sont lourdes et damassées, le plus beau linge de table qu'elle ait jamais vu. La salle est pleine ce midi, surtout d'hommes, mais aussi de femmes en costumes et toques. Comment se fait-il qu'un endroit pareil existe à Ely Falls ?

Olympia étudie son assiette. Elle contient un énorme morceau de bœuf rôti, qu'un instant plus tôt un serveur a découpé pour elle sur un chariot en argent à côté de la table. Elle en coupe une petite bouchée et la trempe dans la sauce au raifort. « Je n'aurais jamais pensé trouver ce genre d'endroit ici, dit-elle.

— C'est le seul bon restaurant de la ville. J'y mange souvent.

— Vraiment ? »

Elle le regarde couper sa viande. Il a mis sa plus belle redingote pour le jugement, un worsted anthracite avec une cravate noir et bleu, sur un plastron d'un blanc de neige. Ses cheveux sont parfaitement lissés en arrière. Seule sa légère impatience avec le serveur, et peut-être avec elle, trahit son inquiétude. Celle d'Olympia semble se traduire par un manque total d'appétit, de sorte que c'est un effort de mâcher le petit morceau de bœuf qu'elle a mis dans sa bouche. Elle prend une gorgée d'eau.

« Quel était le pari ? demande-t-elle.

— Le pari ?

— Littlefield a dit que votre père lui devait encore un baril de pommes.

— Mon père a parié avec Littlefield que je ne deviendrais jamais un homme de loi. Littlefield a tenu le pari. Mon père a envoyé les pommes le lendemain. »

Elle pense : Ne serait-il pas préférable d'aimer Tucker ? Ne serait-ce pas dans l'ordre des choses ?

« Vous comprenez ce qui va se passer aujourd'hui, dit Tucker. Nous entrerons dans la salle, nous nous assiérons, Littlefield sortira, et il lira le jugement.

— Et alors ce sera fini.

— Et alors ce sera fini. »

Il lève son verre de vin. « Vous portiez ce vêtement le soir où nous avons dîné au Highland », dit-il.

Elle baisse les yeux sur le velours vert, sachant à peine ce qu'elle porte.

« Je vous raccompagnerai à Fortune's Rocks, le petit garçon et vous, dit Tucker.

— Il n'est sans doute jamais monté en automobile. Il aura peut-être peur.

— Ce sera mieux qu'en tramway, si tard le soir. Et il pourrait y avoir des troubles. »

Il songe aux Franco-Américains, pense-t-elle. « Merci », dit-elle. Elle s'efforce de manger une autre bouchée. « Ce que je trouve difficile surtout, c'est l'irrévocabilité du jugement. Il devrait y avoir une porte de sortie. Que ce ne soit pas si tranché.

— Les procès en demande de garde sont toujours extrêmement difficiles, dit Tucker. Mais les tribunaux ont trouvé au fil du temps qu'une rupture claire et nette est vraiment préférable pour l'enfant, surtout à cet âge. La plupart des enfants, en grandissant, ne se souviennent de rien quand ils avaient trois ans.

— Alors si je gagne, il ne se souviendra pas d'elle.

— Probablement pas.

— Ça paraît d'une cruauté excessive. »

Ce matin, Olympia a fait partir Haskell de bonne heure. Elle s'est lavé les cheveux puis elle a préparé du poulet rôti et du pain de maïs, son repas préféré quand elle était petite, afin que son fils et elle trouvent un repas prêt en revenant à Fortune's Rocks le soir. N'ayant personne à consulter, elle a lu deux livres sur les soins maternels et la vie de famille. Elle a aussi acheté une grammaire française, qu'elle a étudiée tous les jours depuis des semaines, s'étant rendu compte que bien sûr le petit garçon ne parlerait pas anglais.

« Monsieur Tucker, vous avez été très bon pour moi. J'espère que les choses vont bien se passer, dans mon intérêt, mais aussi pour vous.

— Vous ne mangez pas, dit-il, en regardant son assiette.

— Non, je ne peux pas. Je suis désolée.

— C'est parfaitement compréhensible. »

Il tend la main à travers la table, et à ce moment une inquiétude entièrement nouvelle se présente : quand le jugement aura été rendu – peut-être pas aujourd'hui, cet après-midi, mais bientôt – elle devra dire à Tucker qu'elle ne peut pas, après tout, lui offrir le moindre espoir.

Quand ils arrivent au tribunal, comme avant, des journalistes et des militants franco-américains sont massés devant l'entrée. Tucker, qui a laissé son automobile près du restaurant et gagné le tribunal à pied avec Olympia, voit la foule avant d'être vu. Il fait brusquement demi-tour en l'entraînant. « Je connais une entrée latérale, dit-il. Je voudrais éviter la foule aujourd'hui si je peux, en arrivant et en partant. »

Tucker, la tenant par le coude, la fait entrer dans la salle. Et elle est heureuse de son soutien, car, en voyant Albertine habillée de noir, un chapelet à la main, les lèvres remuant en silence et les yeux fermés dans la prière – puis Telesphore les yeux fermés aussi, les bras croisés, comme s'il dormait ou priait lui-même –, Olympia comprend soudain clairement combien cette heure sera terrible. Tucker la conduit à son siège, prenant soin de se placer entre Albertine et elle.

« Le juge sera bientôt là, dit-il. Dans quelques minutes, ce sera fini. »

Et en effet, alors qu'il parle encore, l'huissier demande à la salle de se lever et annonce le juge. Abraham Littlefield et Addison Sears entrent en même temps de deux directions opposées, Littlefield de nouveau dans un grand envol de robe, Sears accourant dans l'allée comme un enfant en retard à l'école. Le juge ignore son empressement. En fait, il paraît sombre ce jour-là, presque triste. Il serre les lèvres, sans regarder ni Olympia ni Albertine, mais seulement ses notes.

« Je vais rendre la décision de la cour dans l'affaire Biddeford *vs* Bolduc », dit Littlefield. Il chausse ses lunettes. Olympia regarde autour d'elle les sombres lambris du prétoire, les lumières électriques dans des appliques le long des murs. Dans un instant, son destin sera scellé.

C'est le moment, se dit-elle.

« Dans cette affaire, l'assignation d'habeas corpus a été présentée à la demande d'Olympia Biddeford à l'encontre d'Albertine et Telesphore Bolduc, leur commandant de présenter devant la cour Pierre Francis Haskell, le fils mineur de la requérante. »

Littlefield regarde par-dessus ses demi-lunes les personnes assemblées dans la salle.

« La requérante a allégué que le nouveau-né lui a été illégalement enlevé, et par une suite d'actions illégales a été placé sous la garde d'Albertine et Telesphore Bolduc, qui ont élevé l'enfant depuis plus de trois ans maintenant. »

Du coin de l'œil, Olympia voit qu'Albertine est penchée en avant, comme si elle voulait traduire chaque mot du juge.

« Albertine et Telesphore Bolduc, à leur tour, ont déclaré qu'ils ont actuellement la garde de l'enfant ; qu'en tant que mère et père de substitution ils réclament cette garde et y ont droit dans le but d'exercer de bons soins et une bonne tutelle, et à nulle autre fin ; qu'ils n'ont en aucune manière entravé la liberté dudit enfant et ne l'ont pas retenu illégalement ; et que l'âge tendre de l'enfant ne permet pas de le séparer d'eux en raison du risque encouru pour sa santé morale. »

Littlefield boit une gorgée d'eau.

« Dans cette grave affaire présentée à la cour, nous avons vu que les questions posées sont d'une portée considérable. Si nous le pouvions, nous aurions recours à la jurisprudence ; mais, parfois, une affaire pour laquelle il n'y a pas de précédents se présente à la cour. »

Olympia jette un nouveau coup d'œil à Albertine, et à ce moment elle entend un léger mouvement au fond de la salle. Elle se retourne pour voir qui est entré. C'est Haskell, qui s'assied aussitôt. L'huissier, remarquant sa sacoche, doit penser que Littlefield lui a demandé d'être présent en cas de besoin médical, car il ne lui parle pas et ne lui ordonne pas de partir.

Tucker jette un coup d'œil à Olympia, puis se retourne pour voir ce qui la captive tant. Il reporte rapidement son attention sur elle, scrutant son visage. Il ne connaît pas Haskell, mais se pourrait-il qu'il ait deviné l'identité de cet homme à son attitude ? Elle voit l'expression de Tucker passer de la curiosité à la compréhension.

« Deux questions se posent à la cour aujourd'hui, reprend Littlefield. La première est la suivante : le tribunal va-t-il redresser un tort et reconnaître que l'enfant a été illégalement enlevé à sa mère ? Et la seconde : dans quelle mesure le tribunal est-il chargé de garantir le maintien du bien-être de l'enfant ? »

Littlefield lèche son doigt et tourne une page.

« La cour doit non seulement considérer les soins que l'enfant a reçus de ses tuteurs jusqu'à ce jour, mais aussi observer la communauté dans laquelle il va grandir. Nous devons reconnaître, en effet, que la communauté et l'environnement du foyer vont soit lui porter tort, soit l'aider dans sa vie future. Si la cour est chargée, si brièvement que ce soit, d'assurer le bien-être de l'enfant, elle doit envisager toutes les éventualités. »

Olympia ferme les yeux.

« Quelle que soit la force des allégations portées par l'avocat des défendeurs contre le caractère d'Olympia Biddeford pendant ses plaidoiries ; aussi clairement que les défendeurs se soient montrés des gardiens vigilants de l'enfant mineur ; quel que soit le tort qui puisse résulter pour lui d'être séparé des seuls parents qu'il ait jamais connus, le tribunal doit dire que les défendeurs ont échoué à le rassurer en ce qui concerne son éducation et son bien-être futurs. »

À côté d'elle, Tucker lui prend la main. Elle le regarde, puis elle regarde vers la table des défendeurs. Sears, assis impassible, étudie la poignée de sa serviette. Albertine et Telesphore ne semblent pas avoir compris ce qui vient d'être dit, bien qu'apparemment ils sentent que quelque chose ne va pas. Albertine jette un regard égaré autour d'elle.

« La cour, poursuit Littlefield, quelle que soit sa répugnance, dans ce cas précis, ne peut pas permettre à un enfant de rester dans un foyer où il pourrait, dans l'avenir, en raison de l'action de ses tuteurs ou de personnes ayant de l'influence sur eux, ou en raison de circonstances échappant à leur contrôle, comme la pauvreté ou une trop grande pression de la communauté, commettre des crimes contre l'État. »

Un cri perce la salle. Littlefield lève les yeux de son dossier. Albertine, les mains en l'air, crie : *« Non ! Non ! Non* ! »* Littlefield ne demande pas qu'on la rappelle à l'ordre, comme s'il reconnaissait qu'elle est en droit de perturber le tribunal. Elle se retourne et saisit la main de son mari.

« En outre, poursuit Littlefield, la cour est dans l'obligation de reconnaître que les tuteurs dans cette affaire, Albertine et Telesphore Bolduc, bien qu'irréprochables, ont reçu la charge de l'enfant à la suite d'une séparation illégale de celui-ci de sa mère naturelle. La cour a donc une double responsabilité : redresser le tort commis envers l'enfant et sa mère naturelle, Olympia Biddeford ; et assurer que cet enfant continue à être soigné dans de bonnes conditions en garantissant, dans la mesure où ce tribunal ou n'importe quelle institution peut garantir l'avenir, sa sécurité et son éducation. »

Telesphore met sa tête dans ses mains. Albertine rejette la sienne contre le dossier du siège.

« Je prononce donc le jugement suivant, fondé sur l'assignation d'habeas corpus. »

Albertine se met à sangloter – un bruit profond, continu.

Littlefield, visiblement ému, s'éclaircit la gorge. « Le 10 mars 1904, cette cause ayant été entendue sur la requête du demandeur et sur la demande reconventionnelle, sur les motions déposées par les parties respectives, le tout dûment enregistré, et selon les preuves écrites et orales reçues par la cour, il est considéré que l'enfant ici nommé, Pierre Francis Haskell, a été illégalement privé de sa liberté et retenu par les parties à qui la présente assignation est adressée, ou l'une ou l'autre d'entre elles, et que ledit enfant devra être repris et rendu à sa mère, Olympia Biddeford, nommée dans ladite assignation.

— Il est à vous, dit Tucker.

— Huissier, dit le juge Littlefield en retirant ses lunettes et en s'essuyant le front avec un mouchoir, faites entrer l'enfant. »

Sears est debout. « Votre Honneur, la mère et le père peuvent-ils dire adieu à l'enfant ? »

Littlefield se pince l'arête du nez. « Les parents de substitution peuvent dire adieu à l'enfant, mais je leur interdis de le bouleverser. Si Mme Bolduc et son mari ne peuvent pas se contrôler, je les ferai expulser du prétoire. Je ne veux pas de scène.

— Votre Honneur, dit Sears, M. et Mme Bolduc peuvent-ils dire adieu à l'enfant en particulier ?

— Non, la cour ne peut le permettre. Ce qui arrivera se passera devant tous. »

La porte s'ouvre au fond de la salle, et l'huissier apparaît avec l'enfant. Il porte un manteau et un bonnet bleu marine, avec de longues chaussettes grises, et les mêmes souliers en cuir craquelé. Les yeux écarquillés, il regarde autour de lui, peut-être un peu inquiet, mais excité aussi, comme s'il sentait que l'occasion est exceptionnelle. Olympia voit Albertine, avec une abnégation extraordinaire, tenter de se ressaisir pour ne pas effrayer le petit garçon. Elle se lève et glisse le chapelet dans la poche de son costume. Telesphore, derrière elle, se tient très voûté, comme s'il avait le dos brisé. Sears sort dans l'allée et va se placer derrière lui.

L'huissier, avec l'enfant, passe à côté de Haskell, qui se tient comme à l'église ou à une cérémonie solennelle exigeant le respect. La ressemblance entre le père et le fils est si frappante que tous doivent la voir à ce moment, se dit Olympia. Le petit garçon regarde Olympia, Tucker et Littlefield d'un air interrogateur puis, parvenu au milieu de l'allée, il aperçoit sa tutrice.

« *Maman*, s'écrie-t-il en se libérant. *Maman**. »

Ses jambes dodues courent vers Albertine. D'un geste instinctif, longuement pratiqué, elle se penche, soulève l'enfant et le serre contre son cœur. Il se blottit contre le lainage du costume d'Albertine. Puis, les jambes du petit accrochées à sa taille, ses bras à son cou, elle l'écarte légèrement. Elle lui parle en français, et il penche la tête de côté, comme s'il réfléchissait aux injonctions de sa mère. Mais lorsqu'il regarde de nouveau son visage – rouge et enflé –, Olympia voit qu'il sent une anomalie. Albertine se tourne et tend le garçon à Telesphore, qui enfouit sa grande tête dans le cou enfantin, ne voulant pas lui montrer son désespoir. Après un baiser rapide sur la joue, il rend son fils à Albertine. Les manches de son costume informe enveloppent l'enfant. Son chapeau glisse de sa tête. Toute la salle semble être au bord d'une terrible explosion.

Puis, bien que des minutes s'écoulent – et il est trop tôt, même Olympia sent qu'il est trop tôt –, Albertine est obligée de laisser glisser l'enfant. Elle le tourne face à Olympia.

Albertine la fixe d'un regard glacial. Son visage est bouffi et luisant. L'enfant, déconcerté, ne bouge pas. L'allée pourrait aussi bien être un gouffre. L'huissier lui reprend la main.

« Maman ? » appelle l'enfant par-dessus son épaule, sur un ton interrogateur.

Il paraît indécent à Olympia de tendre les bras en présence d'Albertine, mais il faut bien qu'elle accueille son fils. Elle s'accroupit pour être à sa hauteur. Elle dit son nom.

« Pierre. »

Le petit garçon examine cette nouvelle personne devant lui. Pourquoi sa mère lui a-t-elle dit d'aller avec elle ? C'est peut-être une amie de sa mère ? Mais si c'est une amie, pourquoi maman et papa pleurent-ils ?

« Maman ? » appelle-t-il de nouveau par-dessus son épaule.

Olympia tend une main et touche son enfant. Timidement, il se rapproche d'elle.

Un terrible sanglot – élémentaire et primitif – échappe à Albertine.

L'enfant se fige, comme s'il comprenait soudain le sens de cette petite scène.

« Non ! »* crie-t-il en repoussant la main d'Olympia. Il court vers Albertine, qui se penche sur lui, l'abritant dans les plis de sa jupe.

Un long moment s'écoule.

« Huissier », dit le juge, avec une répugnance manifeste.

L'huissier, le visage rouge, détestant visiblement sa mission, tend avec maladresse la main pour reprendre l'enfant.

« Maître Sears, dit Littlefield. Parlez à votre cliente, je vous prie. »

Sears touche le bras d'Albertine.

Celle-ci se redresse, puis se penche pour faire face au petit garçon. Elle lui parle et désigne Olympia. L'enfant est silencieux. Albertine lui prend le menton pour qu'ils se regardent droit dans les yeux.

De l'autre côté de l'allée, Olympia voit le regard échangé entre la mère et l'enfant – un regard qui devra durer toute une vie, une vie de journées perdues, de journées qui à présent ne seront plus jamais les mêmes.

Olympia lève les yeux vers Tucker, que le poids de sa responsabilité a rendu blême. Elle cherche Haskell plus loin dans l'allée. Il est debout, lèvres serrées, les mains croisées devant lui. Puis elle ose de nouveau regarder Albertine Bolduc, qui à cet instant va perdre l'enfant qui était son fils. Son tourment est pire que ce qu'aucune femme devrait avoir à endurer, insupportable à voir pour une autre.

« Non », dit Olympia.

L'huissier lui jette un coup d'œil, puis regarde le juge.

Olympia se lève. « Arrêtez. »

Tucker pose une main sur son bras.

« Mademoiselle Biddeford ? demande Littlefield, déconcerté.

— Je retire ma pétition, dit hâtivement Olympia.

— Mais mademoiselle, un jugement a été prononcé en votre faveur.

— Je ne le prendrai pas, dit-elle.

— Mademoiselle Biddeford.

— Je ne peux pas. »

Albertine berce l'enfant contre son cœur. Olympia se retourne et prend l'allée d'un pas vif. Elle dépasse Haskell, qui ne parle pas et ne fait rien pour l'arrêter. Elle franchit les grandes portes de la salle et sort dans le hall de pierre avec ses bustes en bronze. Ses talons claquant sur les dalles, elle longe le hall, atteint la porte du tribunal et l'ouvre. Elle hésite, ayant oublié la foule qui l'attend. Rapidement à présent, pour ne pas perdre sa détermination, elle se fraie aveuglément un chemin entre les reporters et les hommes armés de pancartes. Arrivée sur le trottoir, elle gagne le coin aussi vite qu'elle peut. Et c'est seulement alors, avec la foule derrière elle et sa vie devant elle, qu'elle comprend vraiment ce qu'elle aurait dû savoir depuis le début. Il n'est pas à elle. Il ne l'a jamais été.

« Ne retiens pas ton souffle. Il faut que tu respires chaque fois que tu as la douleur. »

La fille grogne, un son à peine humain. Les fins cheveux blonds sont humides, emmêlés sur le front. La chemise en calicot et les draps sont rugueux, et froissés par la transpiration. Si le dénouement n'était pas si proche, Olympia les changerait encore.

De temps en temps, le père de la fille, en salopette et chemise de laine, la figure mal rasée, vient à la porte regarder, bien qu'il semble le faire plutôt par devoir que par intérêt sincère. Olympia prie que l'enfant à venir ne soit pas le fruit du père et de la fille. Tout à l'heure, celle-ci lui a dit qu'elle avait quinze ans, ce qui doit être exact, pense-t-elle. Il semble ne pas y avoir eu de mère depuis au moins dix ans.

La fille grogne de nouveau et tire sur le drap que l'on a attaché au pied du lit dans ce but. Olympia enduit de saindoux la vulve de la fille et tâte doucement pour évaluer la progression de la tête. Il y a un moment, elle a couvert le matelas en crin d'une feuille de caoutchouc et étalé de vieux journaux sur les bords pour absorber les matières de l'accouchement. Elle a apporté avec elle des linges propres, des ciseaux, du coton à coudre, de la mousseline et des épingles de sûreté, et posé le tout sur la seule table de la chambre. Elle a lavé les mamelons de la fille avec une solution concentrée de thé vert, et improvisé une jupe d'accouchement avec un autre drap propre. Olympia trempe le gant de toilette dans l'eau glacée que le père a tirée du puits, le tord et le place sur le front de la fille.

« Allez regarder sur la route, dit Olympia au père, qui semble avoir besoin d'occupation. Il doit arriver bientôt. »

Olympia craint que le pelvis ne soit trop étroit. Elle pourrait s'occuper de l'accouchement toute seule, mais elle préférerait que Haskell soit là, il a plus d'expérience et il apporte son forceps. La fille est déjà en travail depuis vingt heures, ses forces s'épuisent.

Olympia jette un coup d'œil autour d'elle. On a essayé, elle le voit, d'égayer la chambre, bien que la fille, visiblement, ne soit pas une ménagère consommée. Des rideaux rouges fanés, défraîchis par de nombreux lavages, sont fixés aux cadres des deux fenêtres par de petits clous. Par terre, il y a une toile cirée dont le motif est presque effacé par l'usure. Une couverture tricotée, trouée en plusieurs endroits, est pliée au pied du lit, à l'écart des souillures de l'accouchement. Mais même ces touches d'humanité ne cachent pas la réalité de la chambre, dans cette cabane de deux pièces si loin de la ville. Les murs ne sont pas plâtrés, et les poutres du toit pointu sont à nu. Comme il n'y a pas d'armoire, l'homme et la fille pendent leurs habits à des patères en bois. Dehors, Olympia entend bêler des moutons, un bruit constant mais pas désagréable.

Puis elle entend un autre bruit, un moteur, lointain au début, qui s'éteint puis grandit tandis que l'auto grimpe le chemin de terre plein d'ornières. La fille a de la chance d'accoucher ce jour-là ; dans une semaine, les routes seront si boueuses qu'aucune automobile ne pourra passer. Olympia voit un éclair d'écarlate et de beige, et attend le claquement familier de la portière.

Haskell entre dans la maison sans frapper, une habitude dont il ne peut se défaire même quand ils font leurs visites.

« Olympia », dit-il en entrant dans la chambre. Il pose sa sacoche et se débarrasse de son manteau. Il lui met la main sur l'épaule. C'est son besoin, Olympia le sait, pour s'assurer qu'elle est encore là, même après toutes ces années.

« Elle a envie de pousser, dit Olympia. Mais son pelvis, je pense, est trop étroit.

— Où en est-elle ?

— À plus d'un demi-dollar. »

Haskell va vers la table où est la cuvette, roule ses manches et se lave les mains, s'exclamant que l'eau est glacée. Olympia regarde son large dos. Ses cheveux grisonnent un peu à présent, mais sa barbe est toujours châtain. Il passe de l'autre côté du lit et regarde la fille, si épuisée qu'elle s'endort entre les contractions. Par la fenêtre, Haskell et Olympia voient le père debout près de la Pope-Hartford, manifestement plus intéressé par l'automobile que par les progrès de sa fille.

« Pas de mère ? » demande Haskell.

Olympia secoue la tête.

Haskell plisse les yeux. « Dis-moi que ce n'est pas ce que je crois.

— Je ne sais pas. J'ai eu la même idée. J'espère que non. La fille refuse de dire qui est le père, mais ça pourrait être pour un tas de raisons. »

Depuis huit ans qu'ils travaillent ensemble, Haskell et elle ont déjà assisté à des naissances incestueuses. Une fois, ils ont accouché une femme qui ne cherchait pas à cacher son affection pour son frère, une situation qui avait grandement irrité Haskell.

« Comment s'appelle le père ?

— Colton. »

Elle se penche vers la fille qui est réveillée par une autre contraction. « Lydia, c'est le docteur Haskell », dit-elle.

En guise de réponse, la fille grince des dents et reprend ses courts grognements rythmés.

Haskell soulève le drap et l'examine.

« Je ne sais pas pour le pelvis, dit-il. Mais c'est pour bientôt. Comment es-tu venue ?

— Josiah.

— Le révérend Milton t'a téléphoné ?

— Oui. J'ai essayé de te joindre au dispensaire. Josiah a dit qu'il passerait voir s'il pouvait te trouver. Apparemment le père a attendu que le travail ait duré plus de dix heures avant d'aller voir le pasteur. Ils croyaient pouvoir se débrouiller tout seuls, je pense. »

Haskell secoue la tête. Par gestes synchrones – les mêmes, et pourtant jamais exactement les mêmes –, il fait glisser la fille dans le lit, lui soulève les genoux et lui attache doucement les chevilles aux colonnes du lit, pendant qu'Olympia la redresse en position semi-assise à l'aide d'oreillers et de toiles à sac. Elle lui parle constamment afin qu'elle n'ait pas trop peur. Tout à l'heure, pendant un répit entre les contractions, Olympia a expliqué à Lydia comment les choses allaient se passer, ayant jugé, à juste titre, que la petite n'avait aucune idée de ce qui l'attendait. Malgré cela, la pauvre enfant semble terrifiée au-delà de toute expression, ne serait-ce qu'à cause des douleurs.

« Elle peut pousser maintenant, dit Haskell.

— Lydia, ordonne Olympia, pousse comme pour aller à la selle. »

La fille pousse. Elle grogne et halète, hors d'haleine. Puis, quand Olympia le lui dit, elle recommence. Et recommence. Et recommence encore.

« La tête se présente, dit Haskell au bout d'un moment. Je n'aurai pas besoin du forceps après tout. Lydia, pousse fort maintenant. De toutes tes forces. »

La fille hurle comme si on la déchirait. Dehors, près de la voiture, le père se fige. La tête sort, et Haskell passe les doigts autour du cou du bébé pour savoir si le cordon ombilical est enroulé. « Lydia, pousse très fort maintenant ! » ordonne Haskell, cette fois avec insistance. Il tire sur le cordon, le libère et le fait glisser par-dessus la tête du bébé.

« Tu peux masser l'utérus », dit Haskell à Olympia.

Elle pose la main au bas de l'abdomen de la fille et appuie sur l'utérus. Le bébé, glissant et violet, émerge dans le monde. Haskell le prend fermement des deux mains et s'en occupe aussitôt, ôtant le mucus de la bouche. Olympia entend le nouveau-né, un garçon, pousser son premier cri étonné. Sur le lit, la fille pleure, d'une façon particulière qu'Olympia a souvent vue, mais jamais ailleurs que dans une chambre d'accouchée, un mélange de soulagement que la douleur ait cessé, de joie et d'épuisement, et aussi d'autre chose – la peur des jours et des nuits à venir. Dans l'embrasure de la porte, le père est livide.

Pendant que Haskell s'occupe de l'enfant, Olympia masse l'utérus de la fille pour empêcher une hémorragie et tente de provoquer une contraction assez forte pour expulser le placenta. Quand Haskell a coupé le cordon, Olympia le tire doucement, et le placenta vient. « Arrête, Lydia », dit Olympia en tournant le placenta sur lui-même et en le retirant. Elle le met de côté pour qu'il soit examiné plus tard. Elle se redresse.

« Donne », dit-elle, en prenant le bébé des bras de Haskell. Elle accueille l'enfant dans un linge et, comme toujours, cela paraît un geste très élémentaire de prendre un enfant à un homme.

Olympia drape le manteau sur ses jambes et attache l'écharpe sous son menton pour maintenir son chapeau. Les ornières rendent le trajet cahoteux. À la sortie du village, ils prennent la grand-route.

« J'y retournerai demain, dit Olympia.

— La fille n'a personne ?

— Pas que je sache.

— Je n'ai pas aimé l'allure du père.

— Moi non plus. Il faudra que j'appelle le révérend Milton à propos de la famille. Je crois qu'elle aura peut-être besoin qu'on la prenne, John.

— On a de la place ?

— Oui, justement. Eunice part pour Portsmouth demain.

— Pour être préceptrice chez les Johnson ?

— Oui.

— Et le nouveau-né ?

— Chéri, le “nouveau-né” a un an et demi.

— Vraiment ? Eunice est là depuis si longtemps ? »

Ils arrivent dans les faubourgs d'Ely Falls. Depuis que les

usines ont commencé à fermer, la ville est moins animée qu'auparavant. Si Ely Falls suit les traces de Lowell et de Manchester, sous peu ils ne verront que des logements vides et des bâtiments d'usine écroulés. Ils prennent la route d'Ely.

« C'était comment, au dispensaire ? demande Olympia.

— Comme d'habitude. Mais j'ai vu un terrible cas d'empoisonnement accidentel à l'acide oxalique. La femme l'avait pris pour des sels d'Epsom et en avait donné à son mari. L'homme est mort vingt minutes après être arrivé au dispensaire. C'était terrifiant de le voir se débattre, Olympia. La douleur dans l'œsophage et l'estomac devait être inimaginable. J'ai essayé la magnésie et la craie, mais il était trop tard.

— Tu es sûr que c'était un accident ? »

Haskell se tourne brièvement vers son épouse. « Ma chère, tu as vraiment l'esprit tortueux, dit-il en tendant la main vers sa jambe. Ma foi, la police enquête forcément en cas de mort accidentelle. Et aussi, un homme est venu pour essayer de me vendre un appareil à rayons X.

— Et tu vas l'acheter ?

— Oui, peut-être. Je suis assez convaincu par les recherches. »

Il lui caresse la cuisse à travers sa jupe. « Et Tucker est passé aujourd'hui, ajoute-t-il.

— Ah oui ?

— Il voulait me parler des collectes de fonds. Il a dit qu'il se mariait.

— Avec qui ?

— Une certaine Alys Keep.

— La poétesse ?

— Oui, sans doute.

— C'est incroyable.

— Il a demandé de tes nouvelles.

— Ah oui ?

— Tu sais, je crois qu'il a un faible pour toi. Il y a quelque chose, dans sa façon de demander de tes nouvelles, qui n'est jamais tout à fait détaché. »

Haskell retire sa main pour changer de vitesse, et à ce

moment elle pense à sa première rencontre avec Tucker, à son procès en demande de garde et aux mois terribles qui ont suivi. Les nuits où elle errait dans la maison en pleurant la perte de l'enfant. Haskell l'entendait, venait la chercher, et l'aidait à se recoucher. C'est lui qui finalement, un jour où elle était sortie, a démantelé la chambre et remis les meubles d'enfant au grenier.

Soudain il rabat la voiture sur le côté et l'engage dans un chemin étroit. Elle jette un coup d'œil par la vitre et voit qu'ils sont dans les marais. Il coupe le moteur.

« John ? » demande-t-elle, surprise qu'ils se soient arrêtés.

En guise de réponse, il se tourne vers elle et défait les deux boutons du haut de son corsage. Il passe les doigts sous son corset.

Elle rit. « John ?

— Dans un moment, nous serons à la maison, dit-il, nous serons entourés de vingt-trois jeunes filles, et nous n'aurons pas un instant à nous. Et puis il faudra que j'aille au dispensaire, et quand je rentrerai je serai sans doute si épuisé que je m'endormirai aussitôt.

— Non, ce n'est pas vrai. Ce n'est qu'un prétexte.

— Ai-je besoin d'un prétexte ? demande-t-il, en lui pétrissant le sein.

— Non, peut-être pas.

— Nous sommes venus ici, une fois, dans les marais », dit-il en continuant à déboutonner son corsage.

Elle revoit ce jour de façon aussi précise que le bois et le cuir à l'intérieur de la voiture aujourd'hui. L'humidité qui imprégnait le tissu de sa jupe. Le battement feutré d'une aile d'oiseau. Le soleil dansant à travers les herbes. C'était la première fois qu'elle comprenait la nature de la passion des sens.

La barbe de Haskell effleure la peau de sa poitrine, et elle sent l'odeur naturelle de ses cheveux. Ils ne retirent pas leurs manteaux. Ils pourraient être de jeunes amants, pense-t-elle, sans un endroit où aller.

Ils rangent la voiture dans l'allée et entrent, comme toujours, par la porte de derrière. Haskell porte leurs deux sacoches. Maria, au téléphone dans le hall, lit une liste de provisions dans l'appareil.

« Six douzaines d'œufs, quatre livres de ce fromage que vous nous avez envoyé lundi, sept poulets... Vous pouvez attendre une minute ? »

Maria met la main sur l'émetteur et se tourne vers Olympia. « Je commande chez Goldthwaite, dit-elle. Vous avez un visiteur.

— Ah oui ? demande Olympia en déroulant son cache-nez.

— Un certain M. Philbrick.

— C'est incroyable.

— Je monte changer de chemise, dit Haskell en suspendant son manteau à une patère, puis je viendrai dire bonjour. » Il consulte sa montre de gousset. « Mais on a besoin de moi au dispensaire. Demande à Rufus de rester dîner. Je serai revenu d'ici là. »

Olympia regarde son mari traverser la cuisine, prendre, en chemin, un petit pain sous un linge. Elle devine qu'il n'a pas mangé depuis le petit déjeuner.

« Vous avez servi du thé à M. Philbrick, Maria ? »

Maria, qui n'est arrivée que depuis sept mois et s'est montrée la plus capable de toutes les pensionnaires, a été élevée au rang d'assistante de Lisette.

« Oui.

— Et où se trouve Josiah ?

— Dans son bureau, avec les comptes. »

Olympia range une mèche rebelle derrière son oreille. Lorsqu'elle ouvre la porte battante, la cacophonie de la maison l'accueille comme une bouffée d'air chaud. Elle aime à penser que c'est une cacophonie organisée, bien que souvent elle ne le soit pas. Elle traverse la salle à manger, dans laquelle on a installé deux longues tables de réfectoire, puis un salon où Lisette lit à voix haute un texte médical. Autour d'elle, en cercle, huit jeunes femmes écoutent, certaines encore très jeunes, entre quinze et dix-neuf ans, des Franco-Américaines, des Irlandaises, des Yankees. Toutes ont été rejetées par leur famille. Quand le moment viendra, ces filles accoucheront en haut, et resteront aussi longtemps qu'elles en auront besoin. Lorsqu'elles auront récupéré, elles aideront aux soins de la maisonnée – à la nursery, la buanderie ou la cuisine. La seule règle, c'est qu'elles ne pourront pas abandonner leurs bébés.

En se dirigeant vers le bureau, Olympia se souvient du soir où cette idée lui est venue, assise sur le lit dans la chambre aux myosotis. Dans les mois qui ont suivi le procès, Haskell l'a aidée à donner vie à ce projet, alors qu'il créait son propre dispensaire à Ely Falls. Haskell et elle se sont installés dans les anciens appartements de la mère d'Olympia, ils ont rénové les autres chambres pour y accueillir de jeunes mères avec leurs nouveau-nés, et petit à petit, en un an, ils ont pris des jeunes femmes que Haskell voyait au dispensaire ou dont la situation l'avait alerté. L'année suivante, les filles et leurs familles suppliaient pour avoir une place. Haskell et Olympia ont continué les transformations. Cet été, quand le temps sera beau, ils convertiront la chapelle en dortoir.

Mais ils n'ont pas eu d'enfant. Et on leur a dit que peut-être ils n'en auraient jamais. Il n'y a pas longtemps, à Boston, un spécialiste a laissé entendre que la stérilité d'Olympia était sans doute due au fait d'avoir donné naissance à un âge si tendre.

Elle trouve Philbrick dans le bureau, autrefois celui de son père, à présent le sien. Encore robuste à soixante ans, il porte une veste bordeaux et un pantalon à carreaux. Toujours le même dandy, pense-t-elle, en voyant aussi l'assiette à sandwiches vide sur la table.

« Bonjour, Olympia, dit-il en se levant.

— Bonjour, monsieur Philbrick. Asseyez-vous, je vous prie. »

La pièce est beaucoup plus féminine qu'au temps où elle appartenait à son père. Des livres tapissent toujours un mur, mais sur l'autre Olympia a accroché ses tableaux – les peintures et dessins par des artistes de la région qu'elle a commencé à collectionner il y a une demi-douzaine d'années : un Childe Hassam, un Claude Legny, un Appleton Brown, un Ellen

Robbins. Un canapé de soie rouge et blanc a remplacé le vieux fauteuil de capitaine de son père, mais elle a gardé son bureau. Et elle n'a jamais changé les objets – le presse-papiers en malachite, la croix incrustée de pierres précieuses et les coquillages – qui lui rappellent les jours où son père, assis dans son fauteuil, lisait un des livres qui par centaines se gondolaient sous l'effet de l'humidité.

« Cela fait si longtemps, dit-elle en s'asseyant.

— Vous avez une maison extraordinaire.

— C'est grâce à ses habitants.

— Je voulais la voir depuis longtemps. J'en ai beaucoup entendu parler, bien sûr. Combien avez-vous de pensionnaires ?

— Vingt-trois. Huit d'entre elles n'ont pas encore eu leur bébé. Les autres resteront aussi longtemps qu'elles en auront besoin. Plusieurs filles sont ici depuis trois ans.

— Une merveilleuse entreprise.

— Nos voisins ne pensent pas comme vous. »

Il sourit. « Non, peut-être pas. Mais de plus en plus de gens comprennent le besoin d'établissements comme le vôtre. J'ai toujours dit que vous auriez un avenir remarquable, Olympia.

— Et j'espère figurer dans cet avenir, dit Haskell, en traversant la petite pièce pour saluer Philbrick.

— John, dit Philbrick en se levant de nouveau. Je n'ai entendu que du bien de votre dispensaire.

— Merci, Philbrick. Asseyez-vous, je vous en prie. Nos efforts ont porté leurs fruits. Et nous avons eu de la chance avec le financement.

— Oui, il paraît. C'est toujours difficile de faire fonctionner un hôpital privé. Mais les dotations sont substantielles maintenant ?

— Oui, et je vais pouvoir engager deux nouveaux médecins cette année. Il faut d'ailleurs que je vous quitte pour aller faire passer un entretien à un jeune homme de New York. Mais je serai de retour pour dîner, et j'espère que vous resterez avec nous ?

— Merci, dit Philbrick. Ce sera avec plaisir. »

Haskell se penche vers Olympia et l'embrasse. « Malheureusement, Rufus, entre cette maison et mon dispensaire, nous devons souvent prendre rendez-vous pour nous voir, Olympia et moi. »

Philbrick considère le couple. « Ça ne semble pas avoir porté atteinte au mariage, dit-il aimablement.

— Rien ne pourra jamais le faire », dit Haskell. Olympia lève vivement les yeux sur son mari, qui sourit cordialement à Philbrick. Et peut-être est-elle la seule à voir la chose qu'il a perdue, et qui ne sera jamais remplacée, quelle que soit la fierté que son travail lui inspire, quel que soit l'amour qu'il porte à sa femme. Il a dû renoncer à ses enfants – une fois, pour avoir choisi l'amour ; la deuxième, quand il a vu Olympia s'éloigner de son petit garçon ; et, à présent, une troisième fois, parce qu'il a épousé une femme qui n'en aura sans doute jamais d'autre. Olympia pense souvent au désir – le désir qui ralentit le souffle, qui provoque une pause soucieuse au milieu d'une phrase –, et à la façon dont il peut bouleverser une vie et menacer de dissoudre l'âme.

« Dites-moi, comment vont votre père et votre mère ? demande Philbrick quand Haskell est parti.

— Mon père vient souvent nous voir, dit Olympia. En fait, c'est lui qui nous fait vivre. Ma mère va bien, elle sera là pour l'été.

— J'espère les voir.

— Mais oui. Ils prennent une villa un peu plus loin sur la plage.

— Olympia, je suis venu vous parler de choses graves. »

Le brusque changement de ton prend Olympia par surprise. « Oui ? demande-t-elle.

— Albertine Bolduc est décédée. »

L'anse de sa tasse de thé lui glisse des doigts, et la tasse heurte la soucoupe. Elle la pose sur la table de marbre de peur de la laisser tomber.

« Elle est morte il y a six mois, dit Philbrick. De la byssinose. On aurait pu s'y attendre. »

Olympia détourne les yeux. Elle se permet rarement de songer à son fils, de l'imaginer. Au cours des années, elle a essayé d'écarter ce genre de pensée. Elle a essayé de ne pas se dire : *Il a neuf ans maintenant. Et maintenant il a dix ans.*

« Telesphore Bolduc s'est occupé du petit garçon, dit Philbrick, mais il est malade lui-même. La tuberculose. L'enfant a onze ans. »

Olympia ne dit rien.

« Un âge tendre, n'est-ce pas, dit Philbrick en l'observant attentivement. C'est Telesphore qui m'a demandé de venir vous voir.

— Vraiment ? demande-t-elle, n'en croyant pas ses oreilles.

— Comme vous le savez, vous êtes toujours, par décision de justice, sa tutrice légale.

— J'ai renoncé à cette responsabilité.

— Oui, je sais. Et c'était un geste extraordinaire.

— J'ai envoyé de l'argent de temps en temps, mais j'ai jugé préférable de rester à l'écart.

— Bien sûr, dit Philbrick. Mais ce n'est pas seulement d'argent que l'enfant a besoin maintenant.

— Alors, je ne comprends pas.

— Je sais que ça n'a rien à voir avec votre responsabilité vis-à-vis de l'enfant, étant donné ce qui s'est passé, mais il faudrait que vous approuviez la décision de le remettre à l'orphelinat.

— Il doit aller à l'orphelinat ? demande-t-elle.

— J'en ai bien peur. Il est encore mineur. Et je ne crois pas qu'il ait beaucoup de chances d'être placé de nouveau. Les personnes qui veulent adopter des enfants sont rarement intéressées par des garçons de onze ans.

— Et le reste de la famille ?

— La plupart sont partis maintenant. La famille a été durement frappée par la fermeture des usines. Beaucoup ont déjà dû s'installer plus au sud.

— Oui, je vois.

— Je me suis intéressé à l'enfant depuis le début, dit Philbrick. Bien obligé, n'est-ce pas ? Je vais le voir de temps en temps. Je l'accueillerais moi-même, mais ce n'est pas de moi qu'il a besoin. Il est encore triste. Mais vous le trouverez vif d'esprit. Son intelligence est en friche.

— Je le trouverai… ?

— Il est ici, dit vivement Philbrick.

— Ici ? Dans cette maison ?

— Je l'ai amené avec moi. Il ne sait rien de vous, ajoute-t-il. Je lui ai simplement dit que j'allais voir une amie. Pardonnez-moi cette intrusion, Olympia, mais j'ai pensé que c'était préférable. Il m'a semblé important que vous le voyiez avant de décider de son avenir.

— Monsieur Philbrick, vous m'avez causé un choc.

— Mais vous pouvez le supporter, ou me suis-je gravement trompé sur vous ?

— Où est-il ?

— Sur votre véranda. Je crois qu'il s'est entiché de votre télescope. »

D'une démarche incertaine, elle va dans le grand salon, encombré de meubles à présent pour les filles et leurs bébés quand toute la maisonnée se rassemble dans cette pièce après le dîner. Par une fenêtre, elle voit le garçon sur la véranda. Il est grand, les cheveux mal coupés. Il porte un chandail qui a dû être ivoire. Elle le regarde tourner autour du télescope, se pencher pour y coller son œil, l'orienter dans différentes directions, semblant chercher quelque chose d'important sur la mer.

Elle prend un châle sur le dossier d'une chaise et sort sur la véranda.

« Bonjour, dit-elle.

— Oh, bonjour », répond le garçon en levant les yeux du télescope. Il fait un pas en avant et tend la main.

Il est poli, pense-t-elle. Il a de bonnes manières. Ses doigts sont froids d'être restés si longtemps dehors.

« Tu dois être gelé, dit-elle.

— Oh non, répond-il vivement, en retirant sa main, ne voulant visiblement pas qu'on lui dise de rentrer dans la maison. Vous habitez ici ?

— Oui. Je suis Olympia Haskell. »

Il est long et maigre, à un âge où les os grandissent trop vite pour le reste du corps. Et dans sa maigreur, il ne ressemble plus à Haskell autant qu'autrefois. Mais les yeux noisette sont les mêmes. C'est frappant.

« Vous êtes la dame que M. Philbrick est venu voir », dit-il. Maladroitement, et peut-être parce qu'il a froid après tout, il fourre les mains dans ses poches de pantalon.

« Oui.

— C'est à vous ? demande-t-il, en faisant un geste du coude vers le télescope.

— Oui. »

Son anglais, bien que teinté d'accent, n'est pas mauvais. Il a reçu une certaine instruction, pense-t-elle.

« Tu vas à l'école ? demande-t-elle.

— Avant j'y allais. »

Olympia hoche la tête.

« M. Philbrick m'emmène à Boston en juin, dit le garçon. Nous verrons le musée scientifique et le jardin public.

— J'habitais au bord du jardin public, dit-elle.

— Vraiment ? demande-t-il, avec un vif intérêt. C'est vrai qu'au printemps les enfants font des courses sur le lac avec des bateaux miniatures ?

— Oui. Si tu es là le bon jour.

— L'année dernière nous sommes allés à Portsmouth.

— Et qu'as-tu pensé de cette ville ?

— J'ai aimé l'endroit où on construit les navires.

— Le chantier naval.

— Oui. On peut voir la France ? demande-t-il, en montrant de nouveau le télescope.

— Non.

— On peut voir les étoiles ?

— Oui.

— Comment se fait-il qu'on puisse voir les étoiles, qui sont si loin, et pas la France, qui est plus près ?

— C'est une question intéressante, dit-elle. Je crois que c'est à cause de la courbure de la terre. Et aussi les étoiles sont plus brillantes.

— On pourrait voir Ely Falls si on pointait le télescope dans la bonne direction ? demande-t-il.

— Je ne suis pas sûre. Peut-être si nous montions sur le toit, nous verrions la flèche de l'église Saint-André.

— J'aimerais bien, dit-il.

— Alors, tu reviendras me voir et nous le ferons.

— Eh bien, vous ne monteriez pas sur le toit, tout de même, dit-il, apparemment inquiet à l'idée d'une femme adulte sur un toit.

— Non, sans doute pas. Mais mon mari irait.

— Votre mari est ici maintenant ?

— Non, il reviendra ce soir.

— Oh, fait le garçon, avec une déception évidente.

— Eh bien, tu reviendras nous voir dans la journée quand il sera là, dit Olympia.

— Je suis allé sur cette plage.

— Ah oui ? C'était quand ?

— Le 4 Juillet.

— Et tu t'es bien amusé ?

— Oh oui. Ma mère a préparé un pique-nique, et elle est allée dans l'eau avec moi. »

Le visage du garçon se ferme brusquement.

« Il y a un homme dans ce bateau de pêche là-bas », dit vivement Olympia en montrant la mer.

Il se penche sur le télescope. « Je le vois. Ça doit être un pêcheur de homards. Là. Vous voulez le voir ? »

Le garçon fait un pas en arrière pour laisser la place à Olympia. Elle se penche aussi pour regarder. Dans son enthousiasme, il se tient si près d'elle qu'elle sent son coude et son bras.

Elle voit la pelouse, trop proche, la chapelle, qui sera bientôt transformée en dortoir. La bordure rocheuse. La mer. Elle tourne les molettes pour régler la mise au point. Voilà le bateau de pêche, un homme en ciré qui remonte un casier. Au loin, à peine visible, elle voit un autre bateau et, derrière, les îles de Shoals, un simple contour brumeux. Au-delà des îles, il y a la France. Et puis les étoiles. Et, plus loin encore, les années perdues, et une histoire écrite dans le cœur.

Mais ici, il y a un garçon, et il s'appelle Pierre.

Remerciements

Les opinions des tribunaux citées en italique dans cette œuvre de fiction sont en fait authentiques, et des parties du jugement final proviennent de la transcription de l'affaire d'Hauteville *vs* Sears, plaidée en Pennsylvanie, dans *Sears and d'Hauteville*. Je suis reconnaissante à John Martland d'avoir lu et révisé la section consacrée au procès dans mon roman, et aux auteurs des ouvrages suivants pour m'avoir informée sur les lois concernant le droit de garde à la fin du XIXe siècle : *A Judgment for Solomon*, de Michael Grossberg ; *From Father's Property to Children's Rights*, de Mary Ann Mason ; et *Governing the Hearth*, de Michael Grossberg.

J'ai aussi puisé de l'inspiration et trouvé des détails historiques dans les ouvrages suivants : *Gleanings from the Sea*, de Joseph W. Smith ; *The Cities on the Saco*, de Jacques Downs ; *La Foi, la langue, la culture*, du docteur Michael Guignard ; *Biddeford in Old Photographs*, par Loretta M. Turner ; dans la collection « Images de l'Amérique », Saco, Hampton et Rye ; *From Humors to Medical Science*, de John Duffy ; *The Library of Health*, sous la direction de Frank Scholl ; *America 1900, The Turning Point*, de Judy Crichton ; *A World Within a World : Manchester, the Mills and the Immigrant Experience*, de Gary Samson ; *Working People of Holyoke*, de William Hartford ; *Women at Home in Victorian America*, de Ellen Plante ; et *A Memory Book : Mt. Holyoke College 1837-1987*, d'Anne Carey Edmonds.

Je voudrais remercier Michael Pietsch pour ses encouragements continuels et sa brillante mise au point ; Stephen Lamont pour ses élégantes corrections ; Ginger Barber pour sa sagesse en matière littéraire et financière ; et John Osborn pour ses conseils et son assistance, et pour son œil et son oreille exercés.

Achevé d'imprimer en avril 2000
sur presse Cameron
par **Bussière Camedan Imprimeries**
à Saint-Amand-Montrond (Cher)

Édition exclusivement réservée
aux adhérents du Club
Le Grand Livre du Mois
15, rue des Sablons
75116 Paris
réalisée avec l'aimable autorisation des éditions Belfond

ISBN 2-7028-5979-8

N° d'impression : 002067/1.
Dépôt légal : mai 2000.

Imprimé en France